Los miserables

Victor Hugo

Los miserables

Grupo Editorial Tomo, S. A. de C. V.
Nicolás San Juan 1043
03100 México, D. F.

1a. edición, abril 2004.
2a. edición, enero 2005.

Les Misérables
Victor Hugo

© 2005, Grupo Editorial Tomo, S.A. de C.V.
Nicolás San Juan 1043, Col. Del Valle
03100 México, D.F.
Tels. 5575-6615, 5575-8701 y 5575-0186
Fax. 5575-6695
http://www.grupotomo.com.mx
ISBN: 970-666-859-4
Miembro de la Cámara Nacional
de la Industria Editorial No. 2961

Traducción: Luis Rutiaga
Formación y diseño tipográfico: Luis Rutiaga
Diseño de Portada: Emigdio Guevara
Supervisor de producción: Leonardo Figueroa

Impreso en México - *Printed in Mexico*

Prólogo

Víctor Hugo vino al mundo un 26 de febrero de 1802 en Besançon, Francia. Su padre, el conde Joseph Hugo, fue un importante general del poderoso ejército de Napoleón Bonaparte. De la familia de Víctor Hugo bien se puede decir que era marcadamente partidaria de las políticas del pequeño y aguerrido corso. En lo que a Víctor Hugo respecta, en sus años mozos profesó una innegable simpatía por el régimen monárquico, de la que se desprendió solamente al sobrevenirle la madurez espiritual y política. Desde pequeño tuvo acceso a una educación privilegiada que incluyó numerosos profesores particulares y colegios privados muy costosos. Su madre guió su crianza, en razón de que el padre solía ausentarse por largos períodos debido a sus ocupaciones. Pasó una buena parte de su infancia residiendo en una España ocupada por los franceses. Esto ocurrió debido a que su padre fue destinado allí por orden de Napoleón para ayudar a José Bonaparte, su hermano, en la ardua tarea de gobernar varias provincias españolas. Es de vital importancia recalcar, que tan prolongada estadía en la península ibérica caló hondo en el espíritu del joven escritor en ciernes y de alguna manera influyó en su vida posterior. Siendo tan sólo un adolescente, escribió un poema por el que fue laureado por la Academia Francesa. Sus pasos no se detuvieron allí y no contento con el premio recibido, perseveró en todo lo relacionado con la escritura, un mundo que no es siempre lo suficientemente bien comprendido por el común de los mortales. A muy temprana edad tuvo la audacia de atreverse a editar junto con sus hermanos una revista de temas literarios, *Conservateur Litteráire*.

A los 20 años publicó su primer libro de poemas, *Odas y poesías diversas*. Posteriormente incursionó exitosamente en el género novelístico con obras como *Han Islande* (1823) y *Bug Jargal* (1824). Más o menos en la misma época, se integró a un círculo literario llamado *Le Cénacle*, del cual ofició como portavoz. Un par de años más tarde siguió en la senda de las letras con *Odas y baladas* en 1826, que fue otro libro de poemas. Su siguiente obra fue *Cromwell* (1827), un drama histórico, en el que los elementos de una nueva estética romántica son caracterizados con inusitada vehemencia en el prólogo del mismo.

Marion de Lorme (1829), fue una pieza de dramaturgia dedicada a la famosa cortesana que llevó ese nombre, la que adquirió ribetes de gran polémica, por tratarse de una creación que instituyó algo novedoso y que fue el quiebre con las estrictas reglas existentes en toda tragedia francesa. Fue censurada y prohibida por las autoridades, debido a que representaba al rey Luis XIII de una manera descaradamente burlona, que lo ridiculizaba abiertamente y sin respetar su condición de monarca. La respuesta de Víctor Hugo fue dar rienda suelta a su ingenio creativo y escribir una nueva pieza de teatro en menos de un mes, *Hernani* (1830), cuyo estreno fue un verdadero éxito de taquilla muy pocas veces visto anteriormente. Esta obra no resultó menos conflictiva que su censurada antecesora, debido a la violenta pugna que desató en la sala de teatro el día de su primera función. Los incidentes enfrentaron a los últimos contestatarios de un clasicismo arcaico y pasado de moda para los gustos de la mayoría, a la sazón una corriente que se batía en rabiosa retirada, con los jóvenes propulsores de la nueva y popular tendencia conocida como romanticismo, estos últimos liderados por el poeta Théophile Gautier. La historia de la literatura registró los hechos de aquel día como "la batalla de *Hernani*".

Nuestra Señora de París (1830), es otra muestra elocuente de las preferencias de Víctor Hugo por lo histórico pero en una atmósfera adornada con matices histriónicos. En ella describe con muchos detalles cómo era la capital francesa durante el siglo XV. Es una de sus obras más conocidas y contribuyó en sumo grado a catapultarlo a una fama que nunca más lo abandonó. El nombre genérico con el que se conoce a esta novela es: *El jorobado de Notre Dame*.

A partir de ese momento, los escritos de Víctor Hugo se vuelven cada vez más incisivos y tratan el tema social con un dejo de protesta contra los sistemas vigentes, los que son considerados injustos o excesivamente represivos por el autor. Tal es el caso de *Claude Gueux*, novela publicada en 1834. En 1841 la Academia Francesa resuelve conferirle la membresía de tan exclusiva y renombrada institución, como un certero reconocimiento a quien ya se perfilaba como un prodigio literario del siglo XIX.

Los miserables (1845), puede ser considerada como la obra cumbre de Víctor Hugo. Esta denominación es objetivamente discutible, aunque un análisis concienzudo posiblemente sí debería confirmar tal aseveración. Los miserables es una novela de fuerte connotación social y de una complejidad que alucina en lo psicológico. Nadie podría negar que contiene un clamor lleno de protesta y rebeldía en contra de las arbitrariedades de una ley que algunos jueces aplican mecánicamente, sin fijarse en las implicaciones éticas que necesariamente surgen al hacerlo. Es imposible no conmoverse ante las vivencias de un valiente y audaz Jean Valjean, que solamente busca una forma de normalizar su atribulada vida y dejar atrás un pasado cuya sombra lo persigue tenazmente. La desventaja del protagonista, es la continua irrupción en escena de un agente del orden fanático por cumplir su deber ante la ley y ser fiel al mandato que ésta le confiere.

Es prácticamente imposible separar al político del escritor en Víctor Hugo. Toda su vida estuvo fuertemente ligada a los factores políticos y osciló entre diversas preferencias, aunque existe un punto de quiebre a partir del cual se vuelve irreversiblemente republicano. Su carrera política se vio seriamente afectada en 1851, cuando participó en un intento de derrocamiento de Napoleón III que no tuvo el éxito esperado por los elementos involucrados. Esto lo llevó a verse obligado a partir a un largo exilio cuya primera estación fue en Bélgica. Después buscó refugio en Guernsey, una pequeña y acogedora isla perteneciente a Inglaterra. Es posible que haya elegido el lugar por la posición de cercanía geográfica con Francia. Esto le significó poder recibir numerosas y frecuentes visitas de partidarios y simpatizantes de su causa, las que abundaron a lo largo de los quince años que pasó defenestrado de su patria en tan remoto rincón del mundo. El exilio no apagó su veta literaria, al contrario, la exacerbó. En los confines solitarios del destierro concibe *El pequeño Napoleón*, una sátira mordaz sobre Napoleón III, en la que se desquita sobre el papel, de las debilidades de su enconado enemigo político. En 1868 fallece su esposa, acontecimiento que lo afectó en grado extremo, imposibilitando regresar juntos a la tan añorada Francia. Retornó en gloria y majestad en 1870, con motivo de la caída del Segundo Imperio. Como era de esperar, comenzó sin demora y con renovados bríos sus ingentes actividades políticas. Lo eligieron para la Asamblea Nacional y el siguiente paso fue su llegada al Senado en 1875.

Víctor Hugo tuvo una larga vida y esto le permitió ser testigo de la efusiva admiración que su célebre figura generaba entre el pueblo. El día en que cumplió ochenta años fue celebrado como si se tratara de una fiesta nacional, honor espontáneo y voluntario que otras autoridades jamás lograron generar. Su muerte, en cambio, causó una sensación de luto y tristeza que pocas veces se ha percibido en Francia. Las exequias de Víctor Hugo reunieron a una acongojada y entristecida multitud, como nunca antes se había visto en la historia del país galo. Fue el comienzo de su inmortalidad como hombre de letras. En su memoria existe hoy en día el *Prix Victor Hugo*, posiblemente el premio literario de mayor importancia en lengua francesa. Es el homenaje más justo a la creatividad de quien enalteciera solemnemente la literatura de Francia.

Luis Rutiaga

Primera parte
Fantina

LIBRO PRIMERO
Un justo

I
Monseñor Myriel

En 1815, era obispo de D. el ilustrísimo Carlos Francisco Bienvenido Myriel, un anciano de unos setenta y cinco años, que ocupaba esa sede desde 1806. Quizás no será inútil indicar aquí los rumores y las habladurías que habían circulado acerca de su persona cuando llegó por primera vez a su diócesis.

Lo que de los hombres se dice, verdadero o falso, ocupa tanto lugar en su destino, y sobre todo en su vida, como lo que hacen. El señor Myriel era hijo de un consejero del Parlamento de Aix, nobleza de toga. Se decía que su padre, pensando que heredara su puesto, lo había casado muy joven. Se decía que Carlos Myriel, no obstante este matrimonio, había dado mucho que hablar. Era de buena presencia, aunque de estatura pequeña, elegante, inteligente; y se decía que toda la primera parte de su vida la habían ocupado el mundo y la galantería.

Sobrevino la Revolución; se precipitaron los sucesos; las familias ligadas al antiguo régimen, perseguidas, acosadas, se dispersaron, y Carlos Myriel emigró a Italia. Su mujer murió allí de tisis. No habían tenido hijos. ¿Qué pasó después en los destinos del señor Myriel?

El hundimiento de la antigua sociedad francesa, la caída de su propia familia, los trágicos espectáculos del 93, ¿hicieron germinar tal vez en su alma ideas de retiro y de soledad? Nadie hubiera podido decirlo; sólo se sabía que a su vuelta de Italia era sacerdote.

En 1804 el señor Myriel se desempeñaba como cura de Brignolles. Era ya anciano y vivía en un profundo retiro.

Hacia la época de la coronación de Napoleón, un asunto de su parroquia lo llevó a París; y entre otras personas poderosas cuyo amparo fue a solicitar en favor de sus feligreses, visitó al cardenal Fesch. Un día en que el Emperador fue también a visitarlo, el digno cura que esperaba en la antesala se halló al paso de Su Majestad Imperial. Napoleón, notando la curiosidad con que aquel anciano lo miraba, se volvió, y dijo bruscamente:

—¿Quién es ese buen hombre que me mira?

—Majestad —dijo el señor Myriel—, vos miráis a un buen hombre y yo miro a un gran hombre. Cada uno de nosotros puede beneficiarse de lo que mira.

Esa misma noche el Emperador pidió al cardenal el nombre de aquel cura y algún tiempo después el señor Myriel quedó sorprendido al saber que había sido nombrado obispo de D.

Llegó a D. acompañado de su hermana, la señorita Baptistina, diez años menor que él. Por toda servidumbre tenían a la señora Magloire, una criada de la misma edad de la hermana del obispo.

La señorita Baptistina era alta, pálida, delgada, de modales muy suaves. Nunca había sido bonita, pero al envejecer adquirió lo que se podría llamar la belleza de la bondad. Irradiaba una transparencia a través de la cual se veía, no a la mujer, sino al ángel.

La señora Magloire era una viejecilla blanca, gorda, siempre afanada y siempre sofocada, tanto a causa de su actividad como de su asma.

A su llegada instalaron al señor Myriel en su palacio episcopal, con todos los honores dispuestos por los decretos imperiales, que clasificaban al obispo inmediatamente después del mariscal de campo.

Terminada la instalación, la población aguardó a ver cómo se conducía su obispo.

II

El señor Myriel se convierte en monseñor Bienvenido

El palacio episcopal de D. estaba contiguo al hospital, y era un vasto y hermoso edificio construido en piedra a principios del último siglo. Todo en él respiraba cierto aire de grandeza: las habitaciones del obispo, los salones, las habitaciones interiores, el patio de honor muy amplio con galerías de arcos según la antigua costumbre florentina, los jardines plantados de magníficos árboles.

El hospital era una casa estrecha y baja, de dos pisos, con un pequeño jardín atrás.

Tres días después de su llegada, el obispo visitó el hospital. Terminada la visita, le pidió al director que tuviera a bien acompañarlo a su palacio.

—Señor director —le dijo una vez llegados allí—: ¿cuántos enfermos tenéis en este momento?

—Veintiséis, monseñor.

—Son los que había contado —dijo el obispo.

—Las camas —replicó el director— están muy próximas las unas a las otras.

—Lo había notado.

—Las salas, más que salas, son celdas, y el aire en ellas se renueva difícilmente.

—Me había parecido lo mismo.

—Y luego, cuando un rayo de sol penetra en el edificio, el jardín es muy pequeño para los convalecientes.

—También me lo había figurado.

—En tiempo de epidemia, este año hemos tenido el tifus, se juntan tantos enfermos; más de cien y no sabemos qué hacer.

—Ya se me había ocurrido esa idea.

—¡Qué queréis, monseñor! —dijo el director—: es menester resignarse.

Esta conversación se mantenía en el comedor del piso bajo.

El obispo calló un momento; luego, volviéndose súbitamente hacia el director del hospital, preguntó:

—¿Cuántas camas creéis que podrán caber en esta sala?

—¿En el comedor de Su Ilustrísima? —exclamó el director estupefacto.

El obispo recorría la sala con la vista, y parecía que sus ojos tomaban medidas y hacían cálculos.

—Bien veinte camas —dijo como hablando consigo mismo; después, alzando la voz, añadió—: Mirad, señor director, aquí evidentemente hay un error. En el hospital sois veintiséis personas repartidas en cinco o seis pequeños cuartos. Nosotros somos aquí tres y tenemos sitio para sesenta. Hay un error, os digo; vos tenéis mi casa y yo la vuestra. Devolvedme la mía, pues aquí estoy en vuestra casa.

Al día siguiente, los veintiséis enfermos estaban instalados en el palacio del obispo, y éste en el hospital.

Monseñor Myriel no tenía bienes. Su hermana cobraba una renta vitalicia de quinientos francos y monseñor Myriel recibía del Estado, como obispo, una asignación de quince mil francos. El día mismo en que se trasladó a vivir al hospital, el prelado determinó de una vez para siempre el empleo de esta suma, del modo que consta en la nota que transcribimos aquí, escrita de su puño y letra:

Lista de dos gastos de mi casa

Para el seminario 1,500

Congregación de la misión 100

Para los lazaristas de Montdidier 100

Seminario de las misiones extranjeras de París 200

Congregación del Espíritu Santo 150

Establecimientos religiosos de la Tierra Santa 100

Sociedades para madres solteras 350

Obra para mejora de las prisiones 400

Obra para el alivio y rescate de los presos 500

Para libertar a padres de familia presos por deudas 1,000

Suplemento a la asignación
   de los maestros de escuela de la diócesis 2,000

Cooperativa de los Altos Alpes 100

Congregación de señoras para la enseñanza
   gratuita de niñas pobres 1,500

Para los pobres 6,000

Mi gasto personal 1,000

   Total 15,000

Durante todo el tiempo que ocupó el obispado de D., monseñor Myriel no cambió en nada este presupuesto, que fue aceptado con absoluta sumisión por la señorita Baptistina. Para aquella santa mujer, monseñor Myriel era a la vez su hermano y su obispo; lo amaba y lo veneraba con toda su sencillez.

Al cabo de algún tiempo afluyeron las ofrendas de dinero. Los que tenían y los que no tenían llamaban a la puerta de monseñor Myriel, los unos yendo a buscar la limosna que los otros acababan de depositar. En menos de un año el obispo llegó a ser el tesorero de todos los beneficios, y el cajero de todas las estrecheces. Grandes sumas pasaban por sus manos pero nada hacía que cambiara o modificara su género de vida, ni que añadiera lo más ínfimo de lo superfluo a lo que le era puramente necesario.

Lejos de esto, como siempre hay abajo más miseria que fraternidad arriba, todo estaba, por decirlo así, dado antes de ser recibido.

Es costumbre que los obispos encabecen con sus nombres de bautismo sus escritos y cartas pastorales. Los pobres de la comarca habían elegido, con una especie de instinto afectuoso, de todos los nombres del obispo aquel que les ofrecía una significación adecuada; y entre ellos sólo le designaban como monseñor Bienvenido. Haremos lo que ellos y lo llamaremos del mismo modo cuando sea ocasión. Por lo demás, al obispo le agradaba esta designación.

—Me gusta ese nombre —decía—: Bienvenido suaviza un poco lo de monseñor.

III
Las obras en armonía con las palabras

Su conversación era afable y alegre; se acomodaba a la mentalidad de las dos ancianas que pasaban la vida a su lado: cuando reía, era su risa la de un escolar.

La señora Magloire lo llamaba siempre "Vuestra Grandeza". Un día monseñor se levantó de su sillón y fue a la biblioteca a buscar un libro.

Estaba éste en una de las tablas más altas del estante, y como el obispo era de corta estatura, no pudo alcanzarlo.

—Señora Magloire —dijo—, traedme una silla, porque mi Grandeza no alcanza esa tabla.

No condenaba nada ni a nadie apresuradamente y sin tener en cuenta las circunstancias; y solía decir: Veamos el camino por donde ha pasado la falta.

Siendo un ex pecador, como se calificaba a sí mismo sonriendo, no tenía ninguna de las asperezas del rigorismo, y profesaba muy alto, sin cuidarse para nada de ciertos fruncimientos de cejas, una doctrina que podría resumirse en estas palabras:

"El hombre tiene sobre sí la carne, que es a la vez su carga y su tentación. La lleva, y cede a ella. Debe vigilarla, contenerla, reprimirla; mas si a pesar de sus esfuerzos cae, la falta así cometida es venial. Es una caída; pero caída sobre las rodillas, que puede transformarse y acabar en oración".

Frecuentemente escribía algunas líneas en los márgenes del libro que estaba leyendo. Como éstas:

"Oh, Vos, ¿quién sois? El Eclesiástico os llama Todopoderoso; los Macabeos os nombran Creador; la Epístola a los Efesios os llama Libertad; Baruch os nombra Inmensidad; los Salmos os llaman Sabiduría y Verdad; Juan os llama Luz; los reyes os nombran Señor; el Éxodo os apellida Providencia; el Levítico, Santidad; Esdras, Justicia; la creación os llama Dios; el hombre os llama Padre; pero Salomón os llama Misericordia, y éste es el más bello de vuestros nombres".

En otra parte había escrito: "No preguntéis su nombre a quien os pide asilo. Precisamente quien más necesidad tiene de asilo es el que tiene más dificultad en decir su nombre".

Añadía también:

"A los ignorantes enseñadles lo más que podáis; la sociedad es culpable por no dar instrucción gratis; es responsable de la oscuridad que con esto produce. Si un alma sumida en las tinieblas comete un pecado, el culpable no es en realidad el que peca, sino el que no disipa las tinieblas".

Como se ve, tenía un modo extraño y peculiar de juzgar las cosas. Sospecho que lo había tomado del Evangelio.

Un día oyó relatar una causa célebre que se estaba instruyendo, y que muy pronto debía sentenciarse. Un infeliz, por amor a una mujer y al hijo que de ella tenía, falto de todo recurso, había acuñado moneda falsa. En aquella época se castigaba este delito con la pena de muerte. La mujer fue apresada al poner en circulación la primera moneda falsa fabricada por el hombre. El obispo escuchó en silencio. Cuando concluyó el relato, preguntó:

—¿Dónde se juzgará a ese hombre y a esa mujer?

—En el tribunal de la Audiencia.

Y replicó:

—¿Y dónde juzgarán al fiscal?

Cuando paseaba apoyado en un gran bastón, se diría que su paso esparcía por donde iba luz y animación. Los niños y los ancianos salían al umbral de sus puertas para ver al obispo. Bendecía y lo bendecían. A cualquiera que necesitara algo se le indicaba la casa del obispo. Visitaba a los pobres mientras tenía dinero, y cuando éste se le acababa, visitaba a los ricos.

Hacía durar sus sotanas mucho tiempo, y como no quería que nadie lo notase, nunca se presentaba en público sino con su traje de obispo, lo cual en verano le molestaba un poco.

Su comida diaria se componía de algunas legumbres cocidas en agua, y de una sopa.

Ya dijimos que la casa que habitaba tenía sólo dos pisos. En el bajo había tres piezas, otras tres en el alto, encima un desván, y detrás de la casa, el jardín; el obispo habitaba el bajo. La primera pieza, que daba a la calle, le servía de comedor; la segunda, de dormitorio, y de oratorio la tercera. No se podía salir del oratorio sin pasar por el dormitorio, ni de éste sin pasar por el comedor. En el fondo del oratorio había una alcoba cerrada, con una cama para cuando llegaba algún huésped. El obispo solía ofrecer esta cama a los curas de aldea, cuyos asuntos parroquiales los llevaban a D.

Había además en el jardín un establo, que era la antigua cocina del hospital, y donde el obispo tenía dos vacas. Cualquiera fuera la cantidad de leche que éstas dieran, enviaba invariablemente todas las mañanas la mitad a los enfermos del hospital. "Pago mis diezmos", decía.

Un aparador, convenientemente revestido de mantelitos blancos, servía de altar y adornaba el oratorio de Su Ilustrísima.

—Pero el más bello altar —decía— es el alma de un infeliz consolado en su infortunio, y que da gracias a Dios.

No es posible figurarse nada más sencillo que el dormitorio del obispo. Una puerta-ventana que daba al jardín; enfrente, la cama, una cama de hospital, con colcha de sarga verde; detrás de una cortina, los utensilios de tocador, que revelaban todavía los antiguos hábitos elegantes del hombre de mundo; dos puertas, una cerca de la chimenea que daba paso al oratorio; otra cerca de la biblioteca que daba paso al comedor. La biblioteca era un armario grande con puertas vidrieras, lleno de libros; la chimenea era de madera, pero pintada imitando mármol, habitualmente sin fuego. Encima de la chimenea, un crucifijo de cobre, que en su tiempo fue plateado, estaba clavado sobre terciopelo negro algo raído y colocado bajo un dosel de madera; cerca de la puerta-ventana había una gran mesa con un tintero, repleta de papeles y gruesos libros.

La casa, cuidada por dos mujeres, respiraba de un extremo al otro una exquisita limpieza. Era el único lujo que el obispo se permitía. De él decía: "Esto no le quita nada a los pobres".

Menester es confesar, sin embargo, que le quedaban de lo que en otro tiempo había poseído seis cubiertos de plata y un cucharón, que la señora Magloire miraba con cierta satisfacción todos los días relucir espléndidamente sobre el blanco mantel de gruesa tela. Y como procuramos pintar aquí al obispo de D. tal cual era, debemos añadir que más de una vez había dicho: "Renunciaría difícilmente a comer con cubiertos que no fuesen de plata".

A estas alhajas deben añadirse dos grandes candeleros de plata maciza que eran herencia de una tía abuela. Aquellos candeleros sostenían dos velas de cera, y habitualmente figuraban sobre la chimenea del obispo. Cuando había invitados a cenar, la señora Magloire encendía las dos velas y ponía los dos candelabros en la mesa.

A la cabecera de la cama del obispo, había una pequeña alacena, donde la señora Magloire guardaba todas las noches los seis cubiertos de plata y el cucharón. Debemos añadir que nunca quitaba la llave de la cerradura.

La señora Magloire cultivaba legumbres en el jardín; el obispo, por su parte, había sembrado flores en otro rincón. Crecían también algunos árboles frutales.

Una vez, la señora Magloire dijo a Su Ilustrísima con cierta dulce malicia:

—Monseñor, vos que sacáis partido de todo, tenéis ahí un pedazo de tierra inútil. Más valdría que eso produjera frutos que flores.

—Señora Magloire —respondió el obispo—, os engañáis: lo bello vale tanto como lo útil.

Y añadió después de una pausa:

—Tal vez más.

LIBRO SEGUNDO
La caída

I
La noche de un día de marcha

En los primeros días del mes de octubre de 1815, como una hora antes de ponerse el sol, un hombre que viajaba a pie entraba en la pequeña ciudad de D. Los pocos habitantes que en aquel momento estaban asomados a sus ventanas o en el umbral de sus casas, miraron a aquel viajero con cierta inquietud. Difícil sería hallar un transeúnte de aspecto más miserable. Era un hombre de mediana estatura, robusto, de unos cuarenta y seis a cuarenta y ocho años. Una gorra de cuero con visera calada hasta los ojos ocultaba en parte su rostro tostado por el sol y todo cubierto de sudor. Su camisa, de una tela gruesa y amarillenta, dejaba ver su velludo pecho; llevaba una corbata retorcida como una cuerda; un pantalón azul usado y roto; una vieja chaqueta gris hecha jirones; un morral de soldado a la espalda, bien repleto, bien cerrado y nuevo; en la mano un enorme palo nudoso, los pies sin medias, calzados con gruesos zapatos claveteados.

Sus cabellos estaban cortados al rape y, sin embargo, erizados, porque comenzaban a crecer un poco y parecía que no habían sido cortados hacía algún tiempo.

Nadie lo conocía. Evidentemente era forastero. ¿De dónde venía? Debía haber caminado todo el día, pues se veía muy fatigado.

Se dirigió hacia el Ayuntamiento. Entró en él y volvió a salir un cuarto de hora después. Un gendarme estaba sentado a la puerta. El hombre se quitó la gorra y lo saludó humildemente.

Había entonces en D. una buena posada que, según la muestra, se titulaba "La Cruz de Colbas", y hacia ella se encaminó el hombre. Entró en la cocina; todos los hornos estaban encendidos y un gran fuego ardía alegremente en la chimenea. El posadero estaba muy ocupado en vigilar la excelente comida destinada a unos carreteros, a quienes se oía hablar y reír ruidosamente en la pieza inmediata. Al oír abrirse la puerta preguntó sin apartar la vista de sus cacerolas:

—¿Qué ocurre?

—Cama y comida —dijo el hombre.

—Al momento —replicó el posadero.

Entonces volvió la cabeza, dio una rápida ojeada al viajero, y añadió:

—Pagando, por supuesto.

El hombre sacó una bolsa de cuero del bolsillo de su chaqueta y contestó:

—Tengo dinero.

—En ese caso, al momento os atiendo.

El hombre guardó su bolsa; se quitó el morral, conservó su palo en la mano, y fue a sentarse en un banquillo cerca del fuego. Entretanto el dueño de casa, yendo y viniendo de un lado para otro, no hacía más que mirar al viajero.

—¿Se come pronto? —preguntó éste.

—En seguida —dijo el posadero.

Mientras el recién llegado se calentaba con la espalda vuelta al posadero, éste sacó un lápiz del bolsillo, rasgó un pedazo de periódico, escribió en el margen blanco una línea o dos, lo dobló sin cerrarlo, y entregó aquel papel a un muchacho que parecía servirle a la vez de pinche y de criado; después dijo una palabra al oído del chico y éste marchó corriendo en dirección al Ayuntamiento.

El viajero nada vio.

Volvió a preguntar otra vez:

—¿Comeremos pronto?

—En seguida.

Volvió el muchacho: traía un papel. El huésped lo desdobló apresuradamente como quien está esperando una contestación. Leyó atentamente, movió la cabeza y permaneció pensativo. Por fin dio un paso hacia el viajero que parecía sumido en no muy agradables ni tranquilas reflexiones.

—Buen hombre —le dijo—, no puedo recibiros en mi casa.

El hombre se enderezó sobre su asiento.

—¡Cómo! ¿Teméis que no pague el gasto? ¿Queréis cobrar anticipado? Os digo que tengo dinero.

—No es eso.

—¿Pues qué?

—Vos tenéis dinero.

—He dicho que sí.

—Pero yo —dijo el posadero— no tengo cuarto que daros.

El hombre replicó tranquilamente:

—Dejadme un sitio en la cuadra.

—No puedo.

—¿Por qué?

—Porque los caballos la ocupan toda.

—Pues bien —insistió el viajero—, ya habrá un rincón en el pajar, y un poco de paja no faltará tampoco. Lo arreglaremos después de comer.

—No puedo daros de comer.

Esta declaración hecha con tono mesurado pero firme, pareció grave al forastero, el cual se levantó y dijo:

—¡Me estoy muriendo de hambre! Vengo caminando desde que salió el Sol; pago y quiero comer.

—Yo no tengo qué daros —dijo el posadero.

El hombre soltó una carcajada y volviéndose hacia los hornos, preguntó:

—¿Nada? ¿Y todo esto?

Todo esto está ya comprometido por los carreteros que están allá dentro.

—¿Cuántos son?

—Doce.

—Allí hay comida para veinte.

—Lo han encargado todo, y además me lo han pagado adelantado.

El hombre se sentó, y sin alzar la voz dijo:

—Estoy en la hostería; tengo hambre y me quedo.

El posadero se inclinó entonces hacia él, y le dijo con un acento que le hizo estremecer:

—Marchaos.

El viajero estaba en aquel momento encorvado, y empujaba algunas brasas con la contera de su garrote. Se volvió bruscamente, y como abriera la boca para replicar, el huésped lo miró fijamente y añadió en voz baja:

—Mirad, basta de conversación. ¿Queréis que os diga vuestro nombre? Os llamáis Jean Valjean. Ahora, ¿queréis que os diga también lo que sois? Al veros entrar sospeché algo; envié a preguntar al Ayuntamiento, y ved lo que me han contestado: ¿sabéis leer?

Al hablar así presentaba al viajero el papel que acababa de ir desde la hostería a la alcaldía y de ésta a aquélla. El hombre fijó en él una mirada. Bajó la cabeza, recogió el morral y se marchó.

Caminó algún tiempo a la ventura por calles que no conocía, olvidando el cansancio, como sucede cuando el ánimo está triste. De pronto se sintió aguijoneado por el hambre; la noche se acercaba. Miró en derredor para ver si descubría alguna humilde taberna donde pasar la noche.

Precisamente ardía una luz al extremo de la calle y hacia allí se dirigió. Era en efecto una taberna. El viajero se detuvo un momento, miró por los vidrios de la sala, iluminada por una pequeña lámpara colocada sobre una mesa y por un gran fuego que ardía en la chimenea.

Algunos hombres bebían. El tabernero se calentaba. La llama hacía cocer el contenido de una marmita de hierro, colgada de una cadena en medio del hogar.

El viajero no se atrevió a entrar por la puerta de la calle. Entró en el corral, se detuvo de nuevo, luego levantó tímidamente el pestillo y empujó la puerta.

—¿Quién va? —dijo el amo.

—Uno que quiere comer y dormir. Las dos cosas pueden hacerse aquí.

Entró. Todos se volvieron hacia él. El tabernero le dijo:

—Aquí tenéis fuego. La cena se cuece en la marmita; venid a calentaros.

El viajero fue a sentarse junto al hogar y extendió hacia el fuego sus pies doloridos por el cansancio.

Dio la casualidad que uno de los que estaban sentados junto a la mesa antes de ir allí había estado en la posada de La Cruz de Colbas.

Desde el sitio en que estaba hizo al tabernero una seña imperceptible. Este se acercó a él y hablaron algunas palabras en voz baja.

El tabernero se acercó a la chimenea, puso bruscamente la mano en el hombro del viajero y le dijo:

—Vas a largarte de aquí.

El viajero se volvió, y contestó con dulzura:

—¡Ah! ¿Sabéis...?

—Sí.

—¿Que no me han admitido en la posada?

—Y yo lo echo de aquí.

—Pero, ¿dónde queréis que vaya?

—A cualquier parte.

El hombre cogió su garrote y su morral y se marchó. Pasó por delante de la cárcel. A la puerta colgaba una cadena de hierro unida a una campana. Llamó. Abriose un postigo.

—Buen carcelero —le dijo quitándose respetuosamente la gorra—, ¿queréis abrirme y darme alojamiento por esta noche?

Una voz le contestó:

—La cárcel no es una posada. Haced que os prendan y se os abrirá.

El postigo volvió a cerrarse.

Entró en una callejuela a la cual daban muchos jardines. El viento frío de los Alpes comenzaba a soplar. A la luz del expirante día el forastero descubrió una caseta en uno de aquellos jardines que costeaban la calle. Pensó que sería alguna choza de las que levantan los peones camineros a orillas de las carreteras. Sentía frío y hambre. Estaba resignado a sufrir ésta, pero contra el frío quería encontrar un abrigo. Generalmente esta clase de chozas no están habitadas por la noche. Logró penetrar a gatas en su interior. Estaba caliente, y además halló en ella una buena cama de paja. Se quedó por un momento tendido en aquel lecho, agotado. De pronto oyó un gruñido: alzó los ojos y vio que por la abertura de la choza asomaba la cabeza de un mastín enorme.

El sitio en donde estaba era una perrera.

Se arrastró fuera de la choza como pudo, no sin agrandar los desgarrones de su ropa. Salió de la ciudad, esperando encontrar algún árbol o alguna pila de heno que le diera abrigo. Pero hay momentos en que hasta la naturaleza parece hostil; volvió a la ciudad. Serían como las ocho de la noche. Como no conocía las calles, volvió a comenzar su paseo a la ventura. Cuando pasó por la plaza de la catedral, enseñó el puño a la iglesia en señal de amenaza. Destrozado por el cansancio, y no esperando ya nada se echó sobre un banco de piedra. Una anciana salía de la iglesia en aquel momento, y vio a aquel hombre tendido en la oscuridad.

—¿Qué hacéis, buen amigo? —le preguntó.

—Ya lo veis, buena mujer, me acuesto —le contestó con voz colérica y dura.

—¿Por qué no vais a la posada?

—Porque no tengo dinero.

—¡Ah, qué lástima! —dijo la anciana—. No llevo en el bolsillo más que cuatro sueldos.

—Dádmelos.

El viajero tomó los cuatro sueldos.

—Con tan poco no podéis alojaros en una posada —continuó ella—. ¿Habéis probado, sin embargo? ¿Es posible que paséis así la noche? Tendréis sin duda frío y hambre. Debieran recibiros por caridad.

—He llamado a todas las puertas y de todas me han echado.

La mujer tocó el hombro al viajero, y le señaló al otro extremo de la plaza una puerta pequeña al lado del palacio arzobispal.

—¿Habéis llamado —repitió— a todas las puertas?

—Sí.

—¿Habéis llamado a aquélla?

—No.

—Pues llamad allí.

II

La prudencia aconseja a la sabiduría

Aquella noche el obispo de D., después de dar un paseo por la ciudad, permaneció hasta bastante tarde encerrado en su cuarto. A las ocho trabajaba todavía con un voluminoso libro abierto sobre las rodillas, cuando la señora Magloire entró, según su costumbre, a sacar la plata del cajón colocado junto a la cama.

Poco después el obispo, sabiendo que su hermana lo esperaba para cenar, cerró su libro y entró en el comedor. En ese momento, la señora Magloire hablaba con singular viveza. Se refería a un asunto que le era familiar, y al cual el obispo estaba ya acostumbrado. Tratábase del cerrojo de la puerta principal.

Parece que yendo a hacer algunas compras para la cena había oído referir ciertas cosas en distintos sitios. Se hablaba de un vagabundo de mala catadura; se decía que había llegado un hombre sospechoso, que debía estar en alguna parte de la ciudad, y que podían tener un mal encuentro los que aquella noche se olvidaran de recogerse temprano y de cerrar bien sus puertas.

—Hermano, ¿oyes lo que dice la señora Magloire? —preguntó la señorita Baptistina.

—He oído vagamente algo —contestó el obispo.

Después, levantando su rostro cordial y francamente alegre, iluminado por el resplandor del fuego, añadió:

—Veamos: ¿qué hay? ¿Qué sucede? ¿Nos amenaza algún peligro?

Entonces la señora Magloire comenzó de nuevo su historia, exagerándola un poco sin querer y sin advertirlo. Decíase que un gitano, un desarrapado, una especie de mendigo peligroso, se hallaba en la ciudad. Había tratado de quedarse en la posada, donde no se le quiso recibir. Se le había visto vagar por las calles al oscurecer. Era un hombre de aspecto terrible, con un morral y un bastón.

—¿De veras? —dijo el obispo.

—Y como monseñor nunca pone llave a la puerta y tiene la costumbre de permitir siempre que entre cualquiera...

En ese momento se oyó llamar a la puerta con violencia.

—¡Adelante! —dijo el obispo.

III

Heroísmo de la obediencia pasiva

La puerta se abrió. Pero se abrió de par en par, como si alguien la empujase con energía y resolución. Entró un hombre. A este hombre lo conocemos ya. Era el viajero a quien hemos visto vagar buscando asilo. Entró, dio un paso y se detuvo, dejando detrás de sí la puerta abierta. Llevaba el morral a la espalda; el palo en la mano; tenía en los ojos una expresión ruda, audaz, cansada y violenta. Era una aparición siniestra.

La señora Magloire no tuvo fuerzas para lanzar un grito. Se estremeció y quedó muda e inmóvil como una estatua.

La señorita Baptistina se volvió, vio al hombre que entraba, y medio se incorporó, aterrada. Luego miró a su hermano, y su rostro adquirió una expresión de profunda calma y serenidad.

El obispo fijaba en el hombre una mirada tranquila.

Al abrir los labios sin duda para preguntar al recién llegado lo que deseaba, éste apoyó ambas manos en su garrote, posó su mirada en el anciano y luego en las dos mujeres, y sin esperar a que el obispo hablase dijo en alta voz:

—Me llamo Jean Valjean: soy presidiario. He pasado en presidio diecinueve años. Estoy libre desde hace cuatro días y me dirijo a Pontarlier. Vengo caminando desde Tolón. Hoy anduve doce leguas a pie. Esta tarde, al llegar a esta ciudad, entré en una posada, de la cual me despidieron a causa de mi pasaporte amarillo, que había presentado en la alcaldía, como es preciso hacerlo. Fui a otra posada, y me echaron fuera lo mismo que en la primera. Nadie quiere recibirme. He ido a la cárcel y el carcelero no me abrió. Me metí en una perrera, y el perro me mordió. Parece que sabía quién era yo. Me fui al campo para dormir al cielo raso; pero ni aun eso me fue posible, porque creí que iba a llover y que no habría un buen Dios que impidiera la lluvia; y volví a entrar en la ciudad para buscar en ella el quicio de una puerta. Iba a echarme ahí en la plaza sobre una piedra, cuando una buena mujer me ha señalado vuestra casa, y me ha dicho: llamad ahí. He llamado: ¿Qué casa es ésta? ¿Una posada? Tengo dinero. Ciento nueve francos y quince sueldos que he ganado en presidio con mi trabajo en diecinueve años. Pagaré. Estoy muy cansado y tengo hambre: ¿queréis que me quede?

—Señora Magloire —dijo el obispo—, poned un cubierto más.

El hombre dio unos pasos, y se acercó al velón que estaba sobre la mesa.

—Mirad —dijo—, no me habéis comprendido bien: soy un presidiario. Vengo de presidio y sacó del bolsillo una gran hoja de papel amarillo que desdobló—. Ved mi pasaporte amarillo: esto sirve para que me echen de todas partes. ¿Queréis leerlo? Lo leeré yo; sé leer, aprendí en la cárcel. Hay allí una escuela para los que quieren aprender. Ved lo que han puesto en mi pasaporte: "Jean Valjean, presidiario cumplido, natural de..." esto no hace al caso... "Ha estado diecinueve años en presidio: cinco por robo con fractura; catorce por haber intentado evadirse cuatro veces. Es hombre muy peligroso". Ya lo veis, todo el mundo me tiene miedo. ¿Queréis vos recibirme? ¿Es esta una posada? ¿Queréis darme comida y un lugar donde dormir? ¿Tenéis un establo?

—Señora Magloire —dijo el obispo—, pondréis sábanas limpias en la cama de la alcoba.

La señora Magloire salió sin chistar a ejecutar las órdenes que había recibido.

El obispo se volvió hacia el hombre y le dijo:

—Caballero, sentaos junto al fuego; dentro de un momento cenaremos, y mientras cenáis, se os hará la cama.

La expresión del rostro del hombre, hasta entonces sombría y dura, se cambió en estupefacción, en duda, en alegría. Comenzó a balbucear como un loco:

¿Es verdad? ¡Cómo! ¿Me recibís? ¿No me echáis? ¿A mí? ¿A un presidiario? ¿Y me llamáis caballero? ¿Y no me tuteáis? ¿Y no me decís: "¡sal de aquí, perro!" como acostumbran decirme? Yo creía que tampoco aquí me recibirían; por eso os dije en seguida lo que soy. ¡Oh, gracias a la buena mujer que me envió a esta casa voy a cenar y a dormir en una cama con colchones y sábanas como todo el mundo! ¡Una cama! Hace diecinueve años que no me acuesto en una cama. Sois personas muy buenas. Tengo dinero: pagaré bien. Dispensad, señor posadero: ¿cómo os llamáis? Pagaré todo lo que queráis. Sois un hombre excelente. Sois el posadero, ¿no es verdad?

—Soy —dijo el obispo— un sacerdote que vive aquí.

—¡Un sacerdote! —dijo el hombre—. ¡Oh, un buen sacerdote! Entonces ¿no me pedís dinero? Sois el cura, ¿no es esto? ¿El cura de esta iglesia?

Mientras hablaba había dejado el saco y el palo en un rincón, guardado su pasaporte en el bolsillo y tomado asiento. La señorita Baptistina lo miraba con dulzura.

—Sois muy humano, señor cura —continuó diciendo—; vos no despreciáis a nadie. Es gran cosa un buen sacerdote. ¿De modo que no tenéis necesidad de que os pague?

—No —dijo el obispo—, guardad vuestro dinero. ¿Cuánto tenéis? ¿No me habéis dicho que ciento nueve francos?

—Y quince sueldos —añadió el hombre.

—Ciento nueve francos y quince sueldos. ¿Y cuánto tiempo os ha costado ganar ese dinero?

—¡Diecinueve años!

El obispo suspiró profundamente. El hombre prosiguió:

Todavía tengo todo mi dinero. En cuatro días no he gastado más que veinticinco sueldos, que gané ayudando a descargar unos carros en Grasse.

El obispo se levantó a cerrar la puerta, que había quedado completamente abierta.

La señora Magloire volvió, con un cubierto que puso en la mesa.

—Señora Magloire —dijo el obispo—, poned ese cubierto lo más cerca posible de la chimenea. —Y se volvió hacia el huésped—: El viento de la noche es muy crudo en los Alpes. ¿Tenéis frío, caballero?

Cada vez que pronunciaba la palabra caballero con voz dulcemente grave, se iluminaba la fisonomía del huésped. Llamar caballero a un presidiario, es dar un vaso de agua a un náufrago de la Medusa. La ignominia está sedienta de consideración.

—Esta luz alumbra muy poco —prosiguió el obispo.

La señora Magloire lo oyó; tomó de la chimenea del cuarto de Su Ilustrísima los dos candelabros de plata, y los puso encendidos en la mesa.

—Señor cura —dijo el hombre—, sois bueno; no me despreciáis, me recibís en vuestra casa. Encendéis las velas para mí. Y sin embargo, no os he ocultado de donde vengo, y que soy un miserable.

El obispo, que estaba sentado a su lado, le tocó suavemente la mano:

—No tenéis que decirme quien sois. Esta no es mi casa, es la casa de Jesucristo. Esa puerta no pregunta al que entra por ella si tiene un nombre, sino si tiene algún dolor. Padecéis; tenéis hambre y sed; pues sed bien venido. No melo agradezcáis; no me digáis que os recibo en mi casa. Aquí no está en su casa más que el que necesita asilo. Vos que pasáis por aquí, estáis en vuestra casa más que en la mía. Todo lo que hay aquí es vuestro. ¿Para qué necesito saber vuestro nombre? Además, tenéis un nombre que antes que me lo dijeseis ya lo sabía.

El hombre abrió sus ojos asombrado.

—¿De veras? ¿Sabíais cómo me llamo?

—Sí —respondió el obispo—, ¡os llamáis mi hermano!

—¡Ah, señor cura! —exclamó el viajero—. Antes de entrar aquí tenía mucha hambre; pero sois tan bueno, que ahora no sé lo que tengo. El hambre se me ha pasado.

El obispo lo miró y le dijo:

—¿Habéis padecido mucho?

—¡Mucho! ¡La chaqueta roja, la cadena al pie, una tarima para dormir, el calor, el frío, el trabajo, los apaleos, la doble cadena por nada, el calabozo por una palabra, y, aun enfermo en la cama, la cadena! ¡Los perros, los perros son más felices! ¡Diecinueve años! Ahora tengo cuarenta y seis, y un pasaporte amarillo.

—Sí —replicó el obispo—, salís de un lugar de tristeza. Pero sabed que hay más alegría en el cielo por las lágrimas de un pecador arrepentido, que por la blanca vestidura de cien justos. Si salís de ese lugar de dolores con pensamientos de odio y de cólera contra los hombres, seréis digno de lástima; pero si salís con pensamientos de caridad, de dulzura y de paz, valdréis más que todos nosotros.

Mientras tanto la señora Magloire había servido la cena; una sopa hecha con agua, aceite, pan y sal; un poco de tocino, un pedazo de carnero, higos, un queso fresco, y un gran pan de centeno. A la comida ordinaria del obispo había añadido una botella de vino añejo de Mauves.

La fisonomía del obispo tomó de repente la expresión de dulzura propia de las personas hospitalarias:

—A la mesa —dijo con viveza, según acostumbraba cuando cenaba con algún forastero; a hizo sentar al hombre a su derecha. La señorita Baptistina, tranquila y naturalmente, tomó asiento a su izquierda.

El obispo bendijo la mesa, y después sirvió la sopa según su costumbre. El hombre empezó a comer ávidamente.

—Me parece que falta algo en la mesa —dijo el obispo de repente.

La señora Magloire no había puesto más que los tres cubiertos absolutamente necesarios. Pero era costumbre de la casa, cuando el obispo tenía algún convidado, poner en la mesa los seis cubiertos de plata. Esta graciosa ostentación de lujo era casi una niñería simpática en aquella casa tranquila y severa, que elevaba la pobreza hasta la dignidad.

La señora Magloire comprendió la observación, salió sin decir una palabra, y un momento después los tres cubiertos pedidos por el obispo lucían en el mantel, colocados simétricamente ante cada uno de los tres comensales.

Al fin de la cena, monseñor Bienvenido dio las buenas noches a su hermana, cogió uno de los dos candeleros de plata que había sobre la mesa, dio el otro a su huésped y le dijo:

—Caballero, voy a enseñaros vuestro cuarto.

El hombre lo siguió.

En el momento en que atravesaban el dormitorio del obispo, la señora Magloire cerraba el armario de la plata que estaba a la cabecera de la cama. Lo hacía cada noche antes de acostarse.

El obispo instaló a su huésped en la alcoba. Una cama blanca y limpia lo esperaba. El hombre puso la luz sobre una mesita.

—Bien —dijo el obispo—, que paséis buena noche. Mañana temprano, antes de partir, tomaréis una taza de leche de nuestras vacas, bien caliente.

—Gracias, señor cura —dijo el hombre.

Pero apenas hubo pronunciado estas palabras de paz, súbitamente, sin transición alguna, hizo un movimiento extraño, que hubiera helado de espanto a las dos santas mujeres si hubieran estado presente. Se volvió bruscamente hacia el anciano, cruzó los brazos, y fijando en él una mirada salvaje, exclamó con voz ronca:

—¡Ah! ¡De modo que me alojáis en vuestra casa y tan cerca de vos!

Calló un momento, y añadió con una sonrisa que tenía algo de monstruosa:

—¿Habéis reflexionado bien? ¿Quién os ha dicho que no soy un asesino?

El obispo respondió:

—Ese es problema de Dios.

Después, con toda gravedad, bendijo con los dedos de la mano derecha a su huésped, que ni aun dobló la cabeza, y sin volver la vista atrás entró en su dormitorio.

Hizo una breve oración, y un momento después estaba en su jardín, donde se paseó meditabundo, contemplando con el alma y con el pensamiento los grandes misterios que Dios descubre por la noche a los ojos que permanecen abiertos.

En cuanto al hombre, estaba tan cansado que ni aprovechó aquellas blancas sábanas. Apagó la luz soplando con la nariz como acostumbran los presidarios, se dejó caer vestido en la cama, y se quedó profundamente dormido. Era medianoche cuando el obispo volvió del jardín a su cuarto. Algunos minutos después, todos dormían en aquella casa.

IV

Jean Valjean

Jean Valjean pertenecía a una humilde familia de Brie. No había aprendido a leer en su infancia; y cuando fue hombre, tomó el oficio de su padre, podador en Faverolles. Su padre se llamaba igualmente Jean Valjean o Vlajean, una contracción probablemente de "voilà Jean": ahí está Jean.

Su carácter era pensativo, aunque no triste, propio de las almas afectuosas. Perdió de muy corta edad a su padre y a su madre. Se encontró sin más familia que una hermana mayor que él, viuda y con siete hijos. El marido murió cuando el mayor de los siete hijos tenía ocho años y el menor uno. Jean Valjean acababa de cumplir veinticinco. Reemplazó al padre, y mantuvo a su hermana y los niños. Lo hizo sencillamente, como un deber, y aun con cierta rudeza.

Su juventud se desperdiciaba, pues, en un trabajo duro y mal pagado. Nunca se le conoció novia; no había tenido tiempo para enamorarse.

Por la noche volvía cansado a la casa y comía su sopa sin decir una palabra. Mientras comía, su hermana a menudo le sacaba de su plato lo mejor de la comida, el pedazo de carne, la lonja de tocino, el cogollo de la col, para dárselo a alguno de sus hijos. Él, sin dejar de comer, inclinado sobre la mesa, con la cabeza casi metida en la sopa, con sus largos cabellos esparcidos alrededor del plato, parecía que nada observaba; y la dejaba hacer.

Aquella familia era un triste grupo que la miseria fue oprimiendo poco a poco. Llegó un invierno muy crudo; Jean no tuvo trabajo. La familia careció de pan. ¡Ni un bocado de pan y siete niños!

Un domingo por la noche Maubert Isabeau, panadero de la plaza de la Iglesia, se disponía a acostarse cuando oyó un golpe violento en la puerta y en la vidriera de su tienda. Acudió, y llegó a tiempo de ver pasar un brazo a través del agujero hecho en la vidriera por un puñetazo. El brazo cogió un pan y se retiró. Isabeau salió apresuradamente; el ladrón huyó a todo correr pero Isabeau corrió también y lo detuvo. El ladrón había tirado el pan, pero tenía aún el brazo ensangrentado. Era Jean Valjean.

Esto ocurrió en 1795. Jean Valjean fue acusado ante los tribunales de aquel tiempo como autor de un robo con fractura, de noche, y en casa habitada. Tenía en su casa un fusil y era un eximio tirador y aficionado a la caza furtiva, y esto lo perjudicó.

Fue declarado culpable. Las palabras del código eran terminantes. Hay en nuestra civilización momentos terribles, y son precisamente aquellos en que la ley penal pronuncia una condena. ¡Instante fúnebre aquel en que la sociedad se aleja y consuma el irreparable abandono de un ser pensante! Jean Valjean fue condenado a cinco años de presidio.

Un antiguo carcelero de la prisión recuerda aún perfectamente a este desgraciado, cuya cadena se remachó en la extremidad del patio. Estaba sentado en el suelo como todos los demás. Parecía que no comprendía nada de su posición sino que era horrible. Pero es probable que descubriese, a través de las vagas ideas de un hombre completamente ignorante, que había en su pena algo excesivo. Mientras que a grandes martillazos remachaban detrás de él la bala de su cadena, lloraba; las lágrimas lo ahogaban, le impedían hablar, y solamente de rato en rato exclamaba: "Yo era podador en Faverolles". Después sollozando y alzando su mano derecha, y bajándola gradualmente siete veces, como si tocase sucesivamente siete cabezas a desigual altura, quería indicar que lo que había hecho fue para alimentar a siete criaturas.

Por fin partió para Tolón, donde llegó después de un viaje de veintisiete días, en una carreta y con la cadena al cuello. En Tolón fue vestido con la chaqueta roja; y entonces se borró todo lo que había sido en su vida, hasta su nombre, porque desde entonces ya no fue Jean Valjean, sino el número 24,601. ¿Qué fue de su hermana? ¿Qué fue de los siete niños? Pero, ¿a quién le importa?

La historia es siempre la misma. Esos pobres seres, esas criaturas de Dios, sin apoyo alguno, sin guía, sin asilo, quedaron a merced de la casualidad. ¿Qué más se ha de saber? Se fueron cada uno por su lado, y se sumergieron poco a poco en esa fría bruma en que se sepultan los destinos solitarios. Apenas, durante todo el tiempo que pasó en Tolón, oyó hablar una sola vez de su hermana. Al fin del cuarto año de prisión, recibió noticias por no sé qué conducto. Alguien que los había conocido en su pueblo había visto a su hermana: estaba en París. Vivía en un miserable callejón, cerca de San Sulpicio, y tenía consigo sólo al menor de los niños. Esto fue lo que le dijeron a Jean Valjean. Nada supo después.

A fines de ese mismo cuarto año, le llegó su turno para la evasión. Sus camaradas lo ayudaron como suele hacerse en aquella triste mansión, y se evadió. Anduvo errante dos días en libertad por el campo, si es ser libre estar perseguido, volver la cabeza a cada instante y al menor ruido, tener miedo de todo, del sendero, de los árboles, del sueño. En la noche del segundo día fue apresado. No había comido ni dormido hacía treinta seis horas. El tribunal lo condenó por este delito a un recargo de tres años. Al sexto año le tocó también el turno para la evasión; por la noche la ronda le encontró oculto bajo la quilla de un buque en construcción; hizo resistencia a los guardias que lo cogieron: evasión y rebelión. Este hecho, previsto por el código especial, fue castigado con un recargo de cinco años, dos de ellos de doble cadena. Al décimo le llegó otra vez su turno, y lo aprovechó; pero no salió mejor librado. Tres años más por esta nueva tentativa. En fin, el año decimotercero, intentó de nuevo su evasión, y fue cogido a las cuatro horas. Tres años más por estas cuatro horas: total diecinueve años. En octubre de 1815 salió en libertad: había entrado al presidio en 1796 por haber roto un vidrio y haber tomado un pan.

Jean Valjean entró al presidio sollozando y tembloroso; salió impasible. Entró desesperado; salió taciturno.

¿Qué había pasado en su alma?

V
El interior de la desesperación

Tratemos de explicarlo.

Es preciso que la sociedad se fije en estas cosas, puesto que ella es su causa.

Jean era, como hemos dicho, un ignorante; pero no era un imbécil. La luz natural brillaba en su interior; y la desgracia, que tiene también su claridad, aumentó la poca que había en aquel espíritu. Bajo la influencia del látigo, de la cadena, del calabozo, del trabajo bajo el ardiente Sol del presidio, en el lecho de tablas, el presidiario se encerró en su conciencia, y reflexionó.

Se constituyó en tribunal. Principió por juzgarse a sí mismo. Reconoció que no era un inocente castigado injustamente. Confesó que había cometido una acción mala, culpable; que quizá no le habrían negado el pan si lo hubiese pedido; que en todo caso hubiera sido mejor esperar para conseguirlo de la piedad o del trabajo; que no es una razón el decir: ¿se puede esperar cuando se padece hambre? Que es muy raro el caso que un hombre muera literalmente de hambre; que debió haber tenido paciencia; que eso hubiera sido mejor para sus pobres niños; que había sido un acto de locura en él, desgraciado criminal, coger violentamente a la sociedad entera por el cuello, y figurarse que se puede salir de la miseria por medio del robo; que es siempre una mala puerta para salir de la miseria la que da entrada a la infamia; y, en fin, que había obrado mal.

Después se preguntó si era el único que había obrado mal en tal fatal historia; si no era una cosa grave que él, trabajador, careciese de trabajo; que él, laborioso, careciese de pan; si, después de cometida y confesada la falta, el castigo no había sido feroz y extremado; si no había más abuso por parte de la ley en la pena que por parte del culpado en la culpa; si el recargo de la pena no era el olvido del delito, y no producía por resultado el cambio completo de la situación, reemplazando la falta del delincuente con el exceso de la represión, transformando al culpado en víctima, y al deudor en acreedor, poniendo definitivamente el derecho de parte del mismo que lo había violado; si esta pena, complicada por recargos sucesivos por las tentativas de evasión, no concluía por ser una especie de atentado del fuerte contra el débil, un crimen de la sociedad contra el individuo; un crimen que empezaba todos los días; un crimen que se cometía continuamente por espacio de diecinueve años.

Se preguntó si la sociedad humana podía tener el derecho de hacer sufrir igualmente a sus miembros, en un caso su imprevisión irracional, y en otro su impía previsión; y de apoderarse para siempre de un hombre entre una falta y un exceso; falta de trabajo, exceso de castigo.

Se preguntó si era justo que la sociedad tratase así precisamente a aquellos de sus miembros peor dotados en la repartición casual de los bienes y, por lo tanto, a los miserables más dignos de consideración.

Presentadas y resueltas estas cuestiones, juzgó a la sociedad y la condenó.

La condenó a su odio.

La hizo responsable de su suerte, y se dijo que no dudaría quizá en pedirle cuentas algún día. Se declaró a sí mismo que no había equilibrio entre el mal que había causado y el que había recibido; concluyendo, por fin, que su castigo no era ciertamente una injusticia, pero era seguramente una iniquidad.

Los hombres no lo habían tocado más que para maltratarle. Todo contacto con ellos había sido una herida. Nunca, desde su infancia, exceptuando a su madre y a su hermana, nunca había encontrado una voz amiga, una mirada benévola. Así, de padecimiento en padecimiento, llegó a la convicción de que la vida es una guerra, y que en esta guerra él era el vencido. Y no teniendo más arma que el odio, resolvió aguzarlo en el presidio, y llevarlo consigo a su salida.

Había en Tolón una escuela para presidarios, en la cual se enseñaba lo más necesario a los desgraciados que tenían buena voluntad. Jean fue del número de los hombres de buena voluntad. Empezó a ir a la escuela a los cuarenta años, y aprendió a leer, a escribir y a contar. Pensó que fortalecer su inteligencia era fortalecer su odio; porque en ciertos casos la instrucción y la luz pueden servir de auxiliares al mal.

Digamos ahora una cosa triste: Jean, después de juzgar a la sociedad que había hecho su desgracia, juzgó a la Providencia que había hecho la sociedad, y la condenó también.

Así, durante estos diecinueve años de tortura y de esclavitud, su alma se elevó y decayó al mismo tiempo. En ella entraron la luz por un lado y las tinieblas por otro.

Jean Valjean no tenía, como se ha visto, una naturaleza malvada. Aún era bueno cuando entró en el presidio. Allí condenó a la sociedad y supo que se hacía malo; condenó a la Providencia, y supo que se hacía impío.

¿Puede la naturaleza humana transformarse así completamente? Al hombre, creado bueno por Dios, ¿puede hacerlo malo el hombre? ¿Puede el destino modificar el alma completamente, y hacerla mala porque es malo el destino? ¿No hay en toda alma humana, no había en el alma de Jean Valjean en particular, una primera chispa, un elemento divino, incorruptible en este mundo, inmortal en el otro, que el bien puede desarrollar, encender, purificar, hacer brillar esplendorosamente, y que el mal no puede nunca apagar del todo?

¿Tenía conciencia el presidiario de todo lo que había pasado en él, y de todas las emociones que experimentaba? Preguntas profundas y oscuras para que este hombre rudo e ignorante pudiera responder. Había demasiada ignorancia en Jean Valjean para que, aun después de tanta desgracia, no quedase mucha vaguedad en su espíritu. Ni aun sabía exactamente lo que por él pasaba. Jean Valjean estaba en las tinieblas; sufría en las tinieblas; odiaba en las tinieblas. Vivía habitualmente en esta sombra, a tientas, como un ciego, como un soñador. Solamente a intervalos recibía súbitamente, de sí mismo o del exterior, un impulso de cólera, un aumento de padecimiento, un pálido y rápido relámpago que iluminaba toda su alma y que le mostraba, entre los resplandores de una luz horrible, los negros precipicios y las sombrías perspectivas de su destino.

Pero pasaba el relámpago, venía la noche, y ¿dónde estaba él? Ya no lo sabía.

Jean Valjean hablaba poco y no reía nunca. Era necesaria una emoción fuertísima para arrancarle, una o dos veces al año, esa lúgubre risa del forzado que es como el eco de una risa satánica. Parecía estar ocupado siempre en contemplar algo terrible.

Y en aquella penumbra sombría y tenebrosa en que vivía, no dejó de destacarse su increíble fuerza física. Y su agilidad, que era aún mayor que su fuerza. Ciertos presidiarios, fraguadores perpetuos de evasiones, concluyen por hacer de la fuerza y de la destreza combinadas una verdadera ciencia, la ciencia de los músculos. Subir por una vertical, y hallar puntos de apoyo donde no había apenas un desnivel, era solamente un juego para Jean Valjean.

No sin razón su pasaporte lo calificaba de "hombre muy peligroso".

De año en año se había ido desecando su alma, lenta, pero fatalmente. A alma seca, ojos secos. A su salida de presidio hacía diecinueve años que no había derramado una lágrima.

VI
La ola y la sombra

¡Un hombre al mar!

¡Qué importa! El buque no se detiene por eso. El viento sopla; el barco tiene una senda trazada, que debe recorrer necesariamente.

El hombre desaparece y vuelve a aparecer; se sumerge y sube a la superficie; llama; tiende los brazos, pero no es oído: la nave, temblando al impulso del huracán, continúa sus maniobras; los marineros y los pasajeros no ven al hombre sumergido; su miserable cabeza no es más que un punto en la inmensidad de las olas.

Sus gritos desesperados resuenan en las profundidades. Observa aquel espectro de una vela que se aleja. La mira, la mira desesperado. Pero la vela se aleja, decrece, desaparece. Allí estaba él: hacía un momento, formaba parte de la tripulación, iba y venía por el puente con los demás, tenía su parte de aire y de sol; estaba vivo. Pero ¿qué ha sucedido? Resbaló; cayó. Todo ha terminado.

Se encuentra inmerso en el monstruo de las aguas. Bajo sus pies no hay más que olas que huyen, olas que se abren, que desaparecen. Estas olas, rotas y rasgadas por el viento, lo rodean espantosamente; los vaivenes del abismo lo arrastran; los harapos del agua se agitan alrededor de su cabeza; un pueblo de olas escupe sobre él; confusas cavernas amenazan devorarle; cada vez que se sumerge descubre precipicios llenos de oscuridad; una vegetación desconocida lo sujeta, le enreda los pies, lo atrae: siente que forma ya parte de la espuma, que las olas se lo echan de una a otra; bebe toda su amargura; el océano se encarniza con él para ahogarle; la inmensidad juega con su agonía. Parece que el agua se ha convertido en odio.

Pero lucha todavía.

Trata de defenderse, de sostenerse, hace esfuerzos, nada. ¡Pobre fuerza agotada ya, que combate con lo inagotable!

¿Dónde está el buque? Allá a lo lejos. Apenas es ya visible en las pálidas tinieblas del horizonte.

Las ráfagas soplan; las espumas lo cubren. Alza la vista; ya no divisa más que la lividez de las nubes. En su agonía asiste a la inmensa demencia de la mar. La locura de las olas es su suplicio: oye mil ruidos inauditos que parecen salir de más allá de la tierra; de un sitio desconocido y horrible.

Hay pájaros en las nubes, lo mismo que hay ángeles sobre las miserias humanas; pero, ¿qué pueden hacer por él? Ellos vuelan, cantan y se ciernen en los aires, y él agoniza. Se ve ya sepultado entre dos infinitos, el océano y el cielo; uno es su tumba; otro su mortaja.

Llega la noche; hace algunas horas que nada; sus fuerzas se agotan ya; aquel buque, aquella cosa lejana donde hay hombres, ha desaparecido; se encuentra solo en el formidable abismo crepuscular; se sumerge, se estira, se enrosca; ve debajo de sí los indefinibles monstruos del infinito; grita.

Ya no lo oyen los hombres. ¿Y dónde está Dios?

Llama. Llama sin cesar.

Nada en el horizonte; nada en el cielo.

Implora al espacio, a la ola, a las algas, al escollo; todo ensordece. Suplica a la tempestad; la tempestad imperturbable sólo obedece al infinito.

A su alrededor tiene la oscuridad, la bruma; la soledad, el tumulto tempestuoso y ciego, el movimiento indefinido de las temibles olas; dentro de sí el horror y la fatiga.

El frío sin fondo lo paraliza. Sus manos se crispan y se cierran, y cogen, al cerrarse, la nada. Vientos, nubes, torbellinos, estrellas; ¡todo le es inútil! ¿Qué hacer? El desesperado se abandona; el que está cansado toma el partido de morir, se deja llevar, se entrega a la suerte, y rueda para siempre en las lúgubres profundidades del sepulcro.

¡Oh destino implacable de las sociedades humanas, que perdéis los hombres y las almas en vuestro camino! ¡Océano en que cae todo lo que deja caer la ley! ¡Siniestra desaparición de todo auxilio! ¡Muerte moral!

La mar es la inexorable noche social en que la penalidad arroja a sus condenados. La mar es la inmensa miseria. El alma, naufragando en este abismo, puede convertirse en un cadáver. ¿Quién lo resucitará?

VII
Nuevas quejas

Cuando llegó la hora de la salida del presidio; cuando Jean Valjean oyó resonar en sus oídos estas palabras extrañas: "¡Estás libre!", tuvo un momento indescriptible: un rayo de viva luz, un rayo de la verdadera luz de los vivos penetró en él súbitamente. Pero no tardó en debilitarse. Jean Valjean se había deslumbrado con la idea de la libertad. Había creído en una vida nueva; pero pronto supo lo que es una libertad con pasaporte amarillo.

Al día siguiente de su libertad, en Grasse, vio delante de la puerta de una destilería de flores de naranjo algunos hombres que descargaban unos fardos. Ofreció su trabajo. Era necesario y fue aceptado. Se puso a trabajar. Era inteligente, robusto, ágil, trabajaba muy bien; su empleador parecía estar contento. Pero pasó un gendarme, lo observó y le pidió sus papeles. Le fue preciso mostrar el pasaporte amarillo. Hecho esto, volvió a su trabajo. Un momento antes había preguntado a un compañero cuánto ganaba al día; "treinta sueldos", le había respondido. Llegó la tarde, y como debía partir al día siguiente por la mañana, se presentó al dueño y le rogó que le pagase. Este no pronunció una palabra, y le entregó quince sueldos. Reclamó y le respondieron: "Bastante es eso para ti". Insistió. El dueño lo miró fijamente, y le dijo: "¡Cuidado con la cárcel!"

La excarcelación no es la libertad. Se acaba el presidio, pero no la condena. Esto era lo que había sucedido en Grasse. Ya hemos visto cómo fue recibido en D.

VIII
El hombre despierto

Daban las dos en el reloj de la catedral cuando Jean Valjean despertó.

Lo que lo despertó fue el lecho demasiado blando. Iban a cumplirse veinte años que no se acostaba en una cama, y aunque no se hubiese desnudado, la sensación era demasiado nueva para no turbar su sueño.

Había dormido más de cuatro horas. No acostumbraba dedicar más tiempo al reposo.

Abrió los ojos y miró un momento en la oscuridad en derredor suyo; después los cerró para dormir otra vez.

Pero cuando han agitado el ánimo durante el día muchas sensaciones diversas; cuando se ha pensado a la vez en muchas cosas, el hombre duerme, pero no vuelve a dormir una vez que ha despertado. Jean Valjean no pudo dormir más, y se puso a meditar.

Se encontraba en uno de esos momentos en que todas las ideas que tiene el espíritu se mueven y agitan sin fijarse. Tenía una especie de vaivén oscuro en el cerebro.

Muchas ideas lo acosaban pero entre ellas había una que se presentaba más continuamente a su espíritu, y que expulsaba a las demás; había reparado en los seis cubiertos de plata y el cucharón que la señora Magloire pusiera en la mesa.

Estos seis cubiertos de plata lo obsesionaban. Y estaban allí, a algunos pasos. Y eran macizos. Y de plata antigua. Con el cucharón, valdrían lo menos doscientos francos, el doble de lo que había ganado en diecinueve años.

Su mente osciló por espacio de una hora en fluctuaciones en que se desarrollaba cierta lucha. Dieron las tres. Abrió los ojos, se incorporó bruscamente en la cama. Permaneció algún tiempo pensativo. De repente se levantó, se quitó los zapatos que colocó suavemente en la estera cerca de la cama; volvió a su primera postura de siniestra meditación, y quedó inmóvil, y hubiera permanecido en ella hasta que viniera el día, si el reloj no hubiese dado una campanada; tal vez esta campanada le gritó ¡Vamos!

Se puso de pie, dudó aún un momento y escuchó: todo estaba en silencio en la casa; entonces examinó la ventana; miró hacia el jardín, con esa mirada atenta que estudia más que mira. Estaba cercado por una pared blanca bastante baja y fácil de escalar.

Después, con el ademán de un hombre resuelto, se dirigió a la cama, cogió su morral, lo abrió, lo registró, sacó un objeto de hierro que puso sobre la cama, se metió los zapatos en los bolsillos, cerró el saco y se lo echó a la espalda, se puso la gorra bajando la visera sobre los ojos, buscó a tientas su palo, y fue a colocarlo en el ángulo de la ventana; después volvió a la cama y cogió resueltamente el objeto que había dejado allí. Parecía una barra de hierro corta, aguzada como un chuzo: era una lámpara de minero. A veces se empleaba a presidiarios en faenas mineras cerca de Tolón y no es, por tanto, de extrañar que Valjean tuviera en su poder dicho implemento. Con ella en la mano, y conteniendo la respiración, se dirigió al cuarto contiguo. Encontró la puerta entornada. El obispo no la había cerrado.

Jean Valjean escuchó un momento. No se oía ruido alguno.

Empujó la puerta; un gozne mal aceitado produjo en la oscuridad un ruido ronco y prolongado.

Jean Valjean tembló. El ruido sonó en sus oídos como un eco formidable, y vibrante, como la trompeta del juicio final.

Se detuvo temblando azorado. Oyó latir las arterias en sus sienes como dos martillos de fragua, y le pareció que el aliento salía de su pecho con el ruido con que sale el viento de una caverna. Creía imposible que el grito de aquel gozne no hubiese estremecido toda la casa como la sacudida de un terremoto. El viejo se levantaría, las dos mujeres gritarían, recibirían auxilio, y antes de un cuarto de hora el pueblo estaría en movimiento, y la gendarmería en pie. Por un momento se creyó perdido.

Permaneció inmóvil, sin atreverse a hacer ningún movimiento. Pasaron algunos minutos. La puerta se había abierto completamente. Se atrevió a entrar en el cuarto; el ruido del gozne mohoso no había despertado a nadie.

Había pasado el primer peligro; pero Jean Valjean estaba sobrecogido y confuso. Mas no retrocedió. Ni aun en el momento en que se creyó perdido retrocedió. Sólo pensó en acabar cuanto antes.

En el dormitorio reinaba una calma perfecta. Oía en el fondo de la habitación la respiración igual y tranquila del obispo dormido.

De repente se detuvo. Estaba cerca de la cama; había llegado antes de lo que creía.

El obispo dormía tranquilamente. Su fisonomía estaba iluminada por una vaga expresión de satisfacción, de esperanza, de beatitud. Esta expresión era más que una sonrisa; era casi un resplandor.

Jean Valjean estaba en la sombra con su barra de hierro en la mano, inmóvil, turbado ante aquel anciano resplandeciente. Nunca había visto una cosa semejante. Aquella confianza lo asustaba. El mundo moral no puede presentar espectáculo más grande: una conciencia turbada a inquieta, próxima a cometer una mala acción, contemplando el sueño de un justo.

Nadie hubiera podido decir lo que pasaba en aquel momento por el criminal; ni aun él mismo lo sabía. Para tratar de expresarlo es preciso combinar mentalmente lo más violento con lo más suave. En su fisonomía no se podía distinguir nada con certidumbre; parecía expresar un asombro esquivo. Contemplaba aquel cuadro; pero, ¿qué pensaba? Imposible adivinarlo. Era evidente que estaba conmovido y desconcertado. Pero, ¿de qué naturaleza era esta emoción?

No podía apartar su vista del anciano; y lo único que dejaba traslucir claramente su fisonomía era una extraña indecisión. Parecía dudar entre dos abismos: el de la perdición o el de la salvación; entre herir aquella cabeza o besar aquella mano.

Al cabo de algunos instantes levantó el brazo izquierdo hasta la frente, y se quitó la gorra; después dejó caer el brazo con lentitud y volvió a su meditación con la gorra en la mano izquierda, la barra en la derecha y los cabellos erizados sobre su tenebrosa frente.

El obispo seguía durmiendo tranquilamente bajo aquella mirada aterradora.

El reflejo de la Luna hacía visible confusamente encima de la chimenea el crucifijo, que parecía abrir sus brazos a ambos, bendiciendo al uno, perdonando al otro.

De repente Jean Valjean se puso la gorra, pasó rápidamente a lo largo de la cama sin mirar al obispo, se dirigió al armario que estaba a la cabecera; alzó la barra de hierro como para forzar la cerradura; pero estaba puesta la llave; la abrió y lo primero que encontró fue el cestito con la platería; lo cogió, atravesó la estancia a largos pasos, sin precaución alguna y sin cuidarse ya del ruido; entró en el oratorio, cogió su palo, abrió la ventana, la saltó, guardó los cubiertos en su morral, tiró el canastillo, atravesó el jardín, saltó la tapia como un tigre y desapareció.

IX

El obispo trabaja

Al día siguiente, al salir el Sol, monseñor Bienvenido se paseaba por el jardín. La señora Magloire salió corriendo a su encuentro muy agitada.

—Monseñor, monseñor —exclamó—: ¿Sabe Vuestra Grandeza dónde está el canastillo de los cubiertos?

—Sí —contestó el obispo.

—¡Bendito sea Dios! —dijo ella—. No lo podía encontrar.

El obispo acababa de recoger el canastillo en el jardín, y se lo presentó a la señora Magloire.

—Aquí está.

—Sí —dijo ella—; pero vacío. ¿Dónde están los cubiertos?

—¡Ah! —dijo el obispo—. ¿Es la vajilla lo que buscáis? No lo sé.

—¡Gran Dios! ¡La han robado! El hombre de anoche la ha robado.

Y en un momento, con toda su viveza, la señora Magloire corrió al oratorio, entró en la alcoba, y volvió al lado del obispo.

—¡Monseñor, el hombre se ha escapado! ¡Nos robó la platería!

El obispo permaneció un momento silencioso, alzó después la vista, y dijo a la señora Magloire con toda dulzura:

—¿Y era nuestra esa platería?

La señora Magloire se quedó sin palabras; y el obispo añadió:

—Señora Magloire; yo retenía injustamente desde hace tiempo esa platería. Pertenecía a los pobres. ¿Quién es ese hombre? Un pobre, evidentemente.

—¡Ay, Jesús! —dijo la señora Magloire—. No lo digo por mí ni por la señorita, porque a nosotras nos da lo mismo; lo digo por Vuestra Grandeza. ¿Con qué vais a comer ahora, monseñor?

El obispo la miró como asombrado.

—Pues, ¿no hay cubiertos de estaño?

La señora Magloire se encogió de hombros.

—El estaño huele mal.

—Entonces de hierro.

La señora Magloire hizo un gesto expresivo:

—El hierro sabe mal.

—Pues bien —dijo el obispo—, cubiertos de palo.

Algunos momentos después se sentaba en la misma mesa a que se había sentado Jean Valjean la noche anterior. Mientras desayunaba, monseñor Bienvenido hacía notar alegremente a su hermana, que no hablaba nada, y a la señora Magloire, que murmuraba sordamente, que no había necesidad de cuchara ni de tenedor, aunque fuesen de madera, para mojar un pedazo de pan en una taza de leche.

—¡A quién se le ocurre —mascullaba la señora Magloire yendo y viniendo— recibir a un hombre así, y darle cama a su lado!

Cuando ya iban a levantarse de la mesa, golpearon a la puerta.

—Adelante —dijo el obispo.

Se abrió con violencia la puerta. Un extraño grupo apareció en el umbral. Tres hombres traían a otro cogido del cuello. Los tres hombres eran gendarmes. El cuarto era Jean Valjean. Un cabo que parecía dirigir el grupo se dirigió al obispo haciendo el saludo militar.

—Monseñor... —dijo.

Al oír esta palabra Jean Valjean, que estaba silencioso y parecía abatido, levantó estupefacto la cabeza.

—¡Monseñor! —murmuró—. ¡No es el cura!

—Silencio —dijo un gendarme—. Es Su Ilustrísima el señor obispo.

Mientras tanto monseñor Bienvenido se había acercado a ellos.

—¡Ah, habéis regresado! —dijo mirando a Jean Valjean—. Me alegro de veros. Os había dado también los candeleros, que son de plata, y os pueden valer también doscientos francos. ¿Por qué no los habéis llevado con vuestros cubiertos?

Jean Valjean abrió los ojos y miró al venerable obispo con una expresión que no podría pintar ninguna lengua humana.

—Monseñor —dijo el cabo—. ¿Es verdad entonces lo que decía este hombre? Lo encontramos como si fuera huyendo, y lo hemos detenido. Tenía esos cubiertos...

—¿Y os ha dicho —interrumpió sonriendo el obispo— que se los había dado un hombre, un sacerdote anciano en cuya casa había pasado la noche? Ya lo veo. Y lo habéis traído acá.

—Entonces —dijo el gendarme—, ¿podemos dejarlo libre?

—Sin duda —dijo el obispo.

Los gendarmes soltaron a Jean Valjean, que retrocedió.

—¿Es verdad que me dejáis? —dijo con voz casi inarticulada, y como si hablase en sueños.

—Sí; te dejamos, ¿no lo oyes? —dijo el gendarme.

—Amigo mío —dijo el obispo—, tomad vuestros candeleros antes de iros.

Y fue a la chimenea, cogió los dos candelabros de plata, y se los dio. Las dos mujeres lo miraban sin hablar una palabra, sin hacer un gesto, sin dirigir una mirada que pudiese distraer al obispo.

Jean Valjean, temblando de pies a cabeza, tomó los candelabros con aire distraído.

—Ahora —dijo el obispo—, id en paz. Y a propósito, cuando volváis, amigo mío, es inútil que paséis por el jardín. Podéis entrar y salir siempre por la puerta de la calle. Está cerrada sólo con el picaporte noche y día.

Después volviéndose a los gendarmes, les dijo:

—Señores, podéis retiraros.

Los gendarmes abandonaron la casa.

Parecía que Jean Valjean iba a desmayarse.

El obispo se aproximó a él, y le dijo en voz baja:

—No olvidéis nunca que me habéis prometido emplear este dinero en haceros hombre honrado.

Jean Valjean, que no recordaba haber prometido nada, lo miró alelado. El obispo continuó con solemnidad:

—Jean Valjean, hermano mío, vos no pertenecéis al mal, sino al bien. Yo compro vuestra alma; yo la libro de las negras ideas y del espíritu de perdición, y la consagro a Dios.

X
Gervasillo

Jean Valjean salió del pueblo como si huyera. Caminó precipitadamente por el campo, tomando los caminos y senderos que se le presentaban, sin notar que a cada momento desandaba lo andado. Así anduvo errante toda la mañana, sin comer y sin tener hambre. Lo turbaba una multitud de sensaciones nuevas. Sentía cólera, y no sabía contra quién. No podía saber si estaba conmovido o humillado. Sentía por momentos un estremecimiento extraño, y lo combatía, oponiéndole el endurecimiento de sus últimos veinte años. Esta situación lo cansaba. Veía con inquietud que se debilitaba en su interior la horrible calma que le había hecho adquirir la injusticia de su desgracia. Y se preguntaba con qué la reemplazaría. En algún instante hubiera preferido estar preso con los gendarmes, y que todo hubiera pasado de otra manera; de seguro entonces no tendría tanta intranquilidad. Todo el día lo persiguieron pensamientos imposibles de expresar.

Cuando ya el Sol iba a desaparecer en el horizonte y alargaba en el suelo hasta la sombra de la menor piedrecilla, Jean Valjean se sentó detrás de un matorral en una gran llanura rojiza, enteramente desierta. Estaría a tres leguas de D. Un sendero que cortaba la llanura pasaba a algunos pasos del matorral.

En medio de su meditación oyó un alegre ruido. Volvió la cabeza, y vio venir por el sendero a un niño saboyano, de unos diez años, que iba cantando con su gaita al hombro y su bolsa a la espalda.

Era uno de esos simpáticos muchachos que van de pueblo en pueblo, luciendo las rodillas por los agujeros de los pantalones.

El muchacho interrumpía de vez en cuando su marcha para jugar con algunas monedas que llevaba en la mano, y que serían probablemente todo su capital. Entre estas monedas había una de plata de cuarenta sueldos.

Se detuvo cerca del arbusto sin ver a Jean Valjean y tiró las monedas que hasta entonces había cogido con bastante habilidad en el dorso de la mano. Pero esta vez la moneda de cuarenta sueldos se le escapó y fue rodando por la hierba hasta donde estaba Jean Valjean, quien le puso el pie encima. Pero el niño había seguido la moneda con la vista. No se detuvo; se fue derecho hacia el hombre.

El sitio estaba completamente solitario. El muchacho daba la espalda al sol, que doraba sus cabellos y teñía con una claridad sangrienta la salvaje fisonomía de Jean Valjean.

—Señor —dijo el saboyano con esa confianza de los niños, que es una mezcla de ignorancia y de inocencia—: ¡Mi moneda!

—¿Cómo te llamas? —preguntó Jean Valjean.

—Gervasillo, señor.

—Vete —le dijo Jean Valjean.

—Señor, dadme mi moneda volvió a decir el niño.

Jean Valjean bajó la cabeza y no respondió.

El muchacho volvió a decir:

—¡Mi moneda, señor!

La vista de Jean Valjean siguió fija en el suelo.

—¡Mi moneda! —gritó ya el niño—, ¡mi moneda de plata! ¡Mi dinero!

Parecía que Jean Valjean no oía nada. El niño le cogió la solapa de la chaqueta, y la sacudió, haciendo esfuerzos al mismo tiempo para separar el tosco zapato claveteado que cubría su tesoro.

—¡Quiero mi moneda! ¡Mi moneda de cuarenta sueldos!

El niño lloraba. Jean Valjean levantó la cabeza; pero siguió sentado. Sus ojos estaban turbios. Miró al niño como con asombro, y después llevó la mano al palo gritando con voz terrible:

—¿Quién anda ahí?

—Yo, señor —respondió el muchacho—. Yo, Gervasillo. ¿Queréis devolverme mis cuarenta sueldos? ¿Queréis alzar el pie?

Y después irritado ya y casi en tono amenazador, a pesar de su corta edad, le dijo:

—Pero, ¿quitaréis el pie? ¡Vamos, levantad ese pie!

—¡Ah! ¡Conque estás aquí todavía! —dijo Jean Valjean; y poniéndose repentinamente de pie, sin descubrir por esto la moneda, añadió—: ¿Quieres irte de una vez?

El niño lo miró atemorizado; tembló de pies a cabeza, y después de algunos momentos de estupor, echó a correr con todas sus fuerzas sin volver la cabeza, ni dar un grito.

Sin embargo a alguna distancia, la fatiga lo obligó a detenerse y Jean Valjean, en medio de su meditación, lo oyó sollozar.

Algunos instantes después, el niño había desaparecido.

El Sol se había puesto. La sombra crecía alrededor de Jean Valjean. En todo el día no había tomado alimento; es probable que tuviera fiebre.

Se había quedado de pie, y no había cambiado de postura desde que huyó el niño. La respiración levantaba su pecho a intervalos largos y desiguales. Su mirada, clavada diez o doce pasos delante de él, parecía examinar con profunda atención un pedazo de loza azul que había entre la hierba. De pronto, se estremeció: sentía ya el frío de la noche.

Se encasquetó bien la gorra; se cruzó y abotonó maquinalmente la chaqueta, dio un paso, y se inclinó para coger del suelo el palo. Al hacer este movimiento vio la moneda de cuarenta sueldos que su pie había medio sepultado en la tierra, y que brillaba entre algunas piedras. "¿Qué es esto?", dijo entre dientes. Retrocedió tres pasos, y se detuvo sin poder separar su vista de aquel punto que había pisoteado hacía un momento, como si aquello que brillaba en la oscuridad hubiese tenido un ojo abierto y fijo en él.

Después de algunos minutos se lanzó convulsivamente hacia la moneda de plata de dos francos, la cogió, y enderezándose miró a lo lejos por la llanura, dirigiendo sus ojos a todo el horizonte, anhelante, como una fiera asustada que busca un asilo.

Nada vio. La noche caía, la llanura estaba fría, e iba formándose una bruma violada en la claridad del crepúsculo.

Dio un suspiro y marchó rápidamente hacia el sitio por donde el niño había desaparecido. Después de haber andado unos treinta pasos se detuvo y miró. Pero tampoco vio nada.

Entonces gritó con todas sus fuerzas:

—¡Gervasillo! ¡Gervasillo!

Calló y esperó. Nadie respondió. El campo estaba desierto y triste.

El hombre volvió a andar, a correr; de tanto en tanto se detenía y gritaba en aquella soledad con la voz más formidable y más desolada que pueda imaginarse:

—¡Gervasillo! ¡Gervasillo!

Si el muchacho hubiera oído estas voces, de seguro habría tenido miedo, y se hubiera guardado muy bien de acudir. Pero debía de estar ya muy lejos.

Jean Valjean encontró a un cura que iba a caballo. Se dirigió a él y le dijo:

—Señor cura: ¿habéis visto pasar a un muchacho?

—No —dijo el cura.

—¡Uno que se llama Gervasillo!

—No he visto a nadie.

Entonces Jean Valjean sacó dos monedas de cinco francos de su morral, y se las dio al cura.

—Señor cura, tomad para los pobres. Señor cura, es un mucha-cho de unos diez años con una bolsa y una gaita. Iba caminando. Es uno de esos saboyanos, ya sabéis...

—No lo he visto.

Jean Valjean tomó violentamente otras dos monedas de cinco fran-cos, y las dio al sacerdote.

—Para los pobres —le dijo.

Y después añadió con azoramiento:

—Señor cura, mandad que me prendan: soy un ladrón.

El cura picó espuelas y huyó atemorizado.

Jean Valjean echó a correr. Siguió a la suerte un camino mirando, llamando y gritando; pero no encontró a nadie. Al fin se detuvo. La luna había salido. Paseó su mirada a lo lejos, y gritó por última vez:

—¡Gervasillo! ¡Gervasillo! ¡Gervasillo!

Aquel fue su último intento. Sus piernas se doblaron bruscamen-te, como si un poder invisible lo oprimiera con todo el peso de su mala conciencia. Cayó desfallecido sobre una piedra con las manos en la cabeza y la cara entre las rodillas, y exclamó:

—¡Soy un miserable!

Su corazón estalló, y rompió a llorar. ¡Era la primera vez que lloraba en diecinueve años!

Cuando Jean Valjean salió de casa del obispo, estaba, por decirlo así, fuera de todo lo que había sido su pensamiento hasta allí. No podía explicarse lo que pasaba en él. Quería resistir la acción angélica, las dulces palabras del anciano: "Me habéis prometido ser hombre honra-do. Yo compro vuestra alma. Yo la libero del espíritu de perversidad, y la consagro a Dios". Estas frases se presentaban a su memoria sin ce-sar. Comprendía claramente que el perdón de aquel sacerdote era el ataque más formidable que podía recibir; que su endurecimiento sería in-finito si podía resistir aquella clemencia; pero que si cedía, le sería preciso renunciar al odio que había alimentado en su alma por espacio de tantos años, y que ahora había comenzado una lucha colosal y defi-nitiva entre su maldad y la bondad del anciano sacerdote.

Deslumbrado ante esta nueva luz, caminaba como un enajenado. Veía sin duda alguna que ya no era el mismo hombre; que todo había cambiado en él, y que no había estado en su mano evitar que el obispo le hablara y lo conmoviera.

En este estado de espíritu había aparecido Gervasillo y él le había robado sus cuarenta sueldos. ¿Por qué? Con toda seguridad no hubiera podido explicarlo. ¿Era aquella acción un último efecto, un supremo esfuerzo de las malas ideas que había traído del presidio?

Jean Valjean retrocedió con angustia y dio un grito de espanto. Al robar la moneda al niño había hecho algo que no sería ya más capaz de hacer. Esta última mala acción tuvo en él un efecto decisivo. En el momento en que exclamaba: "¡Soy un miserable!", acababa de conocerse tal como era. Vio realmente a Jean Valjean con su siniestra fisonomía delante de sí, y le tuvo horror.

Vio, como en una profundidad misteriosa, una especie de luz que tomó al principio por una antorcha. Examinando con más atención esta luz encendida en su conciencia, vio que tenía forma humana, y que era el obispo.

Su conciencia comparó al obispo con Jean Valjean. El obispo crecía y resplandecía a sus ojos y Jean Valjean se empequeñecía y desaparecía. Después de algunos instantes sólo quedó de él una sombra. Después desapareció del todo. Sólo quedó el obispo. El obispo, que iluminaba el alma de aquel miserable con un resplandor magnífico.

Jean Valjean lloró largo rato. Lloró lágrimas ardientes, lloró a sollozos; lloró con la debilidad de una mujer, con el temor de un niño.

Mientras lloraba se encendía poco a poco una luz en su cerebro, una luz extraordinaria, una luz maravillosa y terrible a la vez. Su vida pasada, su primera falta, su larga expiación, su embrutecimiento exterior, su endurecimiento interior, su libertad halagada con tantos planes de venganza, las escenas en casa del obispo, la última acción que había cometido, aquel robo de cuarenta sueldos a un niño, crimen tanto más culpable, tanto más monstruoso cuanto que lo ejecutó después del perdón del obispo; todo esto se le presentó claramente; pero con una claridad que no había conocido hasta entonces.

Examinó su vida y le pareció horrorosa; examinó su alma y le pareció horrible. Y sin embargo, sobre su vida y sobre su alma se extendía una suave claridad.

¿Cuánto tiempo estuvo llorando así? ¿Qué hizo después de llorar? ¿Adónde fue? No se supo. Solamente se dijo que aquella misma noche, un cochero que llegaba a D. hacia las tres de la mañana, al atravesar la calle donde vivía el obispo vio a un hombre en actitud de orar, de rodillas en el empedrado, delante de la puerta de monseñor Bienvenido.

LIBRO TERCERO
El año 1817

I
Doble cuarteto

En 1817 reinaba Luis XVIII, Napoleón estaba en Santa Elena, y todos convenían en que se había cerrado para siempre la era de las revoluciones.

En ese 1817, cuatro alegres jóvenes que estudiaban en París decidieron hacer una buena broma. Eran jóvenes insignificantes; todo el mundo conoce su tipo: ni buenos, ni malos; ni sabios, ni ignorantes; ni genios, ni imbéciles; ramas de ese abril encantador que se llama veinte años.

Se llamaban Tholomyès, Listolier, Fameuil y Blachevelle. Cada uno tenía, naturalmente, su amante. Blachevelle amaba a Favorita, Listolier adoraba a Dalia, Fameuil idolatraba a Zefina, y Tholomyès quería a Fantina, llamada la rubia, por sus hermosos cabellos, que eran como los rayos del Sol.

Favorita, Dalia, Zefina y Fantina eran cuatro encantadoras jóvenes perfumadas y radiantes, con algo de obreras aún porque no habían abandonado enteramente la aguja, distraídas con sus amorcillos, y que conservaban en su fisonomía un resto de la severidad del trabajo, y en su alma esa flor de la honestidad que sobrevive en la mujer a su primera caída. La pobreza y la coquetería son dos consejeros fatales: el uno murmura y el otro halaga; y las jóvenes del pueblo tienen ambos consejeros que les hablan cada uno a un oído. Estas almas mal guardadas los escuchan; y de aquí provienen los tropiezos que dan y las piedras que se les arrojan. ¡Ah, si la señorita aristocrática tuviese hambre!

Los jóvenes eran camaradas; las jóvenes eran amigas. Tales amores llevan siempre consigo tales amistades.

Fantina era uno de esos seres que brotan del fondo del pueblo. Había nacido en M. ¿Quiénes eran sus padres? Nadie había conocido a su padre ni a su madre. Se llamaba Fantina. ¿Y por qué se llamaba Fantina? Cuando nació se vivía la época del Directorio. Como no tenía nombre de familia, no tenía familia; como no tenía nombre de bautismo, la Iglesia no existía para ella. Se llamó como quiso el primer transeúnte que la encontró con los pies descalzos en la calle. Recibió un nombre, lo mismo que recibía en su frente el agua de las nubes los días de lluvia. Así vino a la vida esta criatura humana. A los diez años Fantina abandonó la ciudad y se puso a servir donde los granjeros de los alrededores. A los quince años se fue a París a "buscar fortuna". Permaneció pura el mayor tiempo que pudo. Fantina era hermosa. Tenía un rostro deslumbrador, de delicado perfil, los ojos azul oscuro, el cutis blanco, las mejillas infantiles y frescas, el cuello esbelto. Era una bonita rubia con bellísimos dientes; tenía por dote el oro y las perlas; pero el oro estaba en su cabeza, y las perlas en su boca.

Trabajó para vivir, y después amó también para vivir, porque el corazón tiene su hambre.

Y amó a Tholomyès.

Amor pasajero para él; pasión para ella. Las calles del Barrio Latino, que hormiguean de estudiantes y modistillas, vieron el principio de este sueño. Fantina había huido mucho tiempo de Tholomyès, pero de modo que siempre lo encontraba en los laberintos del Panteón, donde empiezan y terminan tantas aventuras.

Blachevelle, Listolier y Fameuil formaban un grupo a cuya cabeza estaba Tholomyès, que era el más inteligente.

Un día Tholomyès llamó aparte a los otros tres, hizo un gesto propio de un oráculo y les dijo:

—Pronto hará un año que Fantina, Dalia, Zefina y Favorita nos piden una sorpresa. Se la hemos prometido solemnemente, y nos la están reclamando siempre; a mí sobre todo. Al mismo tiempo nuestros padres nos escriben. Nos vemos apremiados por las dos partes. Me parece que ha llegado el momento. Escuchad.

Tholomyès bajó la voz, y pronunció con gran misterio algunas palabras tan divertidas, que de las cuatro bocas salieron entusiastas carcajadas, al mismo tiempo que Blachevelle exclamaba: "¡Es una gran idea!"

El resultado de aquella secreta conversación fue un paseo al campo que se realizó el domingo siguiente, al que invitaron los estudiantes a las jóvenes.

Ese día las cuatro parejas llevaron a cabo concienzudamente todas las locuras campestres posibles en ese entonces. Principiaban las vacaciones, y era un claro y ardiente día de verano. Favorita, que era la única que sabía escribir, envió la noche anterior a Tholomyés una nota diciendo: "Es muy sano salir de madrugada".

Por esta razón se levantaron todos a las cinco de la mañana. Fueron a Saint-Cloud en coche; se pararon ante la cascada; jugaron en las arboledas del estanque grande y en el puente de Sévres; hicieron ramilletes de flores; comieron en todas partes pastelillos de manzanas; Tholomyès, que era capaz de todo, se ponía una cosa extraña en la boca llamada cigarro y fumaba; en fin, fueron perfectamente felices.

II

Alegre fin de la alegría

Aquel día parecía una aurora continua. Las cuatro alegres parejas resplandecían al sol en el campo, entre las flores y los árboles. En aquella felicidad común, hablando, cantando, corriendo, bailando, persiguiendo mariposas, cogiendo campanillas, mojando sus botas en las hierbas altas y húmedas, recibían a cada momento los besos de todos, excepto Fantina que permanecía encerrada en su vaga resistencia pensativa y respetable. Era la alegría misma, pero era a la vez el pudor mismo.

—Tú —le decía Favorita—, tú tienes que ser siempre tan rara.

Fueron al parque a columpiarse y después se embarcaron en el Sena. De cuando en cuando, preguntaba Favorita:

—¿Y la sorpresa?

—Paciencia —respondía Tholomyès.

Cansados ya, pensaron en comer y se dirigieron a la hostería de Bombarda. Allí se instalaron en una sala grande y fea, alrededor de una mesa llena de platos, bandejas, vasos y botellas de cerveza y de vino. Prosiguieron la risa y los besos.

En eso estaba, pues, a las cuatro de la tarde el paseo que empezara a las cinco de la madrugada. El Sol declinaba y el apetito se extinguía. En ese momento Favorita, cruzando los brazos y echando la cabeza atrás, miró resueltamente a Tholomyês y le dijo:

—Bueno pues, ¿y la sorpresa?

—Justamente, ha llegado el momento —respondió Tholomyès—. Señores, la hora de sorprender a estas damas ha sonado. Señoras, esperadnos un momento.

—La sorpresa empieza por un beso —dijo Blachevelle.

—En la frente —añadió Tholomyès.

Cada uno depositó con gran seriedad un beso en la frente de su amante. Después se dirigieron hacia la puerta los cuatro en fila, con el dedo puesto sobre la boca.

Favorita aplaudió al verlos salir.

—No tardéis mucho —murmuró Fantina—, os esperamos.

Una vez solas las jóvenes se asomaron a las ventanas, charlando como cotorras.

Vieron a los jóvenes salir del brazo de la hostería de Bombarda; los cuatro se volvieron, les hicieron varias señas riéndose y desaparecieron en aquella polvorienta muchedumbre que invade semanalmente los Campos Elíseos.

—¡No tardéis mucho! —gritó Fantina.

—¿Qué nos traerán? —dijo Zefina.

—De seguro que será una cosa bonita —dijo Dalia.

—Yo quiero que sea de oro —replicó Favorita.

Pronto se distrajeron con el movimiento del agua por entre las ramas de los árboles, y con la salida de las diligencias. De minuto en minuto algún enorme carruaje pintado de amarillo y negro cruzaba entre el gentío.

Pasó algún tiempo. De pronto Favorita hizo un movimiento como quien se despierta.

—¡Ah! —dijo—, ¿y la sorpresa?

—Es verdad —añadió Dalia—, ¿y la famosa sorpresa?

—¡Cuánto tardan! —dijo Fantina.

Cuando Fantina acababa más bien de suspirar que de decir esto, el camarero que les había servido la comida entró. Llevaba en la mano algo que se parecía a una carta.

—¿Qué es eso? —preguntó Favorita.

El camarero respondió:

—Es un papel que esos señores han dejado abajo para estas señoritas.

—¿Por qué no lo habéis traído antes?

—Porque esos señores —contestó el camarero— dieron orden que no se os entregara hasta pasada una hora.

Favorita arrancó el papel de manos del camarero. Era una carta.

—¡No está dirigida a nadie! —dijo—. Sólo dice: Esta es la sorpresa.

Rompió el sobre, abrió la carta y leyó:

"¡Oh, amadas nuestras! Sabed que tenemos padres; padres, vosotras no entenderéis muy bien qué es eso. Así se llaman el padre y la madre en el Código Civil. Ahora bien, estos padres lloran; estos ancianos nos reclaman; estos buenos hombres y estas buenas mujeres nos llaman hijos pródigos, desean nuestro regreso y nos ofrecen matar corderos en nuestro honor. Somos virtuosos y les obedecemos. A la hora en que leáis esto, cinco fogosos caballos nos llevarán hacia nuestros papás y nuestras mamás. Nos escapamos. La diligencia nos salva del borde del abismo; el abismo sois vosotras, nuestras bellas amantes.

Volvemos a entrar, a toda carrera, en la sociedad, en el deber, y en el orden. Es importante para la patria que seamos, como todo el mundo, prefectos, padres de familia, guardas campestres o consejeros de Estado. Veneradnos. Nosotros nos sacrificamos. Lloradnos rápidamente, y reemplazadnos más rápidamente. Si esta carta os produce pena, rompedla. Adiós. Durante dos años os hemos hecho dichosas. No nos guardéis rencor.

Firmado: Blachevelle, Fameuil, Listolier, Tholomyès.

Post-scriptum. La comida está pagada".

Las cuatro jóvenes se miraron.

Favorita fue la primera que rompió el silencio.

—¡Qué importa! —exclamó—. Es una buena broma.

—¡Muy graciosa! —dijeron Dalia y Zefina.

Y rompieron a reír.

Fantina rió también como las demás.

Pero una hora después, cuando estuvo ya sola en su cuarto, lloró. Era, ya lo hemos dicho, su primer amor. Se había entregado a Tholomyès como a un marido, y la pobre joven tenía una hija.

LIBRO CUARTO
Confiar es a veces abandonar

I
Una madre encuentra a otra madre

En el primer cuarto de este siglo había en Montfermeil, cerca de París, una especie de taberna que ya no existe. Esta taberna, de propiedad de los esposos Thenardier, se hallaba situada en el callejón del Boulanger. Encima de la puerta se veía una tabla clavada descuidadamente en la pared, en la cual se hallaba pintado algo que en cierto modo se asemejaba a un hombre que llevase a cuestas a otro hombre con grandes charreteras de general; unas manchas rojas querían figurar la sangre; el resto del cuadro era todo humo, y representaba una batalla. Debajo del cuadro se leía esta inscripción: "El Sargento de Waterloo".

Una tarde de la primavera de 1818, una mujer de aspecto poco agradable se hallaba sentada frente a la puerta de la taberna, mirando jugar a sus dos pequeñas hijas, una de pelo castaño, la otra morena, una de unos dos años y medio, la otra de un año y medio.

—Tenéis dos hermosas hijas, señora —dijo de pronto a su lado una mujer desconocida, que tenía en sus brazos a una niña.

Además llevaba un abultado bolso de viaje que parecía muy pesado.

La hija de aquella mujer era uno de los seres más hermosos que pueden imaginarse y estaba vestida con gran coquetería. Dormía tranquila en los brazos de su madre. Los brazos de las madres son hechos de ternura; los niños duermen en ellos profundamente.

En cuanto a la madre, su aspecto era pobre y triste. Llevaba la vestimenta de una obrera que quiere volver a ser aldeana. Era joven; acaso hermosa, pero con aquella ropa no lo parecía. Sus rubios cabellos escapaban por debajo de una fea cofia de beguina amarrada al mentón; calzaba gruesos zapatones. Aquella mujer no se reía; sus ojos parecían secos desde hacía mucho tiempo. Estaba pálida, se veía cansada y tosía bastante; tenía las manos ásperas y salpicadas de manchas rojizas, el índice endurecido y agrietado por la aguja. Era Fantina.

Diez meses habían transcurrido desde la famosa sorpresa. ¿Qué había sucedido durante estos diez meses? Fácil es adivinarlo.

Después del abandono, la miseria. Fantina había perdido de vista a Favorita, Zefina y Dalia; el lazo una vez cortado por el lado de los hombres, se había deshecho por el lado de las mujeres. Abandonada por el padre de su hija, se encontró absolutamente aislada; había descuidado su trabajo, y todas las puertas se le cerraron.

No tenía a quién recurrir. Apenas sabía leer, pero no sabía escribir; en su niñez sólo había aprendido a firmar con su nombre. ¿A quién dirigirse? Había cometido una falta, pero el fondo de su naturaleza era todo pudor y virtud. Comprendió que se hallaba al borde de caer en el abatimiento y resbalar hasta el abismo. Necesitaba valor; lo tuvo, y se irguió de nuevo. Decidió volver a M., su pueblo natal. Acaso allí la conocería alguien y le daría trabajo. Pero debía ocultar su falta. Entonces entrevió confusamente la necesidad de una separación más dolorosa aún que la primera. Se le rompió el corazón, pero se resolvió. Vendió todo lo que tenía, pagó sus pequeñas deudas, y le quedaron unos ochenta francos. A los veintidós años, y en una hermosa mañana de primavera, dejó París llevando a su hija en brazos. Aquella mujer no tenía en el mundo más que a esa niña, y esa niña no tenía en el mundo más que a aquella mujer.

Al pasar por delante de la taberna de Thenardier, las dos niñas que jugaban en la calle produjeron en ella una especie de deslumbramiento, y se detuvo fascinada ante aquella visión radiante de alegría.

Las criaturas más feroces se sienten desarmadas cuando se acaricia a sus cachorros. La mujer levantó la cabeza al oír las palabras de Fantina y le dio las gracias, e hizo sentar a la desconocida en el escalón de la puerta, a su lado.

—Soy la señora Thenardier —dijo—. Somos los dueños de esta hostería.

Era la señora Thenardier una mujer colorada y robusta; aún era joven, pues apenas contaba treinta años. Si aquella mujer en vez de estar sentada hubiese estado de pie, acaso su alta estatura y su aspecto de coloso de circo ambulante habrían asustado a cualquiera. El destino se entromete hasta en que una persona esté parada o sentada.

La viajera refirió su historia un poco modificada. Contó que era obrera, que su marido había muerto; que como le faltó trabajo en París, iba a buscarlo a su pueblo.

En eso la niña abrió los ojos, unos enormes ojos azules como los de su madre, descubrió a las otras dos que jugaban y sacó la lengua en señal de admiración.

La señora Thenardier llamó a sus hijas y dijo:

—Jugad las tres.

Se avinieron en seguida, y al cabo de un minuto las niñas de la Thenardier jugaban con la recién llegada a hacer agujeros en el suelo. Las dos mujeres continuaron conversando.

—¿Cómo se llama vuestra niña?

—Cosette.

La niña se llamaba Eufrasia: pero de Eufrasia había hecho su madre este Cosette, mucho más dulce y gracioso.

—¿Qué edad tiene?

—Va para tres años.

—Lo mismo que mi hija mayor.

Las tres criaturas jugaban y reían, felices.

—Lo que son los niños —exclamó la Thenardier—, cualquiera diría que son tres hermanas.

Estas palabras fueron la chispa que probablemente esperaba la otra madre, porque tomando la mano de la Thenardier la miró fijamente y le dijo:

—¿Queréis tenerme a mi niña por un tiempo?

La Thenardier hizo uno de esos movimientos de sorpresa que no son ni asentimiento ni negativa. La madre de Cosette continuó:

—Mirad, yo no puedo llevar a mi hija a mi pueblo. El trabajo no lo permite. Con una criatura no hay dónde colocarse. El Dios de la bondad es el que me ha hecho pasar por vuestra hostería. Cuando vi vuestras niñas tan bonitas y tan bien vestidas, me dije: ésta es una buena madre. Podrán ser tres hermanas. Además, que no tardaré mucho en volver. ¿Queréis encargaros de mi niña?

—Veremos —dijo la Thenardier.

—Pagaré seis francos al mes.

Entonces una voz de hombre gritó desde el interior:

—No se puede menos de siete francos, y eso pagando seis meses adelantados.

—Seis por siete son cuarenta y dos —dijo la Thenardier.

—Los daré —dijo la madre.

Además, quince francos para los primeros gastos —añadió la voz del hombre.

—Total cincuenta y siete francos —dijo la Thenardier.

—Los pagaré —dijo la madre—. Tengo ochenta francos. Tengo con qué llegar a mi pueblo, si me voy a pie. Allí ganaré dinero, y tan pronto reúna un poco volveré a buscar a mi amor.

La voz del hombre dijo:

—¿La niña tiene ropa?

—Ese es mi marido —dijo la Thenardier.

—Vaya si tiene ropa mi pobre tesoro, y muy buena, todo por docenas, y trajes de seda como una señora. Ahí la tengo en mi bolso de viaje.

—Habrá que dejarlo aquí volvió a decir el hombre.

—¡Ya lo creo que lo dejaré! —.dijo la madre—. ¡No dejaría yo a mi hija desnuda!

Entonces apareció el rostro del tabernero.

—Está bien —dijo.

—Es el señor Thenardier —dijo la mujer.

El trato quedó cerrado. La madre pasó la noche en la hostería, dio su dinero y dejó a su niña; partió a la madrugada siguiente, llorando desconsolada, pero con la esperanza de volver en breve.

Cuando la mujer se marchó, el hombre dijo a su mujer:

—Con esto pagaré mi deuda de cien francos que vence mañana. Me faltaban cincuenta. ¿Sabes que no has armado mala ratonera con tus hijas?

—Sin proponérmelo —repuso la mujer.

II
Primer bosquejo de dos personas turbias

Pobre era el ratón cogido; pero el gato se alegra aun por el ratón más flaco.

¿Quiénes eran los Thenardier?

Digámoslo en pocas palabras; completaremos el esbozo más adelante.

Pertenecían estos seres a esa clase bastarda compuesta de personas incultas que han llegado a elevarse y de personas inteligentes que han decaído, que está entre la clase llamada media y la llamada inferior, y que combina algunos de los defectos de la segunda con casi todos los vicios de la primera, sin tener el generoso impulso del obrero, ni el honesto orden del burgués.

Eran de esa clase de naturalezas pequeñas que llegan con facilidad a ser monstruosas. La mujer tenía en el fondo a la bestia, y el hombre la pasta del canalla. Eran de esos seres que caen continuamente hacia las tinieblas, degradándose más de lo que avanzan, susceptibles a todo progreso hacia el mal.

Particularmente el marido era repugnante. A ciertos hombres no hay más que mirarlos para desconfiar de ellos. Nunca se puede responder de lo que piensan o de lo que van a hacer. La sombra de su mirada los denuncia. Sólo con escucharlos hablar se intuyen sombras secretas en su pasado o sombras misteriosas en su porvenir. .

El tal Thenardier, a creer sus palabras, había sido soldado; él decía que sargento; que había hecho la campaña de 1815, y que se había conducido con gran valentía. Después veremos lo que había de cierto en esto. La muestra de su taberna, pintada por él mismo, era una alusión a uno de sus hechos de armas.

Su mujer tenía unos doce o quince años menos que él; su inteligencia le alcanzaba justo para leer la literatura barata. Al envejecer fue sólo una mujer gorda y mala que leía novelas estúpidas. Pero no se leen necedades impunemente, y de aquella lectura resultó que su hija mayor se llamó Eponina y la menor, Azelma.

III

La alondra

No basta ser malo para prosperar. El bodegón marchaba mal.

Gracias a los cincuenta francos de la viajera, Thenardier pudo evitar un protesto y hacer honor a su firma. Al mes siguiente volvieron a tener necesidad de dinero y la mujer empeñó en el Monte de Piedad el vestuario de Cosette en la cantidad de sesenta francos. Cuando hubieron gastado aquella cantidad, los esposos Thenardier se fueron acostumbrando a no ver en la niña más que una criatura que tenían en su casa por caridad, y la trataban como a tal. Como ya no tenía ropa propia, la vistieron con los vestidos viejos desechados por sus hijas; es decir con harapos. Por alimento le daban las sobras de los demás; esto es, un poco mejor que el perro, y un poco peor que el gato. Cosette comía con ellos debajo de la mesa en un plato de madera igual al de los animales.

Su madre escribía, o mejor dicho hacía escribir todos los meses para tener noticias de su hija. Los Thenardier contestaban siempre:

"Cosette está perfectamente". Transcurridos los seis primeros meses, la madre remitió siete francos para el séptimo mes, y continuó con bastante exactitud haciendo sus remesas de mes en mes. Antes de terminar el año, Thenardier le escribió exigiéndole doce. La madre, a quien se le decía que la niña estaba feliz, se sometió y envió los doce francos.

Algunas naturalezas no pueden amar a alguien sin odiar a otro. La Thenardier amaba apasionadamente a sus hijas, lo cual fue causa de que detestara a la forastera. Es triste pensar que el amor de una madre tenga aspectos tan terribles. Por poco que se preocupara de la niña, siempre le parecía que algo le quitaba a sus hijas, hasta el aire que respiraban, y no pasaba día sin que la golpeara cruelmente. Siendo la Thenardier mala con Cosette, Eponina y Azelma lo fueron también. Las niñas a esa edad no son más que imitadoras de su madre.

Y así pasó un año, y después otro.

Mientras tanto, Thenardier supo por no sé qué oscuros medios que la niña era probablemente bastarda, y que su madre no podía confesarlo. Entonces exigió quince francos al mes, diciendo que la niña crecía y comía mucho y amenazó con botarla a la calle.

De año en año la niña crecía y su miseria también. Cuando era pequeña, fue la que se llevaba los golpes y reprimendas que no recibían las otras dos. Desde que empezó a desarrollarse un poco, incluso antes de que cumpliera cinco años, se convirtió en la criada de la casa.

A los cinco años, se dirá, eso es inverosímil. ¡Ah! Pero es cierto. El padecimiento social empieza a cualquier edad.

Obligaron a Cosette a hacer las compras, barrer las habitaciones, el patio, la calle, fregar la vajilla, y hasta acarrear fardos. Los Thenardier se creyeron autorizados para proceder de este modo por cuanto la madre de la niña empezó a no pagar en forma regular.

Si Fantina hubiera vuelto a Montfermeil al cabo de esos tres años, no habría reconocido a su hija. Cosette, tan linda y fresca cuando llegó, estaba ahora flaca y fea. No le quedaban más que sus hermosos ojos que causaban lástima, porque, siendo muy grandes, parecía que en ellos se veía mayor cantidad de tristeza.

Daba lástima verla en el invierno, tiritando bajo los viejos harapos de percal agujereados, barrer la calle antes de apuntar el día, con una enorme escoba en sus manos amoratadas, y una lágrima en sus ojos. En el barrio la llamaban la Alondra. El pueblo, que gusta de las imágenes, se complacía en dar este nombre a aquel pequeño ser, no más grande que un pájaro, que temblaba, se asustaba y tiritaba, despierto el primero en la casa y en la aldea, siempre el primero en la calle o en el campo antes del alba.

Sólo que esta pobre alondra no cantaba nunca.

LIBRO QUINTO
El descenso

I
Progreso en el negocio de los abalorios negros

¿Qué era, dónde estaba, qué hacía mientras tanto aquella mujer, que al decir de la gente de Montfermeil parecía haber abandonado a su hija?

Después de dejar a su pequeña Cosette a los Thenardier prosiguió su camino, y llegó a M. Se recordará que esto era en 1818.

Fantina había abandonado su pueblo unos diez años antes. M. había cambiado mucho. Mientras ella descendía lentamente de miseria en miseria, su pueblo natal había prosperado.

Hacía unos dos años aproximadamente que se había realizado en él una de esas hazañas industriales que son los grandes acontecimientos de los pequeños pueblos.

De tiempo inmemorial M. tenía por industria principal la imitación del azabache inglés y de las cuentas de vidrio negras de Alemania, industria que se estancaba a causa de la carestía de la materia prima. Pero cuando Fantina volvió se había verificado una transformación inaudita en aquella producción de abalorios negros. A fines de 1815, un hombre, un desconocido, se estableció en el pueblo y concibió la idea de sustituir, en su fabricación, la goma laca por la resina.

Tan pequeño cambio fue una revolución, pues redujo prodigiosamente el precio de la materia prima, con beneficio para la comarca, para el manufacturero y para el consumidor.

En menos de tres años se hizo rico el autor de este procedimiento, y, lo que es más, todo lo había enriquecido a su alrededor.

Era forastero en la comarca. Nada se sabía de su origen. Se decía que había llegado al pueblo con muy poco dinero; algunos centenares de francos a lo más, y que entonces tenía el lenguaje y el aspecto de un obrero.

Y fue con ese pequeño capital, puesto al servicio de una idea ingeniosa, fecundada por el orden y la inteligencia, que hizo su fortuna y la de todo el pueblo.

A lo que parece, la tarde misma en que aquel personaje hacía oscuramente su entrada en aquel pequeño pueblo de M., a la caída de una tarde de diciembre, con un morral a la espalda y un palo de espino en la mano, acababa de estallar un violento incendio en la Municipalidad. El hombre se arrojó al fuego, y salvó, con peligro de su vida, a dos niños que después resultaron ser los del capitán de gendarmería. Esto hizo que no se pensase en pedirle el pasaporte. Desde entonces se supo su nombre. Se llamaba Magdalena.

II
El señor Magdalena

Era un hombre de unos cincuenta años, reconcentrado, meditabundo y bueno. Esto es todo lo que de él podía decirse.

Gracias a los rápidos progresos de aquella industria que había restaurado tan admirablemente, M. se había convertido en un considerable centro de negocios. Los beneficios del señor Magdalena eran tales que al segundo año pudo ya edificar una gran fábrica, en la cual instaló dos amplios talleres, uno para los hombres y otro para las mujeres. Allí podía presentarse todo el que tenía hambre, seguro de encontrar trabajo y pan. Sólo se les pedía a los hombres buena voluntad, a las mujeres costumbres puras, a todos probidad. Era en el único punto en que era intolerante.

Antes de su llegada, el pueblo entero languidecía. Ahora todo revivía en la vida sana del trabajo. No había más cesantía ni miseria.

En medio de esta actividad, de la cual era el eje, este hombre se enriquecía, pero, cosa extraña, parecía que no era ése su fin. Parecía que el señor Magdalena pensaba mucho en los demás y poco en sí mismo. En 1820 se le conocía una suma de seiscientos treinta mil francos colocada en la casa bancaria de Laffitte; pero antes de ahorrar estos seiscientos mil francos había gastado más de un millón para la aldea y para los pobres.

Como el hospital estaba mal dotado, había costeado diez camas más. Abrió una farmacia gratuita. En el barrio que habitaba no había más que una escuela, que ya se caía a pedazos; él construyó dos escuelas, una para niñas y otra para niños. Pagaba de su bolsillo a los dos maestros una gratificación que era el doble del mezquino sueldo oficial. Como se sorprendiera alguien por esto, le respondió: "Los dos primeros funcionarios del Estado son la nodriza y el maestro de escuela". Fundó a sus expensas una sala de asilo, cosa hasta entonces desconocida en Francia, y un fondo de subsidio para los trabajadores viejos a impedidos.

En los primeros tiempos, cuando se le vio empezar, las buenas almas decían: "Es un sinvergüenza que quiere enriquecerse". Cuando lo vieron enriquecer el pueblo antes de enriquecerse a sí mismo, las mismas buenas almas dijeron: "Es un ambicioso". En 1819 corrió la voz de que, a propuesta del prefecto y en consideración a los servicios hechos al país, el señor Magdalena iba a ser nombrado por el rey alcalde de M. Los que habían declarado ambicioso al recién llegado aprovecharon dichosos la ocasión de exclamar: "¡Vaya! ¿No lo decía yo?" Días después apareció el nombramiento en el Diario Monitor. A la mañana siguiente renunció el señor Magdalena.

Ese mismo año, los productos del nuevo sistema inventado por el señor Magdalena figuraron en la exposición industrial. Por sugerencia del jurado, el rey nombró al inventor caballero de la Legión de Honor. Nuevos rumores corrieron por el pueblo. "¡Ah, era la cruz lo que quería!" Al día siguiente, el señor Magdalena rechazaba la cruz.

Decididamente aquel hombre era un enigma. Pero las buenas almas salieron del paso diciendo: "Es un aventurero".

Como hemos dicho, la comarca le debía mucho; los pobres se lo debían todo. En 1820, cinco años después de su llegada a M., eran tan notables los servicios que había hecho a la región que el rey le nombró nuevamente alcalde de la ciudad. De nuevo renunció; pero el prefecto no admitió su renuncia; le rogaron los notables, le suplicó el pueblo en plena calle, y la insistencia fue tan viva, que al fin tuvo que aceptar. El señor Magdalena había llegado a ser el señor alcalde.

III
Depósitos en la casa Laffitte

Continuó viviendo con la misma sencillez que el primer día.

Tenía los cabellos grises, la mirada seria, la piel bronceada de un obrero y el rostro pensativo de un filósofo. Usaba una larga levita abotonada hasta el cuello y un sombrero de ala ancha. Vivía solo. Hablaba con poca gente. A medida que su fortuna crecía, parecía que aprovechaba su tiempo libre para cultivar su espíritu. Se notaba que su modo de hablar se había ido haciendo más fino, más escogido, más suave.

Tenía una fuerza prodigiosa. Ofrecía su ayuda a quien lo necesitaba; levantaba un caballo, desatrancaba una rueda, detenía por los cuernos un toro escapado. Llevaba siempre los bolsillos llenos de monedas menudas al salir de casa, y los traía vacíos al volver. Cuando veía un funeral en la iglesia entraba y se ponía entre los amigos afligidos, entre las familias enlutadas.

Entraba por la tarde en las casas sin moradores, y subía furtivamente las escaleras. Un pobre diablo al volver a su chiribitil, veía que su puerta había sido abierta, algunas veces forzada en su ausencia. El pobre hombre se alarmaba y pensaba: "Algún malhechor habrá entrado aquí". Pero lo primero que veía era alguna moneda de oro olvidada sobre un mueble. El malhechor que había entrado era el señor Magdalena.

Era un hombre afable y triste.

Su dormitorio era una habitación adornada sencillamente con muebles de caoba bastante feos, y tapizada con papel barato. Lo único que chocaba allí eran dos candelabros de forma antigua que estaban sobre la chimenea, y que parecían ser de plata.

Se murmuraba ahora en el pueblo que poseía sumas inmensas depositadas en la Casa Laffitte, con la particularidad de que estaban siempre a su disposición inmediata, de manera que, añadían, el señor Magdalena podía ir una mañana cualquiera, firmar un recibo, y llevarse sus dos o tres millones de francos en diez minutos. En realidad, estos dos o tres millones se reducían a seiscientos treinta o cuarenta mil francos.

IV

El señor Magdalena de luto

Al principiar el año 1821 anunciaron los periódicos la muerte del señor Myriel, obispo de D., llamado monseñor Bienvenido, que había fallecido en olor de santidad a la edad de ochenta y dos años.

Lo que los periódicos omitieron fue que al morir el obispo de D. estaba ciego desde hacía muchos años, y contento de su ceguera porque su hermana estaba a su lado.

Ser ciego y ser amado, es, en este mundo en que nada hay completo, una de las formas más extrañamente perfectas de la felicidad. Tener continuamente a nuestro lado a una mujer, a una hija, una hermana, que está allí precisamente porque necesitamos de ella; sentir su ir y venir, salir, entrar, hablar, cantar; y pensar que uno es el centro de esos pasos, de esa palabra, de ese canto; llegar a ser en la oscuridad y por la oscuridad, el astro a cuyo alrededor gravita aquel ángel, realmente pocas felicidades igualan a ésta. La dicha suprema de la vida es la convicción de que somos amados, amados por nosotros mismos; mejor dicho amados a pesar de nosotros; esta convicción la tiene el ciego. ¿Le falta algo? No, teniendo amor no se pierde la luz. No hay ceguera donde hay amor. Se siente uno acariciado con el alma. Nada ve, pero se sabe adorado. Está en un paraíso de tinieblas.

Desde aquel paraíso había pasado monseñor Bienvenido al otro.

El anuncio de su muerte fue reproducido por el periódico local de M. y el señor Magdalena se vistió a la mañana siguiente todo de negro y con crespón en el sombrero.

Esto llamó mucho la atención de la gente. Creían ver una luz en el misterioso origen del señor Magdalena.

Una tarde, una de las damas más distinguidas del pueblo le preguntó:

—¿Sois sin duda un pariente del señor obispo de D.?

—No, señora.

—Pero, estáis de luto.

—Es que en mi juventud fui lacayo de su familia —respondió él.

También se comentaba que cada vez que pasaba por la aldea algún niño saboyano de esos que recorren los pueblos buscando chimeneas que limpiar, el señor alcalde le preguntaba su nombre y le daba dinero. Los saboyanitos se pasaban el dato unos a otros, y nunca dejaban de venir.

V

Vagos relámpagos en el horizonte

Poco a poco, y con el tiempo, se fueron disipando todas las oposiciones. El respeto por el señor Magdalena llegó a ser unánime, cordial, y hubo un momento, en 1821, en que estas palabras, "el señor alcalde", se pronunciaban en M. casi con el mismo acento que estas otras, "el señor obispo", eran pronunciadas en D. en 1815. Llegaba gente de lejos a consultar al señor Magdalena. Terminaba las diferencias, suspendía los pleitos y reconciliaba a los enemigos.

Un solo hombre se libró absolutamente de aquella admiración y respeto, como si lo inquietara una especie de instinto incorruptible a imperturbable. Se diría que existe en efecto en ciertos hombres un verdadero instinto animal, puro a íntegro, como todo instinto, que crea la antipatía y la simpatía, que separa fatalmente unas naturalezas de otras, que no vacila, que no se turba, ni se calla, ni se desmiente jamás. Pareciera que advierte al hombre-perro la presencia del hombre-gato.

Muchas veces, cuando el señor Magdalena pasaba por una calle, tranquilo, afectuoso, rodeado de las bendiciones de todos, un hombre de alta estatura, vestido con una levita gris oscuro, armado de un grueso bastón y con un sombrero de copa achatada en la cabeza, se volvía bruscamente a mirarlo y lo seguía con la vista hasta que desaparecía; entonces cruzaba los brazos, sacudiendo lentamente la cabeza y levantando los labios hasta la nariz, especie de gesto significativo que podía traducirse por: "¿Pero quién es ese hombre? Estoy seguro de haberlo visto en alguna parte. Lo que es a mí no me engaña".

Este personaje adusto y amenazante era de esos que por rápidamente que se les mire, llaman la atención del observador. Se dice que en toda manada de lobos hay un perro, al que la loba mata, porque si lo deja vivir al crecer devoraría a los demás cachorros. Dad un rostro humano a este perro hijo de loba y tendréis el retrato de aquel hombre.

Su nombre era Javert, y era inspector de la policía en M.

Cuando llegó a M., estaba ya hecha la fortuna del gran manufacturero y Magdalena se había convertido en el señor Magdalena.

Javert había nacido en una prisión, hijo de una mujer que leía el futuro en las cartas, cuyo marido estaba también encarcelado. Al crecer pensó que se hallaba fuera de la sociedad y sin esperanzas de entrar en ella nunca. Advirtió que la sociedad mantiene irremisiblemente fuera de sí dos clases de hombres: los que la atacan y los que la guardan; no tenía elección sino entre una de estas dos clases; al mismo tiempo sentía dentro de sí un cierto fondo de rigidez, de respeto a las reglas y de probidad, complicado con un inexplicable odio hacia esa raza de gitanos de que descendía. Entró, pues, en la policía y prosperó. A los cuarenta años era inspector.

Tenía la nariz chata con dos profundas ventanas, hacia las cuales se extendían unas enormes patillas. Cuando Javert se reía, lo cual era poco frecuente y muy terrible, sus labios delgados se separaban y dejaban ver no tan sólo los dientes sino también las encías, y alrededor de su nariz se formaba un pliegue abultado y feroz como sobre el hocico de una fiera carnívora. Javert serio era un perro de presa; cuando se reía era un tigre. Por lo demás, tenía poco cráneo, mucha mandíbula; los cabellos le ocultaban la frente y le caían sobre las cejas; tenía entre los ojos un ceño central permanente, la mirada oscura, la boca fruncida y temible, y un gesto feroz de mando.

Estaba compuesto este hombre de dos sentimientos muy sencillos y relativamente muy buenos, pero que él convertía casi en malos a fuerza de exagerarlos: el respeto a la autoridad y el odio a la rebelión. Javert envolvía en una especie de fe ciega y profunda a todo el que en el Estado desempeñaba una función cualquiera, desde el primer ministro hasta el guarda rural. Cubría de desprecio, de aversión y de disgusto a todo el que una vez había pasado el límite legal del mal. Era absoluto, y no admitía excepciones.

Era estoico, austero, soñador, humilde y altanero como los fanáticos. Toda su vida se compendiaba en estas dos palabras: velar y vigilar. ¡Desgraciado del que caía en sus manos! Hubiera sido capaz de prender a su padre al escaparse del presidio y denunciar a su madre por no acatar la ley; y lo hubiera hecho con esa especie de satisfacción interior que da la virtud. Añádase que llevaba una vida de privaciones, de aislamiento, de abnegación, de castidad, sin la más mínima distracción.

Javert era como un ojo siempre fijo sobre el señor Magdalena; ojo lleno de sospechas y conjeturas. El señor Magdalena llegó al fin a advertirlo; pero, a lo que parece, semejante cosa significó muy poco para él. No le hizo ni una pregunta; ni lo buscaba ni le huía, y aparentaba no notar aquella mirada incómoda y casi pesada.

Por algunas palabras sueltas escapadas a Javert, se adivinaba que había buscado secretamente las huellas y antecedentes que Magdalena hubiera podido dejar en otras partes. Parecía saber que había tomado determinados informes sobre cierta familia que había desaparecido. Una vez dijo hablando consigo mismo: "Creo que lo he atrapado". Luego se quedó tres días pensativo sin pronunciar una palabra. Parecía que se había roto el hilo que había creído encontrar.

Javert estaba evidentemente desconcertado por el aspecto natural y la tranquilidad de Magdalena. No obstante, un día su extraño comportamiento pareció hacer impresión en Magdalena.

VI

Fauchelevent

El señor Magdalena, pasaba una mañana por una callejuela no empedrada de M., cuando oyó ruido y viendo un grupo a alguna distancia, se acercó a él. El viejo Fauchelevent acababa de caer debajo de su carro cuyo caballo se había echado.

Fauchelevent era uno de los escasos enemigos que tenía el señor Magdalena en aquella época. Cuando éste llegó al lugar, Fauchelevent tenía un comercio que empezaba a decaer. Vio a aquel simple obrero que se enriquecía, mientras que él, amo, se arruinaba; y de aquí que se llenara de envidia, y que hiciera siempre cuanto estuvo en su mano para perjudicar a Magdalena. Llegó su ruina; no le quedó más que un carro y un caballo, pues no tenía familia; entonces se hizo carretero para poder vivir.

El caballo tenía rotas las dos patas y no se podía levantar. El anciano había caído entre las ruedas, con tan mala suerte que todo el peso del carruaje, que iba muy cargado, se apoyaba sobre su pecho. Habían tratado de sacarlo, pero en vano. No había más medio de sacarlo que levantar el carruaje por debajo. Javert, que había llegado en el momento del accidente, había mandado a buscar una grúa.

El señor Magdalena llegó, y todos se apartaron con respeto.

—¡Socorro! —gritó Fauchelevent—. ¿Quién es tan bueno que quiera salvar a este viejo?

El señor Magdalena se volvió hacia los concurrentes:

—¿No hay una grúa? —dijo.

—Ya fueron a buscarla —respondió un aldeano.

—¿Cuánto tiempo tardarán en traerla?

—Un buen cuarto de hora.

—¡Un cuarto de hora! —exclamó Magdalena.

Había llovido la víspera, el suelo estaba húmedo, y el carro se hundía en la tierra a cada instante, y comprimía más y más el pecho del viejo carretero. Era evidente que antes de cinco minutos tendría las costillas rotas.

—Es imposible aguardar un cuarto de hora —dijo Magdalena a los aldeanos que miraban—. Todavía hay espacio debajo del carro para que se meta allí un hombre y la levante con su espalda. Es sólo medio minuto y alcanza a salir ese pobre. ¿Hay alguien que tenga hombros firmes y corazón? Ofrezco cinco luises de oro.

Nadie chistó en el grupo.

—¡Diez luises! —dijo Magdalena.

Los asistentes bajaron los ojos. Uno de ellos murmuró:

—Muy fuerte habría de ser. Se corre el peligro de quedar aplastado...

—¡Vamos! —añadió Magdalena—, ¡veinte luises!

El mismo silencio.

—No es buena voluntad lo que les falta —dijo una voz.

El señor Magdalena se volvió y reconoció a Javert. No lo había visto al llegar.

Javert continuó:

—Es la fuerza. Sería preciso ser un hombre muy fuerte para hacer la proeza de levantar un carro como ése con la espalda.

Y mirando fijamente al señor Magdalena, continuó recalcando cada una de las palabras que pronunciaba:

—Señor Magdalena, no he conocido más que a un hombre capaz de hacer lo que pedís.

Magdalena se sobresaltó.

Javert añadió con tono de indiferencia, pero sin apartar los ojos de los de Magdalena:

—Era un forzado.

—¡Ah! —dijo Magdalena.

—Del presidio de Tolón.

Magdalena se puso pálido.

Mientras tanto el carro se iba hundiendo lentamente. Fauchelevent gritaba y aullaba:

—¡Que me ahogo! ¡Se me rompen las costillas! ¡Una grúa! ¡Cualquier cosa! ¡Ay!

Magdalena levantó la cabeza, encontró los ojos de halcón de Javert siempre fijos sobre él, vio a los aldeanos y se sonrió tristemente. En seguida sin decir una palabra se puso de rodillas, y en un segundo estaba debajo del carro.

Hubo un momento espantoso de expectación y de silencio. Se vio a Magdalena pegado a tierra bajo aquel peso tremendo probar dos veces en vano a juntar los codos con las rodillas.

—Señor Magdalena, salid de ahí —le gritaban.

El mismo viejo Fauchelevent le dijo:

—¡Señor Magdalena, marchaos! ¡No hay más remedio que morir, ya lo veis, dejadme! ¡Vais a ser aplastado también!

Magdalena no respondió.

Los concurrentes jadeaban. Las ruedas habían seguido hundiéndose. y era ya casi imposible que Magdalena saliera de debajo del carro.

De pronto se estremeció la enorme masa, el carro se levantaba lentamente, las ruedas salían casi del carril. Se oyó una voz ahogada que exclamaba:

—¡Pronto, ayudadme!

Era Magdalena que acababa de hacer el último esfuerzo.

Todos se precipitaron. La abnegación de uno solo dio fuerza y valor a todos; veinte brazos levantaron el carro; el viejo Fauchelevent se había salvado.

Magdalena se puso de pie. Estaba lívido, aunque el sudor le caía a chorros. Su ropa estaba desgarrada y cubierta de lodo. Todos lloraban; el viejo le besaba las rodillas y lo llamaba el buen Dios. Magdalena tenía en su rostro no sé qué expresión de padecimiento feliz y celestial, y fijaba su mirada tranquila en los ojos de Javert.

Fauchelevent se había dislocado la rótula en la caída. El señor Magdalena lo hizo llevar a la enfermería que tenía para sus trabajadores en el edificio de su fábrica y que estaba atendida por dos Hermanas de la Caridad. A la mañana siguiente, muy temprano, el anciano halló un billete de mil francos sobre la mesa de noche, con esta línea escrita por mano del señor Magdalena: "Os compro vuestro carro y vuestro caballo". El carro estaba destrozado y el caballo muerto.

Fauchelevent sanó; pero la pierna le quedó anquilosada. El señor Magdalena, por recomendación de las Hermanas, hizo colocar al pobre hombre de jardinero en un convento de monjas del barrio Saint-Antoine, en París.

Algún tiempo después, el señor Magdalena fue nombrado alcalde. La primera vez que Javert vio al señor Magdalena revestido de la banda que le daba toda autoridad sobre la población, experimentó la especie de estremecimiento que sentiría un mastín que olfateara a un lobo bajo los vestidos de su amo. Desde aquel momento huyó de él todo cuanto pudo, y cuando las necesidades del servicio lo exigían imperiosamente, y no podía menos de encontrarse con el señor alcalde, le hablaba con un respeto profundo.

VII
Triunfo de la moral

Tal era la situación cuando volvió Fantina. Nadie se acordaba de ella, pero afortunadamente la puerta de la fábrica del señor Magdalena era como un rostro amigo. Se presentó y fue admitida. Cuando vio que vivía con su trabajo, tuvo un momento de alegría. Ganarse la vida con honradez, ¡qué favor del cielo! Recobró verdaderamente el gusto del trabajo. Se compró un espejo, se regocijó de ver en él su juventud, sus hermosos cabellos, sus hermosos dientes; olvidó muchas cosas; no pensó sino en Cosette y en el porvenir, y fue casi feliz. Alquiló un cuartito y lo amuebló de fiado sobre su trabajo futuro.

No pudiendo decir que estaba casada, se guardó mucho de hablar de su pequeña hija. En un principio pagaba puntualmente a los Thenardier; les escribía con frecuencia, y esto se notó. Se empezó a decir en voz baja en el taller de mujeres que Fantina "escribía cartas".

Ciertas personas son malas únicamente por necesidad de hablar. Su palabra necesita mucho combustible y el combustible es el prójimo.

Observaron, pues, a Fantina.

Constataron que en el taller muchas veces la veían enjugar una lágrima. Se descubrió que escribía por lo menos dos veces al mes. Lograron leer un sobre dirigido al señor Thenardier, en Montfermeil. Sobornaron a quien le escribía las cartas y así supieron que Fantina tenía una hija.

Una de las mujeres hizo el viaje a Montfermeil, habló con los Thenardier, y dijo a su vuelta:

—Mis treinta y cinco francos me ha costado, pero lo sé todo. He visto a la criatura.

Esta mujer era la señora Victurnien, guardiana de la virtud de todo el mundo. De joven se casó con un monje escapado del claustro, que se pasó de los Bernardinos a los Jacobinos. Tenía ahora cincuenta años; era fea, de voz temblorosa, seca, ruda, brusca, casi venenosa.

Una mañana le entregó a Fantina, de parte del señor alcalde, cincuenta francos, diciéndole que ya no formaba parte del taller, y que el señor alcalde la invitaba a abandonar el pueblo.

Fantina quedó aterrada. No podía salir del pueblo; debía el alquiler de la casa y de los muebles, Cincuenta francos no eran bastantes para solventar estas deudas. Balbuceó algunas palabras de súplica; pero se le dio a entender que tenía que salir inmediatamente. Oprimida por la vergüenza más que por la desesperación, salió de la fábrica y se fue a su casa. Su falta era, pues, conocida por todos.

No se sentía con fuerzas para decir una palabra. Le aconsejaron que hablara con el alcalde; pero no se atrevió. El alcalde le daba cincuenta francos, porque era bueno, y la despedía, porque era justo. Se sometió, pues, a su decreto.

Pero el señor Magdalena no supo nada de aquello. Había puesto al frente de este taller a la viuda del monje, y confió plenamente en ella.

Convencida de que obraba en bien de la moral, esta mujer instruyó el proceso, juzgó, condenó y ejecutó a Fantina. Los cincuenta francos que le diera los tomó de una cantidad que el señor Magdalena le daba para ayudar a las obreras en sus problemas, y de la cual ella no rendía cuenta.

Fantina se ofreció como criada en la localidad, y fue de casa en casa. Nadie la admitió. Tampoco pudo dejar el pueblo, a causa de sus deudas.

Se puso a coser camisas para los soldados de la guarnición, con lo que ganaba doce sueldos al día; su hija le costaba diez. Entonces fue cuando comenzó a pagar mal a los Thenardier.

Fantina aprendió cómo se vive sin fuego en el invierno, cómo se ahorra la vela comiendo a la luz de la ventana de enfrente. Nadie conoce el partido que ciertos seres débiles que han envejecido en la miseria y en la honradez saben sacar de un cuarto. Llega esto hasta ser un talento. Fantina adquirió este sublime talento, y recobró un poco su valor. Quien le dio lo que se puede llamar sus lecciones de vida indigente fue su vecina Margarita; era una santa mujer, pobre y caritativa con los pobres y también con los ricos, que apenas sabía firmar mal su nombre, pero que creía en Dios, que es la mayor ciencia. Al principio Fantina no se atrevía a salir a la calle. Cuando la veían, la apuntaban con el dedo, todos la miraban y nadie la saludaba. El desprecio áspero y frío penetraba en su carne y en su alma como un hielo.

Pero hubo de acostumbrarse a la desconsideración como se acostumbró a la indigencia. A los dos o tres meses empezó a salir como si nada pasara. "Me da lo mismo", decía.

El exceso de trabajo la cansaba y su tos seca aumentaba.

El invierno volvió. Días cortos, menos trabajo. En invierno no hay calor, no hay luz, no hay mediodía; la tarde se junta con la mañana;

todo es niebla, crepúsculo; la ventana está empañada, no se ve claro. Fantina ganaba poquísimo y sus deudas aumentaban.

Los Thenardier, mal pagados, le escribían a cada instante cartas cuyo contenido la afligía y cuyo exigencia la arruinaba. Un día le escribieron que su pequeña Cosette estaba enteramente desnuda con el frío que hacía, que tenía necesidad de ropa de lana, y que era preciso que su madre enviase diez francos para ella. Recibió la carta y la estrujó entre sus manos todo el día. Por la noche entró en la casa de un peluquero que habitaba en la calle, y se quitó el peine. Sus admirables cabellos rubios le cayeron hasta las caderas.

—¡Hermoso pelo! —exclamó el peluquero.

—¿Cuánto me daréis por él? —dijo ella.

—Diez francos.

—Cortadlo.

Compró un vestido de lana y lo envió a los Thenardier, los cuales se pusieron furiosos. Dinero era lo que ellos querían. Dieron el vestido a Eponina; y la pobre Alondra continuó tiritando.

Fantina pensó: "Mi niña no tiene frío. La he vestido con mis cabellos".

Cuando vio que no se podía peinar, tomó odio a todo, comenzando por el señor Magdalena, a quien culpaba de todos sus males.

Tuvo un amante, a quien no amaba, de pura rabia. Era una especie de músico mendigo que la abandonó muy pronto. Mientras más descendía, más se oscurecía todo a su alrededor y más brillaba su hijita, su pequeño ángel, en su corazón.

—Cuando sea rica, tendré a mi Cosette a mi lado —decía y se reía.

Cierto día recibió una nueva carta de los Thenardier: "Cosette está muy enferma. Tiene fiebre miliar. Necesita medicamentos caros, lo cual nos arruina, y ya no podemos pagar más. Si no nos enviáis cuarenta francos antes de ocho días, la niña habrá muerto".

—¡Cuarenta francos!, es decir, ¡dos napoleones de oro! ¿De dónde quieren que yo los saque? ¡Qué tontos son esos aldeanos!

Y se echó a reír, histérica. Más tarde bajó y salió corriendo y siempre riendo.

—¡Cuarenta francos! —exclamaba y reía.

Al pasar por la plaza vio mucha gente que rodeaba un extraño coche sobre el cual peroraba un hombre vestido de rojo. Era un charlatán, dentista de oficio, que ofrecía al público dentaduras completas, polvos y elixires. Vio a aquella hermosa joven y le dijo:

—¡Hermosos dientes tenéis, joven risueña! Si queréis venderme los incisivos, os daré por cada uno un *napoleón* de oro.

—¿Y cuáles son los incisivos? —preguntó Fantina.

—Incisivos —repuso el profesor dentista— son los dientes de delante, los dos de arriba.

—¡Qué horror! —exclamó Fantina.

—¡Dos *napoleones* de oro! —masculló una vieja desdentada que estaba allí—. ¡Vaya una mujer feliz!

Fantina echó a correr, y volvió a su pieza. Releyó la carta de los Thenardier.

A la mañana siguiente, cuando Margarita entró en el cuarto de Fantina antes de amanecer, porque trabajaban siempre juntas y de este modo no encendían más que una luz para las dos, la encontró pálida, helada.

—¿Jesús! ¿Qué tenéis, Fantina?

—Nada —respondió Fantina—. Al contrario. Mi niña no morirá de esa espantosa enfermedad por falta de medicinas. Estoy contenta. Tengo los dos *napoleones*.

Al mismo tiempo se sonrió. La vela alumbró su rostro. En la boca tenía un agujero negro. Los dos dientes habían sido arrancados. Envió, pues, los cuarenta francos a Montfermeil.

Había sido una estratagema de los Thenardier para sacarle dinero. Cosette no estaba enferma.

Fantina ya no tenía cama y le quedaba un pingajo al que llamaba cobertor, un colchón en el suelo y una silla sin asiento. Había perdido el pudor; después perdió la coquetería y últimamente hasta el aseo. A medida que se rompían los talones iba metiendo las medias dentro de los zapatos. Pasaba las noches llorando y pensando; tenía los ojos muy brillantes, y sentía un dolor fijo en la espalda. Tosía mucho; pasaba diecisiete horas diarias cosiendo, pero un contratista del trabajo de las cárceles que obligaba a trabajar más barato a las presas, hizo de pronto bajar los precios, con lo cual se redujo el jornal de las trabajadoras libres a nueve sueldos. Por ese entonces Thenardier le escribió diciendo que la había esperado mucho tiempo con demasiada bondad; que necesitaba cien francos inmediatamente; que si no se los enviaba, echaría a la calle a la pequeña Cosette.

—Cien francos —pensó Fantina—. ¿Pero dónde hay ocupación en qué ganar cien sueldos diarios? No hay más remedio —dijo—, vendamos el resto.

La infortunada se hizo mujer pública.

VIII

Chrístus nos liveravit

¿Qué es esta historia de Fantina? Es la sociedad comprando una esclava. ¿A quién? A la miseria. Al hambre, al frío, al abandono, al aislamiento, a la desnudez. ¡Mercado doloroso! Un alma por un pedazo de pan; la miseria ofrece, la sociedad acepta.

La santa ley de Jesucristo gobierna nuestra civilización; pero no la penetra todavía. Se dice que la esclavitud ha desaparecido de la civilización europea, y es un error. Existe todavía; sólo que no pesa ya sino sobre la mujer, y se llama prostitución.

En el punto a que hemos llegado de este doloroso drama, nada le queda a Fantina de lo que era en otro tiempo. Se ha convertido en mármol al hacerse lodo. Quien la toca, siente frío. Le ha sucedido todo lo que tenía que sucederle; todo lo ha soportado, todo lo ha sufrido, todo lo ha perdido, todo lo ha llorado. ¿Qué son estos destinos, ¿por qué son así?

El que lo sabe ve toda la oscuridad. Es uno solo; se llama Dios.

IX

Solución de algunos asuntos de política municipal

Unos diez meses después de lo referido, a comienzos de 1823, una tarde en que había nevado copiosamente, uno de esos jóvenes ricos y ociosos que abundan en las ciudades pequeñas, embozado en una gran capa se divertía en hostigar a una mujer que pasaba en traje de baile, toda descotada y con flores en la cabeza, por delante del café de los oficiales.

Cada vez que la mujer pasaba por delante de él, le arrojaba con una bocanada de humo de su cigarro algún apóstrofe que él creía chistoso y agudo, como: "¡Qué fea eres! No tienes dientes". La mujer, triste espectro vestido, que iba y venía sobre la nieve, no le respondía, ni siquiera lo miraba, y no por eso recorría con menos regularidad su paseo. Aprovechando un momento en que la mujer volvía, el joven se fue tras ella a paso de lobo, y ahogando la risa, tomó del suelo un puñado de nieve y se lo puso bruscamente en la espalda entre los hombros desnudos. La joven lanzó un rugido, se dio vuelta, saltó como una pantera, y se arrojó sobre el hombre clavándole las uñas en el rostro con las más espantosas palabras que pueden oírse en un cuerpo de guardia. Aquellas injurias, vomitadas por una voz enronquecida por el aguardiente, sonaban aun más repulsivas en la boca de una mujer a la cual le faltaban, en efecto, los dos dientes incisivos. Era Fantina.

Al ruido de la gresca, los oficiales salieron del café, los transeúntes se agruparon, y se formó un gran círculo alegre, que azuzaba y aplaudía.

De pronto, un hombre de alta estatura salió de entre la multitud, agarró a la mujer por el vestido de raso verde, cubierto de lodo, y le dijo:

—¡Sígueme!

La mujer levantó la cabeza, y su voz furiosa se apagó súbitamente. Sus ojos se pusieron vidriosos y se estremeció de terror. Había reconocido a Javert.

El joven aprovechó la ocasión para escapar.

Javert alejó a los concurrentes, deshizo el círculo y echó a andar a grandes pasos hacia la oficina de policía, que estaba al extremo de la plaza, arrastrando tras sí a la miserable. Ella se dejó llevar maquinalmente.

Al llegar a la oficina policial, Fantina fue a sentarse en un rincón inmóvil y muda, acurrucada como perro que tiene miedo.

Javert se sentó, sacó del bolsillo una hoja de papel sellado y se puso a escribir.

Esta clase de mujeres están enteramente abandonadas por nuestras leyes a la discreción de la policía, la cual hace de ellas lo que quiere; las castiga como bien le parece, y confisca a su arbitrio esas dos tristes cosas que se llaman su trabajo y su libertad.

Javert estaba impasible: una prostituta había atentado contra un ciudadano. Lo había visto él, Javert. Escribía, pues, en silencio. Cuando terminó, firmó, dobló el papel y se lo entregó al sargento de guardia.

—Tomad tres hombres y conducid a esta joven a la cárcel —le ordenó.

Luego, volviéndose hacia Fantina, añadió:

—Tienes para seis meses.

La desgraciada se estremeció.

—¡Seis meses, seis meses de presidio! —exclamó—. ¡Seis meses de ganar siete sueldos por día! ¿Qué va a ser de Cosette, mi hija? Debo más de cien francos a los Thenardier, señor inspector, ¿no lo sabéis?

Fantina se arrastró por las baldosas mojadas, y sin levantarse y juntando las manos, hizo el relato de cuanto había pasado. En ciertos instantes se detenía, sollozando, tosiendo y balbuceando con la voz de la agonía. Un gran dolor es un rayo divino y terrible que transfigura a los miserables. En aquel momento Fantina había vuelto a ser hermosa. En ciertos instantes se detenía y besaba tiernamente el levitón del policía. Hubiera enternecido un corazón de granito; pero no enterneció un corazón de palo.

—¡Tened piedad de mí, señor Javert! —terminó desesperada.

—Está bien —dijo Javert—, ya lo he oído. ¿Es todo? Ahora andando. ¡Tienes para seis meses!

Cuando Fantina comprendió que la sentencia se había dictado, se desplomó murmurando:

—¡Piedad!

Javert volvió la espalda. Algunos minutos antes había penetrado en la sala un hombre sin que se reparase en él. Cerró la puerta y se aproximó al oír las súplicas desesperadas de Fantina. En el instante en que los soldados echaban mano a la desgraciada que no quería levantarse, dijo:

—Un instante, por favor.

Javert levantó la vista, y reconoció al señor Magdalena.

Se quitó el sombrero, y saludando con cierta especie de torpeza y enfado, dijo:

—Perdonad, señor alcalde...

Estas palabras, señor alcalde, hicieron en Fantina un efecto extraño. Se levantó rápidamente como un espectro que sale de la tierra, rechazó a los soldados que la tenían por los brazos, se dirigió al señor Magdalena antes que pudieran detenerla, y mirándole fijamente exclamó:

—¡Ah!, ¡eres tú el señor alcalde!

Después se echó a reír y lo escupió.

El señor Magdalena se limpió la cara y dijo:

—Inspector Javert, poned a esta mujer en libertad,

Javert creyó que se había vuelto loco. Experimentó en aquel momento una después de otra y casi mezcladas, las emociones más fuertes que había sentido en su vida. Quedó mudo.

Las palabras del alcalde no habían hecho menos efecto en Fantina. Se puso a hablar en voz baja, como si hablase a sí misma.

—¡En libertad! ¡Que me dejen marchar! ¡Que no vaya por seis meses a la cárcel! ¿Quién lo ha dicho? ¡No será el monstruo del alcalde!

¿Habéis sido vos, señor Javert, el que ha dicho que me pongan en libertad? ¡Oh, yo os contaré y me dejaréis marchar! ¡Ese monstruo de alcalde, ese viejo bribón es la causa de todo! Figuraos, señor Javert, que me ha despedido por las habladurías de unas embusteras que hay en el taller. ¡Esto es horroroso! Despedir a una pobre joven que trabaja honradamente. ¡Después no pude ganar lo necesario y de ahí vino mi desgracia! Yo tengo mi pequeña Cosette, y me he visto obligada a hacerme mujer mala. Ahora comprenderéis cómo tiene la culpa de todo el canalla del alcalde. Yo pisé el sombrero del joven ese, pero antes él me había echado a perder mi vestido con la nieve. Nosotras no tenemos más que un vestido de seda para salir en la noche. Y ahora viene este otro a meterme miedo. ¡Yo no le tengo miedo a ese alcalde perverso! Sólo tengo miedo a mi buen señor Javert.

De repente, Fantina arregló el desorden de sus vestidos, y se dirigió a la puerta diciendo en voz baja a los soldados:

—Niños, el señor inspector ha dicho que me soltéis y me voy.

Puso la mano en el picaporte. Un paso más y estaba en la calle.

Javert hasta ese momento había permanecido de pie, inmóvil, con la vista fija en el suelo. El ruido del picaporte lo hizo despertar, por decirlo así. Levantó la cabeza con una expresión de autoridad soberana; expresión tanto más terrible cuanto más baja es la autoridad, feroz en la bestia salvaje, atroz en el hombre que no es nada.

—Sargento —exclamó—, ¿no veis que esa descarada se escapa? ¿Quién os ha dicho que la dejéis salir?

—Yo —dijo Magdalena.

Fantina, al oír la voz de Javert tembló y soltó el picaporte, como suelta un ladrón sorprendido el objeto robado. A la voz de Magdalena se volvió, y sin pronunciar una palabra, sin respirar siquiera, su mirada pasó de Magdalena a Javert, de Javert a Magdalena, según hablaba uno a otro.

—Señor alcalde, eso no es posible —dijo Javert con la vista baja pero la voz firme.

—¡Cómo! —dijo Magdalena.

—Esta maldita ha insultado a un ciudadano.

—Inspector Javert —contestó el señor Magdalena, con voz conciliadora y tranquila—, escuchad. Sois un hombre razonable y os explicaré lo que hago. Pasaba yo por la plaza cuando traíais a esta mujer; había algunos grupos; me he informado y lo sé todo: el ciudadano es el que ha faltado y el que debía haber sido arrestado.

Javert respondió;

—Esta miserable acaba de insultaros.

—Eso es problema mío —dijo Magdalena—. Mi injuria es mía, y puedo hacer de ella lo que quiera.

—Perdonad, señor alcalde, pero la injuria no se ha hecho a vos sino a la justicia.

—Inspector Javert —contestó el señor Magdalena—, la primera justicia es la conciencia. He oído a esta mujer y sé lo que hago.

—Y yo, señor alcalde, no comprendo lo que estoy viendo.

—Entonces, limitaos a obedecer.

—Obedezco a mi deber; y mi deber me manda que esta mujer sea condenada a seis meses de cárcel.

Magdalena respondió con dulzura:

—Pues escuchad. No estará en la cárcel ni un solo día. Este es un hecho de policía municipal de la que soy juez. Ordeno, pues, que esta mujer quede en libertad.

Javert hizo el último esfuerzo:

—Pero, señor alcalde...

—Ni una palabra, salid de aquí —dijo Magdalena.

Javert saludó profundamente al alcalde y salió.

La joven sentía una extraña emoción. Escuchaba aturdida, miraba atónita y a cada palabra que decía Magdalena, sentía deshacerse en su interior las horribles tinieblas del odio, y nacer en su corazón algo consolador, inefable, algo que era alegría, confianza, amor.

Cuando salió Javert, Magdalena se volvió hacia ella, y le dijo con voz lenta, como un hombre que no quiere llorar:

—Os he oído. No sabía nada de lo que habéis dicho. Creo y comprendo que todo es verdad. Ignoraba también que hubieseis abandonado mis talleres. ¿Por qué no os habéis dirigido a mí? Pero yo pagaré ahora vuestras deudas, y haré que venga vuestra hija, o que vayáis a buscarla. Viviréis aquí o en París, donde queráis. Yo me encargo de vuestra hija y de vos. No trabajaréis más si no queréis; os daré todo el dinero que os haga falta. Volveréis a ser honrada volviendo a ser feliz. Además, yo creo que no habéis dejado de ser virtuosa y santa delante de Dios, ¡pobre mujer!

A Fantina se le doblaron las piernas, y cayó de rodillas delante de Magdalena, y antes que él pudiese impedirlo, sintió que le cogía la mano, y posaba en ella los labios. Después se desmayó.

LIBRO SEXTO
Javert

I
Comienzo del reposo

El señor Magdalena hizo llevar a Fantina a la enfermería que tenía en su propia casa, y la confió a las religiosas que estaban a cargo de los pacientes, dos Hermanas de la Caridad llamadas sor Simplicia y sor Perpetua.

Fantina tuvo muchísima fiebre, pasó paste de la noche delirando y hablando en voz alta, hasta que terminó por quedarse dormida.

Al día siguiente, hacia el mediodía, despertó y vio al señor Magdalena de pie a su lado mirando algo por encima de su cabeza. Siguió la dirección de esa mirada llena de angustia y de súplica, y vio que estaba fija en un crucifijo clavado a la pared.

El alcalde se había transformado a los ojos de Fantina; ahora lo veía rodeado de luz. Estaba en ese momento absorto en su plegaria, y ella no quiso interrumpirlo. Al cabo de un rato le dijo tímidamente:

—¿Qué estáis haciendo?

—Rezaba al mártir que está allá arriba. —Y agregó mentalmente—: Por la mártir que está aquí abajo.

Había pasado la noche y la mañana buscando información; ahora lo sabía todo. Conocía todos los dolorosos pormenores de la historia de la joven. Se apresuró a escribir a los Thenardier. Fantina les debía ciento veinte francos; les envió trescientos, diciéndoles que se pagaran con esa suma y que enviaran inmediatamente a la niña a M., donde la esperaba su madre.

Esta cantidad deslumbró a Thenardier.

—¡Diablos! —dijo a su mujer—. No hay que soltar a la chiquilla. Este pajarito se va a transformar en una vaca lechera para nosotros. Adivino lo que pasó: algún inocentón se ha enamoriscado de la madre.

Contestó enviando una cuenta de quinientos y tantos francos, muy bien hecha, en la que figuraban gastos de más de trescientos francos en dos documentos innegables: uno del médico y otro del boticario que habían atendido en dos largas enfermedades a Eponina y a Azelma. Los arregló con una simple sustitución de nombres.

El señor Magdalena le mandó otros trescientos francos y escribió: " Enviad en seguida a Cosette".

—¡Vamos bien! —dijo Thenardier—. No hay que soltar a la chiquilla.

En tanto Fantina no se restablecía y continuaba en la enfermería.

Las Hermanas la habían recibido y cuidado con repugnancia. Quien haya visto los bajorrelieves de la Catedral de Reims, recordará la mueca despectiva en los labios de las vírgenes prudentes mirando a las necias.

Este antiguo desprecio es uno de los más profundos instintos de la dignidad femenina, y las religiosas no pudieron controlarlo. Pero en pocos días Fantina las desarmó con las palabras dulces y humildes que repetía en su delirio:

—He sido una pecadora, pero cuando tenga a mi hija a mi lado sabré que Dios me ha perdonado. Sentiré su bendición cuando Cosette esté conmigo, porque ella es un ángel.

Magdalena la visitaba dos veces al día, y cada vez le preguntaba:

—¿Veré luego a mi Cosette?

La respuesta era:

—Quizá mañana. Llegará de un momento a otro.

—¡Oh, qué feliz voy a ser!

Pero su estado se agravaba día a día. Una mañana el médico la examinó y movió tristemente la cabeza.

—¿No tiene ella una hija a quien desea ver? —preguntó llevando aparte al señor Magdalena.

—Sí.

—Haced que venga pronto.

El señor Magdalena se estremeció.

Thenardier, sin embargo, no enviaba a la niña, y daba para ello mil razones.

—Mandaré a alguien a buscarla —decidió Magdalena—, y si es preciso iré yo mismo.

Y escribió, dictándosela Fantina, esta carta que le hizo firmar: "Señor Thenardier: Entregaréis a Cosette al portador. Se os pagarán todas las pequeñas deudas. Tengo el honor de enviaros mis respetos. Fantina".

Pero entonces surgió una situación inesperada.

En vano tallamos lo mejor posible ese tronco misterioso que es nuestra vida; la veta negra del destino aparecerá siempre.

II

Cómo Jean se convierte en Champ

Una mañana, el señor Magdalena estaba en su escritorio adelantando algunos asuntos urgentes de la alcaldía, para el caso en que tuviera que hacer el viaje a Montfermeil, cuando le anunciaron que el inspector Javert deseaba hablarle. Al oír este nombre no pudo evitar cierta impresión desagradable. Desde lo ocurrido en la oficina de policía, Javert lo había rehuido más que nunca, y no se habían vuelto a ver.

—Hacedlo entrar —dijo.

Javert entró.

Magdalena permaneció sentado cerca de la chimenea, hojeando un legajo de papeles. No se movió cuando entró Javert. No podía dejar de pensar en la pobre Fantina.

Javert saludó respetuosamente al alcalde, que le volvía la espalda. Caminó dos o tres pasos y se detuvo sin romper el silencio.

No había duda que aquella conciencia recta, franca, sincera, proba, austera y feroz acababa de experimentar una gran conmoción interior. Su fisonomía no había estado nunca tan inescrutable, tan extraña. Al entrar se había inclinado delante del alcalde, dirigiéndole una mirada en que no había ni rencor, ni cólera, ni desconfianza. Permaneció de pie detrás de su sillón, con la rudeza fría y sencilla de un hombre que no conoce la dulzura y que está acostumbrado a la paciencia. Esperó sin decir una palabra, sin hacer un movimiento, con verdadera humildad y resignación, a que al señor alcalde se le diera la gana volverse hacia él. Esperaba calmado, serio, con el sombrero en la mano, los ojos bajos. Todos los resentimientos, todos los recuerdos que pudiera tener, se habían borrado de ese semblante impenetrable, donde sólo se leía una lóbrega tristeza. Toda su persona reflejaba una especie de abatimiento asumido con inmenso valor.

Por fin el alcalde dejó sus papeles y se volvió hacia él.

—Y bien, ¿qué hay, Javert?

Javert siguió silencioso por un momento, como si se recogiera en sí mismo, y luego dijo con triste solemnidad:

—Hay, señor alcalde, que se ha cometido un delito.

—¿Qué delito?

—Un policía inferior ha faltado gravemente el respeto a un magistrado. Y vengo, cumpliendo con mi deber, a poner este hecho en vuestro conocimiento.

—¿Quién es ese policía? —preguntó el señor Magdalena.

—Yo —dijo Javert.

—¿Y quién es el magistrado agraviado?

—Vos, señor alcalde.

Magdalena se levantó de su sillón. Javert continuó, siempre con los ojos bajos:

—Señor alcalde, vengo a pediros que propongáis a la autoridad mi destitución.

Magdalena, estupefacto, abrió la boca, pero Javert lo interrumpió:

—Diréis que podría presentar mi dimisión, pero eso no basta. Dimitir es un acto honorable. Yo he faltado, merezco un castigo y debo ser destituido.

Después de una pausa, agrego

—Señor alcalde, el otro día fuisteis muy severo conmigo injustamente; sedlo hoy con justicia.

—Pero, ¿por qué? —exclamó el señor Magdalena—. ¿Qué embrollo es éste? ¿Cuál es ese delito que habéis cometido contra mí? ¿Qué me habéis hecho? Os acusáis y queréis ser reemplazado...

—Destituido —dijo Javert.

—Destituido, sea; pero igual no os entiendo.

—Vais a comprenderlo.

Javert suspiró profundamente, y prosiguió con la misma frialdad y tristeza:

—Señor alcalde, hace seis semanas, a consecuencias de la discusión por aquella joven, me encolericé y os denuncié a la prefectura de París.

Magdalena, que no era más dado que Javert a la risa, se echó a reír.

—¿Como alcalde que ha usurpado las atribuciones de la policía? —dijo.

—Como antiguo presidiario —respondió Javert.

El alcalde se puso lívido.

Javert, que no había levantado los ojos, continuó:

—Así lo creí. Hacía algún tiempo que tenía esa idea. Una semejanza, indagaciones que habéis practicado en Faverolles, vuestra fuerza, la aventura del viejo Fauchelevent, vuestra destreza en el tiro, vuestra pierna que cojea un poco... ¡qué sé yo! ¡Tonterías! Pero lo cierto es que os tomé por un tal Jean Valjean.

—¿Quién, decís?

Jean Valjean. Un presidiario a quien vi hace veinte años en Tolón. Al salir de presidio parece que robó a un obispo y después cometió otro robo a mano armada y en despoblado contra un niño saboyano. Hace ocho años que se oculta no se sabe cómo, y se le persigue. Yo me figuré... En fin, lo hice. La cólera me impulsó, y os denuncié a la prefectura.

Magdalena, que había vuelto a coger el legajo de papeles, dijo con perfecta indiferencia:

—¿Y qué os han respondido?

—Que estaba loco.

—¿Y entonces?

—Bueno, tienen razón.

—¡Está bien que lo reconozcáis!

—Tengo que hacerlo, ya que han encontrado al verdadero Jean Valjean.

La hoja que leía Magdalena se le escapó de las manos, levantó la cabeza, y dijo a Javert con acento indescriptible:

—¡Ah!

—Esto es lo que ha pasado, señor alcalde. Parece que vivía en las cercanías de Ailly-le-Haut-Clocher un hombrecillo a quien llaman el viejo Champmathieu. Era muy pobre, no llamaba la atención porque nadie sabe cómo viven esas gentes. Este otoño, Champmathieu fue detenido por un robo de manzanas, con escalamiento de pared. Tenía todavía las ramas en la mano cuando fue sorprendido, y lo llevaron a la cárcel. Hasta aquí no había más que un asunto correccional. Pero ya veréis algo que es providencial. Como el recinto carcelario estaba en mal estado, el juez dispuso que se le trasladara a la cárcel provincial de Arras. Había allí un reo llamado Brevet, que estaba preso no sé por qué, y que por buena conducta desempeñaba el cargo de calabocero.

Apenas entró Champmathieu, Brevet gritó: "¡Caramba! Yo conozco a este hombre, es un exforzado. Estuvimos juntos en la cárcel de Tolón hace veinte años. Se llama Jean Valjean". Champmathieu negaba, pero se hacen indagaciones, y al final se descubre que Champmathieu hace unos treinta años fue podador en Faverolles. Ahora bien, antes de ir a presidio por robo consumado, ¿qué era Jean Valjean? Podador. ¿Dónde? En Faverolles. Otro hecho: el apellido de la madre de Valjean era Mathieu. Nada más natural que al salir de presidio tratara de tomar el apellido de su madre para ocultarse y cambiara su nombre por el de Jean Mathieu. Pasó después a Auvernia; la pronunciación de allí cambia Jean por Chan y se le llama Chan Mathieu; y así nuestro hombre se transforma en Champmathieu. Se hacen averiguaciones en Faverolles; la familia Valjean ha desaparecido. Esa gente, cuando no son lodo, son polvo. Se piden informes a Tolón, donde quedan dos presidiarios condenados a cadena perpetua, Cochepaille y Chenildieu, que conocieron a Jean Valjean. Se les hace venir y se les pone delante del supuesto Champmathieu, y no dudan un instante. Para ellos, igual que para Brevet, ése es Jean Valjean. Y ese mismo día envié yo mi denuncia a París, y me respondieron que había perdido el juicio, que Jean Valjean estaba en Arras en poder de la justicia. ¡Ya comprenderéis mi asombro! El juez de instrucción me llamó, me presentó a Champmathieu...

—¿Y bien? —interrumpió el señor Magdalena.

Javert respondió con el rostro siempre triste e imperturbable:

—Señor alcalde, la verdad es la verdad. Aunque me moleste, aquel hombre es Jean Valjean. Lo he reconocido yo mismo.

Magdalena le preguntó en voz baja:

—¿Estáis seguro?

Javert se echó a reír con la risa dolorosa que expresa una convicción profunda.

—¡Totalmente seguro!

Permaneció un momento pensativo, y después añadió:

—Y ahora que he visto al verdadero Jean Valjean, no comprendo cómo pude creer otra cosa. Os pido perdón, señor alcalde.

Al dirigir Javert esta frase suplicante al hombre que hacía seis semanas lo había humillado ante sus guardias, ese ser altivo hablaba con sencillez y dignidad.

Magdalena sólo respondió con esta brusca pregunta:

—¿Y qué dice ese hombre?

—¡Ah, señor alcalde, el asunto es delicado para él! Si es Jean Valjean, ha reincidido. Su caso pasa al tribunal; se penará con presidio perpetuo. Pero Jean Valjean es un hipócrita. Cualquiera se daría cuenta de que la cosa está mala y se defendería. Pero hace como si no comprendiera, y repite: "Soy Champmathieu" y de ahí no sale. Se hace el idiota, es muy hábil. Pero hay pruebas, ya ha sido reconocido por cuatro personas; el viejo bribón será condenado. Está ahora en el tribunal de Arras. Yo he sido citado para atestiguar en su contra.

Magdalena había vuelto a su sillón y a sus papeles y los hojeaba tranquilamente, como un hombre muy ocupado.

—Basta, Javert —dijo—. Todos estos detalles me interesan muy poco. Estamos perdiendo el tiempo y tenemos muchos asuntos que atender. No quiero recargaros de trabajo, porque entiendo que vais a estar ausente. ¿Me habéis dicho que iréis a Arras en unos ocho o diez días más?

Mucho antes, señor alcalde.

—¿Cuándo, entonces?

—Creí que le había dicho al señor alcalde que el caso se ve mañana y que yo parto en la diligencia esta noche.

—¿Cuánto tiempo durará el caso?

—Un día a lo más. La sentencia se pronunciará a más tardar mañana por la noche, pero yo no esperaré la sentencia. En cuanto dé mi declaración, me volveré.

—Está bien —dijo Magdalena.

Y despidió a Javert con un gesto de su mano.

Javert no se movió.

—Perdonad, señor alcalde —dijo—. Tengo que recordaros algo.

—¿Qué cosa?

—Que debo ser destituido.

Magdalena se levantó.

—Javert, sois un hombre de honor, y yo os aprecio. Exageráis vuestra falta. Por otra parte, ésta es una ofensa que me concierne sólo a mí. Merecéis ascender, no bajar. Prefiero que conservéis vuestro cargo.

—Señor alcalde, no puedo aceptar. He sido siempre severo en mi vida con los demás. Ahora es justo que lo sea conmigo mismo. Señor alcalde, no quiero que me tratéis con bondad, vuestra bondad me ha producido demasiada rabia cuando la ejercitáis con otros, no la quiero para mí. La bondad que le da la razón a una prostituta contra un ciudadano, a un policía contra un alcalde, al que está abajo contra el que está arriba, es lo que yo llamo una mala bondad. Con ella se desorganiza la sociedad. Señor alcalde, yo debo tratarme tal como trataría a otro cualquiera. Cometí una falta, mala suerte, quedo despedido, expulsado. Tengo buenos brazos, trabajaré la tierra, no me importa. Por el bien del servicio, señor alcalde, os pido la destitución del inspector Javert.

Todo fue dicho con acento humilde, orgulloso, desesperado y convencido, que le daba cierta singular grandeza a ese hombre extraño y honorable.

—Ya veremos —dijo Magdalena.

Y le tendió la mano. Javert retrocedió.

—Perdón, señor alcalde, pero un alcalde no da la mano a un delator. —Y añadió entré dientes—: Delator, sí, puesto que abusé de mi cargo, no soy más que un delator.

Hizo un respetuoso saludo y se dirigió a la puerta. Allí se volvió y con la vista siempre baja, dijo:

—Continuaré en el servicio hasta que sea reemplazado.

Salió.

El señor Magdalena quedó pensativo, escuchando esos pasos firmes y seguros que se alejaban por el corredor.

LIBRO SÉPTIMO
El caso Champmathieu

I
Una tempestad interior

El lector habrá adivinado que el señor Magdalena era Jean Valjean.

Ya hemos sondeado antes las profundidades de su conciencia; volvamos a sondearlas otra vez. No lo haremos sin emoción, porque no hay nada más terrible que semejante estudio.

Jean Valjean, después de la aventura de Gervasillo, fue otro hombre. El deseo del obispo se vio realizado; en el criminal se verificó algo más que una transformación, se efectuó una transfiguración.

Logró desaparecer; vendió la platería del obispo, conservando los candelabros como recuerdo. Vino a M. tranquilizado ya, con esperanzas, sin tener más que dos ideas: ocultar su nombre y santificar su vida. Huir de los hombres y volver a Dios.

Algunas veces estas dos ideas disentían; y entonces el hombre conocido como Magdalena no dudaba en sacrificar la primera a la segunda, su seguridad a su virtud. Así, a pesar de toda su prudencia, había conservado los candelabros del obispo, había llevado luto por su muerte, había interrogado a los saboyanos que pasaban, había pedido informes sobre las familias de Faverolles, y había salvado la vida del viejo Fauchelevent, a pesar de las terribles insinuaciones de Javert.

Sin embargo, hasta entonces no le había pasado nada semejante a lo que ahora le sucedía.

Las dos ideas que gobernaban a este hombre, cuyos sufrimientos vamos relatando, no habían sostenido nunca lucha tan encarnizada. El lo comprendió confusa pero profundamente desde las primeras palabras de Javert en su escritorio. Y cuando oyó el nombre que había sepultado bajo tan espesos velos, quedó sobrecogido de estupor, y trastornado ante tan siniestro a inesperado golpe del destino.

Al escuchar a Javert, su primer pensamiento fue ir a Arras, denunciarse, sacar a Champmathieu de la cárcel y reemplazarlo. Esta idea fue dolorosa, punzante como incisión en carne viva; pero pasó, y se dijo: "Veremos, veremos". Reprimió este primer movimiento de generosidad y retrocedió ante el heroísmo.

Sin duda era más perfecto que, después de las santas palabras del obispo, después de una penitencia tan admirablemente empezada, ese hombre, ante una coyuntura tan terrible, no dudara un momento y marchara hacia el precipicio en cuyo fondo estaba el cielo.

Pero es preciso saber qué pasaba en su alma. En el primer momento, el instinto de conservación alcanzó la victoria; recogió sus ideas, ahogó sus emociones; consideró la presencia de Javert conociendo la magnitud del peligro; aplazó toda resolución con la firmeza que da el espanto; confundió lo que debía hacer, y así recobró su calma, como un gladiador que recoge su escudo.

El resto del día lo pasó en el mismo estado: un torbellino por dentro y una aparente tranquilidad por fuera. Todo estaba confuso; sus ideas se agolpaban dentro de su cerebro. Sólo sabía que había recibido un gran golpe.

Fue a ver a Fantina, y prolongó su visita al lado de aquel lecho de dolor. La recomendó a las Hermanas por si llegaba el caso de tener que ausentarse. Sentía vagamente que tal vez tendría que ir a Arras; y sin haber decidido hacer este viaje, se dijo que como estaba al abrigo de toda sospecha, que no habría inconveniente en ser testigo de lo que pasara. Pidió, por tanto, un carruaje.

Volvió a su cuarto y se concentró en sus pensamientos.

Examinó su situación y le pareció inaudita. Sintió un temor casi inexplicable, y echó cerrojo a la puerta, como si temiera que entrara algo. Después apagó la luz. Le estorbaba; creía que podrían verlo. Pero lo que quería que no entrara, ya había entrado; lo que quería cegar, lo miraba fijamente: su conciencia. Su conciencia, es decir Dios.

Su mente había perdido la fuerza necesaria para retener las ideas, y pasaban por ella como las olas. Así transcurrió la primera hora.

Pero poco a poco empezaron a formarse y a fijarse en su meditación algunos conceptos vagos. Principió por reconocer que, por más extraordinaria y crítica que fuera esta situación, era dueño absoluto de ella. Esto no hizo sino aumentar su estupor.

Independientemente del objetivo severo y religioso que se proponía en sus acciones, todo lo que había hecho hasta aquel día no había tenido más fin que el de ahondar una fosa para enterrar en ella su nombre. Lo que siempre había temido en sus horas de reflexión, en sus noches de insomnio, era oír pronunciar ese nombre; se decía que eso sería el fin de todo; que el día en que ese nombre reapareciera, haría desaparecer su nueva vida, y quién sabe si también su nueva alma. La sola idea de que esto ocurriera lo hacía temblar.

Y si en tales momentos le hubieran dicho que llegaría un día en que resonaría ese nombre en sus oídos; en que saldría repentinamente de las tinieblas y se erguiría delante de él; en que esa gran luz encendida para disipar el misterio que lo rodeaba resplandecería súbitamente sobre su cabeza, pero le aseguraran que tal nombre no le amenazaría, que semejante luz no produciría sino una oscuridad más espesa, que aquel velo roto aumentaría el misterio, que aquel terremoto consolidaría su edificio; que aquel prodigioso incidente no tendría más resultado, si él quería, que hacer su existencia a la vez más clara y más impenetrable, y que de su confrontación con el fantasma de Jean Valjean el bueno y digno ciudadano señor Magdalena saldría más tranquilo y más respetado que nunca; si alguien le hubiera dicho esto, lo habría tomado como lo más insensato que escuchara jamás.

Pues bien, todo esto acababa de suceder; toda esta acumulación de imposibles era un hecho. ¡Dios había permitido que estos absurdos se convirtieran en realidad!

Su divagación se aclaraba. Le parecía que acababa de despertar de un sueño; veía en la sombra a un desconocido a quien el destino confundía con él y lo empujaba hacia el precipicio en lugar suyo. Era preciso para que se cerrara el abismo que cayera alguien, o él a otro. Sólo tenía que dejar que las cosas sucedieran.

La claridad llegó a ser completa en su cerebro; vio que su lugar estaba vacío en el presidio, y que lo esperaba todavía; que el robo de Gervasillo lo arrastraba a él. Se decía que en aquel momento tenía un reemplazante, y que mientras él estuviese representado en el presidio por Champmathieu, y en la sociedad por el señor Magdalena, no tenía nada que temer, mientras no impidiera que cayera sobre la cabeza de Champmathieu esa piedra de infamia que, como la del sepulcro, cae para no volver a levantarse.

Encendió la luz.

—¿Y de qué tengo miedo? —se dijo—. Estoy salvado, todo ha terminado. No había más que una puerta entreabierta por la cual podría entrar mi pasado; esa puerta queda ahora tapiada para siempre. Este Javert que me acosa hace tanto tiempo, que con ese terrible instinto que parecía haberme descubierto me seguía a todas partes, ese perro de presa siempre tras de mí, ya está desorientado. Está satisfecho y me dejará en paz. ¡Ya tiene su Jean Valjean! Y todo ha sucedido sin inter-vención mía. La Providencia lo ha querido. ¿Tengo derecho a desordenar lo que ella ordena? ¿Y qué me pasa? ¡No estoy contento! ¿Qué más quiero? El fin a que aspiro hace tantos años, el objeto de mis oracio-nes, es la seguridad. Y ahora la tengo, Dios así lo quiere. Y lo quiere para que yo continúe lo que he empezado, para que haga el bien, para que dé buen ejemplo, para que se diga que hubo algo de felicidad en esta penitencia que sufro. Está decidido: dejemos obrar a Dios.

De este modo se hablaba en las profundidades de su conciencia, inclinado sobre lo que podría llamarse su propio abismo. Se levantó de la silla y se puso a pasear por la habitación.

—No pensemos más —dijo—. ¡Ya tomé mi decisión!

Mas no sintió alegría alguna. Por el contrario. Querer prohibir a la imaginación que vuelva a una idea es lo mismo que prohibir al mar que vuelva a la playa.

Al cabo de pocos instantes, por más que hizo por evitarlo, conti-nuó aquel sombrío diálogo consigo mismo.

Se interrogó sobre esta "decisión irrevocable", y se confesó que el arreglo que había hecho en su espíritu era monstruoso, porque su "dejar obrar a Dios" era simplemente una idea horrible. Dejar pasar ese error del destino y de los hombres, no impedirlo, ayudarlo con el silencio, era una imperdonable injusticia, el colmo de la indignidad hipócrita, un crimen bajo, cobarde, abyecto, vil.

Por primera vez en ocho años acababa de sentir aquel desdichado el sabor amargo de un mal pensamiento y de una mala acción. Los rechazó y los escupió asqueado.

Y siguió cuestionándose. Reconoció que su vida tenía un objetivo, pero ¿cuál? ¿Ocultar su nombre? ¿Engañar a la policía? ¿No tenía otro objetivo su vida, el objetivo verdadero, el de salvar no su persona sino su alma, ser bueno y honrado, ser justo? ¿No era esto lo que él había querido y lo que el obispo le había mandado? Sintió que el obispo estaba ahí con él, que lo miraba fijamente, y que si no cumplía su deber, el alcalde Magdalena con todas sus virtudes sería odioso a sus ojos, y en cambio el presidiario Jean Valjean sería un ser admirable y puro. Los hombres veían su máscara, pero el obispo veía su conciencia. Debía, por lo tanto, ir a Arras, salvar al falso Jean Valjean y denunciar al verdadero.

¡Ah! Este era el mayor de los sacrificios, la victoria más dolorosa, el último y más difícil paso, pero era necesario darlo. ¡Cruel destino! ¡No poder entrar en la santidad a los ojos de Dios sin volver a entrar en la infamia a los ojos del mundo!

—Esto es lo que hay que hacer —dijo—. Cumplamos con nuestro deber, salvemos a ese hombre.

Ordenó sus libros, echó al fuego un paquete de recibos de comerciantes atrasados que le debían, y escribió y cerró una carta dirigida al banquero Laffitte, y la guardó en una cartera que contenía algunos billetes y el pasaporte de que se había servido ese año para ir a las elecciones.

Volvió a pasearse.

Y entonces se acordó de Fantina.

Principió una nueva crisis.

—¡Pero no! —gritó—. Hasta ahora sólo he pensado en mí, si me conviene callarme o denunciarme, ocultar mi persona o salvar mi alma. Pero es puro egoísmo. Aquí hay un pueblo, fábricas, obreros, ancianos, niños desvalidos. Yo lo he. creado todo, le he dado vida; donde hay una chimenea que humea yo he puesto la leña. Si desaparezco todo muere. ¿Y esa mujer que ha padecido tanto? Si yo no estoy, ¿qué pasará? Ella morirá y la niña sabe Dios qué será de ella. ¿Y si no me presento? ¿Qué sucederá si no me presento? Ese hombre irá a presidio, pero ¡qué diablos!, es un ladrón, ¿no? No puedo hacerme la ilusión de que no ha robado: ha robado. Si me quedo aquí, en diez años ganaré diez millones; los reparto en el pueblo, yo no tengo nada mío, no trabajo para mí. Esa pobre mujer educa a su hija, y hay todo un pueblo rico y honrado. ¡Estaba loco cuando pensé en denunciarme! Debo meditarlo bien y no precipitarme. ¿Qué escrúpulos son estos que salvan a un culpable y sacrifican inocentes; que salvan a un viejo vagabundo a quien sólo le quedan unos pocos años de vida y que no será más desgraciado en el presidio que en su casa, y sacrifican a toda una población? ¡Esa pobre Cosette que no tiene más que a mí en el mundo, y que estará en este momento tiritando de frío en el tugurio de los Thenardier! Ahora sí que estoy en la verdad; tengo la solución. Debía decidirme, y ya me he decidido. Esperemos. No retrocedamos, porque es mejor para el interés general. Soy Magdalena, seguiré siendo Magdalena.

Se miró en el espejo que estaba encima de la chimenea, y dijo:

—Me consuela haber tomado una resolución. Ya soy otro.

Dio algunos pasos y se detuvo de repente.

—Hay todavía hilos que me unen a Jean Valjean, y es necesario romperlos. Hay objetos que me acusarían, testigos mudos que deben desaparecer.

Sacó una llavecita de su bolsillo, y abrió una especie de pequeño armario empotrado en la pared. Sólo había en ese cajón unos andrajos: una chaqueta gris, un pantalón viejo, un morral y un grueso palo de espino. Los que vieron a Jean Valjean en la época en que pasó por D. en octubre de 1815, habrían reconocido fácilmente aquellas miserables vestimentas.

Las conservó, lo mismo que los candelabros de plata, para tener siempre presente su punto de partida. Pero ocultaba lo que era del presidio, y dejaba ver lo que era del obispo.

Sin mirar aquellos objetos que guardara por tantos años con tanto cuidado y riesgo, cogió harapos, palo y morral, y los arrojó al fuego.

El morral, al consumirse con los harapos que contenía, dejó ver una cosa que brillaba en la ceniza. Era una moneda de plata. Sin duda la moneda de cuarenta sueldos robada al saboyano.

Pero no miraba el fuego; se seguía paseando. De repente su vista se fijó en los dos candeleros de plata.

—Aún está allí Jean Valjean —pensó—. Hay que destruir eso.

Y tomó los candelabros. Removió el fuego con uno de ellos.

En ese momento le pareció oír dentro de sí una voz que gritaba: ¡Jean Valjean! ¡Jean Valjean!

Sus cabellos se erizaron.

—Muy bien —decía la voz—. Completa lo obra. Destruye esos candelabros. ¡Aniquila el pasado! ¡Olvida al obispo! ¡Olvídalo todo! ¡Condena a Champmathieu! ¡Apláudete! Ya está todo resuelto; un hombre, un inocente, cuyo único crimen es su nombre, va a concluir sus días en la abyección y en el horror. ¡Muy bien! Sé hombre respetable, sigue siendo el señor alcalde, enriquece al pueblo, alimenta a los pobres, educa a los niños, vive feliz, virtuoso y admirado, que mientras tú estás aquí rodeado de alegría y de luz, otro usará lo chaqueta roja, llevará lo nombre en la ignominia y arrastrará lo cadena en el presidio. Sí, lo has solucionado muy bien. ¡Ah, miserable! Oirás acá abajo muchas bendiciones, pero todas esas bendiciones caerán a tierra antes de llegar al cielo, y allá sólo llegará la maldición.

Esta voz, débil al principio, se había elevado desde lo más profundo de su conciencia y llegaba a ser ruidosa. Se aterró.

—¿Hay alguien ahí? —preguntó en voz alta. Y después añadió, con una risa que parecía la de un idiota—: ¡Qué tonto soy! ¡No puede haber nadie aquí!

Había alguien. Pero el que allí estaba no era de los que el ojo humano puede ver.

Dejó los candeleros en la chimenea. Volvió a su paseo monótono y lúgubre.

Pensó en el porvenir. ¡Denunciarse! Se pintó con inmensa desesperación todo lo que tenía que abandonar y todo lo que tenía que volver a vivir.

Tendría que despedirse de esa vida tan buena, tan pura; de las miradas de amor y agradecimiento que se fijaban en él. En vez de eso pasaría por el presidio, el cepo, la chaqueta roja, la cadena al pie, el calabozo, y todos los horrores conocidos. ¡A su edad y después de lo que había sido! Si fuera joven todavía, pero anciano y ser tuteado por todo el mundo, humillado por el carcelero, apaleado; llevar los pies desnudos en los zapatos herrados; presentar mañana y tarde su pierna al martillo de la ronda que examina los grilletes.

¿Qué hacer, gran Dios, qué hacer?

Así luchaba en medio de la angustia aquella alma infortunada. Mil ochocientos años antes, el ser misterioso en quien se resumen toda la santidad y todos los padecimientos de la humanidad, mientras que los olivos temblaban agitados por el viento salvaje de lo infinito, había también él apartado por un momento el horroroso cáliz que se le presentaba lleno de sombra y desbordante de tinieblas en las profundidades cubiertas de estrellas.

De pronto llamaron a la puerta de su cuarto.

Tembló de pies a cabeza, y gritó con voz terrible:

—¿Quién?

—Yo, señor alcalde.

Reconoció la voz de la portera, y dijo:

—¿Qué ocurre?

—Señor, van a ser las cinco de la mañana y aquí está el carruaje.

—Ah, sí —contestó—, ¡el carruaje!

Hubo un largo silencio. Se puso a examinar con aire estúpido la llama de la vela y a hacer pelotitas con el cerote. La portera esperó un rato hasta que se atrevió a preguntar:

—Señor, ¿qué le digo al cochero?

—Decidle que está bien, que ahora bajo.

II

El viajero toma precauciones para regresar

Eran cerca de las ocho de la noche cuando el carruaje, después de un accidentado viaje, entró por la puerta cochera de la hostería de Arras.

El señor Magdalena descendió y entró al despacho de la posadera. Presentó su pasaporte y le preguntó si podría volver esa misma noche a M. en alguno de los coches de posta. Había precisamente un asiento desocupado y lo tomó.

—Señor —dijo la posadera—, debéis estar aquí a la una de la mañana en punto.

Salió de la posada y caminó unos pasos. Preguntó a un hombre en la calle dónde estaban los Tribunales.

—Si es una causa que queréis ver, ya es tarde porque suelen concluir a las seis —dijo el hombre al indicarle la dirección.

Pero cuando llegó estaban las ventanas iluminadas. Entró.

—¿Hay medio de entrar a la sala de audiencia? —preguntó al portero.

—No se abrirá la puerta —fue la respuesta.

—¿Por qué?

—Porque está llena la sala.

—¿No hay un solo sitio?

—Ninguno. La puerta está cerrada y nadie puede entrar. Sólo hay dos o tres sitios detrás del señor presidente; pero allí sólo pueden sentarse los funcionarios públicos.

Y diciendo esto volvió la espalda. El viajero se retiró con la cabeza baja.

La violenta lucha que se libraba en su interior desde la víspera no había concluido; a cada momento entraba en una nueva crisis. De súbito sacó su cartera, cogió un lápiz y un papel y escribió rápidamente estas palabras: "Señor Magdalena, alcalde de M". Se dirigió al portero, le dio el papel y le dijo con voz de mando:

—Entregad esto al señor presidente.

El portero tomó el papel, lo miró y obedeció.

III
Entrada de preferencia

El magistrado de la audiencia que presidía el tribuna de Arras conocía, como todo el mundo, aquel nombre profunda y universalmente respetado, y dio orden al portero de que lo hiciera pasar.

Minutos después el viajero estaba en una especie de gabinete de aspecto severo, alumbrado por dos candelabros. Aún tenía en los oídos las últimas palabras del portero que acababa de dejarle: "Caballero, ésta es la sala de las deliberaciones; no tenéis más que abrir esa puerta, y os hallaréis en la sala del tribunal, detrás del señor presidente".

Estaba solo. Había llegado el momento supremo. Trataba de recogerse en sí mismo y no podía conseguirlo. En las ocasiones en que el hombre tiene más necesidad de pensar en las realidades dolorosas de la vida, es precisamente cuando los hilos del pensamiento se rompen en el cerebro. Se encontraba en el sitio donde los jueces deliberan y condenan. En aquel aposento en que se habían roto tantas vidas, donde iba a resonar su nombre dentro de un instante.

Poco a poco lo fue dominando el espanto. Gruesas gotas de sudor corrían por sus cabellos y bajaban por sus sienes. Hizo un gesto indescriptible, que quería decir: "¿Quién me obliga a mí'?" Abrió la puerta por donde llegara y salió. Se encontró en un pasillo largo y estrecho. No oyó nada por ningún lado, y huyó como si lo persiguieran.

Recorrió todo el pasillo, escuchó de nuevo. El mismo silencio y la misma sombra lo rodeaban. Estaba sin aliento, temblaba; tuvo que apoyarse en la pared. Allí, solo en aquella oscuridad, meditó.

Así pasó un cuarto de hora. Por fin inclinó la cabeza, suspiró con angustia, y volvió atrás. Caminó lentamente, como bajo un gran peso, como si alguien lo hubiera cogido en su fuga y lo trajera de vuelta.

Entró de nuevo en la sala de deliberaciones. De pronto, sin saber cómo, se encontró cerca de la puerta, y la abrió.

Estaba en la sala de la audiencia.

IV
Un lugar donde empiezan a formarse algunas convicciones

En un extremo de la sala, justamente donde él estaba, los jueces se mordían las uñas distraídos o cerraban los párpados. En el otro extremo se situaba una multitud harapienta.

Nadie hizo caso de él. Las miradas se fijaban en un punto único, en un banco de madera que se encontraba cerca de una puertecilla a la izquierda del presidente. En aquel banco había un hombre entre dos gendarmes.

Era el acusado.

Los ojos del señor Magdalena se dirigieron allí naturalmente, como si antes hubiesen visto ya el sitio que ocupaba. Y creyó verse a sí mismo, envejecido, no el mismo rostro, pero el mismo aspecto, con esa mirada salvaje, con la chaqueta que llevaba el día que llegó a D. lleno de odio, ocultando en su alma el espantoso tesoro de pensamientos horribles acumulados en tantos años de presidio.

Y se dijo, estremeciéndose:

—¡Dios mío! ¿Me convertiré yo en eso?

El hombre parecía tener a lo menos sesenta años; había en su rostro un no sé qué de rudeza, de estupidez, de espanto.

Al ruido de la puerta, el presidente volvió la cabeza y saludó al señor Magdalena. El apenas lo notó. Era presa de una especie de alucinación; miraba solamente.

Hacía veintisiete años había visto lo mismo; veía reaparecer en toda su horrible realidad las escenas monstruosas de su pasado.

Se sintió horrorizado, cerró los ojos, y exclamó en lo más profundo de su alma: ¡Nunca!

Allí estaba todo, era igual, la misma hora, casi las mismas caras de los jueces, de los soldados, de los espectadores. Solamente que ahora había un crucifijo sobre la cabeza del presidente, cosa que faltaba en la época de su condena. Cuando lo juzgaron a él, Dios estaba ausente.

Buscó a Javert y no lo encontró.

En el momento en que entró en la sala, la acusación decía que aquel hombre era un ladrón de frutas, un merodeador, un bandido, un antiguo presidiario, un malvado de los más peligrosos, un malhechor llamado Jean Valjean, a quien persigue la justicia hace mucho tiempo.

El abogado defensor persistía en llamar Champmathieu al acusado y decía que nadie lo había visto escalar la pared ni robar la fruta. Pedía para él la corrección estipulada y no el castigo terrible de un reincidente.

El fiscal en su réplica fue violento y florido, como lo son habitualmente los fiscales.

—Además de cien pruebas más —terminó diciendo—, lo reconocieron cuatro testigos: el inspector de policía Javert y tres de sus antiguos compañeros de ignominia, Brevet, Chenildieu y Cochepaille.

Mientras hablaba el fiscal, el acusado escuchaba con la boca abierta, con una especie de asombro no exento de admiración. Sólo decía:

—¡Y todo por no haberle preguntado al señor Baloup!

El fiscal hizo notar que esta aparente imbecilidad del acusado era astucia, era el hábito de engañar a la justicia. Y pidió cadena perpetua.

Llegaba el momento de cerrar el debate. El presidente mandó ponerse de pie al acusado y le hizo la pregunta de costumbre:

—¿Tenéis algo que alegar en defensa propia?

El hombre daba vueltas el gorro entre sus manos, como si no hubiera entendido.

El presidente repitió la pregunta.

Entonces pareció que el acusado la había comprendido. Dirigió la vista al fiscal, y empezó a hablar, como un torrente; las palabras se escapaban de su boca incoherentes, impetuosas, atropelladas, confusas.

—Sí, tengo que decir algo. Yo he sido reparador de carretones en París y trabajé en casa del señor Baloup. Es duro mi oficio; trabajamos siempre al aire libre en patios o bajo cobertizos en los buenos talleres; pero nunca en sitios cerrados porque se necesita mucho espacio. En el invierno pasamos tanto frío que tiene uno que golpearse los brazos para calentarse, pero eso no le gusta a los patrones, porque dicen que se pierde tiempo. Trabajar el hierro cuando están escarchadas las calles es muy duro. Así se acaban pronto los hombres, y se hace uno viejo cuando aún es joven. A los cuarenta ya está uno acabado. Yo tenía cincuenta y tres y no ganaba más que treinta sueldos al día, me pagaban lo menos que podían; se aprovechaban de mi edad. Además, yo tenía una hija que era lavandera en el río. Ganaba poco, pero los dos íbamos tirando. Ella trabajaba duro también. Pasaba todo el día metida en una cubeta hasta la cintura, con lluvia y con nieve. Cuando helaba era lo mismo, tenía que lavar porque hay mucha gente que no tiene bastante ropa; y si no lavaba perdía a los clientes. Se le mojaban los vestidos por arriba y por abajo. Volvía la pobre a las siete de la noche y se acostaba porque estaba rendida. Su marido le pegaba. Ha muerto ya. Era una joven muy buena, que no iba a los bailes, era muy tranquila, no tenéis más que preguntar. Pero, qué tonto soy. París es un remolino. ¿Quién conoce al viejo Champmathieu? Ya os dije que me conoce el señor Baloup. Preguntadle a él. No sé qué más queréis de mí.

El hombre calló y se quedó de pie. El auditorio se echó a reír. El miró al público y, sin comprender nada, se echó a reír también.

Era un espectáculo triste.

El presidente, que era un hombre bondadoso, explicó que el señor Baloup estaba en quiebra y no pudo ser encontrado para que se presentara a testimoniar.

—Acusado —dijo el fiscal con severa voz—, no habéis respondido a nada de lo que se os ha preguntado. Vuestra turbación os condena. Es evidente que no os llamáis Champmathieu, que sois el presidiario Jean Valjean, que sois natural de Faverolles donde erais podador. Es evidente que habéis robado. Los señores jurados apreciarán estos hechos.

El acusado se había sentado; pero se levantó cuando terminó de hablar el fiscal, y gritó:

—¡Vos sois muy malo, señor! Eso es lo que quería decir y no sabía cómo. Yo no he robado nada, soy un hombre que no come todos los días. Venía de Ailly, iba por el camino después de una tempestad que había asolado el campo. Al lado del camino encontré una rama con manzanas en el suelo, y la recogí sin saber que me traería un castigo: Hace tres meses que estoy preso y que me interrogan. No sé qué decir; se habla contra mí; se me dice ¡responde! El gendarme, que es un buen muchacho, me da con el codo y me dice por lo bajo: contesta. Yo no sé explicarme; no he hecho estudios; soy un pobre. No he robado; recogí cosas del suelo. Habláis de Jean Valjean, de Jean Mathieu, yo no los conozco; serán aldeanos. Yo trabajé con el señor Baloup. Me llamo Champmathieu. Sois muy listos al decirme donde he nacido, pues yo lo ignoro; porque no todos tienen una casa para venir al mundo, eso sería muy cómodo. Creo que mi padre y mi madre andaban por los caminos y no sé nada más. Cuando era niño me llamaban Pequeño, ahora me llama Viejo. Estos son mis nombres de bautismo. Tomadlo como queráis, que he estado en Auvernia, que he en Faverolles, ¡qué sé yo! ¿Es imposible haber estado en Auvernia y en Faverolles sin haber estado antes en presidio? Os digo que no he robado y que soy el viejo Champmathieu, y que he vivido en casa del señor Baloup. Me estáis aburriendo con vuestras tonterías. ¿Por qué estáis tan enojados conmigo?

El presidente ordenó hacer comparecer a los testigos.

El portero entró con Cochepaille, Chenildieu y Brevet, todos vestidos con chaqueta roja.

—Es Jean Valjean —dijeron los tres—. Se le conocía como Jean Grúa, por lo fuerte que era.

En el público estalló un rumor que llegó hasta el jurado. Era evidente que el hombre estaba perdido.

—Ujier —dijo el presidente—, imponed silencio. Voy a resumir los debates para dar por terminada la vista.

En ese momento se oyó una voz que gritaba detrás del presidente:

—¡Brevet, Chenildieu, Cochepaille! ¡Mirad aquí!

Todos quedaron helados con esa voz, tan lastimoso era su acento. Las miradas se volvieron hacia el sitio de donde saliera. En el lugar destinado a los espectadores privilegiados había un hombre que acababa de levantarse y, atravesando la puertecilla que lo separaba del tribunal, se había parado en medio de la sala. El presidente, el fiscal, veinte personas lo reconocieron y exclamaron a la vez:

—¡El señor Magdalena!

V
Champmathieu cada vez más asombrado

Era él. Estaba muy pálido y temblaba ligeramente. Sus cabellos, grises aún cuando llegó a Arras, se habían vuelto completamente blancos. Había encanecido en una hora.

Se adelantó hacia los testigos y les dijo:

—¿No me conocéis?

Los tres quedaron mudos a indicaron con un movimiento de cabeza que no lo conocían. El señor Magdalena se volvió hacia los jurados y dijo con voz tranquila:

—Señores jurados, mandad poner en libertad al acusado. Señor presidente, mandad que me prendan. El hombre a quien buscáis no es ése; soy yo. Yo soy Jean Valjean.

Nadie respiraba. A la primera conmoción de asombro había sucedido un silencio sepulcral.

El rostro del presidente reflejaba simpatía y tristeza. Cambió un gesto rápido con el fiscal y luego se dirigió al público y preguntó con un acento que fue comprendido por todos:

—¿Hay algún médico entre los asistentes? Si lo hay, le ruego que examine al señor Magdalena y lo lleve a su casa...

El señor Magdalena no lo dejó terminar la frase. Lo interrumpió con mansedumbre y autoridad.

—Os doy gracias, señor presidente, pero no estoy loco. Estabais a punto de cometer un grave error. Dejad a ese hombre. Cumplo con mi deber al denunciarme. Dios juzga desde allá arriba lo que hago en este momento; eso me basta. Podéis prenderme, puesto que estoy aquí. Me oculté largo tiempo con otro nombre; llegué a ser rico; me nombraron alcalde; quise vivir entre los hombres honrados, mas parece que eso es ya imposible. No puedo contaros mi vida, algún día se sabrá. He robado al obispo, es verdad; he robado a Gervasillo, también es verdad. Tenéis razón al decir que Jean Valjean es un malvado; pero la falta no es toda suya. Creedme, señores jueces, un hombre tan humillado como yo no debe quejarse de la Providencia, ni aconsejar a la sociedad; pero la infamia de que había querido salir era muy grande; el presidio hace al presidiario. Antes de ir a la cárcel, era yo un pobre aldeano poco inteligente, una especie de idiota; el presidio me transformó. Era estúpido, me hice malvado. La bondad y la indulgencia me salvaron de la perdición a que me había arrastrado el castigo. Pero perdonadme, no podéis comprender lo que digo. Veo que el señor fiscal mueve la cabeza como diciendo: el señor Magdalena se ha vuelto loco. ¡No me creéis! Al menos, no condenéis a ese hombre. A ver, ¿esos no me conocen? Quisiera que estuviera aquí Javert, él me reconocería.

Es imposible describir la melancolía triste y serena que acompañó a estas palabras.

Volviéndose hacia los tres testigos, les dijo:

—Tú, Brevet, ¿te acuerdas de los tirantes a cuadros que tenías en el presidio?

Brevet hizo un movimiento de sorpresa, y lo miró de pies a cabeza, asustado.

—Chenildieu, tú tienes el hombro derecho quemado porque lo tiraste un día sobre el brasero encendido, ¿no es verdad?

—Es cierto —dijo Chenildieu.

—Cochepaille, tú tienes en el brazo izquierdo una fecha escrita en letras azules con pólvora quemada. Es la fecha del desembarco del emperador en Cannes, el primero de marzo de 1815. Levántate la manga.

Cochepaille se levantó la manga y todos miraron. Allí estaba la fecha.

El desdichado se volvió hacia el auditorio y hacia los jueces con una sonrisa que movía a compasión. Era la sonrisa del triunfo, pero también la sonrisa de la desesperación.

—Ya veis —dijo— que soy Jean Valjean.

No había ya en el recinto jueces, ni acusadores, ni gendarmes; no había más que ojos fijos y corazones conmovidos. Nadie se acordaba del papel que debía representar; el fiscal olvidó que estaba allí para acusar, el presidente que estaba allí para presidir, el defensor para defender. No se hizo ninguna pregunta; no intervino ninguna autoridad. Los espectáculos sublimes se apoderan del alma, y convierten a todos los que los presencian en meros espectadores. Tal vez ninguno podía explicarse lo que experimentaba; ninguno podía decir que veía allí una gran luz, y, sin embargo, interiormente todos se sentían deslumbrados.

Era evidente que tenían delante a Jean Valjean. Su aparición había bastado para aclarar aquel asunto tan oscuro hasta algunos momentos antes. Sin necesidad de explicación alguna, aquella multitud comprendió en seguida la grandeza del hombre que se entregaba para evitar que fuera condenado otro en su lugar.

—No quiero molestar por más tiempo a la audiencia —dijo Jean Valjean—. Me voy, puesto que no me prenden. Tengo mucho que hacer. El señor fiscal sabe quién soy y adónde voy y me mandará arrestar cuando quiera.

Se dirigió a la puerta. Ni se elevó una voz, ni se extendió un brazo para detenerlo. Todos se apartaron. Jean Valjean tenía en ese momento esa superioridad que obliga a la multitud a retroceder delante de un hombre. Pasó en medio de la gente lentamente; no se sabe quién abrió la puerta, pero lo cierto es que estaba abierta cuando llegó a ella.

Se dirigió entonces a los presentes:

—Todos creéis que soy digno de compasión, ¿no es verdad? ¡Dios mío! Cuando pienso en lo que estuve a punto de hacer, me creo dignó de envidia. Sin embargo, preferiría que nada de esto hubiera sucedido.

Una hora después, el veredicto del jurado declaraba inocente a Champmathieu, quien, puesto en libertad inmediatamente, se fue estupefacto, pensando que todos estaban locos, y sin comprender nada de lo que había visto.

LIBRO OCTAVO
Contragolpe

I
Fantina feliz

Principiaba a apuntar el día. Fantina había pasado una noche de fiebre e insomnio, pero llena de dulces esperanzas; era de mañana cuando se durmió. Sor Simplicia, encargada de cuidarla, pasó con ella toda la noche y, al dormirse la paciente, fue al laboratorio a preparar una dosis de quinina. De pronto volvió la cabeza y dio un grito. El señor Magdalena había entrado silenciosamente y estaba delante de ella.

—¡Por Dios, señor Magdalena! —exclamó la religiosa—. ¿Qué os ha sucedido? Tenéis el pelo enteramente blanco.

—¿Blanco? —dijo él.

Sor Simplicia no tenía espejo; le pasó el vidrio que usaba el médico para constatar si un paciente estaba muerto y ya no respiraba. El señor Magdalena se miró y sólo dijo, con profunda indiferencia:

—¡Vaya!

Sor Simplicia le informó que Fantina había estado mal la víspera, pero que ya se encontraba mejor porque creía que el señor alcalde había ido a buscar a su hija a Montfermeil.

—Habéis hecho bien en no desengañarla.

—Sí, pero ahora que va a veros sin la niña, ¿qué le diremos?

El alcalde se quedó un momento pensativo.

—Dios nos inspirará —dijo.

—Pero no le podremos mentir —murmuró la religiosa a media voz.

El señor Magdalena entró en la habitación y se paró junto a la cama; miraba alternativamente a la enferma y al crucifijo, lo mismo que dos meses antes cuando la visitó por primera vez. El rezaba, ella dormía, pero en aquellos dos meses los cabellos de Fantina se habían vuelto grises y los de Magdalena blancos.

Fantina abrió entonces los ojos, lo vio, y dijo sonriendo:

—¿Y Cosette?

El señor Magdalena respondió maquinalmente algunas palabras que nunca pudo recordar. Por fortuna el médico, que llegaba en ese momento y que sabía la situación, vino en su auxilio.

—Hija mía, calmaos; vuestra hija está acá.

Los ojos de Fantina se iluminaron y cubrieron de claridad todo su rostro. Cruzó las manos con una expresión que contenía toda la violencia y la dulzura de una ardiente oración.

—¡Por favor —exclamó—, traédmela!

—Aún no —dijo el médico—; en este momento no. Tenéis un poco de fiebre y el ver a vuestra hija os agitaría y os haría mal. Ante todo es preciso que estéis bien.

Ella lo interrumpió impetuosa.

—¡Ya estoy bien! ¡Os digo que estoy bien! ¡Este médico es un burro, no entiende nada! ¡Lo único que quiero es ver a mi hija!

—Ya veis —dijo el médico— cómo os agitáis. Mientras sigáis así, me opondré a que veáis a la niña. No basta que la veáis, es preciso que viváis para ella. Cuando estéis tranquila, os la traeré yo mismo.

La pobre madre bajó la cabeza.

—Señor doctor, os pido perdón; os pido perdón humildemente. Esperaré todo el tiempo que queráis, pero os aseguro que no me hará mal ver a Cosette. Ya no tengo temperatura, casi estoy sana. Pero no me moveré para contentar a los que me cuidan, y cuando vean que estoy tranquila dirán: hay que traerle su hija a esta mujer.

El señor Magdalena se sentó en una silla junto a la cama. Fantina se volvió a él, esforzándose por parecer tranquila.

—¿Habéis tenido buen viaje, señor alcalde? Decidme sólo cómo está. ¡Cuánto deseo verla! ¿Es bonita?

El señor Magdalena tomó su mano y le dijo con dulzura:

—Cosette es bonita, y está bien, pero tranquilizaos. Habláis con mucho apasionamiento y eso os hace toser.

Ella no podía calmarse y siguió hablando y haciendo planes.

—¡Qué felices vamos a ser! Tendremos un jardincito, el señor Magdalena me lo ha prometido. Cosette jugará en el jardín. Ya debe saber las letras; después hará su primera comunión.

Y se reía, feliz.

El señor Magdalena oía sus palabras como quien escucha el viento, con los ojos bajos y el alma sumida en profundas reflexiones. Pero de pronto levantó la cabeza porque la enferma había callado.

Fantina estaba aterrorizada. No hablaba, no respiraba, se había incorporado; su rostro, tan alegre momentos antes, estaba lívido; sus ojos desorbitados estaban fijos en algo horrendo.

—¿Qué tenéis, Fantina? —preguntó Magdalena.

Ella le tocó el brazo con una mano, y con la otra le indicó que mirara detrás de sí.

Se volvió y vio a Javert.

II

Javert contento

Veamos lo que había pasado.

Acababan de dar las doce y media cuando el señor Magdalena salió de la sala del tribunal de Arras. Poco antes de las seis de la mañana llegó a M. y su primer cuidado fue echar al correo su carta al señor Laffitte, y después ir a ver a Fantina.

Apenas Magdalena abandonó la sala de audiencia y fue puesto en libertad Champmathieu, el fiscal expidió una orden de arresto, encargando de ella al inspector Javert. La orden estaba concebida en estos términos: "El inspector Javert reducirá a prisión al señor Magdalena, alcalde de M., reconocido en la sesión de hoy como el ex presidiario Jean Valjean".

Javert se hizo guiar al cuarto en que estaba Fantina. Se quedó junto a la puerta entreabierta; estuvo allí en silencio cerca de un minuto sin que nadie notara su presencia, hasta que lo vio Fantina.

En el momento en que la mirada de Magdalena encontró la de Javert, el rostro de éste adquirió una expresión espantosa. Ningún sentimiento humano puede ser tan horrible como el de la alegría.

La seguridad de tener en su poder a Jean Valjean hizo aflorar a su fisonomía todo lo que tenía en el alma. El fondo removido subió a la superficie. La humillación de haber perdido la pista y haberse equivocado respecto de Champmathieu desaparecía ante el orgullo de ahora. Javert se sentía en el cielo. Contento a indignado, tenía bajo sus pies el crimen, el vicio, la rebelión, la perdición, el infierno. Javert resplandecía, exterminaba, sonreía. Había una innegable grandeza en aquel San Miguel monstruoso.

La probidad, la sinceridad, el candor, la convicción, la idea del deber son cosas que en caso de error pueden ser repugnantes; pero, aún repugnantes, son grandes; su majestad, propia de la conciencia humana, subsiste en el horror; son virtudes que tienen un vicio, el error. La despiadada y honrada dicha de un fanático en medio de la atrocidad conserva algún resplandor lúgubre, pero respetable. Es indudable que Javert, en su felicidad, era digno de lástima, como todo ignorante que triunfa.

III

La autoridad recobra sus derechos

Jean Valjean, desde ahora lo llamaremos así, se levantó y dijo a Fantina con voz tranquila y suave:

—No temáis, no viene por vos.

Y después dirigiéndose a Javert, le dijo:

—Ya sé lo que queréis.

—¡Vamos, pronto! —respondió Javert.

Entonces Fantina vio una cosa extraordinaria. Vio que Javert, el soplón, cogía por el cuello al señor alcalde, y vio al señor alcalde bajar la cabeza. Creyó que el mundo se derrumbaba.

—¡Señor alcalde! —gritó.

Javert se echó a reír con esa risa suya que mostraba todos los dientes.

—No hay ya aquí ningún señor alcalde —dijo.

Jean Valjean, sin tratar de deshacerse de la mano que lo sujetaba, murmuró:

—Javert...

—Llámame señor inspector.

—Señor inspector —continuó Jean Valjean—, quiero deciros una palabra a solas.

—Habla alto. A mí se me habla alto.

Jean Valjean bajó más la voz.

—Tengo que pediros un favor...

—Te digo que hables alto.

—Es que... Quiero que me escuchéis vos solo.

—¡Y a mí qué me importa!

—Concededme tres días susurró Jean Valjean—. Tres días para ir a buscar la hija de esta desdichada. Pagaré lo que sea, me acompañaréis si queréis.

—¿Bromeas? —exclamó Javert, hablando en voz muy alta—. ¡Vaya, no lo creía tan estúpido! Me pides tres días para escaparte. ¿Dices que es para ir a buscar a la hija de esa mujer? ¡Qué gracioso!

Y se echó a reír a carcajadas. Fantina se estremeció.

—¡Ir a buscar a mi hija! —exclamó—. ¿Que no está aquí? ¿Dónde está Cosette? ¡Quiero a mi hija, señor Magdalena! ¡Señor alcalde, por favor!

Javert dio una patada en el suelo. Miró fijamente a Fantina y dijo cogiendo nuevamente la corbata, la camisa y el cuello de Jean Valjean.

—¡Cállate tú, bribona! ¡Qué país de porquería es éste donde los presidiarios son magistrados y donde se trata a las prostitutas como a condesas! Pero todo va a cambiar, ya verás. Te repito que aquí no hay señor Magdalena, ni señor alcalde. Sólo hay un ladrón, un bandido, un presidiario llamado Jean Valjean, y yo lo tengo en mis manos. Es todo lo que hay aquí.

Fantina se enderezó al instante apoyándose en sus flacos brazos y en sus manos, miró a Jean Valjean, miró a Javert, miró a la religiosa; abrió la boca como para hablar, pero sólo salió un ronquido del fondo de su garganta. Extendió los brazos con angustia, buscando algo como el que se ahoga, y después cayó a plomo sobre la almohada. Su cabeza chocó en la cabecera de la cama y cayó sobre el pecho con la boca abierta, lo mismo que los ojos. Estaba muerta.

Jean Valjean abrió la mano que le tenía asida Javert como si fuera la mano de un niño, y le dijo con una voz que apenas se oía:

—Habéis asesinado a esta mujer.

Había en el rincón del cuarto una cama vieja; Jean Valjean arrancó en un segundo uno de los barrotes y amenazó con él a Javert.

—Os aconsejo que no me molestéis en estos momentos —dijo.

Se acercó al lecho de Fantina y permaneció a su lado un rato, mudo; en su rostro había una indescriptible expresión de compasión. Se inclinó hacia ella y le habló en voz baja.

¿Qué le dijo? ¿Qué podía decir aquel hombre que era un convicto a aquella mujer muerta? Nadie oyó sus palabras. ¿Las oyó la muerta? Sor Simplicia ha referido muchas veces que mientras él hablaba a Fantina, vio aparecer claramente una inefable sonrisa en esos pálidos labios y en esa pupilas, llenas ya del asombro de la tumba.

Jean Valjean le cerró los ojos, se arrodilló delante de la muerta y besó su mano.

Después se levantó y dijo a Javert:

—Ahora estoy a vuestra disposición.

IV
Una tumba adecuada

Javert se llevó a Jean Valjean a la cárcel del pueblo.

La detención del señor Magdalena produjo en M. una conmoción extraordinaria. Al instante lo abandonaron; en menos de dos horas se olvidó todo el bien que había hecho y no fue ya más que un presidiario. Sólo tres o cuatro personas del pueblo le fueron fieles, entre ellas la anciana portera que lo servía.

La noche de ese mismo día, dicha portera estaba sentada en su cuarto, asustada aún, reflexionando tristemente. La fábrica había permanecido cerrada el día entero; la puerta cochera estaba con el cerrojo echado. No había en la casa más que las dos religiosas, sor Simplicia y sor Perpetua, que velaban a Fantina.

Hacia la hora en que el señor Magdalena solía recogerse, la portera se levantó maquinalmente, colgó la llave del dormitorio del alcalde en el clavo habitual, y puso al lado el candelabro que usaba para subir la escala, como si lo esperara. En seguida se volvió a sentar y prosiguió su meditación.

De pronto se abrió la ventanilla de la portería, pasó una mano, tomó la llave y encendió una vela. La portera quedó como aturdida. Conocía aquella mano, aquel brazo, aquella manga. Era el señor Magdalena.

—¡Dios mío, señor alcalde! —dijo cuando recuperó el habla—. Yo os creía...

—En la cárcel —dijo Jean Valjean—. Allá estaba, pero rompí un barrote de la ventana, me escapé y estoy aquí. Voy a subir a mi cuarto. Avisad a sor Simplicia, por favor.

La portera obedeció de inmediato.

Jean Valjean entró en su dormitorio. La portera había recogido entre las cenizas las dos conteras del bastón y la moneda de Gervasillo ennegrecida por el fuego. Las colocó sobre un papel en el que escribió: "Estas son las conteras de mi garrote y la moneda robada de que hablé en el tribunal". Y lo dejó bien a la vista. Envolvió luego en una frazada los dos candelabros del obispo.

Entró sor Simplicia.

—¿Queréis ver por última vez a esa pobre desdichada? —preguntó.

—No, Hermana, me persiguen y no quiero turbar su reposo.

Apenas terminaba de hablar, se oyó un gran estruendo en la escalera y la portera que decía casi a gritos:

—Señor, os juro que no ha entrado nadie aquí.

Un hombre respondió:

—Pero hay luz en ese cuarto.

Era la voz de Javert. Jean Valjean apagó de un soplo la vela y se ocultó. Sor Simplicia cayó de rodillas.

Entró Javert. La religiosa no levantó los ojos. Rezaba. Al verla, Javert se detuvo desconcertado. Se iba a retirar, pero antes dirigió una pregunta a sor Simplicia, que no había mentido en su vida. Javert la admiraba por esto.

—Hermana —dijo—, ¿estáis sola?

Pasó un momento terrible en que la portera creyó morir.

—Sí —respondió la religiosa.

—¿No habéis visto a un prisionero llamado Jean Valjean?

—No.

Mentía. Había mentido dos veces seguidas.

Una hora después, un hombre se alejaba de M. a través de los árboles y la bruma en dirección a París. Llevaba un paquete y vestía una chaqueta vieja. ¿De dónde la sacó? Había muerto hacía poco un obrero en la enfermería, que no dejaba más que su chaqueta. Tal vez era ésa.

Fantina fue arrojada a la fosa pública del cementerio, que es de todos y de nadie, allí donde se pierden los pobres. Afortunadamente, Dios sabe dónde encontrar el alma.

La tumba de Fantina se parecía a lo que había sido su lecho.

Segunda parte
Cosette

LIBRO PRIMERO
Waterloo

I
El 18 de junio de 1815

Si no hubiera llovido esa noche del 17 al 18 de junio de 1815, el porvenir de Europa hubiera cambiado. Algunas gotas de agua, una nube que atravesó el cielo fuera de temporada, doblegaron a Napoleón.

La batalla de Waterloo estaba planeada, genialmente, para las 6 de la mañana; con la tierra seca la artillería podía desplazarse rápidamente y se habría ganado la contienda en dos o tres horas. Pero llovió toda la noche; la tierra estaba empantanada. El ataque empezó tarde, a las once, cinco horas después de lo previsto. Esto dio tiempo para la llegada de todas las tropas enemigas.

¿Era posible que Napoleón ganara esta batalla? No. ¿A causa de Wellington? No, a causa de Dios.

No entraba en la ley del siglo XIX un Napoleón vencedor de Wellington.

Se preparaba una serie de acontecimientos en los que Napoleón no tenía lugar.

Ya era tiempo que cayera aquel hombre. Su excesivo peso en el destino humano turbaba el equilibrio. Toda la vitalidad concentrada en una sola persona, el mundo pendiente del cerebro de un solo ser, habría sido mortal para la civilización.

La caída de Napoleón estaba decidida. Napoleón incomodaba a Dios.

Al final, Waterloo no es una batalla; es el cambio de frente del Universo.

Pero para disgusto de los vencedores, el triunfo final es de la revolución: Bonaparte antes de Waterloo ponía a un cochero en el trono de Nápoles y a un sargento en el de Suecia; Luis XVIII, después de Waterloo, firmaba la declaración de los derechos humanos.

II

El campo de batalla por la noche

Había luna llena aquel 18 de junio de 1815. La noche se complace algunas veces en ser testigo de horribles catástrofes, como la batalla de Waterloo.

Después de disparado el último cañonazo, la llanura quedó desierta.

Mientras Napoleón regresaba vencido a París, setenta mil hombres se desangraban poco a poco y algo de su paz se esparcía por el mundo.

El Congreso de Viena firmó los tratados de 1815 y Europa llamó a aquello "la Restauración". Eso fue Waterloo.

La guerra puede tener bellezas tremendas, pero tiene también cosas muy feas. Una de las más sorprendentes es el rápido despojo de los muertos. El alba que sigue a una batalla amanece siempre para alumbrar cadáveres desnudos.

Todo ejército tiene sus seguidores: seres murciélagos que engendra esa oscuridad que se llama guerra. Especie de bandidos o mercenarios que van de uniforme, pero no combaten; falsos enfermos, contrabandistas, mendigos, granujas, traidores.

A eso de las doce de esa noche vagaba un hombre: era uno de ellos que acudía a saquear Waterloo. De vez en cuando se detenía, revolvía la tierra, y luego escapaba. Iba escudriñando aquella inmensa tumba. De pronto se detuvo. Debajo de un montón de cadáveres sobresalía una mano abierta alumbrada por la luna. En uno de sus dedos brillaba un anillo. El hombre se inclinó y lo sacó, pero la mano se cerró y volvió a abrirse. Un hombre honrado hubiera tenido miedo, pero éste se echó a reír.

—¡Caramba! —dijo—. ¿Estará vivo este muerto?

Se inclinó de nuevo y arrastró el cuerpo de entre los cadáveres.

Era un oficial; tenía la cara destrozada por un sablazo, sus ojos estaban cerrados. Llevaba la cruz de plata de la Legión de Honor. El vagabundo la arrancó y la guardó en su capote. Buscó en los bolsillos del oficial, encontró un reloj y una bolsa. En eso estaba cuando el oficial abrió los ojos.

—Gracias —dijo con voz débil.

Los bruscos tirones del ladrón y el aire fresco de la noche lo sacaron de su letargo.

—¿Quién ganó la batalla? —preguntó.

—Los ingleses.

—Registrad mis bolsillos. Hallaréis un reloj y una bolsa; tomadlos.

El vagabundo fingió hacerlo.

—No hay nada —dijo.

—Los han robado —murmuró el oficial—. Lo siento, hubiera querido que fueran para vos. Me habéis salvado la vida. ¿Quién sois?

—Yo pertenecía como vos al ejército francés. Tengo que dejaros ahora, pues si me cogen los inglesen me fusilarán. Os he salvado la vida, ahora arreglaos como podáis.

—¿Vuestro grado?

—Sargento.

—¿Cómo os llamáis?

—Thenardier.

—No olvidaré ese nombre —dijo el oficial—. Recordad el mío, me llamo Pontmercy.

LIBRO SEGUNDO
El navío Orión

I
El número 24,601 se convierte en el 9,430

Jean Valjean había sido capturado de nuevo.

El lector nos agradecerá que pasemos rápidamente por detalles dolorosos. Nos limitaremos pues a reproducir uno de los artículos publicados por los periódicos de aquella época pocos meses después de los sorprendentes acontecimientos ocurridos en M.

El Diario de París del 25 de julio de 1823 dice así:

"Acaba de comparecer ante el tribunal de jurados del Var un expresidiario llamado Jean Valjean, en circunstancias que han llamado la atención. Este criminal había conseguido engañar la vigilancia de la policía; cambió su nombre por el de Magdalena y logró hacerse nombrar alcalde de una de nuestras pequeñas poblaciones del Norte, donde había establecido un comercio de bastante consideración. Al fin fue desenmascarado y apresado, gracias al celo infatigable de la autoridad. Tenía por concubina a una mujer pública, que ha muerto de terror en el momento de su prisión. Este miserable, dotado de una fuerza hercúlea, halló medio de evadirse; pero tres o cuatro días después de su evasión, la policía consiguió apoderarse nuevamente de él en París, en el momento de subir en uno de esos pequeños carruajes que hacen el trayecto de la capital a la aldea de Montfermeil. Se dice que se aprovechó del intervalo de estos tres o cuatro días de libertad para retirar una suma considerable de dinero. Si hemos de dar crédito al acta de acusación, debe haberla escondido en un sitio conocido de él solo, pues no se ha podido dar con ella. El bandido ha renunciado a defenderse de los numerosos cargos en su contra. Por consiguiente, Jean Valjean, declarado reo, ha sido condenado a la pena de muerte; y no habiendo querido entablar el recurso de casación, la sentencia se hubiera ejecutado, si el rey, en su inagotable benignidad, no se hubiera dignado conmutarle dicha pena por la de cadena perpetua. Jean Valjean fue conducido inmediatamente al presidio de Tolón".

Jean Valjean cambió de número en el presidio. Se llamó el 9,430.

Y en M., toda prosperidad desapareció con el señor Magdalena; todo cuanto había previsto en su noche de vacilación y de fiebre se realizó: faltando él, faltó el alma de aquella población. Después de su caída se verificó ese reparto egoísta de la herencia de los grandes hombres caídos. Se falsificaron los procedimientos, bajó la calidad de los productos, hubo menos pedidos, bajó el salario, se cerraron los enormes talleres de Magdalena; los edificios se deterioraron, se dispersaron los obreros, y pronto vino la quiebra. Y entonces no quedó nada para los pobres. Todo se desvaneció.

II
El diablo en Montfermeil

Antes de ir más lejos, bueno será referir con algunos pormenores algo singular que hacia esta misma época sucedió en Montfermeil.

Hay en ese pueblo una superstición muy antigua que consiste en creer que el diablo, desde tiempo inmemorial, ha escogido el bosque para ocultar sus tesoros. Cuentan que no es raro encontrar, al morir el día y en los sitios más apartados, a un hombre negro, con facha de leñador, calzado con zuecos. Este hombre está siempre ocupado en hacer hoyos en la tierra. Hay tres modos de sacar partido del encuentro. El primero es acercársele y hablarle; entonces resulta que este hombre no es más que un aldeano, que se ve negro porque es la hora del crepúsculo, que no hace tal hoyo en la tierra sino que corta la hierba para sus vacas, y que lo que parece ser cuernos no es más que una horqueta para remover el estiércol que lleva a la espalda. Vuelve uno a su casa y se muere al cabo de una semana. El segundo método es observarle, esperar a que haya hecho su hoyo, lo haya vuelto a cubrir y se haya ido; luego ir corriendo al agujero, destaparlo y coger el tesoro. En este caso muere uno al cabo de un mes. En fin, el tercer método es no hablar al hombre negro, ni mirarlo, y echar a correr a todo escape. Entonces muere uno durante el año.

Como los tres métodos tienen sus inconvenientes, el segundo, que ofrece a lo menos algunas ventajas, entre otras la de poseer un tesoro aunque no sea más que por un mes, es el que generalmente se adopta.

Ahora bien, muy poco tiempo después de que la justicia comunicara que el presidiario Jean Valjean durante su evasión de algunos días anduvo vagando por los alrededores de Montfermeil, se notó en esta aldea que un viejo peón caminero llamado Boulatruelle hacía frecuentes visitas al bosque. Se decía que el tal Boulatruelle había estado en presidio; que estaba sometido a cierta vigilancia de la policía, y que como no encontraba trabajo en ninguna parte, la municipalidad lo empleaba por un pequeño jornal como peón en el camino vecinal de Gagny a Lagny.

Este Boulatruelle era bastante mal mirado por los aldeanos, por ser demasiado respetuoso, humilde, pronto a quitarse su gorra ante todo el mundo, y porque temblaba delante de los gendarmes. Se le suponía afiliado a una banda de asaltantes, el Patron-Minette; se tenían sospechas de que se emboscaba a la caída de la noche en la espesura de los bosques. Además, era un borracho perdido.

Desde hacía algún tiempo, se le encontraba en los claros más desiertos, entre la maleza más sombría, buscando al parecer alguna cosa, y algunas veces abriendo hoyos. Decían en la aldea:

—Es claro que el diablo se ha aparecido. Boulatruelle lo ha visto, y busca. Está loco por robarle su alcancía.

Otros añadían: ¿Será Boulatruelle quien atrape al diablo, o el diablo a Boulatruelle?

Poco tiempo después cesaron las idas de Boulatruelle al bosque, y volvió a su trabajo de peón caminero, con lo cual se habló de otra cosa.

No obstante, la curiosidad de algunas personas no se daba por satisfecha. Los más curiosos eran el maestro de escuela y el bodegonero Thenardier, que era amigo de todo el mundo y no había desdeñado la amistad de Boulatruelle.

—Ha estado en presidio —se decía—. Ah, uno nunca sabe ni quién está allá, ni quién irá.

Una noche decidieron con el maestro de escuela hacerlo hablar, y para esto emborracharon al peón caminero.

Boulatruelle bebió grandes cantidades de vino y se le escaparon unas cuantas palabras, con las cuales Thenardier y el maestro creyeron comprender lo siguiente:

Una mañana, al ir Boulatruelle a su trabajo cuando amanecía, se sorprendió al ver en un recodo del bosque entre la maleza una pala y un azadón. Al oscurecer del mismo día vio, sin ser visto porque estaba oculto tras un árbol, a un hombre que se dirigía a lo más espeso del bosque. Boulatruelle conocía muy bien a ese hombre. Traducción de Thenardier: Un compañero de presidio.

Boulatruelle se negó obstinadamente a decir su nombre. Este individuo llevaba un paquete, una cosa parecida a una caja grande o a un cofre pequeño. Sorpresa de Boulatruelle. Sin embargo, hasta pasados siete a ocho minutos no se le ocurrió seguirlo. Y ya fue demasiado tarde; el hombre se había internado en lo más espeso del bosque, y no pudo dar con él. Entonces tomó el partido de observar la entrada del bosque, y unas tres horas después lo vio salir de entre la maleza; ya no llevaba la caja-cofre, sino una pala y un azadón. Boulatruelle lo dejó pasar, y no se le acercó porque el otro era tres veces más fuerte, y armado además de la pala y el azadón; lo hubiera golpeado al reconocerlo y verse reconocido. Tierna efusión de dos antiguos camaradas que se reencuentran.

Boulatruelle dedujo que el sujeto abrió un hoyo en la tierra con el azadón, enterró el cofre, y volvió a cerrar el hoyo con la pala. Ahora bien, el cofre era demasiado pequeño para contener un cadáver; contenía, pues, dinero. Y empezó sus pesquisas. Exploró, sondeó y escudriñó todo el bosque, y miró por todas partes donde le pareció que habían removido recientemente la tierra. Pero fue en vano. No encontró nada.

Nadie volvió a pensar sobre esto en Montfermeil. Sólo alguien comentó:

—No hay duda que Boulatruelle vio al diablo.

III

La cadena de la argolla se rompe de un solo martillazo

A fines de octubre del año 1823, los habitantes de Tolón vieron entrar en su puerto, de resultas de un temporal y para reparar algunas averías, al navío Orión. Este buque, averiado como estaba, porque el mar lo había maltratado, hizo un gran efecto al entrar en la rada. Fondeó cerca del arsenal, y se trató de armarlo y repararlo. Una mañana la multitud que lo contemplaba fue testigo de un accidente.

Cuando la tripulación estaba ocupada en envergar las velas, un gaviero perdió el equilibrio. Se le vio vacilar; la cabeza pudo más que el cuerpo; el hombre dio vueltas alrededor de la verga, con las manos extendidas hacia el abismo; cogió al paso, con una mano primero y luego con la otra, el estribo, y quedó suspendido de él. Tenía el mar debajo, a una profundidad que producía vértigo. La sacudida de su caída había imprimido al estribo un violento movimiento de columpio. El hombre iba y venía agarrado a esta cuerda como la piedra de una honda.

Socorrerle era correr un riesgo fatal. Ninguno de los marineros se atrevía a aventurarse. La multitud esperaba ver al desgraciado gaviero de un minuto a otro soltar la cuerda, y todo el mundo volvía la cabeza para no presenciar su muerte.

De pronto se vio a un hombre que trepaba por el aparejo con la agilidad de un tigre. Iba vestido de rojo, era un presidiario; llevaba un gorro verde, señal de condenado a cadena perpetua. Al llegar a la altura de la gavia, un golpe de viento le llevó el gorro, y dejó ver una cabeza enteramente blanca.

El individuo, perteneciente a un grupo de presidiarios empleados a bordo, había corrido en el primer instante a pedir al oficial permiso para arriesgar su vida por salvar al gaviero. A un signo afirmativo del oficial, rompió de un martillazo la cadena sujeta a la argolla de su pie, tomó luego una cuerda, y se lanzó a los obenques. Nadie notó en aquel instante la facilidad con que rompió la cadena.

En un abrir y cerrar de ojos estuvo en la verga; llegó a la punta, ató a ella un cabo de la cuerda que llevaba, y dejó suelto el otro cabo; después empezó a bajar deslizándose por esta cuerda y se acercó al marinero. Entonces hubo una doble angustia; en vez de un hombre suspendido sobre el abismo había dos.

Pero el presidiario logró atar al gaviero sólidamente con la cuerda a que se sujetaba con una mano. Subió sobre la verga, y tiró del marinero hasta que lo tuvo también en ella; después lo cogió en sus brazos y lo llevó a la gavia, donde le dejó en manos de sus camaradas. Se preparó entonces para bajar inmediatamente a unirse a la cuadrilla a que pertenecía. Para llegar más pronto, se dejó resbalar y echó a correr por una entena baja. Todas las miradas lo seguían. Por un momento se tuvo miedo; sea que estuviese cansado, sea que se mareara, lo cierto es que se le vio tambalear. De pronto la muchedumbre lanzó un grito; el presidiario acababa de caer al mar.

La caída era peligrosa. La fragata Algeciras estaba anclada junto al Orión, y el pobre presidiario había caído entre los dos buques. Era muy de temer que hubiera ido a parar debajo del uno o del otro. Cuatro hombres se lanzaron en una embarcación. La muchedumbre los animaba, y la ansiedad había vuelto a aparecer en todos los semblantes. El hombre no subió a la superficie. Había desaparecido en el mar sin dejar una huella. Se sondeó, y hasta se buscó en el fondo. Todo fue en vano; no se halló ni siquiera el cadáver.

Al día siguiente, el diario de Tolón imprimía estas líneas: "7 de noviembre de 1823. — Un presidiario que se hallaba trabajando con su cuadrilla a bordo del Orión, al socorrer ayer a un marinero, cayó al mar y se ahogó. Su cadáver no ha podido ser hallado. Se cree que habrá quedado enganchado en las estacas de la punta del arsenal. Este hombre estaba inscrito en el registro con el número 9,430, y se llamaba Jean Valjean".

LIBRO TERCERO
Cumplimiento de una promesa

I
Montfermeil

Montfermeil en 1823 no era más que una aldea entre bosques. Era un sitio tranquilo y agradable, cuyo único problema era que escaseaba el agua y era preciso ir a buscarla bastante lejos, en los estanques del bosque. El bodeguero Thenardier pagaba medio sueldo por cubo de agua a un hombre que tenía este oficio y que ganaba en esto ocho sueldos al día: pero este hombre sólo trabajaba hasta las siete de la tarde en verano y hasta las cinco en el invierno, y cuando llegaba la noche, el que no tenía agua para beber, o iba a buscarla, o se pasaba sin ella.

Esto es lo que aterraba a la pequeña Cosette. La pobre niña servía de criada a los Thenardier y ella era la que iba a buscar agua cuando faltaba. Así es que, espantada con la idea de ir a la fuente por la noche, cuidaba de que no faltara nunca en la casa.

La Navidad del año 1823 fue particularmente brillante en Montfermeil. El principio del invierno había sido templado y no había helado ni nevado. Los charlatanes y feriantes que habían llegado de París obtuvieron del alcalde el permiso para colocar sus tiendas en la calle ancha de la aldea, y hasta en la callejuela del Boulanger donde estaba el bodegón de los Thenardier. Toda aquella gente llenaba las posadas y tabernas, y daba al pueblo una vida alegre y ruidosa.

En la noche misma de Navidad, muchos carreteros y vendedores bebían alrededor de una mesa con cuatro o cinco velas de sebo en la sala baja del bodegón de Thenardier, quien conversaba con sus parroquianos. Su mujer vigilaba la cena.

Cosette se hallaba en su puesto habitual, sentada en el travesaño de la mesa de la cocina junto a la chimenea; la pobre niña estaba vestida de harapos, tenía los pies desnudos metidos en zuecos, y a la luz del fuego tejía medias de lana destinadas a las hijas de Thenardier. Debajo de las sillas jugaba un gato pequeño. En la pieza contigua se oían las voces de Eponina y Azelma que reían y charlaban. De vez en cuando se oía desde el interior de la casa el grito de un niño de muy tierna edad. Era una criatura que la mujer de Thenardier había tenido en uno de los inviernos anteriores, sin saber por qué, según decía ella, y que tendría unos tres años. La madre lo había criado pero no lo quería. Y el pobre niño abandonado lloraba en la oscuridad.

II
Dos retratos completos

En este libro no se ha visto aún a los Thenardier más que de perfil; ha llegado el momento de mirarlos por todas sus fases.

Thenardier acababa de cumplir los cincuenta años; su esposa frisaba los cuarenta.

La mujer de Thenardier era alta, rubia, colorada, gorda, grandota y ágil. Ella hacía todo en la casa; las camas, los cuartos, el lavado, la comida, a lluvia, el buen tiempo, el diablo. Por única criada tenía a Cosette, un ratoncillo al servicio de un elefante. Todo temblaba al sonido de su voz, los vidrios, los muebles y la gente. Juraba como un carretero, y se jactaba de partir una nuez de un puñetazo. Esta mujer no amaba más que a sus hijas y no temía más que a su marido.

Thenardier era un hombre pequeño, delgado, pálido, anguloso, huesudo, endeble, que parecía enfermizo pero que tenía excelente salud. Poseía la mirada de una zorra y quería dar la imagen de un intelectual. Era astuto y equilibrado; silencioso o charlatán según la ocasión, y muy inteligente. jamás se emborrachaba; era un estafador redomado, un genial mentiroso.

Pretendía haber servido en el ejército y contaba con toda clase de detalles que en Waterloo, siendo sargento de un regimiento, había luchado solo contra un escuadrón de Húsares de la Muerte, y había salvado en medio de la metralla a un general herido gravemente. De allí venía el nombre de su taberna, "El Sargento de Waterloo", y la enseña pintada por él mismo. No tenía más que un pensamiento: enriquecerse. Y no lo conseguía. A su gran talento le faltaba un teatro digno. Thenardier se arruinaba en Montfermeil y, sin embargo, este perdido hubiera llegado a ser millonario en Suiza o en los Pirineos; mas el posadero tiene que vivir allí donde la suerte lo pone.

En aquel 1823 Thenardier se hallaba endeudado en unos mil quinientos francos de pago urgente. Cosette vivía en medio de esta pareja repugnante y terrible, sufriendo su doble presión como una criatura que se viera a la vez triturada por una piedra de molino y hecha trizas por unas tenazas. El hombre y la mujer tenían cada uno su modo diferente de martirizar. Si Cosette era molida a golpes, era obra de la mujer; si iba descalza en el invierno era obra del marido.

Cosette subía, bajaba, lavaba, cepillaba, frotaba, barría, sudaba, cargaba con las cosas más pesadas; y débil como era se ocupaba de los trabajos más duros. No había piedad para ella; tenía un ama feroz y un amo venenoso. La pobre niña sufría y callaba.

III
Vino para los hombres y agua a los caballos

Llegaron cuatro nuevos viajeros.

Cosette pensaba tristemente que estaba oscuro ya, que había sido preciso llenar los jarros y las botellas en los cuartos de los viajeros recién llegados, y que no quedaba ya agua en la vasija. Lo que la tranquilizaba un poco era que en la casa de Thenardier no se bebía mucha agua. No faltaban personas que tuvieran sed, pero de esa sed que se aplaca más con el vino que con el agua. De pronto uno de los mercaderes ambulantes hospedados en el bodegón dijo con voz dura:

—A mi caballo no le han dado de beber.

—Sí, por cierto —dijo la mujer de Thenardier.

—Os digo que no —contestó el mercader.

Cosette había salido de debajo de la mesa.

—¡Oh, sí, señor! —dijo—. El caballo ha bebido, y ha bebido en el cubo que estaba lleno, yo misma le he dado de beber, y le he hablado.

Esto no era cierto. Cosette mentía.

—Vaya una muchacha que parece un pajarillo y que echa mentiras del tamaño de una casa —dijo el mercader—. Te digo que no ha bebido, tunantuela. Cuando no bebe, tiene un modo de resoplar que conozco perfectamente.

Cosette insistió, añadiendo con una voz enronquecida por la angustia:

—¡Pero si ha bebido! ¡Y con qué ganas!

—Bueno, bueno —replicó el hombre, enfadado—; que den de beber a mi caballo y concluyamos.

Cosette volvió a meterse debajo de la mesa.

—Tiene razón —dijo la Thenardier—; si el animal no ha bebido, es preciso que beba.

Después miró a su alrededor.

—Y bien, ¿dónde está ésa?

Se inclinó y vio a Cosette acurrucada al otro extremo de la mesa casi debajo de los pies de los bebedores.

—¡Ven acá! —gritó furiosa.

Cosette salió de la especie de agujero en que se hallaba metida. La Thenardier continuó:

—Señorita perro-sin-nombre, vaya a dar de beber a ese caballo.

—Pero, señora —dijo Cosette, débilmente—, si no hay agua.

La Thenardier abrió de par en par la puerta de la calle.

—Pues bien, ve a buscarla.

Cosette bajó la cabeza, y fue a tomar un cubo vacío que había en el rincón de la chimenea. El cubo era más grande que ella y la niña habría podido sentarse dentro, y aun estar cómoda. La Thenardier volvió a su fogón y probó con una cuchara de palo el contenido de la cacerola, gruñendo al mismo tiempo:

—Oye tú, monigote, a la vuelta comprarás un pan al panadero. Ahí tienes una moneda de quince sueldos.

Cosette tenía un bolsillo en uno de los lados del delantal; tomó la moneda sin decir palabra, la guardó en aquel bolsillo y salió.

IV
Entrada de una muñeca en escena

Frente a la puerta de los Thenardier se había instalado una tienda de juguetes relumbrante de lentejuelas, de abalorios y vidrios de colores. Delante de todo había puesto el tendero una inmensa muñeca de cerca de dos pies de altura, vestida con un traje color rosa, con espigas doradas en la cabeza, y que tenía pelo verdadero y ojos de vidrio esmaltado. Esta maravilla había sido durante todo el día objeto de la admiración de los mirones de menos de diez años, sin que hubiera en Montfermeil una madre bastante rica o bastante pródiga para comprársela a su hija. Eponina y Azelma habían pasado horas enteras contemplándola y hasta la misma Cosette, aunque es cierto que furtivamente, se había atrevido a mirarla.

En el momento en que Cosette salió con su cubo en la mano, por triste y abrumada que estuviera, no pudo menos que alzar la vista hacia la prodigiosa muñeca, hacia la "reina", como ella la llamaba. La pobre niña se quedó petrificada; no había visto todavía tan de cerca como entonces la muñeca. Toda la tienda le parecía un palacio; la muñeca era la alegría, el esplendor, la riqueza, la dicha, que aparecían como una especie de brillo quimérico ante aquel pequeño ser, enterrado tan profundamente en una miseria fúnebre y fría. Cosette se decía que era preciso ser reina, o a lo menos princesa para tener una cosa así. Contemplaba el bello vestido rosado, los magníficos cabellos alisados y decía para sí: "¡Qué feliz debe ser esa muñeca!" Sus ojos no podían separarse de aquella tienda fantástica; cuanto más miraba más se deslumbraba; creía estar viendo el paraíso. En esta adoración lo olvidó todo, hasta la comisión que le habían encargado. De pronto la bronca voz de la Thenardier la hizo volver en sí. Había echado una mirada a la calle y vio a Cosette en éxtasis.

—¡Cómo, flojonazá! ¿No lo has ido todavía? ¡Espera! ¡Allá voy yo! ¿Qué tienes tú que hacer ahí? ¡Vete, pequeño monstruo!

Cosette echó a correr con su cubo a toda la velocidad que podía.

V
La niña sola

Como la taberna de Thenardier se hallaba en la parte norte de la aldea, tenía que ir Cosette por el agua a la fuente del bosque que estaba por el lado de Chelles.

Ya no miró una sola tienda de juguetes. Cuanto más andaba más espesas se volvían las tinieblas. Pero mientras vio casas y paredes por los lados del camino, fue bastante animada. De vez en cuando veía luces a través de las rendijas de una ventana; allí había gente, y esto la tranquilizaba. Sin embargo, a medida que avanzaba iba aminorando el paso maquinalmente. No era ya Montfermeil lo que tenía delante, era el campo, el espacio oscuro y desierto. Miró con desesperación aquella oscuridad. Arrojó una mirada lastimera hacia delante y hacia atrás. Todo era oscuridad. Tomó el camino de la fuente y echó a correr. Entró en el bosque corriendo, sin mirar ni escuchar nada. No detuvo su carrera hasta que le faltó la respiración, aunque no por eso interrumpió su marcha. No dirigía la vista ni a la derecha ni a la izquierda, por temor de ver cosas horribles en las ramas y entre la maleza. Llorando llegó a la fuente.

Buscó en la oscuridad con la mano izquierda una encina inclinada hacia el manantial, que habitualmente le servía de punto de apoyo; encontró una rama, se agarró a ella, se inclinó y metió el cubo en el agua. Mientras se hallaba inclinada así no se dio cuenta de que el bolsillo de su delantal se vaciaba en la fuente. La moneda de quince sueldos cayó al agua. Cosette no la vio ni la oyó caer. Sacó el cubo casi lleno, y lo puso sobre la hierba. Hecho esto quedó abrumada de cansancio. Sintió frío en las manos, que se le habían mojado al sacar el agua, y se levantó. El miedo se apoderó de ella otra vez, un miedo natural a insuperable. No tuvo más que un pensamiento, huir; huir a todo escape por medio del campo, hasta las casas, hasta las ventanas, hasta las luces encendidas. Su mirada se fijó en el cubo que tenía delante. Tal era el terror que le inspiraba la Thenardier, que no se atrevió a huir sin el cubo de agua. Cogió el asa con las dos manos, y le costó trabajo levantarlo.

Así anduvo unos doce pasos, pero el cubo estaba lleno, pesaba mucho, y tuvo que dejarlo en tierra. Respiró un instante, después volvió a coger el asa y echó a andar: esta vez anduvo un poco más. Pero se vio obligada a detenerse todavía. Después de algunos segundos de reposo, continuó su camino. Andaba inclinada hacía adelante, y con la cabeza baja como una vieja. Quería acortar la duración de las paradas andando entre cada una el mayor tiempo posible. Pensaba con angustia que necesitaría más de una hora para volver a Montfermeil, y que la Thenardier le pegaría. Al llegar cerca de un viejo castaño que conocía, hizo una parada mayor que las otras para descansar bien; después reunió todas sus fuerzas, volvió a coger el cubo y echó a andar nuevamente.

—¡Oh, Dios mío! ¡Dios mío! —exclamó, abrumada de cansancio y de miedo.

En ese momento sintió de pronto que el cubo ya no pesaba. Una mano, que le pareció enorme, acababa de coger el asa y lo levantaba vigorosamente. Cosette, sin soltarlo, alzó la cabeza y vio una gran forma negra, derecha y alta, que caminaba a su lado en la oscuridad. Era un hombre que había llegado detrás de ella sin que lo viera.

Hay instintos para todos los encuentros de la vida. La niña no tuvo miedo.

VI

Cosette con el desconocido en la oscuridad

Hacia las seis de la tarde de ese mismo día, un hombre descendía en Chelles del coche que hacía el viaje París-Lagny, y se iba por la senda que lleva a Montfermef, como quien se conoce bien el camino. Pero en lugar de entrar en el pueblo, se internó en el bosque. Una vez allí, se fue caminando despacio, mirando con atención los árboles, como si buscara algo y siguiera una ruta sólo por él conocida. Por fin llegó a un claro donde había gran cantidad de piedras. Se dirigió con rapidez a ellas y las examinó cuidadosamente, como si les pasara revista. A pocos pasos de las piedras, se alzaba un árbol enorme lleno de esas especies de verrugas que tienen los troncos viejos.

Frente a este árbol, que era un fresno, había un castaño con una parte de su tronco descortezado, al que habían clavado como parche una faja de zinc.

Tocó el parche y luego dio de patadas a la tierra alrededor del árbol, como para asegurarse de que no había sido removida. Después de esto, prosiguió su camino por el bosque. Este era el hombre que acababa de encontrarse con Cosette. Se había dado cuenta que se trataba de una niña pequeña y se le acercó y tomó silenciosamente su cubo.

El hombre le dirigió la palabra. Hablaba con una voz grave y baja.

—Hija mía, lo que llevas ahí es muy pesado para ti.

Cosette alzó la cabeza y respondió:

—Sí, señor.

—Dame —continuó el hombre—, yo lo llevaré.

Cosette soltó el cubo. El hombre echó a andar junto a ella.

—En efecto, es muy pesado —dijo entre dientes.

Luego añadió:

—¿Qué edad tienes, pequeña?

—Ocho años, señor.

—¿Y vienes de muy lejos así?

—De la fuente que está en el bosque.

—¿Y vas muy lejos?

—A un cuarto de hora largo de aquí.

El hombre permaneció un momento sin hablar; después dijo bruscamente:

—¿No tienes madre?

—No lo sé —respondió la niña.

Y antes que el hombre hubiese tenido tiempo para tomar la palabra, añadió:

—No lo creo. Las otras, sí; pero yo no la tengo.

Y después de un instante de silencio, continuó:

—Creo que no la he tenido nunca.

El hombre se detuvo, dejó el cubo en tierra, se inclinó, y puso las dos manos sobre los hombros de la niña, haciendo un esfuerzo para mirarla y ver su rostro en la oscuridad.

—¿Cómo te llamas? —preguntó.

—Cosette.

El hombre sintió como una sacudida eléctrica. Volvió a mirarla, cogió el cubo y echó a andar. Al cabo de un instante preguntó:

—¿Dónde vives, niña?

—En Montfermeil.

Volvió a producirse otra pausa, y luego el hombre continuó:

—¿Quién te ha enviado a esta hora a buscar agua al bosque?

—La señora Thenardier.

El hombre replicó en un tono que quería esforzarse por hacer indiferente, pero en el cual había un temblor singular:

—¿Quién es esa señora Thenardier?

—Es mi ama —dijo la niña—. Tiene una posada.

—¿Una posada? —dijo el hombre—. Pues bien, allá voy a dormir esta noche. Llévame.

El hombre andaba bastante de prisa. La niña lo seguía sin trabajo; ya no sentía el cansancio; de vez en cuando alzaba los ojos hacia él con una especie de tranquilidad y de abandono inexplicable. Jamás le habían enseñado a dirigirse a la Providencia y orar: sin embargo, sentía en sí una cosa parecida a la esperanza y a la alegría, y que se dirigía hacia el Cielo. Pasaron algunos minutos. El hombre continuó:

—¿No hay criada en casa de esa señora Thenardier?

—No, señor.

—¿Eres tú sola?

—Sí, señor.

Volvió a haber otra interrupción. Luego Cosette dijo:

—Es decir, hay dos niñas, Eponina y Azelma, las hijas de la señora Thenardier.

—¿Y qué hacen?

—¡Oh! —dijo la niña—, tienen muñecas muy bonitas y muchos juguetes, juegan y se divierten.

—¿Todo el día?

—Sí, señor.

—¿Y tú?

—Yo trabajo.

—¿Todo el día?

Alzó la niña sus grandes ojos, donde había una lágrima que no se veía a causa de la oscuridad, y respondió blandamente:

—Sí, señor.

Después de un momento de silencio prosiguió:

—Algunas veces, cuando he concluido el trabajo y me lo permiten, me divierto también.

—¿Cómo te diviertes?

—Como puedo. Me dan permiso; pero no tengo muchos juguetes. Eponina y Azelma no quieren que juegue con sus muñecas, y no tengo más que un pequeño sable de plomo, así de largo.

La niña señalaba su dedo meñique.

—¿Y que no corta?

—Sí, señor —dijo la niña—; corta ensalada y cabezas de moscas.

Llegaron a la aldea; Cosette guió al desconocido por las calles. Pasaron por delante de la panadería, pero Cosette no se acordó del pan que debía llevar.

Al ver el hombre todas aquellas tiendas al aire libre, preguntó a Cosette:

—¿Hay feria aquí?

—No, señor, es Navidad.

Cuando ya se acercaban al bodegón, Cosette le tocó el brazo tímidamente.

—¡Señor!

—¿Qué, hija mía?

—Ya estamos junto a la casa.

—Y bien...

—¿Queréis que tome yo el cubo ahora? Porque si la señora ve que me lo han traído me pegará.

El hombre le devolvió el cubo. Un instante después estaban a la puerta de la taberna.

VII

Inconvenientes de recibir a un pobre que tal vez es un rico

Cosette no pudo menos de echar una mirada de reojo hacia la muñeca grande que continuaba expuesta en la tienda de juguetes. Después llamó; se abrió la puerta y apareció la Thenardier con una vela en la mano.

—¡Ah! ¿Eres tú, bribonzuela? ¡Mira el tiempo que has tardado! Se habrá estado divirtiendo la muy holgazana como siempre.

—Señora —dijo Cosette temblando—, aquí hay un señor que busca habitación.

La Thenardier reemplazó al momento su aire gruñón por un gesto amable, cambio visible muy propio de los posaderos, y buscó ávidamente con la vista al recién llegado.

—¿Es el señor? —dijo.

—Sí, señora —respondió el hombre llevando la mano al sombrero.

Los viajeros ricos no son tan atentos. Esta actitud y la inspección del traje y del equipaje del forastero, a quien la Thenardier pasó revista de una ojeada, hicieron desaparecer la amable mueca, y reaparecer el gesto avinagrado. Le replicó, pues, secamente:

—Entrad, buen hombre.

El "buen hombre" entró. La Thenardier le echó una segunda mirada; examinó particularmente su abrigo entallado y amarillento que no podía estar más raído, y su sombrero algo abollado; y con un movimiento de cabeza, un fruncimiento de nariz y una guiñada de ojos, consultó a su marido, que continuaba bebiendo con los carreteros. El marido respondió con una imperceptible agitación del índice, que quería decir: "Que se largue". Recibida esta contestación, la Thenardier exclamó:

—Lo siento mucho, buen hombre, pero no hay habitación.

—Ponedme donde queráis —dijo el hombre—, en el granero, o en la cuadra. Pagaré como si ocupara un cuarto.

—Cuarenta sueldos.

—¿Cuarenta sueldos? Sea.

—¡Cuarenta sueldos! —murmuró por lo bajo un carretero a Thenardier—; ¡si no son más que veinte sueldos!

—Para él son cuarenta —replicó la Thenardier, en el mismo tono—. Yo no admito pobres por menos.

Entretanto el recién llegado, después de haber dejado sobre un banco su paquete y su bastón, se había sentado junto a una mesa, en la que Cosette se apresuró a poner una botella de vino y un vaso.

La niña volvió a ocupar su sitio debajo de la mesa de la cocina, y se puso a tejer. El hombre la contemplaba con atención extraña.

Cosette era fea, aunque si hubiese sido feliz, habría podido ser linda. Tenía cerca de ocho años y representaba seis. Sus grandes ojos hundidos en una especie de sombra estaban casi apagados a fuerza de llorar. Los extremos de su boca tenían esa curvatura de la angustia habitual que se observa en los condenados y en los enfermos desahuciados. Toda su vestimenta consistía en un harapo que hubiera dado lástima en verano, y que inspiraba horror en el invierno. La tela que vestía estaba llena de agujeros. Se le veía la piel por varias partes, y por doquiera se distinguían manchas azules o negras, que indicaban el sitio donde la Thenardier la había golpeado. Su mirada, su actitud, el sonido de su voz, sus intervalos entre una y otra palabra, su silencio, su menor gesto, expresaban y revelaban una sola idea: el miedo.

De súbito la Thenardier dijo:

—A propósito, ¿y el pan?

Cosette, según era su costumbre cada vez que la Thenardier levantaba la voz, salió en seguida de debajo de la mesa.

Había olvidado el pan completamente. Recurrió, pues, al recurso de los niños asustados. Mintió.

—Señora, el panadero tenía cerrado.

—¿Por qué no llamaste?

—Llamé, señora.

—¿Y qué?

—No abrió.

—Mañana sabré si es verdad —dijo la Thenardier—, y si mientes, verás lo que lo espera. Ahora, devuélveme la moneda de quince sueldos.

Cosette metió la mano en el bolsillo de su delantal, y se puso lívida. La moneda de quince sueldos ya no estaba allí.

—Vamos —dijo la Thenardier—, ¿me has oído?

Cosette dio vuelta el bolsillo: estaba vacío. ¿Qué había sido del dinero? La pobre niña no halló una palabra para explicarlo. Estaba petrificada.

—¿Has perdido acaso los quince sueldos? —aulló la Thenardier—.
¿O me los quieres robar?

Al mismo tiempo alargó el brazo hacia un látigo colgado en el
rincón de la chimenea.

Aquel ademán terrible dio a Cosette fuerzas para gritar:

—¡Perdonadme, señora; no lo haré más!

La Thenardier tomó el látigo.

Entretanto, el hombre del abrigo amarillento había metido los
dedos en el bolsillo, sin que nadie lo viera, ocupados como estaban los
demás viajeros en beber o jugar a los naipes.

Cosette se acurrucaba con angustia en el rincón de la chimenea,
procurando proteger de los golpes sus pobres miembros medio desnudos. La Thenardier levantó el brazo.

—Perdonad, señora —dijo el hombre—; pero vi caer una cosa
del bolsillo del delantal de esa chica, y ha venido rodando hasta aquí.
Quizá será la moneda perdida.

Al mismo tiempo se inclinó y pareció buscar en el suelo un
instante.

—Aquí está justamente —continuó, levantándose.

Y dio una moneda de plata a la Thenardier.

—Sí, ésta es —dijo ella.

No era aquélla sino una moneda de veinte sueldos; pero la
Thenardier salía ganando. La guardó en su bolsillo y se limitó a echar
una mirada feroz a la niña diciendo:

—¡Cuidado con que te suceda otra vez!

Cosette volvió a meterse en lo que la Thenardier llamaba su perrera y su mirada, fija en el viajero desconocido, tomó una expresión
que no había tenido nunca, mezcla de una ingenua admiración y de
una tímida confianza.

—¿Quién será este hombre? —se decía la mujer entre dientes—.
Algún pobre asqueroso. No tiene un sueldo para cenar. ¿Me pagará
siquiera la habitación? Con todo, suerte ha sido que no se le haya ocurrido la idea de robar el dinero que estaba en el suelo.

En eso se abrió una puerta, y entraron Azelma y Eponina, dos niñas muy lindas, alegres y sanas, y vestidas con buenas ropas gruesas.

Se sentaron al lado del fuego. Tenían una muñeca a la que daban vueltas y más vueltas sobre sus rodillas, jugando y cantando. De vez en cuando alzaba Cosette la vista de su trabajo, y las miraba jugar con expresión lúgubre.

De pronto la Thenardier advirtió que Cosette en vez de trabajar miraba jugar a las niñas.

—¡Ah, ahora no me lo negarás! —exclamó—. ¡Es así como trabajas! ¡Ahora te haré yo trabajar a latigazos!

El desconocido, sin dejar su silla, se volvió hacia la Thenardier.

—Señora —dijo sonriéndose casi con timidez—. ¡Dejadla jugar!

—Es preciso que trabaje, puesto que come —replicó ella, con acritud—. Yo no la alimento por nada.

—¿Pero qué es lo que hace? —continuó el desconocido con una dulce voz que contrastaba extrañamente con su traje de mendigo.

La Thenardier se dignó responder:

—Está tejiendo medias para mis hijas que no las tienen, y que están con las piernas desnudas.

El hombre miró los pies morados de la pobre Cosette, y continuó:

—¿Y cuánto puede valer el par de medias, después de hecho?

—Lo menos treinta sueldos.

—Compro ese par de medias —dijo el hombre, y añadió sacando del bolsillo una moneda de cinco francos y poniéndola sobre la mesa—, y lo pago.

Después dijo volviéndose hacia Cosette:

—Ahora el trabajo es mío. Juega, hija mía.

Uno de los carreteros se impresionó tanto al oír hablar de una moneda de cinco francos, que vino a verla.

—¡Y es verdad —dijo—, no es falsa!

La Thenardier se mordió los labios, y su rostro tomó una expresión de odio.

Entretanto Cosette temblaba. Se arriesgó a preguntar:

—¿Es verdad, señora? ¿Puedo jugar?

—¡Juega! —dijo la Thenardier, con voz terrible.

—Gracias, señora —dijo Cosette.

Y mientras su boca daba gracias a la Thenardier, toda su alma se las daba al viajero.

Eponina y Azelma no ponían atención alguna a lo que pasaba. Acababan de dejar de lado la muñeca y envolvían al gato, a pesar de sus maullidos y sus contorsiones, con unos trapos y unas cintas rojas y azules.

Así como los pájaros hacen un nido con todo, los niños hacen una muñeca con cualquier cosa. Mientras Eponina y Azelma envolvían al gato, Cosette por su parte había envuelto su sablecito de plomo, lo acostó en sus brazos y cantaba dulcemente para dormirlo. Como no tenía muñeca, se había hecho una muñeca con el sable.

La Thenardier se acercó al hombre amarillo, como lo llamaba para sí. Mi marido tiene razón, pensaba. ¡Hay ricos tan raros!

—Ya veis, señor —dijo—, yo quiero que la niña juegue, no me opongo, pero es preciso que trabaje.

—¿No es vuestra esa niña?

—¡Oh, Dios mío! No, señor; es una pobrecita que recogimos por caridad; una especie de idiota. Hacemos por ella lo que podemos, porque no somos ricos. Por más que hemos escrito a su pueblo, hace seis meses que no nos contestan. Pensamos que su madre ha muerto.

—¡Ah! —dijo el hombre, y volvió a quedar pensativo.

De pronto Cosette vio la muñeca de las hijas de la Thenardier abandonada a causa del gato y dejada en tierra a pocos pasos de la mesa de cocina.

Entonces dejó caer el sable, que sólo la satisfacía a medias, y luego paseó lentamente su mirada alrededor de la sala. La Thenardier hablaba en voz baja con su marido y contaba dinero; Eponina y Azelma jugaban con el gato, los viajeros comían o bebían o cantaban y nadie se fijaba en ella. No había un momento que perder; salió de debajo de la mesa, se arrastró sobre las rodillas y las manos, llegó con presteza a la muñeca y la cogió. Un instante después estaba otra vez en su sitio, sentada, inmóvil, vuelta de modo que diese sombra a la muñeca que tenía en los brazos. La dicha de jugar con una muñeca era tan poco frecuente para ella, que tenía toda la violencia de una voluptuosidad.

Nadie la había visto, excepto el viajero.

Esta alegría duró cerca de un cuarto de hora. Pero por mucha precaución que tomara Cosette, no vio que uno de los pies de la muñeca sobresalía, y que el fuego de la chimenea lo alumbraba con mucha claridad. Azelma lo vio y se lo mostró a Eponina. Las dos niñas quedaron estupefactas. ¡Cosette se había atrevido a tomar la muñeca!

Eponina se levantó, y sin soltar el gato se acercó a su madre, y empezó a tirarle el vestido.

—Déjame —dijo la madre—. ¿Qué quieres?

—Madre —dijo la niña, señalando a Cosette con el dedo—, ¡mira!

Ésta, entregada al éxtasis de su posesión, no veía ni oía nada.

El rostro de la Thenardier adquirió una expresión terrible. Gritó con una voz enronquecida por la indignación:

—¡Cosette!

Cosette se estremeció como si la tierra hubiera temblado bajo sus pies, y volvió la cabeza.

—¡Cosette! —repitió la Thenardier.

Tomó Cosette la muñeca, y la puso suavemente en el suelo con una especie de veneración y de doloroso temor; después, las lágrimas que no había podido arrancarle ninguna de las emociones del día, acudieron a sus ojos, y rompió a llorar.

Entretanto, el viajero se había levantado.

—¿Qué pasa? —preguntó a la Thenardier.

—¿Es que no veis? ¡Esa miserable se ha permitido tocar la muñeca de mis hijas con sus asquerosas manos sucias!

Aquí redobló Cosette sus sollozos.

—¿Quieres callar? —gritó la Thenardier.

El hombre se fue derecho a la puerta de la calle, la abrió y salió.

Apenas hubo salido, aprovechó la Thenardier su ausencia para dar a Cosette un feroz puntapié por debajo de la mesa, que la hizo gritar.

La puerta volvió a abrirse, y entró otra vez el hombre; llevaba en la mano la fabulosa muñeca de la juguetería, y la puso delante de Cosette, diciendo:

—Toma, es para ti.

Cosette levantó los ojos; vio ir al hombre hacia ella con la muñeca como si hubiera sido el Sol; oyó las palabras inauditas: "para ti"; lo miró, miró la muñeca, después retrocedió lentamente y fue a ocultarse al fondo de la mesa. Ya no lloraba ni gritaba; parecía que ya no se atrevía a respirar. La Thenardier, Eponina y Azelma eran otras tantas estatuas. Los bebedores mismos se habían callado. En todo el bodegón se hizo un silencio solemne. El tabernero examinaba alternativamente al viajero y a la muñeca. Se acercó a su mujer, y dijo en voz baja:

—Esa muñeca cuesta lo menos treinta francos. No hagamos tonterías: de rodillas delante de ese hombre.

—Vamos, Cosette —dijo entonces la Thenardier con una voz que quería dulcificar, y que se componía de esa miel agria de las mujeres malas—, ¿no tomas tu muñeca?

Cosette se aventuró a salir de su agujero.

—Querida Cosette —continuó la Thenardier con tono cariñoso—; el señor le da una muñeca. Tómala. Es tuya.

Cosette miraba la muñeca maravillosa con una especie de terror. Su rostro estaba aún inundado de lágrimas; pero sus ojos, como el cielo en el crepúsculo matutino, empezaban a llenarse de las extrañas irradiaciones de la alegría.

—¿De veras, señor? —murmuró—. ¿Es verdad? ¿Es mía "la reina"?

El desconocido parecía tener los ojos llenos de lágrimas y haber llegado a ese extremo de emoción en que no se habla para no llorar. Hizo una señal con la cabeza. Cosette cogió la muñeca con violencia.

—La llamaré Catalina —dijo.

Fue un espectáculo extraño aquél, cuando los harapos de Cosette se estrecharon con las cintas rosadas de la muñeca.

Cosette colocó a Catalina en una silla, después se sentó en el suelo delante de ella, y permaneció inmóvil, sin decir una palabra, en actitud de contemplación.

—Juega, pues, Cosette —dijo el desconocido.

—¡Oh! Estoy jugando —respondió la niña.

La Thenardier se apresuró a mandar acostar a sus hijas, después pidió al hombre permiso para que se retirara Cosette. Y Cosette se fue a acostar llevándose a Catalina en brazos.

Horas después, Thenardier llevó al viajero a un cuarto del primer piso.

Cuando Thenardier lo dejó solo, el hombre se sentó en una silla, y permaneció algún tiempo pensativo. Después se quitó los zapatos, tomó una vela y salió del cuarto, mirando a su alrededor como quien busca algo. Oyó un ruido muy leve parecido a la respiración de un niño. Se dejó conducir por este ruido, y llegó a una especie de hueco triangular practicado debajo de la escalera. Allí entre toda clase de cestos y trastos viejos, entre el polvo y las telarañas, había un jergón de paja lleno de agujeros, y un cobertor todo roto. No tenía sábanas, y estaba echado por tierra. En esta cama dormía Cosette.

El hombre se acercó y la miró un rato. Cosette dormía profundamente, y estaba vestida. En invierno no se desnudaba para tener menos frío. Tenía abrazada la muñeca, cuyos grandes ojos abiertos brillaban en la oscuridad. Al lado de su cama no había más que un zueco.

Una puerta que había al lado de la cueva de Cosette dejaba ver una oscura habitación bastante grande. El desconocido entró en ella. En el fondo se veían dos camas gemelas muy blancas; eran las de Azelma y Eponina. Detrás de las camas, había una cuna donde dormía el niño a quien había oído llorar toda la tarde.

Al retirarse pasó frente a la chimenea, donde había dos zapatitos de niña, de distinto tamaño. El desconocido recordó la graciosa e inmemorial costumbre de los niños que ponen sus zapatos en la chimenea la noche de Navidad esperando encontrar allí un regalo de alguna hada buena. Eponina y Azelma no habían faltado a esta costumbre, y cada una había puesto uno de sus zapatos en la chimenea.

El viajero se inclinó hacia ellos. El hada, es decir, la madre, había hecho ya su visita y se veía brillar en cada zapato una magnífica moneda de diez sueldos, nuevecita.

Ya se iba cuando vio escondido en el fondo, en el rincón más oscuro de la chimenea, otro objeto. Miró, y vio que era un zueco, un horrible zueco de la madera más tosca, medio roto, y todo cubierto de ceniza y barro seco. Era el zueco de Cosette. Cosette, con esa tierna confianza de los niños, que puede engañarlos siempre sin desanimarlos jamás, había puesto también su zueco en la chimenea.

La esperanza es una cosa dulce y sublime en una niña que sólo ha conocido la desesperación. En el zueco no había nada.

El viajero buscó en el bolsillo de su chaleco y puso en el zueco de Cosette un *luis* de oro. Después se volvió en puntillas a su habitación.

VIII
Thenardier maniobra

Al día siguiente, lo menos dos horas antes de que amaneciera, Thenardier, sentado junto a una mesa en la sala baja de la taberna, con una pluma en la mano, y alumbrado por la luz de una vela, hizo la cuenta del viajero del abrigo amarillento.

—¡Y no lo olvides que hoy saco de aquí a Cosette a patadas! —gruñó su mujer—. ¡Monstruo! ¡Me come el corazón con su muñeca! ¡Preferiría casarme con Luis XVIII a tenerla en casa un día.

Thenardier encendió su pipa y respondió entre dos bocanadas de humo:

—Entregarás al hombre esta cuenta.

Después salió.

Apenas había puesto el pie fuera de la sala cuando entró el viajero. Thenardier se devolvió y permaneció inmóvil en la puerta entreabierta, visible sólo para su mujer.

El hombre llevaba en la mano su bastón y su paquete.

—¡Levantado ya, tan temprano! —dijo la Thenardier—. ¿Acaso el señor nos deja?

El viajero parecía pensativo y distraído. Respondió:

—Sí, señora, me voy.

La Thenardier le entregó la cuenta doblada.

El hombre desdobló el papel y lo miró; pero su atención estaba indudablemente en otra parte.

—Señora —continuó—, ¿hacéis buenos negocios en Montfermeil?

—Más o menos no más, señor —respondió la Thenardier, con acento lastimero—: ¡Ay, los tiempos están muy malos! ¡Tenemos tantas cargas! Mirad, esa chiquilla nos cuesta los ojos de la cara, esa Cosette; la Alondra, como la llaman en el pueblo.

—¡Ah! —dijo el hombre.

La Thenardier continuó:

—Tengo mis hijas. No necesito criar los hijos de los otros.

El hombre replicó con una voz que se esforzaba en hacer indiferente y que, sin embargo, le temblaba:

—¿Y si os libraran de ella?

—¡Ah señor!, ¡mi buen señor! ¡Tomadla, lleváosla, conservadla en azúcar, en trufas; bebéosla, coméosla, y que seáis bendito de la Virgen Santísima y de todos los santos del paraíso!

—Convenido entonces.

—¿De veras? ¿Os la lleváis?

—Me la llevo.

—¿Ahora?

—Ahora mismo. Llamadla.

—¡Cosette! —gritó la Thenardier.

—Entretanto —prosiguió el hombre—, voy a pagaros mi cuenta. ¿Cuánto es?

Echó una ojeada a la cuenta, y no pudo reprimir un movimiento de sorpresa.

—¡Veintitrés francos!

Miró a la tabernera y repitió:

—¿Veintitrés francos?

—¡Claro que sí, señor! Veintitrés francos.

El viajero puso sobre la mesa cinco monedas de cinco francos.

En ese momento Thenardier irrumpió en medio de la sala, y dijo:

—El señor no debe más que veintiséis sueldos.

—¡Veintiséis sueldos! —dijo la mujer

—Veinte sueldos por el cuarto —continuó fríamente Thenardier— y seis sueldos por la cena. Y en cuanto a la niña, necesito hablar un poco con el señor. Déjanos solos.

Apenas estuvieron solos, Thenardier ofreció una silla al viajero. Este se sentó; Thenardier permaneció de pie, y su rostro tomó una expresión de bondad y de sencillez.

—Señor —dijo—, mirad, tengo que confesaros que yo adoro a esa niña. ¿Qué me importa todo ese dinero? Guardaos vuestras monedas de cien sueldos. No quiero dar a nuestra pequeña Cosette. Me haría falta. No tiene padre ni madre; yo la he criado. Es cierto que nos cuesta dinero, pero, en fin, hay que hacer algo por amor a Dios. Y quiero tanto a esa niña, si la hemos criado como a hija nuestra.

El desconocido lo miraba fijamente. Thenardier continuó:

—No se da un hijo así como así al primero que viene; quisiera saber adónde la llevaréis, quisiera no perderla de vista, saber a casa de quién va, para ir a verla de vez en cuando.

El desconocido, con esa mirada que penetra, por decirlo así, hasta el fondo de la conciencia, le respondió con acento grave y firme:

—Señor Thenardier, si me llevo a Cosette, me la llevaré y nada más. Vos no sabréis mi nombre, ni mi dirección, ni dónde ha de ir a parar, y mi intención es que no os vuelva a ver en su vida. ¿Os conviene? ¿Sí, o no?

Lo mismo que los demonios y los genios conocían en ciertas señales la presencia de un Dios superior, comprendió Thenardier que tenía que habérselas con uno más fuerte que él. Calculó que era el momento de ir derecho y pronto al asunto.

—Señor —dijo—, necesito mil quinientos francos.

El viajero sacó de su bolsillo una vieja cartera de cuero de donde extrajo algunos billetes de Banco que puso sobre la mesa. Después apoyó su ancho pulgar sobre estos billetes, y dijo al tabernero:

—Haced venir a Cosette.

Un instante después entraba Cosette en la sala baja.

El desconocido tomó el paquete que había llevado, y lo desató. Este paquete contenía un vestidito de lana, un delantal, un chaleco, un pañuelo, medias de lana y zapatos, todo de color negro.

—Hija mía —dijo el hombre—, toma esto, y ve a vestirte en seguida.

El día amanecía cuando los habitantes de Montfermeil, que empezaban a abrir sus puertas, vieron pasar a un hombre vestido pobremente que llevaba de la mano a una niña de luto, con una muñeca color de rosa en los brazos.

Cosette iba muy seria, abriendo sus grandes ojos y contemplando el cielo. Había puesto el *luis* en el bolsillo de su delantal nuevo. De vez en cuando se inclinaba y le arrojaba una mirada, después miraba al desconocido. Se sentía como si estuviera cerca de Dios.

IX

El que busca lo mejor puede hallar lo peor

Luego que el hombre y Cosette se marcharan, Thenardier dejó pasar un cuarto de hora largo; después llamó a su mujer, y le mostró los mil quinientos francos.

—¡Nada más que eso! —dijo la mujer.

Era la primera vez desde su casamiento, que se atrevía a criticar un acto de su marido.

El golpe fue certero.

—En realidad tienes razón —dijo Thenardier—, soy un imbécil. Dame el sombrero. Los alcanzaré.

Los encontró a buena distancia del pueblo, a la entrada del bosque.

—Perdonad, señor —dijo respirando apenas—, pero aquí tenéis vuestros mil quinientos francos.

El hombre alzó los ojos.

—¿Qué significa esto?

Thenardier respondió respetuosamente:

—Señor, esto significa que me vuelvo a quedar con Cosette.

Cosette se estremeció y se estrechó más y más contra el hombre.

—¿Volvéis a quedaros con Cosette?

—Sí, señor —dijo Thenardier—. Lo he pensado bien. Yo, francamente, no tengo derecho a dárosla. Soy un hombre honrado, ya lo veis. Esa niña no es mía, es de su madre. Su madre me la confió, y no puedo entregarla más que a ella. Me diréis que la madre ha muerto. Bueno. En ese caso sólo puedo entregar la niña a una persona que me traiga un papel firmado por la madre, en el que se me mande entregar la niña a esa persona. Eso está claro.

El hombre, sin responder, metió la mano en el bolsillo y Thenardier pensó que aparecería la vieja cartera con más billetes de Banco. Sintió un estremecimiento de alegría. Abrió el hombre la cartera, sacó de ella, no el paquete de billetes que esperaba Thenardier, sino un simple papelito que desdobló y presentó abierto al bodegonero, diciéndole

—Tenéis razón, leed.

Tomó el papel Thenardier, y leyó

"M., 25 de marzo de 1823.

"Señor Thenardier: Entregaréis a Cosette al portador. Se os pagarán todas las pequeñas deudas. Tengo el honor de enviaros mis respetos. Fantina".

—¿Conocéis esa firma? —continuó el hombre.

En efecto, era la firma de Fantina. Thenardier la reconoció.

No había nada que replicar.

Thenardier se entregó.

—Esta firma está bastante bien imitada —murmuró entre dientes—. En fin, ¡sea!

Después intentó un esfuerzo desesperado.

—Señor —dijo—, está bien, puesto que sois la persona enviada por la madre. Pero es preciso pagarme todo lo que se me debe, que no es poco.

El hombre contestó:

—Señor Thenardier, en enero la madre os debía ciento veinte francos; en febrero habéis recibido trescientos francos, y otros trescientos a principios de marzo. Desde entonces han pasado nueve meses, que a quince francos, según el precio convenido, son ciento treinta y cinco francos. Habíais recibido cien francos de más; se os quedaban a deber, por consiguiente, treinta y cinco francos, y por ellos os acabo de dar mil quinientos.

Sintió entonces Thenardier lo que siente el lobo en el momento en que se ve mordido y cogido en los dientes de acero del lazo.

—Señor—sin—nombre —dijo resueltamente y dejando esta vez a un lado todo respeto—, me volveré a quedar con Cosette, o me daréis mil escudos.

El viajero, cogiendo su garrote, dijo tranquilamente:

—Ven, Cosette.

Thenardier notó la enormidad del garrote y la soledad del lugar.

Se internó el desconocido en el bosque con la niña, dejando al tabernero inmóvil y sin saber qué hacer. Los siguió, pero no pudo impedir que lo viera. El hombre lo miró con expresión tan sombría que Thenardier juzgó inútil ir más adelante, y se volvió a su casa.

X

Vuelve a aparecer el número 9,430

Jean Valjean no había muerto.

Al caer al mar, o más bien al arrojarse a él, estaba como se ha visto sin cadena ni grillos. Nadó entre dos aguas hasta llegar a un buque anclado, al cual había amarrada una barca, y halló medio de ocultarse en esta embarcación hasta que vino la noche. Entonces se echó a nadar de nuevo, y llegó a tierra a poca distancia del cabo Brun. Allí, como no era dinero lo que le faltaba, pudo comprarse ropa en una tenducha especializada en vestir a reos evadidos. Después Jean Valjean, como todos esos tristes fugitivos que tratan de despistar a la policía, siguió un itinerario oscuro y ondulante. Estuvo en los Altos Alpes, luego en los Pirineos y después en diversos lugares. Por fin llegó a París, y lo acabamos de ver en Montfermeil.

Lo primero que hizo al llegar a París fue comprar vestidos de luto para una niña de siete a ocho años, y luego buscó donde vivir. Hecho esto, fue a Montfermef. Recordemos que durante su primera evasión hizo también un viaje misterioso por esos alrededores.

Se le creía muerto, circunstancia que espesaba en cierto modo la sombra que lo envolvía. En París llegó a sus manos uno de los periódicos que consignaban el hecho, con lo cual se sintió más tranquilo y casi en paz como si hubiese muerto realmente.

La noche misma del día en que sacó a Cosette de las garras de los Thenardier, volvió a París con la niña.

El día había sido extraño y de muchas emociones para Cosette; habían comido detrás de los matorrales pan y queso comprados en bodegones alejados de los caminos; habían cambiado de carruaje muchas veces, y recorrido varios trozos de camino a pie. No se quejaba, pero estaba cansada, y entonces Jean Valjean la tomó en brazos; Cosette, sin soltar a Catalina, apoyó su cabeza sobre el hombro de Jean Valjean, y se durmió.

LIBRO CUARTO
Casa Gorbeau

I
Nido para un búho y una calandria

En la calle Vignes-Saint Marcel, en un barrio poco conocido, entre dos muros de jardín, había una casa de dos pisos, casi en ruinas, signada con el número 50-52. Se la conocía como la casa Gorbeau. Al primer golpe de vista parecía una casucha, pero en realidad era grande como una catedral. Estaba casi enteramente tapada y sólo se veían la puerta y una ventana. La puerta era sólo un conjunto de planchas de madera barata unidas por palos atravesados. La ventana tenía unas viejas persianas rotas que habían sido reparadas con tablas claveteadas al azar. Ambas daban una impresión de mugre y abandono total.

La escalera terminaba en un corredor largo, al que daban numerosas piezas de diferentes tamaños. Como las aves silvestres, Jean Valjean había elegido aquel sitio solitario para hacer de él su nido. Sacó de su bolsillo una especie de llave maestra; abrió la puerta, entró, la cerró luego con cuidado y subió la escalera, siempre con Cosette en brazos. En lo alto de la escalera sacó de su bolsillo otra llave, con la que abrió otra puerta. El cuarto donde entró, y que volvió a cerrar en seguida, era una especie de desván bastante espacioso, amueblado con una mesa, algunas sillas y un colchón en el suelo. En un rincón había una estufa encendida, cuyas ascuas relumbraban.

Al fondo había un cuartito con una cama de tijera. Puso a la niña en este lecho y, como lo había hecho la víspera, la contempló con una increíble expresión de éxtasis, de bondad y de ternura. La niña, con esa confianza tranquila que sólo tienen la fuerza extrema y la extrema debilidad, se había dormido sin saber con quién estaba, y dormía sin saber dónde se hallaba. Se inclinó Jean Valjean y besó la mano de la niña. Nueve meses antes había besado la mano de la madre, que también acababa de dormirse. El mismo sentimiento doloroso, religioso, puro, llenaba su corazón.

Era ya muy de día y la niña dormía aún. De pronto, una carreta cargada que pasaba por la calzada conmovió el destartalado caserón como si fuera un largo trueno, y lo hizo temblar de arriba abajo.

—¡Sí, señora! —gritó Cosette despertándose sobresaltada—; ¡allá voy!

Y se arrojó de la cama con los párpados medio cerrados aún con la pesadez del sueño, extendiendo los brazos hacia el rincón de la pared.

—¡Ay, Dios mío, mi escoba! —exclamó.

Abrió del todo los ojos, y vio el rostro risueño de Jean Valjean.

—¡Ah, es verdad! —dijo la niña—. Buenos días, señor.

Los niños aceptan inmediatamente y con toda naturalidad la alegría y la dicha, siendo ellos mismos naturalmente dicha y alegría.

Cosette vio a Catalina al pie de su cama, la tomó, y mientras jugaba hacía cien preguntas a Jean Valjean. ¿Dónde estaban? ¿Era grande París? ¿Estaba muy lejos de la señora Thenardier? ¿Volvería a verla?

—¿Tengo que barrer? —preguntó al fin.

—Juega —respondió Jean Valjean.

II

Dos desgracias unidas producen felicidad

Al día siguiente, al amanecer, se hallaba otra vez Jean Valjean junto al lecho de Cosette. Allí esperaba, inmóvil, mirándola despertar. Sentía algo nuevo en su corazón.

Jean Valjean no había amado nunca. Hacía veinticinco años que estaba solo en el mundo. Jamás fue padre, amante, marido ni amigo. En presidio era malo, sombrío, casto, ignorante, feroz. Su corazón estaba lleno de virginidad. Su hermana y sus sobrinos no le habían dejado más que un recuerdo vago y lejano que acabó por desvanecerse. Había hecho esfuerzos por volver a hallarlos y no habiéndolo conseguido, los había olvidado. La naturaleza humana es así.

Cuando vio a Cosette, cuando la rescató, sintió que se estremecían sus entrañas. Todo lo que en ellas había de apasionado y de afectuoso se despertó en él, y se depositó en esta niña. Junto a la cama donde ella dormía, temblaba de alegría; sentía arranques de madre, y no sabía lo que eran; porque es una cosa muy obscura y muy dulce ese grande y extraño sentimiento de un corazón que se pone a amar. ¡Pobre corazón, viejo y tan nuevo al mismo tiempo! Sólo que como tenía cincuenta y cinco años y Cosette tenía ocho, todo el amor que hubiese podido tener en su vida se fundió en una especie de luminosidad inefable. Era el segundo ángel que aparecía en su vida. El obispo había hecho levantarse en su horizonte el alba de la virtud; Cosette hacía amanecer en él el alba del amor.Los primeros días pasaron en este deslumbramiento.

Cosette, por su parte, se transformaba también, aunque sin saberlo la pobrecita. Era tan pequeña cuando la dejó su madre, que ya no se acordaba de ella. Como todos los niños, había intentado amar pero no lo había conseguido. Todos la rechazaron; los Thenardier, sus hijas y otros niños. Había querido al perro, y el perro había muerto; después no la había querido nadie ni nada. Cosa atroz de decir, a los ocho años tenía el corazón frío. No era culpa suya, puesto que no era la facultad de amar lo que le faltaba sino la posibilidad. Así, desde el primer día se puso a amar a aquel hombre con todas las fuerzas de su alma. El instinto de Cosette buscaba un padre como el instinto de Jean Valjean buscaba una hija. En el momento misterioso en que se tocaron sus dos manos, se vieron estas dos almas, se reconocieron como necesarias la una para la otra, y se abrazaron estrechamente. La llegada de aquel hombre al destino de la niña fue la llegada de Dios a su vida.

Jean Valjean había escogido bien su asilo. Estaba allí en una seguridad que podía parecer completa. La casa tenía muchos cuartos y desvanes, de los cuales uno solo estaba ocupado por una vieja portera que era la que hacía el aseo de la habitación de Jean Valjean, y también las compras y la comida; fue ella quien encendió el fuego la noche de la llegada. Todo lo demás estaba deshabitado.

Pasaron las semanas. Jean Valjean y Cosette llevaban en aquel miserable desván una existencia feliz.

Desde el amanecer Cosette empezaba a reír, a charlar y a cantar. Los niños tienen su canto de la mañana como los pájaros. Algunas veces Jean Valjean le tomaba sus manos enrojecidas y llenas de sabañones, y las besaba. La pobre niña, acostumbrada a recibir sólo golpes, no sabía lo que esto quería decir, y las retiraba toda avergonzada.

Jean Valjean comenzó a enseñarle a leer. Algunas veces, al hacer deletrear a la niña, pensaba que él había aprendido a leer en el presidio con la idea de hacer el mal. Esta idea se había convertido en la de enseñar a leer a la niña. Entonces, el viejo presidiario se sonreía con la sonrisa pensativa de los ángeles.

Enseñar a leer a Cosette y dejarla jugar, ésa era poco más o menos toda la vida de Jean Valjean. Y luego le hablaba de su madre, y la hacía rezar. Cosette lo llamaba padre.

Pasaba las horas mirándola vestir y desnudar su muñeca y oyéndola canturrear. Ahora la vida se le presentaba llena de interés, los hombres le parecían buenos y justos, no acusaba a nadie en su pensamiento, y no veía ninguna razón para no envejecer hasta una edad muy avanzada, ya que aquella niña lo amaba. Veía delante de sí un porvenir iluminado por Cosette, como por una hermosa luz. Los hombres buenos no están exentos de un pensamiento egoísta; y así en algunos momentos Jean Valjean pensaba, con una especie de júbilo, que Cosette sería fea.

III

Lo que observa la portera

Jean Valjean tenía la prudencia de no salir nunca de día. Todas las tardes, al oscurecer, se paseaba unas horas, algunas veces solo, otras con

Cosette; buscaba las avenidas arboladas de los barrios más apartados, y entraba en las iglesias a la caída de la noche. Iba mucho a San Medardo, que era la iglesia más cercana. Cuando no llevaba a Cosette, la dejaba con la portera.

Vivían sobriamente, pero nunca les faltaba un poco de fuego. Jean Valjean continuaba vistiendo su abrigo ajustado y amarillento y su viejo sombrero. En la calle se le tomaba por un pobre. Sucedía a veces que algunas mujeres caritativas le daban un sueldo; él lo recibía y hacía un saludo profundo. Sucedía en otras ocasiones también que encontraba a algún mendigo pidiendo limosna; entonces miraba hacia atrás por si lo veía alguien, se acercaba rápidamente al desdichado, le ponía en la mano una moneda, muchas veces de plata y se alejaba precipitadamente. Esto tuvo sus inconvenientes, pues en el barrio se le empezó a conocer con el nombre de "el mendigo que da limosna".

La portera, vieja regañona, llena de envidia hacia el prójimo, vigilaba a Jean Valjean sin que éste lo sospechara. Era algo sorda, lo cual la hacía charlatana. Sólo le quedaban del pasado dos dientes, uno arriba y otro abajo, que hacía chocar constantemente. Hizo mil preguntas a Cosette, quien, no sabiendo nada, sólo había podido decir que venía de Montfermeil. Una mañana que estaba al acecho, vio entrar a Jean Valjean en uno de los cuartos deshabitados de la casa y su actitud le pareció extraña. Lo siguió a paso de gata vieja y pudo observar, sin ser vista, por las rendijas de la puerta. Jean Valjean, sin duda para mayor precaución, se había puesto de espaldas a esta puerta. Pero la vieja lo vio sacar del bolsillo un estuche, hilo y tijeras; después se puso a descoser el forro de uno de los faldones de su abrigo, de donde sacó un papel amarillento que desdobló. La vieja vio con asombro que era un billete de mil francos. Era el segundo o tercero que veía desde que estaba en el mundo. Se retiró espantada.

Poco después Jean Valjean le pidió que fuera a cambiar el billete de mil francos, añadiendo que era el semestre de su renta que había cobrado la víspera. "¿Dónde?", pensó la vieja, "no ha salido hasta las seis de la tarde, y la Caja no está abierta a esa hora, ciertamente". La portera fue a cambiar el billete haciéndose mil conjeturas. El billete de mil francos produjo infinidad de comentarios entre las comadres de la calle Vignes Saint-Marcel.

Un día que se hallaba sola en la habitación, vio el abrigo, cuyo forro había sido vuelto a coser, colgado de un clavo, y lo registró. Le pareció palpar más billetes. ¡Sin duda otros billetes de mil francos! Notó además que había muchas clases de cosas en los bolsillos además de las agujas, las tijeras y el hilo: una abultada cartera, un cuchillo enorme y, detalle muy sospechoso, varias pelucas de distintos colores.

Los habitantes de casa Gorbeau llegaron así a los últimos días del invierno.

IV

Una moneda de cinco francos que cae al suelo hace mucho ruido

Cerca de San Medardo, se instalaba un pobre a quien Jean Valjean daba limosna con frecuencia. No había vez que pasara por delante de aquel hombre que no le diera algún sueldo; en muchas ocasiones conversaba con él. Era un viejo de unos setenta y cinco años, que había sido sacristán y que siempre estaba murmurando oraciones.

Una noche que Jean Valjean pasaba por allí, y que no llevaba consigo a Cosette, vio al mendigo en su puesto habitual, debajo del farol que acababan de encender. El hombre, como siempre, parecía rezar, y estaba todo encorvado; Jean Valjean se acercó y le puso en la mano la limosna de costumbre. El mendigo levantó bruscamente los ojos, miró con fijeza a Jean Valjean, y después bajó rápidamente la cabeza. Este movimiento fue como un relámpago; Jean Valjean se estremeció. Le pareció que acababa de entrever, a la luz del farol, no el rostro plácido y beato del viejo mendigo sino un semblante muy conocido que lo llenó de espanto. Retrocedió aterrado, sin atreverse a respirar, ni a hablar, ni a quedarse, ni a huir, examinando al mendigo que había bajado la cabeza cubierta con un harapo, y que parecía ignorar que el otro estuviese allí. Un instinto, tal vez el instinto misterioso de la conservación, hizo que Jean Valjean no pronunciara una palabra. El mendigo tenía la misma estatura, los mismos harapos, la misma apariencia que todos los días.

—¡Qué tonto! —se dijo Jean Valjean—. Estoy loco, sueño, ¡es imposible!

Y regresó a su casa profundamente turbado.

Apenas se atrevía a confesarse a sí mismo que el rostro que había creído ver era el de Javert. Por la noche, pensando en ello, sintió no haberle hablado para obligarlo a levantar la cabeza por segunda vez. Al anochecer del otro día volvió allí. El mendigo estaba en su puesto.

—Dios os guarde, amigo —dijo resueltamente Jean Valjean, dándole un sueldo.

El mendigo levantó la cabeza, y respondió con su voz doliente:

—Gracias, mi buen señor.

Era realmente el viejo mendigo.

Jean Valjean se tranquilizó del todo. Se echó a reír.

—¿De dónde diablos he sacado que ese hombre pudiera ser Javert? —pensó—. ¿Estaré viendo visiones ahora?

Y no pensó más en ello.

Algunos días después, serían las ocho de la noche, estaba en su cuarto y hacía deletrear a Cosette en voz alta, cuando oyó abrir y después volver a cerrar la puerta de la casa. Esto le pareció singular. La portera, única persona que vivía allí con él, se acostaba siempre temprano para no encender luz. Jean Valjean hizo señas a Cosette para que callara. Oyó que subían la escalera; los pasos eran pesados, como los de un hombre; pero la portera usaba zapatos gruesos y nada se parece tanto a los pasos de un hombre como los de una vieja. Sin embargo, Jean Valjean apagó la vela. Envió a Cosette a acostarse, diciéndole en voz baja: "Acuéstate calladita"; y mientras la besaba en la frente, los pasos se detuvieron. Permaneció inmóvil, sentado en su silla de espaldas a la puerta, y conteniendo la respiración en la oscuridad. Al cabo de bastante tiempo, al no oír ya nada, se volvió sin hacer ruido hacia la puerta y vio una luz por el ojo de la cerradura. Evidentemente había allí alguien que tenía una vela en la mano, y que escuchaba.

Pasaron algunos minutos y la luz desapareció; pero no oyó ruido de pasos, lo que parecía indicar que el que había ido a escuchar a la puerta se había quitado los zapatos.

Jean Valjean se echó en la cama vestido, y en toda la noche no pudo cerrar los ojos.

Al amanecer, cuando estaba casi aletargado de cansancio, lo despertó el ruido de una puerta que se abría en alguna buhardilla del fondo del corredor, y después oyó los mismos pasos del hombre que la víspera había subido la escalera. Los pasos se acercaban. Se echó cama abajo y aplicó un ojo a la cerradura. Era un hombre, pero esta vez pasó sin detenerse delante del cuarto de Jean Valjean; cuando llegó a la escalera, un rayo de luz de la calle hizo resaltar su perfil, y Jean Valjean pudo verlo de espaldas. Era un hombre de alta estatura, con un levitón largo, y un garrote debajo del brazo. Era la silueta imponente de Javert.

No había duda de que aquel hombre había entrado con una llave. ¿Quién se la había dado? ¿Qué significaba aquello?

A las siete de la mañana, cuando la portera llegó a arreglar el cuarto, Jean Valjean le echó una mirada penetrante pero no la interrogó.

Mientras barría, ella dijo:

—¿Habéis oído tal vez a alguien que entró anoche?

—Sí —respondió él con el acento más natural del mundo—. ¿Quién era?

—Es un nuevo inquilino que hay en la casa.

—¿Y que se llama...?

—No sé bien. Dumont o Daumont. Un nombre así.

—¿Y qué es ese Dumonti?

Lo miró la vieja con sus ojillos de zorro, y respondió:

—Un rentista como vos.

Tal vez estas palabras no envolvían segunda intención, pero Jean Valjean creyó que la tenían. Cuando se retiró la portera, hizo un rollo de unos cien francos que tenía en un armario y se lo guardó en el bolsillo. Por más precaución que tomó para hacer esta operación sin que se le oyera remover el dinero, se le escapó de las manos una moneda de cien sueldos, y rodó por el suelo haciendo bastante ruido.

Al anochecer bajó y miró la calle por todos lados. No vio a nadie. Volvió a subir.

—Ven —dijo a Cosette.

La tomó de la mano, y salieron.

LIBRO QUINTO
A caza perdida, jauría muda

I
Los rodeos de la estrategia

Jean Valjean se perdió por las calles, trazando las líneas más quebradas que pudo, y volviendo atrás muchas veces para asegurarse de que nadie lo seguía.

Era una noche de Luna llena.

Cosette caminaba sin preguntar nada. Jean Valjean no sabía más que Cosette adónde iba, y ponía su confianza en Dios, así como Cosette la ponía en él. No llevaba ninguna idea pensada, ningún plan, ningún proyecto. No estaba tampoco seguro de que fuera Javert el que le perseguía y aun podía ser Javert sin que supiera que él era Jean Valjean. ¿No estaba disfrazado? ¿No se le creía muerto? Sin embargo, hacía días que le sucedían cosas muy raras.

Había decidido no volver a casa Gorbeau. Como el animal arrojado de su caverna, buscaba un agujero en que pasar la noche. Daban las once cuando pasó por delante de la comisaría de policía. El instinto lo hizo mirar hacia atrás instantes después, y vio claramente, gracias a la luz del farol, a tres hombres que lo seguían bastante de cerca.

—Ven, hija —dijo a Cosette, y se alejó precipitadamente.

Dio varias vueltas y luego se escondió en el hueco de una puerta. No habían pasado tres minutos cuando aparecieron los hombres; ya eran cuatro. Parecían no saber hacia dónde dirigirse. El que los comandaba señaló hacia donde estaba Jean Valjean y en ese momento la luna le iluminó el rostro. Jean Valjean reconoció a Javert.

II
El callejón sin salida

Jean Valjean aprovechó esa vacilación de sus perseguidores y salió de
la puerta en que se había ocultado, con Cosette en brazos. Cruzó el
puente de Austerlitz a la sombra de una carreta, con la esperanza de
que no lo hubieran visto. Pensó que si entraba en la callejuela que tenía
delante y conseguía llegar a los terrenos en que no había casas, podía
escapar. Decidió entonces que debía entrar en aquella callejuela silen-
ciosa, y entró.

De tanto en tanto se volvía a mirar; las dos o tres primeras veces
que se volvió, no vio nada; el silencio era profundo, y continuó su
marcha más tranquilo; pero otra vez que se volvió, creyó ver a lo lejos
una cosa que se movía.

Corrió, esperando encontrar alguna callejuela lateral para huir
por allí y hacerles perder la pista. Pero llegó ante un alto muro blanco. Estaban en un callejón sin salida. Jean Valjean se sintió cogido en
una red, cuyas mallas se apretaban lentamente. Miró al cielo con
desesperación.

III
Tentativas de evasión

Frente a él se alzaba una muralla. Un tilo extendía su ramaje por encima y la pared estaba cubierta de hiedra. En el inminente peligro en que
se encontraba, aquel edificio sombrío tenía algo de deshabitado y de
solitario que lo atraía. Lo recorrió ávidamente con los ojos. Se decía
que si Regaba a entrar ahí, quizá se salvaría. Concibió, pues, una idea
y una esperanza. En ese momento escuchó a alguna distancia de ellos
un ruido sordo y acompasado. Jean Valjean se aventuró a echar una
mirada por la esquina. Un pelotón de siete a ocho soldados acababa de
desembocar en la calle y se dirigía hacia él.

Estos soldados, a cuyo frente se distinguía la alta estatura de Javert, avanzaban lentamente y con precaución. Se detenían con frecuencia; era evidente que exploraban todos los rincones de los muros y todos los huecos de las puertas. Sin duda Javert había encontrado una patrulla y le había pedido auxilio.

Al paso que llevaban, y con las paradas que hacían, tardarían alrededor de un cuarto de hora para llegar al sitio en que estaba Jean Valjean. Fue un momento horrible. Sólo algunos minutos lo separaban de aquel espantoso precipicio que se abría ante él por tercera vez. El presidio ahora no era ya el presidio solamente; era perder a Cosette para siempre. Sólo había una salida posible. Jean Valjean tenía los pensamientos de un santo y la temible astucia de un presidiario. Midió con la vista la muralla. Tenía unos dieciocho pies de altura. La tapia estaba coronada de una piedra lisa sin tejadillo.

La dificultad era Cosette, que no sabía escalar. Jean Valjean no pensó siquiera en abandonarla; pero subir con ella era imposible. Necesitaba una cuerda. No la tenía. Ciertamente si en aquel momento Jean Valjean hubiera tenido un reino, lo hubiera dado por una cuerda.

Todas las situaciones críticas tienen un relámpago que nos ciega o nos ilumina. Su mirada desesperada encontró el brazo del farol del callejón. En esa época se encendían los faroles haciendo bajar los reverberos por medio de una cuerda, que luego al subirlos quedaba encerrada en un cajoncito de metal. Con la energía de la desesperación, atravesó la calle de un brinco, hizo saltar la cerradura del cajoncito con la punta de su cuchillo, y volvió en seguida adonde estaba Cosette. Ya tenía la cuerda.

—Padre —dijo en voz muy baja Cosette—, tengo miedo. ¿Quién viene?

—¡Chist —respondió Jean Valjean—, es la Thenardier!

Cosette se estremeció.

—No hables —añadió él—; si gritas, si lloras, la Thenardier lo descubre. Viene a buscarte.

Ató a la niña a un extremo de la cuerda, cogió el otro extremo con los dientes, se quitó los zapatos y las medias, los arrojó por encima de la tapia, y principió a elevarse por el ángulo de la tapia y de la fachada con la misma seguridad que si apoyase en escalones los pies y los codos. Menos de medio minuto tardó en ponerse de rodillas sobre la tapia.

Cosette lo miraba con estupor sin pronunciar una palabra. El nombre de la Thenardier la había dejado helada. De pronto oyó la voz de Jean Valjean que le decía:

—Acércate a la pared.

Obedeció y sintió que se elevaba sobre el suelo. Antes que tuviera tiempo de pensar, estaba en lo alto de la tapia. Jean Valjean la cogió, se la puso en los hombros, y se arrastró por lo alto de la pared hasta la esquina. Como había sospechado, había allí un cobertizo cuyo tejado bajaba hasta cerca del suelo por un plano suavemente inclinado casi tocando al tilo.

Feliz circunstancia, porque la tapia por aquel lado era mucho más alta que en el resto del muro. Jean Valjean veía el suelo a una gran distancia. Acababa de llegar al plano inclinado del tejado, y aún no había abandonado lo alto del muro, cuando un ruido violento anunció la llegada de la patrulla. Se oyó la voz tonante de Javert:

—Registrad el callejón. Seguro que está aquí.

Jean Valjean se deslizó a lo largo del tejado sosteniendo a Cosette, llegó al tilo y saltó a tierra.

IV

Principio de un enigma

Jean Valjean se encontró en una especie de jardín muy grande, cuyo fondo se perdía en la bruma y en la noche. Sin embargo, se distinguían confusamente varias tapias que se entrecortaban como si hubiese otros jardines más allá.

Es imposible figurarse nada menos acogedor y más solitario que este jardín. No había en él nadie, lo que era propio de la hora; pero no parecía que estuviera hecho para que alguien anduviera por él, ni aún a mediodía.

Lo primero que hizo Jean Valjean fue buscar sus zapatos y calzarse, y después entrar en el cobertizo con Cosette. El que huye no se cree nunca bastante oculto. La niña continuaba pensando en la Thenardier, y participaba de este deseo de ocultarse lo mejor posible. Se oía el ruido tumultuoso de la patrulla que registraba el callejón y la calle, los golpes de las culatas contra las piedras, las voces de Javert que llamaba a los espías que había apostado en las otras callejuelas, y sus imprecaciones mezcladas con palabras que no se distinguían. Al cabo de un cuarto de hora pareció que esta especie de ruido tumultuoso principiaba a alejarse. Jean Valjean no respiraba.

De pronto se dejó oír un nuevo ruido; un ruido celestial, divino, inefable, tan dulce como horrible era el otro. Era un himno que salía de las tinieblas; un rayo de oración y de armonía en el oscuro y terrible silencio de la noche. Eran voces de mujeres. Este cántico salía de un sombrío edificio que dominaba el jardín. En el momento en que se alejaba el ruido de los demonios, parecía que se aproximaba un coro de ángeles.

Cosette y Jean Valjean cayeron de rodillas. No sabían lo que era, no sabían dónde estaban; pero ambos sabían, el hombre y la niña, el penitente y la inocente, que debían estar arrodillados. Mientras cantaban, Jean Valjean no pensaba en nada. No veía la noche, veía un cielo azul. Le parecía que sentía abrirse las alas que tenemos todos dentro de nosotros. El canto se apagó. Había durado tal vez mucho tiempo; Jean Valjean no hubiera podido decirlo. Las horas de éxtasis son siempre un minuto. Todo había vuelto al silencio; nada se oía en la calle, nada en el jardín. Todo había desaparecido, así lo que amenazaba como lo que inspiraba confianza. El viento rozaba en lo alto de la tapia algunas hierbas secas que producían un ruido suave y lúgubre.

V

Continúa el enigma

Ya se había levantado la brisa matutina, lo que indicaba que debían ser la una o las dos de la mañana. La pobre Cosette no decía nada. Como se había sentado a su lado, y había inclinado la cabeza, Jean Valjean creyó que estaba dormida. Pero al mirarla bien vio que tenía los ojos enteramente abiertos y una expresión meditabunda, que le causó dolorosa impresión. La pobrecita temblaba sin parar.

—¿Tienes sueño? —dijo Jean Valjean.

—Tengo mucho frío —respondió.

Un momento después añadió:

—¿Está ahí todavía?

—¿Quién?

—La señora Thenardier.

Jean Valjean había olvidado ya el medio de que se había valido para hacer guardar silencio a Cosette.

—¡Se ha marchado! —dijo—. ¡Ya no hay nada que temer!

La niña respiró como si le quitaran un peso del pecho. La tierra estaba húmeda, el cobertizo abierto por todas partes; la brisa se hacía más fresca a cada momento. Jean Valjean se quitó el abrigo y arropó a Cosette.

—¿Tienes así menos frío? —dijo.

—¡Oh, sí, padre!

—Está bien, espérame aquí un instante.

Salió del cobertizo y empezó a recorrer por fuera el gran edificio buscando un refugio mejor. Encontró varias puertas pero estaban cerradas. En todas las ventanas había barrotes. De una de ellas salía una cierta claridad. Se empinó sobre la punta de los pies y miró. Daba a una gran sala con piso de baldosas. Sólo se distinguía una débil luz y muchas sombras. La luz provenía de una lámpara encendida en un rincón. La sala estaba desierta. Pero a fuerza de mirar creyó ver en el suelo una cosa que parecía cubierta con una mortaja y semejante a una forma humana. Estaba tendida boca abajo, el rostro contra el suelo, los brazos en cruz, en la inmovilidad de la muerte.

Jean Valjean dijo después varias veces que, aunque había presenciado en su vida muchos espectáculos macabros, nunca había visto algo que le helara la sangre como aquella figura enigmática. Era horrible suponer que aquello estaba muerto; pero más horrible aún era pensar que estaba vivo. De repente se sintió sobrecogido de terror y echó a correr hacia el cobertizo sin atreverse a mirar atrás. Se le doblaban las rodillas; el sudor le corría por todo el cuerpo. ¿Dónde estaba? ¿Quién podía imaginar algo semejante a este sepulcro en medio de París? ¿Qué casa tan extraña era aquélla? Se acercó a Cosette; la niña dormía con la cabeza apoyada en una piedra. Jean Valjean se sentó a su lado y se puso a contemplarla; poco a poco, a medida que la miraba se iba calmando y recuperaba su presencia de ánimo. Sabía que en su vida, mientras ella viviera, mientras ella estuviera con él, no experimentaría ninguna necesidad ni ningún temor más que por ella.

Pero a través de su meditación oía hacía rato un extraño ruido que venía del jardín, como de una campanilla o un cencerro. Miró y vio que había alguien en el jardín.

Un hombre andaba por el melonar; se levantaba, se inclinaba, se detenía con regularidad, como si arrastrara o extendiera alguna cosa por el suelo.

Jean Valjean tembló; hacía un momento temblaba porque el jardín estaba desierto; ahora temblaba porque había alguien. ¿Quién era aquel hombre que llevaba un cencerro, lo mismo que un buey o un borrego? Haciéndose esta pregunta, tocó las manos dé Cosette. Estaban heladas.

—¡Dios mío! —exclamó.

La llamó en voz baja:

—¡Cosette!

No abrió los ojos.

La sacudió con fuerza.

No despertó.

—Estará muerta —dijo, y se puso de pie, temblando de la cabeza a los pies.

Pensó mil cosas terribles. Recordó que el sueño puede ser mortal a la intemperie y en una noche tan fría. Cosette seguía tendida en el suelo, sin moverse. ¿Cómo devolverle el calor? ¿Cómo despertarla? Todo lo demás se borró de su pensamiento. Se lanzó enloquecido fuera del cobertizo. Era preciso que Cosette estuviera lo más pronto posible junto a un fuego y en un lecho.

Corrió hacia el hombre que estaba en el jardín, después de haber sacado del bolsillo del chaleco el paquete de dinero que llevaba. El hombre tenía la cabeza inclinada y no lo vio acercarse. Jean Valjean se puso a su lado y le dijo:

—¡Cien francos!

El hombre dio un salto y levantó la vista.

—¡Cien francos si me dais asilo por esta noche!

La luna iluminaba su semblante desesperado.

—¡Pero si es el señor Magdalena! —exclamó el hombre.

Este nombre pronunciado a aquella hora oscura, en aquel sitio solitario, por aquel hombre desconocido, hizo retroceder a Jean Valjean.

Todo lo esperaba menos eso. El que le hablaba era un viejo cojo y encorvado, vestido como un campesino; en la rodilla izquierda llevaba una rodillera de cuero de donde pendía un cencerro. No se distinguía su rostro porque estaba en la sombra.

El hombre se había quitado la gorra y decía tembloroso:

—¡Ah! ¡Dios mío! ¿Cómo estáis aquí, señor Magdalena? ¿Por dónde habéis entrado? ¡Jesús! ¿Venís del cielo? No sería extraño; si caéis alguna vez, será del cielo. Pero, ¿sin corbata, sin sombrero, sin levita? ¿Se han vuelto locos los ángeles? ¿Cómo habéis entrado aquí?

El hombre hablaba con una volubilidad en que no se descubría inquietud alguna; hablaba con una mezcla de asombro y de ingenua bondad.

—¿Quién sois? ¿Qué casa es ésta? —preguntó Jean Valjean.

—¡Esta sí que es grande! —dijo el viejo—. Soy el que vos mismo habéis colocado aquí. ¡Cómo! ¿No me conocéis?

—No —replicó Jean Valjean—. ¿Por qué me conocéis a mí?

—Me habéis salvado la vida —dijo el hombre.

Entonces iluminó su perfil un rayo de luna y Jean Valjean reconoció a Fauchelevent.

—¡Ah! —dijo Jean Valjean—, ¿sois vos? Sí, os conozco.

—¡Me alegro mucho —dijo el viejo en tono de reproche.

—¿Y qué hacéis aquí? —preguntó Valjean.

—¡Tapo mis melones, por supuesto!

—¿Y qué campanilla es esa que lleváis en la rodilla?

—¡Ah! —dijo Fauchelevent , es para que eviten mi presencia. En esta casa no hay más que mujeres; hay muchas jóvenes, y parece que mi presencia es peligrosa. El cencerro les avisa y cuando me acerco se alejan.

—¿Qué casa es ésta?

—Este es el convento del Pequeño Picpus, donde vos me colocasteis como jardinero. Pero volvamos al caso —prosiguió Fauchelevent—, ¿cómo demonios habéis entrado aquí, señor Magdalena? Por más santo que seáis, sois hombre, y los hombres no entran aquí. Sólo yo.

—Sin embargo —dijo Jean Valjean—, es preciso que me quede.

—¡Ah, Dios mío! —exclamó Fauchelevent.

Jean Valjean se aproximó a él.

—Tío Fauchelevent, os he salvado la vida —le dijo en voz baja.

—Yo he sido el primero en recordarlo —respondió Fauchelevent.

—Pues bien: hoy podéis hacer por mí lo que yo hice en otra ocasión por vos.

Fauchelevent tomó en sus arrugadas y temblorosas manos las robustas manos de Jean Valjean y permaneció algunos momentos como si no pudiera hablar. Por fin exclamó:

—¡Sería una bendición de Dios que yo pudiera hacer algo por vos! ¡Yo, salvaros la vida! Señor alcalde, disponed, disponed de este pobre viejo.

Una sublime alegría parecía transfigurar el rostro del anciano.

—¿Qué queréis que haga? —preguntó.

—Ya os lo explicaré. ¿Tenéis una habitación?

—Tengo una choza, allá detrás de las ruinas del antiguo convento, en un rincón oculto a todo el mundo. Allí hay tres habitaciones.

—Perfecto —dijo Jean Valjean—. Ahora tengo que pediros dos
cosas.

—¿Cuáles son, señor alcalde?

La primera es que no digáis a nadie lo que sabéis de mí. La segunda, que no tratéis de saber más.

—Como queráis. Sé que no podéis hacer nada que no sea bueno
y que siempre seréis un hombre de bien.

—Gracias. Ahora venid conmigo. Vamos a buscar a la niña.

—¡Ah! —dijo Fauchelevent—. ¿Hay una niña?

No dijo más, y siguió a Jean Valjean como un perro sigue a su
amo. Media hora después Cosette, iluminada por la llama de una buena lumbre, dormía en la cama del jardinero.

VI

Se explica cómo Javert hizo
una batida en vano

Los sucesos que acabamos de describir habían ocurrido en las condi-
ciones más sencillas. Cuando Jean Valjean, la misma noche del día que
Javert lo apresó al lado del lecho mortuorio de Fantina, se escapó de
la cárcel municipal de M., Javert fue llamado a París para apoyar a la
policía en su persecución, y en efecto el celo y la inteligencia del inspector ayudaron a encontrarlo.

Ya no se acordaba de él cuando en el mes de diciembre de 1823
leyó un periódico, cosa que no acostumbraba; llamó su atención un
nombre. El periódico anunciaba que el presidiario Jean Valjean había
muerto; y publicaba la noticia con tal formalidad que Javert no dudó

un momento en creerla. Después dejó el periódico, y no volvió a pensar más en el asunto.

Algún tiempo después, llegó a la Prefectura de París una nota sobre el secuestro de una niña en el pueblo de Montfermeil, verificado, según se decía, en circunstancias particulares. Decía esta nota que una niña de siete a ocho años, que había sido entregada por su madre a un posadero, había sido robada por un desconocido: la niña respondía al nombre de Cosette, y era hija de una tal Fantina, que había muerto en el hospital. Esta nota pasó por manos de Javert, y lo hizo reflexionar.

El nombre de Fantina le era muy conocido, y recordaba que Jean Valjean le había pedido aquella vez un plazo de tres días para ir a buscar a la hija de la enferma. Esta niña acababa de ser raptada por un desconocido. ¿Quién podía ser ese desconocido? ¿Sería Jean Valjean? Jean Valjean había muerto. Javert, sin decir una palabra a nadie, hizo un viaje a Montfermeil.

Allí Thenardier, con su admirable instinto, había comprendido en seguida que no era conveniente atraer sobre sí, y sobre muchos negocios algo turbios que tenía, la penetrante mirada de la justicia, y dijo que "su abuelo" había ido a buscarla, nada había más natural en el mundo. Ante la figura del abuelo, se desvaneció Jean Valjean.

—Es indudable que ha muerto —se dijo Javert; soy un necio.

Empezaba ya a olvidar esta historia, cuando en marzo de 1824 oyó hablar de un extraño personaje que vivía cerca de la parroquia de San Medardo, y que era conocido como el mendigo que daba limosna. Era, según se decía, un rentista cuyo nombre no sabía nadie, que vivía solo con una niña de ocho años que había venido de Monefermeil. ¡Montfermeil! Esta palabra, sonando de nuevo en los oídos de Javert, le llamó la atención. Otros mendigos dieron algunos nuevos pormenores. El rentista era un hombre muy huraño, no salía más que de noche, no hablaba a nadie más que a los pobres. Llevaba un abrigo feo, viejo y amarillento que valía muchos millones, porque estaba forrado de billetes de banco.

Todo esto excitó la curiosidad de Javert; y con objeto de ver de cerca, y sin asustarlo, a este hombre extraordinario, se puso un día el traje del sacristán y ocupó su lugar. El sospechoso se acercó a Javert disfrazado, y le dio limosna; en ese momento, Javert levantó la vista, y la misma impresión que produjo en Jean Valjean la vista de Javert, recibió Javert al reconocer a Jean Valjean.

Sin embargo, la oscuridad había podido engañarle; su muerte era oficial. Le quedaban, pues, a Javert graves dudas, y en la duda Javert, hombre escrupuloso, no prendía a nadie.

Siguió a su hombre hasta la casa Gorbeau, e hizo hablar a la portera, lo que no era difícil. Alquiló un cuarto y aquella misma noche se instaló en él. Fue a escuchar a la puerta del misterioso huésped, esperando oír el sonido de su voz, pero Jean Valjean vio su luz por la cerradura y chasqueó al espía, guardando silencio.

Al día siguiente Jean Valjean abandonó la casa. Pero el ruido de la moneda de cinco francos que dejó caer fue escuchado por la vieja portera, que oyendo sonar dinero pensó que se iba a mudar, y se apresuró a avisar a Javert. Por la noche cuando salió Jean Valjean, lo esperaba Javert detrás de los árboles con dos de sus hombres.

Javert siguió a Jean Valjean de árbol en árbol, de esquina en esquina, y no lo perdió de vista un solo instante, ni aun en los momentos en que el fugitivo se creía en mayor seguridad. Pero, ¿por qué no lo detenía? Porque dudaba aún.

Debe recordarse que en aquella época la policía no obraba con toda libertad; la prensa la tenía a raya. Atentar contra la libertad individual era un hecho grave. Por otra parte, ¿qué inconveniente había en esperar? Javert estaba seguro de que no se le escaparía.

Lo seguía, pues, bastante perplejo, haciéndose una porción de preguntas acerca de aquel personaje enigmático. Solamente al llegar a la calle Pontoise, y a favor de la viva luz que salía de una taberna, fue cuando reconoció sin ninguna duda a Jean Valjean.

Hay en el mundo dos clases de seres que se estremecen profundamente: la madre que encuentra a su hijo perdido, y el tigre que encuentra su presa. En aquel momento, Javert sintió este estremecimiento profundo. Cuando tuvo seguridad de que aquel hombre era Jean Valjean, pidió un refuerzo al comisario de policía de la calle Pontoise.

El tiempo que gastó en esta diligencia lo hizo perder la pista. Pero su poderoso instinto le dijo que Jean Valjean trataría de poner el río entre él y sus perseguidores y se fue derecho al puente de Austerlitz. Lo vio entrar en la calle Chemin-Vert-Saint Antoine; se acordó del callejón sin salida y de la única pasada de la calle Droit-Mur a la callejuela Picpus. Vio una patrulla que volvía al cuerpo de guardia, le pidió auxilio y se hizo escoltar por ella. Tuvo un momento de alegría infernal; dejó ir a su presa delante de él, en la confianza de que la tenía segura.

Javert gozaba con lo que estaba viviendo; se puso a jugar disfrutando de la idea de verlo libre y saber que lo tenía cogido. Los hilos de su red estaban tejidos; ya no tenía más que cerrar la mano. Mas cuando llegó al centro de la telaraña, la mosca había volado. Calcúlese su desesperación. Interrogó a sus hombres, nadie lo había visto.

Sea como fuere, en el momento en que Javert supo que se le escapaba Jean Valjean, no se aturdió. Seguro de que el presidiario escapado no podía hallarse muy lejos, puso vigías, organizó ratoneras y emboscadas, y dio una batida por el barrio durante toda la noche. Al despuntar el día dejó dos hombres inteligentes en observación, y volvió a París a la prefectura de policía, avergonzado como un soplón a quien hubiera apresado un ladrón.

LIBRO SEXTO
Los cementerios reciben todo lo que se les da

I
El convento Pequeño Picpus

Este convento de Benedictinas de la callejuela Picpus era una comunidad de la severa regla española de Martín Verga.

Después de las Carmelitas, que llevaban los pies descalzos y no se sentaban nunca, la más dura era la de las Bernardas Benedictinas de Martín Verga. Iban vestidas de negro con una pechera que, según la prescripción expresa de san Benito, llegaba hasta el mentón; una túnica de sarga de manga ancha, un gran velo de lana, y la toca que bajaba hasta los ojos. Todo su hábito era negro, salvo la toca que era blanca. El de las novicias era igual, pero en blanco.

Las Bernardas Benedictinas de Martín Verga practican la adoración perpetua. Comen de viernes todo el año, ayunan toda la Cuaresma; se levantan en el primer sueño, desde la una hasta las tres, para leer el breviario y cantar maitines. Se acuestan en sábanas de sarga y sobre paja, no usan baños ni encienden nunca lumbre, se disciplinan todos los viernes, observan la regla del silencio. Sus votos, cuyo rigor está aumentado por la regla, son de obediencia, pobreza, castidad y perpetuidad en el claustro.

Todas se turnan en lo que llaman el desagravio. El desagravio es la oración por todos los pecados, por todas las faltas, por todos los desórdenes, por todas las violaciones, por todas las iniquidades, por todos los crímenes que se cometen en la superficie de la tierra.

Durante doce horas consecutivas, desde las cuatro de la tarde hasta las cuatro de la mañana, la hermana que está en desagravio permanece de rodillas sobre la piedra ante el Santísimo Sacramento, con las manos juntas y una cuerda al cuello. Cuando el cansancio se hace insoportable, se prosterna extendida con el rostro en la tierra y los brazos en cruz; éste es todo su descanso. En esta actitud ora por todos los pecadores del universo. Es de una grandeza que raya en lo sublime. Nunca dicen "mío", porque no tienen nada suyo, ni deben tener afecto a nada.

Estas religiosas, enclaustradas en el Pequeño Picpus hacía cincuenta años, habían hecho construir un panteón bajo el altar de su capilla para sepultar allí a los miembros de su comunidad. Pero las autoridades no se lo permitieron, por lo cual tenían que abandonar el convento al morir. Sólo obtuvieron, consuelo mediocre, ser enterradas a una hora especial y en un rincón especial del antiguo cementerio Vaugirard, que ocupaba tierras que fueron antes de la comunidad. En la época de esta historia, la orden tenía junto al convento un colegio para niñas nobles, la mayoría muy ricas.

II

Se busca una manera de entrar al convento

Al amanecer, Fauchelevent abrió los ojos y vio al señor Magdalena sentado en su haz de paja, mirando dormir a Cosette. El jardinero se incorporó, y le dijo:

—Y ahora que estáis aquí, ¿cómo haréis para entrar?

Estas palabras resumían el problema y sacaron a Jean Valjean de su meditación.

Los dos hombres celebraron una especie de consejo.

—Tenéis que empezar —dijo Fauchelevent— por no poner los pies fuera de este cuarto ni la niña ni vos. Un paso en el jardín nos perdería.

—Es cierto.

—Señor Magdalena —continuó Fauchelevent—, habéis llegado en un momento muy bueno, quiero decir muy malo; hay una monja gravemente enferma; están rezando las cuarenta horas; toda la comunidad no piensa más que en esto. La que va a morir es una santa; no es extraño, porque aquí todos lo somos. La diferencia entre ellas y yo sólo está en que ellas dicen: nuestra celda y yo digo: mi choza. Ahora va a rezarse la oración de los agonizantes, y luego la de los muertos; por hoy podemos estar tranquilos, pero no respondo de lo que sucederá mañana.

—Sin embargo —dijo Jean Valjean—, esta choza está en una rinconada del muro, oculta por unas ruinas y por los árboles, y no se ve desde el convento.

Y yo añado que las monjas no se acercan aquí nunca.

—¿Pues entonces?...

—Pero quedan las niñas.

—¿Qué niñas?

Cuando Fauchelevent abría la boca para explicar lo que acababa de decir, se oyó una campanada.

—La religiosa ha muerto —dijo—. Ese es el tañido fúnebre.

E hizo una señal a Jean Valjean para que escuchara. En esto sonó una nueva campanada.

—La campana seguirá tañendo de minuto en minuto, veinticuatro horas hasta que saquen el cuerpo de la iglesia. En cuanto a las niñas, como os decía, en las horas de recreo basta que una pelota ruede un poco más para que lleguen hasta aquí, a pesar de las prohibiciones. Son unos demonios esos querubines.

—Ya entiendo, Fauchelevent; hay colegialas internas.

Jean Valjean pensó: "Encontré educación para Cosette".

Y dijo en voz alta:

—Sí; lo difícil es quedarse.

—No —dijo Fauchelevent—, lo difícil es salir.

Jean Valjean sintió que le afluía la sangre al corazón.

—¡Salir!

—Sí, señor Magdalena; para volver a entrar es preciso que salgáis.

Jean Valjean se puso pálido. Sólo la idea de volver a ver aquella temible calle lo hacía temblar.

—Vuestra hija duerme —continuó Fauchelevent . ¿Cómo se llama?

—Cosette.

—A ella le será fácil salir de aquí. Hay una puerta que da al patio. Llamo, el portero abre; yo llevo mi cesto al hombro; la niña va dentro, y salgo. Es muy sencillo. Diréis a la niña que se esté quieta debajo de la tapa. Después la deposito el tiempo necesario en casa de una vieja frutera, amiga mía, bien sorda, que vive en la calle Chemin-Vert, donde tiene una camita. Gritaré a su oído que es una sobrina mía, que la tenga allí hasta mañana; y después la niña entrará con vos, porque yo os facilitaré la entrada, por supuesto. Pero, ¿cómo saldréis?

Jean Valjean meneó la cabeza.

—Debería tener la seguridad de que nadie me vea, Fauchelevent. Buscad un medio de que salga, como Cosette, en un cesto y bajo una tapa.

Fauchelevent se rascó la punta de la oreja, señal evidente de un grave apuro.

Se oyó un tercer toque.

—El médico de los muertos se va —dijo Fauchelevent—. Habrá mirado y habrá dicho: está muerta; bueno. Así que el médico ha dado el pasaporte para el paraíso, la administración de pompas fúnebres envía un ataúd. Si la muerta es una madre, la amortajan las madres; si es una hermana la amortajan las hermanas, y después clavo yo la caja. Esto forma parte de mis obligaciones de jardinero; porque un jardinero tiene algo de sepulturero. Se deposita el cadáver en una sala baja de la iglesia que da a la calle, y donde no puede entrar ningún hombre más que el médico de los muertos y yo, porque yo no cuento como hombre, ni tampoco los sepultureros. En la sala es donde clavo la caja. Los sepultureros vienen por ella y ¡arre, cochero! así es como se va al cielo.

Traen una caja vacía, y se la llevan con algo adentro. Ya veis lo que es un entierro.

Se oyó en eso un cuarto toque. Fauchelevent cogió precipitadamente del clavo la rodillera con el cencerro, y se lo puso en la pierna.

—Esta vez el toque es para mí. Me llama la madre priora. Señor Magdalena, no os mováis, y esperadme. Si tenéis hambre, ahí encontraréis vino, pan y queso.

Unos minutos después, Fauchelevent, cuya campanilla ponía en fuga a las religiosas, llamaba suavemente a una puerta; una dulce voz respondió: Por siempre, por siempre. Es decir, entrad.

La priora, la Madre Inocente, sentada en la única silla que había en el locutorio, esperaba a Fauchelevent.

III
Fauchelevent en presencia de la dificultad

El jardinero hizo un saludo tímido, y se paró en el umbral de la celda. La priora, que estaba pasando las cuentas de un rosario, levantó la vista y le dijo:

—¡Ah!, ¿sois vos, tío Fauvent?

Tal era la abreviación adoptada en el convento.

—Aquí estoy, reverenda madre.

—Tengo que hablaros.

—Y yo por mi parte —dijo Fauchelevent con una audacia que le asombraba a él mismo—, tengo también que decir alguna cosa a la muy reverenda madre.

La priora le miró.

—¡Ah!, ¿tenéis que comunicarme algo?

—Una súplica.

—Pues bien, hablad.

El bueno de Fauchelevent tenía mucho aplomo. En los dos años y algo más que llevaba en el convento, se había granjeado el afecto de la comunidad. Viejo, cojo, casi ciego, probablemente un poco sordo, ¡qué cualidades! Difícilmente se le hubiera podido reemplazar.

El pobre, con la seguridad del que se ve apreciado, empezó a formular frente de la reverenda priora una arenga de campesino bastante difusa y muy profunda. Habló largamente de su edad, de sus enfermedades, del peso de los años que contaban doble para él, de las exigencias crecientes del trabajo, de la extensión del jardín, de las malas noches que pasaba, como la última, por ejemplo, en que había tenido que cubrir con estera los melones para evitar el efecto de la luna, y concluyó por decir que tenía un hermano (la priora hizo un movimiento), un hermano nada joven (segundo movimiento de la priora, pero ahora de tranquilidad); que si se le permitía podría ir a vivir con él y ayudarlo; que era un excelente jardinero; que la comunidad podría aprovecharse de sus buenos servicios, más útiles que los suyos; que de otra manera, si no se admitía a su hermano, él que era el mayor y se sentía cansado e inútil para el trabajo, se vería obligado a irse; y que su hermano tenía una nieta que llevaría consigo, y que se educaría en Dios en el convento, y podría, ¿quien sabe?, ser religiosa un día.

Cuando hubo acabado, la priora interrumpió el paso de las cuentas del rosario por entre los dedos y le dijo:

—¿Podríais conseguiros de aquí a la noche una barra fuerte de hierro?

—¿Para qué?

—Para que sirva de palanca.

—Sí, reverenda madre —respondió Fauchelevent.

—Tío Fauvent, ¿habéis entrado en el coro de la capilla alguna vez?

—Dos o tres veces.

—Se trata de levantar una piedra.

—¿Pesada?

—La losa del suelo que está junto al altar. La madre Ascensión, que es fuerte como un hombre, os ayudará. Además, tendréis una palanca.

—Está bien, reverenda madre; abriré la bóveda. Las cuatro madres cantoras os ayudarán.

—¿Y cuando esté abierta la cripta?

—Será preciso volver a cerrarla.

—¿Nada más?

—Sí.

—Dadme vuestras órdenes, reverenda madre.

—Fauvent, tenemos confianza en vos.

—Estoy aquí para obedecer.

—Y para callar.

—Sí, reverenda madre.

—Cuando esté abierta la bóveda...

—La volveré a cerrar.

—Pero antes...

—¿Qué, reverenda madre?

—Es preciso bajar algo.

Hubo un momento de silencio. La priora, después de hacer un gesto con el labio inferior que parecía indicar duda, lo rompió:

—¿Tío Fauvent?

—¿Reverenda madre?

—¿Sabéis que esta mañana ha muerto una madre?

—No.

—¿No habéis oído la campana?

—En el jardín no se oye nada.

—¿De veras?

—Apenas distingo yo mi toque.

—Ha muerto al romper el día. Ha sido la madre Crucifixión, una bienaventurada. La madre Crucifixión en vida hacía muchas conversiones; después de la muerte hará milagros.

—¡Los hará! —contestó Fauchelevent.

—Tío Fauvent, la comunidad ha sido bendecida en la madre Crucifixión. Su muerte ha sido preciosa, hemos visto el paraíso con ella.

Fauchelevent creyó que concluía una oración, y dijo:

—Amén.

—Tío Fauvent, es preciso cumplir la voluntad de los muertos. Por otra parte, ésta es más que una muerta, es una santa.

—Como vos, reverenda madre.

—Dormía en su ataúd desde hace veinte años, con la autorización expresa de nuestro Santo Padre Pío VII. Tío Fauvent, la madre Crucifixión será sepultada en el ataúd en que ha dormido durante veinte años.

—Es justo.

—Es una continuación del sueño.

—¿La encerraré en ese ataúd?

—Sí.

—¿Y dejaremos a un lado la caja de las pompas fúnebres?

—Precisamente.

—Estoy a las órdenes de la reverendísima comunidad.

—Las cuatro madres cantoras os ayudarán.

—¿A clavar la caja? No las necesito.

—No, a bajarla.

—¿Adónde?

—A la cripta.

—¿Qué cripta?

—Debajo del altar.

Fauchelevent dio un brinco.

—¡A la cripta debajo del altar!

—Debajo del altar.

—Pero...

—Llevaréis una barra de hierro.

—Sí, pero...

—Levantaréis la piedra metiendo la barra en el anillo.

—Pero...

—Debemos obedecer a los muertos. El deseo supremo de la madre Crucifixión ha sido ser enterrada en su ataúd y debajo del altar de la capilla, no ir a tierra profana; morar muerta en el mismo sitio en que ha rezado en vida. Así nos lo ha pedido, es decir, nos lo ha mandado.

—Pero eso está prohibido.

—Prohibido por los hombres; ordenado por Dios.

—¿Y si se llega a saber?

—Tenemos confianza en vos.

—¡Oh! Yo soy como una piedra de esa pared.

—Se ha reunido el capítulo. Las madres vocales, a quienes acabo de consultar, y que aún están deliberando, han decidido que, conforme a sus deseos, la madre Crucifixión sea enterrada en su ataúd y debajo del altar. ¡Figuraos, tío Fauvent, si se llegasen a hacer milagros aquí! ¡Qué gloria en Dios para la comunidad! Los milagros salen de los sepulcros.

—Pero, reverenda madre, si el inspector de la comisión de salubridad...

La priora tomó aliento y, volviéndose a Fauchelevent, le dijo:

—Tío Fauvent, ¿está acordado?

—Está acordado, reverenda madre.

—¿Puedo contar con vos?

—Obedeceré.

—Está bien. Cerraréis el ataúd, las hermanas lo llevarán a la capilla, rezarán el oficio de difuntos y después volverán al claustro. A las once y media vendréis con vuestra barra de hierro, y todo se hará en el mayor secreto. En la capilla no habrá nadie más que las cuatro madres cantoras, la madre Ascensión y vos.

—¿Reverenda madre?

—¿Qué, tío Fauvent?

—¿Ha hecho ya su visita habitual el médico de los muertos?

—La hará hoy a las cuatro. Se ha dado el toque que manda llamarle.

—Reverenda madre, ¿todo está arreglado ya?

—No.

—¿Pues qué falta?

—Falta la caja vacía.

Esto produjo una pausa. Fauchelevent meditaba, la priora meditaba.

—Tío Fauvent, ¿qué haremos del ataúd?

—Lo enterraremos.

—¿Vacío?

Nuevo silencio. Fauchelevent hizo con la mano izquierda ese gesto que parece dar por terminada una cuestión enfadosa.

—Reverenda madre, yo soy el que ha de clavar la caja en el depósito de la iglesia; nadie puede entrar allí más que yo, y yo cubriré el ataúd con el paño mortuorio.

—Sí, pero los mozos, al llevarlo al carro y al bajarlo a la fosa, se darán cuenta en seguida que no tiene nada dentro.

—¡Ah, di...! —exclamó Fauchelevent.

La priora se santiguó y miró fijamente al jardinero. El "ablo" se le quedó en la garganta.

Se apresuró a improvisar una salida para hacer olvidar el juramento.

—Echaré tierra en la caja y hará el mismo efecto que si llevara dentro un cuerpo.

—Tenéis razón. La tierra y el hombre son una misma cosa. ¿De modo que arreglaréis el ataúd vacío?

—Lo haré.

La fisonomía de la priora, hasta entonces turbada y sombría, se serenó. El jardinero se dirigió hacia la puerta. Cuando iba a salir, la priora elevó suavemente la voz.

—Tío Fauvent, estoy contenta de vos. Mañana, después del entierro, traedme a vuestro hermano, y decidle que lo acompañe la niña.

IV

Parece que Jean Valjean conocía a Agustín Castillejo

Fauchelevent estaba perplejo. Empleó cerca de un cuarto de hora en llegar a su choza del jardín. Al ruido que hizo Fauchelevent al abrir la puerta, se volvió Jean Valjean.

—¿Y qué?

—Todo está arreglado, y nada está arreglado —contestó Fauchelevent—. Tengo ya permiso para entraros; pero antes es preciso que salgáis. Aquí está el atasco. En cuanto a la niña, es fácil.

—¿La llevaréis?

—¿Se callará?

—Yo respondo.

—Pero, ¿y vos, señor Magdalena? Y hay otra cosa que me atormenta. He dicho que llenaré la caja de tierra, y ahora pienso que llevando tierra en vez de un cuerpo no se confundirá, sino que se moverá, se correrá; los hombres se darán cuenta.

Jean Valjean lo miró atentamente, creyendo que deliraba.

Fauchelevent continuó:

—¿Cómo di... antre vais a salir? ¡Y es preciso que todo quede hecho mañana! Porque mañana os he de presentar; la priora os espera.

Entonces explicó a Jean Valjean que esto era una recompensa por un servicio que él, Fauchelevent, hacía a la comunidad. Y le relató su entrevista con la priora. Pero no podía traer de fuera al señor Magdalena, si el señor Magdalena no salía.

Aquí estaba la primera dificultad, pero después había otra, el ataúd vacío.

—¿Qué es eso del ataúd vacío? —preguntó Jean Valjean.

Fauchelevent respondió:

—El ataúd de la administración.

—¿Qué ataúd y qué administración?

—Cuando muere una monja viene el médico del Ayuntamiento y dice "Ha muerto una monja". El gobierno envía un ataúd, y al día siguiente un carro fúnebre y sepultureros que cogen el ataúd y lo llevan al cementerio. Vendrán los sepultureros y levantarán la caja y no habrá nada dentro.

—¡Pues meted cualquier cosa! Un vivo, por ejemplo.

—¿Un vivo? No lo tengo.

—Yo —dijo Jean Valjean.

Fauchelevent que estaba sentado, se levantó como si hubiese estallado un petardo debajo de la silla.

—¡Ah!, os reís; no habláis con seriedad.

—Hablo muy en serio. ¿No es necesario salir de aquí?

—Sin duda. .

—Os he dicho que busquéis también para mí una cesta y una tapa.

—¿Y qué?

—La cesta será de pino y la tapa un paño negro. Se trata de salir de aquí sin ser visto. ¿Cómo se hace todo? ¿Dónde está ese ataúd?

—¿El que está vacío?

—Sí.

—Allá en lo que se llama la sala de los muertos. Está sobre dos caballetes y bajo el paño mortuorio.

—¿Qué longitud tiene la caja?

—Seis pies.

—¿Quién clava el ataúd?

—Yo.

—¿Quién pone el paño encima?

—Yo.

—¿Vos solo?

—Ningún otro hombre, excepto el médico forense, puede entrar en el salón de los muertos. Así está escrito en la pared.

—¿Y podríais esta noche, cuando todos duermen en el convento, ocultarme en esa sala?

—No, pero puedo ocultaros en un cuartito oscuro que da a la sala de los muertos, donde guardo mis útiles de enterrar, y cuya llave tengo.

—¿A qué hora vendrá mañana el carro a buscar el ataúd?

—A eso de las tres de la tarde. El entierro se hace en el cementerio Vaugirard un poco antes de anochecer y no está muy cerca.

—Estaré escondido en el cuartito de las herramientas toda la noche y toda la mañana. ¿Y qué comeré? Tendré hambre.

—Yo os llevaré algo.

—Podéis ir a encerrarme en el ataúd a las dos.

Fauchelevent retrocedió chasqueando los dedos.

—¡Pero eso es imposible!

—¿Qué? ¿Tomar un martillo y clavar los clavos en una madera?

Lo que parecía imposible a Fauchelevent, era simple para Jean Valjean, que había encarado peores desafíos para sus evasiones.

Además, este recurso de reclusos lo fue también de emperadores. Pues, si hemos de creer al monje Agustín Castillejo, éste fue el medio de que se valió Carlos V, después de su abdicación, para ver por última vez a la Plombes, para hacerla entrar y salir del monasterio de Yuste.

Fauchelevent, un poco más tranquilizado, preguntó:

—Pero, ¿cómo habéis de respirar?

—Ya respiraré.

—¡En aquella caja! Solamente de pensar en ello me ahogo.

—Buscaréis una barrena, haréis algunos agujeritos alrededor del sitio donde coincida la boca, y clavaréis sin apretar la tapa.

—¡Bueno! ¿Y si os ocurre toser o estornudar?

—El que se escapa no tose ni estornuda.

Luego añadió:

—Tío Fauchelevent, es preciso decidirse; o ser descubierto aquí o salir en el carro fúnebre.

—La verdad es que no hay otro medio.

—Lo único que me inquieta es lo que sucederá en el cementerio.

—Pues eso es justamente lo que me tiene a mí sin cuidado —dijo Fauchelevent—. Si tenéis seguridad de poder salir en la caja, yo la tengo de sacaros de la fosa. El enterrador es un borracho amigo mío, Mestienne. El enterrador mete a los muertos en la fosa, y yo meto al enterrador en mi bolsillo. Voy a deciros lo que sucederá. Llegamos un poco antes de la noche, tres cuartos de hora antes de que cierren la verja del cementerio. El carro llega hasta la sepultura, y yo lo sigo porque es mi obligación. Llevaré un martillo, un formón y tenazas en el bolsillo. Se detiene el carro; los mozos atan una cuerda al ataúd y os bajan a la sepultura. El cura reza las oraciones, hace la señal de la cruz, echa agua bendita y se va. Me quedo yo solo con Mestienne, que es mi amigo, como os he dicho. Y entonces sucede una de dos cosas: o está borracho, o no lo está. Si no está borracho, le digo: Ven a echar una copa mientras está aún abierto el bar. Me lo llevo, y lo emborracho; no es difícil emborrachar a Mestienne, porque siempre tiene ya principios de borrachera; lo dejo bajo la mesa, tomo su cédula para volver a entrar en el cementerio, y regreso solo. Entonces ya no tenéis que ver más que conmigo. En el otro caso, si ya está borracho, le digo: Anda; yo haré lo trabajo. Se va y os saco del agujero.

Jean Valjean le tendió la mano, y Fauchelevent se precipitó hacia ella con tierna efusión.

—Está convenido, Fauchelevent. Todo saldrá bien.

"Con tal de que nada se descomponga —pensó Fauchelevent—. ¡Qué horrible sería!"

V

Entre cuatro tablas

Todo sucedió como dijera Fauchelevent, y el viejo jardinero se fue cojeando tras la carroza, muy contento. Sus dos complots, uno con las religiosas y el otro con el señor Magdalena, habían sido un éxito. En cuanto se deshizo del enterrador, el viejo jardinero se inclinó hacia la fosa y dijo en voz baja:

—¡Señor Magdalena!

Nadie respondió. Fauchelevent tembló. Se dejó caer en la fosa más bien que bajó, se echó sobre el ataúd y gritó:

—¿Estáis ahí?

Continuó el silencio. Fauchelevent, casi sin respiración, sacó el formón y el martillo, a hizo saltar la tapa de la caja. El rostro de Jean Valjean estaba pálido y con los ojos cerrados. Fauchelevent sintió que se le erizaban los cabellos; se puso de pie y se apoyó de espaldas en la pared de la fosa.

—¡Está muerto! —murmuró.

Entonces el pobre hombre se puso a sollozar.

—¡Señor Magdalena! ¡Señor Magdalena! Se ha ahogado, bien lo decía yo. Y está muerto este hombre bueno, el más bueno de todos los hombres. No puede ser. ¡Señor Magdalena! ¡Señor alcalde! ¡Salid de ahí, por favor!

Se inclinó otra vez a mirar a Jean Valjean y retrocedió bruscamente todo lo que se puede retroceder en una sepultura. Jean Valjean tenía los ojos abiertos y lo miraba.

Ver una muerte es una cosa horrible, pero ver una resurrección no lo es menos. Fauchelevent se quedó petrificado, pálido, confuso, rendido por el exceso de las emociones, sin saber si tenía que habérselas con un muerto o con un vivo.

—Me dormí —dijo Jean Valjean.

Y se sentó. Fauchelevent cayó de rodillas.

—¡Qué susto me habéis dado! —exclamó.

Jean Valjean estaba sólo desmayado. El aire puro le devolvió el conocimiento.

—Tengo frío —dijo.

—¡Salgamos pronto de aquí! —dijo Fauchelevent.

Cogió él la pala y Jean Valjean el azadón, y enterraron el ataúd vacío. Caía la noche. Se fueron por el mismo camino que había llevado el carro fúnebre. No tuvieron contratiempos; en un cementerio una pala y un azadón son el mejor pasaporte. Cuando llegaron a la verja, Fauchelevent, que llevaba en la mano la cédula del enterrador, la echó en la caja, el guarda tiró de la cuerda, se abrió la puerta y salieron.

—¡Qué bien resultó todo! ¡Habéis tenido una idea magnífica, señor Magdalena! —dijo Fauchelevent.

VI
Interrogatorio con buenos resultados

Una hora después, en la oscuridad de la noche, dos hombres y una niña se presentaban en el número 62 de la calle Picpus. El más viejo de los dos cogió el aldabón y llamó.

Eran Fauchelevent, Jean Valjean y Cosette.

Los dos hombres habían ido a buscar a la niña a casa de la frutera, donde la había dejado Fauchelevent la víspera. Cosette había pasado esas veinticuatro horas sin comprender nada y temblando en silencio. Temblaba tanto, que no había llorado, no había comido ni dormido. La pobre frutera le había hecho mil preguntas sin conseguir más respuesta que una mirada triste, siempre la misma. Cosette no había dejado traslucir nada de lo que había oído y visto en los dos últimos días. Adivinaba que estaba atravesando una crisis y que era necesario ser prudente. ¡Quién no ha experimentado el terrible poder de estas tres palabras pronunciadas en cierto tono al oído de un niño aterrado: "¡No digas nada!" El miedo es mudo. Por otra parte, nadie guarda tan bien un secreto como un niño.

Fauchelevent era del convento y sabía la contraseña. Todas las puertas se abrieron. Así se resolvió el doble y difícil problema: salir y entrar. La priora, con el rosario en la mano, los esperaba ya, acompañada de una madre vocal con el velo echado sobre la cara. Una débil luz aclaraba apenas el locutorio. La priora examinó a Jean Valjean. Nada escudriña tanto como unos ojos bajos. Después le preguntó:

—¿Sois el hermano?

—Sí, reverenda madre —respondió Fauchelevent.

—¿Cómo os llamáis?

Fauchelevent respondió:

—Último Fauchelevent.

Había tenido, en efecto, un hermano llamado Último, que había muerto.

—¿De dónde sois?

Fauchelevent respondió:

—De Picquigny, cerca de Amiens.

—¿Qué edad tenéis?

Fauchelevent respondió:

—Cincuenta años.

—¿Qué oficio?

Fauchelevent respondió:

—Jardinero.

—¿Sois buen cristiano?

Fauchelevent respondió:

—Todos lo son en nuestra familia.

—¿Es vuestra esta niña?

Fauchelevent respondió:

—Sí, reverenda madre.

—¿Sois su padre?

Fauchelevent respondió:

—Su abuelo.

La madre vocal dijo entonces a la priora:

—Responde bien.

Jean Valjean no había pronunciado una sola palabra.

La priora miró a Cosette con atención, y dijo a media voz a la madre vocal:

—Será fea.

Las dos religiosas hablaron algunos minutos en voz baja en el rincón del locutorio, y después volvió a su asiento la priora y dijo:

—Tío Fauvent, buscaréis otra rodillera con campanilla. Ahora hacen falta dos.

Y así fue que al día siguiente se oían dos campanillas en el jardín. Jean Valjean estaba ya instalado formalmente; tenía su rodillera de cuero y su campanilla; se llamaba Ultimo Fauchelevent. La causa más eficaz de su admisión había sido esta observación de la priora sobre Cosette: "Será fea". Así que la priora dio este pronóstico, tomó simpatía a Cosette, y la admitió en el colegio como alumna sin pago.

VII
Clausura

Cosette continuó guardando silencio en el convento. Se creía hija de Jean Valjean; y como por otra parte nada sabía, nada podía contar. Se acostumbró muy pronto al colegio; al entrar de educanda, tuvo que ponerse el traje de las colegialas de la casa. Jean Valjean consiguió que le devolvieran los vestidos que usaba, es decir, el mismo traje de luto con que la vistió cuando la sacó de las garras de los Thenardier. El traje no estaba aún muy usado; Jean Valjean lo guardó en una maletita con mucho alcanfor y otros aromas que abundaban en los claustros.

El convento era para Jean Valjean como una isla rodeada de abismos; aquellos cuatro muros eran el mundo para él. Tenía bastante cielo para estar tranquilo, y tenía a Cosette para ser feliz. Empezó, pues, para él una vida muy grata.

Trabajaba todos los días en el jardín, y era muy útil. Había sido en su juventud podador, y sabía mucho de jardinería. Las religiosas lo llamaban el otro Fauvent.

En las horas de recreo, miraba desde lejos cómo jugaba y reía Cosette, y distinguía su risa de las de las demás. Porque ahora Cosette reía.

Dios tiene sus caminos: el convento contribuía, como Cosette, a mantener y completar en Jean Valjean la obra del obispo. Mientras no se había comparado más que con el obispo, se había creído indigno, y había sido humilde; pero desde que, hacía algún tiempo, se comparaba con los hombres, había principiado a nacer en él el orgullo. ¿Quién sabe si tal vez, y poco a poco, habría concluido por volver al odio?

El convento lo detuvo en esta pendiente.

Algunas veces se apoyaba en la pala, y descendía lentamente por la espiral sin fin de la meditación. Recordaba a sus antiguos compañeros, y su gran miseria. Vivían sin nombre; sólo eran conocidos por números; estaban casi convertidos en cifras, y vivían en la vergüenza, con los ojos bajos, la voz queda, los cabellos cortados, y recibiendo golpes.

Después su espíritu se dirigía a los seres que tenía ante la vista.

Estos seres vivían también con los cabellos cortados, los ojos bajos, la voz queda, no en la vergüenza, pero sí en medio de la burla del mundo. Los otros eran hombres; éstos eran mujeres. ¿Y qué habían hecho aquellos hombres? Habían robado, violado, saqueado, asesinado. Eran bandidos, falsarios, envenenadores, incendiarios, asesinos, parricidas. ¿Y qué habían hecho estas mujeres? Nada.

Cuando pensaba en estas cosas se abismaba su espíritu en el misterio de la sublimidad.

En estas meditaciones desaparecía el orgullo. Dio toda clase de vueltas sobre sí mismo y reconoció que era malo y lloró muchas veces. Todo lo que había sentido su alma en seis meses lo llevaba de nuevo a las santas máximas del obispo, Cosette por el amor, el convento por la humildad.

Algunas veces a la caída de la tarde, en el crepúsculo, a la hora en que el jardín estaba desierto, se le veía de rodillas en medio del paseo que costeaba la capilla, delante de la ventana por donde había mirado la primera noche, vuelto hacia el sitio en que sabía que la hermana que hacía el desagravio estaba prosternada en oración. Rezaba arrodillado ante esa monja. Parecía que no se atrevía a arrodillarse directamente delante de Dios.

Todo lo que lo rodeaba, aquel jardín pacífico, aquellas flores embalsamadas, aquellas niñas dando gritos de alegría, aquellas mujeres graves y sencillas, aquel claustro silencioso, lo penetraban lentamente, y poco a poco su alma iba adquiriendo el silencio del claustro, el perfume de las flores, la paz del jardín, la ingenuidad de las monjas y la alegría de las niñas. Además, recordaba que precisamente dos casas de Dios lo habían acogido en los momentos críticos de su vida; la primera cuando todas las puertas se le cerraban y lo rechazaba la sociedad humana; la segunda, cuando la sociedad humana volvía a perseguirlo, y el presidio volvía a llamarlo; sin la primera, hubiera caído en el crimen; sin la segunda, en el suplicio. Su corazón se deshacía en agradecimiento, y amaba cada día más. Muchos años pasaron así; Cosette iba creciendo.

Tercera parte
Marius

LIBRO PRIMERO
París en su átomo

I
El pilluelo

París tiene un hijo y el bosque un pájaro. El pájaro se llama gorrión, y el hijo pilluelo.

Asociad estas dos ideas, París y la infancia, que contienen la una todo el fuego, la otra toda la aurora; haced que choquen estas dos chispas, y el resultado es un pequeño ser.

Este pequeño ser es muy alegre. No come todos los días, pero va a los espectáculos todas las noches, si se le da la gana. No tiene camisa sobre su pecho, ni zapatos en los pies, ni techo sobre la cabeza, igual que las aves del cielo. Tiene entre siete y trece años; vive en bandadas; callejea todo el día, vive al aire libre; viste un viejo pantalón de su padre que le llega a los talones, un agujereado sombrero de quién sabe quién que se le hunde hasta las orejas, y un solo tirante amarillo. Corre, espía, pregunta, pierde el tiempo, sabe curar pipas, jura como un condenado, frecuenta las tabernas, es amigo de ladrones, tutea a las prostitutas, habla la jerga de los bajos fondos, canta canciones obscenas, y no tiene ni una gota de maldad en su corazón. Es que tiene en el alma una perla, la inocencia; y las perlas no se disuelven en el fango. Mientras el hombre es niño, Dios quiere que sea inocente.

Si preguntamos a esta gran ciudad: ¿Quién es ése? respondería: es mi hijo. El pilluelo de París es el hijo enano de la gran giganta.

Este querubín del arroyo tiene a veces camisa, pero entonces es la única; usa a veces zapatos, pero no siempre con suela; tiene a veces casa, y la ama, porque en ella encuentra a su madre; pero prefiere la calle, porque en ella encuentra la libertad. Sus juegos son peculiares. Su trabajo consiste en proporcionar coches de alquiler, bajar el estribo de los carruajes, establecer pasos de una acera a otra en los días de mucha lluvia, lo que él llama "hacer el Puente de las Artes"; también pregonar los discursos de la autoridad en favor del pueblo francés; ahondar las junturas del empedrado. Tiene su moneda, que se compone de todos los pedazos de cobre que se encuentra en la calle. Esta curiosa moneda, llamada "hilacha", posee una cotización invariable entre esta bohemia infantil.

Tiene su propia fauna, que observa cuidadosamente por los rincones. Buscar salamandras entre las piedras es un placer extraordinario, y no menor lo es el de levantar el empedrado y ver correr las sabandijas.

Por la noche el pilluelo, gracias a algunas monedas que siempre halla medio de procurarse, va al teatro, y allí se transfigura. También basta que él esté allí con su alegría, con su poderoso entusiasmo, con sus aplausos, para que esa sala estrecha, fétida, obscura, fea, malsana, repugnante, sea el paraíso.

Este pequeño ser grita, se burla, se mueve, pelea; va vestido en harapos como un filósofo; pesca y caza en las cloacas, saca alegría de la inmundicia, aturde las calles con su locuacidad, husmea y muerde, silba y canta, aplaude e insulta, encuentra sin buscar, sabe lo que ignora, es loco hasta la sabiduría, poeta hasta la obscenidad, se revuelca en el estiércol, y sale de él cubierto de estrellas.

El pilluelo ama la ciudad y ama también la soledad; tiene mucho de sabio.

Cualquiera que vagabundee por las soledades contiguas a nuestros arrabales, que podrían llamarse los limbos de París, descubre aquí y allá, en el rincón más abandonado, en el momento más inesperado, detrás de un seto poco tupido o en el ángulo de una lúgubre pared, grupos de niños malolientes, llenos de lodo y polvo, andrajosos, despeinados, que juegan coronados de florecillas: son los niños de familias pobres escapados de sus hogares. Allí viven lejos de toda mirada, bajo el dulce sol de primavera, arrodillados alrededor de un agujero hecho en la tierra, jugando a las bolitas, disputando por un centavo, irresponsables, felices. Y, cuando os ven, se acuerdan de que tienen un trabajo, que les hace falta ganarse la vida, y os ofrecen en venta una vieja media de lana llena de abejorros, o un manojo de lilas. El encuentro con estos niños extraños es una de las experiencias más encantadoras, pero a la vez de las más dolorosas que ofrecen los alrededores de París.

Son niños que no pueden salir de la atmósfera parisiense, del mismo modo que los peces no pueden salir del agua. Respirar el aire de París conserva su alma.

El pilluelo parisiense es casi una casta. Pudiera decirse que se nace pilluelo, que no cualquiera, sólo por desearlo, es un pilluelo de París. ¿De qué arcilla está hecho? Del primer fango que se encuentre a mano. Un puñado de barro, un soplo, y he aquí a Adán. Sólo basta que Dios pase. Siempre ha pasado Dios junto al pilluelo.

El pilluelo es una gracia de la nación, y al mismo tiempo una enfermedad; una enfermedad que es preciso curar con la luz.

II
Gavroche

Unos ocho o nueve años después de los acontecimientos referidos en la segunda parte de esta historia, se veía por el boulevard del Temple a un muchachito de once a doce años, que hubiera representado a la perfección el ideal del pilluelo que hemos bosquejado más arriba, si, con la sonrisa propia de su edad en los labios, no hubiera tenido el corazón vacío y opaco. Este niño vestía un pantalón de hombre, pero no era de su padre, y una camisa de mujer, que no era de su madre. Personas caritativas lo habían socorrido con tales harapos. Y, sin embargo, tenía un padre y una madre; pero su padre no se acordaba de él y su madre no lo quería. Era uno de esos niños dignos de lástima entre todos los que tienen padre y madre, y son huérfanos.

Este niño no se encontraba en ninguna parte tan bien como en la calle. El empedrado era para él menos duro que el corazón de su madre. Sus padres lo habían arrojado al mundo de un puntapié. Había empezado por sí mismo a volar.

Era un muchacho pálido, listo, despierto, burlón, ágil, vivaz. Iba, venía, cantaba, robaba un poco, como los gatos y los pájaros, alegremente; se reía cuando lo llamaban tunante, y se molestaba cuando lo llamaban granuja. No tenía casa, ni pan, ni lumbre, ni amor, pero estaba contento porque era libre.

Sin embargo, por más abandonado que estuviera este niño, cada dos o tres meses decía: ¡Voy a ver a mamá! Y entonces bajaba al muelle, cruzaba los puentes, entraba en el arrabal, pasaba la Salpétrière, y se paraba precisamente en el número 50-52 que el lector conoce ya, frente a la casa Gorbeau.

La casa número 50-52, habitualmente desierta, y eternamente adornada con el letrero: "Cuartos disponibles", estaba habitada ahora por gente que, como sucede siempre en París, no tenían ningún vínculo ni relación entre sí, salvo ser todos indigentes.

Había una inquilina principal, como se llamaba a sí misma la señora Burgon, que había reemplazado a la portera de la época de Jean Valjean, que había muerto.

Los más miserables entre los que vivían en la casa eran una familia de cuatro personas, padre, madre y dos hijas, ya bastante grandes; los cuatro vivían en la misma buhardilla. El padre al alquilar el cuarto dijo que se llamaba Jondrette. Algún tiempo después de la mudanza, que se había parecido, usando una expresión memorable de la portera, a "la entrada de la nada", este Jondrette dijo a la señora Burgon:

—Si viene alguien a preguntar por un polaco, o por un italiano, o tal vez por un español, ése soy yo.

Esta familia era la familia del alegre pilluelo. Llegaba allí, encontraba la miseria y, lo que es más triste, no veía ni una sonrisa; el frío en el hogar, el frío en los corazones. Cuando entraba le preguntaban:

—¿De dónde vienes?

Y respondía:

—De la calle.

Cuando se iba le preguntaban:

—¿Adónde vas?

Y respondía:

—A la calle.

Su madre le decía:

—¿Entonces, a qué vienes aquí?

Este muchacho vivía en una carencia completa de afectos, más no sufría ni echaba la culpa a nadie; no tenía una idea exacta de lo que debía ser un padre y una madre.

Por lo demás, su madre amaba sólo a sus hermanas.

En el boulevard del Temple llamaban a este niño el pequeño Gavroche. ¿Por qué se llamaba Gavroche? Probablemente porque su padre se llamaba Jondrette. Cortar el hilo parece ser el instinto de muchas familias miserables.

El cuarto que los Jondrette ocupaban en casa Gorbeau estaba al extremo del corredor. El cuarto contiguo estaba ocupado por un joven muy pobre que se llamaba Marius.

Digamos ahora quién era Marius.

LIBRO SEGUNDO
El gran burgués

I
Noventa años y treinta y dos dientes

El señor Lucas-Espíritu Gillenormand era un hombre sumamente particular; era de otra época, un verdadero burgués de esos del siglo XVIII, que vivía su burguesía con la misma altivez que un marqués vive su marquesado. Había cumplido noventa años y caminaba muy derecho, hablaba alto, bebía mucho, comía, dormía y roncaba. Conservaba sus treinta y dos dientes y sólo se ponía anteojos para leer. Era muy aficionado a las aventuras amorosas, pero afirmaba que hacía ya una docena de años que había renunciado decididamente a las mujeres. "Ya no les gusto —decía—, porque soy pobre". Jamás dijo "porque estoy viejo". Y en realidad confesaba sólo con una pequeña renta. Vivía en el Marais, en la calle de las Hijas del Calvario, número 6, en casa propia.

Era superficial y tenía muy mal genio. Se enfurecía por cualquier cosa, y muchas veces sin tener la menor razón. Decía groserías con cierta elegante tranquilidad a indiferencia. Creía muy poco en Dios. Era monárquico fanático.

Se había casado dos veces. La primera mujer le dio una hija, que permaneció soltera. La segunda le dio otra hija, que murió a los treinta años, y que se había casado por amor con un militar que sirvió en los ejércitos de la República y del Imperio, que había ganado la cruz en Austerlitz y recibido el grado de coronel en Waterloo.

—Es la deshonra de la familia —decía el viejo Gillenormand.

II

Las hijas

Las dos hijas del señor Gillenormand habían nacido con dieciséis años de diferencia. En su juventud se habían parecido muy poco, tanto por su carácter como por su fisonomía. Fueron lo menos hermanas que se puede ser. La menor era un alma bellísima, amante de todo lo que era luz, pensando siempre en flores, versos y música, volando en los espacios gloriosos, entusiasta, espiritual, soñando desde la infancia con una vaga e ideal figura heroica. La mayor tenía también su quimera; veía en el futuro algún gran contratista muy rico, un marido espléndidamente tonto, un millón hecho hombre.

La menor se había casado con el hombre de sus sueños, pero murió. La mayor no se había casado. En el momento que ésta sale a la escena en nuestro relato, era una solterona mojigata que estaba a cargo de la casa de su padre. Se la conocía como la señorita Gillenormand mayor.

Era el pudor llevado al extremo. Tenía un recuerdo horrible en su vida: un día le había visto un hombre la liga. Sin embargo, y el que pueda explicará estos misterios de la inocencia, se dejaba abrazar sin repugnancia por un oficial de lanceros, sobrino segundo suyo, llamado Teódulo.

El señor Gillenormand tenía dos sirvientes, Nicolasa y Vasco. Cuando alguien entraba a su servicio, el anciano le cambiaba nombre. La criada, por ejemplo, se llamaba Olimpia; él la llamó Nicolasa. El hombre, un gordo de unos cincuenta años incapaz de correr veinte pasos, había nacido en Bayona, por lo cual lo llamó Vasco.

Había además en la casa, entre esta solterona y este viejo, un niño siempre tembloroso y mudo delante del señor Gillenormand, el cual no le hablaba nunca sino con voz severa, y algunas veces con el bastón levantado:

—¡Venid aquí, caballerito! Bergante, pillo, acercaos a mí. Responded, tunante. Que ni os vea yo, galopín, en...

Lo idolatraba.

Era su nieto.

LIBRO TERCERO
El abuelo y el nieto

I
Un espectro rojo

Este niño, de siete años, blanco, sonrosado, fresco, de alegres a inocentes ojos, siempre oía murmurar a su alrededor estas frases: "¡Qué lindo es! ¡Qué lástima! ¡Pobre niño!" Lo llamaban pobre niño porque su padre era "un bandido del Loira".

Este bandido del Loira era el yerno del señor Gillenormand, y había sido calificado por éste como la deshonra de la familia.

Sin embargo, quien pasara en aquella época por la pequeña aldea de Vernon, podría observar desde lo alto del puente a un hombre que se paseaba casi todos los días con una azadilla y una podadora en la mano. Tendría unos cincuenta años, iba vestido con un pantalón y una especie de casaca de burdo paño gris, en el cual llevaba cosida una cosa amarilla que en su tiempo había sido una cinta roja; en su rostro, tostado por el Sol, había una gran cicatriz desde la frente hasta la mejilla; tenía el pelo casi blanco; caminaba encorvado, como envejecido antes de tiempo.

Vivía en la más humilde de las casas del pueblo. Las flores eran toda su ocupación. Comía muy frugalmente, y bebía más leche que vino; era tímido hasta parecer arisco; salía muy poco, y no veía a nadie más que a los pobres que llamaban a su ventana, y al padre Mabeuf, el cura, que era un buen hombre de bastante edad. Sin embargo, si alguien llamaba a su puerta para ver sus tulipanes y sus rosas, abría sonriendo.

Era el bandido del Loira.

Su nombre era Jorge Pontmercy. Fue un militar que combatió en los ejércitos de Napoleón en innumerables batallas, y a quien el emperador concedió la cruz de honor por su valentía y fidelidad. Acompañó a Napoleón a la isla de Elba; en Waterloo fue quien cogió la bandera del batallón de Luxemburgo, y fue a colocarla a los pies del emperador, todo cubierto de sangre, pues había recibido, al apoderarse de ella, un sablazo en la cara. El emperador, lleno de satisfacción, le dijo: Sois coronel, barón y oficial de la Legión de Honor.

Después de Waterloo, la Restauración dejó a Pontmercy a media paga, y después lo envió al cuartel, es decir, sujeto a vigilancia en Vernon. El rey Luis XVIII, considerando como no sucedido todo lo que se había hecho en los Cien Días, no le reconoció ni la gracia de oficial de la Legión de Honor, ni su grado de coronel, ni su título de barón.

En tiempos del Imperio, entre dos guerras, había encontrado la oportunidad para casarse con la señorita Gillenormand. En 1815 murió esta mujer admirable, inteligente, poco común, y digna de su marido, dejándole un niño. Ese niño habría sido la felicidad del coronel en su soledad; pero el abuelo reclamó imperiosamente a su nieto, declarando que, si no se lo entregaba, lo desheredaría. Impuso expresamente que Pontmercy no trataría nunca de ver ni hablar a su hijo. El padre accedió por el interés del niño, y no pudiendo tener al lado a su hijo, se dedicó a amar a las flores.

La herencia del abuelo Gillenormand era poca cosa; pero la de la señorita Gillenormand mayor era grande, porque su madre había sido muy rica, y habiendo ella permanecido soltera, el hijo de su hermana era su heredero natural. El niño, que se llamaba Marius, sabía que tenía padre, pero nada más. Nadie abría la boca para hablarle de él, y llegó poco a poco a no pensar en su padre sino lleno de vergüenza y con el corazón oprimido.

Mientras Marius crecía en esta atmósfera, cada dos o tres meses se escapaba el coronel, iba furtivamente a París y se apostaba en San Sulpicio, a la hora en que la señorita Gillenormand llevaba a Marius a misa; y allí, temblando al pensar que la tía podía darse vuelta y verlo, oculto detrás de un pilar, inmóvil, sin atreverse apenas a respirar, miraba a su hijo. Aquel hombre, lleno de cicatrices, tenía miedo de una vieja solterona.

Aquí había nacido su amistad con el cura de Vernon, señor Mabeuf.

Este digno sacerdote tenía un hermano, administrador de la Parroquia de San Sulpicio, que había visto muchas veces a este hombre contemplar a su hijo, y se había fijado en la cicatriz que le cruzaba la mejilla y en la gruesa lágrima que caía de sus ojos. Ese hombre de aspecto tan varonil y que lloraba como una mujer, impresionó al señor Mabeuf. Un día que fue a Vernon a ver a su hermano, se encontró en el puente al coronel Pontmercy, y reconoció en él al hombre de San Sulpicio. Habló de él al cura, y ambos, bajo un pretexto cualquiera, hicieron una visita al coronel, visita que trajo detrás de sí muchas otras.

El coronel, muy reservado al principio, concluyó por abrir su corazón; y el cura y su hermano llegaron a saber toda la historia, y cómo Pontmercy sacrificaba su felicidad por el porvenir de su hijo. Esto hizo nacer en el corazón del párroco un profundo cariño y respeto por el coronel, quien a su vez le tomó gran afecto. Cuando ambos son sinceros, no hay nada que se amalgame mejor que un viejo sacerdote y un viejo soldado.

Dos veces al año, el 1° de enero y el día de San Jorge, escribía Marius a su padre cartas que le dictaba su tía, y que parecían copiadas de algún formulario; esto era lo único que permitía el señor Gillenormand. El padre respondía en cartas muy tiernas, que el abuelo se guardaba en el bolsillo sin leerlas.

Marius Pontmercy hizo, como todos los niños, los estudios corrientes. Cuando salió de las manos de su tía Gillenormand, su abuelo lo entregó a un digno profesor de la más pura ignorancia clásica, y así aquel joven espíritu que empezaba a abrirse, pasó de una mojigata a un pedante. Marius terminó los años de colegio, y después entró a la escuela de Derecho. Era realista fanático y muy austero. Quería muy poco a su abuelo, cuya alegría y cuyo cinismo lo ofendían, y tenía una sombría idea respecto de su padre.

Por lo demás, era un joven entusiasta, noble, generoso, altivo, religioso, exaltado, digno hasta la dureza, puro hasta la rudeza.

II

Fin del bandido

Marius acababa de cumplir los diecisiete años en 1827 y terminaba sus estudios. Un día al volver a su casa vio a su abuelo con una carta en la mano.

—Marius —le dijo—, mañana partirás para Vernon.

—¿Para qué? —dijo Marius.

—Para ver a tu padre.

Marius se estremeció. En todo había pensado, excepto en que podría llegar un día en que tuviera que ver a su padre. No podía encontrar nada más inesperado, más sorprendente y, digámoslo, más desagradable. Estaba convencido de que su padre, el cuchillero como lo llamaba el señor Gillenormand en los días de mayor amabilidad, no lo quería, lo que era evidente porque lo había abandonado y entregado a otros. Creyendo que no era amado, no amaba. Nada más sencillo, se decía.

Quedó tan estupefacto, que no preguntó nada. El abuelo añadió:

—Parece que está enfermo; te llama.

Y después de un rato de silencio, añadió:

—Parte mañana por la mañana. Creo que hay en la Plaza de las Fuentes un carruaje que sale a las seis y llega por la noche. Tómalo. Dice que es de urgencia.

Después arrugó la carta y se la metió en el bolsillo.

Marius hubiera podido partir aquella misma noche, y estar al lado de su padre al día siguiente por la mañana, porque salía entonces una diligencia de noche que iba a Rouen y pasaba por Vernon. Pero ni el señor Gillenormand ni Marius pensaron en informarse.

Al día siguiente al anochecer llegaba Marius a Vernon. Comenzaban a encenderse las luces. Encontró la casa sin dificultad. Le abrió una mujer con una lamparilla en la mano.

—¿El señor Pontmercy? —dijo Marius.

La mujer permaneció muda.

—¿Es aquí?

La mujer hizo con la cabeza un signo afirmativo.

—¿Puedo hablarle?

La mujer hizo un gesto negativo.

—¡Es que soy su hijo! —dijo Marius—. Me espera.

—Ya no os espera.

Marius notó entonces que estaba llorando.

La mujer le señaló con el dedo la puerta de una sala baja, donde entró.

En aquella, sala, iluminada por una vela de sebo colocada sobre la chimenea, había tres hombres; uno de pie, otro de rodillas y otro tendido sobre los ladrillos. El que estaba en el suelo era el coronel. Los otros dos eran un médico y un sacerdote que oraba.

El coronel había sido atacado hacía tres días por una fiebre cerebral; al principio de la enfermedad tuvo un mal presentimiento, y escribió al señor Gillenormand para llamar a su hijo. El enfermo se agravó, y el mismo día de la llegada de Marius a Vernon el coronel había tenido un acceso de delirio; se había levantado del lecho a pesar de la oposición de la criada, gritando:

—¡Mi hijo no viene!, ¡voy a buscarlo!

Y habiendo salido de su cuarto cayó en los ladrillos de la antecámara. Acababa de expirar.

Habían sido llamados el médico y el cura; pero el médico llegó tarde y el sacerdote llegó tarde. También el hijo llegó tarde.

A la débil luz de la vela se distinguía en la mejilla del coronel que yacía pálido en el suelo, una gruesa lágrima que brotara de su ojo ya moribundo. El ojo se había apagado, pero la lágrima no se había secado aún. Aquella lágrima era la tardanza de su hijo.

Marius miró a ese hombre, a quien veía por primera y última vez; contempló su fisonomía venerable y varonil, sus ojos abiertos que no miraban, sus cabellos blancos. Contempló la gigantesca cicatriz que imprimía un sello de heroísmo en aquella fisonomía, marcada por Dios con el sello de la bondad. Pensó que ese hombre era su padre, y que estaba muerto, y permaneció inmóvil.

La tristeza que experimentó fue la misma que hubiera sentido ante cualquier otro muerto. El dolor, un dolor punzante, reinaba en la sala. La criada sollozaba en un rincón, el sacerdote rezaba y se le oía suspirar, el médico se secaba las lágrimas; el cadáver lloraba también.

El médico, el sacerdote y la mujer miraban a Marius en medio de su aflicción, sin decir una palabra. Allí era él el extraño; se sentía poco conmovido, y avergonzado de su actitud. Como tenía el sombrero en la mano, lo dejó caer al suelo para hacer creer que el dolor le quitaba fuerzas para sostenerlo.

Al mismo tiempo sentía un remordimiento, y se despreciaba por obrar así. Pero, ¿era esto culpa suya? ¡Después de todo, él no amaba a su padre!

El coronel no dejaba nada. La venta de sus muebles apenas alcanzó para pagar el entierro. La criada encontró un pedazo de papel que entregó a Marius; en él el coronel había escrito lo siguiente: "Para mi hijo. El emperador me hizo barón en el campo de batalla de Waterloo. Ya que la Restauración me niega este título que he comprado con mi sangre, mi hijo lo tomará y lo llevará. Estoy cierto que será digno de él".

A la vuelta de la hoja, el coronel había añadido: "En la batalla de Waterloo un sargento me salvó la vida; se llama Thenardier. Creo que tenía una posada en un pueblo de los alrededores de París, en Chelles o en Montfermeil. Si mi hijo lo encuentra, haga por él todo el bien que pueda".

Marius cogió este papel y lo guardó, no por amor a su padre, sino por ese vago respeto a la muerte que tan imperiosamente vive en el corazón del hombre.

Nada quedó del coronel. El señor Gillenormand hizo vender a un prendero su espada y su uniforme. Los vecinos arrasaron con el jardín para robar las flores más raras; las demás plantas se convirtieron en maleza y murieron.

Marius permaneció sólo cuarenta y ocho horas en Vernon. Después del entierro volvió a París, y se entregó de lleno al estudio del Derecho, sin pensar más en su padre como si no hubiera existido nunca.

III

Cuán útil es ir a misa para hacerse revolucionario

Marius había conservado los hábitos religiosos de la infancia. Un domingo que fue a misa a San Sulpicio, a la misma capilla de la Virgen a que lo llevaba su tía cuando era pequeño, estaba distraído y más pensativo que de costumbre y se arrodilló, sin advertirlo, sobre una silla de terciopelo en cuyo respaldo estaba escrito este nombre: "Señor Mabeuf, administrador". Apenas empezó la misa, se presentó un anciano y le dijo:

—Caballero, ése es mi sitio.

Marius se apartó en seguida, y el viejo ocupó su silla.

Cuando acabó la misa, Marius permaneció meditabundo a algunos pasos de distancia; el viejo se acercó otra vez y le dijo:

—Os pido perdón de haberos molestado antes y molestaros otra vez en este momento, pero tal vez me habréis creído impertinente y debo daros una explicación.

—No hay necesidad, caballero —dijo Marius.

—¡Oh, sí! —contestó el viejo—. No quiero que os forméis mala idea de mí. Este sitio es mío. Me parece que desde él es mejor la misa. ¿Y por qué? Voy a decíroslo. A este mismo sitio he visto venir por espacio de diez años, cada dos o tres meses, a un pobre padre que no tenía otro medio ni otra ocasión de ver a su hijo, porque se lo impedían, problemas de familia. Venía a la hora en que siempre traían a su hijo a misa. El niño no sabía que su padre estaba ahí, ni aun sabía, tal vez, el inocente, que tenía padre. El padre se ponía detrás de esta columna para que no lo vieran, miraba a su hijo y lloraba. ¡Adoraba a ese niño el pobre hombre! Yo fui testigo de todo eso. Este sitio está como santificado para mí, y he tomado la costumbre de venir a él a oír la misa. Traté un poco a ese caballero de que os hablo. Tenía un suegro y una tía rica que amenazaban desheredar al hijo si él lo veía; y se sacrificó para que su hijo fuese algún día rico y feliz. Parece que los separaban las opiniones políticas. ¡Dios mío! Porque un hombre haya estado en Waterloo no es un monstruo; no por eso se debe separar a un padre de su hijo. Era un coronel de Bonaparte, y ha muerto, según creo. Vivía en Vernon, donde tengo un hermano cura, y se llamaba algo así como Pontmarie o Montpercy. Tenía una gran cicatriz en la cara.

—Pontmercy —dijo Marius, poniéndose pálido.

—Precisamente, Pontmercy. ¿Lo conocéis?

—Caballero —dijo Marius—, era mi padre.

El viejo juntó las manos, y exclamó:

—¡Ah, sois su hijo! Sí, ahora debía de ser ya un hombre. Pues bien, podéis decir que habéis tenido un padre que os ha querido mucho.

Marius ofreció el brazo al anciano y lo acompañó hasta su casa.

Al día siguiente dijo al señor Gillenormand:

—Hemos arreglado entre algunos amigos una partida de caza. ¿Me dejáis ir por tres días?

—¡Por cuatro! —respondió el abuelo—. Anda, diviértete.

Y, guiñando el ojo, dijo en voz baja a su hija:

—Algún amorcillo.

El joven estuvo tres días ausente, después volvió a París, se fue derecho a la biblioteca de Jurisprudencia y pidió la colección del Monitor.

En él leyó la historia de la República y del Imperio, el Memorial de Santa Elena, todo lo devoró. La primera vez que encontró el nombre de su padre en los boletines del gran ejército, tuvo fiebre durante una semana. Visitó a todos los generales a cuyas órdenes había servido Jorge Pontmercy. El señor Mabeuf, a quien había vuelto a ver, le contó la vida en Vernon, el retiro del coronel, sus flores, su soledad. Marius llegó a conocer íntimamente a aquel hombre excepcional, sublime y amable, a aquella especie de león-cordero, que había sido su padre.

Mientras tanto, ocupado en este estudio que le consumía todo su tiempo y todos sus pensamientos, casi no veía al señor Gillenormand. Iba a casa sólo a las horas de comer. Gillenormand se sonreía.

—¡Bien! Está en la edad de los amores —murmuraba.

Un día añadió:

—¡Demonios! Creía que esto era una distracción; pero voy viendo que es una pasión.

Era una pasión, en efecto. Marius comenzaba a adorar a su padre.

Al mismo tiempo se operaba un extraordinario cambio en sus ideas. Se dio cuenta de que hasta aquel momento no había comprendido ni a su patria ni a su padre. Hasta entonces palabras como república o imperio habían sido monstruosas. La república, una guillotina en el crepúsculo; el imperio, un sable en la noche. De pronto vio brillar nombres como Mirabeau, Vergniaud, Saint Just, Robespierre, Camille Desmoulins, Danton, y luego vio elevarse un sol, Napoleón. Poco a poco pasó el asombro, se acostumbró a esta nueva luz, y la revolución y el imperio tomaron una muy diferente perspectiva ante sus ojos.

Estaba lleno de pesares, de remordimientos; pensaba desesperado que no podía decir todo lo que tenía en el alma más que a una tumba. Marius tenía un llanto continuo en el corazón.

Al mismo tiempo se hacía más formal, más serio, se afirmaba en su fe, en su pensamiento. A cada instante un rayo de luz de la verdad venía a completar su razón; se verificaba en él un verdadero crecimiento interior. Donde antes veía la caída de la monarquía, veía ahora el porvenir de Francia; había dado una vuelta completa.

Todas estas revoluciones se verificaban en él sin que su familia lo sospechara.

Cuando en esta misteriosa metamorfosis hubo perdido completamente la antigua piel de borbónico y de ultra; cuando se despojó del traje de aristócrata y de realista; cuando fue completamente revolucionario, profundamente demócrata y casi republicano, mandó hacer cien tarjetas con esta inscripción: El barón Marius Pontmercy.

Pero, como no conocía a nadie a quien darlas, se las guardó en el bolsillo.

Como consecuencia natural, a medida que se aproximaba a su padre, a su memoria, a las cosas por las cuales el coronel había luchado veinticinco años, se alejaba de su abuelo. Ya hemos dicho que hacía tiempo que no le agradaba el carácter del señor Gillenormand. Entre ambos existían todas las disonancias que puede haber entre un joven serio y un viejo frívolo.

Mientras que habían tenido unas mismas opiniones políticas a ideas comunes, Marius se encontraba como en un puente con el señor Gillenormand. Cuando se hundió el puente, los separó el abismo. Sentía profunda rebelión cuando recordaba que el señor Gillenormand lo había separado sin piedad del coronel, privando al hijo de su padre y al padre de su hijo.

Por compasión hacia su padre, llegó casi a tener aversión a su abuelo. Pero nada de esto salía al exterior. Solamente se notaba que cada día se mostraba más frío, más lacónico en la mesa, y con más frecuencia ausente de la casa. Marius hacía a menudo algunas escapatorias.

—Pero, ¿adónde va? —preguntaba la tía.

En uno de estos viajes, siempre cortos, fue a Montfermeil para cumplir la indicación que su padre le había hecho, y buscó al antiguo sargento de Waterloo, al posadero Thenardier. Thenardier había quebrado; la posada estaba cerrada, y nadie sabía qué había sido de él.

—Decididamente —dijo el abuelo—, el joven se mueve.

Había notado que Marius llevaba bajo la camisa, sobre su pecho, algo que pendía de una cinta negra que colgaba del cuello.

IV

Algún amorcillo

El señor Gillenormand tenía un sobrino, el teniente Teódulo Gillenormand, que los visitaba en París en tan raras ocasiones que

Marius nunca había llegado a conocerlo. Teódulo era el favorito de la tía Gillenormand, que tal vez lo prefería porque no lo veía casi nunca. No ver a las personas es cosa que permite suponer en ellas todas las perfecciones.

Una mañana, la señorita Gillenormand mayor estaba bordando en su cuarto y pensando con curiosidad en las ausencias de Marius. Este acababa de pedir permiso al abuelo para hacer un corto viaje, y saldría esa misma tarde. De pronto se abrió la puerta; levantó la mirada y vio al teniente Teódulo ante ella haciéndole el saludo militar. Dio un grito de alegría. Una mujer puede ser vieja, mojigata, devota, tía, pero siempre se alegra al ver entrar en su cuarto a un gallardo oficial de lanceros.

—¡Tú aquí, Teódulo! —exclamó.

—¡De paso no más, tía! Parto esta tarde. Cambiamos de guarnición y para ir a la nueva tenemos que pasar por París, y me he dicho: Voy a ver a mi tía.

—Pues aquí tienes por la molestia.

Y le puso diez *luises* en la mano.

—Por el placer querréis decir, querida tía.

Teódulo la abrazó por segunda vez y ella tuvo el placer de que le rozara un poco el cuello con los cordones del uniforme.

—¿Haces el viaje a caballo con el regimiento?

—No, tía. Como quería veros, tengo un permiso especial. El asistente lleva mi caballo, y yo voy en la diligencia. Y a propósito, tengo que preguntaros una cosa. ¿Está de viaje también mi primo Marius Pontmercy? Pues al llegar fui a la diligencia a tomar mi asiento en berlina y he visto su nombre en la hoja.

—¡Ah, el sinvergüenza! —exclamó— ella—. ¡Va a pasar la noche en la diligencia!

—Igual que yo, tía.

—Pero tú vas por deber, en cambio él va por una aventura.

Entonces sucedió una cosa notable: a la señorita Gillenormand se le ocurrió una idea.

—¿Sabes que tu primo no te conoce? —preguntó repentinamente a Teódulo.

—Sí, lo sé. Yo lo he visto, pero él nunca se ha dignado mirarme.

—¿Y vais a viajar juntos?

—El en imperial, y yo en berlina.

—¿Adónde va esa diligencia?

—A Andelys.

—¿Es allí donde irá Marius?

—Sí, como no sea que haga como yo, y se quede en el camino. Yo bajo en Vernon para tomar el coche de Gaillon. No sé el itinerario de Marius.

—Escucha, Teódulo.

—Os escucho, tía.

—Lo que pasa es que Marius se ausenta a menudo, y viaja, y duerme fuera de casa. Quisiéramos saber qué hay en esto.

Teódulo respondió con la calma de un hombre experimentado:

—Algún amorío.

—Es evidente —dijo la tía, que creyó oír hablar al señor Gillenormand. Después añadió:

—Haznos el favor. Sigue un poco a Marius; esto lo será fácil porque él no te conoce; y si se trata de una mujer, haz lo posible por verla. Nos escribirás contándonos la aventura, y se divertirá el abuelo.

No le gustaba mucho a Teódulo este espionaje; pero los diez luises lo habían emocionado y creía que podrían traer otros detrás. Aceptó, pues, la comisión y su tía lo abrazó otra vez.

En la noche que siguió a este diálogo, Marius subió a la diligencia sin sospechar que iba vigilado. En cuanto al vigilante, la primera cosa que hizo fue dormirse con un sueño pesado y largo. Al amanecer el día, el mayoral de la diligencia gritó:

—¡Vernon! ¡Relevo de Vernon! ¡Los viajeros de Vernon!

Y el teniente Teódulo se despertó.

—¡Bueno! —murmuró medio dormido aún— aquí es donde me bajo.

Después empezó a despejarse su memoria poco a poco y se acordó de su tía, de los diez *luises* y de la promesa que había hecho de contar los hechos y dichos de Marius. Esto le hizo reír.

—Ya no estará tal vez en el coche —pensó abotonándose la casaca del uniforme—. ¿Qué diablos voy a escribir ahora a mi buena tía?

En aquel momento apareció en la ventanilla de la berlina un pantalón negro que descendía de la imperial.

—¿Será Marius? —se dijo el teniente.

Era Marius.

Al pie del coche, y entre los caballos y los postillones una jovencita del pueblo ofrecía flores a los viajeros.

—Flores para vuestras damas, señores —gritaba.

Marius se acercó a la joven y le compró las flores más hermosas que llevaba en la cesta.

—Vamos bien —dijo Teódulo saltando de la berlina—, esto ya me está gustando. ¿A quién diantre va a llevar esas flores? Es preciso que sea una mujer muy linda para merecer tan hermoso ramillete. Hay que conocerla.

Y no ya por mandato, sino por curiosidad personal, como los perros que cazan por cuenta propia, se puso a seguir a su primo.

Marius no lo vio, a él ni a las elegantes mujeres que pasaban a su lado; parecía no ver nada a su alrededor.

—¡Está enamorado! —pensó Teódulo.

Marius se dirigió a la iglesia, pero no entró; dio la vuelta por detrás del presbiterio, y desapareció.

—La cita es fuera de la iglesia —dijo Teódulo—. ¡Magnífico! Veamos quién es esa mujer.

Y se adelantó en puntillas hacia el sitio en que había dado la vuelta Marius.

Cuando llegó allí se quedó estupefacto.

Marius, con la frente entre ambas manos, estaba arrodillado en la hierba, junto a una tumba. Había deshojado el ramo sobre ella. En el extremo de la fosa había una cruz de madera negra, con este nombre escrito en letras blancas: El coronel barón de Pontmercy.

Oyó los sollozos de Marius.

La mujer era una tumba.

V

Mármol contra granito

Allí era donde había ido Marius la primera vez que se ausentó de París. Allí iba cada vez que el señor Gillenormand decía: "Pasa la noche fuera".

El teniente Teódulo quedó desconcertado a consecuencia de este encuentro inesperado con un sepulcro; experimentaba una sensación desagradable y singular, que no hubiera podido analizar, y que se componía del respeto a una tumba, y del respeto a un coronel. Retrocedió en silencio, dejando a Marius solo en el cementerio. No sabiendo qué escribir a la tía, tomó el partido de no escribirle. Y probablemente no hubiera servido de nada el descubrimiento hecho por Teódulo sobre los amores de Marius, si por una de esas coincidencias misteriosas, tan frecuentes en los sucesos más casuales, la escena de Vemon no hubiera tenido, por decirlo así, una especie de eco casi inmediato en París.

Marius volvió de Vernon tres días después a media mañana; llegó a casa de su abuelo, y, cansado por las dos noches de insomnio que había pasado en la diligencia, sólo pensó en ir a darse un baño a la escuela de natación para reparar sus fuerzas. Se sacó apresuradamente el abrigo y el cordón negro que llevaba al cuello, y se fue.

El señor Gillenormand, que se levantaba de madrugada como todos los viejos fuertes y sanos, lo oyó entrar, y se apresuró a subir lo más rápido que le permitieron sus piernas la escalera del cuarto de Marius, con el objeto de saludarlo y de interrogarlo al mismo tiempo, para saber de dónde venía.

Pero el joven había empleado menos tiempo en bajar que él en subir, y cuando el abuelo entró en la pieza, ya Marius había salido.

La cama estaba hecha, y sobre ella se encontraban su abrigo y el cordón negro que Marius llevaba al cuello.

—Mejor así —murmuró el anciano.

Y un momento después hacía una entrada triunfal en la sala en que estaba bordando la señorita Gillenormand. Llevaba en una mano el abrigo y el cordón en la otra.

—¡Victoria! —exclamó—. ¡Vamos a resolver el misterio! ¡Vamos a palpar los libertinajes de este hipócrita! Tengo el retrato.

En efecto, del cordón pendía una cajita de tafilete negro, muy semejante a un medallón.

La caja se abrió apretando un resorte, pero no encontraron en ella más que un papel cuidadosamente doblado.

—Ya sé lo que es —dijo el señor Gillenormand echándose a reír—. ¡Una carta de amor!

—¡Ah! ¡Leámosla! —dijo la tía.

—"Para mi hijo. El emperador me hizo barón en el campo de batalla de Waterloo. Ya que la Restauración me niega este título que he comprado con mi sangre, mi hijo lo tomará y lo llevará. Estoy cierto que será digno de él".

El señor Gillenormand dijo en voz baja, y como hablándose a sí mismo:

—Es la letra del bandido.

La tía examinó el papel, lo volvió en todos sentidos, y después lo volvió a poner en la cajita. En aquel momento cayó al suelo del bolsillo del abrigo un paquetito cuadrado, envuelto en papel azul. La señorita Gillenormand lo recogió, y desdobló el papel azul; era el ciento de tarjetas de Marius. Cogió una y se la dio a su padre, que leyó: El barón Marius Pontmercy.

El señor Gillenormand cogió el cordón, la caja y el abrigo, los tiró al suelo en medio de la sala, y llamó a Nicolasa.

—¡Sacad de aquí esas porquerías! —le gritó.

Pasó una hora en profundo silencio.

De pronto apareció Marius. Antes de atravesar el umbral del salón, vio a su abuelo que tenía en la mano una de sus tarjetas. El anciano, al verlo, exclamó con su aire de superioridad burguesa y burlona:

—¡Vaya, vaya, vaya, vaya! Ahora eres barón. Te felicito. ¿Qué quiere decir todo esto?

Marius se ruborizó ligeramente, y respondió:

—Eso quiere decir que soy el hijo de mi padre.

El señor Gillenormand dejó de reírse, y dijo con dureza:

—Tu padre soy yo.

—Mi padre —dijo Marius muy serio y con los ojos bajos— era un hombre humilde y heroico, que sirvió gloriosamente a la República y a Francia; que fue grande en la historia más grande que han hecho los hombres; que vivió un cuarto de siglo en el campo de batalla, por el día bajo la metralla y las balas, de noche entre la nieve, en el lodo, bajo la lluvia; que recibió veinte heridas; que ha muerto en el olvido y en el abandono, y que no ha cometido en su vida más que una falta, amar demasiado a dos ingratos: su país y yo.

Esto era más de lo que el señor Gillenormand podía oír. Cada una de las palabras que Marius acababa de pronunciar, principiando por la república, había hecho en el rostro del viejo realista el efecto del soplo de un fuelle de fragua sobre un tizón encendido.

—¡Marius! —exclamó—. ¡Mocoso insolente! ¡Yo no sé lo que era tu padre! ¡No quiero saberlo! ¡No sé nada! ¡Pero lo que sé es que entre esa gente nunca ha habido más que miserables! Eran todos unos pordioseros, asesinos, boinas rojas, ladrones. ¡Todos! ¿Lo oyes, Marius? ¡Ya lo ves, eres tan barón como mi zapatilla! ¡Todos eran bandidos los que sirvieron a Bonaparte! ¡Todos traidores, que vendieron a su rey legítimo! ¡Todos cobardes, que huyeron ante los prusianos y los ingleses en Waterloo! Esto es lo que sé. Si vuestro señor padre es uno de ellos, lo ignoro, lo siento.

Marius temblaba entero; no sabía qué hacer; le ardía la cabeza. Su padre acababa de ser pisoteado y humillado en su presencia; pero,

¿por quién? Por su abuelo. ¿Cómo vengar al uno sin ultrajar al otro? Permaneció algunos instantes aturdido y vacilante, con todo este remolino en la mente; después levantó los ojos, miró fijamente a su abuelo, y gritó con voz tonante:

—¡Abajo los Borbones! ¡Abajo ese cerdo de Luis XVIII!

Luis XVIII había muerto hacía cuatro años; pero a Marius le daba lo mismo.

El anciano pasó del color escarlata que tenía de rabia a una blancura mayor que la de sus cabellos. Dio algunos pasos por la habitación, y después se inclinó ante su hija, que asistía a esta escena con el estupor de una oveja, y le dijo con una sonrisa casi tranquila:

—Un barón como este caballero y un plebeyo como yo no pueden vivir bajo un mismo techo.

Y después, enderezándose pálido, tembloroso, amenazante, en el colmo de la cólera, extendió el brazo hacia Marius, y le gritó:

—¡Vete!

Marius salió de la casa.

Al día siguiente, el señor Gillenormand dijo a su hija:

—Enviaréis cada seis meses sesenta pistolas a ese bebedor de sangre, y no me volveréis a hablar de él.

Marius se fue indignado. Una de esas pequeñas fatalidades que complican los dramas domésticos hizo que cuando Nicolasa llevó "las porquerías" de Marius a su cuarto, se cayera en la escala, que estaba muy oscura, el medallón de tafilete negro con la carta del coronel. Al no poderlo encontrar, Marius supuso que el señor Gillenormand, como lo llamaba desde ahora, lo había arrojado al fuego.

Se fue sin decir ni saber adónde, con treinta francos, su reloj y algunas ropas en un maletín. Subió a un cabriolé, lo contrató por horas, y se dirigió, a la ventura, al Barrio Latino. ¿Qué iba a ser de él?

LIBRO CUARTO
Los amigos del ABC

I
Un grupo que estuvo a punto de ser histórico

En aquella época, indiferente en apariencia, corría vagamente cierto estremecimiento revolucionario. Algunos soplos, que salían de las profundidades de 1789 y 92, flotaban en el aire. La juventud estaba, si se nos permite la palabra, mudando la piel. Se transformaba, casi sin saberlo, por el propio movimiento de los tiempos. Los realistas se hacían liberales: los liberales se hacían demócratas.

Era como una marea ascendente complicada con miles de otras mareas. Se producían las más curiosas mezclas de ideas, como ser un extraño liberalismo bonapartista.

Otros grupos de pensadores eran más serios. En ellos se sondeaba el principio; se buscaba un fundamento en el derecho; se apasionaba por lo absoluto; se vislumbraban las realizaciones infinitas. Lo absoluto por su misma rigidez impulsa el pensamiento hacia el cielo, y lo hace flotar en el espacio ilimitado. Pero nada mejor que el sueño para engendrar el porvenir. La utopía de hoy es carne y hueso mañana.

No había entonces todavía en Francia vastas organizaciones subyacentes, pero algunos canales ocultos se iban ya ramificando, y existía en París, entre otras, la sociedad de los amigos del ABC.

¿Y qué eran los amigos del ABC? Una sociedad que tenía por objeto, en apariencia, la educación de los niños, y en realidad la reivindicación de los hombres.

Se declaraban amigos del Abaissé (En francés *humillado*, a*batido*).
Para ellos el Abaissé o ABC era el pueblo y querían ponerlo de pie.
Retruécano que no debemos tomar a la ligera, pues hay ejemplos muy
poderosos, como Tú eres piedra y sobre esta piedra construiré mi iglesia.

Los amigos del ABC eran pocos; componían una sociedad secreta en estado de embrión, casi podríamos decir una camarilla si las
camarillas pudiesen producir héroes. Se reunían en París en dos puntos: cerca del Mercado en una taberna llamada Corinto, donde acudían
los obreros; y cerca del Panteón, en un pequeño café de la plaza Saint-
Michel, llamado Café Musain, donde acudían los estudiantes.

Los conciliábulos habituales de los amigos del ABC se celebraban en una sala interior del Café Musain. Esta sala, bastante apartada
del café, con el cual se comunicaba por un largo corredor, tenía dos
ventanas y una puerta con escalera secreta, que daba a la callejuela de
Grés. Allí se fumaba, se bebía, se jugaba y se reía. Se hablaba de todo
a gritos, pero de una cosa en voz baja. En la pared estaba clavado un
antiguo mapa de Francia en tiempo de la República, indicio suficiente
para excitar el olfato de cualquier agente de policía.

La mayor parte de los amigos del ABC eran estudiantes, en cordial armonía con algunos obreros. Pertenecen en cierta manera a la
historia de Francia.

Los principales eran: Enjolras, Combeferre, Prouvaire, Feuilly,
Courfeyrac, Bahorel, Laigle, Joly, Grantaire.

Por la gran amistad que los unía llegaron a formar una especie de
familia. Constituyeron un grupo extraordinario, que desapareció en las
invisibles profundidades del pasado.

Enjolras era hijo único y muy rico; su rostro era bello como el de
un ángel; a los veintidós años aparentaba tener diecisiete. Parecía no
saber que existían las mujeres y los placeres. No había para él más
pasión que el derecho; ni más pensamiento que destruir el obstáculo.
Era severo en sus alegrías y bajaba castamente los ojos ante todo lo que
no era la República. Al lado de Enjolras que representaba la lógica,
Combeferre representaba la filosofía de la revolución; revolución, decía,
pero también civilización. El bien debe ser inocente, repetía sin cesar.

Prouvaire tocaba la flauta, cultivaba flores, hacía versos, amaba al pueblo, lloraba por los niños, confundía en la misma esperanza el porvenir y Dios, y censuraba la Revolución por haber cortado una cabeza real: la de Andrés Chenier. También era hijo único y de familia rica. Era muy tímido, y sin embargo intrépido.

Feuilly era un obrero huérfano de padre y madre que ganaba penosamente tres francos al día y que no tenía más que un pensamiento: libertar al mundo.

Courfeyrac era de familia aristocrática. Tenía esa verbosidad de la juventud, que podría llamarse la belleza del diablo del espíritu.

Bahorel estudiaba Leyes; era un talento penetrante, y más pensador de lo que parecía. Tenía por consigna no ser jamás abogado; cuando pasaba frente a la Escuela de Derecho, lo que sucedía en raras ocasiones, tomaba toda clase de precauciones para no ser infectado. Sus padres eran campesinos a quienes había inculcado el respeto por su hijo.

Laigle era un muchacho alegre y desgraciado. Su especialidad consistía en que todo le salía mal; pero él se reía de todo. A los veinticinco años ya era calvo. Era pobre, pero tenía un bolsillo inagotable de buen humor. Hacía un lento camino hacia la carrera de abogado.

Joly era el enfermo imaginario joven. Lo único que había conseguido al estudiar medicina era hacerse más enfermo que médico. A los veintitrés años se pasaba la vida mirándose la lengua al espejo y tomándose el pulso. Por lo demás, era el más alegre de todos.

En medio de estos corazones ardientes, de estos espíritus convencidos de un ideal, había un escéptico, Grantaire, que se cuidaba mucho de creer en algo. Era uno de los estudiantes que más habían aprendido en sus cursos: sabía perfectamente dónde estaba el mejor café, el mejor billar, las mejores mujeres, el mejor vino. Se reía de todas las grandes palabras como derechos del hombre, contrato social, Revolución Francesa, república, etc. Pero sí tenía su propio fanatismo, que no era una idea ni un dogma, sino que era Enjolras. Grantaire lo admiraba, lo veneraba, lo necesitaba precisamente por ser tan opuesto a él. Pero Enjolras, como era creyente, despreciaba a este escéptico; y como era sobrio, despreciaba a este borrachín.

II
Oración fúnebre por Blondeau

Una tarde, Laigle estaba recostado perezosamente en el umbral de la puerta del Café Musain. Tenía el aspecto de una cariátide en vacaciones. No llevaba consigo más que sus ensueños, y miraba lánguidamente hacia la plaza Saint-Michel. De pronto vio, a través de su sonambulismo, un cabriolé que pasaba con lentitud por la plaza. Iba dentro, al lado del cochero, un joven, y delante del joven una maleta. La maleta mostraba a los transeúntes este nombre escrito en gruesas letras negras en un papel pegado a la tela: Marius Pontmercy.

Este nombre hizo cambiar la posición a Laigle. Se enderezó, y gritó al joven del cabriolé:

—¡Señor Marius Pontmercy!

El cabriolé se detuvo.

El joven, que parecía ir meditando, levantó los ojos.

—¿Sois el señor Marius Pontmercy?

—Sin duda.

—Os buscaba —dijo Laigle.

—¿Cómo me conocéis? —preguntó Marius—. Yo no os conozco.

—Ni yo tampoco a vos —dijo Laigle.

Marius creyó encontrarse con un chistoso, y como no estaba del mejor humor para bromas en aquel momento en que recién salía para siempre de casa de su abuelo, frunció el entrecejo.

Pero Laigle, imperturbable, prosiguió:

—No fuisteis anteayer a la escuela.

—Es posible.

—Es la verdad.

—¿Sois estudiante de Derecho? —preguntó Marius.

—Sí, señor, como vos. Anteayer entré en la Base por casualidad; ya comprenderéis que alguna que otra vez le dan a uno esas ideas. El profesor iba a pasar lista, y no ignoráis cuán ridículos son todos los profesores en esos momentos. A las tres faltas os borran de la matrícula; sesenta francos perdidos.

Marius puso atención. Laigle continuó:

—El que pasaba lista era Blondeau. Ya lo conocéis; con su nariz puntiaguda husmea con deleite a los ausentes. Repitió tres veces un nombre, Marius Pontmercy. Nadie respondió. Lleno de esperanzas, tomó su pluma. Caballero, yo tengo buenos sentimientos. Me dije: "Van a borrar a un buen muchacho, a un honorable perezoso, que falta a clase, que vagabundea, que corre detrás de las mujeres, que puede estar en este instante con mi amante. Salvémoslo. ¡Muera Blondeau! ¡Pérfido Blondeau, no tendrás tu víctima, yo te la arrebataré", y grité: ¡Presente! Y esto hizo que no os borraran...

—¡Caballero! —dijo Marius.

—Y que el borrado haya sido yo —añadió Laigle.

—No os comprendo —dijo Marius.

—Nada más sencillo. Yo estaba cerca de la cátedra para responder, y cerca de la puerta para marcharme. El profesor me miraba con cierta fijeza. De repente Blondeau salta a la letra L. La L es mi letra, porque me llamo Laigle.

—¡Laigle! ¡Qué hermoso nombre!

—Caballero, Blondeau llegó a este hermoso nombre, y gritó "¡Laigle!" Yo respondí "¡Presente!" Entonces Blondeau me miró con la dulzura del tigre, se sonrió, me dijo: "Si sois Pontmercy, no sois Laigle". Dicho esto, me borró.

Marius exclamó:

—Caballero, cuánto siento...

—Ante todo —lo interrumpió Laigle—, pido embalsamar a Blondeau con el siguiente epitafio: "Aquí yace Blondeau, el narigón, el buey de la disciplina, el ángel de las listas de asistencia, que fue recto, cuadrado, rígido, honesto y repelente. Que Dios lo borre como él me borró a mí".

—Lo siento tanto... —balbuceó Marius.

—Joven —dijo Laigle—, que os sirva esto de lección: sed más puntual en adelante.

—Os pido mil perdones.

—No os expongáis a que borren a vuestro prójimo.

—Estoy desesperado.

Laigle soltó una carcajada.

—Y yo, dichoso. Estaba a punto de ser abogado y esto me salvó. Renuncio a los triunfos del foro. No defenderé a la viuda ni atacaré al huérfano. Nada de toga, nada de estrados. Obtuve que me borraran; y a vos os lo debo, señor Pontmercy. Debo haceros solemnemente una visita de agradecimiento. ¿Dónde vivís?

—En este cabriolé —dijo Marius.

—Señal de opulencia —respondió Laigle con tranquilidad—. Os felicito. Tenéis una habitación de nueve mil francos por año.

En ese momento salió Courfeyrac del café.

Marius sonrió tristemente.

—Estoy en este hogar desde hace dos horas, y deseo salir de él; pero no sé adónde ir.

—Caballero —dijo Courfeyrac—, venid a mi casa.

Tengo la prioridad —observó Laigle—, pero no tengo casa.

Courfeyrac subió al cabriolé.

—Cochero —dijo—, hostería de la Puetta Saint Jacques.

Y esa misma tarde, Marius se instaló en un cuarto de la hostería de la Puerta Saint Jacques al lado de Courfeyrac.

III

El asombro de Marius

En pocos días se hizo Marius amigo de Courfeyrac. La juventud es la estación de las soldaduras rápidas y de las cicatrices leves. Marius, al lado de Courfeyrac, respiraba libremente, cosa que era bastante nueva para él. Courfeyrac no le hizo ninguna pregunta, ni pensó siquiera en hacerla. A esa edad, las fisonomías lo dicen todo en seguida y la palabra es inútil. Hay jóvenes que tienen rostros abiertos. Se miran y se conocen.

Sin embargo, una mañana Courfeyrac le hizo bruscamente esta pregunta:

—A propósito, ¿tenéis opinión política?

—¡Vaya! —dijo Marius, casi ofendido de la pregunta.

—¿Qué sois?

—Demócrata bonapartista.

—Matiz gris de ratón confiado —dijo Courfeyrac.

Al día siguiente, Courfeyrac llevó a Marius al Café Musain y le dijo al oído sonriéndose:

—Es preciso que os dé vuestra entrada a la revolución.

Lo condujo a la sala de los amigos del ABC, y lo presentó a los demás compañeros, diciendo sólo estas palabras, que Marius no comprendió:

—Un discípulo.

Marius había caído en un avispero de talentos, pero, aunque silencioso y grave, no era su inteligencia la menos ágil, ni la menos dotada.

Hasta entonces solitario y aficionado al monólogo y al aparte, por costumbre y por gusto, se quedó como asustado ante esa bandada de pájaros. El vaivén tumultuoso de aquellos ingenios libres y laboriosos confundía sus ideas.

Oía hablar de filosofía, de literatura, de arte, de historia y de religión, de una manera inaudita. Vislumbraba aspectos extraños, y como no los ponía en perspectiva, no estaba seguro de no ver el caos. Al abandonar las opiniones de su abuelo por las de su padre, creyó adquirir ideas claras; pero ahora sospechaba con inquietud que no las tenía. El prisma por el cual lo veía todo empezaba de nuevo a desplazarse.

Parecía que para aquellos jóvenes no había "cosas sagradas". Marius escuchaba, sobre todo, un idioma nuevo y singular, molesto para su alma, aún muy tímida.

Ninguno de ellos decía nunca "el emperador", todos hablaban de Bonaparte. Marius estaba asombrado.

El choque entre mentalidades jóvenes ofrece la particularidad admirable de que no se puede nunca prever la chispa, ni adivinar el relámpago. ¿Qué va a brotar en un momento dado? Nadie lo sabe. La carcajada parte de la ternura; la seriedad sale de un momento de burla. Los impulsos provienen de la primera palabra que se oye. La vena de cada uno es soberana. Un chiste basta para abrir la puerta de lo inesperado. Estas conversaciones son entretenimientos de bruscos cambios, en que la perspectiva varía súbitamente. La casualidad es el maquinista de estas discusiones.

Así, una idea importante, que surgió caprichosamente de entre un juego de palabras, atravesó esta conversación en que se tiroteaban confusamente Grantaire, Bahorel, Prouvaire, Laigle, Combeferre y Courfeyrac. En medio de la gritería Laigle gritó algo que terminó por esta fecha: 18 de junio de 1815, Waterloo. Al oírla, Marius; sentado a una mesa, principió a mirar fijamente al auditorio.

—Pardiez —exclamó Courfeyrac—, esa cifra 18 es extraña, y me conmueve. Es la cifra fatal de Bonaparte, y la de Luis y la de brumario. Ahí tenéis todo el destino del hombre, con esa particularidad de que el fin le pisa los talones al comienzo.

Enjolras, que hasta entonces había permanecido, mudo, dijo:

—Quieres decir, la expiación al crimen.

Esta palabra, crimen, pasaba el límite de lo que Marius podía aceptar, ya bastante emocionado con la alusión a Waterloo. Se levantó y fue lentamente hacia el mapa de Francia que había en la pared, en cuya parte inferior se veía una isla en un cuadrito separado, y puso el dedo en este recuadro, diciendo:

—Córcega; isla pequeña que ha hecho grande a Francia.

Estas palabras fueron como un soplo de aire helado. Se notaba que algo estaba por comenzar. Enjolras, cuyos ojos azules parecían contemplar el vacío, respondió sin mirar a Marius:

—Francia no necesita ninguna Córcega para ser grande. Francia es grande porque es Francia.

Marius no experimentó deseo alguno de retroceder. Se volvió hacia Enjolras y dejó oír en su voz una vibración que provenía del estremecimiento de su corazón:

—No permita Dios que yo pretenda disminuir a Francia. Pero no la disminuye el unirla a Napoleón. Hablemos de esto. Yo soy nuevo entre vosotros, pero os confieso que no me asustáis. Hablemos del emperador. Os oigo decir Bonaparte, como los realistas; os advierto que mi abuelo va más lejos, dice Bonaparte. Os creía jóvenes. ¿En qué ponéis vuestro entusiasmo? ¿Qué hacéis? ¿Qué admiráis si no admiráis al emperador? ¿Qué más necesitáis? Si no consideráis grande a éste, ¿qué grandes hombres queréis? Napoleón lo tenía todo. Era un ser completo. Su cerebro era el cubo de las facultades humanas. Hacía la historia y la escribía. De pronto, Europa se asustaba y escuchaba; los ejércitos se ponían en marcha; había gritos, trompetas, temblor de tronos; oscilaban las fronteras de los reinos en el mapa; se oía el ruido de una espada sobrehumana que salía de la vaina; se le veía elevarse sobre el horizonte con una llama en la mano, y el resplandor en los ojos, desplegando en medio del rayo sus dos alas, es decir, el gran ejército y la guardia veterana. ¡Era el arcángel de la guerra!

Todos callaban. Marius, casi sin tomar aliento, continuó con entusiasmo creciente:

—Seamos justos, amigos. ¡Qué brillante destino de un pueblo ser el imperio de semejante emperador, cuando el pueblo es Francia, y asocia su genio al genio del gran hombre! Aparecer y reinar, marchar y triunfar, tener por etapas todas las capitales, hacer reyes de los granaderos, decretar caídas de dinastías, transfigurar a Europa a paso de carga; vencer, dominar, fulminar, ser en medio de Europa un pueblo dorado a fuerza de gloria; tocar a través de la historia una marcha de titanes; conquistar el mundo dos veces, por conquista y por deslumbramiento, esto es sublime. ¿Qué hay más grande?

—Ser libre —dijo Combeferre.

Marius bajó la cabeza; esta sola palabra, sencilla y fría, atravesó como una hoja de acero su épica efusión, y sintió que ésta se desvanecía en él. Cuando levantó la vista, Combeferre no estaba allí; satisfecho, probablemente, de su réplica, había partido y todos, excepto Enjolras, le habían seguido. La sala estaba vacía.

Marius se preparaba para traducir en silogismos dirigidos a Enjolras lo que quedaba dentro de él, cuando se escuchó la voz de Combeferre que cantaba al alejarse:

> *Si Cesar me hubiera dado la gloria y la guerra*
> *pero tuviera yo que abandonar el amor de mi madre,*
> *le diría yo al gran Cesar —toma tu cetro y tu carro,*
> *amo más a mi madre, amo más a mi madre.*

—Ciudadano —dijo Enjolras, poniendo una mano en el hombro de Marius—, mi madre es la República.

IV

Ensanchando el horizonte

Lo ocurrido en aquella reunión produjo en Marius una conmoción profunda, y una oscuridad triste en su alma. ¿Debía abandonar una fe cuando acababa de adquirirla? Se dijo que no, se aseguró que no debía dudar; pero, a pesar suyo, dudaba.

Temía, después de haber dado tantos pasos que lo habían aproximado a su padre, dar otros nuevos que lo alejaran de él. Ya no estaba de acuerdo ni con su abuelo, ni con sus amigos; era temerario para el uno, retrógrado para los otros. Dejó de ir al Café Musain.

Esta turbación de su conciencia no le permitía pensar en algunos pormenores bastante serios de la vida; pero una mañana entró en su cuarto el dueño de la hostería y le dijo:

—El señor Courfeyrac ha respondido por vos.

—Sí.

—Pero necesito dinero.

—Decid al señor Courfeyrac que venga, que tengo que hablarle —dijo Marius.

Fue Courfeyrac y los dejó el hotelero. Marius le dijo que lo que no había pensado aún decirle era que estaba solo en el mundo y no tenía parientes.

—¿Y qué vais a hacer? —dijo Courfeyrac.

—No lo sé —respondió Marius.

—¿Tenéis dinero?

—Quince francos.

—¿Queréis que os preste?

—No, jamás.

—¿Tenéis ropa?

—Esta que veis.

—¿Tenéis joyas?

—Un reloj.

—¿De plata?

—De oro.

—Yo sé de un prendero que os comprará vuestro abrigo y un pantalón.

—Bueno.

—No tendréis ya más que un pantalón, un chaleco, un sombrero y un traje.

—Y las botas.

—¡Qué! ¿No iréis con los pies descalzos? ¡Qué opulencia!

—Tendré bastante.

—Sé de un relojero que os comprará el reloj.

—Bueno.

—No, no es bueno. ¿Qué haréis después?

—Lo que sea preciso. A lo menos, todo lo que sea honrado.

—¿Sabéis inglés?

—No.

—¿Sabéis alemán?

—No.

—Una lástima.

—¿Por qué?

—Porque un librero amigo mío está publicando una especie de enciclopedia, para la cual podríais traducir artículos alemanes o ingleses. Se paga mal, pero se vive.

—Aprenderé el inglés y el alemán.

—¿Y mientras tanto?

—Comeré mi ropa y mi reloj.

Llamaron al prendero, y compró la ropa en veinte francos. Fueron a casa del relojero y vendieron el reloj en cuarenta y cinco francos.

—No está mal —dijo Marius a Courfeyrac al regresar a la hostería— con mis quince francos tengo ochenta.

—¿Y la cuenta del hotel?

—Es verdad, la olvidaba —dijo Marius.

El hotelero presentó la cuenta, y hubo que pagarla en seguida. Eran setenta francos.

—Me quedan diez francos —dijo Marius.

—¡Malo! —dijo Courfeyrac—; gastaréis cinco francos en comer mientras aprendéis inglés, y cinco francos mientras aprendéis alemán. Será como tragar una lengua muy de prisa, o gastar cien sueldos muy lentamente.

Mientras tanto, la tía Gillenormand, que era bastante buena en el fondo, había logrado descubrir la morada de Marius.

Una mañana, cuando Marius volvía de la cátedra, se encontró con una carta de su tía y las "sesenta pistolas", es decir, seiscientos francos en oro dentro una cajita cerrada.

Marius devolvió el dinero a su tía con una respetuosa carta en que aseguraba que tenía menos para vivir, y que podía cubrir todas sus necesidades. En aquel momento le quedaban tres francos.

La tía no dijo nada al abuelo, para no enojarlo. Además, ¿no le había dicho que no le hablara nunca más de ese bebedor de sangre?

Marius abandonó el hotel de la Puerta Saint Jacques, para no contraer más deudas.

LIBRO QUINTO
Excelencia de la desgracia

I
Marius indigente

La vida empezó a ser muy dura para Marius. Comerse la ropa y el reloj no era nada. Comió también esa cosa horrible que se compone de días sin pan, noches sin sueño, tardes sin luz, chimenea sin fuego, semanas sin trabajo, porvenir sin esperanza, la levita rota en los codos, el sombrero viejo que hace reír a las jóvenes, la puerta que se encuentra cerrada de noche porque no se paga el alquiler, la insolencia del portero y del almacenero, la burla de los vecinos, las humillaciones, la aceptación de cualquier clase de trabajo; los disgustos, la amargura, el abatimiento. Marius aprendió a comer todo eso, y supo que a veces era lo único que tenía para comer.

En esos momentos de la existencia en que el hombre tiene necesidad de orgullo porque tiene necesidad de amor, sintió que se burlaban de él porque andaba mal vestido, y se sintió ridículo porque era pobre. A la edad en que la juventud inflama el corazón, con imperial altivez, bajó más de una vez los ojos a sus botas agujereadas, y conoció la injusta vergüenza, el punzante pudor de la miseria. Prueba admirable y terrible, de la que los débiles salen infames, de la que los fuertes salen sublimes. La vida, el sufrimiento, la soledad, el abandono, la pobreza, son campos de batalla que tienen sus propios héroes; héroes obscuros, a veces más grandes que los héroes ilustres.

Así se crean firmes y excepcionales naturalezas. La miseria, casi siempre madrastra, es a veces madre. La indigencia da a luz la fortaleza de alma; el desamparo alimenta la dignidad; la desgracia es la mejor leche para los generosos.

Hubo una época en la vida de Marius en que barría su miserable cuarto, en que compraba dos cuartos de queso, en que esperaba que cayera la oscuridad del crepúsculo para entrar en la panadería y comprar un pan que llevaba furtivamente a su buhardilla como si lo hubiera robado. A veces se veía deslizarse en la carnicería de la esquina, entre parlanchinas cocineras, a un joven de aspecto tímido y enojado, con unos libros bajo el brazo, que al entrar se quitaba el sombrero, dejando ver el sudor que corría por su frente; hacía un profundo saludo a la carnicera sorprendida, otro al criado de la carnicería, pedía una chuleta de carnero, la pagaba, la envolvía en un papel, la ponía debajo del brazo entre dos libros, y se iba. Era Marius. Con la chuleta, que cocía él mismo, vivía tres días. El primer día comía la carne, el segundo bebía el caldo, y el tercero roía el hueso.

En varias ocasiones la tía Gillenormand le envió las sesenta pistolas. Marius se las devolvía siempre, diciendo que nada necesitaba.

Llegó un día en que no tuvo traje que ponerse. Courfeyrac, a quien había hecho algunos favores, le dio uno viejo. Marius lo hizo virar por treinta francos y le quedó como nuevo. Pero era verde, y Marius desde entonces no salió sino después de caer la noche, cuando el traje parecía negro. Quería vestirse siempre de luto por su padre, y se vestía con las sombras de la noche.

En medio de todo esto se recibió de abogado; dio parte a su abuelo en una carta fría, pero llena de sumisión y de respeto. El señor Gillenormand cogió la carta temblando, la leyó, y la tiró hecha cuatro pedazos al cesto. Dos o tres días después, la señorita Gillenormand oyó a su padre, que estaba solo en su cuarto, hablar en voz alta, lo que le sucedía siempre que estaba muy agitado; oyó que el anciano decía:

—Si no fueses un imbécil, sabrías que no se puede ser a un tiempo barón y abogado.

II
Marius pobre

Con la miseria sucede lo que con todo: llega a hacerse posible; concluye por tomar una forma y ordenarse. Se vegeta, es decir se existe de una cierta manera mínima, pero suficiente para vivir.

Marius Pontmercy había arreglado así su existencia:

Había salido ya de la gran estrechura. A fuerza de trabajo, de valor, de perseverancia y de voluntad había conseguido ganar unos setecientos francos al año. Aprendió alemán e inglés y gracias a Courfeyrac, que lo puso en contacto con su amigo el librero, hacía prospectos, traducía de los periódicos, comentaba ediciones, compilaba biografías.

Marius vivía ahora en la casa Gorbeau, donde ocupaba un cuchitril sin chimenea, que llamaban estudio, donde no había más muebles que los indispensables. Estos muebles eran suyos. Daba tres francos al mes a la portera por barrer y por subirle en la mañana un poco de agua caliente, un huevo fresco y un panecillo de a cinco céntimos.

Tenía siempre dos trajes completos; uno viejo para todos los días, y otro nuevo para algunas ocasiones; ambos eran negros. Sólo tenía tres camisas, una puesta, otra en la cómoda y la tercera en la casa de la lavandera.

Para llegar a esta situación floreciente le fueron necesarios algunos años muy difíciles y duros. Todo lo había padecido en materia de desamparo; todo lo había hecho excepto contraer deudas. Prefería no comer a pedir prestado, y así había pasado muchos días ayunando.

En todas sus pruebas se sentía animado, y aun algunas veces impulsado por una fuerza secreta que tenía dentro de sí. El alma ayuda al cuerpo, y en ciertos momentos le sirve de apoyo.

Al lado del nombre de su padre se había grabado otro nombre en su corazón, el de Thenardier. En su carácter entusiasta y serio, Marius rodeaba de una especie de aureola al hombre que, pensaba él, había salvado la vida de su padre en medio de la metralla de Waterloo. Lo que redoblaba su agradecimiento era la idea del infortunio en que sabía había caído el desaparecido Thenardier. Desde que supo de su ruina en Montfermeil, hizo esfuerzos inauditos durante tres años para encontrar sus huellas. Era la única deuda que le dejara su padre.

—¡Cómo —pensaba—, si cuando mi padre yacía moribundo en el campo de batalla Thenardier supo encontrarlo en medio de la humareda y llevarlo en brazos entre las balas, yo, el hijo que tanto le debe, no puedo encontrarlo en la sombra donde agoniza y traerlo a mi vez de vuelta a la vida!

Encontrar a Thenardier, hacerle un favor cualquiera, decirle: "No me conocéis, pero yo sí os conozco. ¡Aquí estoy, disponed de mí!", era el sueño más dulce y magnífico de Marius.

III
Marius hombre

En esta época tenía Marius veinte años, y hacía tres que había abandonado a su abuelo, sin tratar ni una sola vez de verlo. Además, ¿para qué se habían de ver? ¿para volver a discutir?

Pero Marius se equivocaba al juzgar el corazón del anciano. Creía que su abuelo no lo había querido nunca y que ese hombre duro y burlón, que juraba, gritaba, tronaba y levantaba el bastón, no había tenido para él más que ese afecto ligero y severo típico de las comedias de vaudeville. Marius se engañaba. Hay padres que no quieren a sus hijos, pero no hay un solo abuelo que no adore a su nieto.

En el fondo, ya hemos dicho, el señor Gillenormand idolatraba a Marius. Lo idolatraba a su manera, con acompañamiento de golpes. Mas, cuando desapareció el niño, experimentó un negro vacío en el corazón; exigió que no le hablasen más de él, lamentando en su interior ser tan bien obedecido.

En los primeros días esperó que el bonapartista, el jacobino, el terrorista, el septembrista, volviera; pero pasaron las semanas, pasaron los meses, pasaron los años, y con gran desesperación del señor Gillenormand, el bebedor de sangre no volvió. Se preguntaba: Si volviera a pasar lo mismo, ¿volvería yo a obrar del mismo modo? Su orgullo respondía inmediatamente que sí; pero su encanecida cabeza, que sacudía en silencio, respondía tristemente que no. Le hacía falta Marius, y los viejos tienen tanta necesidad de afectos como de Sol.

Mientras que el viejo padecía, Marius se aplaudía a sí mismo. Como a todos los buenos corazones, la desgracia lo había hecho perder la amargura. Sólo pensaba en el señor Gillenormand con dulzura; pero se había propuesto no recibir nada del hombre "que había sido malo con su padre". Por otra parte, estaba feliz de haber padecido, y de padecer aún, porque lo hacía por su padre. Pensaba que la única manera de acercarse a él y de parecérsele, era siendo muy valiente ante la pobreza como él lo fue ante el enemigo, y que a eso se refería su padre cuando escribió: "Estoy cierto que mi hijo será digno."

Vivía muy solitario. A causa de su afición a permanecer extraño a todo, y también a causa de haberse asustado demasiado, no había entrado decididamente en el grupo presidido por Enjolras. Habían quedado como buenos camaradas, dispuestos a ayudarse mutuamente en lo que fuera.

Marius tenía dos amigos. Uno joven, Courfeyrac, y otro viejo, el señor Mabeuf; se inclinaba más al viejo, porque le debía, en primer lugar, la revolución que en su interior se había realizado, y en segundo lugar, por haber conocido y amado a su padre. "Me operó de la catarata", decía.

El señor Mabeuf había iluminado a Marius por casualidad y sin saberlo, como lo hace una vela que alguien trae a la oscuridad. El había sido la vela y no el alguien.

En cuanto a la revolución política interior de Marius, el señor Mabeuf era absolutamente incapaz de comprenderla, de desearla y de dirigirla.

IV

La pobreza es buena vecina de la miseria

A Marius le gustaba aquel anciano cándido que caía lentamente en una indigencia que lo asombraba sin entristecerlo todavía. Marius se encontraba con Courfeyrac y buscaba al señor Mabeuf, claro que sólo unas dos veces al mes a lo sumo.

Marius se inclinaba demasiado hacia la meditación y descuidaba el trabajo; pasaba días enteros dedicado a vagar y a soñar. Decidió hacer el mínimo posible de trabajo material para dejar mayor tiempo a la contemplación. Su máximo placer era hacer largos paseos por el Campo de Marte o por las avenidas menos frecuentadas del Luxemburgo. Los transeúntes lo miraban con sorpresa y desconfiaban de él por su aspecto. Pero era sólo un joven pobre que soñaba sin motivo alguno.

En uno de esos paseos descubrió el caserón Gorbeau, y su aislamiento y el bajo alquiler lo tentaron. Allí se instaló; lo conocían por el señor Marius.

Sus pasiones políticas se habían desvanecido; la revolución de 1830 las había calmado. A decir verdad, ahora no tenía opiniones, sino más bien simpatías. ¿De qué partido estaba? Del partido de la humanidad. Dentro de la humanidad, Francia; dentro de Francia elegía al pueblo; en el pueblo, elegía a la mujer.

Creía, y probablemente tenía razón, haber llegado a la verdad de la vida y de la filosofía humana, y había concluido por mirar sólo el cielo, la única cosa que la verdad puede ver del fondo de su pozo.

En medio de tales ensueños, cualquiera que mirara dentro del alma de Marius, habría quedado deslumbrado de su pureza.

Hacia mediados de este año 1831, la mujer que servía a Marius le contó que iban a echar a la calle a sus vecinos, la miserable familia Jondrette. Marius, que pasaba casi todo el día fuera de casa, apenas sabía si tenía vecinos.

—¿Y por qué les quitan la pieza?

—Porque no pagan el alquiler. Deben dos plazos.

—¿Y cuánto es?

—Veinte francos.

Marius tenía treinta francos ahorrados en un cajón.

—Tomad —dijo a la vieja—, ahí tenéis veinticinco. Pagad por esa pobre gente, dadles cinco francos, y no digáis que lo hago yo.

LIBRO SEXTO
La conjunción de dos estrellas

I

El apodo: manera de formar nombres de familia

Por aquella época era Marius un joven de hermosas facciones, mediana estatura, cabellos muy espesos y negros, frente ancha e inteligente; tenía aspecto sincero y tranquilo, y sobre todo un no sé qué en el rostro que denotaba a la par altivez, reflexión a inocencia.

En el tiempo de su mayor miseria, observaba que las jóvenes se volvían a mirarle cuando pasaba, lo cual era causa de que huyera o se ocultara con la muerte en el alma. Creía que lo miraban por sus trajes viejos, y que se reían de ellos; el hecho es que lo miraban por buen mozo, y que más de una soñaba con él.

Aquella muda desavenencia entre él y las lindas muchachas que se le cruzaban lo habían hecho huraño. No eligió a ninguna por la sencilla razón de que huía de todas.

Courfeyrac le decía:

—Te voy a dar un consejo, amigo mío. No leas tantos libros y mira un poco más a las bellas palomitas. Esas picaronas valen la pena, Marius querido. Te vas a embrutecer de tanto huirles y de tanto ruborizarte.

Otros días, al encontrarse en la calle Courfeyrac lo saludaba diciendo:

—Buenos días, señor cura.

Sin embargo habían en esta inmensa creación dos mujeres de las cuales Marius no huía: una era la vieja barbuda que barría su cuarto, y la otra una joven a la cual veía frecuentemente, pero sin mirarla.

Desde hacía más de un año, Marius observaba en una avenida arbolada del Luxemburgo a un hombre y a una niña, casi siempre sentados uno al lado del otro en el mismo banco, en el extremo más solitario del paseo por el lado de la calle del Oeste. Cada vez que la casualidad llevaba a Marius por esa avenida, y esto sucedía casi todos los días, hallaba allí a la misma pareja.

El hombre podría tener sesenta años; parecía triste; tenía el pelo muy blanco. Vestía abrigo y pantalón azul y un sombrero de ala ancha.

La primera vez que vio a la joven que lo acompañaba, era una muchacha de trece o catorce años, flaca, hasta el punto de ser casi fea, encogida, insignificante, y que tal vez prometía tener bastante buenos ojos. Tenía ese aspecto a la vez aviejado a infantil de las colegialas de un convento y vestía un traje negro y mal hecho. Parecían padre e hija. Hablaban entre sí con aire apacible e indiferente. La joven charlaba sin cesar y alegremente; el viejo hablaba poco, pero fijaba en ella sus ojos, llenos de una inefable ternura paternal.

Marius se acostumbró a pasearse por aquella avenida todos los días durante el primer año. El hombre le agradaba, pero la muchacha le pareció un poco tosca y muy sin gracia.

Courfeyrac, como la mayoría de los estudiantes que por allí se paseaban, también los había observado, pero como encontró fea a la niña, no los miró más. Pero le habían llamado la atención el vestido de la niña y los cabellos del anciano y los bautizó, a la joven como señorita Lanegra, y al padre como señor Blanco. Y así los llamaban todos. Marius halló muy cómodos estos nombres para nombrar a los desconocidos.

Seguiremos su ejemplo, y adoptaremos el nombre de señor Blanco para mayor facilidad de este relato.

En el segundo año sucedió que la costumbre de pasear por el Luxemburgo se interrumpió, sin que el mismo Marius supiera por qué, y estuvo cerca de seis meses sin poner los pies en aquel paseo. Por fin, un día volvió allá. Era una serena mañana de estío, y Marius estaba alegre como se suele estar cuando hace buen tiempo. Le parecía tener en el corazón el canto de todos los pájaros que escuchaba y todos los trozos de cielo azul que veía a través de las hojas de los árboles.

Fue directamente a su avenida, y divisó, siempre en el mismo banco, a la consabida pareja. Solamente que cuando se acercó vio que el hombre continuaba siendo el mismo, pero le pareció que la joven no era la misma. La persona que ahora veía era una hermosa y esbelta criatura de unos quince a dieciséis años. Tenía cabellos castaños, matizados con reflejos de oro; una frente que parecía hecha de mármol; mejillas como pétalos de rosa; una boca de forma exquisita, de la cual brotaba la sonrisa como una luz y la palabra como una música. Y para que nada faltase a aquella figura encantadora, la nariz no era bella, era linda; ni recta, ni aguileña, ni italiana, ni griega; era la nariz parisiense, es decir, esa nariz graciosa, fina, irregular y pura que desespera a los pintores y encanta a los poetas.

Cuando Marius pasó cerca de ella, no pudo ver sus ojos, que tenía constantemente bajos. Sólo vio sus largas pestañas de color castaño, llenas de sombra y de pudor.

Esto no impedía que la hermosa joven se sonriera escuchando al hombre de cabellos blancos que le hablaba; y nada tan encantador como aquella fresca sonrisa con los ojos bajos.

No era ya la colegiala con su sombrero anticuado, su traje de lana, sus zapatones y sus manos coloradas. El buen gusto se había desarrollado en ella a la par de la belleza. Era una señorita bien vestida, sencilla y elegante sin pretensión.

La segunda vez que Marius llegó cerca de ella, la joven alzó los párpados; sus ojos eran de un azul profundo. Miró a Marius con indiferencia. Marius, por su parte, continuó el paseo pensando en otra cosa.

Pasó todavía cuatro o cinco veces cerca del banco donde estaba la joven, pero sin mirarla.

II

Efecto de la primavera

Un día el aire estaba tibio y el Luxemburgo inundado de sombra y de sol; el cielo puro como si los ángeles lo hubieran lavado por la mañana; los pajarillos cantaban alegremente posados en el ramaje de los castaños. Marius había abierto toda su alma a la naturaleza; en nada pensaba, sólo vivía y respiraba. Pasó cerca del banco; la joven alzó los ojos, y sus miradas se encontraron.

¿Qué había esta vez en la mirada de la joven? Marius no hubiera podido decirlo. No había nada y lo había todo. Fue un relámpago extraño.

Ella bajó los ojos; él continuó su camino. Lo que acababa de ver no era la mirada ingenua y sencilla de un niño; era una sima misteriosa que se había entreabierto, y luego bruscamente cerrado.

Hay un día en que toda joven mira así. ¡Pobre del que se encuentra cerca! Esta primera mirada de un alma que no se conoce todavía es como el alba en el cielo. Es una especie de ternura indecisa que se revela al azar y que espera. Es una trampa que la inocencia arma sin saberlo, donde atrapa los corazones sin quererlo.

Por la tarde, al volver a su buhardilla, Marius fijó la vista en su traje, y notó por primera vez que era una estupidez inaudita irse a pasear al Luxemburgo con su tenida de todos los días, es decir, con un sombrero roto, con botas gruesas como las de un carretero, un pantalón negro que estaba blanquecino en las rodillas, y una levita negra que palidecía por los codos.

Al día siguiente, a la hora acostumbrada, Marius sacó del armario su traje nuevo, su sombrero nuevo y sus botas nuevas, y se fue al Luxemburgo.

En el camino se encontró con Courfeyrac, y se hizo el que no lo veía. Courfeyrac, al volver a su casa, dijo a sus amigos:

—Me acabo de cruzar con el sombrero nuevo y el traje nuevo de Marius, con Marius adentro. Iba sin duda a dar algún examen. ¡Tenía una cara de idiota!

Al desembocar en el paseo, Marius divisó al otro extremo al señor Blanco y a la joven, y se fue derecho al banco. A medida que se acercaba, iba acortando el paso. Llegado a cierta distancia del banco, se volvió en dirección opuesta a la que llevaba. La joven apenas pudo verlo de lejos y notar lo bien que se veía con su traje nuevo. En tanto, él caminaba muy derecho para tener buena figura, en el caso de que lo mirara alguien.

Llegó al extremo opuesto; después volvió, y se acercó un poco más al banco, y cruzó nuevamente por delante de la joven. Esta vez estaba muy pálido. Se alejó, y como aun volviéndole la espalda se figuraba que lo miraba, esta idea lo hacía tropezar.

Por primera vez en quince meses pensó que tal vez aquel señor que se sentaba allí todos los días con aquella joven habría reparado sin duda en él, y que le habría parecido extraña su asiduidad.

Ese día se olvidó de ir a comer. No se acostó sino después de haber cepillado su traje y de haberlo doblado con gran cuidado.

Así pasaron quince días. Marius iba al Luxemburgo, no para pasearse, sino para sentarse siempre en el mismo sitio y sin saber por qué, pues luego que llegaba allí, no se movía. Todas las mañanas se ponía su traje nuevo para no dejarse ver, y al día siguiente volvía a hacer lo mismo.

La señora Burgon, la portera-inquilina principal-sirvienta de casa Gorbeau, constataba, atónita, que Marius volvía a salir con su traje nuevo.

—¡Tres días seguidos! —exclamó.

Trató de seguirlo, pero Marius caminaba a grandes zancadas. Lo perdió de vista a los dos minutos; volvió a la casa sofocada y furiosa.

Marius llegó al Luxemburgo. La joven y el anciano estaban allí.

Se acercó fingiendo leer un libro, pero volvió a alejarse rápidamente y se fue a sentar a su banco, donde pasó cuatro horas mirando corretear los gorriones.

Así pasaron quince días. Marius ya no iba al Luxemburgo a pasearse, sino a sentarse siempre en el mismo lugar, sin saber por qué.

Una vez allí, ya no se movía más. Y todos los días se ponía el traje nuevo, para que nadie lo viera, y recomenzaba a la mañana siguiente.

La joven era de una hermosura realmente maravillosa.

III
Prisionero

Uno de los últimos días de la segunda semana, Marius se encontraba como de costumbre sentado en su banco, con un libro abierto en la mano. De súbito se estremeció. El señor Blanco y su hija acababan de abandonar su banco y se dirigían lentamente hacia donde estaba Marius.

—¿Qué vienen a hacer aquí? —se preguntaba angustiado Marius—. ¡Ella va a pasar frente a mí! ¡Sus pies van a pisar esta arena, a mi lado! ¿Me irá a hablar este señor?

Bajó la vista. Cuando la alzó, ya estaban a pocos pasos. Al pasar, la joven lo miró, fijamente, con una dulzura que lo hizo temblar de la cabeza a los pies. Le pareció que ella le reprochaba haber pasado tanto tiempo sin ir a verla, y que le decía: Soy yo la que vengo.

Marius sentía arder su cabeza. ¡Ella había ido hacia él, qué dicha! ¡Y cómo lo había mirado! Le pareció más hermosa que antes. La siguió con sus ojos hasta que se perdió de vista.

Salió del Luxemburgo con la esperanza de encontrarla en la calle.

En cambio se encontró con Courfeyrac que lo invitó a comer a un restaurante. Marius comió como un ogro. Se reía solo y hablaba fuerte. Estaba perdidamente enamorado.

Al día siguiente almorzó con sus amigos, que discutían como siempre de política. Marius los interrumpió de pronto para gritar:

—Y sin embargo, es agradable tener la cruz.

—Esto sí que es raro —dijo Courfeyrac al oído de Prouvaire.

—No —repuso Prouvaire—, esto sí que es serio.

Era serio, en efecto. Marius estaba en esa primera hora violenta y encantadora en que comienzan las grandes pasiones.

Una mirada lo había hecho todo.

IV

Aventuras de la letra U

El aislamiento, el desapego de todo, el orgullo, la independencia, el amor a la naturaleza, la falta de actividad cotidiana y material, la vida retraída, las luchas secretas de la castidad, y el éxtasis ante la creación entera, habían preparado a Marius a esta posesión que se llama la pasión. El culto que tributaba a su padre había llegado poco a poco a ser una religión, y como toda religión, se había retirado al fondo de su alma. Faltaba algo en primer plano, y vino el amor.

Un largo mes pasó, durante el cual Marius fue todos los días al Luxemburgo. Llegada la hora, nada podía detenerlo.

—Está de servicio —decía Courfeyrac.

Marius vivía en éxtasis. Se había envalentonado finalmente y ya se acercaba al banco, pero no pasaba delante de él. Juzgaba prudente no llamar la atención del padre. A veces, durante horas se quedaba inmóvil apoyado en el pedestal de alguna estatua simulando leer y sus ojos iban en busca de la jovencita. Entonces ella, volvía con una vaga sonrisa su adorable perfil hacia él. Y conversando naturalmente con el hombre de cabellos blancos, posaba un segundo en Marius una mirada virginal y apasionada.

Es posible que a estas alturas el señor Blanco hubiera llegado al fin a notar algo, porque frecuentemente, al ver a Marius, se levantaba y se ponía a pasear. Había abandonado su sitio acostumbrado, y había escogido otro banco, como para ver si Marius lo seguiría allí. Marius no comprendió este juego, y cometió un error. El padre comenzó a no ser tan puntual como antes, y a no llevar todos los días a su hija al paseo. Algunas veces iba solo; entonces Marius se marchaba; otro error.

Una tarde, al anochecer, encontró en el banco que ellos acababan de abandonar un pañuelo sencillo y sin bordados, pero blanco y que le pareció que exhalaba inefables perfumes. Se apoderó de él, radiante de dicha. Aquel pañuelo estaba marcado con las letras U. F. Marius no sabía nada de aquella hermosa joven, ni de su familia, ni su nombre, ni su casa. Aquellas dos letras eran la primera cosa concreta que tenía de ella; adorables iniciales sobre las que comenzó inmediatamente a hacerse conjeturas. U era evidentemente la inicial del nombre: "¡Ursula!", pensó; "¡qué delicioso nombre!" Besó el pañuelo, lo puso sobre su corazón durante el día, y por la noche bajo sus labios para dormirse.

—¡Aspiro en él toda su alma! —exclamaba.

Pero el pañuelo era del anciano, que lo había dejado caer del bolsillo.

Los días que siguieron a este hallazgo, Marius se presentó en el Luxemburgo besando el pañuelo, o estrechándolo contra su corazón. La hermosa joven no comprendía nada de aquella pantomima, y así lo daba a entender por medio de señas imperceptibles.

—¡Oh, qué pudor! —decía Marius.

V

Eclipse

Comiendo se abre el apetito, y en amor sucede lo que en la mesa. Saber que Ella se llamaba Ursula era mucho y era poco. Marius en tres o cuatro semanas devoró aquella felicidad; deseó otra, y quiso saber dónde vivía.

Cometió un tercer error: siguió a Ursula.

Vivía en la calle del Oeste, en el sitio menos frecuentado, en una casa nueva de tres pisos, de modesta apariencia. Desde aquel momento, Marius añadió a su dicha de verla en el Luxemburgo la de seguirla hasta su casa.

Su hambre aumentaba. Sabía dónde vivía, quiso saber quién era.

Una noche, después de seguir al padre y a la hija hasta su casa, entró al edificio y preguntó valientemente al portero:

—¿Es el señor del piso principal el que acaba de entrar?

—No —contestó el portero—. Es el inquilino del tercero.

Había dado un paso; este triunfo alentó a Marius.

—¿Quién es ese caballero? —preguntó.

—Un rentista. Es un hombre muy bondadoso, que ayuda a los necesitados, a pesar de que no es rico.

—¿Cómo se llama? —insistió Marius.

El portero alzó la cabeza, y dijo:

—¿Acaso sois polizonte?

Marius se fue un poco mohíno, pero encantado. Progresaba.

Al día siguiente, el señor Blanco y su hija sólo dieron un pequeño paseo en el Luxemburgo; todavía era de día cuando se marcharon. Marius los siguió a la calle del Oeste como acostumbraba. Al llegar a la puerta, el señor Blanco hizo pasar primero a su hija; luego se detuvo antes de atravesar el umbral, se volvió y miró fijamente a Marius.

Al día siguiente no fueron al Luxemburgo, y Marius esperó en balde todo el día. Por la noche fue a la calle del Oeste y contempló las ventanas iluminadas.

Al día siguiente tampoco fueron al Luxemburgo. Marius esperó todo el día, y luego fue a ponerse de centinela bajo las ventanas.

Así pasaron ocho días. El señor Blanco y su hija no volvieron a aparecer por el Luxemburgo. Marius se contentaba con ir de noche a contemplar la claridad rojiza de los cristales. Veía de cuando en cuando pasar algunas sombras, y el corazón le latía con este espectáculo.

Al octavo día, cuando llegó bajo las ventanas, no había luz en éstas. Esperó hasta las diez, hasta las doce, hasta la una de la mañana; pero no se encendió ninguna luz. Se retiró muy triste.

Al anochecer siguiente volvió a la casa. El piso tercero estaba oscuro como boca de lobo.

Marius llamó a la puerta y dijo al portero:

—¿El señor del piso tercero?

—Se mudó ayer —contestó el portero.

Marius vaciló, y dijo débilmente:

—¿Dónde vive ahora?

—No lo sé.

—¿No dejó su nueva dirección?

El portero reconoció a Marius.

—¡Ah, usted de nuevo! ¡Entonces es decididamente un espía!

LIBRO SÉPTIMO
Patron-Minette

I
Las minas y los mineros

Las sociedades humanas tienen lo que en los teatros se llama un tercer subterráneo. El suelo social está todo minado, ya sea para el bien, ya sea para el mal. Existen las minas superiores y las minas inferiores.

Hay bajo la construcción social excavaciones de todas suertes. Hay una mina religiosa, una mina filosófica, una mina política, una mina económica, una mina revolucionaria.

La escala descendiente es extraña. En la sombra comienza el mal. El orden social tiene sus mineros negros.

Por debajo de todas las minas, de todas las galerías, por debajo de todo el progreso y de la utopía, mucho más abajo y sin relación alguna con las etapas superiores, está la última etapa. Lugar formidable. Es lo que hemos llamado el tercer subterráneo. Es la fosa de las tinieblas. Es la cueva de los ciegos. Comunica con los abismos. Es la gran caverna del mal. Las siluetas feroces que rondan en esta fosa, casi bestias, casi fantasmas, no se interesan por el progreso universal, ignoran la idea y la palabra. Tienen dos madres, más bien dos madrastras, la ignorancia y la miseria; tienen un guía, la necesidad; tienen el apetito como forma de satisfacción. Son larvas brutalmente voraces, que pasan del sufrimiento al crimen. Lo que se arrastra en el tercer subterráneo social no es la filosofía que busca el absoluto; es la protesta de la materia. Aquí el hombre se convierte en dragón. Tener hambre, tener sed, es el punto de partida; ser Satanás es el punto de llegada.

Hemos visto en capítulos anteriores algunos compartimentos de la mina superior, de la gran zanja política, revolucionaria, filosófica, donde todo es noble, puro, digno, honrado.

Ahora miramos otras profundidades, las profundidades repugnantes. Esta mina está por debajo de todas y las odia a todas. Jamás su puñal ha tallado una pluma; jamás sus dedos que se crispan bajo este suelo asfixiante han hojeado un libro o un periódico. Esta mina tiene por finalidad la destrucción de todo.

No sólo socava en su hormigueo horrendo el orden social, el derecho, la ciencia, el progreso. Socava la civilización. Esta mina se llama robo, prostitución, crimen, asesinato. Vive en las tinieblas, y busca el caos. Su bóveda está hecha de ignorancia.

Todas las demás, las de arriba, tienen una sola meta: destruirla.

Destruid la caverna Ignorancia, y destruiréis al topo Crimen.

II

Babet, Gueulemer, Claquesous y Montparnasse

Estos son los nombres de los cuatro bandidos que gobernaron desde 1830 a 1835 el tercer subterráneo de París.

Gueulemer tenía por antro la cloaca de Arche Marion. Era inmenso de alto, musculoso, el torso de un coloso y el cráneo de un pajarillo. Era asesino por flojera y por estupidez.

Babet era flaco e inteligente. Había trabajado en las ferias, donde ponía este afiche: Babet, artista-dentista. Nunca supo qué fue de su mujer y de sus hijos. Los perdió como se pierde un pañuelo. Excepción a la regla, Babet leía los periódicos.

Claquesous era la noche; esperaba para salir que la noche estuviera muy negra. Salía por un agujero en la tarde, y entraba por el mismo agujero antes de que amaneciera. ¿Dónde? Nadie lo sabía. Era ventrílocuo.

Un ser lúgubre era Montparnasse. Muy joven, menos de veinte años, bello rostro, labios rojos, cabellos negros, la claridad de la primavera en sus ojos; tenía todos los vicios y aspiraba a todos los crímenes. Era gentil, afeminado, gracioso, robusto, feroz. Vivía de robar con violencia; quería ser elegante, y la primera elegancia es el ocio; el ocio de un pobre es el crimen. A los dieciocho años tenía ya muchos cadáveres tras él.

Estos cuatro hombres no eran cuatro hombres. Eran una especie de misterioso ladrón con cuatro cabezas que trabajaba en grande en París.

Gracias a sus relaciones, tenían la empresa de todas las emboscadas y "trabajos" de la ciudad. Todo el que quería ejecutar una idea criminal recurría a ellos.

Patron Minette es el nombre con que se conocía en las minas subterráneas la asociación de estos hombres. En la antigua lengua popular, Patron-Minette se llamaba a la mañana, así como "entre perro y lobo" significaba la noche. El nombre venía seguramente de la hora en que terminaban su trabajo.

Entre los principales afiliados a Patron-Minette, se menciona a Brujon, Bigrenaille, Boulatruelle, Deux-milliards, etc.

Al terminar su faena, se separaban y se iban a dormir, algunos en los hornos de yeso, algunos en canteras abandonadas, otros en las cloacas. Se sepultaban.

¿Qué se necesita para hacer desaparecer esas larvas? Luz. Mucha luz. Ni un murciélago resiste la luz del alba. Hay que empezar por iluminar la sociedad de arriba.

LIBRO OCTAVO
El mal pobre

I
Hallazgo

Pasó el verano y después el otoño; y llegó el invierno. Ni el señor Blanco ni la joven habían vuelto a poner los pies en el Luxemburgo. Marius no tenía más que un pensamiento, volver a ver aquel dulce y adorable rostro, y lo buscaba sin cesar y en todas partes; pero no hallaba nada. No era ya el soñador entusiasta, el hombre resuelto, ardiente y firme, el arriesgado provocador del destino, el cerebro que engendra porvenir sobre porvenir con la imaginación llena de planes, de proyectos, de altivez, de ideas y de voluntad. Era un perro perdido. Había caído en una negra tristeza; todo había concluido para él.

El trabajo le repugnaba, el paseo lo cansaba, la soledad lo fastidiaba; la Naturaleza se presentaba ahora vacía ante sus ojos. Le parecía que todo había desaparecido.

Un día de aquel invierno, Marius acababa de salir de su pieza en casa Gorbeau y caminaba lentamente por la calle, pensativo y con la cabeza baja.

De repente sintió un empujón en la bruma; se volvió, y vio dos jóvenes cubiertas de harapos —una alta y delgada, la otra más pequeña—, que pasaban rápidamente frente a él, sofocadas, asustadas, y como huyendo. No lo vieron y lo rozaron al pasar.

Marius distinguió en el crepúsculo sus caras lívidas, sus cabezas despeinadas, sus vestidos rotos y sus pies descalzos. Sin dejar de correr, iban hablando.

La mayor decía en voz baja:

—¡Llegaron los sabuesos, pero no pudieron pescarme!

La otra respondió:

—¡Los vi y disparé a rajar!

Marius comprendió, a través de su jerga, que los policías habían tratado de prender a las muchachas, y ellas se habían escapado.

Se escondieron un rato entre los árboles y luego desaparecieron.

Marius iba ya a continuar su camino, cuando vio en el suelo a sus pies un paquetito gris, y lo recogió.

—Se les habrá caído a esas pobres muchachas —dijo.

Volvió atrás, pero no las encontró; creyó que estarían ya lejos; se metió el paquete en el bolsillo y se fue a comer.

Por la noche, cuando se desnudaba para acostarse, encontró en su bolsillo el paquete. Ya se había olvidado de él. Creyó que sería útil abrirlo, porque tal vez contuviera las señas de las jóvenes o de quien lo hubiera perdido.

El sobre contenía cuatro cartas, sin cerrar. Todas exhalaban un olor repugnante a tabaco.

La primera estaba dirigida a: "Señora marquesa de Grucheray, plaza enfrente de la Cámara de Diputados".

Marius se dijo que encontraría probablemente las indicaciones que buscaba en ella, y que además, no estando cerrada la carta, era probable que pudiese ser leída sin inconveniente.

Estaba concebida en estos términos:

"Señora marquesa:

La birtud de la clemencia y de la piedad es la que une más estrechamente la soziedad. Dad salida a buestros cristianos sentimientos, y dirigid una mirada de compación a este desgraciado español víctima de la lealtad y fidelidad a la causa sagrada de la legitimidad, que no duda que buestra honorable persona le concederá un socorro. Os saluda humildemente Alvarez, capitán español de caballería, realista refugiado en Francia, que está de biaje acia su patria, y carece de recursos para continuar su biaje".

No había señas del remitente.

La segunda carta, dirigida a la señora condesa de Montverdet, estaba firmada por la señora Balizard, madre de seis hijos.

Marius pasó a la tercera carta, que era, como las anteriores, una petición, y estaba firmada por Genflot, literato.

Marius abrió por fin la cuarta carta, dirigida al señor bienhechor de la iglesia de Saint jacques. Contenía las siguientes líneas:

"Hombre bienhechor:

Si os dignáis acompañar a mi hija, conozeréis una calamidad mizerable, y os enseñaré mis certificados. Espero buestra bisita o buestro socorro, si os dignáis darlo, y os ruego recibáis los saludos respetuosos de buestro muy humilde y muy obediente serbidor,

Fabontou, artista dramático".

Después de haber leído estas cuatro cartas, no se quedó Marius mucho más enterado que antes.

En primer lugar, ningún firmante ponía las señas de su casa.

Además, parecía que provenían de cuatro individuos diferentes, pero tenían la particularidad de estar escritas por la misma mano, en el mismo papel grueso y amarillento, tenían el mismo olor a tabaco, y aunque en ellas se había tratado evidentemente de variar el estilo, las faltas de ortografía se repetían con increíble desenfado.

Marius las volvió al sobre, las tiró a un rincón, y se acostó.

A las siete de la mañana del día siguiente, acababa de levantarse y desayunarse a iba a ponerse a trabajar, cuando llamaron suavemente a la puerta.

Como no poseía nada, nunca quitaba la llave.

—Adelante —dijo.

Se abrió la puerta.

—Perdón, caballero...

Era una voz sorda, cascada, ahogada, áspera; una voz de viejo enronquecida por el aguardiente.

Marius se volvió con presteza, y vio a una joven.

II
Una rosa en la miseria

Ante él se encontraba una muchacha flaca, descolorida, descarnada; no tenía más que una mala camisa y un vestido sobre su helada y temblorosa desnudez; las manos rojas, la boca entreabierta y desfigurada, con algunos dientes de menos, los ojos sin brillo de mirada insolente, las formas abortadas de una joven, y la mirada de una vieja corrompida; cincuenta años mezclados con quince. Uno de esos seres que son a la vez débiles y horribles, y que hacen estremecer a aquellos a quienes no hacen llorar. Un resto de belleza moría en aquel rostro de dieciséis años.

Aquella cara no era absolutamente desconocida a Marius. Creía recordar haberla visto en alguna parte.

—¿Qué queréis, señorita? —preguntó.

La joven contestó con su voz de presidiario borracho:

—Traigo una carta para vos, señor Marius.

Llamaba a Marius por su nombre, no podía dudar que era a él a quien se dirigía; pero, ¿quién era aquella muchacha? ¿Cómo sabía su nombre?

Le entregó una carta. Marius, al abrirla, observó que el lacre del sello estaba aún húmedo. El mensaje, pues, no podía venir de muy lejos. Leyó:

"Mi amable y joven becino:

"He sabido buestras vondades para conmigo, que habéis pagado mi alquiler hace seis meses. Os vendigo. Mi hija mayor os dirá que estamos sin un pedazo de pan hace dos días cuatro personas, y mi mujer enferma. Sí mi corazón no me engaña, creo dever esperar de la generosidad del buestro, que se humanizará a la vista de este espectáculo, y que os dará el deseo de serme propicio, dignándoos prodigarme algún socorro.

Buestro, Jondrette

P. D. Mi hija esperará buestras órdenes, querido señor Marius".

Esta carta era como una luz en una cueva. Todo quedó para él iluminado de repente. Porque ésta venía de donde venían las otras cuatro. Era la misma letra, el mismo estilo, la misma ortografía, el mismo papel, el mismo olor a tabaco.

Había cinco misivas, cinco historias, cinco nombres, cinco firmas y un solo firmante. Todos eran Jondrette, si es que el mismo Jondrette se llamaba efectivamente de este modo.

Ahora veía todo claro. Comprendía que su vecino Jondrette tenía por industria, en su miseria, explotar la caridad de las personas benéficas, cuyas señas se proporcionaba; que escribía bajo nombres supuestos a personas que juzgaba ricas y caritativas, cartas que sus hijas llevaban. Marius comprendió que aquellas desgraciadas desempeñaban además no sé qué sombrías ocupaciones, y que de todo esto había resultado, en medio de la sociedad humana, tal como está formada, dos miserables seres que no eran ni niñas, ni muchachas, ni mujeres, especie de monstruos impuros o inocentes producidos por la miseria.

Sin embargo, mientras Marius fijaba en ella una mirada admirada y dolorosa, la joven iba y venía por la buhardilla con una audacia de espectro. Y como si estuviese sola, tarareaba canciones picarescas que en su voz gutural y ronca sonaban lúgubres. Bajo aquel velo de osadía, asomaba a veces cierto encogimiento, cierta inquietud y humillación. El descaro, en ocasiones, tiene vergüenza.

Marius estaba pensativo, y la dejaba hacer.

Se aproximó a la mesa.

—¡Ah! —exclamó—, ¡tenéis libros! Yo también sé leer.

Y cogiendo vivamente el libro que estaba abierto sobre la mesa, leyó con bastante soltura: "...del castillo de Hougomont, que está en medio de la llanura de Waterloo..."

Aquí suspendió su lectura.

—¡Ah! Waterloo; lo conozco. Es una batalla de hace tiempo. Mi padre sirvió en el ejército. Nosotros en casa somos muy bonapartistas. Waterloo fue contra los ingleses, yo sé.

Y dejó el libro, cogió una pluma, y exclamó:

—También sé escribir.

Mojó la pluma en el tintero. y se volvió hacia Marius:

—¿Queréis ver? Mirad, voy a escribir algo para que veáis.

Y antes que Marius hubiera tenido tiempo de contestar, escribió sobre un pedazo de papel blanco que había sobre la mesa: "Los sabuesos están ahí".

Luego, arrojando la pluma, añadió:

—No hay faltas de ortografía, podéis verlo. Mi hermana y yo hemos recibido educación.

Luego consideró a Marius, su rostro tomó un aire extraño, y dijo:

—¿Sabéis, señor Marius, que sois un joven muy guapo?

Y al mismo tiempo se les ocurrió a ambos la misma idea, que a ella la hizo sonreír, y a él ruborizarse.

—Vos no habéis reparado en mí —añadió ella—, pero yo os conozco, señor Marius. Os suelo encontrar aquí en la escalera y os veo entrar algunas veces en casa del viejo Mabeuf. Os sienta bien ese pelo rizado.

—Señorita —dijo Marius con su fría gravedad—, tengo un paquete que creo os pertenece. Permitid que os lo devuelva...

Y le alargó el sobre que contenía las cuatro cartas. Palmoteó ella de contento y exclamó:

—Lo habíamos buscado por todas partes. ¿Luego erais vos con quien tropezamos al pasar ayer noche? No se veía nada. ¡Ah, ésta es la de ese viejo que va a misa! Y ya es la hora. Voy a llevársela. Tal vez nos dará algo con qué poder almorzar.

Esto hizo recordar a Marius lo que aquella desgraciada había ido a buscar a su casa.

Registró su chaleco y no halló nada. La joven continuó su charla.

—A veces salgo por la noche. Otras no vuelvo a casa. Antes de vivir aquí, el otro invierno, vivíamos bajo los arcos de los puentes. Nos estrechábamos unos contra otros para no helarnos. Marius, a fuerza de buscar y rebuscar en sus bolsillos, había conseguido reunir cinco francos y dieciséis sueldos. Era todo cuanto en el mundo tenía.

"Mi comida de hoy —pensó—; mañana ya veremos".

Y guardando los dieciséis sueldos, dio los cinco francos a la joven.

Esta cogió la moneda a hizo un profundo saludo a Marius.

—Buenos días, caballero —dijo—, voy a buscar a mi viejo.

III

La ventanilla de la providencia

Hacía cinco años que Marius vivía en la pobreza, en la desnudez, en la indigencia; pero entonces advirtió que aún no había conocido la verdadera miseria. La verdadera miseria era la que acababa de pasar ante sus ojos.

Marius hasta casi se acusó de los sueños de delirio y pasión que le habían impedido hasta aquel día dirigir una mirada a sus vecinos. Todos los días, a cada instante, a través de la pared, les oía andar, ir, venir, hablar, y no los escuchaba. Sentía que esas criaturas humanas, sus hermanos en Jesucristo, agonizaban inútilmente a su lado sin que él hiciera nada por ellos. Parecían, sin duda, muy depravados, muy corrompidos, muy envilecidos, hasta muy odiosos; pero son escasos los que han caído y no se han degradado. Además, ¿no es cuando la caída es más profunda que la caridad debe ser mayor?

Sin saber casi lo que hacía, examinaba la pared; de pronto se levantó: acababa de observar hacia lo alto, cerca del techo, un agujero triangular, resultado de tres listones que dejaban un hueco entre sí. Faltaba la mezcla que debía llenar aquel hueco, y subiendo sobre la cómoda, se podía ver por aquel agujero la buhardilla de los Jondrette. La conmiseración debe tener también su curiosidad. Aquel agujero formaba una especie de trampilla. Permitido es mirar el infortunio para socorrerlo.

—Veamos, pues, lo que son esa gente —se dijo Marius—, y lo que hacen.

Escaló la cómoda, y miró.

IV

La fiera en su madriguera

Marius era pobre, y su cuarto era pobre; pero su pobreza era noble y su buhardilla era limpia. El tugurio en que su mirada se hundía en aquel momento era abyecto, sucio, fétido, infecto, tenebroso y sórdido. Por todo amoblado una silla de paja, una mesa coja, algunos viejos tiestos, y en dos rincones dos camastros indescriptibles. Por toda claridad, una ventanilla con cuatro vidrios, adornada de telarañas. Por aquel agujero entraba la luz suficiente para que una cara de hombre pareciera la faz de un fantasma.

Cerca de la mesa, sobre la cual Marius divisaba pluma, tinta y papel, estaba sentado un hombre de unos sesenta años, pequeño, flaco, pálido, huraño, de aire astuto, cruel e inquieto: un bribón repelente. Escribía, probablemente, alguna carta como las que Marius había leído.

Una mujer gorda, que lo mismo podría tener cuarenta años que ciento, estaba acurrucada cerca de la chimenea. Tampoco ella tenía más traje que una camisa y un vestido de punto, remendado con pedazos de paño viejo. Un delantal de gruesa tela ocultaba la mitad del vestido. Era una especie de gigante al lado de su marido.

En uno de los camastros, Marius entrevió a una muchacha larguirucha, sentada, casi desnuda, con los pies colgando; era la hermana menor, sin duda, de la que había estado en su cuarto. Tendría unos catorce años.

Marius, con el corazón oprimido, iba a bajarse de su observatorio, cuando un ruido atrajo su atención, y lo obligó a permanecer en el sitio que estaba.

La puerta del desván acababa de abrirse bruscamente. La hija mayor apareció en el umbral. Llevaba puestos gruesos zapatos de hombre, manchados de barro, y estaba cubierta con una vieja manta hecha jirones, que Marius no le había visto una hora antes, pero que probablemente dejaría a la puerta para inspirarle más piedad, y que sin duda había recogido al salir. Entró, cerró la puerta tras sí, se detuvo para tomar aliento, porque estaba muy fatigada, y luego gritó con expresión de triunfo y de alegría:

—¡Viene!

El padre volvió los ojos; la madre la cabeza; la chica no se movió.

¿Quién? —preguntó el padre.

—El viejo de la iglesia Saint Jacques.

—¿Segura?

—Segura. Viene en un coche de alquiler.

—¡En coche! ¡Es Rothschild!

El padre se levantó.

—¿Con que estás segura? Pero si viene en coche, ¿cómo es que has llegado antes que él? ¿Le diste bien las señas? ¡Con tal que no se equivoque! ¿Qué ha dicho?

—Me ha dicho: "Dadme vuestras señas. Mi hija tiene que hacer algunas compras, tomaré un carruaje, y llegaré a vuestra casa al mismo tiempo que vos".

—¿Y estás segura de que viene?

—Viene pisándome los talones.

El hombre se enderezó; había una especie de iluminación en su rostro.

—Mujer gritó—, ya lo oyes. Viene el filántropo. Apaga el fuego.

La madre estupefacta no se movió.

El padre, con la agilidad de un saltimbanqui, agarró un jarro todo abollado que había sobre la chimenea, y arrojó el agua sobre los tizones.

Luego dirigiéndose a su hija mayor:

—Quítale el asiento a la silla —añadió.

Su hija no comprendió.

Cogió la silla, y de un talonazo le quitó, o mejor dicho le rompió el asiento. Su pierna pasó por el agujero que había abierto.

Al retirarla, preguntó a la muchacha:

—¿Hace frío?

—Mucho. Está nevando.

Se volvió él padre hacia la hija menor, y le gritó con voz tonante:

—¡Pronto! Fuera de la cama, perezosa; nunca servirás para nada. Rompe un vidrio.

La niña se levantó tiritando.

—¡Rompe un vidrio! —repitió él—. ¿No me oyes? Te digo que rompas un vidrio.

La niña, con una especie de obediente pavor, se alzó sobre la punta de los pies y pegó un puñetazo en uno de los vidrios, el cual se rompió y cayó con estrépito.

—¡Bien! —dijo el padre.

Su mirada recorría rápidamente los rincones del desván. Se diría que era un general haciendo los últimos preparativos en el momento en que va a comenzar la batalla.

Mientras tanto se oyeron sollozos en un rincón.

—¿Qué es eso? —preguntó el padre.

La hija menor, sin salir de la sombra en que se había guarecido, enseñó su puño ensangrentado. Al romper el vidrio se había herido; había ido a colocarse cerca del camastro de su madre, y allí lloraba silenciosamente.

La madre se levantó y gritó:

—¡No haces más que tonterías! Al romper ese vidrio la niña se ha cortado la mano.

—¡Tanto mejor! —dijo el hombre—. Es lo que quería.

—¿Cómo tanto mejor? —replicó la mujer.

—¡Calma! —replicó el padre—. Suprimo la libertad de prensa.

Y desgarrando la camisa de mujer que tenía puesta, sacó de ella una tira de tela, con la cual envolvió el puño ensangrentado de la niña.

Miró a su alrededor. Un viento helado silbaba al pasar por el vidrio quebrado.

Todo tiene un aspecto magnífico —murmuró—. Ahora podemos recibir al filántropo.

V

El rayo de Sol en la cueva

En ese momento dieron un ligero golpe a la puerta; el hombre se precipitó hacia ella, y la abrió, exclamando con profundos saludos y sonrisas de adoración:

—Entrad, señor, dignaos entrar, mi respetable bienhechor, así como vuestra encantadora hija.

Un hombre de edad madura y una joven aparecieron en la puerta del desván. Marius no había dejado su puesto. Lo que sintió en aquel momento no puede expresarse en ninguna lengua humana. Era Ella.

Todo el que haya amado sabe las acepciones resplandecientes que contienen las cuatro letras de esta palabra: Ella.

Era ella, efectivamente. Marius apenas la distinguía a través del luminoso vapor que se había esparcido súbitamente sobre sus ojos. Era aquel dulce ser ausente, aquel astro que para él había lucido durante seis meses; era aquella pupila, aquella frente, aquella boca, aquel bello rostro desvanecido, que lo había dejado sumiso en la oscuridad al marcharse. La visión se había eclipsado y reaparecía.

Reaparecía en aquel desván, en aquella cueva asquerosa, en aquel horror. La acompañaba el señor Blanco.

Había dado algunos pasos en el cuarto, y había dejado un gran paquete sobre la mesa.

La Jondrette mayor se había retirado detrás de la puerta, y miraba con ojos tristes el sombrero de terciopelo, el abrigo de seda y aquel encantador rostro feliz.

VI

Jondrette casi llora

A tal punto estaba oscuro el tugurio, que las personas que venían de fuera experimentaban al entrar en él lo mismo que hubieran sentido al entrar en una cueva. Los dos recién llegados avanzaron con cierta vacilación, distinguiendo apenas formas vagas en torno suyo, en tanto que eran perfectamente vistos y examinados por los habitantes del desván, acostumbrados a aquel crepúsculo.

El señor Blanco se aproximó a Jondrette con su mirada bondadosa y triste, y dijo:

—Caballero, en este paquete hallaréis algunas prendas nuevas; medias y cobertores de lana.

—Nuestro angelical bienhechor nos abruma —dijo Jondrette inclinándose hasta el suelo.

Luego acercándose a su hija mayor mientras que los dos visitantes examinaban aquel lamentable interior, añadió en voz baja y hablando con rapidez:

—¿No lo decía yo? Trapos, pero no dinero. Todos son iguales. A propósito, ¿cómo estaba firmada la carta para este viejo zopenco?

—Fabontou —respondió la hija.

Ah, el artista dramático.

A tiempo se acordó Jondrette, porque en aquel momento el señor Blanco se volvió hacia él y le dijo con ese titubeo de quien busca un nombre:

—Veo que sois muy digno de lástima, señor...

—Fabontou —respondió vivamente Jondrette.

—Señor Fabontou, sí, eso es. Ya lo recuerdo.

—Artista dramático, señor, que ha obtenido algunos triunfos.

Aquí Jondrette creyó evidentemente llegado el momento de apoderarse del filántropo. Exclamó, pues, con un acento que mezclaba la charla del titiritero de las ferias y la humildad del mendigo en las carreteras:

—La fortuna me ha sonreído en otro tiempo, señor. Ahora ha llegado su turno a la desgracia; ya lo veis, mi bienhechor, no tengo ni pan ni fuego. ¡Mis pobres hijas no tienen fuego! ¡Mi única silla sin asiento! ¡Un vidrio roto! ¡Y con el tiempo que hace! ¡Mi esposa en la cama, enferma!

—¡Pobre mujer! —dijo el señor Blanco.

—¡Mi hija herida! —añadió Jondrette.

La muchacha, distraída con la llegada de los dos extraños, se había puesto a contemplar a la señorita y había dejado de llorar.

—¡Llora, chilla! —le dijo por lo bajo Jondrette.

Y al mismo tiempo le pellizcó la mano herida, sin que nadie lo notara.

La niña lanzó un alarido.

La adorable joven que Marius llamaba en su corazón su Ursula se acercó a ella.

—¡Pobrecita! —dijo.

—Ya lo veis, hermosa señorita —prosiguió Jondrette—; su puño está ensangrentado. Es un accidente que le ha sucedido trabajando en una industria mecánica para ganar seis centavos al día. Quizás habrá necesidad de cortarle el brazo.

—¿De veras? —dijo el señor Blanco, alarmado.

La chica, tomando en serio estas palabras, comenzó a llorar con más fuerza.

—¡Ah, sí, mi bienhechor! —respondió el padre.

Desde hacía algunos momentos, Jondrette contemplaba al visitante de un modo extraño. Mientras hablaba, parecía escudriñarlo con atención, como si tratara de buscar algo en sus recuerdos. De pronto, aprovechando el momento en que los visitantes preguntaban con interés a la niña sobre la herida de su mano, pasó cerca de su mujer, que seguía tirada en la cama, y le dijo vivamente y en voz baja:

—¡Mira bien a ese hombre!

Luego continuó con sus lamentaciones:

—¿Sabéis, mi digno señor, lo que va a pasar mañana? Mañana es el último plazo que me ha concedido mi casero. Si esta noche no le pago, mañana mi hija mayor, yo, mi esposa con su fiebre, mi hija menor con su herida, los cuatro seremos arrojados de aquí y echados a la calle, en medio de la lluvia y de la nieve. Debo cuatro trimestres, es decir, ¡sesenta francos!

Jondrette mentía. Cuatro trimestres no hubieran hecho más que cuarenta francos, y no podía deber cuatro, puesto que no hacía seis meses que Marius había pagado dos.

El señor Blanco sacó cinco francos de su bolsillo, y los puso sobre la mesa.

Jondrette tuvo tiempo de murmurar al oído de su hija mayor:

—¡Tacaño! ¿Qué querrá que haga yo con cinco francos? Con eso no me paga ni la silla ni el vidrio.

—Señor Fabontou —dijo el señor Blanco—, no tengo aquí más que esos cinco francos; pero volveré esta noche. ¿No es esta noche cuando debéis pagar?

La cara de Jondrette se iluminó con una extraña expresión, y contestó con voz trémula:

—Sí, mi respetable bienhechor. A las ocho debo estar en casa del propietario.

Vendré a las seis, y os traeré los sesenta francos.

—¡Oh!, ¡mi bienhechor! —exclamó Jondrette delirante.

Y añadió por lo bajo:

—Míralo bien, mujer.

El señor Blanco había cogido el brazo de su hermosa hija, y se dirigía hacia la puerta.

—Hasta la noche, amigos míos —dijo.

En aquel momento la Jondrette mayor se fijó que el abrigo del visitante estaba sobre la silla.

—Señor —dijo—, olvidáis vuestro abrigo.

Jondrette dirigió a su hija una mirada furibunda.

—No lo olvido, lo dejo —contestó el señor Blanco sonriendo.

—¡Oh, mi protector! ¡Mi augusto bienhechor! —dijo Jondrette—, voy a llorar a lágrima viva con tantas bondades. Permitid que os acompañe hasta vuestro carruaje.

—Si salís —dijo el señor Blanco—, poneos ese abrigo. En verdad hace mucho frío.

Jondrette no se lo hizo repetir dos veces y los tres salieron del desván, Jondrette precediendo a los visitantes.

VII

Ofertas de servicio de la miseria al dolor

Marius presenció toda la anterior escena, sin embargo nada vio. Sus ojos estuvieron todo el tiempo clavados en la joven.

Cuando se fueron, quedó sin saber qué hacer; no podía seguirlos porque andaban en carruaje. Además, si no habían partido aún y el señor Blanco lo veía, volvería a escapar y todo se habría perdido otra vez. Finalmente decidió arriesgarse y salió de la pieza.

Al llegar a la calle alcanzó a ver el coche que doblaba la esquina. Corrió hacia allá y lo vio tomar la calle Mouffetard.

Hizo parar un cabriolé para seguirlo, pero el cochero, al ver su aspecto, le cobró por adelantado y Marius no tenía suficiente dinero. ¡Por veinticuatro sueldos perdió su alegría, su dicha, su amor!

Al regresar divisó al otro lado de la calle a Jondrette hablando con un hombre de aspecto sumamente sospechoso. A pesar de su preocupación, Marius lo miró bien, pues le pareció reconocer en él a un tal Bigrenaille, asaltante nocturno que una vez le mostrara Courfeyrac en las calles del barrio.

Marius entró en su habitación a iba a cerrar la puerta, pero una mano impidió que lo hiciera.

—¿Qué hay? —preguntó—, ¿quién está ahí?

Era la Jondrette mayor.

—¿Sois vos? —dijo Marius casi con dureza—. ¿Otra vez vos? ¿Qué queréis ahora?

Ella se había quedado en la sombra del corredor; ya no tenía la seguridad que mostrara en la mañana. Levantó hacia él su mirada apagada, donde parecía encenderse vagamente una especie de claridad, y le dijo:

—Señor Marius, parecéis triste; ¿qué tenéis?

—¡Yo! —exclamó Marius.

—Sí, vos.

—No tengo nada, dejadme en paz.

—No es verdad —dijo la muchacha—. Habéis sido bueno esta mañana, sedlo también ahora. Me habéis dado para comer; decidme ahora lo que tenéis. Tenéis pena, eso se ve a la legua. No quisiera que tuvierais pena ninguna. ¿Puedo serviros en algo? No os pregunto vuestros secretos, no necesito que me los digáis; pero puedo ayudaros, puesto que ayudo a mi padre. Cuando es menester llevar cartas, ir a las casas, preguntar de puerta en puerta, hallar unas señas, seguir a alguien, yo sirvo para hacer esas cosas. Dejadme ayudaros. Una idea atravesó por la imaginación de Marius. ¿Quién desdeña una rama cualquiera cuando se siente caer?

Se acercó a la Jondrette.

—Escucha —le dijo.

—Sí, sí, tuteadme —dijo ella con un relámpago de alegría en sus ojos.

—Pues bien —replicó Marius—, ¿tú trajiste aquí a ese caballero anciano con su hija?

—Sí.

—¿Sabes dónde viven?

—No.

—Averígualo.

La mirada de la Jondrette de triste se había vuelto alegre, de alegre se tornó sombría.

—¿Eso es lo que queréis? —preguntó.

—Sí.

—¿Los conocéis acaso?

—No.

—Es decir —replicó vivamente—, no la conocéis, pero queréis conocerla.

Aquellos los que se habían convertido en la tenían un no sé qué de significativo y de amargo.

—¿Puedes o no? —dijo Marius.

—Tendréis las señas de esa hermosa señorita.

Había en las palabras hermosa señorita un acento que importunó a Marius, el cual replicó:

—La dirección del padre y de la hija. Eso es lo que quiero.

La Jondrette lo miró fijamente.

—¿Qué me daréis?

—Todo lo que quieras.

—¿Todo lo que yo quiera?

—Si.

—Tendréis esas señas.

Bajó la cabeza; luego con un movimiento brusco tiró de la puerta y salió. Marius quedó solo.

Todo lo que había pasado desde la mañana, la aparición del ángel, su desaparición, lo que aquella muchacha acababa de decirle, un vislumbre de esperanza flotando en una inmensa desesperación, todo esto llenaba confusamente su cerebro.

De pronto vio interrumpida violentamente su meditación.

Oyó la voz alta y dura de Jondrette pronunciar estas palabras, que para él tenían el más grande interés.

—Te digo que estoy seguro y que lo he reconocido.

¿De quién hablaba Jondrette? ¿A quién había reconocido? ¿Al señor Blanco? ¿Al padre de su Ursula? ¿Acaso Jondrette los conocía? ¿Iba Marius a tener de aquel modo brusco a inesperado todas las informaciones, sin las cuales su vida era tan obscura? ¿Iba a saber, por fin, a quién amaba? ¿Quién era aquella joven? ¿Quién era su padre? ¿Estaba a punto de iluminarse la espesa sombra que los cubría? ¿Iba a romperse el velo? ¡Ah, santo cielo!

Saltó más bien que subió sobre la cómoda, y volvió a su puesto cerca del pequeño agujero del tabique.

Desde allí volvió a ver el interior de la cueva de Jondrette.

VIII

Uso de la moneda del señor Blanco

Nada había cambiado en el aspecto de la familia, como no fuera la mujer y las hijas, que habían sacado la ropa del paquete y se habían puesto medias y camisetas de lana. Dos cobertores nuevos estaban tendidos sobre las camas.

Jondrette se paseaba por el desván, de un extremo a otro, a largos pasos, y sus ojos brillaban.

La mujer se atrevió a preguntarle:

—Pero, ¿estás seguro?

—¡Seguro! Han pasado ya ocho años, pero ¡lo reconozco! ¡Oh, sí, lo reconozco! ¡Le reconocí en seguida! ¿Tú no?

—No.

—¡Y, sin embargo, lo dije que pusieras atención! Pero es su estatura, su cara, apenas un poco más viejo; es el mismo tono de voz. Mejor vestido, es la única diferencia. ¡Ah, viejo misterioso del diablo, ya lo tengo!

Se paró, y dijo a sus hijas:

—Vosotras, salid de aquí.

Las hijas se levantaron para obedecer. La madre balbuceó:

—¿Con su mano mala?

—El aire le sentará bien —dijo Jondrette—. Idos. Estaréis aquí las dos a las cinco en punto, os necesito.

Marius redobló su atención.

Jondrette, solo ya con su mujer, se puso a pasear nuevamente por el cuarto.

—¿Quieres que lo diga una cosa? —dijo—. La señorita... ¡es ella!

Marius no podía dudar, era de Ella de quien se hablaba. Escuchaba ansioso; toda su vida estaba en sus oídos, pero Jondrete bajó la voz.

—¿Esa? —dijo la mujer.

—Esa —contestó el marido.

No hay palabra que pueda expresar lo que había en el "esa" de la madre. Eran la sorpresa, la rabia, el odio y la cólera mezclados y combinados en una monstruosa entonación. Habían bastado algunas palabras, el nombre sin duda que su marido le había dicho al oído, para que aquella gorda adormilada se despertara y de repulsiva se volviera siniestra.

—¡Imposible! —exclamó—. Cuando pienso que mis hijas van con los pies descalzos, y que no tienen un vestido que ponerse. ¡Cómo! ¡Sombrero de terciopelo, chaqueta de raso, botas y todo! ¡Más de doscientos francos en trapos! ¡Cualquiera creería que es una señora! No, lo engañas; en primer lugar, la otra era horrible, y ésta no es fea. ¡No puede ser ella!

—¡Te digo que es ella!

Ante afirmación tan absoluta, la Jondrette alzó su ancha cara roja y rubia y miró al techo, desfigurada. En aquel momento le pareció a Marius más temible aún que su marido. Era una cerda con la mirada de un tigre.

—¿Dices que esa horrenda hermosa señorita que miraba a mis hijas con cara de piedad sería aquella pordiosera? ¡Ah, quisiera destriparla a zapatazos!

Saltó del lecho, resoplando, con la boca entreabierta y los puños crispados. Después se dejó caer nuevamente en el jergón. El hombre continuaba su paseo por el cuarto.

—¿Quieres que lo diga una cosa? —dijo parándose delante de ella con los brazos cruzados.

—¿Qué?

—Mi fortuna está hecha.

La mujer lo miró como si estuviera volviéndose loco.

—¡Estoy harto! Basta ya de pasar la vida muerto de hambre y de frío. ¡Me aburrió la miseria! Quiero comer hasta hartarme, beber hasta que se me quite la sed, dormir, no hacer nada, ¡quiero ser millonario! Escucha.

Bajó la voz, pero no tanto que Marius no pudiera oírle.

—Escúchame bien. Lo tengo agarrado al ricachón ese. Está todo arreglado; ya hablé con unos amigos. Vendrá a las seis a traer sus sesenta francos, el muy avaro; a esa hora el vecino se habrá ido a cenar y no vuelve nunca antes de las once, y la Burgon sale hoy de la casa. Las niñas estarán al acecho y tú nos ayudarás. Tendrá que resolverse a hacer lo que yo quiero.

—¿Y si no se resuelve? —preguntó la mujer.

Jondrette hizo un gesto siniestro, y dijo:

—Nosotros lo obligaremos a resolverse.

Y soltó una carcajada.

Era la primera vez que Marius lo veía reír. Aquella risa era fría y suave, y hacía estremecer. Jondrette abrió un armario que estaba cerca de la chimenea y sacó de él una gorra vieja, que se puso después de haberla limpiado con la manga.

—Ahora —dijo— voy a salir; tengo aún que ver a algunos amigos, de los buenos. Ya verás cómo marcha esto. Estaré fuera el menor tiempo posible. ¡Es un buen golpe el que vamos a dar! Ha sido una suerte que no me reconociera. ¡Mi romántica barba nos ha salvado!

Y se echó a reír de nuevo. Después se acercó a la ventana. Continuaba nevando, y el cielo estaba gris.

—¡Qué tiempo de perros! —exclamó. Y se puso el abrigo—. Me queda enorme, pero qué importa. Hizo bien, el viejo canalla, en dejármelo, porque sin él no habría podido salir bajo la nieve y el golpe habría fracasado. ¡Mira las cosas de la vida!

Antes de salir se volvió nuevamente hacia su mujer y le dijo:

—Me olvidaba decirte que tengas preparado un brasero con carbón.

Y arrojó a su mujer el *napoleón* que le había dejado el filántropo, como lo llamaba él.

—Compraré el carbón y algo para comer —dijo la mujer.

—No vayas a gastar ese dinero, tengo otras cosas que comprar todavía.

—Pero, ¿cuánto lo hace falta para eso que necesitas comprar?

—Unos tres francos.

—No quedará gran cosa para la comida.

—Hoy no se trata de comer; hoy hay algo mejor que hacer.

Jondrette cerró la puerta, y Marius oyó sus pasos alejarse por el corredor del caserón y bajar rápidamente la escalera. En ese instante daban la una en la iglesia de San Medardo.

IX

Un policía da dos puñetazos a un abogado

Por más soñador que fuese Marius, ya hemos dicho que era de naturaleza firme y enérgica. Los hábitos de recogimiento habían disminuido tal vez su facultad de irritarse, pero habían dejado intacta la facultad de indignarse. Se apiadaba de un sapo, pero aplastaba a una víbora. Ahora su mirada había penetrado en un agujero de víboras; era un nido de monstruos el que tenía en su presencia.

—¡Es preciso aplastar a esos miserables! —dijo.

Se bajó de la cómoda lo más suavemente que pudo.

En su espanto por lo que se preparaba, y en el horror que los Jondrette le causaban, sentía una especie de alegría con la idea de que le sería dado prestar un gran servicio a la que amaba. Pero, ¿qué hacer? ¿Advertir a las personas amenazadas? ¿Dónde encontrarlas? No sabía sus señas. ¿Esperar al señor Blanco a la puerta a las seis, al momento de llegar, y prevenirle del lazo? Pero Jondrette y su gente lo verían espiar. Era la una; la emboscada no debía verificarse hasta las seis. Marius tenía cinco horas por delante.

No había más que una cosa que hacer.

Se puso su traje presentable y salió, sin hacer más ruido que si hubiese caminado sobre musgo y descalzo. Caminaba lentamente, pensativo; la nieve amortiguaba el ruido de sus pasos. De pronto oyó voces que hablaban muy cerca de él, por encima de una pared que bordeaba la calle. Se asomó.

Había allí, en efecto, dos hombres apoyados en la pared, sentados en la nieve, y hablando bajo. Uno tenía los cabellos muy largos y el otro llevaba barba. El cabelludo empujaba al otro con el codo, y le decía:

—Con el Patrón-Minette la cosa no puede fallar.

¿Tú crees? —dijo el barbudo.

—Será un grande de quinientos francos de un paraguazo para cada uno, y lo peor que nos puede pasar, serían cinco, o seis, o diez años a lo más.

—Eso sí que es algo real y no hay que ir a rebuscarlo.

Te digo que el negocio no puede fallar. Sólo hay que enganchar al fulano.

Luego se pusieron a hablar de un melodrama que habían visto la víspera en el teatro de la Gaîté.

Marius continuó su camino.

Al llegar al número 14 de la calle Pontoise, subió al piso principal, y preguntó por el comisario de policía.

—El señor comisario de policía no está —contestó un ordenanza de la oficina—, pero hay un inspector que lo reemplaza. ¿Queréis hablar con él? ¿Es cosa urgente?

—Sí —dijo Marius.

El ordenanza lo introdujo en el gabinete del comisario. Un hombre de alta estatura estaba allí de pie, detrás de un enrejado, junto a una estufa. Tenía cara cuadrada, boca pequeña y firme, espesas patillas entrecanas, muy erizadas, y una mirada capaz de registrar hasta el fondo de los bolsillos.

Aquel hombre tenía un semblante no menos feroz y no menos temible que Jondrette; algunas veces causa tanta inquietud un encuentro con un perro de presa como con un lobo.

—¿Qué queréis?

—Ver al comisario de policía.

—Está ausente, yo lo reemplazo.

—Es para un asunto muy secreto.

—Hablad.

—Y muy urgente.

—Entonces, hablad rápido.

Marius relató los sucesos. Al mencionar la entrevista de Jondrette con Bigrenaille, el policía asintió con la cabeza. Cuando Marius dio la dirección, el inspector levantó la cabeza y dijo fríamente:

—¿Es, pues, en el cuarto del extremo del corredor?

—Precisamente —dijo Marius, y añadió—: ¿Por ventura conocéis la casa?

El inspector permaneció un momento silencioso; luego contestó, calentándose el tacón de la bota en la puertecilla de la estufa:

—Así parece.

Y continuó entre dientes, hablando, más que a Marius, a su corbata.

—Por ahí debe de andar el Patrón-Minette.

Esta palabra llamó la atención de Marius.

—¡El Patrón-Minette! —dijo—; en efecto, he oído pronunciar esta palabra.

Y refirió al inspector el diálogo que tenían el hombre cabelludo y el hombre barbudo en la nieve, detrás de la tapia.

—El peludo debe ser Brujon y el barbudo Demiliard, llamado Deux-Milliards.

El inspector volvió a guardar silencio; luego dijo:

—Número 50-52; conozco ese caserón. Imposible que nos ocultemos en el interior sin que los artistas lo noten, y entonces saldrían del paso con dejar ese vaudeville para otro día. Nada, nada. Quiero oírlos cantar y hacerlos bailar.

Terminando este monólogo, se volvió hacia Marius, y le dijo, mirándolo fijamente:

—Los inquilinos de esa casa tienen llaves para entrar por la noche en sus cuartos. Vos debéis tener una.

—Si —dijo Marius.

—¿La lleváis por casualidad?

—Sí.

—Dádmela —dijo el inspector.

Marius sacó su llave del bolsillo, se la dio al inspector y añadió:

—Si me queréis creer, haréis bien en ir acompañado.

El inspector dirigió a Marius la misma mirada que habría dirigido Voltaire a un académico de provincia que le hubiera aconsejado una rima. De los dos inmensos bolsillos de su abrigo sacó dos pequeñas pistolas de acero, de esas que llaman puñetazos, y se las pasó a Marius, diciéndole:

—Tomad esto. Volved a vuestra casa. Ocultaos en vuestro cuarto de modo que crean que habéis salido. Están cargados, cada uno con dos balas. Observaréis por el agujero en la pared. Esa gente llegará allá; dejadla obrar, y cuando juzguéis la cosa a punto, y que es tiempo de prenderlos, tiraréis un pistoletazo; no antes. Lo demás es cosa mía. Un tiro al aire, al techo, adonde se os antoje. Sobre todo, que no sea demasiado pronto. Aguardad a que hayan principiado la ejecución. Vos sois abogado, y sabéis lo que esto quiere decir.

Marius cogió las pistolas y se las guardó en el bolsillo del pantalón.

—A propósito —le dijo al salir el policía—, si tuvierais necesidad de mí, venid o mandadme recado; preguntaréis por el inspector Javert.

X

Utilización del *napoleón* de Marius

Marius se dirigió con paso rápido al caserón pues la señora Burgon, cuando le tocaba salir, cerraba temprano la puerta, y como el inspector se había quedado con su llave, no podía retrasarse. La puerta estaba abierta todavía. Al pasar por el corredor, sin hacer el menor ruido, le pareció ver en una de las habitaciones desocupadas cuatro cabezas de hombres inmóviles.

Entró a su cuarto sin ser visto. Se sentó sobre su lecho y se sacó cuidadosamente las botas. Al poco rato sintió a la señora Burgon cerrar la puerta y marcharse.

Transcurrieron algunos minutos. Oyó abrirse la puerta de calle.

Escuchó pasos pesados y rápidos que subían la escala; era Jondrette que regresaba de hacer sus compras.

Pensó que había llegado el momento de volver a ocupar su puesto en su observatorio. En un abrir y cerrar de ojos, y con la agilidad de su juventud, se halló junto al agujero y miró.

Toda la cueva estaba iluminada por la reverberación de un brasero colocado en la chimenea, y lleno de carbón encendido. Dentro de él se calentaba al rojo vivo un enorme cincel con mango de madera, recién comprado por Jondrette esa tarde. En un rincón cerca de la puerta se veían dos montones, que parecían ser uno de objetos de hierro y otro de cuerdas.

La guarida de Jondrette estaba admirablemente bien elegida como escenario para llevar a cabo un hecho violento y para cubrir un crimen. Era la habitación más escondida de la casa más aislada de París.

—¿Y? —dijo la mujer.

—Todo va viento en popa —respondió Jondrette—, pero tengo los pies congelados, y tengo hambre. Pero qué importa, mañana iremos todos a comer fuera. ¡Comeréis como verdaderos Carlos Diez!

Y agregó bajando la voz:

—La ratonera está lista, los gatos esperan.

Se paseó por el cuarto, y luego continuó:

—¿Aceitaste los goznes de la puerta para que no haga ruido?

—Sí —contestó la mujer.

—¿Qué hora es?

—Falta poco para las seis.

—¡Diablos! Las niñas tienen que ir a ponerse al acecho. ¿Se fue la Burgon?

—Sí.

—¿Estás segura de que no hay nadie donde el vecino?

—No ha estado en todo el día.

—Mejor asegurarse. Hija, toma la vela y ve a su cuarto.

Marius se dejó caer sobre sus manos y rodillas y se arrastró silenciosamente bajo la cama. Apenas se había acurrucado allí, se abrió la puerta, una luz iluminó el cuarto y entró la hija mayor de Jondrette.

Se dirigió directamente hacia un espejo clavado a la pared cerca del lecho. Se empinó en la punta de los pies y se miró. Se alisó el pelo mientras canturreaba con su voz quebrada y sepulcral.

En tanto, Marius temblaba; le parecía imposible que ella no escuchara su respiración.

—¿Qué pasa? —gritó el padre desde su buhardilla.

—Miro debajo de la cama y de los muebles —contestó ella mientras seguía peinándose—. No hay nadie.

—Entonces, vuelve de inmediato. ¡No perdamos más tiempo!

Ella salió, echando una última mirada al espejo.

Un momento después, Marius sintió los pasos de las dos niñas en el corredor y la voz de Jondrette que les gritaba:

—¡Pongan mucha atención! Una junto al muro, la otra en la esquina del Petit-Banquier. No pierdan de vista ni por un segundo la puerta de la casa, y la menor cosa que vean, las dos aquí corriendo. La mayor gruñó:

—¡Pegarse el plantón a pie pelado en la nieve!

—Mañana tendrás botines de seda —dijo el padre.

No quedó en la casa nadie más que Marius y los Jondrette, y probablemente los hombres misteriosos que el joven entreviera en el cuarto vacío.

Jondrette había encendido su pipa y fumaba, sentado en la silla rota.

Si Marius hubiera tenido sentido del humor, como Courfeyrac, habría estallado en risas cuando su mirada descubrió a la Jondrette. Se había puesto un sombrero negro con plumas, un inmenso chal escocés sobre el vestido de lana, y los zapatos de hombre que antes usara su hija. Esta tenida hizo exclamar a Jondrette:

—¡Estás muy bien vestida! Vas a inspirar confianza.

Él, por su parte, no se había quitado el abrigo del señor Blanco.

De pronto Jondrette alzó la voz y dijo a su mujer:

—Con el tiempo que hace vendrá en coche. Enciende el farol, y baja con él. Quédate detrás de la puerta y ábrela en el momento en que oigas pararse el carruaje; luego lo alumbrarás por la escalera y el corredor; y mientras entra aquí, bajarás a todo escape, pagarás al cochero, y despedirás el carruaje.

—¿Y el dinero? —preguntó la mujer.

Jondrette rebuscó en los bolsillos de su pantalón, y le entregó una moneda de cinco francos.

—¿De dónde sacaste esto? —exclamó la mujer.

Jondrette respondió con dignidad:

—Es el monarca que dio el vecino esta mañana.

Y añadió:

—¿Sabes que aquí hacen falta dos sillas?

—¿Para qué?

—Para sentarse.

Marius sintió correr por todo su cuerpo un estremecimiento glacial al oír a la Jondrette dar esta respuesta:

—¡Es cierto! Voy a buscar las del vecino.

Y con un movimiento rápido abrió la puerta del desván y salió al corredor.

Marius no alcanzaba a bajar de la cómoda y ocultarse debajo de la cama.

—Lleva la vela —gritó Jondrette.

—No —dijo ella—, me estorbaría, y además hay Luna.

Marius oyó la pesada mano de la Jondrette buscar a tientas en la oscuridad la llave. La puerta se abrió, y Marius, sobrecogido de espanto, quedó clavado en su sitio.

La Jondrette no lo vio, cogió las dos sillas, únicas que Marius poseía, y se marchó, dejando que la puerta se cerrara de un golpe detrás de ella. Volvió a entrar en su cueva.

—Aquí están las dos sillas.

—Y aquí el farol —dijo el marido—. Baja pronto.

Obedeció, y Jondrette quedó solo.

Colocó las sillas a los dos lados de la mesa; dio vueltas al cincel en el brasero; puso delante de la chimenea un viejo biombo que lo ocultaba, y luego fue al rincón a examinar el montón de cuerdas. Marius se dio cuenta entonces de que lo que había tomado por un montón informe era una escala de cuerda muy bien hecha, con travesaños de madera y dos garfios para colgarla.

Aquella escala y algunos gruesos instrumentos, verdaderas mazas de hierro que estaban entre un montón de herramientas detrás de la puerta, no se hallaban por la mañana en la cueva de los Jondrette, y evidentemente habían sido llevados allí aquella tarde durante la ausencia de Marius.

La chimenea y la mesa con las dos sillas estaban precisamente frente a Marius. Con el fuego tapado, la pieza estaba iluminada solamente por la vela. Reinaba allí una calma terrible y amenazante; se sentía que todo estaba preparado a la espera de algo aterrador.

La pálida luz hacía resaltar los ángulos fieros y finos del rostro de Jondrette. Fruncía las cejas y hacía bruscos movimientos con la mano derecha como si contestara a los últimos consejos de un sombrío monólogo interno. En una de esas oscuras réplicas que se daba a sí mismo, abrió bruscamente el cajón de la mesa, cogió de él un ancho cuchillo de cocina que allí ocultaba, y probó el filo sobre su uña. Hecho esto, volvió a colocar el cuchillo en el cajón, y lo cerró.

Marius por su parte sacó la pistola que tenía en el bolsillo y la cargó.

Esto produjo un pequeño ruido claro y seco.

Jondrette se estremeció y se levantó de la silla.

—¿Quién anda ahí? —gritó.

Marius contuvo la respiración. Jondrette escuchó un instante, luego se echó a reír, diciendo:

—¡Qué estúpido soy! Es el tabique que cruje.

XI
Las dos sillas de Marius frente a frente

De súbito, la lejana y melancólica vibración de una campana hizo temblar los vidrios. Daban las seis en Saint-Médard.

Jondrette marcó cada campanada con un movimiento de cabeza. Cuando dio la sexta, despabiló la vela con los dedos. Después se puso a andar por el cuarto, escuchó en el corredor, se paseó y escuchó nuevamente.

—¡Con tal que venga! —masculló.

Y se volvió a sentar.

Apenas se había sentado, se abrió la puerta.

La Jondrette la había abierto, y permanecía en el corredor, haciendo una horrible mueca amable, iluminada de abajo a arriba por uno de los agujeros del farol.

—Entrad, mi bienhechor —dijo Jondrette, levantándose precipitadamente.

Apareció en la puerta el señor Blanco. Tenía una expresión de serenidad que lo hacía singularmente venerable. Puso sobre la mesa cuatro *luises*, y dijo:

—Señor Fabontou, aquí tenéis para el alquiler y para vuestras primeras necesidades. Después ya veremos.

—Dios os lo pague, mi generoso bienhechor —dijo Jondrette.

Y, acercándose rápidamente a su mujer, añadió:

—Despide el coche.

La mujer desapareció en tanto que el marido ofrecía una silla al señor Blanco, y poco después volvió a aparecer, y le dijo al oído:

—Ya está.

La nieve que había caído todo el día era tan espesa, que no se oyó al carruaje llegar ni marcharse. El señor Blanco se sentó y Jondrette se sentó frente a él. La escena era siniestra. El lector puede imaginar lo que era esa noche helada, la soledad de las calles donde no pasaba un alma, el caserón Gorbeau casi en ruinas y sumido en el más profundo silencio de horror y de sombra, y en medio de esa sombra, el cuchitril de Jondrette iluminado sólo por una vela, donde dos hombres estaban sentados ante una mesa; el señor Blanco tranquilo, Jondrette sonriente y aterrador; la Jondrette, la madre loba, en un rincón; y detrás del tabique, Marius, invisible, de pie, sin perder una palabra ni un movimiento, al acecho, empuñando la pistola.

Marius sentía la emoción de aquel horror, pero no experimentaba ningún temor. "Detendré a este miserable cuando quiera", pensaba. Sabía que la policía estaba emboscada en los alrededores, esperando la señal convenida.

El señor Blanco volvió la vista hacia los dos camastros vacíos.

—¿Cómo está la pobre niña herida? —preguntó.

—Mal —respondió Jondrette con una sonrisa de tristeza—, muy mal, mi digno señor. Su hermana mayor la ha llevado para que la curen.

—La señora Fabontou parece algo mejor que esta mañana.

—Está muriéndose, señor —repuso Jondrette—; pero, ¡qué queréis! es tan animosa esa mujer, que no es mujer, es un buey.

La Jondrette, halagada por el cumplido, exclamó con un melindre de fiera acariciada:

—¡Ah, Jondrette! Eres demasiado bueno conmigo.

—¡Jondrette! —exclamó el señor Blanco—; yo creía que os llamabais Fabontou.

—Fabontou alias Jondrette —replicó vivamente el marido—. Es un apodo de artista.

Y empezó a relatar las peripecias de su carrera teatral.

En ese momento Marius alzó los ojos y vio en el fondo del cuarto un bulto, que hasta entonces no había visto. Acababa de entrar un hombre sigilosamente. Se sentó en silencio y con los brazos cruzados sobre la cama más próxima, y como estaba detrás de la Jondrette, sólo se le distinguía confusamente. Tenía la cara tiznada de negro.

Esa especie de instinto magnético que advierte a la mirada hizo que el señor Blanco se volviese casi al mismo tiempo que Marius, y no pudo reprimir un movimiento de sorpresa.

—¿Quién es ese hombre? —preguntó.

—¿Ese? —exclamó Jondrette—. Es un vecino, no le hagáis caso.

—Perdonad, ¿de qué me hablabais, señor Fabontou?

—Os decía, mi venerable protector —contestó Jondrette apoyando los codos en la mesa, y fijando en el señor Blanco una mirada tierna, semejante a la de la serpiente boa—, os decía que tenía un cuadro en venta.

Hizo la puerta un ligero ruido. Un hombre acababa de entrar y se sentó junto al otro. Tenía la cara tiznada con tinta a hollín, como el primero. Aun cuando aquel hombre, más bien que entrar, se deslizó por el cuarto, no pudo impedir que el señor Blanco lo viera.

—No os preocupéis —dijo Jondrette—, son personas de la casa. Decía, pues, que me quedaba un cuadro muy valioso. Vedlo, caballero, vedlo.

Se levantó, se dirigió a la pared contra la cual estaba apoyado un bastidor. Era, en efecto, una cosa que se parecía a un cuadro, iluminado apenas por la luz de la vela. Marius no podía distinguir nada, porque Jondrette se había colocado entre el cuadro y él.

—¿Qué es eso? —preguntó el señor Blanco.

Jondrette exclamó:

—¡Una obra maestra! Un cuadro de gran precio, mi bienhechor; lo quiero tanto como a mis hijas; despierta en mí tantos recuerdos..., pero yo no me desdigo de lo dicho; estoy tan necesitado de dinero que me desharé de él...

Fuese casualidad, fuese que hubiera en él un principio de inquietud, al examinar el cuadro, el señor Blanco volvió la vista hacia el interior de la habitación. Había ahora cuatro hombres, tres sentados en la cama y uno en pie cerca de la puerta, todos con los rostros tiznados. Uno de los que estaban en la cama se apoyaba en la pared y tenía los ojos cerrados; se hubiera dicho que dormía. Era viejo, y su cara negra rodeada de cabellos blancos era horrible.

Jondrette observó que la mirada del señor Blanco se fijaba en esos hombres.

—Son amigos, vecinos —dijo—. Están tiznados porque trabajan con el carbón. Son deshollinadores. No hagáis caso de ellos, mi bienhechor; pero compradme mi cuadro. Compadeceos de mi miseria. No os lo venderé caro. A vuestro ver, ¿cuánto vale?

—Pero —dijo el señor Blanco, mirando a Jondrette con ceño y como hombre que se pone en guardia—, eso no es más que una muestra de taberna y valdrá unos tres francos.

Jondrette replicó con amabilidad:

—¿Tenéis ahí vuestra cartera? Me contentaré con mil escudos.

El señor Blanco se levantó, apoyó la espalda en la pared y paseó rápidamente su mirada por el cuarto. Tenía a Jondrette a su izquierda, del lado de la ventana, y la Jondrette y los cuatro hombres a la derecha, por el lado de la puerta. Los cuatro hombres no pestañeaban, y ni siquiera parecían verle. Jondrette había comenzado de nuevo su arenga con acento tan plañidero, miradas tan vagas y entonación tan lastimera, que el señor Blanco podía creer muy bien que la miseria lo había vuelto loco.

—Si no me compráis el cuadro, mi querido bienhechor —decía Jondrette—, no tengo ya recursos para vivir y no me queda más que tirarme al río.

Al hablar, Jondrette no miraba al señor Blanco. La mirada del señor Blanco estaba fija en Jondrette y la de Jondrette en la puerta.

De repente su apagada pupila se iluminó con un horrible fulgor; se enderezó con el semblante descompuesto; dio un paso hacia el señor Blanco, y le gritó con voz tonante:

—¿Me reconocéis?

XII
La emboscada

La puerta del desván acababa de abrirse bruscamente para dar paso a tres hombres con camisas de tela azul, cubiertas las caras con máscaras de papel negro. El primero era flaco y portaba un largo garrote de hierro; el segundo, una especie de coloso, llevaba una maza para matar bueyes; el tercero, menos delgado que el primero y menos macizo que el segundo, empuñaba una enorme llave robada de alguna puerta de prisión.

Parecía que Jondrette esperaba la llegada de estos hombres. Se inició un diálogo rápido entre él y el hombre flaco que llevaba un garrote.

—¿Está todo pronto?

—Sí —contestó el flaco.

—¿Dónde está Montparnasse?

—El joven galán se ha quedado conversando con vuestra hija mayor.

—¿Hay abajo un cabriolé?

—Sí.

—¿Está enganchado el carricoche?

—Enganchado está.

—¿Con dos buenos caballos?

—Excelentes.

—¿Espera donde he dicho que espere?

—Sí.

—Bien —dijo Jondrette.

El señor Blanco estaba muy pálido. Miraba todos los objetos de la cueva en torno suyo, como hombre que comprende dónde ha caído, y su mirada atenta se dirigía sucesivamente hacia todas las cabezas de los que lo rodeaban. Estaba sorprendido, pero sin que hubiese nada en él parecido al miedo.

Este anciano, tan valiente ante aquel peligro, enorgullecía a Marius. Al fin y al cabo era el padre de la mujer amada. Marius pensó que en pocos segundos llegaría el momento de intervenir, y levantó la mano derecha en dirección al corredor, listo a lanzar su disparo.

Tres de los hombres que Jondrette llamaba deshollinadores sacaron del montón de hierros algunos implementos: uno tomó unas grandes tijeras, el otro unas tenazas y el tercero un martillo. Terminado el coloquio con el hombre del garrote, Jondrette se volvió de nuevo hacia el señor Blanco, y repitió su pregunta, acompañándola con esa risa baja, contenida y terrible que le era peculiar:

—¿No me reconocéis?

—No.

Entonces Jondrette se inclinó por encima de la vela, cruzó los brazos, aproximó su mandíbula angulosa y feroz al rostro sereno del señor Blanco, acercándosele lo más posible sin que éste se echara hacia atrás, en una postura de fiera salvaje que se apronta a morder, y le gritó:

—¡No me llamo Fabontou, ni me llamo Jondrette, me llamo Thenardier! ¡Soy el posadero de Montfermeil! ¿Oís bien? ¡Thenardier! ¿Me conocéis ahora?

Un imperceptible rubor pasó por la frente del señor Blanco, que contestó, sin que la voz le temblara, sin alzarla, con su acostumbrada afabilidad:

—Tampoco.

Marius no oyó esta respuesta. Parecía herido por un rayo. En el momento en que Jondrette había dicho: Me llamo Thenardier, Marius se había estremecido y había tenido que apoyarse en la pared, como si hubiera sentido el frío de una espada que le atravesara el corazón. Luego su brazo derecho, pronto a dar la señal, había bajado lentamente, y en el momento en que Jondrette había repetido: ¿Oís bien? ¡Thenardier!, los desfallecidos dedos de Marius habían estado a punto de dejar caer la pistola.

Jondrette, al confesar quién era, no había conmovido al señor Blanco, pero había trastornado a Marius. La recomendación sagrada de su padre retumbaba en sus oídos. El nombre de Thenardier formaba parte de su alma, se mezclaba con el nombre de su padre dentro del culto que tenía en su memoria.

¡Cómo! ¡Era aquél el Thenardier, el posadero de Montfermeil, a quien había buscado en vano durante largo tiempo! ¡Lo hallaba al fin! ¿Pero qué hallaba? El salvador de su padre era un bandido; aquel hombre por el que Marius hubiera querido sacrificarse, era un monstruo. Aquel salvador del coronel Pontmercy estaba a punto de cometer un asesinato. ¡Y el asesinato de quién, gran Dios! ¡Qué fatalidad! ¡Qué amarga burla de la suerte! Su padre le decía ¡Socorre a Thenardier! Y él contestaba a esta voz adorada y santa destruyendo a Thenardier.

Pero, por otra parte, ¡cómo asistir a aquel asesinato premeditado y no impedirlo! ¡Cómo condenar a la víctima, y salvar al asesino! ¿Le debía gratitud a semejante miserable? ¿Qué partido elegir? ¿Faltar al testamento de su padre, o dejar que se consumara un crimen? Todo estaba en sus manos. Pero no tuvo tiempo de pensar, pues la escena que tenía ante sus ojos se precipitó con furia.

Thenardier, a quien ya no nombraremos de otro modo, se paseaba por delante de la mesa en una especie de extravío y de triunfo frenético.

Cogió el candelero y lo colocó sobre la chimenea, dando con él un golpe tan violento que la vela estuvo a punto de apagarse, y la pared quedó salpicada de sebo.

Luego se volvió hacia el señor Blanco, y más bien vomitó que pronunció estas palabras:

—¡Al fin os encuentro, señor filántropo, señor millonario raído! ¡Señor regalador de muñecas! ¡Viejo imbécil! ¡No me conocéis! ¡No sois vos quien fue a Montfermeil, a mi posada hace ocho años la noche de Navidad de 1823! ¡No sois vos quien se llevó de mi casa a la hija de la Fantina, la Alondra! ¡No sois vos el que llevaba un paquete lleno de trapos en la mano, como el de esta mañana! ¡Mira, mujer! ¡Parece que es su manía llevar a las casas paquetes llenos de medias de lana! ¡El viejo caritativo! ¡Yo sí que os reconozco!

Se detuvo, y pareció hablar consigo mismo. Luego, golpeó con fuerza la mesa y gritó:

—¡Con ese aire bonachón! ¡Demonios! En otro tiempo os burlasteis de mí; sois causa de todas mis desgracias. Por mil quinientos francos comprasteis una muchacha que yo tenía, que seguramente era de gente rica, que me había producido ya mucho dinero, y a costa de la cual debía vivir toda mi vida. Una niña que me hubiera indemnizado de todo lo perdido en ese abominable bodegón. ¡Cretino! ¡Y ahora me trae cuatro malos luises! ¡Canalla! ¡Ni aun ha tenido la generosidad para llegar a los cien francos! Pero yo me reía, y pensaba: Te tengo, estúpido. Esta mañana te lamía las manos; pero esta noche te arrancaré el corazón.

Thenardier calló. Se ahogaba. Su pecho mezquino y angosto resollaba como el fuelle de una fragua. Su mirada estaba llena de esa innoble felicidad de una criatura débil, cruel y cobarde, que consigue al fin echar por tierra al que ha temido.

El señor Blanco no lo interrumpió, pero le dijo cuando acabó:

—No sé lo que queréis decir. Os equivocáis. Soy un hombre pobre, y nada más lejano de mí que ser millonario. No os conozco, creo que me tomáis por otro.

—¡Ah! —gritó Thenardier—. ¡Os empeñáis en seguir la broma! ¡Ah! ¡Palabras vanas, mi viejo! ¿Conque no me recordáis? ¿Conque no sabéis quién soy?

—Perdonad —respondió el señor Blanco con gran gentileza, gentileza que tenía en tal momento algo de extraño y de poderoso—, ya veo que sois un bandido.

Al oír esto, Thenardier tomó la silla como si la fuera a quebrar con las manos.

—¡Bandido! ¡Sí, soy bandido como me llamáis vosotros, los ricos! Claro, es cierto, me he arruinado, estoy escondido, no tengo pan, no tengo un centavo, soy un bandido. Hace tres días que no como, soy un bandido. Vosotros os calentáis los pies en la chimenea, tenéis abrigos forrados, habitáis mansiones con portero, coméis trufas, y cuando queréis saber si hace frío, consultáis el periódico. ¡Nosotros somos los termómetros! Para saber si hace frío no tenemos que consultar a nadie, sentimos helarse la sangre en las venas y el hielo llega al corazón, y entonces decimos: ¡no hay Dios! ¡Y vosotros venís a nuestras cavernas a llamarnos bandidos!

Aquí Thenardier se aproximó a los hombres que estaban cerca de la puerta y agregó con un estremecimiento:

—¡Cuándo pienso que se atreve a hablarme como a un zapatero remendón!

Luego se dirigió nuevamente al señor Blanco, con renovada furia:

—¡Y sabed también esto, señor filántropo! ¡Yo no soy un hombre cualquiera cuyo nombre se ignora, que va a robar niños a las casas! Yo soy un soldado francés. ¡Yo debiera estar condecorado! ¡Yo estuve en Waterloo, y salvé en la batalla a un general llamado el conde de Pontmercy! Este cuadro que veis, y que ha sido pintado por David, ¿sabéis lo que representa? Pues es a mí. Yo tengo sobre los hombros al general Pontmercy y lo llevo a través de la metralla. Esa es la historia. ¡Ese general nunca hizo nada por mí! No valía más que los otros. No por eso dejé de salvarle la vida poniendo en peligro la mía. Y ahora que he tenido la bondad de deciros todo esto, acabemos. ¡Necesito dinero, muchísimo dinero, u os extermino, por los mil demonios!

Marius había recuperado algún dominio sobre sus angustias, y escuchaba. La última posibilidad de duda acababa de desvanecerse. Era aquél efectivamente el Thenardier del testamento. Marius se estremeció al oír la reconvención de ingratitud dirigida a su padre y que él estaba a punto de justificar tan fatalmente. Su perplejidad no hacía más que redoblarse.

El famoso cuadro de David no era, como el lector adivinará, otra cosa que la muestra de la taberna pintada por el propio Thenardier.

Hacía algunos instantes que el señor Blanco parecía seguir y espiar todos los movimientos de Thenardier, el cual, cegado y deslumbrado por su propia rabia, iba y venía por el cuarto con la confianza de tener la puerta guardada, de estar armado contra un hombre desarmado, y de ser nueve contra uno, aun suponiendo que la Thenardier no se contase más que por un hombre. Al terminar de hablar, Thenardier daba la espalda al señor Blanco.

Este aprovechó la ocasión, empujó con el pie la silla, la mesa con la mano; y de un salto, con prodigiosa agilidad, antes que Thenardier hubiera tenido tiempo de volverse, estaba en la ventana. Abrirla, escalarla, meter una pierna por ella, fue obra de un momento. Ya tenía la mitad del cuerpo fuera, cuando seis robustos puños lo cogieron y lo volvieron a meter enérgicamente en el antro. Eran los tres "deshollinadores" que se habían lanzado sobre él. Uno de ellos levantaba sobre la cabeza del señor Blanco una especie de maza, formada por dos bolas de plomo en los dos extremos de una barra de hierro.

Marius no pudo resistir este espectáculo.

—Padre mío —pensó—, ¡perdonadme!

Y su dedo buscó el gatillo de la pistola. Iba ya a salir el tiro, cuando la voz de Thenardier gritó:

—¡No le hagáis daño!

De un puñetazo derribó al hombre de la maza. Aquella tentativa desesperada de la víctima, en vez de exasperar a Thenardier, lo había calmado.

—Vosotros —añadió— registradlo.

El señor Blanco parecía haber renunciado a toda resistencia. Se le registró; no tenía más que una bolsa de cuero que contenía seis francos y su pañuelo. Thenardier se guardó el pañuelo en el bolsillo.

—¿No hay cartera? —preguntó.

—Ni reloj.

Thenardier fue al rincón y allí cogió un paquete de cuerdas, que les arrojó.

—Atadle al banquillo —dijo.

Y viendo al viejo que permanecía tendido en medio del cuarto después del puñetazo que el señor Blanco le había dado, y notando que no se movía:

—¿Acaso está muerto Boulatruelle? —preguntó.

—No —contestó el del garrote—; está borracho.

—Barredle a un rincón —dijo Thenardier.

Empujaron al borracho con el pie cerca del montón de hierros.

—Babet, ¿por qué has traído tanta gente? —dijo Thenardier por lo bajo al hombre del garrote—; no era necesario.

—¡Qué quieres! Todos han querido ser de la partida; los tiempos son malos, y apenas se hacen negocios.

El camastro en que habían tirado al señor Blanco era una especie de cama de hospital, sostenida por un par de banquillos de madera y toscamente labrada. El señor Blanco dejó que hicieran de él lo que quisieran; los ladrones le ataron sólidamente, de pie, y con los pies sujetos al banquillo más distante de la ventana y más cercano a la chimenea.

Cuando terminaron el último nudo, Thenardier cogió una silla y fue a sentarse casi enfrente del señor Blanco. Se había transformado en algunos instantes; su fisonomía había pasado de la violencia desenfrenada a la dulzura tranquila y astuta. Marius apenas podía conocer en esa sonrisa cortés la boca casi bestial que momentos antes echaba espuma; contemplaba estupefacto aquella metamorfosis fantástica e inquietante.

—Caballero... —dijo Thenardier.

Y apartando con el gesto a los ladrones, que aún tenían puesta la mano sobre el señor Blanco, añadió:

—Apartaos un poco, y dejadme hablar con este caballero.

Todos se retiraron hacia la puerta, y él continuó:

—Caballero, habéis hecho mal en querer saltar por la ventana, porque habríais podido romperos una pierna. Ahora, si lo permitís, vamos a hablar tranquilamente. Ante todo debo daros cuenta de una observación que he hecho, y es que todavía no habéis lanzado el menor grito. Os felicito por ello y voy a deciros lo que deduzco. Cuando se grita, mi buen señor, ¿quién acude? La policía. ¿Y después de la policía? La justicia. Pues bien; vos no habéis gritado: es que os interesa muy poco que acudan la justicia y la policía. Hace tiempo que sospecho que tenéis algún interés en ocultar alguna cosa. Por nuestra parte, tenemos el mismo interés, conque podemos entendernos.

La fundada observación de Thenardier oscurecía aún más para Marius las misteriosas sombras bajo las cuales se ocultaba aquella figura grave y extraña a la que Courfeyrac había puesto el apodo de señor Blanco. Pero no podía sino admirar en semejante momento aquel rostro soberbiamente impasible y melancólico. Era evidentemente un alma que no sabía lo que era la desesperación. Era uno de esos hombres que dominan las situaciones extremas. Thenardier se levantó sin afectación, fue a la chimenea, separó el biombo y dejó al descubierto el brasero lleno de ardientes brasas, donde el prisionero podía ver perfectamente el cincel al rojo. Luego volvió a sentarse cerca del señor Blanco.

—Continúo —dijo—. Podemos entendernos; arreglemos esto amistosamente. Hice mal en incomodarme hace poco; no sé dónde tenía la cabeza; he ido demasiado lejos y he dicho mil locuras. Por ejemplo, porque sois millonario, os he dicho que exigía dinero, mucho dinero, enorme cantidad de dinero. Esto no sería razonable, tenéis la suerte de ser rico, pero tendréis vuestras obligaciones, ¿quién no tiene las suyas? No quiero arruinaros; al fin y al cabo, yo no soy un desollador. Mirad, yo cedo algo y hago un sacrificio por mi parte. Necesito solamente doscientos mil francos.

El señor Blanco no dijo una palabra. Thenardier prosiguió:

—Una vez fuera de vuestro bolsillo esa bagatela, os respondo que todo ha concluido y de que no tenéis que temer ni lo más mínimo. Me diréis: ¡pero yo no tengo aquí doscientos mil francos! ¡Oh!, no soy exagerado; no exijo eso. Sólo os pido una cosa. Tened la bondad de escribir lo que voy a dictaros.

Colocó un papel y una pluma delante del señor Blanco.

—Escribid —dijo.

El prisionero habló, por fin.

—¿Cómo queréis que escriba, si estoy atado?

—Es cierto, perdonad —dijo Thenardier—; tenéis mucha razón.

Y ordenó:

—Desatad el brazo derecho del señor.

Cuando vio libre la mano derecha del prisionero, Thenardier mojó la pluma en el tintero y se la presentó.

—Notad bien que estáis en nuestro poder —dijo—, a nuestra discreción; que ningún poder humano puede sacaros de aquí, y que nos afligiría verdaderamente el vernos obligados a recurrir a desagradables extremos. No sé ni vuestro nombre, ni las señas de vuestra casa; pero os prevengo que seguiréis atado aquí hasta que vuelva la persona encargada de llevar esta carta. Ahora dignaos escribir.

El señor Blanco, cogió la pluma. Thenardier comenzó a dictar.

—"Hija mía..."

El prisionero se estremeció, y alzó los ojos hacia Thenardier.

—Poned mejor, "Mi querida hija" —dijo Thenardier.

Él señor Blanco obedeció.

—¿La tuteáis, verdad?

—¿A quién?

—A la niña, caramba.

—No entiendo lo que queréis decir.

—No importa —gruñó Thenardier, y continuó—, escribid: "Ven al momento. Te necesito. La persona que te entregará esta carta está encargada de conducirte adonde yo estoy. Te espero. Ven con confianza".

El señor Blanco había escrito todo. Thenardier añadió:

—Borrad "ven con confianza"; eso podría hacer suponer que la cosa no es natural, y que la desconfianza es posible.

El señor Blanco borró las tres palabras.

—Ahora —prosiguió Thenardier— firmad... ¿Cómo os llamáis?

El prisionero dejó la pluma, y preguntó:

—¿Para quién es esta carta?

—Ya lo sabéis —respondió Thenardier—; para la niña.

Era evidente que Thenardier evitaba nombrar a la joven de que se trataba. Decía la Alondra, decía la niña, pero no pronunciaba el nombre. Precaución de hombre hábil que guarda su secreto delante de sus cómplices. Decir el nombre hubiera sido entregarles todo el negocio, y darles a conocer más de lo que tenían necesidad de saber.

Replicó:

—Firmad: ¿cuál es vuestro nombre?

—Urbano Fabre —dijo el prisionero, con serena decisión.

Thenardier, con el movimiento propio de un gato, se metió la mano en el bolsillo, y sacó el pañuelo del señor Blanco. Buscó la marca y se aproximó a la luz.

—U. F. Eso es. Urbano Fabre. Pues bien, firmad U. F.

El prisionero firmó.

—Como hacen falta las dos manos para cerrar la carta, dádmela, la cerraré yo.

Hecho esto, Thenardier añadió:

—Poned en el sobre: Señorita Fabre. Como no habéis mentido al decir vuestro nombre, tampoco mentiréis con vuestras señas. Ponedlas vos mismo.

El prisionero permaneció un momento pensativo, luego cogió la pluma y escribió:

"Señorita Fabre, casa del señor Urbano Fabre, calle Saint-Dominique d'Enfer, número 17".

Thenardier cogió la carta con una especie de convulsión febril.

—¡Mujer! —gritó.

La Thenardier acudió.

—Toma esta carta. Ya sabes lo que tienes que hacer. Abajo hay un cabriolé esperándote, parte de inmediato y vuelve volando.

Y, dirigiéndose al hombre de la maza, añadió:

—Tú, acompaña a la ciudadana. Irás en la parte trasera. ¿Recuerdas dónde dejé el carricoche?

—Sí —contestó el hombre.

Y dejando su maza en un rincón, siguió a la Thenardier.

Cuando ya se iban, Thenardier sacó la cabeza por la puerta entreabierta, y gritó en el corredor:

—Cuidado con perder la carta; piensa que llevas en ella doscientos mil francos.

—Tranquilo —respondió la voz ronca de su mujer—, me la puse en la panza.

Un minuto después se sintió el chasquido del látigo del cochero.

—¡Bien! —masculló Thenardier—. Van a buen paso. Con ese galope, la ciudadana estará de vuelta en tres cuartos de hora más.

Acercó una silla a la chimenea, y se sentó cruzando los brazos, y apoyando sus botas enlodadas en el brasero.

—Tengo frío en los pies —dijo.

Una sombría calma había sucedido al feroz estrépito que llenaba el desván momentos antes. No se oía más ruido que la respiración acompasada del borracho que dormía en el suelo. Marius esperaba con ansiedad siempre creciente. El enigma era más impenetrable que nunca. ¿Quién era aquella niña a quien Thenardier había llamado la Alondra? ¿Era su Ursula? Pero el señor Blanco había dicho que no la conocía. Por otra parte, las dos letras U. F. estaban explicadas; era Urbano Fabre, y Ursula no se llamaba ya Ursula. Esto era lo único que Marius veía con mayor claridad.

—De cualquier modo —decía—, si la Alondra es Ella, la veré, porque la Thenardier va a traerla aquí. Entonces todo acabará: daré mi vida y mi sangre si es preciso, pero la libertaré. Nada me detendrá.

Pasó así media hora. Thenardier parecía absorto en una tenebrosa meditación; el prisionero no se movía. Sin embargo, Marius creía oír por intervalos, y desde hacía algunos instantes, un pequeño ruido sordo hacia el lado donde éste se hallaba.

De improviso Thenardier dijo al señor Blanco con tono duro:

—Señor Fabre, escuchad lo que voy a deciros.

Estas pocas palabras parecían dar principio a una aclaración que despejaría el misterio. Marius prestó oído. Thenardier continuó:

—Mi mujer va a volver, no os impacientéis. Estoy convencido de que la Alondra es vuestra hija, y sé que querréis protegerla. Con vuestra carta mi mujer la irá a buscar. Le ordené que se vistiera como la habéis visto para inspirarle confianza y así la niña la seguirá sin dificultad. Vendrán ambas en el cabriolé, con mi amigo detrás. En cierto lugar hay un carricoche con dos buenos caballos; allí subirá vuestra hija acompañada de mi camarada, y mi mujer volverá aquí a decirnos: "todo va bien". En cuanto a vuestra hija no se le hará ningún daño; el carricoche la llevará a un sitio donde estará tranquila, y en cuanto me hayáis dado esos miserables doscientos mil francos, os será devuelta. Si hacéis que me prendan, mi camarada dará el golpe de gracia a la Alondra, y todo habrá concluido.

Imágenes espantosas pasaron por la imaginación de Marius. ¡Cómo! Aquella joven a quien raptaban, ¿no iba a ser llevada allí? ¿Uno de aquellos monstruos iba a esconderla en la oscuridad? ¿Dónde? Marius sentía paralizarse los latidos de su corazón. ¿Qué hacer? ¿Disparar el tiro? ¿Poner en manos de la justicia a todos aquellos miserables? Pero no por eso dejaría la joven de estar en poder de ese horrible hombre del garrote. Y Marius pensaba en estas palabras de Thenardier cuya sangrienta significación entreveía: "Si me hacéis prender, mi camarada dará el golpe de gracia a la Alondra".

Ahora ya no lo detenía sólo el testamento del coronel, sino también el peligro en que estaba la que amaba. Esta aterrante situación duraba ya hacía más de una hora. En medio del silencio se oyó el ruido de la puerta de la calle, que se abría y luego se cerraba.

El prisionero hizo un movimiento en sus ligaduras.

—Aquí está la ciudadana —dijo Thenardier.

Apenas acababa de hablar cuando la Thenardier se precipitó en el cuarto, amoratada, jadeante, sofocada, llameantes los ojos.

—¡Señas falsas! —gritó.

El bandido que había ido con ella entró detrás.

¿Señas falsas? —repitió Thenardier.

—La mujer replicó:

—¡Nadie! En la calle de Saint-Dominique, número 17, no vive ningún Urbano Fabre.

La Thenardier se interrumpió para recuperar el aliento, y luego continuó, acezando:

—¡Thenardier, eres demasiado bueno! Ese viejo lo engañó. ¡Si fuera yo, lo habría cortado en cuatro para empezar, y si se portaba mal, lo habría hecho hervir vivo! Y que diga dónde está esa niña y dónde está la pasta. ¡Así hay que hacerlo! ¡Mire que dar señas falsas, el viejo infame!

Marius respiró. Ella, Ursula o la Alondra, aquella a quien no sabía cómo llamar, estaba a salvo. Thenardier dijo al prisionero con una inflexión de voz lenta y singularmente feroz:

—¿Señas falsas? ¿Qué es, pues, lo que esperabas?

—¡Ganar tiempo! —gritó el prisionero con voz tonante.

Y al mismo instante sacudió sus ataduras; estaban cortadas. El prisionero sólo estaba sujeto a la cama por una pierna.

Antes de qué los siete hombres hubiesen tenido tiempo de comprender la situación y de lanzarse sobre él, el señor Blanco se inclinó hacia la chimenea, extendió la mano hacia el brasero y levantó por encima de su cabeza el cincel hecho ascua.

Es probable que cuando los bandidos registraron al prisionero, éste llevara consigo una moneda de las que cortan y pulen los presidiarios, con infinita paciencia, hasta darles una forma especial para que sirvan como sierra en el momento de su evasión. Seguramente conseguiría ocultarla en su mano derecha, y al tenerla libre, la usó para cortar las cuerdas que lo ataban, lo cual explicaría el ligero ruido y los movimientos casi imperceptibles que Marius había observado. Como no se atrevió a inclinarse para no traicionar sus intentos, no pudo cortar las ligaduras de la pierna. Los bandidos se rehicieron de su primera sorpresa.

—Descuidad —dijo Bigrenaille a Thenardier—. Está todavía sujeto por una pierna, y no se irá, yo respondo; como que yo le até a esa pata.

Sin embargo, el prisionero alzó la voz:

—¡Sois unos miserables, pero mi vida no vale la pena de ser tan defendida! En cuanto a imaginaros que me haréis hablar, que me haréis escribir lo que yo no quiero escribir, que me haréis decir lo que yo no quiero decir, eso sí que no.

Subió la manga de su brazo izquierdo y agregó:

—Mirad.

Extendió el brazo y apoyó sobre la piel desnuda el cincel candente.

Se escuchó el chirrido de la carne quemada y se sintió el olor de las cámaras de tortura. Marius se tambaleó, horrorizado y hasta los bandidos se estremecieron. El anciano, en cambio, fijó su mirada serena en Thenardier, sin odios.

—Miserables —dijo— no me temáis, así como yo no os temo.

Y arrancando el cincel de la herida, lo lanzó por la ventana, que había quedado abierta.

—Haced de mí lo que queráis —dijo.

—¡Sujetadle! —gritó Thenardier.

Dos bandidos lo tomaron de los hombros y el ventrílocuo se paro frente a él, dispuesto a hacerle saltar el cráneo con su llave al menor movimiento.

Marius escuchó en el extremo inferior del tabique este coloquio sostenido en voz baja:

—No hay más que una cosa que hacer.

—¡Abrirlo de un tajo!

—Eso.

Eran el marido y la mujer que celebraban con Thenardier fue lentamente hacia la mesa, abrió el cajón y cogió el cuchillo.

Marius oprimía la culata de la pistola. ¡Perplejidad inaudita! Hacía una hora que se elevaban dos voces en su conciencia; la una le decía que respetase el testamento de su padre, la otra le gritaba que socorriera al prisionero. Aquellas dos voces continuaban sin interrupción su lucha, que lo hacía agonizar. Había esperado vagamente, hasta aquel momento, hallar un medio de conciliar los dos deberes, pero nada posible había surgido. Entretanto el peligro apremiaba; había ya traspasado el último límite de la espera. Thenardier, a pocos pasos del prisionero, pensaba, con el cuchillo en la mano.

Marius, desesperado, paseaba sus miradas en tomo suyo. De repente se estremeció. A sus pies, sobre la cómoda, un rayo de clara luna iluminaba una hoja de papel, en la que leyó esta línea escrita en gruesos caracteres aquella misma mañana por la mayor de las hijas de Thenardier: "Las sabuesos están ahí".

Una idea, una luz atravesó la imaginación de Marius; era el medio que buscaba, la solución de aquel horrible problema. Cogió el papel, arrancó suavemente un pedazo de yeso del tabique, lo envolvió en el papel, y lo arrojó por el agujero en medio del tugurio vecino.

Ya era tiempo. Thenardier había vencido sus últimos escrúpulos o sus últimos temores, y se dirigía hacia el prisionero.

—¡Algo han tirado! —gritó la Thenardier.

—¿Qué es? —dijo el marido.

La mujer se lanzó a recoger el yeso envuelto en el papel y lo entregó a su marido.

—¿Por dónde ha venido? —preguntó Thenardier.

—¿Por dónde quieres que haya entrado? Por la ventana.

—Yo lo vi caer —dijo Bigrenaille.

Thenardier desenvolvió rápidamente el papel, y se acercó a la luz.

—Es la letra de Eponina. ¡Diablo!

Hizo una seña a su mujer que se acercó vivamente, y le mostró lo escrito en el papel, añadiendo luego con voz sorda:

—¡Pronto! ¡La escalera de cuerda! Dejemos el tocino en la ratonera, y abandonemos el campo.

—¿Sin cortarle el pescuezo al hombre? —preguntó la Thenardier.

—No tenemos tiempo.

—¿Por dónde? —preguntó Bigrenaille.

—Por la ventana —respondió Thenardier—. Puesto que Eponina ha tirado la piedra por la ventana, es que la casa no está cercada por ese lado.

El bandido con voz de ventrílocuo dejó en el suelo su enorme llave, levantó los dos brazos y abrió y cerró tres veces las manos sin decir una palabra. Fue como la señal de zafarrancho para una tripulación. Los que sujetaban al prisionero lo soltaron; en un abrir y cerrar de ojos fue desenrollada la escalera hacia fuera de la ventana y sujetada sólidamente al marco con los dos ganchos de hierro.

El prisionero no ponía atención a lo que pasaba en torno suyo. Parecía soñar o rezar.

Una vez lista la escala, Thenardier gritó:

—Ven, mujer.

Y se precipitó hacia la ventana. Pero cuando iba a saltar por ella, Bigrenaille lo cogió bruscamente del cuello:

—Todavía no, viejo farsante; después de que nosotros hayamos salido.

—Después que nosotros —aullaron los demás bandidos.

—Parecéis niños asustados —dijo Thenardier—; estamos perdiendo tiempo. Los polizontes nos están pisando los talones.

—Pues bien —dijo uno de los bandidos—, echemos a la suerte quién pasará primero.

Thenardier exclamó:

—¡Estáis locos! ¡Estáis borrachos! ¡Perder así el tiempo! Echar a la suerte, ¿no es verdad? Escribiremos nuestros nombres y los pondremos en una gorra...

—¿Queréis mi sombrero? —gritó una voz desde el umbral de la puerta.

Todos se volvieron. Era Javert. Tenía el sombrero en la mano, y lo ofrecía sonriendo.

XIII

Se debería comenzar siempre por apresar a las víctimas

Javert, al anochecer, había apostado a su gente y él mismo se había emboscado detrás de los árboles frente al caserón Gorbeau. Empezó por abrir su bolsillo para meter en él a las dos muchachas encargadas de vigilar las inmediaciones del tugurio, pero sólo encontró a Azelma. Eponina no estaba en su puesto; había desaparecido. Luego Javert quedó al acecho, atento el oído a la señal convenida.

Las idas y venidas del coche lo preocuparon y terminó por impacientarse. Estaba seguro de andar de suerte y de que allí había un nido, ya que conocía a muchos de los bandidos que habían entrado; acabó por decidirse a subir sin esperar el pistoletazo. Entró con la llave de Marius. Llegó justo a tiempo.

Los bandidos, asustados, se arrojaron sobre las armas que habían abandonado en el momento de evadirse. En menos de un segundo, aquellos siete asesinos, que daba espanto mirar, se agruparon en actitud de defensa; Thenardier tomó su cuchillo; la Thenardier se apoderó de una enorme piedra que servía a sus hijas de taburete.

Javert se puso su sombrero, dio dos pasos por el cuarto con los brazos cruzados, el bastón debajo del brazo y el espadín en la vaina.

—¡Alto ahí! —dijo—. No saldréis por la ventana, sino por la puerta. Es menos perjudicial. Sois siete, nosotros somos quince. No riñáis como principiantes. Sed buenos muchachos.

Bigrenaille sacó una pistola que llevaba oculta bajo la camisa, y la puso en la mano de Thenardier, diciéndole al oído:

—Es Javert. Yo no me atrevo a disparar contra ese hombre. ¿Te atreves tú?

—¡Por supuesto! —respondió Thenardier.

—Entonces, dispara.

Thenardier cogió la pistola y apuntó a Javert.

Este, que se hallaba a tres pasos, lo miró fijamente, y se contentó con decirle:

—No tires, lo vas a fallar.

Thenardier apretó el gatillo; el tiro no salió.

—¡Te lo dije! —exclamó Javert.

—¡Eres el emperador de los demonios! —gritó Bigrenaille, tirando su garrote al suelo—. Yo me rindo.

—¿Y vosotros? —preguntó Javert a los demás.

—También.

Javert dijo con calma:

—Bien, bien; ya decía yo que erais buena gente.

Y volviéndose a la puerta llamó a sus hombres.

—Entrad ya —dijo.

Una escuadra de municipales sable en mano y de agentes armados de garrotes, se precipitó en la habitación.

—¡Esposas a todos! —gritó Javert.

La Thenardier miró sus manos atadas y las de su marido, se dejó caer en el suelo, y exclamó llorando:

—¡Mis hijas!

—Están ya a la sombra —dijo Javert.

En tanto, los agentes habían descubierto al borracho dormido detrás de la puerta, y lo sacudían. Se despertó balbuceando:

—¿Hemos concluido, Jondrette?

—Sí, Boulatruelle —respondió Javert.

Los seis bandidos, atados, conservaban aún sus caras de espectros: tres tiznados de negro, tres enmascarados.

—Conservad vuestras caretas —dijo Javert.

Y pasándoles revista con la mirada de un Federico II en la parada de Postdam, dijo a los tres falsos deshollinadores:

—Buenas noches, Bigrenaille; buenas noches, Brujon; buenas noches, Demiliard.

Luego, volviéndose hacia los tres enmascarados, dijo al hombre de la maza:

—Buenas noches, Gueulemer.

Y al del garrote:

—Buenas noches, Babet.

Y al ventrílocuo:

—Qué tal, Claquesous.

En ese momento, vio al prisionero de los bandidos, el cual, desde la entrada de los agentes de policía no había pronunciado una palabra, y se mantenía con la cabeza baja.

—Desatad al señor —dijo Javert—, y que nadie salga.

Dicho esto, se sentó ante la mesa, donde habían quedado la vela y el tintero, sacó un papel sellado del bolsillo, y comenzó su informe. Luego que escribió las primeras líneas, que son las fórmulas de siempre, alzó la vista.

—Que se acerque el caballero a quien estos señores tenían atado.

Los agentes miraron en derredor.

—Y bien —preguntó Javert—, ¿dónde está?

El prisionero de los bandidos, el señor Blanco, el señor Urbano Fabre, el padre de Ursula, había desaparecido.

La puerta estaba guardada, pero la ventana no lo estaba. En cuanto se vio libre, y en tanto que Javert escribía, se aprovechó de la confusión, de la oscuridad, y de un momento en que la atención no estaba fija en él, para lanzarse por la ventana.

Un agente corrió a ella y miró. No se veía nada afuera. La escala de cuerda temblaba todavía.

—¡Demonios! —dijo Javert entre dientes—. ¡Este debía ser el mejor de todos!

XIV

El niño que lloraba en la segunda parte

Al día siguiente, un niño caminaba en dirección a Fontainebleau. Era noche oscura. El muchacho era pálido, flaco; iba vestido de harapos, con un pantalón de lienzo en pleno invierno, y cantaba a voz en grito.

En la esquina de la calle del Petit-Banquier, una vieja encorvada rebuscaba en un montón de basura, a la luz del farol. El niño la empujó al pasar, y luego retrocedió, exclamando en tono burlón:

—¡Qué le parece! ¡Y yo que había tomado esto por un perro enorme, enpreme!

La vieja, sofocada de indignación, se levantó, y el resplandor de la luz dio de lleno en su cara angulosa y arrugada, con patas de gallo que le bajaban casi hasta la boca. El cuerpo se perdía en la sombra, y sólo se veía la cabeza. Hubiérase dicho que era la máscara de la decrepitud dibujada por una luz en la noche.

El niño la miró atentamente.

—Esta señora —dijo— no es mi tipo de belleza.

Y prosiguió su camino, cantando:

> *El rey de los zuecazos*
> *se marchaba a la caza,*
> *a la caza de los cuervos...*

Al acabar el tercer verso se detuvo. Había llegado delante del número 50-52, y hallando cerrada la puerta, comenzó a descargar sobre ella golpes y taconazos que llegaban a retumbar, y que eran testimonio más bien de los zapatos de hombre que llevaba que de los pies de niño que tenía.

Entretanto, la anciana que había encontrado en la esquina del Petit-Banquier corría detrás de él, lanzando gritos y haciendo gestos desmesurados.

—¿Qué es eso?, ¿qué es eso? ¡Buen Dios! ¡Echan abajo la puerta! ¡Están derribando la casa!

Las patadas continuaban. La mujer gritaba a más no poder. De pronto se detuvo; había reconocido al pilluelo.

—¡Ah, claro, tenías que ser tú, Satanás!

—¡La vieja otra vez! —dijo el muchacho—. Buenas noches, tía Burgonmuche. Vengo a ver a mis antepasados.

La vieja respondió con una mueca:

—No hay nadie aquí, patán.

—¿Dónde está mi padre?

—En la cárcel de la Force.

—¡Vaya! ¿Y mi madre?

—En la de Saint-Lazare.

—¿Y mis hermanas?

—En las Madelonnettes.

El niño se rascó la oreja, miró a la señora Burgon, y exclamó:

—¡Qué le parece!

Luego hizo una pirueta, giró sobre sus talones, y un segundo después la mujer, que se había quedado en el umbral de la puerta, lo oyó cantar con voz clara y juvenil, perdiéndose entre los álamos que se estremecían al soplo del viento invernal:

> *El rey de los zuecazos*
> *se marchaba a la caza,*
> *a la caza de los cuervos,*
> *andando sobre zancos;*
> *y por andar con ellos*
> *dos sueldos le pagaban.*

Cuarta parte
Idilio en la calle Plumet

LIBRO PRIMERO
Algunas páginas de historia

I
Bien cortado y mal cosido

1831 y 1832, los dos años que siguieron inmediatamente a la Revolución de Julio, son uno de los momentos más particulares y más sorprendentes de la historia. Tienen toda la grandeza revolucionaria. Las masas sociales, que son los cimientos de la civilización, el grupo sólido de los intereses seculares de la antigua formación francesa, aparecen y desaparecen a cada instante a través de las nubes tempestuosas de los sistemas, de las pasiones y de las teorías. Estas apariciones y desapariciones han sido llamadas la resistencia y el movimiento. A intervalos se ve relucir la verdad, que es el día del alma humana.

La Restauración (El período de la Restauración abarca los reinados de Luis XVIII, 1815-1824, y de Carlos X, 1824-1830) había sido una de esas fases intermedias difíciles de definir. Así como los hombres cansados exigen reposo, los hechos consumados exigen garantías. Es lo que Francia exigió a los Borbones después del Imperio.

Pero la familia predestinada que regresó a Francia a la caída de Napoleón tuvo la simplicidad fatal de creer que era ella la que daba, y que lo que daba lo podía recuperar; que la casa de los Borbones poseía el derecho divino, que Francia no poseía nada.

Creyó que tenía fuerza, porque el Imperio había desaparecido delante de ella; no vio que estaba también ella en la misma mano que había hecho desaparecer a Napoleón.

La casa de los Borbones era para Francia el nudo ilustre y sangriento de su historia, pero no era el elemento principal de su destino. Cuando la Restauración pensó que su hora había llegado, y se supuso vencedora de Napoleón, negó a la nación lo que la hacía nación y al ciudadano lo que lo hacía ciudadano.

Este es el fondo de aquellos famosos decretos llamados las Ordenanzas de Julio.

La Restauración cayó, y cayó justamente, aunque no fue hostil al progreso y en su época se hicieron grandes obras y la nación se acostumbró a la discusión tranquila y a la grandeza de la paz.

La Revolución de Julio es el triunfo del derecho que derroca al hecho. El derecho que triunfa sin ninguna necesidad de violencia. El derecho que es justo y verdadero.

Esta lucha entre el derecho y el hecho dura desde los orígenes de las sociedades. Terminar este duelo, amalgamar la idea pura con la realidad humana, hacer penetrar pacíficamente el derecho en el hecho y el hecho en el derecho, es el trabajo de los sabios.

Pero ése es el trabajo de los sabios, y otro el de los hábiles.

La revolución de 1830 fue rápidamente detenida, destrozada por los hábiles, o sea los mediocres. La revolución de 1830 es una revolución detenida a mitad de camino, a mitad de progreso. ¿Quién detiene la revolución? La burguesía. ¿Por qué? Porque la burguesía es el interés que ha llegado a su satisfacción; ya no quiere más, sólo conservarlo. En 1830 la burguesía necesitaba un hombre que expresara sus ideas. Este hombre fue Luis Felipe de Orleáns.

En los momentos en que nuestro relato va a entrar en la espesura de una de las nubes trágicas que cubren el comienzo del reinado de Luis Felipe, es necesario conocer un poco a este rey. Ante todo, Luis Felipe era un hombre bueno. Tan digno de aprecio como su padre, Felipe-Igualdad, lo fue de censura. Luis Felipe era sobrio, sereno, pacífico, sufrido; buen esposo, buen padre, buen príncipe. Recibió la autoridad real sin violencia, sin acción directa de su parte, como una consecuencia de un viraje de la revolución, indudablemente muy diferente del objetivo real de ésta, pero en el cual el duque de Orleans no tuvo ninguna iniciativa personal.

Sin embargo, el gobierno de 1830 principió en seguida una vida muy dura; nació ayer y tuvo que combatir hoy. Apenas instalado, sentía ya por todas partes vagos movimientos contra el sistema, tan recientemente armado y tan poco sólido. La resistencia nació al día siguiente; quizá había nacido ya la víspera. Cada mes creció la hostilidad, y pasó de sorda a patente.

En lo exterior, 1830 no siendo ya revolución y haciéndose monarquía, se veía obligado a seguir el paso de Europa. Debía, pues, conservar la paz, lo que aumentaba la complicación. Una armonía deseada por necesidad pero sin base es muchas veces más onerosa que una guerra.

Mientras tanto al interior, pauperismo, proletariado, salario, educación, penalidad, prostitución, situación de la mujer, consumo, riqueza, repartición, cambio, derecho al capital, derecho al trabajo; todas estas cuestiones se multiplicaban por encima de la sociedad, con todo su terrible peso.

Luis Felipe sentía bajo sus pies una descomposición amenazante.

A la fermentación política respondía una fermentación filosófica. Los pensadores meditaban; removían las cuestiones sociales pacífica pero profundamente. Dejaban a los partidos políticos la cuestión de los derechos, y trataban de la cuestión de la felicidad. Se proponían extraer de la sociedad el bienestar del hombre.

Tenebrosas nubes cubrían el horizonte. Una sombra extraña se extendía poco a poco sobre los hombres, sobre las cosas, sobre las ideas.

Apenas habían pasado veinte meses desde la Revolución de Julio y el año 1832 comenzaba con aspecto de inminente amenaza. La miseria del pueblo, los trabajadores sin pan, la enfermedad política y la enfermedad social, se declararon a la vez en las dos capitales del reino: la guerra civil en París, en Lyón la guerra servil. Las conspiraciones, las conjuras, los levantamientos, el cólera, añadían al oscuro rumor de las ideas el sombrío tumulto de los acontecimientos.

II

Enjolras y sus tenientes

El Faubourg Saint-Antoine caracterizaba esta situación más que ningún otro barrio. Allí era donde se sentía más el dolor.

Aquel antiguo barrio, poblado como un hormiguero, laborioso, animado y furibundo como una colmena, se estremecía esperando y deseando la conmoción. Allí se sentían más que en otra parte la reacción de las crisis comerciales. En tiempo de revolución, la miseria es a la vez causa y efecto. Siempre que flotan en el horizonte resplandores impulsados por el viento de los sucesos, se piensa en este barrio y en la temible fatalidad que ha colocado a las puertas de París aquel polvorín de padecimientos y de ideas.

En este barrio y en esta época, Enjolras, previendo los sucesos posibles, hizo una especie de recuento misterioso. Estaban todos en conciliábulo en el Café Musain.

—Conviene saber dónde estamos y con quiénes se puede contar —dijo—. Si se quiere combatientes, hay que hacerlos. Contemos, pues, el rebaño. ¿Cuántos somos? Courfeyrac, tú verás a los politécnicos. Feuilly, tú a los de la Glacière. Combeferre me prometió ir a Picpus, allí hay un hormiguero excelente. Bahorel visitará la Estrapade. Prouvaire, los albañiles se entibian, tú nos traerás noticias. Jolly tomará el pulso a la Escuela de Medicina. Laigle se dará una vuelta por el Palacio de justicia. Yo me encargo de la Cougourde. Pero falta algo muy importante, el Maine; allí hay marmolistas, pintores y escultores; son entusiastas pero desde hace un tiempo se han enfriado. Hay que ir a hablarles, hay que soplar en aquellas cenizas. Había pensado en ese distraído amigo nuestro, Marius, que es bueno, pero ya no viene. No tengo a nadie para el Maine.

—¿Y yo? —dijo Grantaire.

—¡Tú, adoctrinar republicanos, tú que no crees en nada!

—Creo en ti.

—¿Serás capaz de ir al Maine?

—Soy capaz de todo.

—¿Y qué les dirás?

—Les hablaré de Robespierre, de Danton, de los principios.

—¡Tú!

—Yo. Lo que pasa es que a mí no se me hace justicia. Conozco el Contrato Social; sé de memoria la Constitución del año Dos: "La libertad del ciudadano concluye donde empieza la libertad de otro ciudadano". ¿Me crees idiota?

—Grantaire —dijo Enjolras, después de pensar algunos segundos—, acepto probarte. Irás al Maine.

Grantaire vivía cerca del café. Salió y volvió a los cinco minutos. Había ido a ponerse un chaleco a lo Robespierre.

—Rojo —dijo al entrar—. Ten confianza en mí, Enjolras.

Unos minutos después la sala interior del Café Musain quedaba desierta. Todos los amigos del ABC habían ido a cumplir su misión.

LIBRO SEGUNDO
Eponina

I
El campo de la Alondra

Marius había asistido al inesperado desenlace de la emboscada que él mismo relatara a Javert; pero, apenas abandonó éste la casa llevando a sus presos en tres coches de alquiler, salió también él. No eran más que las nueve de la noche, y se fue a dormir a casa de Courfeyrac, que vivía ahora en la calle de la Verrerie, "por razones políticas", pues en esos tiempos la insurrección se instalaba tranquilamente en aquel barrio.

—Vengo a alojar contigo —dijo Marius.

Courfeyrac sacó un colchón de su cama, que tenía dos, lo tendió en el suelo y dijo:

—Aquí tienes.

Al día siguiente, a las siete de la mañana, Marius volvió al caserón Gorbeau, pagó el alquiler, hizo cargar en un carretón de mano sus libros, la cama, la mesa, la cómoda y sus dos sillas, y se fue sin dejar las señas de su nueva casa.

Pasó un mes y después otro. Marius seguía en casa de Courfeyrac. Supo por un pasante de abogado, visitante habitual de la Sala de los Pasos Perdidos, que Thenardier estaba incomunicado, y daba todos los lunes al alcaide de la cárcel cinco francos para el preso.

Marius, no teniendo ya dinero, pedía los cinco francos a Courfeyrac; era la primera vez en su vida que pedía prestado. Estos cinco francos periódicos eran un doble enigma: para Courfeyrac que los daba, y para Thenardier que los recibía.

—¿Para quién pueden ser? —pensaba Courfeyrac.

—¿De dónde diablos puede venir esto? —se preguntaba Thenardier.

Marius estaba desconsolado. Había vuelto a ver por un momento a la joven a quien amaba, pero un soplo se la había arrebatado. No sabía ni su nombre; seguramente no era Ursula y la Alondra era un apodo. ¿Y qué pensar del viejo? ¿Se ocultaba, en efecto, de la policía?

Todo se había desvanecido, excepto el amor.

Para colmo volvía a visitarlo la miseria; sentía ya su soplo helado. Y es que desde hacía algún tiempo había descuidado sus traducciones; y no hay nada más peligroso que la interrupción del trabajo, porque es una costumbre que se pierde. Costumbre fácil de perder y difícil de volver a adquirir.

Todo su pensamiento era Ella; no pensaba en otra cosa; se daba cuenta confusamente de que su traje viejo estaba inservible y que el nuevo se transformaba rápidamente en viejo.

Le quedaba una sola idea dulce: que Ella lo había amado; que su mirada se lo había dicho; que Ella no sabía su nombre, pero conocía su alma, y que tal vez en el lugar en que estaba lo amaba aún.

En sus paseos solitarios descubrió un sitio de especial belleza y, por lo tanto, poco frecuentado. Era una especie de prado verde al lado del arroyo de los Gobelinos. Un día, hablando con uno de los escasos paseantes, supo que se le llamaba el Campo de la Alondra. La Alondra era el nombre con que Marius, en las profundidades de su melancolía, había reemplazado a Ursula.

—¡Este es su campo! —dijo en el estupor poco lógico de los enamorados—. Aquí sabré dónde vive.

Esto era absurdo, pero irresistible.

Y desde entonces fue todos los días al Campo de la Alondra.

II

Formación embrionaria de crímenes en las prisiones

El triunfo de Javert en el caserón Garbeau parecía completo, pero no lo fue.

En primer lugar, y éste era su principal problema, no detuvo al prisionero. Es probable que este personaje, que para los bandidos era captura importante, lo fuera también para la justicia.

En seguida, se le había escapado Montparnasse. Montparnasse, al llegar a la casa, se había encontrado con Eponina que estaba al acecho, y se la había llevado consigo, prefiriendo sabiamente la hija al padre. Gracias a eso estaba libre. En cuanto a Eponina, Javert la recupero más tarde y fue a acompañar a Azelma a la prisión de las Madelonnettes.

Finalmente, en el trayecto a la comisaría, se le perdió uno de los principales presos, Claquesous, y no lo volvió a encontrar. ¿Se fundió Claquesous con la bruma? ¿Tan misterioso eclipse fue en connivencia con los agentes? Javert se mostró más irritado que sorprendido.

En cuanto a Marius, Javert pensó que "ese abogadillo bobo" había tenido miedo, y olvidó hasta su nombre.

El juez de instrucción consideró de utilidad no incomunicar a uno de los hombres de Patrón-Minette, esperando que hablara. Se eligió a Brujon; lo pusieron en el patio Carlomagno, y bajo especial y discreta vigilancia.

Los ladrones no interrumpen su actividad por estar en manos de la justicia. No se preocupan por tan poco. Estar en prisión por un crimen no impide comenzar otro crimen.

Brujon pasaba el día mirando como un idiota las paredes. O bien, castañeteando los dientes y diciendo que tenía fiebre. Pero se las ingenió para obtener ciertas informaciones del exterior.

Hacia la segunda quincena de febrero de 1832, un vigilante vio a este adormilado reo escribiendo un papel en su cama. Lo castigaron a un mes de calabozo, pero fue imposible encontrar el papel.

Pero a la mañana siguiente alguien lanzó un "perdigón" desde el patio Carlomagno hacia la Force.

Los detenidos llaman perdigón a una pelota de miga de pan artísticamente amasada que se lanza por encima de los techos de una prisión, de patio a patio. Esta pelota cae al patio. El que la recoge la abre y encuentra dentro un mensaje para algún prisionero de esa sección. Si es otro reo quien hace el hallazgo, entrega el mensaje al destinatario; si es un guardia, entrega el mensaje a la policía.

Esta vez el perdigón llegó a su destino, a pesar de que aquel a quien se dirigía estaba incomunicado. Era nada menos que Babet, una de las cuatro cabezas de Patrón-Minette.

El perdigón contenía sólo estas palabras:

"Babet. Hay un negocio en calle Plumet. Una antigua verja que da a un jardín".

Era lo que había escrito Brujon la noche anterior.

A pesar de la minuciosa vigilancia, Babet encontró el medio de transmitir el mensaje desde la Force a la Salpétrière, a su amante que estaba allí encarcelada. Esta pasó el papel a una mujer llamada Magnon, a quien la policía tenía en su mira, pero que todavía no había sido detenida. Esta Magnon era gran amiga de los Thenardier; ella podía, por tanto, servir de puente visitando a Eponina en las Madelonnettes. Sucedió que en esos mismos momentos Eponina y Azelma quedaban en libertad por falta de pruebas en su contra.

Cuando salió Eponina, Magnon, que la esperaba en la puerta, le entregó el mensaje de Brujon a Babet y le encargó que investigara el negocio.

Eponina fue a la calle Plumet, encontró la verja y el jardín, observó la casa, espió, acechó, y unos días después le llevó a Magnon un bizcocho que ésta entregó a la amante de Babet en la Salpétrière. Bizcocho, en el tenebroso lenguaje de la prisión, significa:

"Nada que hacer".

De modo que una semana después, cuando Babet y Brujon se cruzaban en el camino de ronda de la Force, uno hacia la instrucción y el otro regresando, Brujon preguntó:

—¿Y? ¿La calle Plumet?

—Bizcocho —respondió Babet.

Así abortó este feto de crimen concebido por Brujon en la Force. Sin embargo, este aborto tuvo consecuencias totalmente diferentes a las planeadas, como ya se verá. A menudo, cuando se intenta anudar un hilo, se anuda otro.

III

Aparición al señor Mabeuf

Mientras Marius descendía lentamente por esos lúgubres escalones que conducen a los lugares sin luz, el señor Mabeuf los bajaba de otra manera.

Al anciano todas las opiniones políticas le eran indiferentes, y las aprobaba todas para que lo dejaran tranquilo. Su postura política era la de amar apasionadamente las plantas, pero sobre todo amar los libros. Tenía como todo el mundo su terminación en "ista", sin la cual nadie habría podido vivir en esa época, pero no era ni realista, ni bonapartista, ni anarquista; él era coleccionista de libros antiguos. Uniendo sus dos pasiones, había publicado un libro: *La flora en los alrededores de Cauteretz*.

Vivía solo con una vieja ama de llaves, a quien llamaba, sin que ella comprendiera por qué, la señora Plutarco.

En 1830, por un error legal, perdió todo lo que tenía. Además, la Revolución de Julio provocó una crisis que afectó a las librerías y, por supuesto, en los malos tiempos lo primero que deja de venderse es un libro sobre la flora. Dejó su cargo en la parroquia y se mudó a una especie de choza, cerca del jardín Botánico, donde le permitieron utilizar un pequeño pedazo de tierra para sus ensayos de siembras de añil.

Había reducido su almuerzo a dos huevos, y dejaba uno de ellos a su vieja criada, a la cual no había pagado el salario hacía quince meses. Muchas veces, el almuerzo era su única comida. Ya no se reía con su risa infantil; se había vuelto huraño, y no recibía visitas. Algunas veces, camino al jardín Botánico, se encontraba con Marius; no se hablaban; solamente se saludaban con la cabeza tristemente. Es doloroso, pero hay un momento en que la miseria separa hasta a los amigos.

El señor Mabeuf sentía simpatía por Marius, porque era joven y suave. La juventud, cuando es suave, es para los viejos como un sol sin viento.

Por la noche volvía del jardín Botánico a su casa para regar sus plantas y leer sus libros.

El señor Mabeuf tenía por entonces muy cerca de los ochenta años.

Una tarde recibió una singular visita. Estaba sentado en una piedra que tenía por banco en el jardín, y miraba con tristeza sus plantas secas que necesitaban urgente riego. Se dirigió encorvado y con paso vacilante al pozo; pero cuando cogió la soga no tuvo fuerzas ni aun para desengancharla. Entonces se volvió, y dirigió una mirada angustiosa al cielo, que se iba cubriendo de estrellas.

—¡Estrellas por todas partes! —pensaba el anciano—: ¡Ni una pequeñísima nube! ¡Ni una lágrima de agua!

Trató de nuevo de desenganchar la soga del pozo, pero no pudo.

En aquel momento oyó una voz que decía:

—Señor Mabeuf, ¿queréis que riegue yo el jardín?

Vio salir de entre los matorrales a una jovencita delgada, que se puso delante de él mirándole sin parpadear. Más que un ser humano parecía una forma nacida del crepúsculo.

Antes que el anciano hubiera podido responder una sílaba, aquella aparición de pies desnudos y ropa andrajosa había llenado la regadera. El ruido del agua en las hojas encantaba al señor Mabeuf; le parecía que el rododendro era por fin feliz.

Vaciado el primer cubo, la muchacha sacó otro, y después un tercero, y así regó todo el jardín.

Cuando hubo concluido, el señor Mabeuf se aproximó a ella con lágrimas en los ojos.

—Dios os bendiga —dijo—, sois un ángel porque tenéis piedad de las flores.

—No —respondió ella—, soy el diablo, pero me es igual.

El viejo exclamó sin esperar ni oír la respuesta:

—¡Qué lástima que yo sea tan desgraciado y tan pobre, y que no pueda hacer nada por vos!

—Algo podéis hacer —dijo ella—. Decidme dónde vive el señor Marius.

—¿Qué señor Marius?

—Un joven que venía a veros hace tiempo atrás.

El señor Mabeuf había ya registrado su memoria, y contestó:

—¡Ah! sí... ya sé. El señor Marius... el barón de Pontmercy, vive... o más bien dicho no vive ya... vaya, no lo sé.

Mientras hablaba se había inclinado para sujetar una rama del rododendro.

—Esperad —continuó—; ahora me acuerdo. Va mucho al Campo de la Alondra. Id por allí, y no será difícil que lo encontréis.

Cuando el señor Mabeuf se enderezó ya no había nadie; la joven había desaparecido.

IV
Aparición a Marius

Algunos días después, Marius había ido a pasearse un rato antes de ir a dejar la moneda para Thenardier. Era lo que hacía siempre. Apenas se levantaba, se sentaba delante de un libro y una hoja de papel para concluir alguna traducción; trataba de escribir y no podía y se levantaba de la silla, diciendo: "Voy a salir un rato, así me darán ganas de trabajar". Y se iba al Campo de la Alondra.

Esa mañana, en medio del arrobamiento con que iba pensando en Ella mientras paseaba, oyó una voz conocida que decía:

—¡Al fin, ahí está!

Levantó los ojos y reconoció a la hija mayor de Thenardier, Eponina. Llevaba los pies descalzos e iba vestida de harapos. Tenía la misma voz ronca, la misma mirada insolente. Además, oscurecía su rostro ese miedo que añade la prisión o la miseria.

Llevaba algunos restos de paja en los cabellos, no como Ofelia por haberse vuelto loca con el contagio de la locura de Hamlet, sino porque había dormido en algún pajar. Y a pesar de todo, estaba hermosa.

Se quedó algunos momentos en silencio.

—¡Os encontré! —dijo por fin—. Tenía razón el señor Mabeuf. ¡Si supieseis cuánto os he buscado! ¿Sabéis que he estado en la cárcel quince días? Me soltaron por no haber nada contra mí, y porque además no tenía edad de discernimiento. ¡Oh, cómo os he buscado desde hace seis semanas! ¿Ya no vivís allá?

—No —dijo Marius.

—¡Oh! Ya comprendo. A causa de aquello. ¿Dónde vivís ahora? Marius no respondió.

—Parece que no os alegráis de verme. Y, sin embargo, si quisiera os obligaría a estar contento.

—¿Contento —preguntó Marius—, qué queréis decir?

—¡Ah! ¡Antes me llamabais de tú!

—Pues bien; ¿qué quieres decir?

Eponina se mordió el labio, parecía dudar como si fuera presa de una lucha interior; por fin, pareció decidirse.

—Bueno, peor para mí, qué vamos a hacer. Estáis triste y quiero que estéis contento. ¡Pobre señor Marius! Ya sabéis, me habéis prometido que me daríais todo lo que yo quisiera...

—¡Sí, pero habla de una vez!

Ella miró a Marius fijamente a los ojos y le dijc

—¡Tengo la dirección!

Marius se puso pálido. Toda su sangre refluyó al corazón.

—¿Qué dirección?

—Ya sabéis, las señas de la señorita.

Y así que pronunció esta palabra, suspiró profundamente.

Marius le cogió violentamente la mano.

—¡Llévame! ¡Pídeme todo lo que quieras! ¿Dónde es?

—Venid conmigo. No sé bien la calle ni el número; es al otro extremo, pero conozco bien la casa.

Retiró entonces la mano, y dijo en un tono que hubiera lacerado el corazón de un observador, pero que no llamó la atención de Marius, embriagado y loco de felicidad:

—¡Ah! ¡Qué contento estáis ahora!

Una nube pasó por la frente de Marius.

—¡Júrame una cosa! —dijo cogiendo a Eponina del brazo.

—¡Jurar! —dijo ella—; ¿qué quiere decir eso? ¡Vaya! ¿Queréis que jure?

Y se echó a reír.

—¡Tu padre! ¡Prométeme, Eponina, júrame que no darás esa dirección a tu padre!

Eponina se volvió hacia él con una mirada de asombro.

—¿Cómo sabéis que me llamo Eponina?

—¡Respóndeme, en nombre del cielo! ¡ Júrame que no se lo dirás a tu padre!

—¡Mi padre! ¡Ah, sí, mi padre! Estad tranquilo. Está preso e incomunicado.

—¿Pero no me lo prometes? —exclamó Marius.

—¡Sí, sí os lo prometo! ¡Os lo juro! ¡Qué me importa! ¡No diré nada a mi padre!

—Ni a nadie —dijo Marius.

—Ni a nadie.

—Ahora, llévame.

—Venid. ¡Oh, qué contento está! —dijo la joven.

A los pocos pasos se detuvo.

—Me seguís muy de cerca, señor Marius. Dejadme ir delante de vos y seguidme así no más, como si tal cosa. No deben ver a un caballero como vos con una mujer como yo.

Ningún idioma podría expresar lo que encerraba la palabra mujer dicha así por aquella niña. Dio unos pasos, y se detuvo otra vez.

—A propósito, ¿recordáis que habéis prometido una cosa?

Marius registró el bolsillo. No poseía en el mundo más que los cinco francos destinados a Thenardier; los sacó, y los puso en la mano de Eponina.

Ella abrió los dedos, dejó caer la moneda al suelo, y dijo mirando a Marius con aire sombrío:

—No quiero vuestro dinero.

V

La casa del secreto

En el mes de octubre de 1829, un hombre de cierta edad había alquilado una casa en la calle Plumet y se había instalado allí con una jovencita y una anciana criada. Los vecinos no murmuraban nada, por la sencilla razón de que no los había.

Este inquilino tan silencioso era Jean Valjean, y la joven, Cosette. La criada era una solterona llamada Santos, vieja, provinciana y tartamuda; tres cualidades que habían determinado a Jean Valjean a tomarla a su servicio. Había alquilado la casa con el nombre del señor Último Fauchelevent, rentista.

¿Por qué había abandonado Jean Valjean el convento del Pequeño Picpus? ¿Qué había sucedido? Nada había sucedido.

Un día se dijo que Cosette tenía derecho a conocer el mundo antes de renunciar a él; que privarla de antemano y sin consultarla de todos los goces, bajo el pretexto de salvarla de todas las pruebas, y aprovecharse de su ignorancia y de su aislamiento para hacer germinar en ella una vocación artificial, sería desnaturalizar una criatura humana, y engañar a Dios. Se resolvió, pues, a abandonar el convento.

Cinco años de encierro y de desaparición entre aquellas cuatro paredes habían destruido y dispersado necesariamente los elementos de temor; podía volver con tranquilidad a vivir entre los hombres; había envejecido, y estaba cambiado. ¿Quién había de reconocerlo ahora? Y aun en el peor caso, sólo corría peligro por sí mismo, y no tenía derecho para condenar a Cosette al claustro por la razón de que él había sido condenado a presidio. Por otra parte, ¿qué es el peligro ante el deber? Y por último, nada le impedía ser prudente, y tomar sus precauciones.

En cuanto a la educación de Cosette, estaba casi terminada y era bastante completa.

Jean Valjean, después de decidirse, sólo esperó una ocasión, y no tardó ésta en presentarse: el viejo Fauchelevent murió.

Jean Valjean pidió audiencia a la reverenda priora, y le dijo que habiendo recibido a la muerte de su hermano una modesta herencia que le permitía vivir sin trabajar, pensaba dejar el servicio del convento y llevarse a su nieta; pero que, como no era justo que Cosette no pronunciando el voto hubiese sido educada gratuitamente, con humildad suplicaba a la reverenda priora le permitiese ofrecer a la comunidad una suma de cinco mil francos, como indemnización de los cinco años que Cosette había pasado en el convento.

Jean Valjean no salió al aire libre sin experimentar una profunda ansiedad.

Descubrió la casa de la calle Plumet y allí se quedó; al mismo tiempo alquiló otras dos casas en París, con objeto de atraer la atención menos que viviendo siempre en el mismo barrio, y de no encontrarse desprevenido, como la noche en que se escapó tan milagrosamente de Javert. Estas otras casas eran dos edificios feos y de aspecto pobre, en dos barrios muy separados uno de otro; uno en la calle del Oeste, y otro en la del Hombre Armado. Iba de cuando en cuando ya a la una o a la otra a pasar un mes o seis semanas con Cosette. Y así tenía tres casas en París para huir de la policía.

VI

Jean Valjean, guardia nacional

El señor Fauchelevent, rentista, era guardia nacional; no había podido escaparse de las apretadas redes del censo de 1831. El empadronamiento municipal llegó en aquella época hasta el convenlo del Pequeño Picpus, de donde Ultimo Fauchelevent había salido intachable a los ojos del alcalde, y por consiguiente digno de hacer guardias.

Jean Valjean se ponía el uniforme y entraba de guardia tres o cuatro veces al año, y lo hacía con gusto, porque el uniforme era para él un correcto disfraz que lo mezclaba con todo el mundo. Acababa de cumplir sesenta años, edad de la exención legal, pero no aparentaba más de cincuenta; no tenía estado civil; ocultaba su nombre, ocultaba su edad, ocultaba su identidad, lo ocultaba todo; y como hemos dicho, era un guardia nacional de buena voluntad. Toda su ambición era asemejarse a cualquiera que pagase sus contribuciones. El ideal de este hombre era, en lo interior, el ángel, y en lo exterior, el burgués.

Cuando salía con Cosette, se vestía como ya lo hemos visto antes y parecía un militar retirado. Cuando salía solo, comúnmente por la noche, usaba siempre una chaqueta y un pantalón de obrero y una gorra que le ocultaba el rostro. ¿Era precaución o humildad? Ambas cosas a la vez.

Cosette estaba acostumbrada ya al aspecto enigmático de su destino, y apenas notaba las rarezas de su padre. En cuanto a Santos, veneraba a Jean Valjean y hallaba bueno todo lo que hacía.

Ninguno de los tres entraban o salían más que por la puerta trasera que daba a la calle de Babilonia; de modo que, de no verlos por la verja del jardín, era difícil adivinar que vivían en la calle Plumet. Esta verja estaba siempre cerrada, y Jean Valjean dejó el jardín sin cultivar para que no llamara la atención. Tal vez se equivocó.

Este jardín, abandonado a sí mismo por más de medio siglo, se había transformado en algo extraordinario y encantador. Los que pasaban frente a esa antigua verja cerrada con candado, se detenían a contemplar aquella verde espesura.

Había un banco de piedra en un rincón y dos o tres estatuas enmohecidas. La naturaleza había invadido todo; las zarzas subían por los troncos de los árboles cuyas ramas bajaban hasta el suelo; ramillas, troncos, hojas, sarmientos, espinas, todo se entremezclaba en este apogeo de la maleza, y hacía que en un pequeño jardín parisiense reinara la majestad de un bosque virgen.

En este entorno, Jean Valjean y Cosette vivían felices. Jean Valjean arregló la casa para Cosette, que vivía allí con Santos, con todas las comodidades, y él se instaló en la habitación del portero, que estaba situada aparte, en el patio trasero.

VII
La rosa descubre que es una máquina de guerra

Cosette adoraba a su padre con toda el alma.

Como él no vivía dentro de la casa ni iba al jardín, a ella le gustaba más pasar el día en el patio de atrás, en esa habitación sencilla, que en el salón lleno de muebles finos.

El le decía a veces, dichoso de que lo importunara:

—¡Ya, ándate a la casa, déjame en paz solo un rato!

Ella solía reprenderlo, como se impone una hija al padre:

—¡Hace tanto frío en vuestra casa! ¿Por qué no ponéis una alfombra y una estufa?

—Niña mía, hay tanta gente mejor que yo que no tiene ni un techo sobre su cabeza.

—¿Entonces por qué yo tengo siempre fuego en la chimenea?

—Porque eres mujer, y eres una niña.

Otra vez le dijo:

—Padre, ¿por qué coméis ese pan tan malo?

—Porque sí, hija mía.

—Entonces, si vos lo coméis, yo también lo comeré.

De modo que para que Cosette no comiera pan negro, Jean Valjean comenzó a comer pan blanco.

Ella no recordaba a su madre, ni siquiera sabía su nombre, de modo que todo su amor se volcaba en este padre bondadoso. Y él era dichoso.

Cuando salía con él, la niña se apoyaba en su brazo, orgullosa, feliz. El pobre hombre se estremecía inundado de una dicha angelical; se decía que esto duraría toda la vida; pensaba que no había sufrido lo suficiente para merecer tanta felicidad, y agradecía a Dios en el fondo de su alma por haberle permitido ser amado por este ser inocente.

Un día Cosette se miró por casualidad al espejo, y le pareció que era bonita, lo cual la turbó mucho, pues había oído decir que era fea. Otra vez, yendo por la calle, le pareció oír a uno, a quien no pudo ver, que decía detrás de ella: Linda muchacha, pero muy mal vestida. "¡Bah! —pensó ella—, no lo dice por mí. Yo soy fea, y voy bien vestida". Y no se miró más al espejo.

Una mañana estaba en el jardín y oyó que Santos decía:

—Señor, ¿no habéis observado qué bonita se va poniendo la señorita?

Cosette subió a su cuarto, corrió al espejo y dio un grito de asombro.

¡Era linda! Su tipo se había formado, su cutis había blanqueado, y sus cabellos brillaban; un esplendor desconocido se había encendido en sus ojos azules.

Jean Valjean, por su parte, experimentaba una profunda e indefinible opresión en su corazón.

Era que, en efecto, desde hacía algún tiempo, contemplaba con terror aquella belleza que se presentaba cada día más esplendorosa. Comprendió que aquello era un cambio en su vida feliz, tan feliz, que no se atrevía a alterarla en nada por temor a perder algo. Aquel hombre que había pasado por todas las miserias; que aún estaba sangrando por las heridas que le había hecho el destino; que había sido casi malvado y que había llegado a ser casi santo; aquel hombre a quien la ley no había perdonado todavía y que podía en cualquier momento ser devuelto a la prisión, lo aceptaba todo, lo disculpaba todo, lo perdonaba todo, lo bendecía todo, tenía benevolencia para todo, y no pedía a la Providencia, a los hombres, a las leyes, a la sociedad, a la Naturaleza, al mundo, más que una cosa: ¡Qué Cosette siguiera amándolo! ¡Qué Dios no le impidiese llegar al corazón de aquella niña y permanecer en él! Si Cosette lo amaba, se sentía sanado, tranquilo, en paz, recompensado, coronado. Si Cosette lo amaba era feliz; ya no pedía más.

Nunca había sabido lo que era la belleza de una mujer; pero por instinto comprendía que era una cosa terrible.

Jean Valjean desde el fondo de su fealdad, de su vejez, de su miseria, de su opresión, miraba asustado aquella belleza que se presentaba cada día más triunfante y soberbia a su lado, a su vista. Y se decía: "¡Qué hermosa es! ¿Qué va a ser de mí?" En esto estaba la diferencia entre su ternura y la ternura de una madre; lo que él veía con angustia, lo habría visto una madre con placer.

No tardaron mucho en manifestarse los primeros síntomas.

Desde el día siguiente a aquel en que Cosette se había dicho: "Parece que soy bonita", recordó lo que había dicho el transeúnte: "Bonita, pero mal vestida". De inmediato aprendió la ciencia del sombrero, del vestido, de la bota, de los manguitos, de la tela de moda, del color que mejor sienta; esa ciencia que hace a la mujer parisiense tan seductora, tan profundamente peligrosa.

El primer día que Cosette salió con un vestido nuevo y un sombrero de crespón blanco, se cogió del brazo de Jean Valjean alegre, radiante, sonrosada, orgullosa, esplendorosa.

—Padre —dijo—, ¿cómo me encontráis?

El respondió con una voz semejante a la de un envidioso:

—¡Encantadora!

Desde aquel momento observó que Cosette quería salir siempre y no tenía ya tanta afición al patio interior; le gustaba más estar en el jardín, y pasearse por delante de la verja. En esta época fue cuando Marius, después de pasados seis meses, la volvió a ver en el Luxemburgo.

VIII

Empieza la batalla

En ese instánte en que Cosette dirigió, sin saberlo, aquella mirada que turbó a Marius, éste no sospechó que él dirigió otra mirada que turbó también a Cosette, haciéndole el mismo mal y el mismo bien.

Hacía ya algún tiempo que lo veía y lo examinaba, como las jóvenes ven y examinan, mirando hacia otra parte. Marius encontraba aún fea a Cosette, cuando Cosette encontraba ya hermoso a Marius. Pero, como él no hacía caso de ella, este joven le era muy indiferente.

El día en que sus ojos se encontraron y se dijeron por fin bruscamente esas primeras cosas oscuras a inefables que balbucea una mirada, Cosette no las comprendió al momento. Volvió pensativa a la casa de la calle del Oeste donde habían ido a pasar seis semanas.

Aquel día la mirada de Cosette volvió loco a Marius, y la mirada de Marius puso temblorosa a Cosette. Marius se fue contento. Cosette inquieta. Desde aquel instante se adoraron.

Todos los días esperaba Cosette con impaciencia la hora del paseo; veía a Marius, sentía una felicidad indecible, y creía expresar sinceramente todo su pensamiento con decir a Jean Valjean: ¡Qué delicioso jardín es el Luxemburgo!

Marius y Cosette no se hablaban, no se saludaban, no se conocían: se veían y, como los astros en el cielo que están separados por millones de leguas, vivían de mirarse.

De este modo iba Cosette haciéndose mujer, bella y enamorada, con la conciencia de su hermosura y la ignorancia de su amor.

IX

A tristeza, tristeza y media

La sabia y eterna madre Naturaleza advertía sordamente a Jean Valjean la presencia de Marius; y Jean Valjean temblaba en lo más oscuro de su pensamiento; no veía nada, no sabía nada, y consideraba, sin embargo, con obstinada atención las tinieblas en que estaba, como si sintiera por un lado una cosa que se construyera, y por otro una cosa que se derrumbara. Marius, advertido también, y lo que es la profunda ley de Dios, por la misma madre Naturaleza, hacía todo lo que podía por ocultarse del padre. Sus ademanes no eran del todo naturales. Se sentaba lejos, y permanecía en éxtasis; llevaba un libro, y hacía que leía: ¿por qué hacía que leía? Antes iba con su levita vieja, y ahora llevaba todos los días el traje nuevo; tenía ojos picarescos, y usaba guantes. En una palabra, Jean Valjean lo detestaba cordialmente.

Un día no pudo contenerse y dijo:

—¡Qué aire tan pedante tiene ese joven!

Cosette el año anterior, cuando era niña indiferente, hubiera respondido:

—No, padre, es un joven simpático.

En el momento de la vida y del estado de corazón en que se encontraba, se limitó a contestar con una calma suprema, como si lo mirara por primera vez en su vida:

—¿Ese joven?

—¡Qué estúpido soy! —pensó Jean Valjean—. Cosette no se había fijado en él.

¡Oh, inocencia de los viejos! ¡Oh, profundidad de la juventud!

Jean Valjean empezó contra Marius una guerrilla que éste, con la sublime estupidez de su pasión y de su edad, no adivinó. Le tendió una serie de emboscadas; Marius cayó de cabeza en todas. Mientras tanto Cosette seguía encerrada en su aparente indiferencia y en su imperturbable tranquilidad; tanto, que Jean Valjean sacó esta conclusión: Ese necio está enamorado locamente de Cosette, pero Cosette ni siquiera sabe que existe.

Mas no por esto era menor la agitación dolorosa de su corazón. De un instante a otro podía sonar la hora en que Cosette empezara a amar. ¿No empieza todo por la indiferencia? ¿Qué viene a buscar ese joven? ¿Una aventura? ¿Qué quiere? ¿Un amorío? ¡Un amorío! ¡Y yo!

¿Qué? ¡Habré sido primero el hombre más miserable, y después el más desgraciado! ¡Habré pasado sesenta años viviendo de rodillas; habré padecido todo lo que se puede padecer; habré envejecido sin haber sido joven; habré vivido sin familia, sin padres, sin amigos, sin mujer, sin hijos; habré dejado sangre en todas las piedras, en todos los espinos, en todas las esquinas, en todas las paredes; habré sido bueno, aunque hayan sido malos conmigo; me habré hecho bueno, a pesar de todo; me habré arrepentido del mal que he hecho, y habré perdonado el que me han causado; y en el momento en que recibo mi recompensa, en el momento que toco el fin, en el momento que tengo lo que quiero, que es bueno, que lo he pagado, y lo he ganado, desaparecerá todo, se me irá de las manos, perderé a Cosette, y perderé mi vida, mi alegría, mi alma, porque a un necio le haya gustado venir a vagar por el Luxemburgo!

Cuando supo que Marius había hecho preguntas al portero de su casa, se mudó, prometiéndose no volver a poner los pies en el Luxemburgo ni en la calle del Oeste; y se volvió a la calle Plumet.

Cosette no se quejó, no dijo nada, no preguntó nada, no trató de saber ningún por qué; estaba ya en el período en que se teme ser descubierta y vendida. Jean Valjean no tenía experiencia en ninguna de estas miserias, lo cual fue causa de que no comprendiera el grave significado del silencio de Cosette. Solamente observó que estaba triste y se puso sombrío. Por una y otra parte dominaba la inexperiencia.

Un día hizo una prueba y preguntó a Cosette:

—¿Quieres venir al Luxemburgo?

Un rayo iluminó el pálido rostro de Cosette.

—Sí —contestó.

Fueron. Habían pasado tres meses. Marius no iba ya; Marius no estaba allí.

Al día siguiente, Jean Valjean volvió a decir a Cosette:

—¿Quieres venir al Luxemburgo?

Y respondió triste y dulcemente:

—No.

Jean Valjean quedó dolorido por esa tristeza, y lastimado por esa dulzura. ¿Qué pasaba en aquella alma tan joven todavía, y tan impenetrable ya? ¿Qué transformación se estaba verificando en ella? ¿Qué sucedía en el alma de Cosette? En aquellos momentos, ¡qué miradas tan dolorosas volvía hacia el claustro! ¡Cómo se lamentaba de su abnegación y de su demencia de haber vuelto a Cosette al mundo, pobre héroe del sacrificio, cogido y derribado por su mismo desinterés! "¿Qué he hecho?", se decía.

Por lo demás, Cosette ignoraba todo esto. Jean Valjean no tenía para ella peor humor ni más rudeza; siempre la misma fisonomía serena y buena; sus modales eran más tiernos, más paternales que nunca.

Cosette, por su parte, iba decayendo de ánimo. En la ausencia de Marius, padecía, como había gozado en su presencia sin explicárselo.

—¿Qué tienes? —preguntaba algunas veces Jean Valjean.

—No tengo nada. Y vos, padre, ¿tenéis algo?

—¿Yo? Nada.

Aquellos dos seres que se habían amado tanto, y con tan tierno amor, y que habían vivido por tanto tiempo el uno para el otro, padecían ahora cada cual por su lado, uno a causa del otro; sin culparse mutuamente, y sonriendo.

X
Socorro de abajo puede ser socorro de arriba

Una tarde, el pequeño Gavroche no había comido y recordó que tampoco había cenado el día anterior, lo que era ya un poco cansador. Tomó, pues, la resolución de buscar algún medio de cenar. Se fue a dar vueltas más allá de la Salpétrière, por los sitios desiertos, donde suele encontrarse algo; y así llegó hasta unas casuchas que le parecieron ser el pueblecillo de Austerlitz.

En uno de sus anteriores paseos había visto allí un jardín cuidado por un anciano y donde crecía un buen manzano. Una manzana es una cena, una manzana es la vida. Lo que perdió a Adán podía salvar a Gavroche.

Se dirigió entonces hacia el jardín; reconoció el manzano, identificó la fruta, y examinó el seto; se aprestaba a saltarlo, pero se detuvo de repente. Escuchó voces en el jardín, y se puso a mirar por un hueco.

A dos pasos de él, al otro lado del seto, estaba sentado el viejo dueño del jardín, y delante de él había una anciana que refunfuñaba.

Gavroche, que era poco discreto, escuchó.

—¡Señor Mabeuf! —decía la vieja.

—¡Mabeuf —pensó Gavroche—; ese nombre es un chiste.

El viejo, sin levantar la vista, respondió:

—¿Qué pasa, señora Plutarco?

—¡Señora Plutarco! —pensó Gavroche—. Otro chiste.

—El casero no está contento —dijo ella—. Se le deben tres plazos.

—Dentro de tres meses se le deberán cuatro.

—Dice que os echará a la calle.

—Y me iré.

—La tendera quiere que se le pague; ya no nos fía leña. ¿Con qué os calentaréis este invierno? No tendremos lumbre.

—Hay Sol.

—El carnicero nos niega el crédito.

—Está bien. Digiero mal la carne; es muy pesada.

—¿Y qué comeremos?

—Pan.

—El panadero quiere que se le dé algo a cuenta, y dice que si no hay dinero, no hay pan.

—Bueno.

—¿Y qué comeremos?

—Nos quedan las manzanas del manzano.

—Pero, señor, no se puede vivir así, sin dinero.

—¡Y si no lo tengo!

La anciana se fue, y el anciano se quedó solo meditando. Gavroche meditaba por otro lado. Era ya casi de noche.

El primer resultado de la meditación de Gavroche fue que en vez de escalar el seto, se acurrucó debajo, donde las ramas se separaban un poco en la parte baja de la maleza. Estaba casi afirmado contra el banco del señor Mabeuf.

—¡Qué buena alcoba! —murmuró.

La calle formaba una línea pálida entre dos filas de espesos arbustos.

De repente, en esa línea blanquecina, aparecieron dos sombras. Una iba delante y la otra algunos pasos detrás.

—¡Vaya, dos personajes! —susurró Gavroche.

La primera sombra parecía la de algún viejo encorvado y pensativo, vestido con sencillez, que andaba con lentitud a causa de la edad, y que paseaba a la luz de las estrellas.

La segunda era recta, firme, delgada. Acomodaba su paso al de la primera; pero en la lentitud voluntaria de la marcha se descubría la esbeltez, la agilidad, la elegancia de aquella sombra. Levita impecable, fino pantalón. Por debajo del sombrero se entreveía en el crepúsculo el pálido perfil de un adolescente. Tenía una rosa en la boca.

Esta segunda sombra era conocida de Gavroche: era Montparnasse, el bandido de Patrón-Minette, el amigo de Thenardier.

En cuanto a la otra, sólo podía decir que era un anciano.

Gavroche se puso al momento a observar. Uno de los dos tenía evidentemente proyectos sobre el otro y Gavroche estaba muy bien situado para ver el resultado.

Montparnasse de cacería, a aquella hora y en aquel lugar, era algo amenazador. Gavroche sentía que su corazón de pilluelo se conmovía de lástima por el viejo.

Pero ¿qué hacer? ¿Intervenir? ¿Había de socorrer una debilidad a otra? Sería sólo dar motivo para que se riera Montparnasse. Gavroche sabía muy bien que para aquel terrible bandido de dieciocho años, el viejo primero, y el niño después, eran dos buenos bocados.

Mientras que Gavroche deliberaba, tuvo efecto el ataque brusco y tremendo. Montparnasse de súbito tiró la rosa, saltó sobre el viejo y le agarró del cuello. Un momento después, uno de estos hombres estaba debajo del otro, rendido, jadeante, forcejeando, con una rodilla de mármol sobre el pecho. Sólo que no había sucedido lo que Gavroche esperaba. El que estaba en tierra era Montpernasse; el que estaba encima era el viejo. Todo esto ocurría a algunos pasos de Gavroche.

Quedó todo en silencio. Montparnasse cesó de forcejear, y Gavroche se dijo: ¡Estará muerto!

El viejo no había pronunciado una palabra, ni lanzado un grito; se levantó, y Gavroche oyó que decía a Montparnasse:

—Párate.

Montparnasse se levantó, sin que el viejo lo soltara; tenía la actitud humillada y furiosa de un lobo mordido por un cordero.

Gavroche miraba y escuchaba; se divertía a morir.

El viejo preguntaba y Montparnasse respondía.

—¿Qué edad tienes?

—Diecinueve años.

—Eres fuerte, ¿por qué no trabajas?

—Porque me aburre.

—¿Qué eres?

—Holgazán.

—¿Puedo hacer algo por ti? ¿Qué quieres ser?

—Ladrón.

Mirando fijamente a Montparnasse, el viejo elevó con suavidad la voz y le dirigió en aquella sombra en que estaban una especie de sermón solemne, del que Gavroche no perdió ni una slaba.

—Hijo mío: tú entras por pereza en la existencia más laboriosa. ¡Ah! Tú lo declaras holgazán, pues prepárate a trabajar. No has querido tener el honrado cansancio de los hombres, tendrás el sudor de los condenados. Donde los demás canten, tú gruñirás. Verás de lejos trabajar a los demás hombres, y te parecerá que descansan. Para salir a la calle, cualquiera no tiene que hacer más que bajar la escalera, pero tú romperás las sábanas, harás con sus tiras una cuerda, pasarás por la ventana, lo suspenderás colgado de ese hilo sobre un abismo, de noche, en medio de la tempestad, en medio de la lluvia, en medio del huracán, y si la cuerda es corta, sólo encontrarás un medio de bajar: tirarte. Tirarte a ciegas en el precipicio, desde una altura cualquiera a lo desconocido. ¡Ah! ¡No te gusta trabajar! No tienes más que un pensamiento: beber bien, comer bien, dormir bien. Pues beberás agua, comerás pan negro, dormirás en una tabla con una cadena ceñida a tus piernas. Romperás esa cadena y huirás. Bien; pero lo arrastrarás entre las matas y comerás hierba como los animales del monte. Y volverás a caer preso; y entonces pasarás los años en una mazmorra. Quieres lucir buena ropa, zapatos lustrosos, pelo rizado, usar en la cabeza perfumes, agradar a las jóvenes, ser elegante; pues bien, lo cortarán el pelo al rape, lo pondrás una chaqueta roja y unos zuecos. Quieres llevar sortijas en los dedos, y tendrás una argolla al cuello; y si miras a una mujer, te darán un palo. Entrarás allí a los veinte años, y saldrás a los cincuenta. Entrarás joven, sonrosado, fresco, con ojos brillantes, dientes blancos, y hermosa cabellera, saldrás cascado, encorvado, lleno de arrugas, sin dientes, horrible, y con el pelo blanco. ¡Ah, pobre niño!, te equivocas; la holgazanería te aconseja mal; el trabajo más rudo es el robo. Créeme, no emprendas la penosa profesión del perezoso; no es cómodo ser ratero. Menos malo es ser hombre honrado. Anda ahora, y piensa en lo que te he dicho. Pero, ¿qué querías? ¿Mi bolsa? Aquí la tienes.

Y el viejo, soltando a Montparnasse, le puso en la mano su bolsa, a la que Montparnasse tomó el peso; después de lo cual, con la misma precaución maquinal que si la hubiese robado, la dejó caer suavemente en el bolsillo de atrás de su pantalón.

Hecho esto, el anciano volvió la espalda, y siguió su paseo.

—¡Viejo imbécil! —murmuró Montparnasse.

¿Quién era aquel viejo? El lector lo habrá adivinado sin duda.

Montparnasse, estupefacto, miró cómo desaparecía en el crepúsculo; pero esta contemplación le fue fatal.

Mientras que el viejo se apartaba, Gavroche se aproximaba.

Saliendo de la maleza, se arrastró en la sombra por detrás de Montparnasse que seguía inmóvil. Así llegó hasta él sin ser visto ni oído. Metió suavemente la mano en el bolsillo de atrás de su pantalón, cogió la bolsa, retiró la mano y volviendo a la rastra, hizo en la oscuridad una evolución de culebra. Montparnasse, que no tenía motivo para estar en guardia, y que meditaba quizás por primera vez en su vida, no notó nada. Gavroche, así que llegó donde estaba el señor Mabeuf, tiró la bolsa por encima del seto, y huyó a todo correr.

La bolsa cayó a los pies del señor Mabeuf. El ruido lo despertó; se inclinó, la cogió y la abrió sin comprender nada. Era una bolsa que contenía seis *napoleones*. El señor Mabeuf, muy asustado, la llevó a su criada.

—Esto viene del cielo —dijo la tía Plutarco.

LIBRO TERCERO
Cuyo fin no se parece al principio

I
Miedos de Cosette

En el jardín de la calle Plumet y cerca de la verja, había un banco de piedra defendido de las miradas de los curiosos por un enrejado de cañas.

Una tarde de ese mismo mes de abril había salido Jean Valjean; Cosette, después de puesto el sol, fue al jardín y se sentó en el banco de piedra. Sintiendo refrescar el viento que penetraba entre los árboles, Cosette meditaba. Esa tristeza invencible que trae el atardecer iba apoderándose poco a poco de ella. Acaso Fantina la rondaba desde la sombra.

Cosette se levantó, dio lentamente una vuelta por el jardín sobre la hierba mojada de rocío.Después volvió al banco.

En el momento en que iba a sentarse, observó en el sitio que había ocupado recién, una gran piedra que no estaba antes.

Contempló aquella piedra preguntándose qué significaba. Pero, de repente, la idea de que aquella piedra no se había ido sola al banco, de que alguien la había puesto allí, de que un brazo había pasado a través de la verja, le dio miedo; un miedo verdadero esta vez porque la piedra estaba allí, y no era posible dudar como en otras ocasiones cuando le pareció divisar siluetas cerca del jardín. No la tocó y huyó sin atreverse a mirar hacia atrás, se refugió en la casa y cerró en seguida con cerrojos la puerta-ventana.

Al día siguiente, después de una noche de pesadillas, el sol que entraba por las junturas de los postigos la tranquilizó de tal manera que todo se borró de su imaginación; hasta la piedra.

Se vistió, bajó al jardín, corrió al banco, y sintió un sudor frío. La piedra estaba allí.

Pero aquello sólo duró un momento; lo que es miedo de noche es curiosidad de día. Levantó la piedra, que era bastante grande. Debajo había un sobre. Contenía un cuadernillo de hojas numeradas, en cada una de las cuales había algunas líneas escritas con una letra que le pareció a Cosette bonita y elegante.

Buscó un nombre, pero no lo había; buscó una firma, tampoco la había. ¿A quién iba dirigido? A ella probablemente, ya que una mano había depositado aquel paquete en su banco. ¿De quién venía?

Una fascinación irresistible se apoderó de ella; trató de separar los ojos de aquellos papeles que temblaban en su mano, miró al cielo, a la calle, a las acacias llenas de luz, a las palomas que volaban sobre un tejado cercano, y después se dijo que debía leer lo que contenía.

II

Un corazón bajo una piedra

Comenzaba así:

"La reducción del Universo a un solo ser, la dilatación de un solo ser hasta Dios; esto es el amor. ¡Qué triste está el alma cuando está triste por el amor!

"¡Qué vacío tan inmenso es la ausencia del ser que llena el mundo! ¡Oh! ¡Cuán verdadero es que el ser amado se convierte en Dios! Basta una sonrisa vislumbrada para que el alma entre en el palacio de los sueños.

"Ciertos pensamientos son oraciones. Hay momentos en que cualquiera que sea la actitud del cuerpo, el alma está de rodillas.

"Los amantes separados engañan la ausencia con mil quimeras, que tienen, no obstante, su realidad. Se les impide verse; no pueden escribirse; pero tienen una multitud de medios misteriosos de correspondencia. Se envían el canto de los pájaros, el perfume de las flores, la risa de los niños, la luz del sol, los suspiros del viento, los rayos de las estrellas, toda la creación. ¿Y por qué no? Todas las obras de Dios están hechas para servir al amor.

"El amor es una parte del alma misma, es de la misma naturaleza que ella, es una chispa divina; como ella, es incorruptible, indivisible, imperecedero. Es una partícula de fuego que está en nosotros, que es inmortal e infinita, a la cual nada puede limitar, ni amortiguar. Se la siente arder hasta en la médula de los huesos, y se la ve brillar hasta en el fondo del cielo.

"¿Viene ella aún al Luxemburgo? No, señor. En esta iglesia oye misa, ¿no es verdad? No viene ya. ¿Vive todavía en esta casa? Se ha mudado. ¿Adónde ha ido a vivir? No lo ha dicho.

"¡Qué cosa tan triste es no saber dónde habita su alma!

Los que padecéis porque amáis, amad más aún. Morir de amor es vivir.

"Vi en la calle a un joven muy pobre que amaba. Llevaba un sombrero roto, una levita vieja con los codos parchados; el agua entraba a través de sus zapatos, y los astros a través de su alma."

Y así seguían sus pensamientos, página a página, para terminar diciendo:

"Si no hubiera quien amase, se apagaría el Sol".

Mientras leía el cuaderno, Cosette iba cayendo poco a poco en un ensueño. Estaba escrito, pensaba, por la misma mano, pero con diversa tinta, ya negra, ya blanquecina, como cuando se acaba la tinta y se vuelve a llenar el tintero, y por consiguiente en distintos días. Era, pues, un pensamiento que se había derramado allí suspiro a suspiro, sin orden, sin elección, sin objeto, a la casualidad. Cosette no había leído nunca nada semejante. Aquel manuscrito en que se veía más claridad que oscuridad, le causaba el mismo efecto que un santuario entreabierto. Cada una de sus misteriosas líneas resplandecía a sus ojos y le inundaba el corazón de una luz extraña. Descubría en aquellas líneas una naturaleza apasionada, ardiente, generosa, honrada; una voluntad sagrada, un inmenso dolor y una esperanza inmensa; un corazón oprimido y un éxtasis manifestado. ¿Y qué era aquel manuscrito? Una carta. Una carta sin señas, sin nombre, sin fecha, sin firma, apremiante y desinteresada. ¿Quién la había escrito?

Cosette no dudó ni un minuto. Sólo un hombre. ¡Él!

¡Era él quien le escribía! ¡Él, que estaba allí! ¡Él, que la había encontrado!

Entró en la casa y se encerró en su cuarto para volver a leer el manuscrito, para aprenderlo de memoria, y para pensar. Cuando lo hubo leído, lo besó y lo guardó.

Pasó todo el día sumida en una especie de aturdimiento.

III
Los viejos desaparecen en el momento oportuno

Cuando llegó la noche, salió Jean Valjean, y Cosette se vistió. Se peinó del modo que le sentaba mejor y se puso un bonito vestido. ¿Quería salir? No. ¿Esperaba una visita? No.

Al anochecer bajó al jardín. Empezó a pasear bajo los árboles, separando de tanto en tanto algunas ramas con la mano porque las había muy bajas.

Así llegó al banco. Se sentó, y puso su mano sobre la piedra, como si quisiese acariciarla y manifestarle agradecimiento.

De pronto sintió esa sensación indefinible que se experimenta, aun sin ver, cuando se tiene alguien detrás. Volvió la cabeza y se levantó. Era él.

Tenía la cabeza descubierta; parecía pálido y delgado. Tenía, bajo un velo de incomparable dulzura, algo de muerte y de noche. Su rostro estaba iluminado por la claridad del día que muere y por el pensamiento de un alma que se va.

Cosette no dio ni un grito. Retrocedió lentamente, porque se sentía atraída. Él no se movió. Cosette sentía la mirada de sus ojos, que no podía ver a través de ese velo inefable y triste que lo rodeaba.

Cosette, al retroceder, encontró un árbol, y se apoyó en él; sin ese árbol se hubiera caído al suelo. Entonces oyó su voz, aquella voz que nunca había oído, que apenas sobresalía del susurro de las hojas, y que murmuraba:

—Perdonadme por estar aquí, pero no podía vivir como estaba y he venido. ¿Habéis leído lo que dejé en ese banco? ¿Me reconocéis? No tengáis miedo de mí. ¿Os acordáis de aquel día, hace ya mucho tiempo, en que me mirasteis? Fue en el Luxemburgo, cerca del Gladiador. ¿Y del día que pasasteis cerca de mí? El 16 de junio y el 2 de julio. Va a hacer un año. Hace mucho tiempo que no os veía. Vivíais en la calle del Oeste, en un tercer piso; ya veis que lo sé. Yo os seguía. Después habéis desaparecido. Por las noches vengo aquí. No temáis; nadie me ve; vengo a mirar vuestras ventanas de cerca. Camino suavemente para que no lo oigáis, porque podríais tener miedo. Sois mi ángel, dejadme venir; creo que me voy a morir. ¡Si supieseis! ¡Os adoro! Perdonadme; os hablo, y no sé lo que os digo; os incomodo tal vez. ¿Os incomodo?

—¡Oh, madre mía! —murmuró Cosette. Se le doblaron las piernas como si se muriera.

Él la cogió; ella se desmayaba; la tomó en sus brazos, la estrechó sin tener conciencia de lo que hacía, y la sostuvo temblando. Estaba perdido de amor. Balbuceó:

—¿Me amáis, pues?

Cosette respondió en una voz tan baja, que no era más que un soplo que apenas se oía:

—¡Ya lo sabéis!

Y ocultó su rostro lleno de rubor en el pecho del joven.

No tenían ya palabras. Las estrellas empezaban a brillar. ¿Cómo fue que sus labios se encontraron? ¿Cómo es que el pájaro canta, que la nieve se funde, que la rosa se abre?

Un beso; eso fue todo.

Los dos se estremecieron, y se miraron en la sombra con ojos brillantes.

No sentían ni el frío de la noche, ni la frialdad de la piedra, ni la humedad de la tierra, ni la humedad de las hojas; se miraban, y tenían el corazón lleno de pensamientos. Se habían cogido las manos sin saberlo.

Poco a poco se hablaron. La expansión sucedió al silencio, que es la plenitud. La noche estaba serena y espléndida por encima de sus cabezas. Aquellos dos seres puros como dos espíritus, se lo dijeron todo: sus sueños, sus felicidades, sus éxtasis, sus quimeras, sus debilidades; cómo se habían adorado de lejos, cómo se habían deseado, y su desesperación cuando habían cesado de verse. Se confiaron en una intimidad ideal, que ya nunca sería mayor, lo que tenían de más oculto y secreto.

Cuando se lo dijeron todo, ella reposó su cabeza en el hombro de Marius, y le preguntó:

—¿Cómo os llamáis?

—Yo me llamo Marius. ¿Y vos?

—Yo me llamo Cosette.

LIBRO CUARTO
El encanto y la desolación

I
Travesuras del viento

Desde 1823, mientras el bodegón de Montfermeil desaparecía poco a poco, no en el abismo de una bancarrota sino en la cloaca de las deudas pequeñas, los Thenardier habían tenido dos hijos varones; ahora eran cinco, dos mujeres y tres hombres, lo que fue demasiado para ellos.

La Thenardier se deshizo de los dos últimos, cuando eran aún muy pequeños, con una singular facilidad. Su odio al género humano empezaba en sus hijos varones. ¿Por qué? Porque sí.

Expliquemos cómo llegaron a librarse de estos hijos. Su gran amiga Magnon, que fuera criada del señor Gillenormand antes de Nicolasa, había conseguido sacarle al pobre viejo una buena pensión para sus dos hijos, haciéndole creer que era el padre. Pero en una epidemia murieron ambos en el mismo día. Esto fue un gran golpe, porque los niños representaban ochenta francos al mes para su madre.

La Magnon buscó una solución. Ella necesitaba dos hijos; la Thenardier los tenía, de la misma edad y sexo, y le estorbaban. Fue un buen arreglo para las dos madres y así los niños Thenardier se convirtieron en riiños Magnon.

La Thenardier exigió diez francos al mes por el préstamo de sus hijos, lo que fue aceptado y pagado regularmente. En tanto, el señor Gillenormand iba cada seis meses a ver a los niños, y no notó el cambio.

—Señor —le decía la Magnon—, ¡cómo se parecen a vos!

Thenardier, para evitar problemas, se convirtió en Jondrette. Sus dos hijas y Gavroche apenas habían tenido tiempo de notar que tenían dos hermanos. En cierto grado de miseria se apodera del alma una especie de indiferencia espectral y se ve a los seres como ánimas en pena.

Los dos niños tuvieron suerte, pues fueron criados como señoritos, y estaban mucho mejor que con su verdadera madre. La Magnon los cuidaba, los vestía bien y jamás decía ni una sola palabra en argot delante de ellos.

Así pasaron algunos años. Pero la redada hecha en el desván de Jondrette repercutió en una parte de esa inmunda sociedad del crimen que vive oculta. La prisión de Thenardier trajo la prisión de la Magnon.

Poco después de que ésta entregara a Eponina el mensaje relativo a la calle Plumet, se verificó en su barrio una repentina visita de la policía y la Magnon fue apresada.

Los dos niños jugaban afuera y no se dieron cuenta. Al volver hallaron la puerta cerrada y la casa vacía. Un vecino les dio un papel que les dejara la madre, con una dirección a la que debían dirigirse.

Los niños se alejaron, llevando el mayor el papel en la mano; hacía mucho frío, sus dedos hinchados se cerraban mal y apenas podían sostener el papel. Al dar vuelta la esquina se lo llevó una ráfaga de viento, y como caía la noche no pudieron encontrarlo. Se pusieron a vagar por las calles.

II

Gavroche saca partido de Napoleón el grande

La primavera en París suele verse interrumpida por brisas ásperas y agudas que le dejan a uno por eso aterido de frío. Una tarde en que esas brisas soplaban rudamente, de modo que parecía haber vuelto el invierno y los parisienses se ponían nuevamente los abrigos, el pequeño Gavroche, temblando alegre mente de frío bajo sus harapos, estaba parado y como en éxtasis delante de una peluquería de los alrededores de la calle Orme-Saint-Gervais. Llevaba un chal de lana de mujer, cogido no sabemos dónde, con el cual se había hecho un tapaboca, Parecía que admiraba embelesado una figura de cera, una novia adornada con azahares, que daba vueltas en el escaparate. Pero en realidad observaba la tienda para ver si podía birlar un jabón, que iría a vender enseguida a otra parte. Muchos días almorzaba con uno de esos jabones, y llamaba a este trabajo, para el cual tenía mucho talento, "cortar el pelo al peluquero".

Mientras Gavroche examinaba la vitrina, dos pequeños de unos siete y cinco años entraron a la tienda pidiendo algo con un murmullo lastimero, que más parecía un gemido que una súplica. Hablaban ambos a la vez y sus palabras eran ininteligibles, porque los sollozos ahogaban la voz del menor y el frío hacía castañetear los dientes del mayor. El barbero se volvió con rostro airado y, sin abandonar la navaja, los echó a la calle y cerró la puerta diciendo:

—¡Venir a enfriarnos la sala por nada!

Los niños echaron a andar llorando. Empezaba a llover. Gavroche fue tras ellos.

—¿Qué tenéis, pequeñuelos?

—No sabemos dónde dormir.

—¿Y eso es todo? ¡Vaya gran cosa! ¡Y se llora!

Y adoptando un acento de tierna autoridad y de dulce protección, añadió:

—Criaturas, venid conmigo.

—Sí, señor —dijo el mayor.

Lo siguieron y dejaron de llorar. Gavroche los llevó en dirección a la Bastilla. En el camino se entretenía. Al pasar, salpicó de barro las botas lustradas de un transeúnte.

—¡Bribón! —gritó éste furioso.

Gavroche sacó la nariz del tapaboca.

—¿Se queja de algo el señor?

—¡De ti!

—Se ha cerrado el despacho, y ya no admito reclamos.

Y se volvió a tapar la boca.

Mientras caminaban, escuchó un sollozo y descubrió junto a una puerta cochera a una muchachita de trece a catorce años, helada, y con un vestidito tan corto que apenas le llegaba a la rodilla.

—¡Pobre niña! —dijo Gavroche—. No tiene ni calzones. ¡Ponte esto aunque sea!

Y quitándose el chal de lana que tenía al cuello, lo echó sobre los hombros delgados y amoratados de la niña, que lo contempló con asombro, y recibió el chal en silencio. En cierto grado de miseria, el pobre en su estupor no flora ya su mal ni agradece el bien.

Y Gavroche continuó su camino; los dos niños lo seguían. Pasaron frente a uno de esos estrechos enrejados de alambre que indican una panadería, porque el pan se pone como el oro detrás de rejas de hierro.

—A ver, muchachos, ¿habéis comido?

—Señor —repuso el mayor—, no hemos comido desde esta mañana.

—¿No tenéis padre ni madre?

—Excúseme, señor, tenemos papá y mamá, pero no sabemos dónde están.

—A veces es mejor eso que saberlo —dijo Gavroche, que era un gran filósofo.

—Hace dos horas que buscamos por los rincones y no encontramos nada.

—Lo sé, los perros se lo comen todo.

Y continuó después de un momento de silencio:

—¡Ea! Hemos perdido a nuestros autores. Eso no se hace, cachorros, no debemos perder así no más a las personas de edad. Pero como sea, hay que manducar.

No les hizo ninguna pregunta. ¿Qué cosa más normal que no tener domicilio? Se detuvo de pronto y registró todos los rincones que tenía en sus harapos. Por fin levantó la cabeza con una expresión que no que ría ser satisfecha, pero que en realidad era triunfante.

—Calmémonos, monigotes. Ya tenemos con qué cenar los tres.

Y sacó de un bolsillo un sueldo. Los empujó hacia la tienda del panadero, y puso el sueldo en el mostrador, gritando:

—¡Mono! Cinco céntimos de pan.

El panadero, que era el dueño en persona, cogió un pan y un cuchillo.

—¡En tres pedazos, mozo! —gritó Gavroche, añadiendo con dignidad—: Somos tres.

El panadero cortó el pan y se guardó el sueldo. Gavroche tomó el pedazo más chico para sí y dijo a los niños:

—Ahora, ¡engullid, monigotes!

Los niños lo miraron sin comprender.

—¡Ah, es verdad! —exclamó Gavroche riendo—. No entienden, son tan ignorantes los pobres.

Siempre riendo, les dijo:

—Comed, pequeños.

Los pobres niños estaban hambrientos, y Gavroche también. Se fueron comiendo el pan por la calle, y así llegaron a la lúgubre calle Ballets, al fondo de la cual se ve el portón de la cárcel de la Force.

—¡Caramba! ¿Eres tú, Gavroche? —dijo alguien.

—¡Caramba! ¿Eres tú, Montparnasse?

Un hombre acababa de acercarse al pilluelo; era Montparnasse disfrazado, con unos curiosos anteojos azules.

—¡Diablos! —dijo Gavroche—. ¡Qué anteojos! Tienes estilo, palabra de honor.

—¡Chist! No hables tan alto.

Y se lo llevó fuera de la luz de las tiendas. Los niños los siguieron tornados de la mano.

—¿Sabes adónde voy? —dijo Montpamasse.

—A la guillotina —repuso Gavroche.

—A encontrarme con Babet —susurró Montpar.

—Lo creía en chirona.

—Se escapó esta mañana.

Y Montparnasse le contó al pilluelo que esa mañana Babet había sido trasladado a La Concièrgerie y se había escapado, doblando a la izquierda en vez de a la derecha en el "corredor de la instrucción". Gavroche admiró su habilidad. Mientras escuchaba, había cogido el bastón de Montparnasse y tiró maquinalmente de la parte superior, en donde apareció la hoja de un puñal.

—¡Ah! —dijo envainando rápidamente el puñal—, has traído un gendarme disfrazado de ciudadano. ¿Vas a aporrear polizontes?

—No sé, pero siempre es bueno llevar un alfiler.

—¿Qué haces esta noche? —preguntó Gavroche sonriendo.

—Negocios. Y tú, ¿adónde vas ahora?

—Voy a acostar a estos piojosos.

—¿Dónde?

—En mi casa.

—¿Dónde está lo casa?

—En mi casa.

—¿Tienes casa, entonces?

—Sí, tengo casa.

—¿Y dónde vives?

—En el elefante.

Montparnasse no pudo contener una exclamación.

—¡En el elefante!

—Sí, en el elefante. ¿Y qué?

—No, nada. ¿Se está bien allí?

—Fenomenal. No hay vientos encajonados como bajo los puentes.

—¿Y cómo entras?

—Entrando.

—¿Hay algún agujero?

—Claro, pero no se debe decir. Es por las patas delanteras.

—Y tú escalas, ya comprendo.

—Para los cachorros pondré una escalera.

—¿De dónde demonios sacaste estos mochuelos?

—Me los regaló un peluquero.

Montparnasse estaba preocupado.

—Me reconociste con facilidad —murmuró.

Sacó del bolsillo dos cañones de pluma rodeados de algodón y se los introdujo en los agujeros de las narices.

—Eso lo cambia —dijo Gavroche—. Estás menos feo, deberías usarlos siempre.

Montparnasse era un buenazo, pero a Gavroche le gustaba burlarse de él.

—Y ahora, muy buenas noches —dijo Gavroche—, me voy a mi elefante con mis monigotes. Si por casualidad alguna noche me necesitas, ve a buscarme allá. Vivo en el entresuelo; no hay portero; pregunta por el señor Gavroche.

Y se separaron, dirigiéndose Montparnasse hacia la Grève y Gavroche hacia la Bastilla.

Hace veinte años se veía aún en la plaza de la Bastilla un extraño monumento, el esqueleto grandioso de una idea de Napoleón. Era un elefante de cuarenta pies de alto, construido de madera y mampostería. Muy pocos extranjeros visitaban aquel edificio; ningún transeúnte lo miraba. Estaba ya ruinoso, rodeado de una empalizada podrida, y manchada a cada instante por cocheros y borrachos.

Al llegar al coloso, Gavroche comprendió el efecto que lo infinitamente grande podía producir en lo infinitamente pequeño, y dijo:

—¡No tengáis miedo, hijos míos!

Después entró por un hueco de la empalizada en el recinto que ocupaba el elefante y ayudó a los niños a pasar por la brecha. Estos, un tanto asustados, seguían a Gavroche sin decir palabra, y se entregaban a aquella pequeña providencia harapienta que les había dado pan y les había prometido un techo. Había en el suelo una escalera de mano que servía en el día a los trabajadores de un taller vecino. Gavroche la apoyó contra las patas del elefante y dijo a los niños:

—Subid y entrad.

Ellos se miraron aterrados.

—¡Tenéis miedo! Mirad.

Se abrazó al pie rugoso del elefante y en un abrir y cerrar de ojos, sin dignarse hacer uso de la escala, llegó a una grieta; entró por ella como una culebra, desapareció, y un momento después apareció su cabeza por el borde del agujero.

—¡Ea! —gritó—, subid ahora, cachorros. ¡Ya veréis lo bien que se está aquí!

El pilluelo les inspiraba miedo y confianza a la vez; además llovía muy fuerte. Se arriesgaron y subieron. Cuando estuvieron los tres adentro, Gavroche dijo, con orgullo:

—¡Enanitos, estáis en mi casa!

¡Oh, utilidad increíble de lo inútil! Aquel monumento desmesurado que había contenido un pensamiento del emperador, se convirtió en la casa de un pilluelo. El niño había sido adoptado y abrigado por el coloso.

Napoleón tuvo un pensamiento digno del genio; en aquel elefante titánico quiso encarnar al pueblo. Dios hizo algo más grande: alojaba allí a un niño.

—Empecemos —dijo Gavroche— por decirle al portero que no estamos en casa.

Tomó una tabla y tapó el agujero. Luego encendió una de esas sogas impregnadas de resina que llaman cerillas largas.

Los dos huéspedes de Gavroche miraron en derredor y experimentaron algo semejante a lo que debió experimentar Jonás en el vientre bíblico de la ballena.

El menor dijo:

—¡Qué oscuro está!

Esta exclamación llamó la atención a Gavroche.

—¿Qué decís? ¿Nos quejamos? ¿Nos hacemos los descontentos? ¿Necesitáis acaso las Tullerías?

Para curar, el miedo es muy buena la aspereza porque da confianza. Los niños se aproximaron a Gavroche, quien, paternalmente enternecido con esta confianza, dijo al más pequeño con una sonrisa cariñosa:

—Mira, animalejo, lo oscuro está en la calle. En la calle llueve, aquí no llueve; en la calle hace frío, aquí no hay ni un soplo de viento; en la calle no hay ni luna, aquí hay una luz.

Los niños empezaron a mirar aquella habitación con menos espanto. Pero Gavroche no les dejó tiempo para contemplaciones.

—Listo —dijo.

Y los empujó hacia lo que podemos llamar el fondo del cuarto. Allí estaba su cama.

La cama de Gavroche tenía de todo. Es decir, tenía un colchón y una manta. El colchón era una estera de paja; la manta un pedazo grande de lana tosca, abrigadora y casi nueva.

Los tres se echaron sobre la estera. Aunque eran pequeños, ninguno podía estar de pie en la alcoba.

—Ahora —dijo Gavroche—, vamos a suprimir el candelabro.

—Señor —dijo el mayor de los hermanos mostrando la manta—, ¿qué es esto? ¡Es muy calientita!

Gavroche dirigió una mirada de satisfacción a la manta.

—Es del jardín Botánico —dijo—. Se la pedí a los monos.

Y mostrando la estera en que estaban acostados, añadió:

—Esta era de la jirafa. Los animales tenían todo esto, y yo lo tomé. Les dije: es para el elefante. Y por eso no se enojaron.

Los niños contemplaban con respeto temeroso y asombrado a este ser intrépido a ingenioso, vagabundo como ellos, solo como ellos, miserable como ellos, que tenía algo admirable y poderoso, y cuyo rostro se componía de todos los gestos de un viejo saltimbanqui, mezclados con la más sencilla y encantadora de las sonrisas.

—No debéis preocuparos por nada —les dijo—. Yo os cuidaré. Ya veréis cómo nos divertiremos. En el verano nos bañaremos en el estanque; correremos desnudos sobre los trenes delante del puente de Austerlitz. Esto hace rabiar a las lavanderas, que gritan como locas. Iremos al teatro, iremos a ver guillotinar, os presentaré al verdugo, el señor Sansón. ¡Ah, lo pasaremos muy bien!

En ese momento cayó una gota de resina en el dedo de Gavroche, y le recordó las realidades de la vida.

—Se está gastando la mecha —dijo—. ¡Atención! No puedo gastar más de un sueldo al mes en luz. Cuando uno se acuesta es para dormir, no para leer novelas.

Sus palabras fueron seguidas de un gran relámpago deslumbrador que entró por las hendiduras del vientre del elefante. Casi al mismo tiempo resonó un feroz trueno. Los niños dieron un grito, pero Gavroche saludó al trueno con una carcajada.

—Calma, niños. No movamos el edificio. Fue un hermoso trueno. Y puesto que Dios enciende su luz, yo apago la mía.

Los niños se apretaron uno contra otro. Gavroche los arregló bien sobre la estera, les subió la manta hasta las orejas, y apagó la luz.

Apenas quedó a oscuras su dormitorio, se sintió una multitud de ruidos sordos, como si garras o dientes arañaran algo. El ruido iba acompañado de pequeños pero agudos gritos.

El más pequeño, helado de espanto, dio un codazo a su hermano, pero éste dormía profundamente.

—¡Señor!

—¿Eh? —dijo Gavroche, que acababa de cerrar los párpados.

—¿Qué es eso?

—Las ratas.

Y volvió a acomodarse.

—¡Señor! ¿Qué son las ratas?

—Son ratones.

Esta explicación tranquilizó un poco al niño. Había visto algunas veces ratones blancos y no les tenía miedo. Sin embargo, volvió a decir:

—¡Señor!

—¡Qué!

—¿Por qué no tenéis gato?

—Tuve uno, pero me lo comieron.

Esta segunda explicación deshizo el efecto de la primera, y el niño volvió a temblar, de modo que por cuarta vez empezó el diálogo.

—¡Señor!

—¡Qué!

—¿A quién se comieron?

—Al gato.

—¿Quién se comió al gato?

—Las ratas.

—¿Los ratones?

—Sí, las ratas.

El niño, consternado con la noticia de que estos ratones se comían a los gatos, prosiguió:

—¡Señor! ¿Nos comerán a nosotros estos ratones?

—¡Qué tontería!

El terror del niño ya no tenía límites.

Pero Gavroche añadió:

—No tengas miedo, no pueden entrar. Además, estoy yo aquí. Tómate de mi mano. Cállate y duerme.

El niño apretó esa mano y se tranquilizó. El valor y la fuerza tienen comunicaciones misteriosas.

Poco antes del amanecer, un hombre atravesó la plaza y se deslizó por la empalizada hasta colocarse bajo el vientre del elefante. Repitió dos veces un extraño grito. Al segundo grito, una voz clara respondió desde el vientre del elefante:

—¡Sí!

Al oír el grito, Gavroche quitó la tabla que cerraba el agujero, y bajó por la pata del elefante.

El hombre y el niño se reconocieron en silencio.

Montpamasse se limitó a decir:

—Te necesitamos. Ven a darnos una mano.

El pilluelo no preguntó nada.

—Aquí me tienes —dijo.

Y ambos se dirigieron hacia la calle Saint Antoine, de donde venía Montpamasse.

Esa noche se había llevado a cabo la fuga de Thenardier y sus compinches, y Montparnasse necesitó de la ayuda de Gavroche para los últimos detalles.

III
Peripecias de la evasión

Esto es lo que había pasado esa misma noche en la cárcel de la Force:

Babet, Brujon, Gueulemer y Thenardier habían concertado su evasión. Babet lo hizo por la mañana, como le contara Montpamasse a Gavroche. Montparnasse debía apoyar la fuga de los otros desde fuera.

Brujon, en su mes de calabozo, tuvo tiempo para trenzar una cuerda y madurar un plan. Como se ve, lo malo de los calabozos es que dejan soñar a seres que deberían estar trabajando.

Considerado altamente peligroso, Brujon, al salir del calabozo, pasó al Edificio Nuevo, donde lo primero que encontró fue a Gueulemer. Estaban en el mismo dormitorio.

Thenardier se hallaba recluido en la parte alta del Edificio Nuevo, justo encima de la habitación de sus amigos, desde donde, y no se sabe cómo, logró comunicarse con ellos.

Esa noche, Brujon y Gueulemer, sabiendo que afuera, en la calle, los esperaban Babet y Montparnasse, horadaron la pared, al amparo del fuerte aguacero que caía. Con la ayuda de la cuerda de Brujon, que ataron a un barrote de la chimenea, saltaron al patio de los baños, abrieron la puerta de la casa del portero y se hallaron en la calle. Instantes después se les unían Babet y Montparnasse que rondaban a la espera. Al tirar de la cuerda, ésta se rompió y quedó un pedazo colgando de la chimenea.

Thenardier vio pasar por el tejado las sombras de sus amigos y, como estaba prevenido, comprendió de qué se trataba. Hacia la una de la madrugada, con una barra de hierro aturdió al guardián, abrió un boquete en el techo y salió al tejado.

Eran ya las tres cuando logró llegar, de tejado en tejado, al caballete del techo de una pequeña barraca abandonada. Allí se quedó aguardando, helado, agotado, temeroso. Se preguntaba si sus cómplices habrían tenido éxito en su empresa y si vendrían en su auxilio. Al dar los relojes las cuatro de la mañana, estalló en la cárcel ese rumor despavorido y confuso que sigue al descubrimiento de una evasión. Thenardier se estremeció. Se hallaba en la cima de una pared altísima, tendido bajo la lluvia, sin poder moverse, víctima del vértigo de una caída posible y del horror de una captura segura.

En medio de su angustia, divisó de pronto en la calle las siluetas de cuatro hombres que se deslizaban a lo largo de las paredes, con infinitas precauciones. Se detuvieron debajo del tejado donde colgaba Thenardier.

Por el característico argot que hablaba cada uno reconoció a Babet, a Brujon y a Gueulemer; y a Montparnasse, por su correcto francés. Decían que seguramente el viejo tabernero no había logrado escapar, o que tal vez lo hizo y lo volvieron a capturar; que tendría para veinte años; que era mejor alejarse de allí.

—No se deja a los amigos en el peligro —protestó Montparnasse.

Thenardier no se atrevía a gritar para llamarlos. En su desesperación, se acordó del trozo de la cuerda de Brujon que sacara del barrote en el Edificio Nuevo, y que aún guardaba en su bolsillo. La arrojó con fuerza a los pies de los hombres.

—¡Mi cuerda! —exclamó Brujon.

Y levantando los ojos vieron a Thenardier. Ataron el trozo al que tenía Brujon, pero no podían lanzársela.

—Es preciso que uno de nosotros suba a ayudarlo —dijo Montparnasse.

—¡Tres pisos! —replicó Brujon—. ¡Jamás! Sólo un niño podría hacerlo.

—¿Y de dónde sacamos un niño ahora? —añadió Gueulemer.

—Esperad —dijo Montparnasse—. Yo lo tengo.

Echó a correr hacia la Bastilla y a los pocos minutos volvía con Gavroche.

—A ver, mocoso, ¿eres hombre? —dijo Gueulemer, despectivo.

—Un mocoso como yo es un hombre, y hombre como vosotros sois mocosos —replicó Gavroche—. ¿Qué hay que hacer?

—Trepar por ese tubo, llevar esta cuerda y ayudar a bajar al que está allá arriba.

Trepó Gavroche y reconoció el rostro despavorido de Thenardier.

—¡Caramba! —se dijo—. ¡Es mi padre! Bueno, qué importa.

En pocos instantes Thenardier se hallaba en la calle.

—¿Y ahora, a quién nos vamos a comer? —fueron sus primeras palabras.

Inútil es explicar el sentido de esta palabra, de horrorosa transparencia, que significa a la vez asesinar y desvalijar.

—Había un buen negocio —dijo Brujon—, en la calle Plumet; calle desierta, casa aislada, verja antigua y podrida que da a un jardín, mujeres solas.

—¿Y por qué no?

—Tu hija Eponina fue a ver y trajo bizcocho.

—La niña no es tonta —dijo Thenardier—, pero de todos modos será conveniente ver lo que hay allí.

—Sí, sí —repuso Brujon—, habría que ir a ver.

Gavroche estaba sentado en el suelo, esperando tal vez que su padre lo mirara, pero al cabo de un rato se levantó y dijo:

—¿No necesitan nada más de mí? Me voy.

Y se marchó. Babet llevó a Thenardier aparte.

—¿Viste a ese harapiento? —le preguntó.

—¿Cuál?

—El que subió y lo llevó la cuerda.

—No me fijé mucho.

—No estoy seguro, pero creo que es tu hijo.

—¡Vaya! —dijo Thenardier—. ¿Tú crees?

IV

Principio de sombra

Jean Valjean no sospechaba nada del romance del jardín.

Cosette, un poco menos soñadora que Marius, estaba alegre, y eso bastaba a Jean Valjean para ser feliz.

Como se retiraba siempre a la diez de la noche, Marius no iba al jardín hasta después de esa hora, cuando oía desde la calle que Cosette abría la puerta-ventana de la escalinata. Durante el día Marius no aparecía jamás por allí y Jean Valjean no se acordaba ya que existía tal personaje. Sólo una vez, una mañana, le dijo a Cosette:

—¡Tienes la espalda blanca de yeso!

La noche anterior, Marius, en un arrebato de pasión, había abrazado a Cosette junto a la pared.

En aquel alegre mes de mayo, Marius y Cosette descubrieron dichas inmensas, como reñir y llamarse de vos, sólo para llamarse después de tú con más placer; hablar horas; callarse horas. Para Marius, oír a Cosette hablar de trapos. Para Cosette, oír a Marius hablar de política. Pero por lo general hablaban tonterías; niñerías, incoherencias, y se reían por nada.

—¿Sabías tú que me llamo Eufrasia? —decía Cosette.

—¿Eufrasia? ¡No, tú lo llamas Cosette!

—Mi verdadero nombre es Eufrasia. Cuando era niña me pusieron Cosette. ¿Te gusta más Eufrasia?

—Pues... sí.

—Sí, y también es bonito Cosette. Llámame Cosette.

Una noche que Marius iba a la cita por la avenida de los Inválidos, con la cabeza inclinada como era su costumbre, al doblar la esquina de la calle Plumet oyó decir a su lado:

—Buenas noches, señor Marius.

Levantó la cabeza y reconoció a Eponina. Nunca había vuelto a pensar en ella desde el día en que lo llevara a casa de Cosette. Tenía motivos para estarle agradecido y le debía su felicidad presente; sin embargo, le molestó encontrarla allí.

Es un error creer que la pasión, cuando es feliz, conduce al hombre a un estado de perfección; lo conduce, simplemente, al estado de olvido. En esta situación, el hombre se olvida de ser malo, pero se olvida también de ser bueno. El agradecimiento, el deber, los recuerdos, desaparecen. En otro tiempo Marius hubiera actuado de manera muy distinta con Eponina, pero, absorbido por Cosette, ni recordaba que la muchacha se llamaba Eponina Thenardier, que llevaba un nombre escrito en el testamento de su padre. Hasta el nombre de su padre desaparecía bajo el esplendor de su amor.

—¡Ah!, ¿sois Eponina?

—¿Por qué me habláis de vos? ¿Os he hecho algo?

—No —respondió él.

Es cierto que no tenía nada contra ella, todo lo contrario. Pero ahora que tuteaba a Cosette, debía tratar de vos a Eponina.

—¡Señor Marius...! —exclamó ella.

Y se detuvo. Parecía que le faltaban las palabras a esa criatura que había sido tan desvergonzada y tan audaz. Trató de sonreír y no pudo.

—¿Y entonces...?— volvió a decir.

Después se calló y bajó los ojos.

—Buenas noches, señor Marius —dijo con brusquedad, y se fue.

V
El perro

Al día siguiente, 3 de junio de 1832, Marius, al caer la noche, se dirigía a su cita cuando vio entre los árboles a Eponina que venía hacia él. Dos días seguidos de encuentro era demasiado. Se volvió rápidamente, cambió de camino y se fue por la calle Monsieur.

Eponina lo siguió hasta la calle Plumet, lo que no había hecho nunca hasta entonces, pues se contentaba con verlo pasar. Lo siguió, pues, sin que él se diera cuenta, lo vio separar el barrote de la verja y entrar en el jardín.

—¡Entra en la casa! —exclamó.

Se acercó a la verja, empujó los hierros uno tras otro y encontró fácilmente el que Marius había separado.

—¡Esto sí que no! —murmuró con voz lúgubre.

Se sentó al lado del barrote como si lo estuviera cuidando. Así permaneció más de una hora, sin moverse y casi sin respirar, entregada a sus ideas.

Hacia las diez de la noche, vio entrar en la calle a seis hombres que iban separados y a corta distancia unos de otros. El primero que llegó a la verja del jardín se detuvo y esperó a los demás; un segundo después estaban todos reunidos. Hablaron en voz baja.

—Aquí es —dijo uno.

—¿Hay algún perro en el jardín? —dijo otro, y comenzó a probar los barrotes.

Cuando iba a coger el barrote que Marius quitara para entrar, una mano que salió bruscamente de la sombra le agarró el brazo; al mismo tiempo sintió un golpe en medio del pecho y oyó una voz que le decía sin gritar:

—Hay un perro.

Y vio a una joven pálida delante de él. El hombre tuvo esa conmoción que produce siempre lo inesperado; se le pararon los pelos y retrocedió asustado.

—¿Quién es esta bribona?

—Vuestra hija.

En efecto, era Eponina que hablaba a Therardier.

Los otros cinco se habían acercado sin ruido, sin precipitación, sin decir una palabra, con la siniestra lentitud propia de estos hombres nocturnos.

—¿Qué haces aquí? ¿Qué quieres? ¿Estás loca? —exclamó Thenardier—. ¿Vienes a impedimos trabajar?

Eponina se echó a reír, y lo abrazó.

—Estoy aquí, padrecito mío, porque sí. ¿No está permitido sentarse en el suelo ahora? Vos sois el que no debe estar aquí, es bizcocho, ya se lo dije a la Magnon. No hay nada que hacer aquí. Pero abrazadme, mi querido padre. ¡Cuánto tiempo sin veros! ¡Estáis ya fuera! ¡Estáis libre!

Thenardier trató de librarse de los brazos de Eponina y murmuró:

—Está bien. Ya me abrazaste. Sí, estoy fuera, no estoy dentro. Ahora vete.

Pero Eponina redoblaba sus caricias.

—Padre mío, ¿cómo lo hicisteis? Debéis tener mucho talento cuando habéis salido de allí. ¡Contádmelo! ¿Y mi madre? ¿Dónde está mi madre? Dadme noticias de mamá.

Thenardier respondió:

—Está bien; no sé; déjame. Te digo que no vayas.

—No quiero irme ahora —dijo Eponina con su modo de niño enfadado—; me despedís, cuando hace cuatro meses que no os veía, y apenas he tenido tiempo de abrazaros.

Y volvió a echar los brazos al cuello de su padre.

—¡Pero qué estupidez! —dijo Babet.

—No perdamos más tiempo —dijo Gueulemer—, pueden pasar los polizontes.

Eponina se volvió hacia los cinco bandidos.

—Pero si es el señor Brujon. Buenas noches, señor Babet, buenas noches, señor Claquesous. ¿No os acordáis de mí, señor Gueulemer? ¿Cómo estáis, Montparnasse?

—Sí, todos se acuerdan de ti —dijo Thenardier—. Pero buenas noches, y largo. Déjanos tranquilos.

—Esta es la hora de los lobos y no de las gallinas —dijo Montparnasse.

Ya ves que tenemos que trabajar aquí —agregó Babet.

Eponina tomó la mano de Montpamasse.

—¡Ten cuidado! —dijo éste— lo vas a cortar, tengo un cuchillo abierto.

—Mi querido Montparnasse —respondió Eponina dulcemente—, hay que tener confianza en las personas, aunque sea la hija de mi padre. Señor Babet, señor Gueulemer, a mí me encargaron investigar este negocio. Recordad que os he prestado servicios algunas veces. Pues bien, me he informado y sé que os expondréis inútilmente. Os juro que no hay nada que hacer en esta casa.

—Sólo hay mujeres —dijo Gueulemer.

—No hay nadie, los inquilinos se mudaron.

—Las luces no se mudaron —dijo Babet.

Y mostró a Eponina una luz que se paseaba por la buhardilla. Era Santos que ponía ropa a secar. Eponina intentó un último recurso:

—Pues bien —dijo— esta gente es muy pobre y en esta pocilga no hay un solo sueldo.

—¡Vete al diablo! —exclamó Thenardier—. Cuando hayamos registrado la casa ya diremos lo que hay dentro.

Y la empujó para entrar.

—¡Buen amigo Montparnasse —dijo Eponina—, os lo ruego, vos que sois buen muchacho, no entréis.

—Ten cuidado, que lo vas a cortar —masculló Montparnasse.

Thenardier añadió con su acento autoritario:

—Lárgate, preciosa, y deja que los hombres hagan sus negocios.

Eponina se aferró a la verja, hizo frente a los seis bandidos armados hasta los dientes, y que parecían demonios en la noche, y dijo con voz firme y baja:

—¿Queréis entrar? Pues yo no quiero.

Los seis demonios se detuvieron estupefactos. Ella continuó:

—Amigos, escuchadme bien. Si entráis en el jardín, si tocáis esta verja, grito, golpeo las puertas, despierto a los vecinos y hago que os prendan, y llamo a la policía.

—Y lo haría —dijo Thenardier en voz baja a Brujon.

—¡Empezando por mi padre! —dijo Eponina.

Thenardier se le aproximó.

—¡No tan cerca, buen hombre!

Thenardier retrocedió, murmurando entre dientes:

—¡Perra!

Eponina se echó a reír de una manera horrible.

—Seré lo que queráis, pero no entraréis. Sois seis, ¿y eso qué me importa? Sois hombres, pues yo soy mujer. No me dais miedo. Marchaos. Os digo que no entraréis en esta casa porque a mí no se me da la gana. Si os acercáis, ladro; ya os he dicho que soy el perro. Me río de vosotros; idos donde queráis, pero no vengáis aquí, os lo prohibo. Vosotros a puñaladas y yo a zapatazos, me da lo mismo.

Y dio un paso hacia los bandidos; su risa era cada vez más horrible.

—No le tengo miedo a nada, ni aun a vos, padre. ¡Qué me importa que me recojan mañana en la calle Plumet, asesinada por mi padre, o que me encuentren dentro de un año en las redes de Saint-Cloud, o en la isla de los Cisnes, en medio de perros ahogados!

Tuvo que detenerse; la acometió una tos seca.

—No tengo nada que hacer más que gritar y os caen encima, ¡cataplum! Sois seis, yo soy todo el mundo.

Thenardier hizo otra vez un movimiento para aproximarse.

—¡Atrás! —dijo ella.

Thenardier se detuvo.

—No me acercaré, pero no hables tan alto. Hija, ¿quieres impedirnos trabajar? Tenemos que ganarnos la vida. ¿No tienes cariño a tu padre?

—Me aburrís —dijo Eponina.

—Pero es preciso que vivamos, que comamos... —¡Reventad!

Los seis bandidos, admirados y disgustados de verse a merced de una muchacha, se retiraron a la sombra y celebraron consejo.

—Es una lástima —dijo Babet—. Dos mujeres, un viejo judío, buenas cortinas en las ventanas. Creo que era un buen negocio.

—Entrad vosotros —dijo Montparnasse—. Haced el negocio y yo me quedaré con la muchacha, y si chista...

E hizo relucir a la luz del farol la navaja que tenía abierta en la manga.

Thenardier no decía una palabra, pero parecía dispuesto a todo.

—¿Y tú qué dices, Brujon? —preguntó al fin.

Brujon permaneció un instante silencioso y luego murmuró:

—Esta mañana vi dos gorriones dándose picotazos; esta noche me enfrenta una mujer rabiosa. Todo esto es mal presagio. ¡Vámonos!

Y se fueron.

Al marcharse, Montparnasse murmuró:

—Si hubieran querido, yo le habría dado el golpe de gracia.

Babet respondió:

—Yo no aporreo a una dama.

Al final de la calle se detuvieron y entablaron, en voz sorda, este diálogo enigmático:

—¿Dónde vamos a dormir esta noche?

—Bajo París.

—¿Tienes la llave de la reja, Thenardier?

—¡Qué pregunta!

Eponina, que no separaba de ellos la vista, les vio tomar el camino por donde habían venido. Después se levantó y se arrastró detrás de ellos arrimada a las paredes de las casas. Los siguió hasta el boulevard. Allí se separaron, y se perdieron en la oscuridad como si se fundieran en ella.

VI
Marius desciende a la realidad

Mientras que aquella perra con figura humana montaba guardia en la verja y los seis bandidos retrocedían ante ella, Marius estaba con Cosette.

Desde el día en que se declararon su amor, Marius iba todas las noches al jardín de la calle Plumet. El amor entre ambos crecía día a día; se miraban, se tomaban las manos, se abrazaban. Marius sentía una barrera, la pureza de Cosette; Cosette sentía un apoyo, la lealtad de Marius. No se preguntaban adónde los conducía su amor. Es una extraña pretensión del hombre querer que el amor conduzca a alguna parte.

El cielo no había estado nunca tan estrellado y tan hermoso como esa noche del 3 de junio de 1832, nunca Marius había estado tan conmovido, tan feliz, tan extasiado. Pero había encontrado triste a Cosette. Cosette había llorado; tenía los ojos rojos.

Era la primera nube en tan admirable sueño.

Las primeras palabras de Marius fueron:

—¿Qué tienes?

Ella respondió:

—Esta mañana mi padre ha dicho que tenga prontas todas mis cosas, y esté dispuesta para partir; que prepare mi ropa para guardarla en una maleta, que se verá obligado a hacer un viaje; que teníamos que partir, que necesitábamos una maleta grande para mí y una pequeña para él y que lo preparase todo en una semana, porque iríamos tal vez a Inglaterra.

—¡Pero eso es monstruoso! —exclamó Marius.

Y luego preguntó, con voz débil:

—¿Cuándo debes partir?

—No me ha dicho cuándo.

—¿Y cuándo volverás?

—No me ha dicho cuándo.

Marius se levantó y dijo fríamente:

—Cosette, ¿iréis?

Cosette volvió hacia él sus hermosos ojos llenos de angustia al oírlo tratarla de vos, y respondió con voz quebrada.

—¿Qué quieres que haga? —dijo juntando las manos.

—Está bien —dijo Marius—. Entonces yo me iré a otra parte.

Cosette sintió, más bien que comprendió, el significado de esta frase; se puso pálida, su rostro se veía blanco en la oscuridad, y balbuceó:

—¿Qué quieres decir?

Marius la miró; después alzó lentamente los ojos al cielo, y respondió:

—Nada.

Cuando bajó los párpados, vio que Cosette se sonreía mirándole. La sonrisa de la mujer amada tiene una claridad que disipa las tinieblas.

—¡Qué tontos somos! Marius, se me ocurre una idea. ¡Parte tú también! Te diré dónde. Ven a buscarme donde esté.

Marius era ya un hombre completamente despierto. Había vuelto a la realidad, y dijo a Cosette:

—¡Partir con vosotros! ¿Estás loca? Es preciso para eso dinero, y yo no lo tengo. ¡Ir a Inglaterra! Ahora debo más de diez luises a Courfeyrac, un amigo a quien tú no conoces. Tengo un sombrero viejo que no vale tres francos, una levita sin botones por delante, mi camisa está toda rota, se me ven los codos, mis botas se calan de agua; hace seis semanas que no pienso en todo esto, y por eso no lo lo he dicho, Cosette. ¡Soy un miserable! Tú no me ves más que por la noche, y me das tu amor; ¡si me vieras de día me darías limosna! ¿Ir a Inglaterra! ¡Y no tengo siquiera con qué pagar el pasaporte!

Y se recostó contra un árbol que había allí, de pie, con los dos brazos por encima de la cabeza, con la frente en la corteza sin sentir ni la aspereza que le arañaba la frente, ni la fiebre que le golpeaba las sienes, inmóvil y próximo a caer al suelo, como un monumento a la desesperación. Así permaneció largo rato.

Cosette sollozaba. Marius cayó de rodillas a sus pies.

—No llores, por favor —le dijo.

—¡Qué he de hacer, si voy a marcharme y tú no puedes venir!

—¿Me amas?

Cosette le contestó sollozando esta frase del paraíso que nunca es tan seductora como a través de las lágrimas:

—Te adoro.

—Cosette, nunca he dado mi palabra de honor a nadie, porque mi palabra de honor me causa miedo; sé que al darla mi padre está a mi lado. Pues bien, lo doy mi palabra de honor más sagrada, de que si te vas, yo moriré.

Había en el acento con que pronunció estas palabras una melancolía tan solemne y tan tranquila, que Cosette tembló.

—Ahora, escucha —continuó Marius—, no me esperes mañana.

—¡Un día sin verte!

—Sacrifiquemos un día para tener tal vez toda la vida. Mira, creo que conviene que sepas la dirección de mi casa, por lo que pueda suceder; vivo con mi amigo Courfeyrac, en la calle de la Verrerie, número 16.

Metió la mano en el bolsillo sacó un cortaplumas, y con la hoja escribió en el yeso de la pared: "Calle de la Verrerie, 16".

Cosette entretanto lo miraba a los ojos.

—Dime lo que piensas, Marius; sé que tienes una idea. Dímela. ¡Oh, dímela para que pueda dormir esta noche!

—Mi idea es ésta: es imposible que Dios quiera separarnos. Espérame pasado mañana.

Mientras que Marius meditaba con la cabeza apoyada en el árbol, se le ocurrió una idea; una idea que él mismo tenía por insensata a imposible. Pero tomó una decisión violenta.

VII
El corazón viejo frente al corazón joven

El señor Gillenormand tenía entonces noventa y un años cumplidos. Seguía viviendo con la señorita Gillenormand en la calle de las Hijas del Calvario, número 6, en su propia y vieja casa. Hacía cuatro años que esperaba a Marius con la convicción de que aquel pequeño picarón extraviado llamaría algún día a la puerta; pero en sus momentos de tristeza llegaba a decirse que si Marius tardaba en venir... Y no era la muerte lo que temía, sino la idea de que no vería más a su nieto. No volver a ver a Marius era un triste y nuevo temor que no se le había presentado nunca hasta ahora; esta idea que empezaba a aparecer en su cerebro, le dejaba helado.

El señor Gillenormand era, o se creía por lo menos, incapaz de dar un paso hacia su nieto. "Antes moriré", decía; pero sólo pensaba en Marius con profundo enternecimiento, y con la muda desesperación de un viejo que se va entre las tinieblas.

Su ternura dolorida concluía por convertirse en indignación. Se encontraba en esa situación en que se trata de tomar un partido, y aceptar lo que mortifica. Estaba ya dispuesto a decirse que no había razón para que Marius volviese, que si hubiera debido volver lo habría hecho ya, y que por consiguiente era preciso renunciar a verle. Trataba de familiarizarse con la idea de que todo había concluido, y que moriría sin ver a "aquel caballerete".

Pero toda su naturaleza se rebelaba; y su vieja paternidad no podía consentirlo.

—¡No vendrá! —repetía.

Un día que estaba en lo más profundo de esta tristeza, su antiguo criado Vasco entró y preguntó:

—Señor, ¿podéis recibir al señor Marius?

El viejo se incorporó pálido y semejante a un cadáver que se levanta a consecuencia de una sacudida galvánica. Toda su sangre había refluido a su corazón y murmuró:

—¿Qué señor Marius?

—No sé —respondió Vasco, intimidado y desconcertado por el aspecto de su amo. Nicolasa es la que acaba de decirme: ahí está un joven, que dice que es el señor Marius.

El señor Gillenormand balbuceó en voz baja:

—Que entre.

Y permaneció en la misma actitud, con la cabeza temblorosa y la vista fija en la puerta. Se abrió ésta, y entró un joven: era Marius.

Marius se detuvo a la puerta como esperando que le dijeran que entrase. Su traje, casi miserable, apenas se veía en la semipenumbra que producía la lámpara. Sólo se distinguía su rostro tranquilo y grave, pero extrañamente triste. El señor Gillenormand, sobrecogido de estupor y de alegría, permaneció algunos momentos sin ver más que una claridad, como cuando se está delante de una aparición. Estaba próximo a desfallecer; era él; era Marius.

¡Al fin, después de cuatro años! Quiso abrir los brazos; se oprimió su corazón de alegría; mil palabras de cariño le ahogaban y se desbordaban dentro de su pecho. Toda esta ternura se abrió paso y llegó a sus labios, y por el contraste que constituía su naturaleza, salió de ellas la dureza, y dijo bruscamente:

—¿Qué venís a hacer aquí?

—Señor... —empezó a decir Marius, turbado.

El señor Gillenormand hubiera querido que Marius se arrojara en sus brazos, y quedó descontento de Marius y de sí mismo. Reconoció que él había sido brusco y Marius frío; y era para él una insoportable e irritante ansiedad sentirse tan tierno y tan conmovido en su interior, y ser tan duro exteriormente. Volvió a su amargura, e interrumpió a Marius con aspereza:

—Pero entonces, ¿a qué venís?

Este entonces significaba: si no venís a abrazarme, ¿a qué venís?

Marius miró a su abuelo, que con su palidez parecía un busto de mármol.

El viejo dijo con voz severa:

—¿Venís a pedirme perdón? ¿Habéis reconocido vuestra falta?

Creía con esto poner a Marius en camino para que el "niño" se disculpara. Marius tembló; le exigía que se opusiese a su padre; bajó los ojos, y respondió:

—No, señor.

—Y entonces —exclamó impetuosamente el viejo con un dolor agudo y lleno de cólera—¿qué queréis?

Marius juntó las manos, dio un paso y dijo con voz débil y temblorosa:

—Señor, tened compasión de mí.

Estas palabras conmovieron al señor Gillenormand; un momento antes lo hubieran enternecido, pero ya era tarde. El abuelo se levantó y apoyó las dos manos en el bastón; tenía los labios pálidos, la cabeza vacilante; pero su alta estatura dominaba a Marius, que estaba inclinado.

—¡Compasión de vos, señorito! ¡Un adolescente que pide compasión a un anciano de noventa y un años! Vos entráis en la vida, y yo salgo de ella; vos sois rico, tenéis la única riqueza que existe, la juventud; y yo tengo todas las pobrezas de la vejez, la debilidad, el aislamiento. Estáis enamorado, eso no hay ni qué decirlo, ¡a mí no me ama nadie en el mundo! ¡Y venís a pedirme compasión! Pero vamos, ¿qué es lo que queréis?

—Señor —dijo Marius—, sé que mi presencia os molesta; pero vengo solamente a pediros una cosa; después me iré en seguida.

—¡Sois un necio! —dijo el anciano—. ¿Quién os dice que os vayáis?

Estas palabras eran la traducción de este tierno pensamiento que tenía en el corazón: "¡Pídeme perdón de una vez! ¡Echate a mis brazos!" El señor Gillenormand sabía que Marius iba a abandonarlo dentro de algunos instantes, que su mal recibimiento lo enfriaba, que su dureza lo cerraba; pensaba todo esto, y aumentaba su dolor; pero éste se transformaba en cólera. Hubiera querido que Marius comprendiera, y Marius no comprendía.

—¡Cómo! ¿Me habéis ofendido, a mí, a vuestro abuelo; habéis abandonado mi casa para iros no sé dónde; habéis querido llevar la vida de joven independiente; no habéis dado señal de vida; habéis contraído deudas sin decirme que las pague, y al cabo de cuatro años venís a mi casa, y no tenéis que decirme nada más que eso?

Este modo violento de empujar al joven hacia la ternura sólo produjo el silencio de Marius.

—Concluyamos. ¿Venís a pedirme algo? Decidlo. ¿Qué queréis? Hablad.

—Señor —dijo Marius—, vengo a pediros permiso para casarme.

—El señorito se quiere casar —exclamó el anciano, cuya voz breve y ronca anunciaba la plenitud de su ira.

Se afirmó en la chimenea.

—¡Casaros! ¡A los veintiún años! ¡No tenéis que hacer más que pedirme permiso! Una formalidad. Sentaos, caballero. Habéis pasado por una revolución desde que no he tenido el honor de veros, y han vencido en vos los jacobinos. Debéis estar muy contento. ¿No sois republicano desde que sois barón? ¿Conque queréis casaros? ¿Con quién? ¿Puedo preguntar, sin ser indiscreto, con quién?

Y se detuvo; pero, antes de que Marius tuviera tiempo de responder, añadió con violencia:

—¡Ah! ¿Tendréis una posición? ¿Una fortuna hecha? ¿Cuánto ganáis en vuestro oficio de abogado?

—Nada —dijo Marius con una especie de firmeza y de resolución casi feroz.

—¿Nada? ¿No tenéis para vivir más que las mil doscientas libras que os envío?

Marius no respondió. El señor Gillenormand continuó:

—Entonces ya comprendo. ¿Es rica la joven?

—Como yo.

—¡Qué! ¿No tiene dote?

—No.

—¿Y esperanzas?

—Creo que no.

—¡Enteramente desnuda! ¿Y qué es su padre?

—No lo sé.

—¡Y cómo se llama?

—La señorita Fauchelevent.

—Pst —dijo el viejo.

—¡Señor! —exclamó Marius.

El señor Gillenormand prosiguió como quien se habla a sí mismo:

Así que veintiún años, sin posición, mil doscientas libras al año y la señora baronesa de Pontmercy irá a comprar dos cuartos de perejil a la plaza.

—¡Señor! —dijo Marius con la angustia de la última esperanza que se desvanece—; os suplico en nombre del cielo, con las manos juntas, me pongo a vuestros pies. ¡Permitidme que me case!

El viejo lanzó una carcajada estridente y lúgubre, en medio de la cual tosía y hablaba:

—¡Ah!, ¡ah!, ¡ah! Os habéis dicho: "Voy a buscar a ese viejo rancio, a ese absurdo bobalicón, y le diré: Viejo cretino, eres muy dichoso en verme; mira, tengo ganas de casarme con la señorita Fulana, hija del señor Fulano; yo no tengo zapatos, ella no tiene camisa; pero quiero echar a un lado mi carrera, mi porvenir, mi juventud, mi vida; deseo hacer una excursión por la miseria con una mujer al cuello; esto es lo que quiero y es preciso que consientas. Y el viejo fósil consentirá".

Anda hijo, como tú quieras, átate, cásate con tu Pousselevent, con tu Coupelevent. ¡Nunca, caballero, nunca!

—Padre mío...

—Nunca.

Marius perdió toda esperanza al oír el acento con que fue pronunciado este nunca.

Atravesó el cuarto lentamente con la cabeza inclinada, temblando, y más semejante al que se muere que al que se va.

El señor Gillenormand lo siguió con la vista, y en el momento en que se cerraba la puerta, y en que Marius iba a desaparecer, dio cuatro pasos con esa viveza senil de los viejos impetuosos y coléricos, cogió a Marius por el cuello, lo arrojó en un sillón y le dijo:

—¡Cuéntamelo!

Sólo estas palabras, "padre mío", que se le escaparon a Marius, habían causado esta revolución. Marius lo miró asustado. El abuelo se había convertido en padre.

Vamos a ver, habla ¡cuéntame tus amores! Dímelo en secreto; dímelo todo. ¡Caramba, qué tontos son los jóvenes!

—¡Padre! —volvió a decir Marius.

Todo el rostro del anciano se iluminó con un indecible resplandor.

—Sí, eso es; ¡llámame padre y verás!

Había en estas frases algo tan bueno, tan dulce, tan franco, tan paternal, que Marius pasó repentinamente del desánimo a la esperanza.

—Y bien, padre... —dijo Marius.

—¡Ah! —dijo el señor Gillenormand—, no tienes ni un ochavo. Estás vestido como un ladrón.

Y abriendo un cajón, sacó una bolsa que puso sobre la mesa.

—Toma, ahí tienes cien *luises*; cómprate un sombrero.

—Padre —continuó Marius—, mi buen padre, ¡si supieseis! La amo. No podéis figuraros. La primera vez que la vi fue en el Luxemburgo, adonde ella iba a pasear; al principio no le puse atención, pero después yo no sé cómo me he enamorado. ¡Oh! ¡Cuánto he sufrido! Pero, en fin, ahora la veo todos los días en su casa; su padre no lo sabe, nos vemos en el jardín. Y ahora, figuraos que van a partir; su padre quiere irse a Inglaterra, y yo me he dicho: voy a ver á mi abuelo y a contárselo. Me volveré loco, me moriré, caeré enfermo, me arrojaré al río. Es preciso que me case porque si no, no sé qué haré. Esta es la verdad; creo que no he olvidado nada. Vive en la calle Plumet, cerca de los Inválidos.

El señor Gillenormand se había sentado alegremente al lado de Marius. Al mismo tiempo que le escuchaba y saboreaba el sonido de su voz, saboreaba también un polvo de tabaco.

—¡Conque la niña lo recibe a escondidas de su padre! Es como debe ser. A mí me han pasado historias de ese género, y más de una. ¿Y sabes lo que se hace? No se toma la cosa con ferocidad; no se precipita uno en lo trágico, no se concluye por un casamiento; es preciso tener sentido común. Tropezad, mortales, pero no os caséis. Cuando llega un caso como éste, se busca al abuelo, que es un buen hombre en el fondo, y que tiene siempre algunos cartuchos de luises en un cajón y se le dice: abuelo, esto me pasa. Y el abuelo dice: es muy natural. Es preciso que la juventud se divierta, y que la vejez se arrugue. Yo he sido joven, y tú serás viejo. Anda, hijo mío que ya dirás esto mismo a tus nietos. Aquí tienes doscientas pistolas. ¡Diviértete, caramba! Así debe llevarse este negocio. No se casa uno, pero eso no impide... ¿Me comprendes?

Marius, petrificado y sin poder pronunciar una palabra hizo con la cabeza un movimiento negativo. El viejo se echó a reír, guiñó el ojo, le dio un golpecito en la rodilla, lo miró con aire misterioso y le dijo:

—¡Tonto! ¡Tómala como querida!

Marius se puso pálido. Al principio no comprendió lo que acababa de decir su abuelo, pero la frase, "tómala como querida", había entrado en su corazón como una espada.

Se levantó, cogió el sombrero que estaba en el suelo y se dirigió hacia la puerta con paso firme y seguro. Allí se volvió, se inclinó profundamente ante su abuelo, levantó después la cabeza y dijo:

—Hace cinco años insultasteis a mi padre; hoy habéis insultado a mi esposa. No os pido nada más, señor. Adiós.

El señor Gillenormand, estupefacto, abrió la boca, extendió los brazos y trató de levantarse; pero, antes de que hubiera podido pronunciar una palabra, se había cerrado la puerta, y Marius había desaparecido.

El anciano permaneció algunos momentos inmóvil, como si hubiera caído un rayo a sus pies, sin poder hablar ni respirar, como si una mano vigorosa le apretase la garganta.

Por fin, se levantó del sillón y gritó:

—¡Está loco! ¡Se va! ¡Ay, Dios mío! ¡Ahora ya no volverá! ¡Marius! ¡Marius! ¡Marius! ¡Marius!

Pero Marius ya no podía oírle.

LIBRO QUINTO
¿Adónde van?

I
Jean Valjean

Aquel mismo día hacia las cuatro de la tarde, Jean Valjean estaba sentado solo en uno de los lugares más solitarios del Campo de Marte.

Vestía su traje de obrero; la ancha visera de su gorra le ocultaba el rostro. Estaba tranquilo y era feliz respecto de Cosette; porque se había disipado lo que le tuvo asustado algún tiempo. Sin embargo, hacía una semana o dos había visto a Thenardier; gracias a su disfraz, éste no le había conocido, pero desde entonces lo volvió a ver varias veces, y tenía la certeza de que rondaba su barrio. Esto bastaba para obligarlo a tomar una gran resolución.

Estando allí Thenardier, estaban todos los peligros a un tiempo. Además París no se hallaba tranquilo; las agitaciones políticas ofrecían el inconveniente, para todo el que tuviera que ocultar algo en su vida, de que la policía andaba inquieta y recelosa, y que buscando la pista de un hombre cualquiera podía muy bien encontrarse con un hombre como Jean Valjean. Se había, pues, decidido a abandonar París a ir a Ingltaterra. Ya había prevenido a Cosette, porque quería partir antes de ocho días.

Además, había un hecho inexplicable que acababa de sorprenderle y que le tenía aún impresionado e inquieto. Esa mañana se había levantado temprano, y paseándose por el jardín antes que Cosette hubiese abierto su ventana, había descubierto estas palabras grabadas en la pared: "Calle de la Verrerie, 16".

La escritura era muy reciente, porque las letras estaban aún blancas en la antigua argamasa ennegrecida y porque una mata de ortigas que había al pie de la pared estaba cubierta de polvo de yeso.

Aquello había sido escrito probablemente por la noche.

Pero ¿qué era? ¿Unas señas? ¿Una señal para otros? ¿Un aviso para él? En todo caso era evidente que había sido violado el jardín, y que había penetrado en él algún desconocido.

En medio de estos pensamientos, cayó sobre sus rodillas un papel doblado en cuatro, como si una mano lo hubiera dejado caer por encima de su cabeza.

Cogió el papel, lo desdobló y leyó esta palabra escrita en gruesos caracteres con lápiz: "Mudaos".

Se levantó de inmediato, pero no había nadie a su alrededor. Miró por todas partes, y descubrió un ser más grande que un niño y más pequeño que un hombre, vestido con blusa gris y pantalón de pana de color polvo, que saltaba el parapeto y desaparecía.

Jean Valjean se volvió en seguida a su casa, muy pensativo.

II

Marius

Marius salió desolado de casa del señor Gillenormand. Había entrado en ella con poca esperanza y salía con inmensa desesperación. Se paseó por las calles, recurso de todos los que padecen. A las dos de la mañana entró en casa de Courfeyrac, y se echó vestido en su colchón. Había salido ya el sol cuando se durmió con ese horrible sueño pesado que deja ir y venir las ideas en el cerebro.

Cuando se despertó, vio a Courfeyrac, Enjolras, Feuilly y Combeferre de pie, con el sombrero puesto, preparados para salir y muy agitados.

Courfeyrac le dijo:

—¿Vienes al entierro del general Lamarque?

Le pareció que Courfeyrac hablaba en chino. Salió de casa algunos momentos después que ellos, se echó al bolsillo las dos pistolas que le diera Javert. Sería difícil decir qué oscuro pensamiento tenía en su cabeza al llevarlas. Todo el día estuvo vagando sin saber por dónde iba; llovía a intervalos, pero no lo notaba; parece que se bañó en el Sena, sin tener conciencia de lo que hacía. Ya no esperaba nada, ni temía nada. Sólo esperaba la noche con impaciencia febril; no tenía más que una idea clara: que a las nueve vería a Cosette. A ratos le parecía oír en las calles de París ruidos extraños, y saliendo de su meditación decía: ¿Habrá una revuelta?

Al caer la noche, a las nueve en punto, como había prometido a Cosette, estaba en la calle Plumet. Sintió una profunda alegría. Abrió la verja y se precipitó en el jardín. Cosette no estaba en el sitio en que lo esperaba siempre.

Alzó la vista y vio que los postigos de la ventana estaban cerrados. Dio la vuelta al jardín y vio que estaba desierto. Entonces volvió a la casa, y, perdido de amor, loco, asustado, exasperado de dolor y de inquietud, llamó a la ventana.

—¡Cosette! —gritó—. ¡Cosette!

Pero no le respondieron. Todo había concluido. No había nadie en el jardín, nadie en la casa. Cosette se había marchado; no le quedaba más que morir. De repente oyó una voz que parecía salir de la calle, y que gritaba por entre los árboles:

—¡Señor Marius!

—¿Quién es? —dijo.

—Señor Marius, ¿estáis ahí?

—Sí.

—Señor Marius —prosiguió la voz—, vuestros amigos os esperan en la barricada de la calle Chanvrerie.

Esta voz no le era enteramente desconocida. Se parecía a la voz ronca y ruda de Eponina. Marius corrió a la verja y vio una silueta, que le pareció la de un joven, desaparecer corriendo en la oscuridad.

III

El señor Mabeuf

La bolsa de Jean Valjean no le sirvió al señor Mabeuf porque éste, en su venerable austeridad infantil, no aceptó el regalo de los astros; no admitió que una estrella pudiese convertirse en *luises* de oro, y tampoco pudo adivinar que lo que caía del cielo viniera de Gavroche.

Llevó la bolsa al comisario de policía del barrio, como objeto perdido, y siguió empobreciéndose cada día más.

Renunció a su jardín, y lo dejó sin cultivar; no encendía nunca lumbre en su cuarto y se acostaba con el día para no encender luz. Su armario con libros era lo único que conservaba, además de lo indispensable.

Un día la señora Plutarco dijo que no tenía con qué comprar comida. Llamaba comida a un pan y cuatro o cinco patatas.

—Fiado —dijo el señor Mabeuf.

—Ya sabéis que me lo niegan.

El señor Mabeuf abrió su biblioteca, miró largo rato todos sus libros, uno tras otro, como un padre obligado a diezmar a sus hijos los miraría antes de escoger; finalmente cogió uno, se lo puso debajo del brazo y salió. A las dos horas volvió sin nada debajo del brazo, puso treinta sueldos sobre la mesa y dijo:

—Traeréis algo para comer.

Desde aquel momento la tía Plutarco vio cubrirse el cándido semblante del señor Mabeuf con un velo sombrío que no desapareció nunca más.

Todos los días fue preciso hacer lo mismo. El señor Mabeuf salía con un libro, y volvía con una moneda de plata. Así terminó con toda su biblioteca, tomo a tomo.

En algunos momentos se decía, "menos mal que tengo ochenta años", como si tuviese alguna esperanza de llegar antes al fin de sus días que al fin de sus libros. Pero su tristeza iba en aumento. Pasaron algunas semanas y ya no le quedaba más que el más valioso de sus libros, su Diógenes Laercio. De pronto la tía Plutarco cayó enferma y una tarde el médico recetó una poción muy cara. Además, agravándose la enferma, necesitaba una persona que la cuidara. El señor Mabeuf abrió la biblioteca; sacó su Diógenes y salió. Era el 4 de junio de 1832. Volvió con cien francos que dejó en la mesa de noche de la señora Plutarco.

Al día siguiente se sentó en la piedra del jardín, con la cabeza inclinada, y la vista vagamente fija en sus plantas marchitas. Llovía a intervalos, pero el viejo no lo notaba.

A mediodía estalló en París un ruido extraordinario; se oían tiros de fusil y clamores populares. El señor Mabeuf levantó la cabeza. Vio pasar a un jardinero, y le preguntó:

—¿Qué pasa?

—Un motín.

—¡Cómo! ¡Un motín!

—Sí, están combatiendo.

—¿Y por qué?

—¡Qué sé yo! —dijo el jardinero.

—¿Hacia qué lado? —preguntó el señor Mabeuf.

—Hacia el Arsenal.

El señor Mabeuf volvió a entrar en su casa, buscó maquinalmente un libro, no lo encontró, y murmuró:

—¡Ah, es verdad! —y salió.

LIBRO SEXTO
El 5 de junio de 1832

I
La superficie y el fondo del asunto

¿De qué se compone un motín? De todo y de nada. De una electricidad que se desarrolla poco a poco, de una llama que se forma súbitamente, de una fuerza vaga, de un soplo que pasa. Este soplo encuentra cabezas que hablan, cerebros que piensan, almas que padecen, pasiones que arden, miserias que se lamentan, y arrastra todo. ¿Adónde? Al acaso. A través del Estado, a través de las leyes, a través de la prosperidad y de la insolencia de los demás.

La convicción irritada, el entusiasmo frustrado, la indignación conmovida, el instinto de guerra reprimido, el valor de la juventud exaltada, la ceguera generosa, la curiosidad, el placer de la novedad, la sed de lo inesperado, los odios vagos, los rencores, las contrariedades, la vanidad, el malestar, las ambiciones, la ilusión de que un derrumbamiento lleve a una salida; y en fin, en lo más bajo, la turba, ese lodo que se convierte en fuego: tales son los elementos del motín.

Sin duda, los motines tienen su belleza histórica; la guerra de las canes no es menos grandiosa ni menos patética que la guerra del campo.

El movimiento de 1832 tuvo, en su rápida explosión y en su lúgubre extinción, tal magnitud que aún aquellos que lo consideran sólo un motín, hablan de él con respeto.

Una revolución no se corta en un día; tiene siempre necesariamente algunas ondulaciones antes de volver al estado de paz.

Esta crisis patética de la historia contemporánea, que la memoria de los parisienses llama la época de los motines, es seguramente una hora característica entre las más tempestuosas de este siglo.

Los hechos que vamos a referir pertenecen a esa realidad dramática y viva que el historiador desprecia muchas veces por falta de tiempo y de espacio. Sin embargo, insistimos, en ella está la vida, la palpitación, el temblor humano.

La época llamada de los motines abunda en hechos pequeños. Nosotros vamos a sacar a la luz, entre particularidades conocidas y publicadas, cosas que no se han sabido, hechos sobre los cuales ha pasado el olvido de unos y la muerte de otros.

La mayor parte de los adores de estas escenas gigantescas han desaparecido, pero podemos decir que lo que relatamos, lo hemos visto. Cambiaremos algunos nombres, porque la historia refiere y no denuncia.

En este libro no mostraremos más que un lado y un episodio, seguramente el menos conocido, de las jornadas de los días 5 y 6 de junio de 1832; pero lo haremos de modo que el lector entrevea, bajo el sombrío velo que vamos a levantar, la figura real de esta terrible aventura del pueblo.

II

Reclutas

Al momento de estallar la insurrección, un niño andrajoso bajaba por Menilmontant con una vara florida en la mano. Vio de pronto en el suelo una vieja pistola inservible; arrojó lejos su vara, recogió la pistola, y se fue cantando a todo pulmón y blandiendo su nueva arma. Era Gavroche que se iba a la guerra.

Nunca supo que los dos niños perdidos a quienes acogiera una noche eran sus propios hermanos. ¡Encontrar en la noche dos hermanos y en la madrugada un padre! Después de ayudar a Thenardier, volvió al elefante, inventó algo de comer y lo compartió con los niños y después salió, dejándolos en manos de la madre calle. Al irse les dio este discurso de despedida: "Yo me largo, hijitos míos. Si no encontráis a papá y mamá, volved aquí en la tarde. Yo os daré algo de comer y os acostaré". Pero los niños no regresaron. Diez o doce semanas pasaron y Gavroche muchas veces se decía, rascándose la cabeza:

—¿Pero dónde diablos se metieron mis dos hijos?

Y ahora caminaba, muerto de hambre, pero alegre, en medio de una muchedumbre que huía despavorida. El iba cantando versos de la Marsellesa interpretados a su manera. En una calle encontró un guardia nacional caído con su caballo. Lo recogió, lo ayudó a poner de pie a su cabalgadura, y continuó su camino pistola en mano.

En el mercado, cuyo cuerpo de guardia había sido desarmado ya, se encontró con un grupo guiado por Enjolras, Courfeyrac, Combeferre, Feuilly, Bahorel y Prouvaire. Enjolras llevaba una escopeta de caza de dos cañones; Combeferre, un fusil de guardia nacional y dos pistolas, que se le veían bajo su levita desabotonada; Prouvaire, un viejo mosquetón de caballería, y Bahorel una carabina; Courfeyrac blandía un estoque; Feuilly con un sable desnudo marchaba delante gritando: ¡Viva Polonia!

Venían del muelle Morland, sin corbata y sin sombrero, agitados, mojados por la lluvia, y con el fuego en los ojos. Gavroche se acercó a ellos con toda calma.

—¿Adónde vamos? —preguntó.

—Ven —dijo Courfeyrac.

Un cortejo tumultuoso les seguía; estudiantes, artistas, obreros, hombres bien vestidos, armados de palos y de bayonetas, algunos con pistolas. Un anciano que parecía de mucha edad iba también en el grupo. No tenía armas y corría para no quedarse atrás, aunque parecía pensar en otra cosa y su andar era vacilante.

Era el señor Mabeuf. Courfeyrac lo había reconocido por haber acompañado muchas veces a Marius a su casa.

Conociendo sus costumbres pacíficas y extrañado al verlo en medio de aquel tumulto, se le acercó.

—Señor Mabeuf, volvéos a casa.

—¿Por qué?

—Porque va a haber jarana.

—Está bien.

—¡Sablazos, tiros, señor Mabeuf!

—Está bien.

—¡Cañonazos!

—Está bien. ¿Adónde vais vosotros?

—Vamos a echar abajo el gobierno.

—Está bien.

Y los siguió sin volver a pronunciar una palabra. Su paso se había ido fortaleciendo; algunos obreros le ofrecieron el brazo y lo había rechazado con un movimiento de cabeza. Iba casi en la primera fila de la columna ya. Empezó a correr el rumor de que era un antiguo regicida.

Mientras tanto el grupo crecía a cada instante. Gavroche iba delante de todos, cantando a gritos.

En la calle Billettes, un hombre de alta estatura, que empezaba a encanecer y a quien nadie conocía, se sumó al grupo. Gavroche, distraído con sus cánticos, sus silbidos y sus gritos, con ir el primero, y con llamar en las tiendas con la culata de su pistola sin gatillo, no se fijó en aquel hombre.

Al pasar por la calle Verrerie frente a la casa de Courfeyrac, su portera le gritó:

—Señor Courfeyrac, adentro hay alguien que quiere hablaros.

—¡Que se vaya al diablo! —dijo Courfeyrac.

—¡Pero es que os espera hace más de una hora! —exclamó la portera.

Y al mismo tiempo un jovencillo vestido de obrero, pálido, delgado, pequeño, con manchas rojizas en la piel, cubierto con una blusa agujereada y un pantalón de terciopelo remendado, que tenía más bien facha de una muchacha vestida de muchacho que de hombre, salió de la portería, y dijo a Courfeyrac con una voz que no era por cierto de mujer:

—¿Está con vos el señor Marius?

—No.

—¿Volverá esta noche?

—No lo sé. Y lo que es yo, no volveré.

El muchacho le miró fijamente, y le preguntó:

—¿Adónde vais?

—Voy a las barricadas.

—¿Queréis que vaya con vos?

—¡Si tú quieres! —respondió Courfeyrac— La calle es libre.

Y junto a sus amigos se encaminaron hasta la calle de la Chanvrerie, en el barrio de Saint-Denis.

III

Corinto

A esa hora Laigle, Joly y Grantaire se encontraban en la, en aquella época, célebre taberna Corinto, situada en la calle de la Chanvrerie desde hacía trescientos años, y cuyos dueños se sucedían de padres a hijos.

Hacia 1830, el dueño murió y su viuda no supo mantener el prestigio de la taberna; la cocina bajó su calidad y el vino, que siempre fue malo, se hizo intomable. Sin embargo, Courfeyrac y sus camaradas continuaron yendo allí, por compasión, decía Laigle.

Ese día los tres amigos comieron y bebieron copiosamente y se burlaron de todo, como de costumbre. De pronto vieron aparecer a un niño de unos diez años, todo despeinado, empapado por la lluvia, y con una gran sonrisa en sus labios. Los miró atentamente y se dirigió sin vacilar a Laigle.

—Un rubio alto me dijo que viniera aquí y dijera al señor Laigle de su parte este mensaje: "ABC". Es una broma, ¿verdad?

—¿Cómo te llamas? —le preguntó Laigle.

—Navet, soy amigo de Gavroche.

—Quédate con nosotros a almorzar.

—No puedo, voy en el cortejo, soy el que grita ¡abajo Polignac!

Hizo una reverencia y se fue.

—ABC, es decir, entierro de Lamarque —dijo Laigle—. ¿Iremos?

—Llueve —dijo Joly—, no quiero resfriarme.

—Yo prefiero un almuerzo a un entierro.

—Entonces nos quedamos —concluyó Laigle.

Y continuaron con su almuerzo alegremente. Pasaron las horas y ya no quedaba nadie más en la taberna. Laigle, bastante borracho, estaba sentado en la ventana cuando súbitamente sintió un tumulto en la calle y gritos de ¡a las armas! y vio pasar a sus amigos encabezados por Enjolras y seguidos por un extraño grupo vociferante. Llamó a gritos a Courfeyrac. Courfeyrac lo vio y se le acercó.

—¿A dónde van? —preguntó Laigle.

—A hacer una barricada.

—Háganla aquí, este lugar está perfecto.

—Es cierto, Laigle, tienes razón.

Y a una señal de Courfeyrac, el tropel se precipitó hacia Corinto.

A aquella famosa barricada de la Chanvrerie, sumergida hoy en una noche profunda, es a la que vamos a dar un poco de luz.

Corinto se componía de una sala baja donde estaba el mostrador, y otra sala en el segundo piso a la que se subía por una escalera de caracol que se abría al techo; en la sala baja había una trampa por donde se bajaba al sótano. La cocina dividía el entresuelo del mostrador.

Gavroche iba y venía, subía, bajaba, metía ruido, brillaba, era un torbellino. Se le veía sin cesar; se le oía continuamente; llenaba todo el espacio. La enorme barricada sentía su acción. Molestaba a los transeúntes, excitaba a los perezosos, reanimaba a los fatigados, impacientaba a los pensativos, alegraba a unos, esperanzaba o encolerizaba a otros, y ponía a todos en movimiento.

IV

Los preparativos

Los periódicos de la época, que han dicho que la barricada de la calle de Chanvrerie era casi inexpugnable y que llegaba al nivel del piso principal, se equivocaron. No pasaba de una altura de seis o siete pies, como término medio.

Enjolras y sus amigos hicieron dos barricadas, una en la calle Chanvrerie y, contigua a ésta, otra más pequeña en la callejuela Mondetour, oculta detrás de la taberna y que apenas se veía. Los pocos transeúntes que se atrevían a pasar en aquel momento por la calle Saint-Denis, echaban una mirada a la calle Chanvrerie, veían la barricada y apresuraban el paso.

Cuando estuvieron construidas las dos barricadas y enarbolada la bandera, se sacó una mesa fuera de la taberna; y en ella se subió Courfeyrac. Enjolras transportó un cofre cuadrado que estaba lleno de cartuchos; Courfeyrac los distribuyó. Al recibirlos temblaron los más valientes, y hubo un momento de silencio. Cada uno recibió treinta.

Muchos tenían pólvora y comenzaron a preparar más cartuchos con las balas que se fundían en la taberna. Sobre una mesa aparte, cerca de la puerta, colocaron un barril de pólvora, bien guardado. Entretanto, la convocatoria que recorría todo París a toque de tambores no cesaba, pero había terminado por no ser más que un ruido monótono del que nadie hacía caso.

Concluidas ya las barricadas, designados los puestos, cargados los fusiles, situados los centinelas, solos en aquellas calles temibles por donde no pasaba ya nadie, rodeados de aquellas casas mudas, en medio de esas sombras y de ese silencio que tenía algo trágico y aterrador, aislados, armados, resueltos, tranquilos, esperaron.

En aquellas horas de terrible espera, los amigos se buscaron y en un rincón de Corinto esos jóvenes, tan cercanos a una hora suprema, ¿qué hicieron? Escucharon los versos de amor que recitaba en voz baja Prouvaire, el poeta.

Pues el insurgente poetiza la insurrección, y era por un ideal que estaban allí; no contra Luis Felipe sino contra la monarquía, contra el dominio del hombre sobre el hombre. Querían París sin rey y el mundo sin déspotas.

V

El hombre reclutado en la calle Billettes

La noche había ya caído completamente; nadie se acercaba. El plazo se prolongaba, señal de que el gobierno se tomaba su tiempo y reunía sus fuerzas. Aquellos cincuenta hombres esperaban a sesenta mil.

Gavroche, que hacía cartuchos en la sala baja, estaba muy pensativo, aunque no precisamente por sus cartuchos.

El hombre de la calle Billettes acababa de entrar y había ido a sentarse en la mesa menos alumbrada, con aire meditabundo. Tenía un fusil de munición, que sostenía entre sus piernas.

Gavroche, hasta aquel momento distraído en cien cosas "entretenidas", no lo había visto todavía. Cuando entró, le siguió maquinalmente con la vista, admirando su fusil, y cuando el hombre se sentó, se paró él de un salto. Se le aproximó, y se puso a dar vueltas en derredor suyo sobre la punta de los pies. Al mismo tiempo, en su rostro infantil, a la vez tan descarado y tan serio, tan vivo y tan profundo, tan alegre y tan dolorido, se fueron pintando sucesivamente todos esos gestos que significan: ¡Ah! ¡Bah! ¡No es posible! ¡Tengo telarañas en los ojos! ¿Será él? No, no es. Pero sí. Pero no.

Gavroche se balanceaba sobre sus talones, crispaba sus manos en los bolsillos, movía el cuello como un pájaro. Estaba estupefacto, confundido, incrédulo, convencido, trastornado. En lo más profundo de este examen se acercó a él Enjolras.

—Tú eres pequeño —le dijo—, y no serás visto. Sal de las barricadas, explora un poco las calles, y ven a decirme lo que hay.

Gavroche se enderezó al oír esto.

—¡Los pequeños sirven, pues, para algo! ¡Qué felicidad! ¡Voy! Mientras tanto, confiad en los pequeños y desconfiad de los grandes...

Y levantando la cabeza y bajando la voz, añadió señalando al hombre de la calle Billettes:

—¿Veis ese grandote?

—Sí.

—Es un espía.

—¿Estás seguro?

—Aún no hace quince días que me bajó de las orejas de una cornisa del Puente Real, en donde estaba yo tomando el fresco.

Enjolras se alejó de inmediato y llamó a cuatro hombres, que fueron a colocarse detrás de la mesa en que estaba el sospechoso. Entonces Enjolras se le acercó y le preguntó:

—¿Quién sois?

A esta brusca interrogación, el hombre se sobresaltó; dirigió una mirada a Enjolras, una mirada que penetró hasta el fondo de su cándida pupila, y pareció adivinar su pensamiento.

—¿Sois espía? —preguntó Enjolras.

Sonrió desdeñoso, y respondió con altivez:

—Soy agente de la autoridad.

—¿Como os llamáis?

—Javert.

Enjolras hizo una señal a los cuatro hombres, y en un abrir y cerrar de ojos, antes de que Javert tuviera tiempo de volverse, fue cogido por el cuello, derribado y registrado.

Le hallaron, aparte de su tarjeta de identificación, un papel de la Prefectura que decía: "El inspector Javert, así que haya cumplido su misión política, se asegurará, mediante una vigilancia especial, si es verdad que algunos malhechores andan vagando por las orillas del Sena, cerca del puente de Jena".

Terminado el registro levantaron a Javert; le sujetaron los brazos por detrás de la espalda y lo ataron.

—Es el ratón el que cogió al gato —le dijo Gavroche.

—Seréis fusilado dos minutos antes de que tomen la barricada —dijo Enjolras.

Javert replicó con tono altanero:

—¿Y por qué no en seguida?

—Economizamos la pólvora.

—Entonces matadme de una puñalada.

—Espía —le dijo Enjolras—, nosotros somos jueces y no asesinos.

Después llamó a Gavroche.

—¡Tú, vete a tu misión! ¡Haz lo que lo he dicho!

—Voy —dijo Gavroche.

Y deteniéndose en el momento de partir, añadió:

—A propósito ¿me daréis su fusil? Os dejo el músico y me llevo el clarinete.

El pilluelo hizo el saludo militar y saltó alegremente por una grieta de la barricada.

VI

Marius entra en la sombra

Aquella voz que a través del crepúsculo había llamado a Marius a la barricada de la calle de la Chanvrerie, le había producido el mismo efecto que la voz del destino. Quería morir, y se le presentaba la ocasión; llamaba a la puerta de la tumba, y una mano en la sombra le tendía la llave. Marius salió del jardín, y dijo: ¡Vamos!

El joven que le hablara se había perdido en la oscuridad de las calles.

Marius caminaba decidido, con la voluntad del hombre sin esperanza; lo habían llamado, y tenía que ir. Encontró medio de atravesar por entre la multitud y las tropas, se ocultó de las patrullas y evitó los centinelas. Oyó un tiro que no supo de dónde venía; el fogonazo atravesó la oscuridad. Pero no se detuvo.

Así llegó a la callejuela Mondetour, que era la única comunicación conservada por Enjolras con el exterior. Un poco más allá de la esquina con la calle de la Chanvrerie, distinguió el resplandor de una lamparilla, una pequeña parte de la taberna, y unos cuantos hombres acurrucados con fusiles entre las rodillas. Era el interior de la barricada. Todo esto a pocos metros de él. Marius no tenía más que dar un paso. Entonces el desdichado joven se sentó en un adoquín, cruzó los brazos, y se echó a llorar amargamente.

¿Qué hacer? Vivir sin Cosette era imposible; y puesto que se había marchado, era preciso morir. ¿Para qué, pues, vivir? No podía además abandonar a sus amigos que lo esperaban, que quizá lo necesitaban, que eran un puñado contra un ejército. Vio abrirse ante él la guerra civil.

Pensando así, decaído pero resuelto, temblando ante lo que iba a hacer, su mirada vagaba por el interior de la barricada.

LIBRO SÉPTIMO
La grandeza de la desesperación

I
La bandera, primer acto

Habían dado las diez y aún no llegaba nadie. De súbito en medio de aquella calma lúgubre, se oyó en la barricada una voz clara, juvenil, alegre, que parecía provenir de la calle de Saint-Denis, y que empezó a cantar, con el tono de una antigua canción popular, otra que terminaba por un grito semejante al canto del gallo.

—Es Gavroche —dijo Enjolras.

—Nos avisa —dijo Combeferre.

Una carrera precipitada turbó el silencio de la calle desierta; Gavroche saltó con agilidad y cayó en medio de la barricada, sofocado y gritando:

—¡Mi fusil! ¡Ahí están!

Un estremecimiento eléctrico recorrió toda la barricada; y se oyó el movimiento de las manos buscando las armas.

—¿Quieres mi carabina? —preguntó Enjolras al pilluelo.

—Quiero el fusil grande —respondió Gavroche.

Y cogió el fusil de Javert.

Cuarenta y tres insurgentes estaban arrodillados en la gran barricada, con las cabezas a flor del parapeto, los cañones de los fusiles y de las carabinas apuntando hacia la calle.

Otros seis comandados por Feuilly se habían instalado en las dos ventanas.

Pasaron así algunos instantes; después se oyó claramente el ruido de numerosos pasos acompasados. Sin embargo, no se veía nada. De repente desde la sombra una voz gritó:

—¿Quién vive?

Enjolras respondió con acento vibrante y altanero:

—¡Revolución Francesa!

—¡Fuego! —repuso una voz.

Estalló una terrible detonación. La bandera roja cayó al suelo. La descarga había sido tan violenta y tan densa, que había cortado el asta. Las balas que habían rebotado en las fachadas de las casas penetraron en la barricada e hirieron a muchos hombres.

El ataque fue violento; era evidente que debían luchar contra todo un regimiento.

—Compañeros —gritó Courfeyrac—, no gastemos pólvora en balde. Esperemos a que entren en la calle para contestarles.

—Antes que nada —dijo Enjolras—, icemos de nuevo la bandera.

Precisamente había caído a sus pies, y la levantó.

Se oía afuera el ruido de la tropa cargando las armas.

Enjolras añadió:

—¿Quién será el valiente que vuelva a clavar la bandera sobre la barricada?

Ninguno respondió. Subir a la barricada en el momento en que estaban apuntando de nuevo era morir y hasta el más decidido dudaba.

II
La bandera, segundo acto

Cuando después de la llegada de Gavroche cada cual ocupó su puesto de combate, no quedaron en la sala baja más que Javert, un insurgente que lo custodiaba y el señor Mabeuf, de quien nadie se acordaba. El anciano había permanecido inmóvil, como si mirara un abismo; no parecía que su pensamiento estuviera en la barricada.

En el momento del ataque, la detonación lo conmovió como una sacudida física, y como si despertara de un sueño se levantó bruscamente, atravesó la sala, y apareció en la puerta de la taberna en el momento en que Enjolras repetía por segunda vez su pregunta:

—¿Nadie se atreve?

La presencia del anciano causó una especie de conmoción en todos los grupos.

Se dirigió hacia Enjolras; los insurgentes se apartaban a su paso con religioso temor; cogió la bandera, y sin que nadie pensara en detenerlo ni en ayudarlo, aquel anciano de ochenta años, con la cabeza temblorosa y el pie firme, empezó a subir lentamente la escalera de adoquines hecha en la barricada. A cada escalón que subía, sus cabellos blancos, su faz decrépita, su amplia frente calva y arrugada, sus ojos hundidos, su boca asombrada y abierta, con la bandera roja en su envejecido brazo, saliendo de la sombra y engrandeciéndose en la claridad sangrienta de la antorcha, parecía el espectro de 1793 saliendo de la tierra con la bandera del terror en la mano.

Cuando estuvo en lo alto del último escalón, cuando aquel fantasma tembloroso y terrible de pie sobre el montón de escombros en presencia de mil doscientos fusiles invisibles, se levantó enfrente de la muerte como si fuese más fuerte que ella, toda la barricada tomó en las tinieblas un aspecto sobrenatural y colosal.

En medio del silencio, el anciano agitó la bandera roja y gritó:

—¡Viva la Revolución! ¡Viva la República! ¡Fraternidad, igualdad o la muerte!

La misma voz vibrante que había dicho ¿quién vive? gritó:

—¡Retiraos!

El señor Mabeuf, pálido, con los ojos extraviados, las pupilas iluminadas con lúgubres fulgores, levantó la bandera por encima de su frente, y repitió:

—¡Viva la República!

—¡Fuego! —dijo la voz.

Una segunda descarga semejante a una metralla cayó sobre la barricada.

El anciano se dobló sobre sus rodillas, después se levantó, dejó escapar la bandera de sus manos, y cayó hacia atrás sobre el suelo, inerte, y con los brazos en cruz.

Arroyos de sangre corrieron por debajo de su cuerpo. Su arrugado rostro, pálido y triste, pareció mirar al cielo.

Enjolras elevó la voz, y dijo:

—Ciudadanos: éste es el ejemplo que los viejos dan a los jóvenes. Estábamos dudando, y él se ha presentado; retrocedíamos, y él ha avanzado. ¡Ved aquí lo que los que tiemblan de vejez enseñan a los que tiemblan de miedo! Este anciano es augusto a los ojos de la patria; ha tenido una larga vida, y una magnífica muerte. ¡Retiremos ahora el cadáver, y que cada uno de nosotros lo defienda como defendería a su padre vivo; que su presencia haga inaccesible nuestra barricada!

Un murmullo de triste y enérgica adhesión siguió a estas palabras.

Enjolras levantó la cabeza del anciano y besó con solemnidad su frente; después, con tierna precaución, como si temiera hacerle daño, le quitó la levita, mostró sus sangrientos agujeros, y dijo:

—¡Esta será nuestra bandera!

III

Gavroche habría hecho mejor en tomar la carabina de Enjolras

Se cubrió al señor Mabeuf con un largo chal negro de la dueña de la taberna; seis hombres hicieron con sus fusiles una camilla de campaña, pusieron en ella el cadáver y lo llevaron con la cabeza desnuda, con solemne lentitud, a la mesa grande de la sala baja.

Entretanto, el pequeño Gavroche, único que no había abandonado su puesto, creyó ver algunos hombres que se aproximaban como lobos a la barricada. De repente lanzó un grito. Courfeyrac, Enjolras, Juan Prouvaire, Combeferre, Joly, Bahorel y Laigle salieron en tumulto de la taberna. Se veían bayonetas ondulando por encima de la barricada.

Los granaderos de la guardia municipal penetraban en ella, empujando al pilluelo, que retrocedía sin huir.

El instante era crítico.

Era aquel primer terrible minuto de la inundación cuando el río se levanta al nivel de sus barreras, y el agua empieza a infiltrarse por las hendiduras de los diques. Un segundo más, y la barricada estaba perdida.

Bahorel se lanzó sobre el primer guardia, y lo mató de un tiro a quemarropa con su carabina; el segundo mató a Bahorel de un bayonetazo. otro había derribado a Courfeyrac que gritaba:

—¡A mí!

El más alto de todos se dirigía contra Gavroche con la bayoneta calada.

El pilluelo cogió en sus pequeños brazos el enorme fusil de Javert, apuntó resueltamente al gigante, y dejó caer el gatillo; pero el tiro no salió. Javert no lo había cargado.

El guardia municipal lanzó una carcajada y levantó la bayoneta sobre el niño.

Pero antes que hubiera podido tocarle, el fusil se escapó de manos del soldado, y cayó de espaldas herido de un balazo en medio de la frente.

Una segunda bala daba en medio del pecho al otro guardia que había derribado a Courfeyrac. Era Marius que acababa de entrar en la barricada.

No tenía ya armas, pues sus pistolas estaban descargadas, pero había visto el barril de pólvora en la sala baja cerca de la puerta.

Al volverse hacia ese lado, le apuntó un soldado; pero en ese momento una mano agarró el cañón del fusil tapándole la boca; era el joven obrero que se había lanzado al fusil. Salió el tiro, le atravesó la mano, y tal vez el cuerpo, porque cayó al suelo, sin que la bala tocara a Marius.

Todo esto sucedió en medio del humo, y Marius apenas lo notó. Sin embargo, había visto confusamente el fusil que le apuntaba y aquella mano que lo había tapado; había oído también el tiro; pero en tales momentos, todas las cosas que se ven son nebulosas, y se siente uno impulsado hacia otra sombra mayor.

Los insurgentes, sorprendidos pero no asustados, se habían reorganizado. Por ambas partes se apuntaban a quemarropa; estaban tan cerca que podían hablarse sin elevar la voz. Cuando llegó ese momento en que va a saltar la chispa, un oficial con grandes charreteras extendió la espada y dijo:

—¡Rendid las armas!

—¡Fuego! —respondió Enjolras.

Las dos detonaciones partieron al mismo tiempo y todo desapareció en una nube de humo. Cuando se disipó el humo, se vio por ambos lados heridos y moribundos, pero los combatientes ocupaban sus mismos sitios y cargaban sus armas en silencio.

De repente se oyó una voz fuerte que gritaba:

—¡Retiraos, o hago volar la barricada!

Todos se volvieron hacia el sitio de donde salía la voz. Marius había entrado en la sala baja y cogido el barril de pólvora; se aprovechó del humo y de la especie de oscura niebla que llenaba el espacio cerrado para deslizarse a lo largo de la barricada hasta el hueco de adoquines en que estaba la antorcha. Coger ésta, poner en su lugar el barril de pólvora, colocar la pila de adoquines sobre el barril cuya tapa se había abierto al momento con una especie de obediencia terrible, todo esto lo hizo Marius en un segundo.

En aquel momento todos, guardias nacionales, municipales, oficiales y soldados, apelotonados en el otro extremo de la calle, lo miraban con estupor, con el pie sobre los adoquines, la antorcha en la mano, su altivo rostro iluminado por una resolución fatal, inclinando la llama de la antorcha hacia aquel montón terrible en que se distinguía el barril de pólvora roto. Marius en aquella barricada, como lo fue el octogenario, era la visión de la juventud revolucionaria después de la aparición de la vejez revolucionaria.

Acercó la antorcha al barril de pólvora, pero ya no había nadie en el parapeto.

Los agresores, dejando sus heridos y sus muertos, se retiraban atropelladamente hacia el extremo de la calle, perdiéndose de nuevo en la oscuridad. La barricada estaba libre.

Todos rodearon a Marius.

—¡Si no es por ti, hubiera muerto! —dijo Courfeyrac.

—¡Sin vos me hubieran comido! —añadió Gavroche.

Marius preguntó:

—¿Quién es el jefe?

—Tú —contestó Enjolras.

IV

La agonía de la muerte después de la agonía de la vida

A pesar de que la atención de los amotinados se concentraba en la Gran barricada, que era la más atacada, Marius pensó en la barricada pequeña; fue hacia allá, y la encontró desierta. La calle Mondetour estaba absolutamente tranquila. Cuando se retiraba oyó que le llamaba una voz débil:

—¡Señor Marius!

Se estremeció, porque reconoció la voz que lo había llamado dos horas antes en la verja de la calle Plumet. Sólo que esta voz parecía ahora un soplo. Miró en su derredor, y no vio a nadie.

—¡Señor Marius! —repitió la voz—. Estoy a vuestros pies.

Entonces se inclinó, y vio en la sombra un bulto que se arrastraba hacia él.

La lamparilla que llevaba le permitió distinguir una blusa, un pantalón roto, unos pies descalzos y una cosa semejante a un charco de sangre. Marius entrevió un rostro pálido que se elevaba hacia él, y que le dijo:

—¿Me reconocéis?

—No.

—Eponina.

Marius se hincó. La pobre muchacha estaba vestida de hombre.

—¿Qué hacéis aquí?

—¡Me muero! —dijo ella.

—¡Estáis herida! Esperad; voy a llevaros a la sala. Allí os curarán. ¿Es grave? ¿Cómo he de cogeros para no haceros daño? ¿Padecéis mucho? ¡Dios mío! ¿Pero qué habéis venido a hacer aquí?

Y trató de pasar el brazo por debajo del cuerpo de Eponina para levantarla, y tocó su mano. Ella dio un débil grito.

—¿Os he hecho daño? —preguntó Marius.

—Un poco.

—Pero sólo os he tocado la mano.

Eponina acercó la mano a los ojos de Marius, y le mostró en ella un agujero negro.

—¿Qué tenéis en la mano? —le preguntó.

—La tengo atravesada por una bala.

—¿Cómo?

—¿No visteis un fusil que os apuntaba?

—Sí, y una mano que lo tapó.

—Era la mía.

Marius se estremeció.

—¡Qué locura! ¡Pobre niña! Pero si es eso, no es nada; os voy a llevar a una cama y os curarán; no se muere nadie por tener una mano atravesada.

Ella murmuró:

—La bala atravesó la mano, pero salió por la espalda. Es inútil que me mováis de aquí. Yo os diré cómo podéis curarme mejor que un cirujano: sentaos a mi lado en esta piedra.

Marius obedeció; ella puso la cabeza sobre sus rodillas, y le dijo sin mirarlo:

—¡Ah, qué bien estoy ahora! ¡Ya no sufro!

Permaneció un momento en silencio; después, volvió con gran esfuerzo el rostro y miró a Marius.

—¿Sabéis, señor Marius? Me daba rabia que entraseis en ese jardín; era una tontería, porque yo misma os había llevado allá y, por otra parte, yo sabía que un joven como vos...

Aquí se detuvo; y añadió con una triste sonrisa:

—Os parezco muy fea, ¿no es verdad?

Y continuó:

—¡Ya veis! ¡Estáis perdido! Ahora nadie saldrá de la barricada. Yo os traje aquí, y vais a morir; yo lo sabía. Y, sin embargo, cuando vi que os apuntaban, puse mi mano en la boca del fusil. ¡Qué raro! Pero es que quería morir antes que vos. Cuando recibí el balazo, me arrastré y os esperaba. ¡Oh! Si supieseis... Mordía la blusa; ¡tenía tanto dolor! Pero ahora estoy bien. ¿Os acordáis de aquel día en que entré en vuestro cuarto, y del día en que os encontré en el prado? ¡Cómo cantaban los pájaros! No hace mucho tiempo. Me disteis cien sueldos, y os contesté: No quiero vuestro dinero ¿Recogisteis la moneda? No sois rico y no me acordé de deciros que la recogieseis. Hacía un Sol hermoso. ¿Os acordáis, señor Marius? ¡Oh! ¡Qué feliz soy! ¡Todo el mundo va a morir!

Mientras hablaba, apoyaba la mano herida sobre el pecho, donde tenía otro agujero del cual salía a intervalos una ola de sangre. Marius con templaba a aquella infeliz criatura con profunda compasión.

—¡Oh! —dijo la joven de repente—. ¡Me vuelve otra vez! ¡Me ahogo!

Cogió la blusa y la mordió.

En aquel momento el grito de gallo de Gavroche resonó en la barricada. El muchacho se había subido sobre una mesa para cargar el fusil y cantaba alegremente.

Eponina se levantó y escuchó; después dijo a Marius:

—¡Es mi hermano! Mejor que no me vea, porque me regañaría.

—¿Vuestro hermano? —preguntó Marius, que estaba pensando con amargura en la obligación que su padre le había dejado respecto de los Thenardier—. ¿Quién es vuestro hermano?

—Ese muchacho. El que canta.

Marius hizo un movimiento como para ponerse de pie.

—¡Oh! ¡No os vayáis! —dijo Eponina—. Ya no duraré mucho más.

Estaba casi sentada; pero su voz era muy débil y cortada por el estertor. Acercó todo lo que podía su rostro al de Marius y dijo con extraña expresión:

—Escuchad, no quiero engañaros. Tengo en el bolsillo una carta para vos desde ayer. Me encargaron que la echara al correo, y la guardé porque no quería que la recibierais. ¡Pero tal vez me odiaríais cuando nos veamos dentro de poco! Porque los muertos se vuelven a encontrar, ¿no es verdad? Tomad la carta.

Cogió convulsivamente la mano de Marius con su mano herida y la puso en el bolsillo de la blusa. Marius tocó un papel.

—Tomadlo —dijo ella.

Marius tomó la carta. Entonces Eponina hizo un gesto de satisfacción.

—Ahora prometedme por mis dolores...

Y se detuvo.

—¿Qué? —preguntó Marius.

—¡Prometedme!

—Os prometo.

—Prometedme darme un beso en la frente cuando muera. Lo sentiré.

Su cabeza cayó entre las rodillas de Marius y se cerraron sus párpados.

El la creyó dormida para siempre, pero de pronto Eponina abrió lentamente los ojos, que ya tenían la sombría profundidad de la muerte, y le dijo con un acento cuya dulzura parecía venir de otro mundo:

—Y mirad qué locura, señor Marius, creo que estaba un poco enamorada de vos.

Trató de sonreír y expiró.

V
Gavroche, preciso calculador de distancias

Marius cumplió su promesa, y besó aquella frente lívida perlada de un sudor glacial. Un dulce adiós a un alma desdichada.

Se estremeció al mirar la carta que Eponina le había dado; sabía que era algo grave, y estaba impaciente por leerla. Así es el corazón del hombre; apenas hubo cerrado los ojos la desdichada niña, Marius sólo pensó en leer la carta.

Tendió suavemente a Eponina en el suelo y se fue a la sala baja. Algo le decía que no podía leer la carta delante del cadáver. La carta iba dirigida a la calle Verrerie, 16. Decía:

"Amor mío: Mi padre quiere que partamos en seguida. Estaremos esta noche en la calle del Hombre Armado, número 7. Dentro de ocho días estaremos en Londres. Cosette. 4 de junio".

Lo que había pasado puede decirse en breves palabras. Desde la noche del 3 de junio, Eponina tuvo un solo proyecto: separar a Marius de Cosette. Había cambiado de harapos con el primer pilluelo con que se cruzó, el cual encontró divertido vestirse de mujer mientras Eponina se vestía de hombre.

Ella era quien había escrito a Jean Valjean en el Campo de Marte la expresiva frase "mudaos", que lo decidió a marcharse.

Cosette, aterrada con este golpe imprevisto, había escrito unas líneas a Marius. Pero, ¿cómo llevar la carta al correo? En esta ansiedad, vio a través de la verja a Eponina, vestida de hombre, que andaba rondando sin cesar alrededor del jardín. Le dio cinco francos y la carta diciéndole: "Llevadla en seguida a su destino". Ya hemos visto lo que hizo Eponina.

Al día siguiente, 5 de junio, fue a casa de Courfeyrac a preguntar por Marius, no para darle la carta, sino "para ver", lo que comprenderá todo enamorado celoso. Cuando supo que iban a las barricadas, se le ocurrió la idea de buscar aquella muerte como habría buscado otra cualquiera y arrastrar a Marius. Siguió pues a Courfeyrac, se informó del sitio en que se construían las barricadas; y como estaba segura de que Marius acudiría lo mismo que todas las noches a la cita, porque no había recibido la carta, fue a la calle Plumet, esperó a Marius y le dio, en nombre de sus amigos, aquel aviso para llevarle a la barricada. Contaba con la desesperación de Marius al no encontrar a Cosette, y no se engañaba. Volvió en seguida a la calle de la Chanvrerie, donde ya hemos visto lo que hizo: morir con esa alegría trágica, propia de los corazones celosos que arrastran en su muerte al ser amado, diciendo: ¡No será de nadie!

Marius cubrió de besos la carta de Cosette. ¡Lo amaba! Por un momento creyó que ya no debía morir, pero después se dijo: Se marcha; su padre la lleva a Inglaterra, y mi abuelo me niega el permiso para casarme; la fatalidad continúa siendo la misma.

Pensó que le quedaban dos deberes que cumplir: informar a Cosette de su muerte enviándole un supremo adiós, y salvar de la catástrofe inminente que se preparaba a aquel pobre niño, hermano de Eponina a hijo de Thenardier. Escribió con lápiz estas líneas:

"Nuestro matrimonio era un imposible. Hablé con mi abuelo y se opone; yo no tengo fortuna y tú tampoco. Fui a la casa y no te encontré; ya sabes la palabra que te di, ahora la cumplo; moriré. Te amo. Cuando leas estas líneas mi alma estará cerca de ti y te sonreirá".

No teniendo con qué cerrar la carta, dobló el papel y lo dirigió a Cosette en la calle del Hombre Armado 7.

Escribió otro papel con estas líneas: "Me llamo Marius Pontmercy. Llévese mi cadáver a casa de mi abuelo el señor Gillenormand, calle de las Hijas del Calvario número 6, en el Marais".

Guardó este papel en el bolsillo de la levita, y llamó a Gavroche. El pilluelo acudió a la voz de Marius y lo miró con su rostro alegre y leal.

—¿Quieres hacer algo por mí?

—Todo —dijo Gavroche—. ¡Dios mío! Si no hubiera sido por vos me habrían comido.

—¿Ves esta carta?

—Sí.

—Tómala. Sal de la barricada al momento, y mañana por la mañana la llevarás a su destino, a la señorita Cosette, en casa del señor Fauchelevent, calle del Hombre Armado, número 7.

El niño, muy inquieto, contestó:

—Pero pueden tomar la barricada en esas horas, y yo no estaré aquí.

—No atacarán la barricada hasta el amanecer, según espero, y no será tomada hasta el mediodía.

—¿Y si salgo de aquí mañana por la mañana?

—Sería tarde. La barricada será probablemente bloqueada: se cerrarán todas las calles y no podrás salir. Ve en seguida.

Gavroche no encontró nada que replicar; quedó indeciso y rascándose la oreja tristemente. De repente, con uno de esos movimientos de pájaro que tenía, cogió la carta.

—Está bien —dijo.

Y salió corriendo por la calle Mondetour.

Se le había ocurrido una idea que lo había decidido, pero no dijo nada, temiendo que Marius hiciese alguna objeción. Esta idea era la siguiente:

Apenas es medianoche, la calle del Hombre Armado no está lejos; voy a llevar la carta en seguida, y volveré a tiempo.

VI

Espejo indiscreto

¿Qué son las convulsiones de una ciudad al lado de los motines del alma? El hombre es más profundo que el pueblo. Jean Valjean en aquel momento sentía en su interior una conmoción violenta. El abismo se había vuelto a abrir ante él, y temblaba como París en el umbral de una revolución formidable y oscura. Algunas horas habían bastado para que su destino y su conciencia se cubrieran de sombras.

La víspera de aquel día, por la noche, acompañado de Cosette y de Santos, se instaló en la calle del Hombre Armado. Jean Valjean estaba tan inquieto que no veía la tristeza de Cosette. Cosette estaba tan triste que no veía la inquietud de Jean Valjean.

Apenas llegó a la calle del Hombre Armado disminuyó su ansiedad y se fue disipando poco a poco. Durmió bien. Dicen que la noche aconseja, y puede añadirse que tranquiliza.

Al día siguiente se despertó casi alegre y hasta encontró muy bonito el comedor, que era feo. Cosette dijo que tenía jaqueca y no salió de su dormitorio.

Por la tarde, mientras comía, oyó confusamente dos o tres veces el tartamudeo de Santos que le decía:

—Señor, hay jaleo; están combatiendo en las calles.

Pero, absorto en sus luchas interiores, no hizo caso.

Más tarde, cuando se paseaba de un lado a otro, meditando, su mirada se fijó en algo extraño. Vio enfrente de sí, en un espejo inclinado que estaba sobre el aparador, estas tres líneas que leyó perfectamente:

"Amor mío: Mi padre quiere que partamos en seguida. Estaremos esta noche en la calle del Hombre Armado, número 7. Dentro de ocho días iremos a Londres. Cosette, 4 de junio".

Jean Valjean se detuvo aturdido.

¿Qué había sucedido? Cosette al llegar había puesto su carpeta sobre el aparador, delante del espejo, y en su dolorosa agonía la dejó olvidada allí sin notar que estaba abierta precisamente en la hoja de papel secante que había empleado para secar la carta. Lo escrito había quedado marcado en el secante. El espejo reflejaba la escritura.

Jean Valjean se sintió desfallecer, dejó caer la carpeta y se recostó en el viejo sofá, al lado del aparador, con la cabeza caída, la vista vidriosa. Se dijo entonces que la luz del mundo se había apagado para siempre, que Cosette había escrito aquello a alguien, y oyó que su alma daba en medio de las tinieblas un sordo rugido.

Cosa curiosa y triste, en aquel momento, Marius no había recibido aún la carta de Cosette y la traidora casualidad se la había dado ya a Jean Valjean.

El pobre anciano no amaba ciertamente a Cosette más que como un padre; pero en aquella paternidad había introducido todos los amores de la soledad de su vida. Amaba a Cosette como hija, como madre, como hermana; y como no había tenido nunca ni amante ni esposa, este sentimiento se había mezclado con los demás, vagamente, puro con toda la pureza de la ceguedad, espontáneo, celestial, angélico, divino; más bien como instinto que como sentimiento. El amor, propiamente tal, estaba en su gran ternura para Cosette, y era como el filón de una montaña, tenebroso y virgen.

Entre ambos no era posible ninguna unión, ni aun la de las almas, y, sin embargo, sus destinos estaban enlazados. Exceptuando a Cosette, es decir, a una niña, no tenía en su larga vida nada que amar. Jean Valjean era un padre para Cosette; padre extrañamente formado del abuelo, del hijo, del hermano y del marido que había en él.

Así, cuando vio que todo estaba concluido, que se le escapaba de las manos; cuando tuvo ante los ojos esta evidencia terrible —otro es el objeto de su corazón, otro tiene su amor y yo no soy más que su padre— experimentó un dolor que traspasó los límites de lo posible. Sintió hasta la raíz de sus cabellos el horrible despertar del egoísmo, y lanzó un solo grito: ¡yo!

Jean Valjean volvió a coger el secante, y quedó petrificado leyendo aquellas tres líneas irrecusables. Sintió que se derrumbaba toda su alma. Su instinto no dudó un momento.

Reunió algunas circunstancias, algunas fechas, ciertos rubores y palideces de Cosette, y se dijo:

—Es él.

No sabía su nombre, pero en su desesperación adivinó quién era: el joven que rondaba en el Luxemburgo.

Entonces ese hombre regenerado, ese hombre que había luchado tanto por su alma, que había hecho tantos esfuerzos por transformar toda su miseria y toda su desgracia en amor, miró dentro de sí y vio un espectro, el Odio.

Los grandes dolores descorazonan al ser humano. En la juventud, su visita es lúgubre, más tarde, es siniestra. ¡Si cuando la sangre bulle, cuando los cabellos son negros, cuando la cabeza está erguida, cuando el corazón enamorado puede recibir amor, cuando está todo el porvenir en la mano, si entonces la desesperación es algo estremecedor, qué será esa desesperación para el anciano, cuando los años se precipitan sobre él cada vez más descoloridos, cuando a esa hora crepuscular comienza a ver las estrellas de la tumba!

Entró Santos y le preguntó:

—¿No me habéis dicho que estaban combatiendo?

—¡Así es, señor! —contestó Santos—. Hacia Saint-Merry.

Hay movimientos maquinales que provienen, a pesar nuestro, del pensamiento más profundo. Sin duda a impulsos de algo de que apenas tuvo conciencia, Jean Valjean salió a la calle cinco minutos después.

Llevaba la cabeza descubierta; se sentó en el escalón de la puerta de su casa y se puso a escuchar. Era ya de noche.

VII
El pilluelo es enemigo de las luces

¿Cuánto tiempo pasó así? El farolero vino, como siempre, a encender el farol que estaba colocado precisamente enfrente de la puerta número 7, y se fue.

Escuchó violentas descargas; era probablemente el ataque de la barricada de la calle de la Chanvrerie, rechazado por Marius.

El continuó su tenebroso diálogo consigo mismo.

De súbito levantó los ojos; alguien andaba por la calle; oía los pasos muy cerca; miró a la luz del farol, y por el lado de la calle que va a los Archivos, descubrió la silueta de un muchacho con el rostro radiante de alegría.

Gavroche acababa de entrar en la calle del Hombre Armado.

Iba mirando al aire, como buscando algo. Veía perfectamente a Jean Valjean, pero no hacía caso alguno de él.

Jean Valjean se sintió irresistiblemente impulsado a hablar a aquel muchachillo.

—Niño —le dijo—, ¿qué tienes?

—Hambre —contestó secamente Gavroche, y añadió—: El niño seréis vos.

Jean Valjean metió la mano en el bolsillo, y sacó una moneda de cinco francos.

Pero Gavroche, que pasaba con rapidez de un gesto a otro, acababa de coger una piedra. Había visto el farol.

—¡Cómo es esto! —exclamó—. Todavía tenéis aquí faroles; estáis muy atrasados, amigos. Esto es un desorden. Rompedme ese farol.

La calle quedó a oscuras, y los vecinos se asomaron a las ventanas, furiosos.

Jean Valjean se acercó a Gavroche.

—¡Pobrecillo! —dijo a media voz, y hablando consigo mismo—; tiene hambre.

Y le puso la moneda de cinco francos en la mano.

Gavroche levantó los ojos asombrado de la magnitud de aquella moneda; la miró en la oscuridad y le deslumbró su blancura. Conocía de oídas las monedas de cinco francos y le gustaba su reputación; quedó, pues encantado de ver una, mirándola extasiado por algunos momentos; después se volvió a Jean Valjean, extendió el brazo para devolverle la moneda y le dijo majestuosamente:

—Ciudadano, me gusta más romper los faroles. Tomad vuestra fiera; a mí no se me compra.

—¿Tienes madre? —le preguntó Jean Valjean.

Gavroche respondió:

—Tal vez más que vos.

—Pues bien —dijo Jean Valjean—, guarda ese dinero para tu madre.

Gavroche se sintió conmovido. Además había notado que el hombre que le hablaba no tenía sombrero, y esto le inspiraba confianza.

—¿De verdad no es esto para que no rompa los faroles?

—Rompe todo lo que quieras.

—Sois todo un hombre —dijo Gavroche.

Y se guardó el *napoleón* en el bolsillo.

Como aumentara poco a poco su confianza, preguntó:

—¿Vivís en esta calle?

—Sí. ¿Por qué?

—¿Podríais decirme cuál es el número 7?

—¿Para qué quieres saber el número 7?

El muchacho se detuvo, temió haber dicho demasiado y se metió los dedos entre los cabellos, limitándose a contestar:

—Para saberlo.

Una repentina idea atravesó la mente de Jean Valjean; la angustia tiene momentos de lucidez. Dirigiéndose al pilluelo le preguntó:

—¿Eres tú el que trae una carta que estoy esperando?

—¿Vos? —dijo Gavroche—. No sois mujer.

—¿La carta es para la señorita Cosette, no es verdad?

—¿Cosette? —murmuró Gavroche—; sí, creo que es ese endiablado nombre.

—Pues bien —añadió Jean Valjean—; yo debo recibir la carta para llevársela. Dámela.

—¿Entonces deberéis saber que vengo de la barricada?

—Sin duda.

Gavroche metió la mano en uno de sus bolsillos, y sacó un papel con cuatro dobleces.

—Este despacho —dijo— viene del Gobierno Provisional.

—Dámelo.

—No creáis que es una carta de amor; es para una mujer, pero es para el pueblo. Nosotros peleamos, pero respetamos a las mujeres.

—Dámela.

—¡Tomad!

—¿Hay que llevar respuesta a Saint-Merry?

—¡Ahí sí que la haríais buena! Esta carta viene de la barricada de la Chanvrerie, y allá me vuelvo. Buenas noches, ciudadano.

Y, dicho esto, se fue, o por mejor decir, voló como un pájaro escapado de la jaula hacia el sitio de donde había venido. Algunos minutos después el ruido de un vidrio roto y el estruendo de un farol cayendo al suelo, despertaron otra vez a los indignados vecinos. Era Gavroche que pasaba por la calle Chaume.

VIII

Mientras Cosette dormía

Jean Valjean entró en su casa con la carta de Marius. Subió la escalera a tientas, abrió y cerró suavemente la puerta, consumió tres o cuatro pajuelas antes de encender la luz, ¡tanto le temblaba la mano!, porque había algo de robo en lo que acababa de hacer. Por fin encendió la vela, desdobló el papel y leyó.

En las emociones violentas no se lee, se atrapa el papel, se le oprime como a una víctima, se le estruja, se le clavan las uñas de la cólera o de la alegría, se corre hacia el fin, se salta el principio; la atención es febril, comprende algo, un poco, lo esencial, se apodera de un punto, y todo lo demás desaparece. En la carta de Marius a Cosette, Jean Valjean no vio más que esto: "...Muero. Cuando leas esto, mi alma estará a tu lado".

Al leer estas dos líneas, sintió un deslumbramiento horrible; tenía ante sus ojos este esplendor: la muerte del ser aborrecido.

Dio un terrible grito de alegría interior. Todo estaba ya concluido. El desenlace llegaba más pronto de lo que esperaba. El ser que oponía un obstáculo a su destino desaparecía y desaparecía por sí mismo, libremente, de buena voluntad, sin que él hiciera nada; sin que fuera culpa suya, ese hombre iba a morir, quizá ya había muerto. Pero empezó a reflexionar su mente febril. No —se dijo—, todavía no ha muerto. Esta carta fue escrita para que Cosette la lea mañana por la mañana; después de las descargas que escuché entre once y doce no ha habido nada; la barricada no será atacada hasta el amanecer; pero es igual, desde el momento en que ese hombre se mezcló en esta guerra está perdido, será arrastrado por su engranaje.

Se sintió liberado. Estaría de nuevo solo con Cosette; cesaba la competencia, empezaba el porvenir. Bastaba con que guardara la carta en el bolsillo, y Cosette no sabría nunca lo que había sido de ese hombre.

—Ahora hay que dejar que las cosas se cumplan —murmuró—. No puede escapar. Si aún no ha muerto, va a morir pronto. ¡Qué felicidad!

Sin embargo, prosiguió su meditación con aire taciturno.

Una hora después, Jean Valjean salía vestido de guardia nacional y armado. Llevaba un fusil cargado y una cartuchera llena.

Quinta parte
Jean Valjean

LIBRO PRIMERO
La guerra dentro de cuatro paredes

I
Cinco de menos y uno de más

Enjolras había ido a hacer un reconocimiento, saliendo por la calle-juela de Mondetour y serpenteando a lo largo de las casas. Al regresar, dijo:

—Todo el ejército de París está sobre las armas. La tercera parte de este ejército pesa sobre la barricada que defendéis, y además está la guardia nacional. Dentro de una hora seréis atacados. En cuanto al pueblo, ayer mostró efervescencia pero hoy no se mueve. No hay nada que esperar. Estáis abandonados.

Estas palabras causaron el efecto de la primera gota de la tempestad que cae sobre un enjambre. Todos quedaron mudos; en el silencio se habría sentido pasar la muerte. De pronto surgió una voz desde el fondo:

—Con o sin auxilio, ¡qué importa! Hagámonos matar aquí hasta el último hombre.

Esas palabras expresaban el pensamiento de todos y fueron acogidas con entusiastas aclamaciones.

—¿Por qué morir todos? —dijo Enjolras—. Los que tengáis esposas, madres, hijos, tenéis obligación de. pensar en ellos. Salgan, pues, de las filas todos los que tengan familia. Tenemos uniformes militares para que podáis filtraros entre los atacantes.

Nadie se movió.

—¡Lo ordeno! —gritó Enjolras.

—Os lo ruego —dijo Marius.

Para todos era Enjolras el jefe de la barricada, pero Marius era su salvador. Empezaron a denunciarse entre ellos.

—Tú eres padre de familia. Márchate —decía un joven a un hombre mayor.

—A ti es a quien toca irse —respondía aquel hombre—, pues mantienes a tus dos hermanas.

Se desató una lucha inaudita, nadie quería que lo dejaran fuera de aquel sepulcro.

—Designad vosotros mismos a las personas que hayan de marcharse —ordenó Enjolras.

Se obedeció esta orden. Al cabo de algunos minutos fueron designados cinco por unanimidad, y salieron de las filas.

—¡Son cinco! —exclamó Marius.

No había más que cuatro uniformes.

—¡Bueno! —dijeron los cinco—, es preciso que se quede uno.

Y empezó de nuevo la generosa querella. Pero al final eran siempre cinco, y sólo cuatro uniformes.

En aquel instante, un quinto uniforme cayó, como si lo arrojaran del cielo, sobre los otros cuatro. El quinto hombre se había salvado.

Marius alzó los ojos, y reconoció al señor Fauchelevent. Jean Valjean acababa de entrar a la barricada. Nadie notó su presencia, pero él había visto y oído todo; y despojándose silenciosamente de su uniforme de guardia nacional, lo arrojó junto a los otros.

La emoción fue indescriptible.

—¿Quién es ese hombre? —preguntó Laigle.

—Un hombre que salva a los demás —contestó Combeferre.

Marius añadió con voz sombría:

—Lo conozco.

Que Marius lo conociera les bastó a todos.

Enjolras se volvió hacia Jean Valjean y le dijo:

—Bienvenido, ciudadano.

Y añadió:

—Supongo que sabréis que vamos a morir por la Revolución.

Jean Valjean, sin responder, ayudó al insurrecto a quien acababa de salvar a ponerse el uniforme.

II

La situación se agrava

Nada hay más curioso que una barricada que se prepara a recibir el asalto. Cada uno elige su sitio y su postura.

Como la víspera por la noche, la atención de todos se dirigía hacia el extremo de la calle, ahora clara y visible. No aguardaron mucho tiempo. El movimiento empezó a oírse distintamente aunque no se parecía al del primer ataque. Esta vez el crujido de las cadenas, el alarmante rumor de una masa, la trepidación del bronce al saltar sobre el empedrado, anunciaron que se aproximaba alguna siniestra armazón de hierro.

Apareció un cañón. Se veía humear la mecha.

—¡Fuego! —gritó Enjolras.

Toda la barricada hizo fuego, y la detonación fue espantosa. Después de algunos instantes se disipó la nube, y el cañón y los hombres reaparecieron. Los artilleros acababan de colocarlo enfrente de la barricada, ante la profunda ansiedad de los insurgentes. Salió el tiro, y sonó la detonación.

—¡Presente! —gritó una voz alegre.

Y al mismo tiempo que la bala dio contra la barricada se vio a Gravroche lanzarse dentro.

El pilluelo produjo en la barricada más efecto que la bala, que se perdió en los escombros. Todos rodearon a Gavroche. Pero Marius, nervioso y sin darle tiempo para contar nada, lo llevó aparte.

—¿Qué vienes a hacer aquí?

—¡Psch! —le respondió el pilluelo—. ¿Y vos?

Y miró fijamente a Marius con su típico descaro.

—¿Quién lo dijo que volvieras? Supongo que habrás entregado mi carta.

No dejaba de escocerle algo a Gavroche de lo pasado con aquella carta; pues con la prisa de volver a la barricada, más bien que entregarla, lo que hizo fue deshacerse de ella.

Para salir del apuro, eligió el medio más sencillo, que fue el de mentir sin pestañar.

—Ciudadano, entregué la carta al portero. La señora dormía, y se la darán en cuanto despierte.

Marius, al enviar aquella carta, se había propuesto dos cosas: despedirse de Cosette y salvar a Gavroche. Tuvo que contentarse con la mitad de lo que quería.

El envío de su carta y la presencia del señor Fauchelevent en la barricada ofrecían cierta correlación, que no dejó de presentarse a su mente, y dijo a Gavroche, mostrándole al anciano:

—¿Conoces a ese hombre?

—No —contestó Gavroche.

En efecto, sólo vio a Jean Valjean de noche.

Y ya estaba al otro extremo de la barricada, gritando:

—¡Mi fusil!

Courfeyrac mandó que se lo entregasen.

Gavroche advirtió a los camaradas (así los llamaba) que la barricada estaba bloqueada. Dijo que a él le costó mucho trabajo llegar hasta allí. Un batallón de línea tenía ocupada la salida de la calle del Cisne; y por el lado opuesto, estaba apostada la guardia municipal. Enfrente estaba el grueso del ejército. Cuando hubo dado estas noticias, añadió Gavroche:

—Os autorizo para que les saquéis la mugre.

III

Los talentos que influyeron en la condena de 1796

Iban a comenzar los disparos del cañón.

—Nos hace falta un colchón para amortiguar las balas —dijo Enjolras.

—Tenemos uno —replicó Combeferre—, pero sobre él están los heridos.

Jean Valjean recordó haber visto en la ventana de una de las casas un colchón colgado al aire.

—¿Tiene alguien una carabina a doble tiro que me preste? —dijo.

Enjolras le pasó la suya. Jean Valjean disparó. Del primer tiro rompió una de las cuerdas que sujetaban el colchón; con el segundo rompió la otra.

—¡Ya tenemos colchón! —gritaron todos.

—Sí —dijo Combeferre—, ¿pero quién irá a buscarlo?

El colchón había caído fuera de la barricada, en medio del nutrido fuego de los atacantes. Jean Valjean salió por la grieta, se paseó entre las balas, recogió el colchón, y regresó a la barricada llevándolo sobre sus hombros. Lo colocó contra el muro. El cañón vomitó su fuego, pero la metralla rebotó en el colchón; la barricada estaba a salvo.

—Ciudadano —dijo Enjolras a Jean Valjean—, la República os da las gracias.

IV

Gavroche fuera de la barricada

El 6 de junio de 1832, una compañía de guardias nacionales lanzó su ataque contra la barricada, con tan mala estrategia que se puso entre los dos fuegos y finalmente debió retirarse, dejando tras de sí más de quince cadáveres.

Aquel ataque, más furioso que formal, irritó a Enjolras.

—¡Imbéciles! —dijo—. Envían a su gente a morir, y nos hacen gastar las municiones por nada.

—Vamos bien —dijo Laigle—. ¡Victoria!

Enjolras, meneando la cabeza contestó:

—Con un cuarto de hora más que dure esta victoria, no tendremos más de diez cartuchos en la barricada.

Al parecer, Gavroche escuchó estas últimas palabras. De improviso, Courfeyrac vio a alguien al otro lado de la barricada, bajo las balas. Era Gavroche que había tomado una cesta, y saliendo por la grieta del muro, se dedicaba tranquilamente a vaciar en su cesta las cartucheras de los guardias nacionales muertos.

—¿Qué haces ahí? —dijo Courfeyrac.

Gavroche levantó la cabeza.

—Ciudadano, lleno mi cesta.

—¿No ves la metralla?

Gavroche respondió:

—Me da lo mismo; está lloviendo. ¿Algo más?

Le gritó Courfeyrac:

—¡Vuelve!

—Al instante.

Y de un salto se internó en la calle.

Cerca de veinte cadáveres de los guardias nacionales yacían acá y allá sobre el empedrado; eran veinte cartucheras para Gavroche, y una buena provisión para la barricada. El humo obscurecía la calle como una niebla. Subía lentamente y se renovaba sin cesar, resultando así una oscuridad gradual que empañaba la luz del sol. Los combatientes apenas se distinguían de un extremo al otro.

Aquella penumbra, probablemente prevista y calculada por los jefes que dirigían el asalto de la barricada, le fue útil a Gavroche. Bajo el velo de humo, y gracias a su pequeñez, pudo avanzar por la calle sin que lo vieran, y desocupar las siete a ocho primeras cartucheras sin gran peligro. Andaba a gatas, cogía la cesta con los dientes, se retorcía, se deslizaba, ondulaba, serpenteaba de un cadáver a otro, y vaciaba las cartucheras como un mono abre una nuez.

Desde la barricada, a pesar de estar aún bastante cerca, no se atrevían a gritarle que volvierá por miedo de llamar la atención hacia él.

En el bolsillo del cadáver de un cabo encontró un frasco de pólvora.

—Para la sed —dijo.

A fuerza de avanzar, llegó adonde la niebla de la fusilería se volvía transparente, tanto que los tiradores de la tropa de línea, apostados detrás de su parapeto de adoquines, notaron que se movía algo entre el humo.

En el momento en que Gavroche vaciaba la cartuchera de un sargento, una bala hirió al cadáver.

—¡Ah, diablos! —dijo Gavroche—. Me matan a mis muertos.

Otra bala arrancó chispas del empedrado junto a él. La tercera volcó el canasto.

Gavroche se levantó, con los cabellos al viento, las manos en jarra, la vista fija en los que le disparaban, y se puso a cantar. En seguida cogió la cesta, recogió, sin perder ni uno, los cartuchos que habían caído al suelo, y, sin miedo a los disparos, fue a desocupar otra cartuchera. La cuarta bala no le acertó tampoco. La quinta bala no produjo más efecto que el de inspirarle otra canción:

La alegría es mi ser;

por culpa de Voltaire;

si tan pobre soy yo,

la culpa es de Rousseau.

Así continuó por algún tiempo.

El espectáculo era a la vez espantoso y fascinante.

Gavroche, blanco de las balas, se burlaba de los fusileros. Parecía divertirse mucho.

Era el gorrión picoteando a los cazadores. A cada descarga respondía con una copla. Le apuntaban sin cesar, y no le acertaban nunca.

Los insurrectos, casi sin respirar, lo seguían con la vista. La barricada temblaba mientras él cantaba. Las balas corrían tras él, pero Gavroche era más listo que ellas.

Jugaba una especie de terrible juego al escondite con la muerte; y cada vez que el espectro acercaba su faz lívida, el pilluelo le daba un papirotazo.

Sin embargo, una bala, mejor dirigida o más traidora que las demás, acabó por alcanzar al pilluelo. Lo vieron vacilar, y luego caer. Toda la barricada lanzó un grito. Pero se incorporó y se sentó; una larga línea de sangre le rayaba la cara.

Alzó los brazos al aire, miró hacía el punto de donde había salido el tiro y se puso a cantar:

> *Si acabo de caer,*
> *la culpa es de Voltaire;*
> *si una bala me dio,*
> *la culpa es...*

No pudo acabar.

Otra bala del mismo tirador cortó la frase en su garganta.

Esta vez cayó con el rostro contra el suelo, y no se movió más.

Esa pequeña gran alma acababa de echarse a volar.

V

Un hermano puede convertirse en padre

En ese mismo momento, en los jardines del Luxemburgo —porque la mirada del drama debe estar presente en todas partes—, dos niños caminaban tomados de la mano. Uno tendría siete años, el otro, cinco.

Vestían harapos y estaban muy pálidos. El más pequeño decía: "Tengo hambre". El mayor, con aire protector, lo guiaba.

El jardín estaba desierto y las rejas cerradas, a causa de la insurrección. Los niños vagaban, solos, perdidos. Eran los mismos que movieron a compasión a Gavroche; los hijos de los Thenardier, atribuidos a Gillenormand, entregados a la Magnon.

Fue necesario el trastorno de la insurrección para que niños abandonados como esos entraran a los jardines prohibidos a los miserables. Llegaron hasta la laguna y, algo asustados por el exceso de luz, trataban de ocultarse, instinto natural del pobre y del débil, y se refugiaron detrás de la casucha de los cisnes.

A lo lejos se oían confusos gritos, un rumor de disparos y cañonazos. Los niños parecían no darse cuenta de nada. Al mismo tiempo, se acercó a la laguna un hombre con un niño de seis años de la mano, sin duda padre e hijo.

El niño iba vestido de guardia nacional, por el motín, y el padre de paisano, por prudencia. Divisó a los niños detrás de la casucha.

—Ya comienza la anarquía —dijo—, ya entra cual quiera en este jardín.

En esa época, algunas familias vecinas tenían llave del Luxemburgo.

El hijo, que llevaba en la mano un panecillo mordido, parecía disgustado y se echó a llorar, diciendo que no quería comer más.

—Tíraselo a los cisnes —le dijo el padre.

El niño titubeó. Aunque uno no quiera comerse un panecillo, esa no es razón para darlo.

—Tienes que ser más humano, hijo. Debes tener compasión de los animales.

Y tomando el panecillo, lo tiró al agua. Los cisnes nadaban lejos y no lo vieron.

En ese momento aumentó el tumulto lejano.

—Vámonos, —dijo el hombre—, atacan las Tullerías.

Y se llevó a su hijo.

Los cisnes habían visto ahora el panecillo y nadaban hacia él. Al mismo tiempo que ellos, los dos niños se habían acercado y miraban el pastel.

En cuanto desaparecieron padre e hijo, el mayor se tendió en la orilla y, casi a riesgo de caerse, empezó a acercar el panecillo con una varita. Los cisnes, al ver al enemigo, nadaron más rápido, haciendo que las olas que producían fueran empujando suavemente el panecillo hacia la varita. Cuando los cisnes llegaban a él, el niño dio un manotazo, tomó el panecillo, ahuyentó à los cisnes y se levantó.

El panecillo estaba mojado, pero ellos tenían hambre y sed. El mayor lo partió en dos, dio el trozo más grande a su hermano y le dijo:

—¡Zámpatelo a la panza!

VI

Marius herido

Se lanzó Marius fuera de la barricada, seguido de Combeferre, pero era tarde. Gavroche estaba muerto.

Combeferre se encargó del cesto con los cartuchos, y Marius del niño.

Pensaba que lo que el padre de Gavroche había hecho por su padre, él lo hacía por el hijo. Cuando Marius entró en el reducto con Gavroche en los brazos, tenía, como el pilluelo, el rostro inundado de sangre.

En el instante de bajarse para coger a Gavroche, una bala le había pasado rozando el cráneo, sin que él lo advirtiera. Courfeyrac se quitó la corbata, y vendó la frente de Marius.

Colocaron a Gavroche en la misma mesa que a Mabeuf, y sobre ambos cuerpos se extendió el paño negro. Hubo suficiente lugar para el anciano y el niño.

Combeferre distribuyó los cartuchos del cesto. Esto suministraba a cada hombre quince tiros más.

Jean Valjean seguía en el mismo sitio, sin moverse. Cuando Combeferre le presentó sus quince cartuchos, sacudió la cabeza.

—¡Qué tipo tan raro! —dijo en voz baja Combeferre a Enjolras—. Encuentra la manera de no combatir en esta barricada.

—Lo que no le impide defenderla —contestó Enjolras.

—Al estilo del viejo Mabeuf —susurró Combeferre.

Jean Valjean, mudo, miraba la pared que tenía enfrente.

Marius se sentía inquieto, pensando en lo que su padre diría de él. De repente, entre dos descargas, se oyó el sonido lejano de la hora.

—Son las doce —dijo Combeferre.

Aún no habían acabado de dar las doce campanadas, cuando Enjolras, poniéndose en pie, dijo con voz tonante desde lo alto de la barricada:

—Subid adoquines a la casa y colocadlos en el borde de la ventana y de las boardillas. La mitad de la gente a los fusiles, la otra mitad a las piedras. No hay que perder un minuto.

Una partida de zapadores bomberos con el hacha al hombro, acababa de aparecer, en orden de batalla, al extremo de la calle. Aquello tenía que ser la cabeza de una columna de ataque.

Se cumplió la orden de Enjolras y se dejaron a mano los travesaños de hierro que servían para cerrar por dentro la puerta de la taberna. La fortaleza estaba completa: la barricada era el baluarte y la taberna el torreón. Con los adoquines que quedaron se cerró la grieta.

Como los defensores de una barricada se ven siempre obligados a economizar las municiones, y los sitiadores lo saben, éstos combinan su plan con una especie de calma irritante, tomándose todo el tiempo que necesitan. Los preparativos de ataque se hacen siempre con cierta lentitud metódica; después viene el rayo. Esta lentitud permitió a Enjolras revisar todo y perfeccionarlo. Ya que semejantes hombres iban a morir, su muerte debía ser una obra maestra. Dijo a Marius:

—Somos los dos jefes. Voy adentro a dar algunas órdenes; quédate fuera tú, y observa.

Dadas sus órdenes, se volvió a Javert, y le dijo:

—No creas que lo olvido.

Y poniendo sobre la mesa una pistola, añadió:

—El último que salga de aquí levantará la tapa de los sesos a ese espía.

—¿Aquí mismo? —preguntó una voz.

—No; no mezclemos ese cadáver con los nuestros. Se le sacará y ejecutará afuera.

En aquel momento entró Jean Valjean y dijo a Enjolras:

—¿Sois el jefe?

—Sí.

—Me habéis dado las gracias hace poco.

—En nombre de la República. La barricada tiene dos salvadores: Marius Pontmerey y vos.

—¿Creéis que merezco recompensa?

—Sin duda.

—Pues bien, os pido una.

—¿Cuál?

—La de permitirme levantar la tapa de los sesos a ese hombre.

Javert alzó la cabeza, vio a Jean Valjean, hizo un movimiento imperceptible y dijo:

—Es justo.

Enjolras se había puesto a cargar de nuevo la carabina y miró alrededor.

—¿No hay quien reclame?

Y dirigiéndose a Jean Valjean le dijo:

—Os entrego al soplón.

Jean Valjean tomó posesión de Javert sentándose al extremo de la mesa; cogió la pistola y un débil ruido seco anunció que acababa de cargarla.

Casi al mismo instante se oyó el sonido de una corneta.

—¡Alerta! —gritó Marius desde lo alto de la barricada.

Javert se puso a reír con su risa sorda, y mirando fijamente a los insurrectos, les dijo:

—No gozáis de mejor salud que yo.

—¡Todos fuera! —gritó Enjolras.

Los insurrectos se lanzaron en tropel, mientras Javert murmuraba:

—¡Hasta muy pronto!

VII
La venganza de Jean Valjean

Cuando Jean Valjean se quedó solo con Javert, desató la cuerda que sujetaba al prisionero a la mesa. En seguida le indicó que se levantara.

Javert obedeció con una indefinible sonrisa.

Jean Valjean lo tomó de una manga como se tomaría a un asno de la rienda, y arrastrándolo tras de sí salió de la taberna con lentitud, porque Javert, a causa de las trabas que tenía puestas en las piernas, no podía dar sino pasos muy cortos.

Jean Valjean llevaba la pistola en la mano.

Atravesaron de este modo el interior de la barricada. Los insurrectos, todos atentos al ataque que iba a sobrevenir, tenían vuelta la espalda. Sólo Marius los vio pasar.

Atravesaron la pequeña trinchera de la callejuela Mondetour, y se encontraron solos en la calle. Entre el montón de muertos se distinguía un rostro lívido, una cabellera suelta, una mano agujereada en medio de un charco de sangre: era Eponina.

Javert dijo a media voz, sin ninguna emoción:

—Me parece que conozco a esa muchacha.

Jean Valjean colocó la pistola bajo el brazo y fijó en Javert una mirada que no necesitaba palabras para decir: Javert, soy yo.

Javert respondió:

—Toma tu venganza.

Jean Valjean sacó una navaja del bolsillo, y la abrió.

—¡Una sangría! —exclamó Javert . Tienes razón. Te conviene más.

Jean Valjean cortó las cuerdas que ataban las muñecas del policía, y luego las de los pies. Después le dijo:

—Estáis libre.

Javert no era hombre que se asombraba fácilmente. Sin embargo, a pesar de ser tan dueño de sí mismo, no pudo menos de sentir una conmoción. Se quedó con la boca abierta a inmóvil. Jean Valjean continuó:

—No creo salir de aquí. No obstante, si por casualidad saliera, vivo con el nombre de Fauchelevent, en la calle del Hombre Armado, número 7.

Javert entreabrió los labios como un tigre y murmuró entre dientes:
—Ten cuidado.
—Idos —dijo Jean Valjean.
Javert repuso:
—¿Has dicho Fauchelevent, en la calle del Hombre Armado?
—Número siete.
Javert repitió a media voz:
—Número siete.

Se abrochó la levita, tomó cierta actitud militar, dio media vuelta, cruzó los brazos sosteniendo su mentón con una mano, y se encaminó en la dirección del Mercado. Jean Valjean le seguía con la vista. Después de dar algunos pasos, Javert se volvió y le gritó:

—No me gusta esto. Matadme mejor.

Javert, sin advertirlo, no lo tuteaba ya.

—Idos —dijo Jean Valjean.

Javert se alejó poco a poco. Cuando hubo desaparecido, Jean Valjean descargó la pistola al aire. En seguida entró de nuevo en la barricada, y dijo:

—Ya está hecho.

Mientras esto sucedía, Marius, que había reconocido a último momento a Javert en el espía maniatado que caminaba hacia la muerte, se acordó del inspector que le proporcionara las dos pistolas de que se había servido en esta misma barricada; pensó que debía intervenir en su favor. En aquel momento se oyó el pistoletazo y Jean Valjean volvió a aparecer en la barricada. Un frío glacial penetró en el corazón de Marius.

VIII
Los héroes

La agonía de la barricada estaba por comenzar. De repente el tambor dio la señal del ataque. La embestida fue un huracán. Una poderosa columna de infantería y guardia nacional y municipal cayó sobre la barricada. El muro se mantuvo firme.

Los revolucionarios hicieron fuego impetuosamente, pero el asalto fue tan furibundo, que por un momento se vio la barricada llena de sitiadores; pero sacudió de sí a los soldados como el león a los perros.

En uno de los extremos de la barricada estaba Enjolras, y en el otro, Marius. Marius combatía al descubierto, constituyéndose en blanco de los fusiles enemigos, pues más de la mitad de su cuerpo sobresalía por encima del reducto. Estaba en la batalla como en un sueño. Diríase un fantasma disparando tiros.

Se agotaban los cartuchos. Se sucedían los asaltos. El horror iba en aumento. Aquellos hombres macilentos, haraposos, cansados, que no habían comido desde hacía veinticuatro horas, que tampoco habían dormido, que sólo contaban con unos cuantos tiros más, que se tentaban los bolsillos vacíos de cartuchos, heridos casi todos, vendados en la cabeza o el brazo con un lienzo mohoso y negruzco, de cuyos pantalones agujereados corría sangre, armados apenas de malos fusiles y de viejos sables mellados, se convirtieron en titanes. Diez veces fue atacado y escalado el reducto, y ninguna se consiguió tomarlo.

Laigle fue muerto, y lo mismo Feuilly, Joly, Courfeyrac y Combeferre. Marius, combatiendo siempre, estaba tan acribillado de heridas particularmente en la cabeza, que el rostro desaparecía bajo la sangre.

Cuando no quedaron vivos más jefes que Enjolras y Marius en los dos extremos de la barricada, el centro cedió. El grupo de insurrectos que lo defendía retrocedió en desorden.

Se despertó a la sazón en algunos el sombrío amor a la vida. Viéndose blanco de aquella selva de fusiles, no querían ya morir. Enjolras abrió la puerta de la taberna, que impedía pasar a los sitiadores. Desde allí gritó a los desesperados:

—No hay más que una puerta abierta. Esta.

Y cubriéndolos con su cuerpo, y haciendo él solo cara a un batallón, les dio tiempo para que pasasen por detrás.

Todos se precipitaron dentro. Hubo un instante horrible, queriendo penetrar los soldados y cerrar los insurrectos. La puerta se cerró, al fin, con tal violencia, que al encajar en el quicio, dejó ver cortados y pegados al dintel los cinco dedos de un soldado que se había asido de ella.

Marius se quedó afuera; una bala acababa de romperle la clavícula, y se sintió desmayar y caer. En aquel momento, ya cerrados los ojos, experimentó la conmoción de una vigorosa mano que lo cogía, y su desmayo le permitió apenas este pensamiento en que se mezclaba el supremo recuerdo de Cosette: .

—Soy hecho prisionero, y me fusilarán.

Enjolras, no viendo a Marius entre los que se refugiaron en la taberna, tuvo la misma idea. Pero habían llegado al punto en que no restaba a cada cual más tiempo que el de pensar en su propia suerte. Enjolras sujetó la barra de la puerta, echó el cerrojo, dio dos vueltas a la llave, hizo lo mismo con el candado, mientrás que por la parte de afuera atacaban furiosamente los soldados con las culatas de los fusiles, y los zapadores con sus hachas. Empezaba el sitio de la taberna. Cuando la puerta estuvo trancada, Enjolras dijo a los suyos:

—Vendámonos caros.

Después se acercó a la mesa donde estaban tendidos Mabeuf y Gavroche. Veíanse bajo el paño negro dos formas derechas y rígidas, una grande y otra pequeña, y las dos caras se bosquejaban vagamente bajo los pliegues fríos del sudario. Una mano asomaba por debajo del paño, colgando hacia el suelo. Era la del anciano. Enjolras se inclinó y besó aquella mano venerable, lo mismo que el día antes había besado la frente. Fueron los únicos dos besos que dio en su vida.

Nada faltó a la toma por asalto de la taberna Corinto; ni los adoquines lloviendo de la ventana y el tejado sobre los sitiadores; ni el furor del ataque; ni la rabia de la defensa; ni, al fin, cuando cedió la puerta, la frenética demencia del exterminio.

Los sitiadores al precipitarse dentro de la taberna con los pies enredados en los tableros de la puerta rota y derribada, no encontraron un solo combatiente. La escalera en espiral, cortada a hachazos, yacía en medio de la sala baja; algunos heridos acababan de expirar; los que aún vivían estaban en el piso principal; y allí, por el agujero del techo que había servido de encaje a la escalera empezó un espantoso fuego. Eran los últimos cartuchos. Aquellos agonizantes, una vez quemados los cartuchos, sin pólvora ya ni balas, tomó cada cual en la mano dos de las botellas reservadas por Enjolras para el Final e hicieron frente al enemigo con estas mazas horriblemente frágiles. Eran botellas de aguardiente.

La fusilería de los sitiadores, aunque con la molestia de tener que dirigirse de abajo arriba, era mortífera. Pronto el borde del agujero del techo se vio rodeado de cabezas de muertos, de donde corría la sangre en rojos y humeantes hilos. El ruido era indecible; un humo espeso y ardiente esparcía casi la noche sobre aquel combate. Faltan palabras para expresar el horror. No había ya hombres en aquella lucha, ahora infernal. Demonios atacaban, y espectros resistían. Era un heroísmo monstruoso.

Cuando por fin unos veinte soldados lograron subir a la sala del segundo piso, encontraron a un solo hombre de pie, Enjolras. Sentado en una silla dormía desde la noche anterior Grantaire, totalmente borracho.

—Es el jefe —gritó un soldado—. ¡Fusilémoslo!

—Fusiladme —repuso Enjolras.

Se cruzó de brazos y presentó su pecho a las balas.

Un guardia nacional bajó su fusil y dijo:

—Me parece que voy a fusilar a una flor.

—¿Queréis que se os venden los ojos? —preguntó un oficial a Enjolras.

—No.

El silencio que se hizo en la sala despertó a Grantaire, que durmió su borrachera en medio del tumulto. Nadie había advertido su presencia, pero él al ver la escena comprendió todo.

—¡Viva la República! —gritó—. ¡Aquí estoy!

Atravesó la sala y se colocó al lado de Enjolras.

—Matadnos a los dos de un golpe —dijo.

Y volviéndose hacia Enjolras le dijo con gran dulzura:

—¿Lo permites?

Enjolras le apretó la mano sonriendo. Estalló la detonación. Cayeron ambos al mismo tiempo. La barricada había sido tomada.

IX

Marius otra vez prisionero

Marius era prisionero, en efecto. Prisionero de Jean Valjean. La mano que lo cogiera en el momento de caer era la suya.

Jean Valjean no había tomado más parte en el combate que la de exponer su vida. Sin él, en aquella fase suprema de la agonía, nadie hubiera pensado en los heridos. Gracias a él, presente como una providencia en todos lados durante la matanza, los que caían eran levantados, trasladados a la sala baja y curados. En los intervalos reparaba la barricada. Pero nada que pudiera parecerse a un golpe, a un ataque, ni siquiera a una defensa personal salió de sus manos. Se callaba y socorría. Por lo demás, apenas tenía algunos rasguños. Las balas lo respetaban. Si el suicidio entró por algo en el plan que se propuso al dirigirse a aquella tumba, el éxito no le favoreció. Pero dudamos que hubiese pensado en el suicidio, acto irreligioso.

Jean Valjean, en medio de la densa niebla del combate, aparentaba no ver a Marius, siendo que no le perdía de vista un solo instante. Cuando un balazo derribó al joven, saltó con la agilidad de un tigre, se arrojó sobre él como si se tratara de una presa, y se lo llevó.

El remolino del ataque estaba entonces concentrado tan violentamente en Enjolras que defendía la puerta de la taberna, que nadie vio a Jean Valjean, sosteniendo en sus brazos a Marius sin sentido, atravesar el suelo desempedrado de la barricada y desaparecer detrás de Corinto. Allí se detuvo, puso en el suelo a Marius y miró en derredor. La situación era espantosa. ¿Qué hacer? Sólo un pájaro hubiera podido salir de allí.

Y era preciso decidirse en el momento, hallar un recurso, adoptar una resolución. A algunos pasos de aquel sitio se combatía, y por fortuna todos se encarnizaban en la puerta de la taberna; pero si se le ocurría a un soldado dar vuelta a la casa, o atacarla por el flanco, todo habría concluido para él.

Jean Valjean miró la casa de enfrente, la barricada de la derecha, y, por último, el suelo, con la ansiedad de la angustia suprema, desesperado, y como si hubiese querido abrir un agujero con los ojos.

A fuerza de mirar, llegó a adquirir forma ante él una cosa vagamente perceptible en tal agonía, como si la vista tuviera poder para hacer brotar el objeto pedido. Vio a los pocos pasos y al pie del pequeño parapeto y bajo unos adoquines que la ocultaban en parte, una reja de hierro colocada de plano y al nivel del piso, compuesta de fuertes barrotes transversales. El marco de adoquines que la sostenía había sido arrancado y estaba como desencajada. A través de los barrotes se entreveía una abertura oscura, parecida al cañón de una chimenea o al cilindro de una cisterna. Su antigua ciencia de las evasiones le iluminó el cerebro. Apartar los adoquines, levantar la reja, echarse a cuestas a Marius inerte como un cuerpo muerto, bajar con esta carga sirviéndose de los codos y de las rodillas a aquella especie de pozo, felizmente poco profundo, volver a dejar caer la pesada trampa de hierro que los adoquines cubrieron de nuevo, asentar el pie en una superficie embaldosada a tres metros del suelo, todo esto fue ejecutado como en pleno delirio, con la fuerza de un gigante y la rapidez de un águila; apenas empleó unos cuantos minutos.

Se encontró Jean Valjean con Marius, siempre desmayado, en una especie de corredor largo y subterráneo. Reinaba allí una paz profunda, silencio absoluto, noche.

Tuvo la misma impresión que experimentara en otro tiempo cuando saltó de la calle al convento. Sólo que ahora no llevaba consigo a Cosette, sino a Marius.

Apenas oía encima de su cabeza algo como un vago murmullo; era el formidable tumulto de la taberna tomada por asalto.

LIBRO SEGUNDO
El intestino de Leviatán

I
Historia de la cloaca

París arroja anualmente veinticinco millones al agua. Y no hablamos en estilo metafórico. ¿Cómo y de qué manera? Día y noche. ¿Con qué objeto? Con ninguno ¿Con qué idea? Sin pensar en ello. ¿Para qué? Para nada. ¿Por medio de qué órgano? Por medio de su intestino. ¿Y cuál es su intestino? La cloaca.

París tiene debajo de sí otro París. Un París de alcantarillas; con sus calles, encrucijadas, plazas, callejuelas sin salida; con sus arterias y su circulación, llenas de fango.

La historia de las ciudades se refleja en sus cloacas. La de París ha sido algo formidable. Ha sido sepulcro, ha sido asilo. El crimen, la inteligencia, la protesta social, la libertad de conciencia, el pensamiento, el robo, todo lo que las leyes humanas persiguen, se ha ocultado en ese hoyo. Hasta ha sido sucursal de la Corte de los Milagros.

Ya en la Edad Media era asunto de leyendas, como cuando se desbordaba, como si montase de repente en cólera, y dejaba en París su sabor a fango, a pestes, a ratones.

Hoy es limpia, fría, correcta. No le queda nada de su primitiva ferocidad. Sin embargo, no hay que fiarse demasiado. Las miasmas la habitan aún y exhala siempre cierto olorcillo vago y sospechoso.

El suelo subterráneo de París no tiene más boquetes y pasillos que el pedazo de tierra de seis leguas de circuito donde descansa la antigua gran ciudad. Sin hablar de las catacumbas, que son una bóveda aparte; sin hablar del confuso enverjado de las cañerías del gas; sin contar el vasto sistema de tubos que distribuyen el agua a las fuentes públicas, las alcantarillas por sí solas forman en las dos riberas una prodigiosa red subterránea; un laberinto cuyo hilo es la pendiente.

La construcción de la cloaca de París no ha sido una obra insignificante. Los últimos diez siglos han trabajado en ella sin poder terminarla como tampoco han podido terminar París. La cloaca sigue paso a paso el desarrollo de París.

II

La cloaca y sus sorpresas

Jean Valjean se encontraba en la cloaca de París.

En un abrir y cerrar de ojos había pasado de la luz a las tinieblas, del mediodía a la medianoche, del ruido al silencio, del torbellino a la quietud de la tumba, y del mayor peligro a la seguridad absoluta.

Qué instante tan extraño aquel cuando cambió la calle donde en todos lados veía la muerte, por una especie de sepulcro donde debía encontrar la vida. Permaneció algunos segundos como aturdido, escuchando, estupefacto. Se había abierto de improviso ante sus pies la trampa de salvación que la bondad divina le ofreció en el momento crucial.

Entretanto, el herido no se movía y Jean Valjean ignoraba si lo que llevaba consigo a aquella fosa era un vivo o un muerto.

Su primera sensación fue la de que estaba ciego. Repentinamente se dio cuenta de que no veía nada. Le pareció también que en un segundo se había quedado sordo. No oía el menor ruido. El huracán frenético de sangre y de venganza que se desencadenaba a algunos pasos de allí llegaba a él, gracias al espesor de la tierra que lo separaba del teatro de los acontecimientos, apagado y confuso, como un rumor en una profundidad. Lo único que supo fue que pisaba en suelo sólido, y le bastó con eso. Extendió un brazo, luego otro, y tocó la pared a ambos lados, de donde infirió que el pasillo era estrecho. Resbaló, y dedujo que la baldosa estaba mojada. Adelantó un pie con precaución, temiendo encontrar un agujero, un pozo perdido, algún precipicio, y así se cercioró de que el embaldosado se prolongaba. Una bocanada de aire fétido le indicó cuál era su mansión actual.

Al cabo de algunos instantes empezó a ver. Un poco de luz caía del respiradero por donde había entrado, y ya su mirada se había acostumbrado a la cueva.

Calculó que los soldados bien podían ver también la reja que él descubriera debajo de los adoquines. No había que perder un minuto. Recogió a Marius del suelo, se lo echó a cuestas, y se puso en marcha, penetrando resueltamente en aquella oscuridad.

La verdad es que estaban menos a salvo de lo que Jean Valjean creía. ¿Cómo orientarse en aquel negro laberinto? El hilo de este laberinto, es la pendiente; siguiéndola se va al río. Jean Valjean lo comprendió de inmediato. Pensó que estaba probablemente en la cloaca del Mercado; que si tomaba a la izquierda y seguía la pendiente llegaría antes de un cuarto de hora a alguna boca junto al Sena; es decir, que aparecería en pleno día en el punto más concurrido de París. Los transeúntes al ver salir del suelo, bajo sus pies, a dos hombres ensangrentados, se asustarían; acudirían los soldados y antes de estar fuera se les habría ya echado mano. Era preferible internarse en el laberinto, fiarse de la oscuridad, y encomendarse a la Providencia en lo que respecta a la salida.

Subió la pendiente y tomó a la derecha. Cuando hubo doblado la esquina de la galería, la lejana claridad del respiradero desapareció, la cortina de tinieblas volvió a caer ante él, y de nuevo quedó ciego. No obstante, poco a poco, sea que otros respiraderos lejanos enviaran alguna luz, sea que sus ojos se acostumbraran a la oscuridad, empezó a entrever confusamente, tanto la pared que tocaba como la bóveda por debajo de la cual pasaba.

La pupila se dilata en las tinieblas, y concluye por percibir claridad, del mismo modo que el alma se dilata en la desgracia, y termina por encontrar en ella a Dios.

Era difícil dirigir el rumbo. Estaba obligado a encontrar y casi a inventar su camino sin verlo. En ese paraje desconocido cada paso que daba podía ser el último de su vida. ¿Cómo salir? ¿Morirían allí, Marius de hemorragia, y él de hambre? A ninguna de estas preguntas sabía qué responder.

De repente, cuando menos lo esperaba, y sin haber cesado de caminar en línea recta, notó que ya no subía; el agua del arroyo le golpeaba en los talones y no en la punta de los pies. La alcantarilla bajaba ahora. ¿Por qué? ¿Iría a llegar de improviso al Sena? Este peligro era grande pero era mayor el de retroceder. Siguió avanzando.

No se dirigía al Sena. La curva que hace el suelo de París en la ribera derecha vacía una de sus vertientes en el Sena y la otra en la gran cloaca. Hacia allá se dirigía Jean Valjean; estaba en el buen camino, pero no lo sabía.

De repente oyó sobre su cabeza el ruido de un trueno lejano, pero continuo. Eran los carruajes que rodaban.

Según sus cálculos, hacía media hora poco más o menos que caminaba, y no había pensado aún en descansar, contentándose con mudar la mano que sostenía a Marius. La oscuridad era más profunda que nunca; pero esta oscuridad lo tranquilizaba.

De súbito vio su sombra delante de sí. Destacábase sobre un rojo claro que teñía vagamente el piso y la bóveda, y que resbalaba, a derecha e izquierda, por las dos paredes viscosas del corredor. Se volvió lleno de asombro.

Detrás de él, en la parte del pasillo que acababa de dejar y a una distancia que le pareció inmensa, resplandecía rasgando las tinieblas una especie de astro horrible que parecía mirarlo. Era el lúgubre farol de la policía que alumbraba la cloaca.

Detrás del farol se movían confusamente ocho o diez formas, formas negras, rectas, vagas y terribles.

Y es que ese 6 de junio se dispuso una batida de la alcantarilla porque se temía que los vencidos se refugiaran en ella. Los policías estaban armados de carabinas, garrotes, espadas y puñales. Lo que en aquel momento reflejaba la luz sobre Jean Valjean era la linterna de la ronda del sector. Habían escuchado un ruido y registraban el callejón.

Fue un minuto de indecible angustia.

Felizmente, aunque él veía bien la linterna, ésta le veía a él mal, pues estaba muy lejos y confundido en el fondo oscuro del subterráneo. Se pegó a la pared, y se detuvo. El ruido cesó. Los hombres de la ronda escuchaban y no oían; miraban y no veían. El sargento dio la orden de torcer a la izquierda y dirigirse a la vertiente del Sena.

El silencio volvió a ser profundo, la oscuridad completa, la ceguedad y la sordera se posesionaron otra vez de las tinieblas, y Jean Valjean, sin osar moverse, permaneció largo rato contra la pared, con el oído atento, la pupila dilatada, mirando alejarse esa patrulla de fantasmas.

III

La pista perdida

Preciso es hacer a la policía de aquel tiempo la justicia de decir que, aun en las circunstancias públicas más graves, cumplía imperturbablemente su deber de inspección y vigilancia. Un motín no era a sus ojos un pretexto para aflojar la rienda a los malhechores.

Era lo que sucedía por la tarde del 6 de junio a orillas del Sena, en la ribera izquierda, un poco más allá del puente de los Inválidos.

Dos hombres, separados por cierta distancia, parecían observarse, evitándose mutuamente. A medida que el que iba delante procuraba alejarse, se empeñaba el que iba detrás en vigilarlo más de cerca. El que iba delante era un ser de mal talante, harapiento, encorvado e inquieto, que tiritaba bajo una blusa remendada. Se sentía el más débil y evitaba al que iba detrás; en sus ojos había la sombría hostilidad de la huida y toda la amenaza del miedo. El otro era un personaje clásico y oficial, con el uniforme de la autoridad abrochado hasta el cuello.

El lector conocería quizá a estos dos hombres si los viera más de cerca.

¿Qué fin se proponía el último? Probablemente suministrar al primero ropa de abrigo.

Cuando un hombre vestido por el Estado persigue a otro hombre andrajoso, es con el objeto de convertirlo en hombre vestido también por el Estado.

Si el de atrás permitía al otro ir adelante y no se apoderaba de él aún era, según las apariencias, con la esperanza de verlo dirigirse a alguna cita importante con algún grupo que fuese buena presa. El hombre del uniforme, divisando un coche de alquiler que iba vacío, indicó algo al cochero. Este comprendió y conociendo evidentemente con quién se las había, cambió de dirección, y se puso a seguir desde lo alto del muelle a aquellos dos hombres. De esto no se impuso el personaje de mala traza que caminaba delante.

Era de suponer que el hombre andrajoso subiría por la rampa a fin de intentar evadirse en los Campos Elíseos. Pero con gran sorpresa del que le seguía, no tomó por la rampa sino que continuó avanzando por la orilla, junto al muelle.

Evidentemente su posición se iba poniendo muy crítica. ¿Qué haría, a menos que se arrojara al Sena?

El hombre perseguido llegó a un montículo de escombros de una construcción y se perdió tras él. El uniformado aprovechó el momento en que ni veía ni era visto, y, dejando a un lado todo disimulo, se puso a caminar con rapidez. Pronto dio la vuelta al montículo, deteniéndose en seguida asombrado. El hombre a quien perseguía no estaba allí. Eclipse total del harapiento.

El fugitivo no hubiera podido arrojarse al Sena, ni escalar el muelle sin que lo viera su perseguidor. ¿Qué se había hecho? Caminó hasta el extremo de la ribera y permaneció allí un momento, pensativo, con los puños apretados, y registrándolo todo con los ojos. De pronto percibió, en el punto donde concluía la tierra y empezaba el agua, una reja de hierro, gruesa y baja, provista de una enorme cerradura y de tres goznes macizos. Aquella reja, especie de puerta en la parte inferior del muelle, daba al río. Por debajo pasaba un arroyo negruzco que iba a desaguar en el Sena. Al otro lado de los pesados y mohosos barrotes se distinguía una especie de corredor abovedado y oscuro.

El hombre cruzó los brazos, y miró la reja con el aire de una persona que se echa en cara algo. Como no bastaba mirar, trató de empujarla, la sacudió, y la reja resistió tenazmente. Era probable que acabaran de abrirla y no había duda de que la habían vuelto a cerrar, lo que probaba que la persona que la abrió no lo hizo con una ganzúa, sino con una llave.

—¡Esto ya es el colmo! ¡Una llave del gobierno! —exclamó.

Esperando ver salir al de la blusa o entrar a otros, se puso en acecho detrás del montón de escombros, con la paciente rabia del perro de presa.

Por su parte, el carruaje de alquiler, que seguía todos sus movimientos, se detuvo junto al parapeto. El cochero, previendo que la espera no sería corta, se bajó y ató el saco de avena al hocico de sus caballos.

IV

Con la cruz a cuestas

Jean Valjean emprendió de nuevo su marcha, y ya no volvió a detenerse.

Era una marcha que se hacía cada vez más difícil. Muchas veces se veía obligado a caminar encorvado, por miedo a que Marius se golpeara contra la bóveda; iba siempre tocando la pared.

Tenía hambre y sed, sed sobre todo; se sentía cansado y a medida que perdía vigor, aumentaba el peso de la carga. Marius, muerto quizá, pesaba como pesan los cuerpos inertes. Las ratas se deslizaban por entre sus piernas. Una se asustó hasta el punto de querer morderlo.

De tanto en tanto, llegaban hasta él ráfagas de aire fresco procedentes de las bocas de la cloaca, que le infundían nuevo ánimo.

Podrían ser las tres de la tarde cuando entró en la alcantarilla del centro. Al principio le sorprendió aquel ensanche repentino. Se encontró bruscamente en una galería cuyas dos paredes no tocaba con los brazos extendidos, y bajo una bóveda mucho más alta que él. Pensó, sin embargo, que la situación era grave y que necesitaba, a todo trance, llegar al Sena, o lo que equivalía a lo mismo, bajar. Torció, pues, a la izquierda. Su instinto le guió perfectamente. Bajar era, en efecto, la única salvación posible.

Se detuvo un momento. Estaba muy cansado. Un respiradero bastante ancho daba una luz casi viva. Jean Valjean con la suavidad de un hermano con su hermano herido, colocó a Marius en la banqueta de la alcantarilla. El rostro ensangrentado del joven apareció a la luz pálida como si estuviera en el fondo de una tumba. Tenía los ojos cerrados, los cabellos pegados a las sienes, las manos yertas, la sangre coagulada en las comisuras de la boca. Puso la mano en su pecho y vio que el corazón latía aún. Rasgó la camisa, vendó las heridas lo mejor que pudo y restañó la sangre que corría; después, inclinándose sobre Marius que continuaba sin conocimiento y casi sin respiración, lo miró con un odio indecible.

Al romper la camisa de Marius, encontró en sus bolsillos dos cosas: un pan guardado desde la víspera, y la cartera del joven. Se comió el pan, y abrió la cartera. En la primera página vio las líneas escritas por Marius: "Me llamo Marius Pontmercy. Llevar mi cadáver a casa de mi abuelo, el señor Gillenormand, calle de las Hijas del Calvario número 6, en el Marais".

Jean Valjean permaneció un momento como absorto en sí mismo, repitiendo a media voz: calle de las Hijas del Calvario, número 6, señor Gillenormand. Volvió a colocar la cartera en el bolsillo de Marius. Había comido y recuperó las fuerzas. Puso otra vez al joven en sus hombros, apoyó cuidadosamente la cabeza en su hombro derecho, y continuó bajando por la cloaca.

De súbito se golpeó contra la pared. Había llegado a un ángulo de la alcantarilla caminando desesperado y con la cabeza baja. Alzó los ojos y en la extremidad del subterráneo delante de él, lejos, muy lejos, percibió la claridad. Esta vez no era la claridad terrible, sino la claridad buena y blanca. Era el día. Jean Valjean veía la salida.

Un alma condenada que en medio de las llamas divisara de repente la salida del infierno, experimentaría lo que él experimentó; recobró sus piernas de acero y echó a correr.

A medida que se aproximaba distinguía mejor la salida. Era un arco menos alto que la bóveda, la cual por grados iba decreciendo, y menos ancho que la galería que iba estrechándose mientras la bóveda bajaba.

Llegó a la salida. Allí se detuvo. Era la salida pero no se podía salir. El arco estaba cerrado con una fuerte reja, y la reja, que al parecer giraba muy pocas veces sobre sus oxidados goznes, estaba sujeta al dintel de piedra por una gruesa cerradura llena de herrumbre, que parecía un enorme ladrillo. Se veía el agujero de la llave y el macizo pestillo profundamente encajado en la chapa de hierro.

Jean Valjean colocó a Marius junto a la pared, en la parte seca; se dirigió a la reja y cogió con sus dos manos los barrotes. El sacudimiento fue frenético, pero la reja no se movió. Fue probando uno por uno los barrotes para ver si podía arrancar el menos sólido y convertirlo en palanca para levantar la puerta, o para romper la cerradura. Ningún barrote cedió. El obstáculo era invencible. No había manera de abrir la puerta.

No quedaba más remedio que pudrirse allí. Cuanto había hecho era inútil. Después de tanto esfuerzo, el fracaso. No tenía fuerzas para rehacer el camino, y pensó que todos los respiraderos debían estar igualmente cerrados. No había medio de salir de allí.

Volvió la espalda a la reja y se dejó caer en el suelo cerca de Marius, que continuaba inmóvil. Hundió la cabeza entre sus rodillas. Era la última gota de la amargura.

¿En qué pensaba en aquel profundo abatimiento? Ni en sí mismo, ni en Marius. Pensaba en Cosette.

En medio de tal postración, una mano se apoyó en su hombro y una voz que hablaba bajo, susurró:

—Compartamos.

¿Quién le hablaba en aquel lóbrego sitio? Nada se parece más al sueño que la desesperación, y Jean Valjean creyó estar soñando. No había oído pasos. ¿Era sueño o realidad? Levantó los ojos. Un hombre estaba delante de él.

Iba vestido de blusa y estaba descalzo. Llevaba los zapatos en la mano izquierda pues, sin duda, se los había quitado para llegar sin ser oído.

Jean Valjean no vaciló un momento. A pesar de cogerle tan de improviso, reconoció al hombre. Era Thenardier.

Recobró al instante toda su presencia de ánimo. La situación no podía empeorar, pues hay angustias que no tienen aumento posible y ni el mismo Thenardier añadiría oscuridad a aquella tenebrosa noche.

Thenardier guiñó los ojos tratando de reconocer al hombre que tenía delante de sí. No lo consiguió, porque Jean Valjean volvía la espalda a la luz y estaba, además, tan desfigurado, tan lleno de fango y de sangre, que ni aun en pleno día lo habría reconocido. Al revés, Jean Valjean no tuvo dudas pues el rostro de Thenardier estaba alumbrado por la luz de la reja. Esta desigualdad de posiciones bastaba para dar alguna ventaja a Jean Valjean en el misterioso duelo que iba a comenzar.

El encuentro era entre Jean Valjean con máscara, y Thenardier sin ella. Jean Valjean advirtió inmediatamente que Thenardier no lo reconocía. Thenardier habló primero.

—¿Cómo pretendes salir?

Jean Valjean no contestó.

Thenardier continuó:

—Es imposible abrir la puerta, y, sin embargo, tienes que marcharte.

—Cierto.

—Pues bien, compartamos las ganancias.

—¿Qué quieres decir?

—Has matado a ese hombre, es indudable. Yo tengo la llave.

Thenardier indicaba con el dedo a Marius.

—No lo conozco —prosiguió—, pero quiero ayudarte. Debes ser un camarada.

Jean Valjean empezó a comprender. Thenardier lo tomaba por un asesino.

—Escucha volvió a decir Thenardier—. No habrás matado a ese hombre sin mirar lo que tenía en el bolsillo. Dame la mitad y lo abro la puerta.

Sacando entonces a medias una enorme llave de debajo de su agujereada blusa, añadió:

—¿Quieres ver lo que ha de proporcionarte la salida? Mira.

Jean Valjean quedó atónito, no atreviéndose a creer en la realidad de lo que veía. Era la providencia en formas horribles; era el ángel bueno que surgía ante él bajo la forma de Thenardier. Este sacó de un bolsillo una cuerda, y se la pasó a Jean Valjean.

—Toma —dijo—, te doy además la cuerda.

—¿Para qué?

—También necesitas una piedra; pero afuera la hallarás. Junto a la reja las hay de sobra.

—¿Y para qué necesito esa piedra?

—Imbécil, si arrojas el cadáver al río sin atarle una piedra al pescuezo, flotaría sobre el agua.

Jean Valjean tomó maquinalmente la cuerda, como cualquiera habría hecho en su caso.

Después de una breve pausa, Thenardier añadió:

—Porque no vea tu cara ni conozca tu nombre, no te figures que ignoro lo que eres y lo que quieres. Pero te voy a ayudar. ¡Aunque eres un imbécil! ¿Por qué no lo arrojaste en el fango?

Jean Valjean no despegó los labios.

—Bien puede ser que actuaras cuerdamente —añadió Thenardier, pensativo—; porque mañana los obreros habrían tropezado con el cadáver a hilo por hilo, hebra por hebra, quizá llegaran hasta ti. La policía tiene talento. La cloaca es desleal y denuncia, mientras que el río es la verdadera sepultura. Al cabo de un mes se pesca al hombre con las redes en Saint-Cloud. ¿Y qué importa? Está hecho un desastre. .¿Quién lo mató? París. Y ni siquiera interviene la justicia. Has obrado a las mil maravillas.

Cuanto más locuaz era Thenardier, más mudo se volvía Jean Valjean.

—Terminemos nuestro asunto. Partamos el botín. Has visto mi llave; muéstrame el dinero.

Thenardier tenía la mirada extraviada, feroz, amenazante, y sin embargo el tono era amistoso. Aunque sin afectar misterio, hablaba bajo. No era fácil adivinar la causa. Se encontraban solos y Jean Valjean supuso que tal vez habría más bandidos ocultos en algún rincón, no muy lejos, y que Thenardier no querría repartir el botín con ellos.

—Acabemos —repitió Thenardier—, ¿cuánto tenía ese tipo en los bolsillos?

Jean Valjean metió la mano en los suyos. Tenía la costumbre de llevarlos siempre bien provistos; esta vez, sin embargo, sólo tenía unas cuantas monedas en el bolsillo del chaleco lleno de fango. Las desparramó sobre el suelo, y eran un *luis* de oro, dos *napoleones* y cinco o seis sueldos.

—Lo has matado casi por las gracias —dijo Thenardier.

Y se puso a registrar con toda familiaridad los bolsillos de Jean Valjean y los de Marius. Jean Valjean, preocupado principalmente en que no le diera la claridad en el rostro, lo dejaba hacer. Al examinar la ropa de Marius, Thenardier, con la destreza de un escamoteador, halló medio de arrancar, sin que Jean Valjean lo notara, un pedazo de tela, y ocultarlo debajo de la blusa calculando, sin duda, que podría servirle algún día para saber quiénes eran el hombre asesinado y el asesino.

En cuanto al dinero, no encontró más.

—Es verdad —dijo—, eso es todo.

Y, olvidándose de la idea de compartir, se lo guardó todo. En seguida sacó otra vez la llave.

—Ahora, amigo mío, tienes que salir. Aquí como en la feria, se paga a la salida. Has pagado, sal.

Y se echó a reír.

Que al proporcionar a un desconocido el auxilio de aquella llave y al abrirle la reja, le guiase la intención pura y desinteresada de salvar a un asesino, hay más de un motivo para dudarlo.

Jean Valjean, con la ayuda de Thenardier, colocó de nuevo a Marius sobre sus hombros. Thenardier se dirigió entonces a la reja con sigilo, indicando a Jean Valjean que lo siguiera; miró hacia afuera, se puso el dedo en la boca y permaneció algunos segundos como escuchando. Satisfecho de lo que oyera, introdujo la llave en la cerradura.

Entreabrió la puerta lo suficiente para que saliera Jean Valjean, volvió a cerrar, dio dos vueltas a la llave en la cerradura y se hundió otra vez en las tinieblas, sin hacer el menor ruido. Un segundo después, esta providencia de mala catadura se diluía en lo invisible.

Jean Valjean se encontró al aire libre.

V

Marius parece muerto

Colocó a Marius en la ribera del Sena.

¡Estaban afuera!

Detrás quedaban las miasmas, la oscuridad, el horror; los inundaba ahora el aire puro, impregnado de alegría. La hora del crepúsculo había pasado, y se acercaba a toda prisa la noche, libertadora y amiga de cuantos necesitan un manto de sombra para salir de alguna angustiosa situación.

Durante algunos segundos se sintió Jean Valjean vencido por aquella serenidad augusta y grata. Hay ciertos minutos de olvido en que el padecimiento cesa de oprimir al miserable; en que la paz, cual si fuera la noche, cubre al soñador. Después, como si el sentimiento del deber lo despertara, se inclinó hacia Marius, y cogiendo agua en el hueco de la mano, le salpicó el rostro con algunas gotas. Los párpados de Marius no se movieron, y, sin embargo, su boca entreabierta respiraba.

Iba a introducir de nuevo la mano en el río, cuando tuvo la sensación de que detrás suyo había alguien. Desde hacía poco, había, en efecto, una persona detrás de él.

Era un hombre de elevada estatura, envuelto en una levita larga, y que llevaba en la mano derecha un garrote con puño de plomo. Estaba de pie, a muy corta distancia.

Jean Valjean reconoció a Javert.

Javert, después de su inesperada salida de la barricada, se dirigió a la prefectura de policía, dio cuenta de todo verbalmente al prefecto en persona, y continuó luego su servicio que implicaba, según la nota que se le encontró en Corinto, una inspección de la orilla derecha del Sena, la cual hacía tiempo que despertaba la atención de la policía. Allí había visto a Thenardier, y se puso a seguirlo.

Se comprenderá también que el abrir tan obsequiosamente aquella reja a Jean Valjean, fue una hábil perfidia de Thenardier, que sabía que allí estaba Javert. El hombre espiado tiene un olfato que no lo engaña. Era preciso arrojar algo que roer a aquel sabueso. Un asesino, ¡qué hallazgo! Thenardier, haciendo salir en su lugar a Jean Valjean, proporcionaba una presa a la policía, que así desistiría de perseguirlo y lo olvidaría ante un asunto de mayor importancia; ganaba dinero y quedaba libre el camino para él.

Javert no reconoció a Jean Valjean, que estaba desfigurado.

—¿Quién sois? —preguntó con voz seca y tranquila.

—Yo.

—¿Quién?

—Jean Valjean.

Javert colocó en los hombros de Jean Valjean sus dos robustas manos, que se encajaron allí como si fuesen dos tornillos, lo examinó y lo reconoció. Casi se tocaban sus rostros. La mirada de Javert era terrible.

Jean Valjean permaneció inerte bajo la presión de Javert, como un león que admitiera la garra de un lince.

—Inspector Javert —dijo— estoy en vuestras manos. Por otra parte, desde esta mañana me juzgo prisionero vuestro. No os he dado las señas de mi casa para tratar luego de evadirme. Detenedme. Sólo os pido una cosa.

Javert parecía no escuchar. Tenía clavadas en Jean Valjean sus pupilas, en una meditación feroz. Por fin, lo soltó, se levantó de golpe, cogió de nuevo el garrote y, como en un sueño, murmuró, más bien que pronunció esta pregunta:

—¿Qué hacéis ahí? ¿Quién es ese hombre?

Seguía sin tutear ya a Jean Valjean.

Jean Valjean contestó, y el tono de su voz pareció despertar a Javert.

—De él quería hablaros. Haced de mí lo que os plazca, pero antes ayudadme a llevarlo a su casa. Es todo lo que os pido.

El rostro de Javert se contrajo, como le sucedía siempre que alguien parecía creerle capaz de una concesión. Sin embargo, no respondió negativamente.

Sacó del bolsillo un pañuelo que humedeció en el agua, y limpió la frente ensangrentada de Marius.

—Este hombre estaba en la barricada —dijo a media voz y como hablando consigo mismo—. Es el que llamaban Marius.

Cogió la mano de Marius y le tomó el pulso.

—Está herido —dijo Jean Valjean.

—Está muerto —dijo Javert.

—No todavía...

—¿Lo habéis traído aquí desde la barricada?

Jean Valjean no respondió. Parecía no tener más que un solo pensamiento.

—Vive —dijo— en la calle de las Hijas del Calvario, en casa de su abuelo... No me acuerdo cómo se llama.

Sacó la cartera de Marius, la abrió en la página escrita y se la mostró a Javert.

Este leyó las pocas líneas escritas por Marius, y dijo entre dientes: Gillenormand, calle de las Hijas del Calvario, número 6.

Luego gritó:

—¡Cochero!

Y se guardó la cartera de Marius.

Un momento después, el carruaje estaba en la ribera. Marius fue colocado en el asiento del fondo, y Javert y Jean Valjean ocuparon el asiento delantero.

VI

La vuelta del hijo prodigo

A cada vaivén del carruaje una gota de sangre caía de los cabellos de Marius.

Era noche cerrada cuando llegaron al número 6 de la calle de las Hijas del Calvario.

Javert fue el primero que bajó, y después de cerciorarse de que aquella era la casa que buscaba, levantó el pesado aldabón de hierro de la puerta cochera. El portero apareció bostezando, entre dormido y despierto, con una vela en la mano.

—¿Vive aquí alguien que se llama Gillenormand? —preguntó Javert.

—Sí, aquí vive.

—Le traemos a su hijo.

—¡Su hijo! —dijo el portero atónito.

—Está muerto. Fue a la barricada y ahí le tenéis.

—¡A la barricada! —exclamó el portero.

—Se dejó matar. Id a despertar a su padre.

El portero no se movía.

—¡Id de una vez!

El portero se limitó a despertar a Vasco, Vasco despertó a Nicolasa y Nicolasa despertó a la señorita Gillenormand. En cuanto al abuelo, lo dejaron dormir, pensando que sabría demasiado pronto la desgracia.

Mientras subían a Marius al primer piso, Jean Valjean sintió que Javert le tocaba el hombro. Comprendió, y salió seguido del inspector de policía.

Subieron al carruaje, y el cochero ocupó su asiénto.

—Inspector Javert —dijo Jean Valjean—, concededme otra cosa.

—¿Cuál? —preguntó con dureza Javert.

—Dejad que entre un instante en mi casa. Despés haréis de mí lo que os acomode.

Javert permaneció algunos segundos en silencio, con la barba hundida en el cuello de su abrigo; luego corrió el cristal delantero, y dijo:

—Cochero, calle del Hombre Armado, número siete.

No volvieron a despegar los labios en todo el camino.

¿Qué quería Jean Valjean? Acabar lo que había principiado; advertir a Cosette; decirle dónde estaba Marius, darle quizá alguna otra indicación útil, tomar, si podia, ciertas disposiciones supremas. En cuanto a él, en cuanto a lo que le concernía personalmente, era asunto concluido; Javert lo había capturado y no se resistía.

A la entrada de la calle del Hombre Armado, el coche se detuvo; Javert y Jean Valjean descendieron. Javert despidió al carruaje. Jean Valjean supuso que la intención de Javert era conducirle a pie al cuerpo de guardia. Se internaron en la calle, que, como de costumbre, se hallaba desierta. Llegaron al número 7; Jean Valjean llamó y se abrió la puerta.

—Está bien —dijo Javert—; subid.

Y añadió con extraña expresión, y como si le costase esfuerzo hablar así:

—Os aguardo.

Jean Valjean miró a Javert. Aquel modo de obrar desdecía los hábitos del inspector de policía; pero, resuelto como se mostraba a entregarse y acabar de una vez, no debía sorprenderle mucho que Javert tuviese en aquel caso cierta confianza altiva, la confianza del gato que concede al ratón una libertad de la longitud de su garra.

Subió al primer piso. Una vez allí, hizo una corta pausa. Todas las vías dolorosas tienen sus estaciones. La ventana de la escalera, que era de una sola pieza, estaba corrida. Como en muchas casas antiguas, la escalera tenía vista a la calle. El farol situado enfrente de la casa número 7, comunicaba alguna claridad a los escalones, lo que equivalía a un ahorro de alumbrado.

Jean Valjean, sea para respirar, sea maquinalmente, sacó la cabeza por la ventana y miró la calle, que es corta y bien iluminada. Quedó atónito: no se veía a nadie.

Javert se había marchado.

VII

El abuelo

Marius seguía inmóvil en el canapé donde lo habían tendido a su llegada. El médico estaba ya allí. Lo examinó y, después de cercionarse de
que continuaban los latidos del pulso, de que el joven no tenía en el
pecho ninguna herida profunda, y de que la sangre de los labios provenía de las fosas nasales, lo hizo colocar en una cama, sin almohada,
con la cabeza a nivel del cuerpo, y aun algo más baja y el busto desnudo, a fin de facilitar la respiración.

El cuerpo no había recibido ninguna lesión interior; una bala,
amortiguada al dar en la cartera, se había desviado y al correrse por las
costillas, había abierto una herida de feo aspecto, pero sin profundidad
y por consiguiente sin peligro. El largo paseo subterráneo había acabado de dislocar la clavícula rota, y esto presentaba serias complicaciones.
Tenía los brazos acuchillados; pero ningún tajo desfiguraba su rostro.
Sin embargo, la cabeza estaba cubierta de heridas. ¿Serían peligrosas
estas heridas? ¿Eran superficiales? ¿Llegaban al cráneo? No se podía
decir aún.

El médico parecía meditar tristemente. De tiempo en tiempo hacía una señal negativa con la cabeza, como si respondiera a alguna
pregunta interior. Estos misteriosos diálogos del médico consigo mismo son mala señal para el enfermo. En el momento en que limpiaba el
rostro y tocaba apenas con el dedo los párpados siempre cerrados de
Marius, la puerta del fondo se abrió, y apareció en el umbral una figura
alta y pálida. Era el abuelo.

Sorprendido de ver luz a través de la puerta, se dirigió a tientas
hacia el salón.

Vio la cama y sobre el colchón a aquel joven ensangrentado, blanco como la cera, con los ojos cerrados, la boca abierta, los labios
descoloridos, desnudo hasta la cintura, lleno de heridas, inmóvil y rodeado de luces.

El abuelo sintió de los pies a la cabeza un estremecimiento. Se le
oyó susurrar:

—¡Marius!

—Señor —dijo Vasco—, acaban de traer al señorito. Estaba en la barricada, y...

—¡Ha muerto! —gritó el anciano con voz terrible—. ¡Ah, bandido!

Se torció las manos, prorrumpiendo en una carcajada espantosa.

—¡Está muerto! ¡Está muerto! ¡Se ha dejado matar en las barricadas... por odio a mí!, ¡por vengarse de mí! ¡Ah, sanguinario! ¡Ved cómo vuelve a casa de su abuelo! ¡Miserable de mí! ¡Está muerto!

Se dirigió a la ventana, abrió las dos hojas como si se ahogara.

—¡Traspasado, acuchillado, degollado, exterminado, cortado en trozos, ¿no lo veis? ¡Tunante! ¡Sabía que lo esperaba, que había hecho arreglar su cuarto y colgar a la cabecera de mi cama su retrato de cuando era niño! ¡Sabía que no tenía más que volver, y que no he cesado de llamarlo en tantos años, y que todas las noches me sentaba a la lumbre, con las manos en las rodillas, no sabiendo qué hacer, y que por él me había convertido en un imbécil! ¡Sabías esto, sabías que con sólo entrar y decir soy yo, eras el amo y yo lo obedecería, y dispondrías a tu antojo del bobalicón de tu abuelo! ¡Y te has ido a las barricadas! ¡Uno se acuesta y duerme tranquilo, para encontrarse al despertar con que su nieto está muerto!

Se volvió al médico y le dijo con calma:

—Caballero, os doy las gracias. Estoy tranquilo, soy un hombre; he visto morir a Luis XVI, y sé sobrellevar las desgracias. Pero, ved como le traen a uno sus hijos a casa. ¡Es abominable! ¡Muerto antes que yo! ¡Y en una barricada! ¡Ah, bandido! No es posible irritarse contra un muerto. Sería una estupidez. Es un niño a quien he criado. Yo había entrado ya en años cuando él todavía era pequeñito. Jugaba en las Tullerías con su carretoncito, y para que los inspectores no gruñeran, iba yo tapando con mi bastón los agujeros que él hacía en la tierra. Un día gritó: ¡Abajo Luis XVIII! y se fue. No es culpa mía. Su madre ha muerto. Es hijo de uno de esos bandidos del Loira; pero los niños no pueden responder de los crímenes de sus padres. Me acuerdo cuando era así de chiquitito. ¡Qué trabajo le costaba pronunciar la d! En la dulzura del acento se le hubiera creído un pájaro. Por la mañana, cuando entraba en mi cuarto, yo solía refunfuñar, pero su presencia me producía el efecto del sol. No hay defensa contra esos mocosos. Una vez que os han cogido, ya no os vuelven a soltar. La verdad es que no había otra cosa más querida para mí que ese niño.

Se acercó a Marius, que seguía lívido e inmóvil.

—¡Ah! ¡Desalmado! ¡Clubista! ¡Septembrista! ¡Criminal!

Eran reconvenciones en voz baja dirigidas por un agonizante a un cadáver.

En aquel momento abrió Marius lentamente los párpados, y su mirada, velada aún por el asombro letárgico, se fijó en el señor Gillenormand.

—¡Marius! —gritó el anciano—. ¡Marius! ¡Hijo de mi alma! ¡Hijo adorado! Abres los ojos, me miras, estás vivo, ¡gracias!

Y cayó desmayado.

LIBRO TERCERO
Javert desorientado

I
Javert comete una infracción

Javert se alejó lentamente de la calle del Hombre Armado.

Caminaba con la cabeza baja por primera vez en su vida, y también por primera vez en su vida con las manos cruzadas atrás.

Se internó por las calles más silenciosas. Sin embargo, seguía una dirección. Tomó por el camino más corto hacia el Sena, hasta donde se forma una especie de lago cuadrado que atraviesa un remolino.

Este punto del Sena es muy temido por los marineros, pues quienes caen en aquel remolino no vuelven a aparecer, por más diestros nadadores que sean.

Javert apoyó los codos en el parapeto del muelle, el mentón en sus manos, y se puso a meditar.

En el fondo de su alma acababa de pasar algo nuevo, una revolución, una catástrofe, y había materia para pensar. Padecía atrozmente. Se sentía turbado; su cerebro, tan límpido en su misma ceguera, había perdido la transparencia.

Ante sí veía dos sendas igualmente rectas; pero eran dos y esto le aterraba, pues en toda su vida no había conocido sino una sola línea recta. Y para colmo de angustia aquellas dos sendas eran contrarias y se excluían mutuamente. ¿Cuál sería la verdadera?

Su situación era imposible de expresar.

Deber la vida a un malhechor; aceptar esta deuda y pagarla; estar, a pesar de sí mismo, mano a mano con una persona perseguida por la justicia y pagarle un servicio con otro servicio; permitir que le dijesen: márchate, y decir a su vez: quedas libre; sacrificar el deber a motivos personales; traicionar a la sociedad por ser fiel a su conciencia; todo esto le aterraba.

Le sorprendía que Jean Valjean lo perdonara; y lo petrificaba la idea de que él, Javert, hubiera perdonado a Jean Valjean.

¿Qué hacer ahora? Si malo le parecía entregar a Jean Valjean, no menos malo era dejarlo libre.

Con ansiedad se daba cuenta de que tenía que pensar. La misma violencia de todas estas emociones contradictorias lo obligaba a hacerlo. ¡Pensar! Cosa inusitada para él, y que le causaba un dolor indecible. Hay siempre en el pensamiento cierta cantidad de rebelión interior, y le irritaba sentirla dentro de sí.

Le quedaba un solo recurso: volver apresuradamente a la calle del Hombre Armado y apoderarse de Jean Valjean. Era lo que tenía que hacer. Y sin embargo, no podía. Algo le cerraba ese camino.

¿Y qué era ese algo? ¿Hay en el mundo una cosa distinta de los tribunales, de las sentencias de la policía y de la autoridad? Las ideas de Javert se confundían.

¿No era horrible que Javert y Jean Valjean, el hombre hecho para servir y el hombre hecho para sufrir, se pusieran ambos fuera de la ley?

Su meditación se volvía cada vez más cruel.

Jean Valjean lo desconcertaba. Los axiomas que habían sido los puntos de apoyo de toda su vida caían por tierra ante aquel hombre. Su generosidad lo agobiaba. Recordaba hechos que en otro tiempo había calificado de mentiras y locuras, y que ahora le parecían realidades. El señor Magdalena aparecía detrás de Jean Valjean, y las dos figuras se superponían, hasta formar una sola, que era venerable. Javert sentía penetrar en su alma algo horrible: la admiración hacia un presidiario. Pero ¿se concibe que se respete a un presidiario? No, y a pesar de ello, él lo respetaba. Temblaba. Pero por más esfuerzos que hacía, tenía que confesar en su fuero interno la sublimidad de aquel miserable. Era espantoso.

Un presidiario compasivo, dulce, clemente, recompensando el mal con el bien, el odio con el perdón, la venganza con la piedad, prefiriendo perderse a perder a su enemigo, salvando al que le había golpeado, más cerca del ángel que del hombre; era un monstruo cuya existencia ya no podía negar.

Esto no podía seguir así.

En realidad no se había rendido de buen grado a aquel monstruo, a aquel ángel infame. Veinte veces, cuando iba en el carruaje con Jean Valjean, el tigre legal había rugido en él. Veinte veces había sentido tentaciones de arrojarse sobre él y arrestarlo. ¿Había algo más sencillo? ¿Había cosa más justa? Y entonces, igual que ahora, tropezó con una barrera insuperable; cada vez que la mano del policía se levantaba convulsivamente para coger a Jean Valjean por el cuello, había vuelto a caer, y en el fondo de su pensamiento oía una voz, una voz extraña que le gritaba: "Muy bien, entrega a tu salvador, y en seguida haz traer la jofaina de Poncio Pilatos, y lávate las garras".

Después se examinaba a sí mismo, y junto a Jean Valjean ennoblecido, contemplaba a Javert degradado. ¡Un presidiario era su bienhechor!

Sentía como si le faltaran las raíces. El Código no era más que un papel mojado en su mano. No le bastaba ya la honradez antigua. Un orden de hechos inesperados surgía y lo subyugaba. Era para su alma un mundo nuevo; el beneficio aceptado y devuelto, la abnegación, la misericordia, la indulgencia; no más sentencias definitivas, no más condenas; la posibilidad de una lágrima en los ojos de la ley; una justicia de Dios, contraria a la justicia de los hombres. Divisaba en las tinieblas la imponente salida de un sol moral desconocido, y experimentaba al mismo tiempo el horror y el deslumbramiento de semejante espectáculo.

Se veía en la necesidad de reconocer con desesperación que la bondad existía. Aquel presidiario había sido bueno; y también él, ¡cosa inaudita!, acababa de serlo.

Era un cobarde. Se horrorizaba de sí mismo. Acababa de cometer una falta y no lograba explicarse cómo.

Sin duda tuvo siempre la intención de poner a Jean Valjean a disposición de la ley, de la que era cautivo, y de la cual él, Javert, era esclavo.

Toda clase de novedades enigmáticas se abrían a sus ojos. Se preguntaba: ¿Por qué ese presidiario a quien he perseguido hasta acosarlo, que me ha tenido bajo sus pies, que podía y debía vengarse, me ha perdonado la vida? ¿Por deber? No. Por algo más. Y yo, al dejarlo libre, ¿qué hice? ¿Mi deber? No, algo más. ¿Hay, pues, algo por encima del deber? Al llegar aquí se asustaba. Desde que fue adulto y empezó a desempeñar su cargo, cifró en la policía casi toda su religión. Tenía un solo superior, el prefecto, y nunca pensó en Dios, en ese otro ser superior. Este nuevo jefe, Dios, se le presentaba de improviso y lo hacía sentir incómodo. Pero ¿cómo hacer para presentarle su dimisión?

El hecho predominante para él era que acababa de cometer una espantosa infracción. Había dado libertad a un criminal reincidente; nada menos. No se comprendía a sí mismo ni concebía las razones de su modo de obrar. Sentía una especie de vértigo. Hasta entonces había vivido con la fe ciega que engendra la probidad tenebrosa. Ahora lo abandonaba esa fe; todas sus creencias se derrumbaban. Algunas verdades que no quería escuchar lo asediaban inexorablemente.

Padecía los extraños dolores de una conciencia ciega, bruscamente devuelta a la luz. En él había muerto la autoridad; ya no tenía razón de existir.

¡Qué situación tan terrible la de sentirse conmovido! ¡Ser de granito y dudar! ¡Ser hielo, y derretirse! ¡Sentir de súbito que los dedos se abren para soltar la presa!

No había sino dos maneras de salir de un estado insoportable. Una, ir a casa de Jean Valjean y arrestarlo. Otra...

Javert dejó el parapeto y, esta vez con la cabeza erguida, se dirigió con paso firme al puesto de policía.

Allí dio su nombre, mostró su tarjeta y se sentó junto a una mesa sobre la cual había pluma, tintero y papel. Tomó la pluma y un pliego de papel, y se puso a escribir lo siguiente: "Algunas observaciones para el bien del Servicio.

"Primero. Suplico al señor prefecto que pase la vista por las siguientes líneas.

"Segundo. Los detenidos que vienen de la sala de Audiencia se quitan los zapatos, y permanecen descalzos en el piso de ladrillos mientras se les registra. Muchos tosen cuando se les conduce al encierro. Esto ocasiona gastos de enfermería.

"Tercero. Es conveniente que al seguir una pista lo hagan dos agentes y que no se pierdan de vista, con el objeto de que si por cualquier causa un agente afloja en el servicio, el otro lo vigile y cumpla su deber.

"Cuarto. No se comprende por qué el reglamento especial de la cárcel prohíbe al preso que tenga una silla, aun pagándola.

"Quinto. Los detenidos, llamados ladradores, porque llaman a los otros a la reja, exigen dos sueldos de cada preso por pregonar su nombre con voz clara. Es un robo.

"Sexto. Se oye diariamente a los gendarmes referir en el patio de la Prefectura los interrogatorios de los detenidos. En un gendarme, que debiera ser sagrado, semejante revelación es una grave falta".

Javert trazó las anteriores líneas con mano firme y escritura correctas, no omitiendo una sola coma, y haciendo crujir el papel bajo su pluma, y al pie estampó su firma y fecha, "7 de junio de 1832, a eso de la una de la madrugada".

Dobló el papel en forma de carta, lo selló, lo dejó sobre la mesa y salió.

Cruzó de nuevo diagonalmente la plaza del Chatelet, llegó al muelle, y fue a situarse con una exactitud matemática en el punto mismo que dejara un cuarto de hora atrás. Los codos, como antes, sobre el parapeto. Parecía no haberse movido.

Oscuridad completa. Era el momento sepulcral que sigue a la medianoche.

Nubes espesas ocultaban las estrellas. El cielo tenía un aspecto siniestro; no pasaba nadie; las calles y los muelles hasta donde la vista podía alcanzar, estaban desiertos; el río había crecido con las lluvias.

Javert inclinó la cabeza y miró. Todo estaba negro. No veía nada, pero sentía el frío hostil del río y el olor insípido de las piedras. La sombra que lo rodeaba estaba llena de horror.

Javert permaneció algunos minutos inmóvil, mirando aquel abismo de tinieblas. El único ruido era el del agua. De repente se quitó el sombrero y lo puso sobre la barandilla. Poco después apareció de pie sobre el parapeto una figura alta y negra, que a lo lejos cualquier transeúnte podría tomar por un fantasma; se inclinó hacia el Sena, volvió a enderezarse, y cayó luego a plomo en las tinieblas.

Hubo una agitación en el río, y sólo la sombra fue testigo de las convulsiones de aquella forma oscura que desapareció bajo las aguas.

LIBRO CUARTO
El nieto y el abuelo

I
Volvemos a ver el árbol con el parche de zinc

Poco tiempo después de estos acontecimientos, Boulatruelle tuvo una viva emoción.

Se recordará que Boulatruelle era aquel peón caminero de Montfermeil, aficionado a las cosas turbias. Partía piedras y con ellas golpeaba a los viajeros que pasaban por los caminos. Tenía un solo sueño: como creía en los tesoros ocultos en el bosque de Montfermeil, esperaba que un día cualquiera encontraría dinero en la tierra al pie de un árbol. Por mientras, tomaba con agrado el dinero de los bolsillos de los viajeros.

Pero por ahora era prudente. Había escapado con suerte de la emboscada en la buhardilla de Jondrette, gracias a su vicio: estaba absolutamente borracho aquella noche. Nunca se pudo comprábar si estaba allí como ladrón o como víctima. Por lo tanto, fue puesto en libertad. Volvió a su trabajo a los caminos, pensativo, temeroso, cuidadoso en los robos y más aficionado que nunca al vino.

Una mañana en que se dirigía al despuntar el día a su trabajo, divisó entre los ramajes a un hombre cuya silueta le pareció conocida. Boulatruelle, por borracho que fuera, tenía una excelente memoria.

—¿Dónde diablos he visto yo alguien así? —se preguntó.

Pero no pudo darse una respuesta clara.

Hizo sus lucubraciones y sus cálculos. El hombre no era del pueblo; llegaba a pie; había caminado toda la noche; no podía venir de muy lejos, pues no traía maleta. Venía de París, sin duda. ¿Qué hacía en ese bosque, y a esa hora?

Boulatruelle pensó en el tesoro. A fuerza de retroceder en su memoria, se acordó vagamente de haber vivido esa escena, muchos años atrás, y le pareció que podía ser el mismo hombre.

En medio de su meditación bajó sin darse cuenta la cabeza, cosa natural pero poco hábil. Cuando la levantó, el hombre había desaparecido.

—¡Demonios! —exclamó—. Ya lo encontraré. Descubriré de qué parroquia es el parroquiano. Este caminante del amanecer tiene un secreto, y yo lo sabré. No hay secretos en mi bosque sin que yo los descubra.

Y se internó en la espesura.

Cuando había caminado unos cien pasos, la claridad del día que nacía vino en su ayuda. Encontró ramas quebradas, huellas de pisadas. Después, nada. Siguió buscando, avanzaba, retrocedía. Vio al hombre en la parte más enmarañada del bosque, pero lo volvió a perder.

Tuvo una idea. Boulatruelle conocía bien el lugar, y sabía que había en un claro del bosque, junto a un montón de piedras, un castaño medio seco en cuya corteza habían puesto un parche de zinc. El famoso tesoro estaba seguramente ahí. Era cuestión de recogerlo. Ahora, que llegar hasta ese claro no era fácil. Tomaba su buen cuarto de hora y por senderos zigzagueantes. Prefirió tomar el camino derecho; pero éste era tremendamente intrincado y agreste. Tuvo que abrirse paso entre acebos, ortigas, espinos, cardos. Hasta tuvo que atravesar un arroyo. Por fin llegó, todo arañado, a su meta. Había demorado cuarenta minutos. El árbol y las piedras estaban en su lugar, pero el hombre se había esfumado en el bosque. ¿Hacia dónde? Imposible saber. Y, para su gran angustia, vio delante del castaño del parche de zinc la tierra recién removida, una piqueta abandonada, y un hoyo. El hoyo estaba vacío.

—¡Ladrón! —gritó Boulatruelle, amenazando con sus puños hacia el horizonte.

II

Marius, saliendo de la guerra civil, se prepara para la guerra familiar

Marius permaneció mucho tiempo entre la vida y la muerte. Durante algunas semanas tuvo fiebre acompañada de delirio y síntomas cerebrales de alguna gravedad, causados más bien por la conmoción de las heridas en la cabeza que por las heridas mismas.

Repitió el nombre de Cosette noches enteras en medio de la locuacidad propia de la alta temperatura.

Mientras duró el peligro, el señor Gillenormand, a la cabecera del lecho de su nieto, estaba como Marius, ni vivo ni muerto.

Todos los días una, y hasta dos veces, un caballero de pelo blanco y decentemente vestido (tales eran las señas del portero), venía a saber del enfermo y dejaba para las curaciones un gran paquete de vendas.

Por fin, el 7 de septiembre, al cabo de tres meses desde la fatal noche en que le habían traído moribundo a casa de su abuelo, el médico declaró que había pasado el peligro.

Empezó la convalecencia. Sin embargo, tuvo que permanecer aún más de dos meses sentado en un sillón, a causa de la fractura de la clavícula.

El señor Gillenormand padeció al principio todas las angustias para experimentar luego todas las dichas.

El día en que el facultativo le anunció que Marius estaba fuera de peligro, faltó poco al anciano para volverse loco; al entrar en su cuarto esa noche, bailó una gavota, imitó las castañuelas con los dedos y cantó.

Luego se arrodilló sobre una silla, y Vasco, que le veía desde la puerta a medio cerrar, no tuvo duda de que oraba. Hasta entonces no había creído verdaderamente en Dios.

Marius pasó a ser el dueño de la casa; el señor Gillenormand, en el colmo de su júbilo, había abdicado, viniendo a ser el nieto de su nieto.

En cuanto a Marius, mientras se dejaba curar y cuidar, no tenía más que una idea fija: Cosette. No sabía qué había sido de ella. Los sucesos de la calle de la Chanvrerie vagaban como una nube en su memona; los confusos nombres de Eponina, Gavroche, Mabeuf, Thenardier y todos sus amigos envueltos lúgubremente en el humo de la barricada, flotaban en su espíritu; la extraña aparición del señor Fauchelevent en aquella sangrienta aventura le causaba el efecto de un enigma en una tempestad. Tampoco comprendía cómo ni por quién había sido salvado. Los que lo rodeaban sabían sólo que le habían traído de noche en un coche de alquiler.

Pasado, presente, porvenir, nieblas, ideas vagas en su mente; pero en medio de aquella bruma había un punto inmóvil, una línea clara y precisa, una resolución, una voluntad: encontrar a Cosette.

Los cuidados y cariños de su abuelo no lo conmovían; quizá desconfiaba de aquella solicitud como de una cosa extraña y nueva, encaminada a dominarlo. Se mantenía, pues, frío. Y luego, a medida que iba cobrando fuerzas, renacían los antiguos agravios, se abrían de nuevo las envejecidas úlceras de su memoria, pensaba en el pasado, el coronel Pontmercy se interponía entre él y el señor Gillenormand, y el resultado era que ningún bien podía esperar de quien había sido tan injusto y tan duro con su padre. Su salud y la aspereza hacia su abuelo seguían la misma proporción. El anciano lo notaba, y sufría sin despegar los labios.

No cabía duda de que se aproximaba una crisis. Marius esperaba la ocasión para presentar el combate, y se preparaba para una negativa, en cuyo caso dislocaría su clavícula, dejaría al descubierto las llagas que aún estaban sin cerrarse, y rechazaría todo alimento. Las heridas eran sus municiones. Cosette o la muerte. Aguardó el momento favorable con la paciencia propia de los enfermos. Ese momento llegó.

III

Marius ataca

Un día el señor Gillenormand, mientras que su hija arreglaba los frascos y las tazas en el mármol de la cómoda, inclinado sobre Marius, le decía con la mayor ternura:

—Mira, querido mío, en lo lugar preferiría ahora la carne al pescado. Un lenguado frito es bueno al principio de la convalecencia; pero después al empezar a levantarse el enfermo, no hay como una chuleta.

Marius, que había recobrado ya casi todo su vigor, hizo un esfuerzo, se incorporó en la cama, apoyó las manos en la colcha, miró a su abuelo de frente, frunció el seño, y dijo:

—Esto me ayuda a deciros una cosa.

—¿Cuál?

—Que quiero casarme.

—Lo había previsto —dijo el abuelo soltando una carcajada.

—¿Cómo previsto?

Marius, atónito y sin saber qué pensar, se sintió acometido de un temblor.

El señor Gillenormand, continuó:

—Sí; verás colmados tus deseos; tendrás a esa preciosa niña. Ella viene todos los días, bajo la forma de un señor ya anciano, a saber de ti. Desde que estás herido pasa el tiempo en llorar y en hacer vendas. Me he informado, y resulta que vive en la calle del Hombre Armado, número 7. ¡Ah! ¿Conque la quieres? Perfectamente; la tendrás. Esto destruye todos tus planes, ¿eh? Habías formado lo conspiracioncilla, y lo decías: "Voy a imponerle mi voluntad a ese abuelo, a esa momia de la Regencia y del Directorio, a ese antiguo pisaverde, a ese Dorante convertido en Geronte. También él ha tenido sus veinte años; será preciso que se acuerde". ¡Ah! Te has llevado un chasco, y bien merecido. Te ofrezco una chuleta y me respondes que quieres casarte. Golpe de efecto. Contabas con que habría escándalo, olvidándote de que soy un viejo cobarde. Estás con la boca abierta. No esperabas encontrar al abuelo más borrico que tú, y pierdes así el discurso que debías dirigirme. ¡Imbécil! Escucha. He tomado informes, pues yo también soy astuto, y sé que es hermosa y formal. Vale un Perú, te adora, y si hubieras muerto, habríamos sido tres; su ataúd hubiera acompañado al mío. Desde que lo vi mejor, se me ocurrió traértela, pero una joven bonita no es el mejor remedio contra la fiebre. Por último, ¿a qué hablar más de eso? Es negocio hecho; tómala. ¿Te parezco feroz? He visto que no me querías, y he dicho para mis adentros: ¿qué podría hacer para que ese animal me quiera? Darle a su Cosette. Caballero, tomaos la molestia de casaros. ¡Sé dichoso, hijo de mi alma!

Dicho esto, el anciano prorrumpió en sollozos. Cogió la cabeza de Marius, la estrechó contra su pecho y los dos se pusieron a llorar. El llanto es una de las formas de la suprema dicha.

—¡Padre! —exclamó Marius.

—¡Ah! ¡Conque me quieres! —dijo el anciano.

Hubo un momento de inefable expansión, en que se ahogaban sin poder hablar.

Por fin, el abuelo tartamudeó:

—Vamos, ya estás desenojado, ya has dicho padre.

Marius desprendió su cabeza de los brazos del anciano y dijo alzando apenas la voz:

—Pero, padre, ahora que estoy sano, me parece que podría verla.

—También lo tenía previsto. La verás mañana.

—¡Padre!

—¿Qué?

—¿Por qué no hoy?

—Sea hoy, concedido. Me has dicho tres veces padre y vaya lo uno por lo otro. En seguida te la traerán. Lo tenía previsto, créeme.

IV

El señor Faucbelevent con un bulto
debajo del brazo

Cosette y Marius se volvieron a ver. Toda la familia, incluso Vasco y Nicolasa, estaba reunida en el cuarto de Marius cuando entró Cosette.

Precisamente en aquel instante iba a sonarse el anciano y se quedó parado, cogida la nariz, y mirando a Cosette por encima del pañuelo.

—¡Adorable! —exclamó.

Después se sonó estrepitosamente.

Cosette estaba embriagada de felicidad, medio asustada, en el cielo. Balbuceaba, ya pálida, ya encendida, queriendo echarse en brazos de Marius, y sin atreverse.

Detrás de Cosette había entrado un hombre de cabellos blancos, serio y, sin embargo, sonriente, aunque su sonrisa tenía cierto tinte vago y doloroso. Era el señor Fauchelevent; era Jean Valjean. En el cuarto de Marius permaneció junto a la puerta. Llevaba bajo el brazo un paquete bastante parecido a un libro con cubierta de papel verde, algo mohoso.

El señor Gillenormand lo saludó y dijo con voz alta:

—Señor Fauchelevent, tengo el honor de pediros para mi nieto, el señor barón Marius de Pontmercy, la mano de esta señorita.

El señor Fauchelevent se inclinó en señal de asentimiento.

—Negocio concluido —dijo el abuelo.

Y volviéndose hacia Marius y Cosette, con los dos brazos extendidos en actitud de bendecir, les gritó:

—Se os permite adoraros.

No dieron lugar a que se les repitiese pues en seguida empezó el susurro, Marius recostado en el sillón y Cosette de pie junto a él. Después, como había gente delante, cesaron de hablar, contentándose con estrecharse suavemente las manos.

El señor Gillenormand se volvió a los que estaban en el cuarto, y les dijo:

—Vamos, hablad alto, meted ruido, ¡qué diablos!, para que estos muchachos puedan charlar a gusto.

Permaneció un instante en silencio, y luego dijo, mirando a Cosette:

—¡Es preciosa! ¡Preciosa! Hijos míos, adoraos. Pero —añadió poniéndose triste de repente—, ¡qué lástima! Ahora que pienso, sois tan pobres. Más de la mitad de mis rentas son vitalicias. Mientras yo viva, todo marchará bien; pero, después que muera, de aquí a unos veinte años, ¡ah, pobrecillos! No tendréis un centavo.

Se oyó entonces una voz grave y tranquila, que decía:

—La señorita Eufrasia Fauchelevent tiene seiscientos mil francos.

Era la voz de Jean Valjean.

No había desplegado aún los labios; nadie parecía cuidarse siquiera de que estuviese allí, y él permanecía de pie a inmóvil detrás de todos aquellos seres dichosos.

—¿Quién es la señorita Eufrasia? —preguntó el abuelo, asustado.

—Soy yo —respondió Cosette.

—¡Seiscientos mil francos! —exclamó el señor Gillenormand.

—Menos catorce o quince mil quizá —dijo Jean Valjean.

Y colocó en la mesa el paquete. Lo abrió; era un legajo de billetes de banco. Los contó, y había en total quinientos ochenta y cuatro mil francos.

—¡Miren ese diablo de Marius que ha ido a tropezar en la región de los sueños con una millonaria! Ni Rothschild.

En cuanto a Marius y Cosette, no hacían más que mirarse, prestando apenas atención a aquel incidente.

V

Más vale depositar el dinero en el bosque que en el banco

Jean Valjean después del caso Champmathieu pudo, gracias a su primera evasión, ir a París y retirar de Casa Laffitte la suma que tenía depositada a nombre del señor Magdalena. Temiendo ser apresado de nuevo, escondió el dinero en el bosque de Montfermeil dentro de un pequeño cofre de madera. Junto a los billetes puso su otro tesoro, los candelabros del obispo. Fue en esa ocasión cuando lo vio Boulatruelle por primera vez. Cada vez que necesitaba dinero, venía Jean Valjean al bosque.

Cuando supo que Marius comenzaba a convalecer, pensó que había llegado la hora en que aquel dinero sería de utilidad, y fue a buscarlo. Fue la segunda y última vez que lo vio Boulatruelle.

De los seiscientos mil francos originales, Jean Valjean había retirado cinco mil francos, que fue lo que costó la educación de Cosette, más quinientos francos para sus gastos personales.

Jean Valjean sabía que nada tenía ya que temer de Javert. Había oído contar, y lo vio confirmado en el Monitor, el caso de un inspector de policía, llamado Javert, al que encontraron ahogado debajo de un lanchón, entre el Pont-du-Change y el Puente Nuevo. Un escrito que había dejado el tal inspector, hombre por otra parte irreprochable y apreciadísimo de sus jefes, inducía a creer en un acceso de enajenación mental como causa inmediata del suicidio.

—En efecto —pensó Jean Valjean— debía estar loco cuando, a pesar de tenerme en su poder, me dejó ir libre.

VI

Los dos ancianos procuran labrar, cada uno a su manera, la felicidad de Cosette

Se dispuso todo para el casamiento, que se fijó para el mes de febrero. Corría el mes de diciembre. Cosette y Marius habían pasado repentinamente del sepulcro al paraíso. La transición había sido tan inesperada que casi les hizo perder el sentido.

—¿Comprendes algo de todo esto? —preguntaba Marius a Cosette.

—No —respondía Cosette—; pero me parece que Dios nos está mirando.

Jean Valjean concilió y facilitó todo, apresurando la dicha de Cosette con tanta solicitud y alegría, a lo menos en la apariencia, como la joven misma. La circunstancia de haber sido alcalde le ayudó a resolver un problema delicado, cuyo secreto le pertenecía a él sólo: el estado civil de Cosette. Supo allanar todas las dificultades, dando a Cosette una familia de personas ya difuntas, lo cual era el mejor medio de evitar problemas. Cosette era el último vástago de un tronco ya seco; debía el nacimiento, no a él, sino a otro Fauchelevent, hermano suyo.

Los dos hermanos habían sido jardineros en el convento del Pequeño Picpus. Las buenas monjas dieron excelentes informes. Poco aptas y sin inclinación a sondear las cuestiones de paternidad, no supieron nunca fijamente de cuál de los dos Fauchelevent era hija Cosette. Se extendió un acta y Cosette fue, ante la ley, la señorita Eufrasia Fauchelevent, huérfana de padre y madre.

En cuanto a los quinientos ochenta y cuatro mil francos, era un legado hecho a Cosette por una persona, ya difunta, y que deseaba permanecer desconocida.

Había esparcidas acá y allá algunas singularidades; pero se hizo la vista gorda. Uno de los interesados tenía los ojos vendados por el amor y los demás por los seiscientos mil francos.

Cosette supo que no era hija de aquel anciano, a quien había llamado padre tanto tiempo. En otra ocasión esto la habría lastimado, pero en aquellos momentos supremos de inefable felicidad, fue apenas una sombra, una nubecilla, que el exceso de alegría disipó pronto. Tenía a Marius. Al mismo tiempo de desvanecerse para ella la personalidad del anciano, surgía la del joven. Así es la vida.

Continuó, sin embargo, llamando padre a Jean Valjean.

Se dispuso que los esposos habitaran en casa del abuelo. El señor Gillenormand quiso cederles su cuarto por ser el más hermoso de la casa.

—Esto me rejuvenecerá —decía—. Es un antiguo proyecto. Había tenido siempre la idea de cónvertir mi cuarto en cámara nupcial.

Su biblioteca se transformó en despacho de abogado para Marius.

VII

Recuerdos

Los enamorados se veían diariamente, pues Cosette iba a casa de Marius con su padre. Pontmercy y el señor Fauchelevent no se hablaban. Parecía algo convenido.

Al discutir sobre política, aunque vagamente y sin determinar nada, en el tema del mejoramiento general de la suerte de todos llegaban a decirse algo más que sí y no.

Una vez, con motivo de la enseñanza, que Marius quería que fuese gratuita y obligatoria, prodigada a todos como el aire y el sol, en una palabra, respirable al pueblo entero, fueron de la misma opinión, y casi entraron en conversación. Marius notó entonces que el señor Fauchelevent hablaba bien, y hasta con cierta elevación de lenguaje. Le faltaba, sin embargo, un no se sabe qué. El señor Fauchelevent tenía algo de menos que el hombre de mundo, y algo de más.

Marius, interiormente y en el fondo de su pensamiento, se hacía todo género de preguntas mudas. Se preguntaba si estaba bien seguro de haber visto al señor Fauchelevent en la barricada, y hasta si existió el motín.

A veces sentía el humo de la barricada, veía de nuevo caer a Mabeuf, oía a Gavroche cantar bajo la metralla, sentía en sus labios el frío de la frente de Eponina, vislumbraba las sombras de todos sus amigos. Aquellos seres queridos, impregnados de dolor, valientes, ¿eran creaciones de su fantasía? ¿Existieron realmente? ¿Dónde estaban, pues, ahora? ¿Habían muerto, sin quedar uno solo?

VIII
Dos hombres difíciles de encontrar

La dicha no consiguió borrar en el espíritu de Marius todas sus otras preocupaciones.

Mientras llegaba la época fijada, se dedicó a hacer escrupulosas indagaciones retrospectivas. Tenía deudas de gratitud con dos personas, tanto en nombre de su padre como en el suyo propio. Una era con Thenardier, y la otra con el desconocido que lo llevó a casa de su abuelo.

Deseaba encontrar a estos dos hombres, pues no podía conciliar la idea de su felicidad con la de olvidarlos, pareciéndole que esas deudas de gratitud no pagadas ensombrecerían su vida futura.

El que Thenardier fuese un infame no impedía que hubiera salvado al coronel Pontmercy. Thenardier era un bandido para todos excepto para Marius, que ignoraba la verdadera escena del campo de batalla de Waterloo y no sabía, por lo tanto que su padre, aunque debía la vida a Thenardier, no le debía, en atención a las circunstancias particulares de aquel hecho, ninguna gratitud.

Pero no logró descubrir la pista de Thenardier. Sólo averiguó que su mujer había muerto en la cárcel durante el proceso. Thenardier y su hija Azelma, únicos personajes que quedaban de aquel deplorable grupo, habían desaparecido de nuevo en las tinieblas.

En cuanto al individuo que había salvado a Marius, las indagaciones llegaron hasta el carruaje que lo trajera a casa de su abuelo, la noche del 6 de junio. El cochero contó su historia con el policía, la captura del hombre que salió de la cloaca con el herido a cuestas, la llegada a la calle de las Hijas del Calvario, y finalmente el momento en que el policía lo despachó y se llevó al otro individuo.

Marius sólo recordaba haber perdido el conocimiento cuando una mano lo cogió al momento de caer al suelo, y luego despertó en casa del abuelo. Se perdía en conjeturas. ¿Cómo, si cayó en la calle de la Chanvrerie el policía lo recogió en el puente de los Inválidos? Alguien lo había trasladado desde el barrio del Mercado a los Campos Elíseos a través de la cloaca. ¡Inaudita abnegación! ¿Y quién era ese alguien? ¿Habría muerto? ¿Qué clase de hombre era? Nadie podía decirlo. El cochero se limitaba a responder que la noche estaba muy oscura; Vasco y Nicolasa, en su azoramiento, habían mirado sólo al señorito cubierto de sangre.

Esperando que lo ayudarían en sus investigaciones, conservó Marius la ropa ensangrentada que tenía puesta esa noche. Al examinar la levita, notó que a uno de los faldones le faltaba un pedazo.

Una tarde hablaba Marius delante de Cosette y de Jean Valjean de esta singular aventura y de la inutilidad de sus esfuerzos. Le molestó el rostro frío del señor Fauchelevent, y exclamó con una vivacidad que casi tenía la vibración de la cólera:

—Sí, ese hombre, quienquiera que sea, ha sido sublime. ¿Sabéis qué hizo? Se arrojó en medio del combate, me sacó de allí, abrió la alcantarilla, bajó a ella conmigo. Tuvo que andar más de legua y media por horribles galerías subterráneas, encorvado en medio de las tinieblas, a través de las cloacas. ¿Y con qué objeto? Sin otro objeto que salvar un cadáver. Y el cadáver era yo. Sin duda pensó: quizás en ese miserable haya todavía un resto de vida y para salvar esa pobre chispa voy a aventurar mi existencia. ¡Y no la arriesgó una vez, sino veinte! Cada paso era un peligro. La prueba es que lo aprehendieron al salir de la cloaca. ¿Sabéis que ese hombre hizo todo esto sin esperar ninguna recompensa? ¿Qué era yo? Un insurrecto, un vencido. ¡Oh!, si los seiscientos mil francos de Cosette fuesen míos...

—Son vuestros —interrumpió Jean Valjean.

—Pues bien —continuó Marius—, los daría por encontrar a ese hombre.

Jean Valjean guardó silencio.

LIBRO QUINTO
La noche en blanco

I
El 16 de febrero de 1833

La noche del 16 de febrero de 1833 fue una noche bendita. Sobre sus sombras estaba el cielo abierto. Fue la noche de la boda de Marius y Cosette. La fiesta del casamiento se efectuó en casa del señor Gillenormand.

A pesar de lo natural y trillado que es el asunto del matrimonio, las amonestaciones, las diligencias civiles, los trámites en la iglesia ofrecen siempre alguna complicación; por eso no pudo estar todo listo hasta del 16 de febrero. Ahora bien, ese 16 de febrero era martes de Carnaval, lo cual dio lugar a vacilaciones y escrúpulos, en particular de la señorita Gillenormand.

—¡Martes de Carnaval! —exclamó el abuelo—. Tanto mejor. Hay un refrán que dice: "Si en carnaval te casas no habrá ingratos en tu casa".

Unos días antes del fijado para el casamiento, Jean Valjean tuvo un pequeño accidente. Se lastimó el dedo pulgar de la mano derecha; y sin ser cosa grave, como que no permitió que nadie lo curara ni que nadie viera siquiera en qué consistía la lastimadura, tuvo que envolverse la mano en una venda y llevar el brazo colgado de un pañuelo, por lo cual no le fue posible firmar ningún papel. Lo hizo en su lugar el señor Gillenormand, como tutor sustituto de Cosette.

Todo fue normal ese día, salvo un incidente que se produjo cuando los novios se dirigían a la iglesia. Debido a arreglos en el pavimento, la comitiva nupcial hubo de pasar por la avenida donde se desarrollaba el Carnaval. En la primera berlina iba Cosette con el señor Gillenormand y Jean Valjean. En la segunda iba Marius.

Los carruajes tuvieron que detenerse en la fila que se dirigía a la Bastilla; casi al mismo instante en el otro extremo, la otra fila que iba hacia la Magdalena, se detuvo también. Había allí un carruaje lleno de máscaras que participaban en las fiestas.

La casualidad quiso que dos máscaras de aquel carruaje, un espa- ñol de descomunal nariz con enormes bigotes negros, y una verdulera flaca, aún en la flor de la edad, y con antifaz, quedaran al frente del coche de la novia.

—¿Ves a ese viejo? —dijo el hombre.

—¿Cuál?

—Aquel que va en el primer coche, a este lado.

—¿El que lleva el brazo metido en un pañuelo negro?

—El mismo. ¡Que me ahorquen si no lo conozco! ¿Puedes ver a la novia inclinándote un poco?

—No puedo.

—No importa. Te digo que conozco al del brazo vendado.

—¿Y qué ganas con conocerlo?

—Escucha.

—Escucho.

—Yo, que vivo oculto, no puedo salir sino disfrazado. Mañana no se permiten ya máscaras como que es miércoles de Ceniza, y corro peligro de que me echen el guante. Fuerza es que me vuelva a mi agu- jero. Tú estás libre.

—No del todo.

—Más que yo al menos.

—Bien. ¿Qué es lo que quieres?

—Que averigües dónde viven los de esa boda.

—¿Adónde van?

–Sí, es muy importante, Azelma, ¿me entiendes?

Se reinició el fluir de los vehículos, y el carruaje de las máscaras perdió al de los novios.

II
Jean Valjean contínúa enfermo

Cosette irradiaba hermosura y amor. Los hermosos cabellos de Marius estaban lustrosos y perfumados; pero se entreveían acá y allá las cicatrices de la barricada.

Todos los tormentos pasados se convertían para ellos en goces. Les parecía que los disgustos, los insomnios, las lágrimas, las angustias, los terrores, la desesperación, al transformarse en caricias y rayos de luz hacían aún más agradable el momento que se aproximaba. ¡Qué bueno es haber sufrido! Sin las desgracias anteriores fuera menos grande ahora su felicidad.

Cosette no había mostrado nunca más cariño a Jean Valjean; exhalaba el amor y la bondad como un perfume. Es propio de las personas felices desear que las demás también lo sean. Buscaba para hablarle las inflexiones de voz del tiempo en que era niña, y lo acariciaba con su sonrisa.

—¿Estáis contento, padre?

—Sí.

—Entonces, reíos.

Jean Valjean se sonrió.

Antes de pasar al comedor donde se había preparado un banquete, el señor Gillenormand buscó a Jean Valjean.

—¿Sabes dónde está el señor Faucheleventi?— preguntó a Vasco.

—Señor, precisamente acaba de salir, y me encargó decirle que le dolía mucho la mano, lo cual le impedía comer con el señor barón y la señora baronesa. Que rogaba lo dispensaran, y que vendría mañana a primera hora.

Aquel sillón vacío entibió un instante la euforia del banquete nupcial, pero el señor Gillenormand ocupó al lado de Cosette el sitio destinado a Jean Valjean y las cosas se arreglaron. Cosette, al principio triste por la ausencia de su padre, acabó recuperando su alegría. Teniendo a Marius, Cosette no hubiera echado de menos ni al mismo Dios. Al cabo de cinco minutos, la risa y el júbilo reinaban de un extremo al otro de la mesa.

III

La inseparable

¿Qué se había hecho Jean Valjean?

Aprovechó un instante en que nadie lo miraba, y salió del salón. Habló con Vasco y se marchó.

Las ventanas del comedor daban a la calle. Permaneció algunos minutos de pie a inmóvil en la oscuridad, delante de aquellas ventanas iluminadas. Estaba escuchando. El confuso ruido del banquete llegaba hasta él. Oía la voz alta del abuelo, los violines, el sonido de los platos y los vasos, las carcajadas, y en medio de todo aquel alegre rumor, distinguía la dulce voz de Cosette.

Se fue a su casa. Al entrar encendió la vela y subió. La habitación estaba vacía; hasta faltaba Santos, quien desde ahora atendía a Cosette. Sus pisadas hacían en los cuartos más ruido que de ordinario.

Entró en el cuarto de Cosette. La cama sin hacer ofrecía a sus ojos el espectáculo de colchones arrollados y almohadas sin funda que daban a entender que nadie debía volver a acostarse en aquel lecho.

Volvió a su dormitorio. Había sacado el brazo del pañuelo, y se servía de la mano derecha sin ningún dolor.

Se acercó a la cama, y sus ojos, no sabemos si por casualidad o de intento, se fijaron en la "inseparable", como llamaba Cosette a la maleta que tanto la intrigaba. La abrió y fue sacando de ella uno a uno los vestidos con que diez años antes había partido Cosette de Montfermeil;

primero el traje negro, después el pañuelo también negro, en seguida los zapatos, tan grandes que casi podrían servir aún a Cosette, por lo diminuto de su pie; el delantal y las medias de lana. El era quien había llevado a Montfermeil estos vestidos de luto para Cosette.

A medida que los sacaba de la maleta, iba poniéndolos en la cama.

Pensaba. Recordaba.

En invierno, en diciembre, con más frío que de costumbre, estaba tiritando la niña medio desnuda, apenas envuelta en harapos, con los pies amoratados y metidos en unos zuecos rotos, y él la había hecho dejar aquellos andrajos para vestirse de luto. La madre debió alegrarse en la tumba al ver a su hija de luto por ella y, sobre todo, al verla vestida y abrigada. Colocó en orden las prendas sobre la cama, el pañuelo junto a la falda, las medias junto a los zapatos, la camiseta al lado del vestido, y las contempló una tras otra, diciendo: "Este era su tamaño; tenía la muñeca en los brazos, había guardado el luis de oro en el bolsillo de este delantal, se reía, íbamos los dos tomados de la mano, no tenía más que a mí en el mundo".

Al llegar allí, su blanca y venerable cabeza cayó sobre el lecho. Aquel viejo corazón estoico pareció romperse y hundió el rostro en los vestidos de Cosette. Si entonces alguien hubiera pasado frente a su cuarto, habría oído sus desconsolados sollozos.

La antigua y terrible lucha, de la que hemos visto ya varias fases, empezó de nuevo. ¡Cuántas veces hemos visto a Jean Valjean luchando en medio de las tinieblas a brazo partido con su conciencia! ¡Cuántas veces la conciencia, precipitándolo hacia el bien, lo había oprimido y agobiado! ¡Cuántas veces, derribado al impulso de su luz, había implorado el perdón! ¡Cuántas veces aquella luz implacable, encendida en él y sobre él por el obispo, le había deslumbrado, cuanto deseaba ser ciego!

¡Cuántas veces se había vuelto a levantar en medio del combate, asiéndose de la roca, apoyándose en el sofisma, arrastrándose por el polvo, a veces vencedor de su conciencia, a veces vencido por ella!

Resistencia a Dios. Sudores mortales. ¡Qué de heridas secretas que sólo él veía sangrar! ¡Qué de llagas en su miserable existencia!

¡Cuántas veces se había erguido sangrando, magullado, destrozado, iluminado, con la desesperación en el corazón, y la serenidad en el alma! Vencido, se sentía vencedor.

Su conciencia, después de haberlo atormentado, terrible, luminosa, tranquila, le decía:

—¡Ahora, ve en paz!

Pero, ¡ay! ¡Qué lúgubre paz, después de una lucha tan triste! La conciencia es, pues, infatigable e invencible. Sin embargo, Jean Valjean sabía que esa noche libraba su postrer combate. Como le había sucedido en otras ocasiones dolorosas, dos caminos se abrían ante él, uno lleno de atractivos, otro de terrores. ¿Por cuál debería decidirse? Tenía que escoger una vez más entre el terrible puerto y la sonriente emboscada. ¿Es, pues, cierto, que habiendo cura para el alma, no la hay para la suerte? ¡Cosa horrible, un destino incurable! La cuestión era ésta: ¿De qué manera iba a conducirse ante la felicidad de Cosette y de Marius?

El era quien había querido, quien había hecho aquella felicidad, por más que le destrozara el corazón. ¿Qué le correspondía hacer ahora? ¿Tratar a Cosette como si le perteneciera? Cosette ya era de otro; pero, ¿retendría Jean Valjean todo lo que podía retener de la joven? ¿Continuaría siendo la especie de padre que había sido hasta allí? ¿Se introduciría tranquilamente en la casa de Cosette? ¿Uniría sin decir palabra su pasado a aquel porvenir? ¿Entraría a participar de la suerte reservada a Cosette y Marius e intercalaría su catástrofe en medio de aquellas dos felicidades?

Es preciso estar habituado a los golpes de la fatalidad para atreverse a alzar los ojos, cuando ciertas preguntas se presentan en su horrible desnudez. El bien o el mal se hallan detrás de este severo punto de interrogación. ¿Qué vas a hacer?, pregunta la esfinge.

Jean Valjean estaba habituado a las pruebas, y miró fijamente a la esfinge.

Examinó el despiadado problema en todas sus fases.

Cosette era la tabla de salvación de aquel náufrago. ¿Qué debía hacer? ¿Asirse con todas sus fuerzas a ella o soltarla? Si se aferraba a ella se libraba del desastre; se salvaba, vivía. Si la dejaba ir, entonces, el abismo.

Combatía furioso dentro de sí mismo, ya con su voluntad, ya con sus convicciones.

Fue una dicha haber podido llorar. Eso quizás lo iluminó. Al principio, no obstante, una tremenda tempestad se desencadenó en su alma. El pasado reaparecía; comparaba y sollozaba. La conciencia no desiste jamás.La conciencia no tiene límites siendo, como es, Dios. ¿No es digno de perdón el que al fin sucumbe? ¿No habrá un límite a la obediencia del espíritu? Si el movimiento perpetuo es imposible, ¿por qué ha de exigirse la abnegación perpetua? El primer paso no es nada; el último es el difícil. ¿Qué era lo de Champmathieu al lado del casamiento de Cosette y sus consecuencias? ¿Qué era la vuelta a presidio en comparación con la nada en que ahora iba a sumirse? ¿Cómo no apartar entonces el rostro? Jean Valjean entró por fin en la calma de la postración.

Pensó, meditó, consideró las alternativas de la misteriosa balanza de la luz y la sombra.

Imponer su presidio a aquellos jóvenes, o consumar su irremediable anonadamiento. A un lado el sacrificio de Cosette; al otro el suyo propio. ¿Cuál fue su resolución?

¿Cuál fue la respuesta definitiva que dio en su interior al incorruptible interrogatorio de la fatalidad? ¿Qué puerta se decidió a abrir? ¿Qué parte de su vida resolvió condenar?

Permaneció hasta el amanecer en la misma actitud, doblado sobre aquel lecho, prosternado bajo el enorme peso del destino, aniquilado tal vez, con las manos contraídas y los brazos extendidos en ángulo recto como un crucifijo desclavado, y colocado allí boca abajo.

Así estuvo doce horas, las doce horas de una larga noche de invierno, sin alzar la cabeza ni pronunciar una palabra, inmóvil como un cadáver, mientras que su pensamiento rodaba por el suelo o subía a las nubes.

Al verlo sin movimiento se le habría creído muerto; de improviso se estremeció, y su boca pegada a los vestidos de Cosette los llenó de besos. Entonces se vio que aún vivía. ¿Quién lo vio, si estaba solo? Ese Quien que está en las tinieblas.

LIBRO SEXTO
La última gota del cáliz

I
El séptimo círculo y el octavo cielo

El 17 de febrero, pasadas las doce, Vasco oyó un ligero golpe en la puerta. Abrió y vio al señor Fauchelevent. Lo hizo pasar al salón, donde todo estaba aún revuelto y ofrecía el aspecto del campo de batalla de la fiesta de la víspera.

—¿Se ha levantado vuestro amo? preguntó Jean Valjean.

—¿Cuál? ¿El antiguo o el nuevo?

—El señor de Pontmercy.

—¿El señor barón? —dijo Vasco, con orgullo. Los criados gustan de recalcar los títulos, como si recogiesen algo para sí, las salpicaduras de cieno como las llamaría un filósofo—. Voy a ver. Le diré que el señor Fauchelevent le aguarda.

—No, no le digáis que soy yo. Decidle que hay una persona que desea hablarle en privado.

—¡Ah! —exclamó Vasco.

—Quiero darle una sorpresa.

—¡Ah! —repitió el criado pretendiendo explicar con esta segunda interjección el sentido de la primera. Y salió.

Marius entró con la cabeza erguida, risueño, el rostro inundado de luz, la mirada triunfante.

—¡Sois vos, padre! —exclamó al ver a Jean Valjean—. Pero venís demasiado temprano, Cosette está durmiendo.

La palabra padre, dicha al señor Fauchelevent por Marius significaba felicidad suprema. Había existido siempre entre ambos frialdad y tensión. Pero Marius se encontraba ahora en ese punto de embriaguez en que las dificultades desaparecen, en que el hielo se derrite, en que el señor Fauchelevent era para él, como para Cosette, un padre.

Continuó; las palabras salían a torrentes, reacción propia de los divinos paroxismos de la felicidad:

—¡Qué contento estoy de veros! ¡Si supiéseis cómo os echamos de menos ayer! ¿Cómo va esa mano? Mejor, ¿no es verdad?

Y satisfecho de la respuesta que se daba a sí mismo, prosiguió:

—Hemos hablado mucho de vos. ¡Cosette os quiere tanto! No vayáis a olvidaros de que tenéis aquí vuestro cuarto. Basta de calle del Hombre Armado. Basta. Vendréis a instalaros aquí y desde hoy o Cosette se enfadará. Habéis conquistado a mi abuelo, le agradáis sobremanera. Viviremos todos juntos. ¿Sabéis jugar al *whist*? En tal caso, mi abuelo hallará en vos cuanto desea. Los días que yo vaya al tribunal sacaréis a pasear a Cosette, la llevaréis del brazo, como hacíais en otro tiempo en el Luxemburgo. Estamos decididos a ser muy dichosos; y vos entráis en nuestra felicidad. ¿Oís, padre? Supongo que hoy almorzaréis con nosotros.

—Señor —dijo Jean Valjean—, tengo que comunicaros una cosa. Soy un expresidiario.

El límite de los sonidos agudos perceptibles puede estar lo mismo fuera del alcance del espíritu que de la materia. Estas palabras: "Soy un expresidiario", al salir de los labios del señor Fauchelevent y al entrar en el oído de Marius, iban más allá de lo posible; Marius, pues, no oyó. Se quedó con la boca abierta.

Entonces advirtió que aquel hombre estaba desfigurado. En su felicidad no había notado la palidez terrible de su cara.

Jean Valjean desató el pañuelo negro que sostenía su brazo, se quitó la venda de la mano, descubrió el dedo pulgar, y dijo mostrándoselo a Marius:

—No tengo nada en la mano.

Marius miró el dedo.

—Ni he tenido jamás nada.

En efecto no se veía allí señal de ninguna herida.

Jean Valjean prosiguió:

—Convenía que no asistiera a vuestro casamiento, y me ausenté lo más que pude. Fingí esta herida para evitar falsedades; para no invalidar los contratos matrimoniales, para no tener que firmar.

—¿Qué significa esto? —preguntó Marius entre dientes.

—Esto significa —respondió Jean Valjean— que estuve en presidio.

—¡Vais a volverme loco!

—Señor de Pontmercy, he estado diecinueve años en presidio por robo. Luego se me condenó a cadena perpetua, también por robo, como reincidente y a estas horas estoy prófugo.

Marius hacía vanos esfuerzos por retroceder ante la realidad, por resistir a la evidencia.

—¡Decidlo todo, todo! —exclamó—. ¡Sois el padre de Cosette!

Y dio dos pasos hacia atrás con un movimiento de horror indecible.

Jean Valjean irguió la cabeza con actitud majestuosa.

—¡Padre de Cosette, yo! En nombre de Dios os juro que no, señor barón de Pontmercy. Soy un aldeano de Faverolles. Ganaba la vida podando árboles. No me llamo Fauchelevent, sino Jean Valjean. Ningún parentesco me une a Cosette. Tranquilizaos.

—¿Y quién me prueba...? —balbuceó Marius.

—Yo. Yo, puesto que lo digo.

Marius miró a aquel hombre; estaba serio y tranquilo. La mentira no podía salir de semejante calma glacial.

—Os creo —dijo.

Jean Valjean inclinó la cabeza, y continuó:

—¿Qué soy para Cosette? Un extraño. Hace diez años ignoraba mi existencia. La quiero mucho, es cierto. Cuando uno, ya viejo, ha visto crecer a una niña, es natural que la quiera. Los viejos se creen abuelos de todos los niños. Supongo que no iréis a considerarme desprovisto enteramente de corazón. Era huérfana. No tenía padre ni madre. Me necesitaba, y por eso le he consagrado todo mi cariño. Los niños son tan débiles que cualquiera, aun siendo un hombre de mi clase, puede servirles de protector. He cumplido ese deber con Cosette. No creo que esto merezca el nombre de buena acción; pero, si lo merece, yo la he ejecutado. Anotad esta circunstancia atenuante. Hoy Cosette deja mi casa, con lo cual nuestros caminos se separan, y en lo sucesivo no puedo hacer nada por ella. Cosette es ya la señora de Pontmercy. En cuanto a los seiscientos mil francos, aunque no me habléis de ellos, me anticipo a vuestro pensamiento. Es un depósito. ¿Cómo se hallaba en mis manos ese depósito? Poco importa. Devuelvo el depósito y no se me debe exigir más. Completo la restitución diciendo mi verdadero nombre. Es importante para mí que sepáis quién soy.

Y Jean Valjean clavó la vista en Marius.

Marius estaba atónito con la nueva situación que se abría ante él.

—Pero, ¿por qué me decís todo esto? ¿Quién os obligaba? Podíais guardar vuestro secreto. Nadie os ha denunciado. No sé os persigue. No se sabe vuestro paradero. Sin duda tenéis alguna razón para hacer, libremente, una revelación así. Acabad. Hay algo más. ¿Con qué motivo me habéis hecho esta confesión?

—¿Qué motivo? —respondió Jean Valjean con una voz tan baja y tan sorda, que se hubiera dicho que hablaba consigo mismo más que con Marius—. ¿Qué motivo ha obligado al presidiario a decir: soy un presidiario? Pues bien, el motivo es extraño. Es por honradez. Mi mayor desgracia es un hilo que tengo en el corazón, y que me tiene amarrado. Esos hilos nunca son tan sólidos como cuando uno es viejo. Toda la vida se quiebra en derredor; ellos resisten. Si hubiera podido arrancar ese hilo, romperlo, desatar el nudo o cortarlo, irme muy lejos, me habría salvado; con partir de aquí bastaba. Sois felices y me marcho. Traté de romper ese hilo, pero resistió y no se ha roto; me arrancaba el corazón al hacerlo. Entonces dije: No puedo vivir en otra parte;

necesito quedarme. Pero tenéis razón, soy un imbécil; ¿por qué no quedarme, simplemente? Me ofrecéis un cuarto en vuestra casa; la señora de Pontmercy me quiere mucho; vuestro abuelo desea mi compañía, habitaremos todos bajo el mismo techo, comeremos juntos, daré el brazo a Cosette... a la señora de Pontmercy, perdón, es la costumbre. La misma casa, la misma mesa, el mismo hogar, la misma chimenea en el invierno; el mismo paseo en el verano. ¡Esa es la felicidad, la dicha! Viviremos en familia. ¡En familia!

Al pronunciar esta palabra, Jean Valjean tomó un aspecto feroz. Cruzó los brazos, fijó la vista en el suelo como si quisiera abrir a sus pies un abismo, y exclamó con voz tonante:

—¡En familia! No. No tengó familia. No pertenezco a la vuestra. No pertenezco a la familia de los hombres. Estoy de sobra en las casas donde se vive en común. Hay familias, mas no para mí. Soy el miserable, el extraño. Apenas sé si he tenido padres. El día en que casé a esa niña, todo terminó; la vi dichosa, unida al hombre a quien ama, y junto a ambos ese buen anciano, y me dije: Tú no debes entrar. Fácil me era mentir, engañarlos a todos, seguir siendo el señor Fauchelevent. Mientras fue por el bien de ella, he mentido; pero hoy que se trata sólo de mí, no debo hacerlo. Me preguntáis quién me ha obligado a hablar. Os contesto que es algo muy raro: mi conciencia. Pasé la noche buscando buenas razones; se me han ocurrido algunas excelentes; pero no he logrado ni romper el hilo que aprisiona mi corazón, ni hacer callar a alguien que me habla cuando estoy solo. Por eso he venido a decíroslo todo, o casi todo; pues lo que concierne únicamente a mi persona me lo guardo. Sabéis lo esencial. Os he revelado mi secreto. Bastante me ha costado decidirme, he luchado toda la noche. Sí, seguir siendo Fauchelevent arreglaba todo, todo menos mi alma. ¡Ah! ¿Pensáis que callar es fácil? Hay un silencio que miente y había que mentir, ser embustero, indigno, vil, traidor en todas partes, de noche, de día, mirando cara a cara a Cosette. ¿Y para qué? ¡Para ser feliz! ¿Acaso tengo ese derecho? No. En cambio así no soy sino el más infeliz de los hombres, en el otro caso hubiera sido el más monstruoso.

Jean Valjean se detuvo un instante, luego siguió con una voz siniestra.

—No soy perseguido, decís. ¡Sí, soy perseguido, y acusado y denunciado! ¿Por quién? Por mí. Yo mismo me he cerrado el camino. No hay mejor carcelero que uno mismo. Para ser feliz, señor, se necesita no comprender el deber, porque una vez comprendido, la conciencia es implacable. Se diría que os castiga, pero no, os recompensa; os lleva a un infierno donde se siente junto a sí a Dios.

Y con indecible acento añadió:

—Señor de Pontmercy; esto no tiene sentido común; soy un hombre honrado. Degradándome a vuestros ojos, me elevo a los míos. Esto me sucedió ya antes. Sí, soy un hombre honrado. No lo sería si por mi culpa hubieseis continuado estimándome; ahora que me despreciáis, lo soy. Tengo la fatalidad de que no pudiendo jamás poseer sino una consideración robada, esa consideración me humilla y agobia interiormente, y necesito, para el respeto propio, el desprecio de los demás. Entonces alzo la frente. Soy un presidiario que obedece a su conciencia; caso raro, lo sé. He contraído compromisos conmigo mismo y los cumplo. Hay encuentros que nos ligan, y casualidades que nos impulsan por el camino del deber.

Jean Valjean hizo otra pausa tragando la saliva con esfuerzo, como si sus palabras tuviesen un sabor amargo, y luego prosiguió:

—Cuando se horroriza uno de sí mismo hasta ese extremo, no tiene derecho para hacer a los demás partícipes, sin saberlo, de su horror. En vano Fauchelevent me prestó su nombre en agradecimiento por un favor; no me asiste derecho para llevarlo y aunque él haya querido dármelo, yo no he podido aceptarlo. Un nombre es la personalidad. Sustraer un nombre, y cubrirse con él, está mal hecho. Tan grave delito es robar letras del alfabeto como robar un reloj. ¡Ser una firma falsa en carne y hueso, una llave falsa viva; entrar en casa de las personas honradas falseando la cerradura; no mirar nunca sino de través, encontrarme infame en el fondo de mi corazón! ¡No, no, no! Vale más padecer; sangrar, llorar, pasar las noches en las convulsiones de la agonía, roerse el alma. Por eso os he contado lo que acabáis de oír.

Respiró penosamente, y pronunció después esta última frase:

—En otro tiempo, para vivir robé un pan: hoy para vivir no quiero robar un nombre.

—¡Para vivir! —dijo Marius—. ¿Acaso necesitáis de ese nombre para vivir?

—¡Ah! Yo me entiendo —respondió Jean Valjean.

Hubo un silencio. Los dos callaban, hundido cada cual en un abismo de pensamientos. Marius, sentado junto a una mesa; Jean Valjean paseándose por la habitación. Notó que Marius lo miraba caminar, y le dijo con un acento indescriptible:

Arrastro un poco la pierna.

—Ahora comprenderéis por qué.

Miró de frente a Marius, y continuó:

—Y ahora figuraos que nada he dicho, que soy el señor Fauchelevent, que vivo en vuestra casa, que soy de la familia, que tengo mi cuarto, que por la tarde vamos los tres al teatro, que acompaño a la señora de Pontmercy a las Tullerías y a la Plaza Real; en una palabra, que me creéis igual a vos. Y el día menos pensado, cuando estemos los dos conversando, oís una voz que grita este nombre: Jean Valjean, y veis salir de la sombra esa mano espantosa, la policía, que me arranca mi máscara bruscamente.

Calló de nuevo; Marius se había levantado con un estremecimiento. Jean Valjean prosiguió:

—¿Qué decís?

Marius no acertó a desplegar los labios.

—Ya veis que he tenido razón en hablar. Sed dichosos, vivid en el cielo, sin preocuparos de cómo un pobre condenado desgarra su pecho y cumple con su deber. Tenéis delante de vos, señor, a un hombre miserable.

Marius cruzó lentamente el salón, y, cuando estuvo frente a Jean Valjean, le tendió la mano; pero tuvo que coger él mismo esa mano que no se le daba. Le pareció que estrechaba en la suya una mano de mármol.

—Mi abuelo tiene amigos —dijo Marius— yo os conseguiré el perdón.

—Es inútil —respondió Jean Valjean—. Se me cree muerto, y basta. Los muertos no están sometidos a la vigilancia de la policía. Se les deja podrirse tranquilamente. La muerte equivale al perdón.

Y retirando su mano de la de Marius, añadió con una especie de dignidad inexorable:

—No necesito más que un perdón: el de mi conciencia.

En aquel momento la puerta se entreabrió poco a poco al extremo opuesto del salón, y apareció la cabeza de Cosette. Tenía los párpados hinchados aún por el sueño.

Miró primero a su esposo, luego a Jean Valjean, y les gritó riendo:

—¡Apostaría a que habláis de política! ¡Qué necedad! ¡En vez de estar conmigo!

Jean Valjean se estremeció.

—Cosette... —tartamudeó Marius, y se detuvo.

Parecían dos criminales.

Cosette, radiante de felicidad y de hermosura, seguía mirándolos.

—Os he cogido *in fraganti* —dijo Cosette—. Acabo de oír a través de la puerta las palabras de mi padre. La conciencia, el cumplimiento del deber. No cabe duda. Hablabais de política. ¡Hablar de política al día siguiente de la boda! No me parece justo.

—Te engañas, Cosette —respondió Marius—. Hablábamos de negocios. Buscábamos el medio mejor de colocar tus seiscientos mil francos, y...

—Pues si no es más que eso —interrumpió Cosette—, aquí me tenéis ¿Se me admite?

—Necesitamos estar solos ahora, Cosette.

Jean Valjean no pronunciaba una palabra. Cosette se volvió hacia él:

—Lo primero que quiero, padre, es que m deis un abrazo y un beso.

Jean Valjean se acercó.

Cosette retrocedió, exclamando:

—¡Qué pálido estáis, padre! ¿Os duele el brazo?

—No, ya está bien.

—¿Habéis dormido mal?

—No.

—¿Estáis triste?

—No.

—¡Vaya, un beso! Si os sentís bien, si dormí mejor, si estáis contento, no os reñiré.

Y le presentó la frente. Jean Valjean la besó.

—Cosette —dijo Marius en tono suplicante—, déjanos solos, por favor. Tenemos que terminar cierto asunto.

—¡Está bien! Me marcho.

Marius se cercioró de que la puerta estaba bien cerrada.

—¡Pobre Cosette! —murmuró—, cuando sepa...

A estas palabras, Jean Valjean se estremeció y clavó en Marius la vista.

—¡Cosette! ¡Ah! Os lo suplico, señor, os lo ruego por lo más sagrado, dadme vuestra palabra de no decirle nada. ¿No basta que vos lo sepáis? Nadie me ha obligado a delatarme, lo he hecho porque he querido. Pero ella ignora estas cosas, y se asustaría. ¡Un presidiario! ¡Oh, Dios mío!

Se dejó caer en un sillón, y ocultó el rostro entre las manos. Por el movimiento de los hombros se notaba que lloraba. Lágrimas silenciosas; lágrimas terribles.

Marius le oyó decir tan bajo que su voz parecía salir de un abismo sin fondo:

—¡Quisiera morir!

—Serenaos —dijo Marius—; guardaré vuestro secreto para mí solo.

Y luego añadió:

—Me es imposible no deciros algo sobre el depósito que tan fiel y honradamente habéis entregado. Es un acto de probidad. Merecéis que se os recompense. Fijad vos mismo la cantidad, y no temáis que sea muy elevada.

—Gracias —respondió Jean Valjean, con dulzura. Permaneció pensativo un momento; después alzó la voz:

—Todo ha concluido. Me queda una sola cosa...

—¿Cuál?

Jean Valjean tuvo una última vacilación y sin voz, casi sin aliento, balbuceó:

—Ahora que lo sabéis todo, ¿creéis, señor, que no debo volver a ver a Cosette?

—Sería lo más acertado —respondió fríamente Marius.

—No volveré a verla —dijo Jean Valjean.

Y se dirigió hacia la puerta.

Puso la mano en la cerradura, se quedó un segundo inmóvil, luego cerró de nuevo y se encaró con Marius. No estaba ya pálido, sino lívido. Sus ojos no tenían ya lágrimas sino una especie de luz trágica. Su voz había cobrado cierta extraña serenidad.

—Si queréis, señor, vendré a verla. Os aseguro que lo deseo con toda mi alma. Si no esperara ver a Cosette, no os habría hecho esta confesión. Hubiera partido simplemente. Pero como quiero permanecer en el pueblo donde vive Cosette y continuar viéndola, me ha parecido que debía deciros la verdad. Me comprendéis, ¿no es cierto? Es razonable lo que digo. Nueve años hace que no nos separamos. Desde mi habitación la oía tocar el piano. Esa ha sido mi vida. Nunca nos hemos separado. Nueve años y algunos meses ha durado esto. Era para ella un padre; y se creía mi hija. No sé si me comprenderéis, señor Pontmercy, pero os aseguro que me sería difícil marcharme ahora y no volverla a ver, no hablarle más, quedarme sin nada en el mundo. Si no os pareciera mal, vendría de vez en cuando a ver a Cosette. No lo haría con frecuencia, ni permanecería aquí mucho tiempo. Daríais orden de que se me recibiese en la salita del primer piso, y hasta entraría por la puerta trasera, la de los criados. Lo esencial es, señor, que desearía ver alguna vez a Cosette, tan pocas como queráis. Poneos en mi lugar.

Además de que si no volviese, a ella le extrañaría. Lo que podré hacer es venir por la tarde cuando empiece ya a oscurecer.

—Vendréis todas las tardes —dijo Marius—, y Cosette os aguardará.

—¡Qué bueno sois, señor! —respondió Jean Valjean.

Marius se despidió de él; la felicidad acompañó hasta la puerta a la desesperación, y aquellos dos hombres se separaron.

II
La oscuridad que puede contener una revelación

Marius estaba trastornado. Ahora se explicaba la especie de antipatía que había sentido siempre hacia el supuesto padre de Cosette. El señor Fauchelevent era el presidiario Jean Valjean. Hallar de improviso semejante secreto en medio de su dicha equivalía a descubrir un escorpión en un nido de tórtolas.

En adelante su felicidad y la de Cosette no podrían prescindir de aquel testigo. ¿Era éste un hecho consumado? ¿Formaba parte de su casamiento la aceptación de Jean Valjean? ¿No había ya remedio? ¿Se había casado también Marius con el presidiario prófugo?

La antipatía de Marius hacia el señor Fauchelevent transformado en Jean Valjean se mezclaba ahora con ideas terribles, entre las cuales, justo es decirlo, había algo de lástima, y hasta de sorpresa.

El ladrón, y ladrón reincidente, había restituido un depósito, ¡y qué depósito! Seiscientos mil francos, de los que sólo él tenía noticia, y que pudo muy bien guardarse. Además, era delator de sí mismo. ¿Qué lo obligaba a delatarse? Un escrúpulo de conciencia. Marius sentía que sus palabras tenían el irresistible acento de la verdad.

Jean Valjean era sincero. Esta sinceridad visible, palpable, y aún evidente por el dolor que le causaba, hacía inútiles las pesquisas. ¡Inversión extraña de las situaciones! ¿Qué brotaba para Marius del señor Fauchelevent? La desconfianza. ¿Y de Jean Valjean? La confianza.

Aunque sus recuerdos fueran confusos, se explicaba ahora ciertas escenas antes incomprensibles.

¿Por qué a la llegada de la justicia al desván de Jondrette aquel hombre, en lugar de querellarse, había huido? Marius encontraba esta vez la respuesta: porque aquel hombre era un forzado que estaba prófugo. Otra pregunta: ¿Por qué había ido a la barricada?

Ante esta pregunta surgía un espectro y daba la contestación. Era Javert.

Marius recordaba perfectamente ahora la fúnebre visión de Jean Valjean arrastrando fuera de la barricada a Javert, atado, y oía aún detrás de la callejuela Mondetour el horrible pistoletazo. Existía, sin duda, odio entre el espía y el presidiario. Jean Valjean había ido a la barricada por vengarse. Jean Valjean había matado a Javert.

Ultima pregunta, a la cual no encontraba qué responder: ¿Por qué la existencia de Jean Valjean había transcurrido tanto tiempo unida a la de Cosette? ¿Qué significaba la obra sombría de la Providencia al poner a aquella niña en contacto con semejante hombre?

Este era el secreto de Jean Valjean y también de Dios. Ante esto, Marius retrocedía. Dios hace los milagos como mejor le cuadra.

Adoraba a Cosette, era su esposa, ¿qué más quería? Los asuntos personales de Jean Valjean no le incumbían, principalmente desde la declaración solemne del miserable: "No soy nada de Cosette. Hace diez años ignoraba mi existencia".

Sin embargo, por más atenuantes que buscase, preciso le era admitir ser un presidiario; es decir, el ser que en la escala social carece hasta de sitio. Después del último de los hombres está el presidiario.

En las ideas que entonces profesaba Marius, Jean Valjean era para él un ser diferente y repugnante. Era el réprobo, el presidiario.

En tal situación de espíritu, era para Marius una perplejidad dolorosa pensar que aquel hombre tendría contacto en lo sucesivo, aunque poco, con Cosette. Se había dejado conmover; suya era la culpa. Debió pura y simplemente alejarlo de su casa.

Se indignó contra sí mismo, contra el torbellino de emociones que lo había aturdido, cegado y arrastrado. Hizo sin objeto aparente algunas preguntas a Cosette, que, sin recelar nada, le habló de su infancia y de su juventud. Se convenció entonces que todo lo bueno, paternal y respetable que puede ser un hombre, lo fue aquel presidiario con Cosette. Cuanto Marius había supuesto era verdad. Aquella ortiga siniestra había amado y protegido a aquel lirio.

LIBRO SÉPTIMO
Decadencia crepuscular

I
La sala del piso bajo

Al día siguiente, cuando empezaba a oscurecer, Jean Valjean llamó a la puerta cochera de la casa del señor Gillenormand. Vasco lo recibió; se encontraba allí como si cumpliera órdenes especiales.

—El señor barón me encargó que os pregunte si queréis subir o quedaros abajo.

—Quedarme abajo —respondió Jean Valjean.

Vasco, respetuoso como siempre, abrió la puerta de la sala.

—Voy a avisar a la señora —dijo.

La habitación en que Jean Valjean entró era una especie de subterráneo abovedado y húmedo, con el suelo de ladrillos rojos, que servía a veces de bodega y que daba a la calle; tenía una pequeña ventana que permitía apenas el paso a unos míseros rayos de luz.

La sala, pequeña y de techo bajo, estaba sucia; se veían unas cuantas botellas vacías, amontonadas en un rincón. La pared estaba descascarada; en el fondo había una chimenea encendida, lo cual indicaba que se contaba con la respuesta de Jean Valjean. A cada lado de la chimenea había un sillón, y entre los dos sillones, a modo de alfombra, una vieja bajada de cama, que mostraba más trama que lana. El alumbrado de la habitación consistía en la llama de la chimenea y el crepúsculo de la ventana.

Jean Valjean estaba cansado; llevaba muchos días sin comer ni dormir. Se dejó caer en uno de los sillones. Vasco entró, puso sobre la chimenea una vela encendida y se retiró, sin que Jean Valjean, con la cabeza inclinada hasta tocar el pecho, hubiera notado su presencia. De repente se levantó como sobresaltado.

Cosette estaba detrás de él. No la vio entrar. Se volvió y la contempló extasiado. Estaba adorablemente hermosa; pero lo que él miraba no era la hermosura sino el alma.

—Padre —exclamó Cosette—, sabía vuestras rarezas, pero jamás me hubiera figurado que llegasen a tanto. ¡Vaya una idea! Dice Marius que habéis insistido en que os reciba aquí.

—Sí, he insistido.

Ya esperaba esa respuesta. Está bien. Os prevengo que voy a armar un escándalo. Empecemos por el principio. Padre, besadme.

Y le presentó la mejilla. Jean Valjean permaneció inmóvil.

—No me besáis. Actitud culpable. Os perdono, sin embargo. Jesucristo ha dicho: Presentad la otra mejilla. Aquí la tenéis.

Y le presentó la otra mejilla. Jean Valjean parecía clavado en el suelo.

—Esto se pone serio —dijo Cosette—. ¿Qué os he hecho? Me declaro ofendida, y me debéis una satisfacción. Comeréis con nosotros.

—He comido ya.

—No es verdad. Haré que el señor Gillenormand os riña. Los abuelos están encargados de reñir a los padres. Vamos, subid conmigo al salón.

—Imposible.

Al llegar aquí, Cosette perdió algún terreno. Cesó de mandar y pasó a las preguntas.

—¡Imposible! ¿Por qué? ¡Y escogéis para verme, el cuarto más feo de la casa!

—Sabes...

Jean Valjean se detuvo, y luego continuó, corrigiéndose:

—Sabéis, señora, que soy raro, que tengo mis caprichos.

Cosette dio una palmada.

—¡Señora!... ¡Sabéis!... ¡Cuántas novedades! ¿Qué significa esto?

Jean Valjean la miró con la sonrisa dolorosa a que recurría de vez en cuando.

—Habéis querido ser señora y lo sois.

—Para vos no, padre.

—No me llaméis más padre.

—¿Cómo?

—Llamadme señor Jean, Jean si queréis.

—¡No sois ya padre, ni yo soy Cosette! ¡Que os llame señor Jean! ¿Qué significan estos cambios? ¿Qué revolución es ésta? ¿Qué ha pasado? Miradme a la cara. ¡Y no aceptáis un cuarto en esta casa! ¡El cuarto que os tenía destinado! ¿Qué mal os he hecho? ¿En qué os he ofendido? ¿Ha ocurrido algo?

—Nada.

—¿Y entonces?

—Todo sigue igual.

—¿Por qué cambiáis el nombre?

—También vos habéis cambiado el vuestro.

Sonrió como antes, y añadió:

—Siendo vos la señora de Pontmercy, muy bien puedo yo ser el señor Jean.

—No comprendo. Pediré permiso a mi marido para que seáis el señor Jean y espero que no consentirá. Me causáis mucha pena. Está bien tener caprichos, pero no entristecer a su Cosette. No tenéis derecho a ser malo vos que sois tan bueno.

Jean Valjean no respondió.

Le tomó ella las dos manos, y las besó con profundo cariño.

—¡Por favor —le dijo—, sed bueno! Comed en nuestra compañía, sed mi padre.

El retiró las manos.

—No necesitáis ya de padre; tenéis marido.

Cosette se incomodó.

—¡Conque no necesito de padre! No hay sentido común en lo que decís. Y no me tratéis de vos.

—Cuando venía —dijo Jean Valjean, como si no la oyera—, vi en la calle Saint-Louis un bonito mueble. Un tocador a la moda, de palo de rosa, con un espejo grande y varios cajones.

—¡Oh, estoy furiosa! —exclamó Cosette haciendo un gesto como de arañarlo—. ¡Mi padre Fauchelevent quiere que lo llame señor Jean y que lo reciba en esta sala horrible! ¿Qué tenéis contra mí? Me causáis mucha pena, os lo juro.

Clavó la vista en Jean Valjean, y añadió:

—¿Os pesa que sea dichosa?

La candidez, sin saberlo, penetra a veces en lo más hondo. Esta pregunta, sencilla para Cosette, era profunda para Jean Valjean. Cosette quería sólo arañar, pero destrozaba.

Se puso pálido. Permaneció un momento sin responder; luego, como hablando consigo mismo, murmuró:

—Su felicidad era el objeto de mi vida. Dios, ahora, puede quitármela sin que yo haga falta a nadie. Cosette, eres dichosa, y mi misión ha terminado.

—¡Ah! ¡Me habéis dicho tú! —exclamó Cosette.

Y se arrojó en sus brazos.

Jean Valjean, desvanecido, la estrechó contra su pecho pareciéndole casi que la recobraba.

—¡Gracias, padre! —dijo Cosette

Jean Valjean se desprendió con dulzura de los brazos de Cosette, y tomó el sombrero.

—¿Adónde vais? —preguntó Cosette.

—Me retiro, señora; os aguardan.

Y desde el umbral añadió:

—Os he tuteado. Decid a vuestro marido que no volverá a suceder. Perdonadme.

Salió dejando a Cosette atónita con aquel adiós enigmático.

II

De mal en peor

Jean Valjean volvió al día siguiente a la misma hora.

Cosette no le hizo preguntas ni mostró admiración ni dijo que sentía frío, ni habló mal de la sala; evitó al mismo tiempo llamarle padre y señor Jean; dejó que la tratase de vos y de señora. Pero estaba menos alegre.

Probablemente habría tenido con Marius una de esas conversaciones en que el hombre amado dice lo que quiere y, sin explicar nada, satisface a la mujer amada. La curiosidad de los enamorados no se extiende a menudo más que a su amor.

La sala baja estaba algo más limpia. Las visitas continuaron siendo diarias. Jean Valjean no tuvo valor para ver en las palabras de Marius otra cosa que la letra. Marius, por su parte se ingenió de manera que siempre se hallaba ausente cuando él iba. Las personas de la casa se acostumbraron a aquel nuevo capricho del señor Fauchelevent.

Nadie entrevió la siniestra realidad. Mas, ¿quién podía adivinar semejante cosa?

Varias semanas transcurrieron así. Poco a poco entró Cosette en una vida nueva; el matrimonio crea relaciones, las visitas son su necesaria consecuencia, y el cuidado de la casa ocupa gran parte del tiempo. En cuanto a los placeres de la nueva vida, se reducían a uno sólo: estar con Marius. Su principal gloria era salir con él y no separarse de su lado. Ambos sentían un placer cada vez mayor en pasearse tomados del brazo, a la vista de todos, los dos solos.

Sustituido el tuteo por el vos, y las expresiones de señora y señor Jean por las de su trato familiar, Cosette encontraba a Jean Valjean distinto de lo que era antes.

Y hasta el propósito que había tomado Jean Valjean de separarla de él se cumplió, pues Cosette se mostraba cada vez más alegre y menos cariñosa. Sin embargo, siempre lo quería mucho, y Jean Valjean lo sabía.

—Erais mi padre y no lo sois ya; erais mi tío, y ya no lo sois; erais el señor Fauchelevent, y sois el señor Jean. ¿Quién sois, pues? No me gustan estas cosas. Si no os conociera, os tendría miedo.

El vivía siempre en la calle del Hombre Armado, porque no podía resolverse a alejarse del barrio donde habitaba Cosette. Al principio se quedaba con ella unos cuantos minutos, y luego se marchaba. Poco a poco se fue acostumbrando a alargar sus visitas, como si aprovechara la autorización que se le dieran. Llegaba más temprano y se despedía más tarde. Cierto día a Cosette se le escapó decirle padre y un relámpago de alegría iluminó el sombrío rostro del anciano.

—Llamadme Jean —fue su única respuesta.

—¡Ah!, es verdad —dijo Cosette riéndose—, señor Jean.

—Eso, eso —replicó él, y volvió la cara para que ella no le viera enjugarse los ojos.

III
Recuerdos en el jardín de la calle Plumet

Fue la última vez. Después de aquel relámpago vino la extinción absoluta. No más familiaridad, no más buenos días acompañados de un beso, no más esa palabra tan dulce: ¡padre! Se vio, tal como él mismo lo buscara, despojado sucesivamente de todas sus alegrías; y su mayor miseria fue que, después de haber perdido a Cosette en un solo día, le era preciso perderla ahora otra vez paso a paso.

Pero le bastaba con ver a Cosette todos los días, ¿qué más necesitaba? Toda su vida se centraba en aquella hora que pasaba sentado junto a ella, mirándola sin desplegar los labios, o bien hablándole de los años de su infancia, del convento y de sus amiguitas de entonces. Una tarde Marius dijo a Cosette:

—Habíamos prometido hacer una visita a nuestro jardín de la calle Plumet. Vamos, no hay que ser ingratos.

La casa de la calle Plumet pertenecía aún a Cosette, por no haber concluido el plazo del arriendo. Allí los recuerdos del pasado les hicieron olvidar el presente.

Cuando oscurecía, a la hora de siempre, Jean Valjean fue a la calle de las Hijas del Calvario.

—La señora salió con el señor barón, y aún no ha vuelto —le dijo Vasco.

Se sentó en silencio, y esperó una hora. Cosette no volvió. Bajó la cabeza y se marchó.

Quedó Cosette tan embriagada con aquel paseo a su jardín, y tan contenta de haber vivido un día en el pasado, que la tarde siguiente no habló de otra cosa. Ni siquiera advirtió que no había visto a Jean Valjean.

—¿Cómo habéis ido? —le preguntó éste.

—A pie.

—¿Y cómo habéis vuelto?

—En un coche de alquiler.

Observaba hacía algún tiempo la estrechez con que vivían los esposos, y le molestaba. La economía de Marius era demasiado rigurosa. Aventuró una pregunta:

—¿Por qué no tenéis coche propio? Una bonita berlina no os costará más de quinientos francos al mes. Sois rica.

—No sé —respondió Cosette.

—Lo mismo ha sucedido con Santos. Se ha ido y no la habéis reemplazado. ¿Por qué?

—Basta con Nicolasa.

—Pero no tenéis doncella.

—¿No tengo a Marius?

—Casa propia, criados, carruaje, palco en la Opera, todo esto deberíais tener. ¿Por qué no sacar provecho de la riqueza? La riqueza ayuda a la felicidad.

Cosette no respondió nada.

Las visitas de Jean Valjean no se abreviaban, antes por el contrario. Cuando el corazón se escapa, nada detiene al hombre en la pendiente.

Siempre que Jean Valjean deseaba prolongar su visita y hacer olvidar la hora, elogiaba a Marius; decía que era noble, valeroso, lleno de ingenio, elocuente, bueno. Cosette resplandecía. De esta manera lograba Jean Valjean permanecer allí más tiempo. ¡Le era tan dulce ver a Cosette y olvidarlo todo a su lado! Era la única medicina para su llaga. Varias veces tuvo Vasco que repetir este recado: el señor Gillenormand me envía a recordar a la señora baronesa que la cena está servida. Entonces se marchaba muy pensativo. Un día se quedó más tiempo aún de lo que acostumbraba. Al día siguiente notó que no había fuego en la chimenea.

—¡Dios mío!, ¡qué frío se siente aquí! —exclamó Cosette al entrar—. ¿Sois vos el que habéis dado orden a Vasco de que no encienda?

—Sí. Ya estamos por llegar a mayo y me ha parecido que era inútil.

—¡Otra de esas ideas vuestras! —respondió Cosette.

Al otro día no faltaba el fuego, pero los dos sillones estaban colocados en el extremo opuesto de la sala, cerca de la puerta.

—¿Qué significa esto? —pensó Jean Valjean.

Tomó los sillones y los puso en el sitio de siempre, junto a la chimenea.

Se reanimó un poco al ver de nuevo el fuego, y prolongó la visita más de lo regular. Pero empezaba a darse cuenta de que lo rechazaban.

Al día siguiente tuvo un sobresalto al entrar en la sala baja. Los sillones habían desaparecido, no había ni siquiera una silla.

—¿Qué es esto? —dijo Cosette en cuanto entró—, no hay sillones. ¿Dónde están los sillones?

—Se los han llevado —respondió Jean Valjean.

—¡Pues esto es demasiado!

Yo he dicho a Vasco que se los lleve, porque no voy a estar más que un minuto.

—No es razón para pasarlo de pie.

Jean Valjean no halló que decir.

—¡Hacer quitar los sillones! ¡No os bastaba con apagar el fuego! ¡Qué raro sois!

—Adiós —murmuró Jean Valjean.

No dijo: Adiós, Cosette; pero le faltaron fuerzas para decir: Adiós, señora.

Salió abrumado de dolor. Esta vez había comprendido.

Al día siguiente no fue. Cosette no lo notó hasta la noche.

—¡Vaya! —dijo—, el señor Jean no vino hoy.

Sintió como una ligera opresión de corazón; pero un beso de Marius la distrajo en seguida. Tampoco fue al otro día. Cosette no se dio cuenta hasta la mañana siguiente. ¡Era tan dichosa!

Envió a Nicolasa para saber si estaba enfermo, y por qué no había venido la víspera.

Nicolasa trajo la respuesta: no estaba enfermo, sino muy ocupado. Ya volvería, lo más pronto posible. Iba a emprender un viajecito, costumbre antigua suya, como la señora no ignoraba.

Cuando Nicolasa dijo que su ama la enviaba a saber por qué el señor Jean no había ido la víspera, Jean Valjean observó con dulzura:

—Hace dos días que no voy.

Pero Nicolasa no comprendió el sentido de la observación y nada dijo a Cosette.

IV

La atracción y la extinción

En los últimos meses de la primavera y los primeros del verano de 1833, se veía a un anciano vestido de negro que todos los días, a la misma hora, antes de oscurecer, salía de la calle del Hombre Armado y entraba en la de Saint-Louis.

Allí caminaba a paso lento, fija siempre la vista en un mismo punto que parecía ser para él una estrella, y que no era otra cosa que la esquina de la calle de las Hijas del Calvario.

Cuanto más se acercaba a aquella esquina, más brillo había en sus ojos y una especie de alegría iluminaba sus pupilas como una aurora interior; tenía una expresión de fascinación y de ternura; sus labios se movían, como si hablasen a una persona sin verla; sonreía vagamente caminando a paso lento. Se diría que, aunque deseaba llegar, lo temía al mismo tiempo.

Cuando no faltaban sino unas cuantas casas, se detenía tembloroso, se asomaba tímidamente y había en esa trágica mirada algo semejante al deslumbramiento de lo imposible, y a la reverberación de un paraíso cerrado. Luego una lágrima resbalaba por su mejilla, yendo a parar a veces a la boca donde el anciano sentía su sabor amargo.

Permanecía allí unos pocos minutos, cual si fuera de piedra, y después se volvía por el mismo camino y con igual lentitud; su mirada se apagaba a medida que se alejaba.

Gradualmente el anciano cesó de ir hasta la esquina de las Hijas del Calvario. Se detenía a mitad de camino en la calle Saint-Louis. Al poco tiempo no pudo llegar siquiera hasta allí. Parecía un péndulo cuyas oscilaciones, por falta de cuerda, van acortándose hasta que al fin se paran.

Todos los días salía de su casa a la misma hora, emprendía el mismo trayecto, pero no lo acababa ya; y tal vez sin conciencia de ello, lo iba abreviando incesantemente. La expresión de su semblante parecía decir: ¿Para qué? La pupila estaba apagada y ya no había lágrima; sus ojos meditabundos permanecían secos.

A veces, cuando hacía mal tiempo, llevaba un paraguas que jamás abría. Los niños lo seguían y se burlaban de él.

LIBRO OCTAVO
Suprema sombra, suprema aurora

I
Compasión para los desdichados e indulgencia para los dichosos

¡Qué terrible es ser feliz! Está uno tan contento, y eso le basta, como si la única meta en la vida fuera ser feliz, y se olvida de la verdadera, que es el deber. Sería un error culpar a Marius.

Marius se limitó a alejar poco a poco a Jean Valjean de su casa, y a borrar, en lo posible, su recuerdo del espíritu de Cosette. Procuró en cierto modo colocarse siempre entre Cosette y él, seguro de que así la joven no se daría cuenta y dejaría de pensar en él.

Hacía lo que juzgaba necesario y justo. Creía que le asistían serias razones para alejar a Jean Valjean, sin dureza pero también sin debilidad. Creía su deber restituir los seiscientos mil francos a su dueño, a quien buscaba con toda discreción, absteniéndose entretanto de tocar ese dinero.

Cosette ignoraba el secreto que conocía Marius, pero también merece disculpa. Marius ejercía sobre ella un fuerte magnetismo, que la obligaba a ejecutar casi maquinalmente sus deseos. Respecto al señor Jean, sentía una presión vaga, pero clara, y obedecía ciegamente. En este caso, su obediencia consistía en no acordarse de lo que Marius olvidaba. Pero respecto a Jean Valjean, este olvido no era más que superficial.

Cosette en el fondo quería mucho al que había llamado por tanto tiempo padre, pero quería más a su marido. Cuando Cosette se extrañaba del silencio de Jean Valjean, Marius la tranquilizaba, diciéndole:

—Está ausente, supongo. ¿No avisó que iba a emprender un viaje?

—Cierto —pensaba Cosette—. Esa ha sido siempre su costumbre, pero nunca ha tardado tanto.

Dos o tres veces envió a Nicolasa a la calle del Hombre Armado, a preguntar si el señor Jean había vuelto de su viaje; y por orden de Jean Valjean se le contestó que no. Cosette no inquirió más; pues para ella en la tierra no había ahora más que una necesidad, Marius.

Marius consiguió poco a poco separar a Cosette de Jean Valjean. Digamos para concluir que lo que en ciertos casos se denomina, con demasiada dureza, ingratitud de los hijos, no es siempre tan reprensible como se cree. Es la ingratitud de la Naturaleza. La Naturaleza divide a los vivientes en seres que vienen y seres que se van. De ahí cierto desvío, fatal en los viejos, involuntario en los jóvenes. Las ramas, sin desprenderse del tronco, se alejan. No es culpa suya. La juventud va donde está la alegría, la luz, el amor; la vejez camina hacia el fin. No se pierden de vista, pero no existe ya el lazo estrecho. Los jóvenes sienten el enfriamiento de la vida; los ancianos el de la tumba.

No acusemos, pues, a estos pobres jóvenes.

II
Utimos destellos de la lámpara sin aceite

Un día Jean Valjean bajó la escalera, dio tres pasos en la calle, se sentó en el banco donde Gavroche, en la noche del 5 al 6 de junio, lo encontrara pensativo; estuvo allí tres minutos, y luego volvió a subir. Fue la última oscilación del péndulo. Al día siguiente no salió de la casa; al subsiguiente no salió de su lecho.

La portera, que le preparaba su parco alimento, miró el plato, y exclamó:

—¡Pero si no habéis comidó ayer!

—Sí, comí —respondió Jean Valjean.

—El plato está como lo dejé.

—Mirad el jarro del agua. Está vacío.

—Lo que prueba que habéis bebido, no que habéis comido.

—No tenía ganas más que de agua.

—Cuando se siente sed y no se come al mismo tiempo, es señal de que hay fiebre.

—Mañana comeré.

—O el año que viene. ¿Por qué no coméis ahora? ¿Por qué dejarlo para mañana? ¡Hacer tal desaire a mi comida! ¡Despreciar mis patatas que estaban tan buenas!

Jean Valjean tomó la mano de la portera y le dijo con bondadoso acento:

—Os prometo comerlas.

Transcurrió una semana sin que diera un paso por el cuarto.

La portera dijo a su marido:

—El buen hombre de arriba no se levanta ya ni come. No durará mucho. ¡Los disgustos, los disgustos! Nadie me quitará de la cabeza que su hija se ha casado mal.

El portero replicó con el acento de la soberanía marital:

—Morirá.

Esa misma tarde la portera divisó en la calle a un médico del barrio, y acudió a él suplicándole que subiera a ver al enfermo.

—Es en el segundo piso —le dijo—. El infeliz no se mueve de la cama.

El médico vio a Jean Valjean y habló con él. Cuando bajó, la portera le preguntó por el paciente.

—Está muy grave —dijo el doctor.

—¿Qué es lo que tiene?

—Todo y nada. Es un hombre que, según las apariencias, ha perdido a una persona querida. Algunos mueren de eso.

—¿Qué os ha dicho?

—Que se sentía bien.

—¿Volveréis?

—Sí —respondió el doctor— aunque le haría mejor que otra persona, no yo, regresara.

III

El que levantó la carreta de Fauchelevent no puede levantar una pluma

Una tarde Jean Valjean, apoyándose con trabajo en el codo, se tomó la mano y no halló el pulso; su respiración era corta, y se interrumpía a cada momento; comprendió que estaba más débil que nunca. Entonces, sin duda bajo la presión de alguna gran preocupación, hizo un esfuerzo, se incorporó y se vistió.

Se puso el traje de obrero, pues ahora que no salía lo prefería a los otros. Tuvo que pararse repetidas veces y le costó mucho ponerse la ropa. Abrió la maleta, sacó el ajuar de Cosette y lo extendió sobre la cama. Los candelabros del obispo estaban en su sitio, en la chimenea. Sacó de un cajón dos velas de cera y las puso en ellos. Después, aunque no había oscurecido aún, las encendió.

Cada paso lo extenuaba, y se veía obligado a sentarse. Era la vida que se agotaba en esos abrumadores esfuerzos. Una de las sillas donde se dejó caer estaba colocada enfrente del espejo; se miró y no se conoció. Parecía tener ochenta años; antes del casamiento de Cosette sólo representaba cincuenta; en un año había envejecido treinta.

Lo que en su frente se veía no eran las arrugas de la edad; era la señal misteriosa de la muerte. Estaba en la última fase del abatimiento, fase en que ya el dolor no fluye, sino que se solidifica; hay sobre el alma algo como un coágulo de desesperación.

Llegó la noche. Arrastró con enorme trabajo una mesa y el viejo sillón junto a la chimenea, y puso en la mesa pluma, tintero y papel.

Hecho esto, se desmayó. Cuando se recobró, clavó los ojos en el trajecito negro que le era tan querido. Sintió un temblor, y figurándose que iba a morir, se apoyó en la mesa que alumbraban los candelabros del obispo, y cogió la pluma. Le temblaba la mano. Escribió lentamente:

"Cosette, te bendigo. Voy a explicártelo todo. Tu marido tenía razón al darme a entender que debía marcharme; aunque se haya equivocado algo en lo que ha creído, tenía razón. Es un hombre excelente. Amalo mucho cuando yo no exista. Señor de Pontmercy, amad siempre a mi querida niña. Cosette, escucha: ese dinero es tuyo. Ahora lo entenderás. El azabache blanco viene de Noruega; el azabache negro de Inglaterra; los abalorios negros de Alemania. El azabache es más ligero, más precioso, más caro. En Francia pueden hacerse imitaciones como en Alemania. Se necesita un pequeño yunque de dos pulgadas cuadradas y una lámpara de espíritu de vino para ablandar la cera. La cera en otro tiempo era muy cara. Se me ocurrió hacerla con goma laca y trementina. Es muy barata, y es mejor..."

No le fue posible seguir. La pluma se le cayó de los dedos; le acometió uno de esos sollozos desesperados que subían por instantes desde lo más hondo de su pecho. El desdichado se tomó la cabeza entre las manos y se hundió en la meditación.

—¡Oh! —gritó para sus adentros, con lamentos que sólo Dios escuchó—. Es el fin. No la veré más. Es una sonrisa que pasó por mi vida. Voy a sepultarme en la noche sin volverla a ver. ¡Oh!, ¡un minuto, un instante, oír su voz, tocar su ropa, mirarla, a ella, al ángel mío, y luego morir! La muerte no es nada; pero ¡morir sin verla es horrible! Una sonrisa, una palabra suya. ¿Puede esto perjudicar a alguien? Pero no, todo ha terminado para mí, todo. Estoy solo para siempre. ¡Dios mío! ¡Dios mío! ¡No la volveré a ver!

En aquel momento llamaron a la puerta.

IV

Equívoco que sirvió para limpiar las manchas

Esa misma tarde, cuando Marius entraba en su gabinete para estudiar unos asuntos, le entregó Vasco una carta, diciéndole:

—La persona que la ha escrito espera en la antesala.

Cosette daba una vuelta por el jardín del brazo del abuelo. Hay cartas que, lo mismo que ciertos hombres, tienen mala catadura. Papel ordinario, manera tosca de cerrarlas; con sólo ver algunas misivas, repugnan. La carta que había traído Vasco pertenecía a esta clase. Marius la tomó y sintió olor a tabaco, despertando en él una serie de recuerdos.

Miró el sobre. Conocido el tabaco, fácil le fue reconocer la letra. Se presentó a sus ojos la buhardilla de Jondrette.

¡Extraña casualidad! Una de las dos pistas que había buscado tanto, que creía perdida para siempre, se le aparecía cuando menos esperaba. Abrió ansiosamente la carta, y leyó lo que sigue:

"Señor barón:

"Poseo un secreto que concierne a un indibiduo, y este indibiduo os concierne. El secreto está a buestra disposición, deseando el onor de seros hútil. Os proporcionaré un modo sencillo de arrojar de buestra familia a ese indibiduo que no tiene derecho a estar en ella, pues la señora baronesa pertenece a una clase elevada. El santuario de la birtú no puede coavitar más tiempo con el crimen sin mancharse. Espero en la antesala las órdenes del señor barón."

La firma de la carta era Thenard. Firma verdadera, aunque abreviada. Por lo demás, el estilo y la ortografía completaban la revelación.

La emoción de Marius fue profunda. Después de la sorpresa, experimentó una gran felicidad. Si lograba encontrar ahora al otro a quien buscaba, a su salvador, ya no pediría más.

Abrió un cajón de su papelera, cogió algunos billetes de banco, los guardó en el bolsillo, volvió a cerrar, y tiró de la campanilla. Vasco asomó la cabeza.

—Haced que pase —dijo Marius.

Entró un hombre y la sorpresa de Marius fue grande, pues le era totalmente desconocido. El personaje introducido por Vasco, de edad avanzada, tenía una enorme nariz, anteojos verdes y el pelo gris y caído sobre la frente hasta las cejas, como la peluca de los cocheros ingleses de las casas de alcurnia.

El disgusto experimentado por Marius al ver entrar a un hombre distinto del que esperaba, recayó sobre el recién venido.

—¿Qué se os ofrece? —le preguntó secamente.

El personaje contestó sonriéndose, como lo habría hecho un cocodrilo capaz de sonreírse, y con un tono de voz en todo diferente del que Marius esperaba oír.

—Señor barón, dignaos oírme. Hay en América, en un país que confina con Panamá, una aldea llamada Joya. Es un país maravilloso, porque allí hay oro.

—¿Qué queréis? —preguntó Marius, a quien la contrariedad había vuelto impaciente.

—Quisiera ir a establecerme en Joya. Somos tres; tengo esposa a hija, una hija muy linda. El viaje es largo y caro, y necesito algún dinero.

—¿Y qué tiene que ver eso conmigo? —preguntó Marius.

El desconocido volvió a sonreír.

—¿No ha leído el señor barón mi carta?

—Sed más explícito.

—Está bien, señor barón. Voy a ser más explícito. Tengo un secreto que venderos.

—¿Qué secreto?

—Señor barón, tenéis en vuestra casa a un ladrón, que es al mismo tiempo un asesino.

Marius se estremeció.

—¿En mi casa? No.

El desconocido imperturbable continuó:

—Asesino y ladrón. Tened en cuenta, señor barón, que no hablo de hechos antiguos, anulados por la prescripción ante la ley, y por el arrepentimiento ante Dios. Hablo de hechos recientes, de hechos actuales ignorados aún por la justicia. Continúo. Ese sujeto se ha introducido en vuestra confianza y casi en vuestra familia con un nombre falso. Voy a deciros el nombre verdadero. Os lo diré de balde.

—Escucho.

—Se llama Jean Valjean.

—Lo sé.

—Voy a deciros, también gratis, quién es.

—Decidlo.

—Un antiguo presidiario.

—Lo sé.

—Lo sabéis desde que he tenido el honor de decíroslo.

—No. Lo sabía antes.

El tono frío de Marius despertó en el desconocido una cólera sorda.

—No me atrevo a desmentir al señor barón, pero lo que tengo que revelaros sólo yo lo sé, y concierne a la señora baronesa. Es un secreto extraordinario, que vale dinero. A vos os lo ofrezco antes que a nadie, y, barato. Veinte mil francos.

—Sé ese secreto como sé los demás —dijo Marius.

El personaje sintió la necesidad de rebajar algo.

—Señor barón, dadme diez mil francos.

—Os repito que no tenéis que tomaros ese trabajo. Sé lo que queréis decirme.

Los ojos de aquel hombre chispearon de nuevo; luego exclamó:

—Con todo, fuerza es que yo coma hoy. Insisto en que el secreto vale la pena. Señor barón, voy a hablar. Hablo. Dadme veinte francos.

Marius le miró fijamente.

—Conozco vuestro secreto extraordinario, lo mismo que sabía el nombre de Jean Valjean y que sé vuestro nombre.

—¿Mi nombre?

—Sí.

—No es difícil, señor barón, pues he tenido el honor de escribíroslo y decíroslo, Thenar...

—Dier.

—¿Cómo?

—Thenardier.

—¿Quién?

En el peligro, el puerco espín se eriza, el escarabajo se finge muerto, la guardia veterana forma el cuadro; nuestro hombre se echó a reír.

Marius continuó:

—Sois también el obrero Jondrette, el comediante Fabantou, el poeta Genflot, el español Alvarez y la señora Balizard. Y habéis tenido una taberna en Montfermeil.

—¡Una taberna! Jamás...

—Y os digo que sois Thenardier.

—Lo niego.

—Y que sois un miserable. Tomad.

Marius sacó del bolsillo un billete de banco, y se lo arrojó a la cara.

—¡Gracias! ¡Perdón! ¡Quinientos francos! ¡Señor barón!

Y el hombre, atónito, saludando y cogiendo el billete, lo examinó.

—¡Quinientos francos! —repitió absorto.

Luego exclamó con un movimiento repentino:

—Pues bien, sea. Fuera disfraces.

Y con la prontitud de un mono, echándose hacia atrás los cabellos, arrancándose los anteojos y sacándose la nariz, se quitó el rostro como quien se quita el sombrero.

Sus ojos se inflamaron; la frente desigual, agrietada, con protuberancias en varios sitios, horriblemente arrugada en la parte superior, se manifestó por entero; la nariz volvió a ser aguileña; reapareció el perfil feroz y sagaz del hombre de rapiña.

—El señor barón es infalible —dijo con voz clara—, soy Thenardier.

Y enderezó la espina dorsal.

Thenardier estaba sorprendido. Quiso causar asombro, y era él el asombrado. Valía esta humillación quinientos francos, y en último caso la aceptaba; pero no por eso estaba menos aturdido. Veía por primera vez al barón Pontmercy, y a pesar de su disfraz éste lo había conocido. Para mayor sorpresa suya, no sólo sabía su historia, sino la de Jean Valjean. ¿Quién era aquel joven casi imberbe, tan glacial y tan generoso, que sabía todo?

Se recordará que Thenardier, aunque en otro tiempo vecino de Marius, no lo había visto nunca, lo cual es muy frecuente en París. Había oído hablar a sus hijas vagamente de un joven muy pobre, llamado Marius, que vivía en la casona. Ninguna relación podía existir para él entre el Marius de aquella época y el señor barón Pontmercy.

Había logrado, tras largas investigaciones, adivinar quién era el hombre que había encontrado cierto día en la gran cloaca. Del hombre le costó poco llegar al nombre. Sabía que la baronesa Pontmercy era Cosette, y en este tema se proponía obrar con toda discreción, siendo que ignoraba el verdadero origen de la joven. Entreveía, es cierto, algún nacimiento bastardo, pues la historia de Fantina le había parecido siempre llena de ambigüedades; pero, ¿qué sacaría con hablar?, ¿que le pagasen caro su silencio? Poseía, o creía poseer, un secreto de mucho más valor.

En la mente de Thenardier la conversación con Marius no había empezado todavía. Se vio obligado a retroceder, a modificar su estrategia, a abandonar una posición y cambiar de frente; pero nada esencial se hallaba aún comprometido, y tenía ya quinientos francos en el bolsillo. Le quedaban cosas decisivas por revelar, y se sentía fuerte hasta contra aquel barón Pontmercy tan bien informado. Para los hombres de la índole de Thenardier todo diálogo es un duelo. ¿Cuál era su situación actual? No sabía a quién hablaba, pero sí de lo que hablaba. Pasó rápidamente esta revista interior de sus fuerzas, y después de haber dicho —soy Thenardier—, aguardó.

Marius meditaba. Por fin tenía delante a Thenardier, al hombre que tanto había deseado encontrar, y podía cumplir el encargo del coronel Pontmercy. Le humillaba que el héroe debiera algo a este bandido. Le pareció que se le presentaba la ocasión de vengar al coronel de la desgracia de haber sido salvado por un individuo tan vil y tan perverso. A este deber agregábase otro; el de averiguar el origen de la fortuna de Cosette. Tal vez Thenardier supiera algo. Por ahí empezó. Thenardier, después de guardarse el billete de banco, miraba a Marius con aire bondadoso y casi tierno. Marius rompió el silencio:

—Thenardier, os he dicho vuestro nombre. Ahora, ¿queréis que os diga el secreto que pretendéis venderme? También he reunido yo datos y os convenceréis de que sé más que vos. Jean Valjean, como dijisteis, es asesino y ladrón. Ladrón, porque robó a un rico fabricante, el señor Magdalena, siendo causa de su ruina. Asesino, porque dio muerte al agente de policía Javert.

—No comprendo, señor barón —dijo Thenardier.

—Vais a comprenderme. Escuchad. Vivía en un distrito del Paso de Calais, por los años de 1822, un hombre que había tenido no sé qué antiguo choque con la justicia, y que bajo el nombre del señor Magdalena, se había corregido y rehabilitado. Este hombre era, en toda la fuerza de la expresión, un justo. Con una fábrica de abalorios negros labró la fortuna de toda la ciudad. Por su parte, aunque sin darle mayor importancia, reunió también una fortuna considerable. Era el padre de los pobres. Lo nombraron alcalde. Otro presidiario lo denunció, y logró que el banquero Laffitte le entregara, en virtud de una firma falsa, más de medio millón de francos pertenecientes al señor Magdalena. El presidiario que robó al señor Magdalena, es Jean Valjean. En cuanto al otro hecho, nada necesitáis tampoco decirme. Jean Valjean mató al agente Javert de un pistoletazo. Yo estaba allí.

Thenardier lanzó a Marius esa mirada soberana de la persona derrotada que se repone y vuelve a ganar en un minuto todo el terreno perdido.

—Señor barón, equivocamos el camino.

—¿Cómo? —replicó Marius—. ¿Negáis esto? Son hechos.

—Son quimeras. La confianza con que me honra el señor barón me impone el deber de decírselo. Ante todo la verdad y la justicia. No me gusta acusar a nadie injustamente. Señor barón, Jean Valjean no le robó al señor Magdalena, ni mató a Javert.

—¡Qué decís! ¿En qué fundáis vuestras palabras?

—En dos razones. Primero: no robó al señor Magdalena, porque el señor Magdalena y Jean Valjean son una misma persona. Segundo: no asesinó a Javert, porque Javert, y no Jean Valjean, es el autor de su muerte.

—¿Qué queréis decir?

—Javert se suicidó.

—¡Probadlo, probadlo! —gritó Marius fuera de sí.

Thenardier repuso, recalcando cada palabra:

—Al agente de policía Javert se le encontró ahogado debajo de una barca del Pont-du-Change.

—Pero, ¡probadlo!

Thenardier sacó del bolsillo unos pliegos doblados de diferentes tamaños.

—Tengo mi legajo —dijo con calma.

Y añadió:

—Señor barón, por interés vuestro quise conocer a Jean Valjean. Repito que Jean Valjean y el señor Magdalena son uno mismo y que Javert murió a manos de Javert; cuando así me expreso, es porque me sobran pruebas.

Mientras hablaba extraía Thenardier de su legajo dos periódicos amarillos, estrujados y fétidos a tabaco. Uno de los números, roto por los dobleces y casi deshaciéndose, parecía mucho más antiguo que el otro.

—Dos hechos, dos pruebas —dijo Thenardier.

Y entregó a Marius los dos periódicos.

El lector los conoce. Uno, el del 25 de julio de 1823 que probaba la identidad del señor Magdalena y de Jean Valjeán. El otro era un Monitor del 15 de julio de 1832, donde se refería al suicidio de Javert, añadiendo, que hecho prisionero en la barricada de la calle de la Chanvrerie, había salvado su vida la magnanimidad de un insurrecto, el cual, teniéndolo al alcance de su pistola, en lugar de volarle el cerebro había disparado al aire.

Marius leyó. No cabía duda; la fecha era cierta, la prueba irrefutable. Jean Valjean, engrandecido repentinamente, salía de las sombras. Marius no pudo contener un grito de alegría:

—¡Entonces ese desdichado es un hombre admirable! ¡Entonces esa fortuna era suya! ¡Es Magdalena, la providencia de todo un país! ¡Es Jean Valjean, el salvador de Javert! ¡Un héroe! ¡Un santo!

—Ni un santo, ni un héroe —dijo Thenardier—. Es un asesino y un ladrón.

—¿Todavía? —preguntó.

—Siempre —contestó Thenardier—. Jean Valjean no robó al señor Magdalena, pero es un ladrón; no mató a Javert, pero es un asesino.

—¿Queréis hablar —repuso Marius— de ese miserable robo de hace cuarenta años, expiado, como resulta de vuestros mismos periódicos, por toda una vida de arrepentimiento, de abnegación y de virtud?

—Digo asesinato y robo. Señor barón, el 6 de junio de 1832, hace cosa de un año, el día del motín, estaba un hombre en la cloaca grande de París, por el lado donde desemboca en el Sena, entre el puente de Jena y el de los Inválidos.

Calló un segundo gozando de la expectación de Marius, y continuó:

—Ese hombre, obligado a ocultarse por razones ajenas a la política, había elegido la cloaca como su domicilio, y tenía una llave de la reja. Era, repito, el 6 de junio, a las ocho poco más o menos de la noche. El hombre oyó ruido. Bastante sorprendido se ocultó y espió. Era ruido de pasos, alguien caminaba en medio de las tinieblas adelantándose hacia él. Había en la cloaca otro hombre. La reja de salida no estaba lejos, y la escasa claridad que entraba por ella le permitió conocer al recién venido, y ver que traía algo a cuestas. Era un antiguo presidiario, y llevaba en sus hombros un cadáver. Flagrante delito de asesinato. En cuanto al robo, es su causa; no se mata a un hombre gratis. El presidiario iba a arrojar aquel cadáver al río. Antes de llegar a la reja de salida, el presidiario que venía de un punto lejano de la alcantarilla, debió necesariamente tropezar con un cenagal espantoso, donde hubiera podido dejar el cadáver; pero al día siguiente los poceros, trabajando en el cenagal, habrían descubierto al hombre asesinado, lo cual no quería sin duda el asesino. Decidió atravesar el pantano con su carga, con inmensos esfuerzos, y arriesgando de una manera increíble su propia existencia. No comprendo cómo logró salir de allí vivo.

Thenardier respiró profundamente, muy satisfecho, y luego prosiguió:

—Señor barón, la cloaca no es el Campo de Marte. Allí falta todo, hasta sitio. Así, cuando la ocupan dos hombres, menester es que se encuentren. Esto fue lo que sucedió. El domiciliado y el transeúnte tuvieron que darse las buenas noches, sin la menor gana. El transeúnte dijo al domiciliado: "Ves lo que llevo a cuestas; es preciso que salga de aquí. Tú tienes la llave, dámela". El presidiario era hombre de extraordinarias fuerzas y no había medio de resistirle. Sin embargo, el que poseía la llave parlamentó, únicamente para ganar tiempo. Examinó al muerto; mas sólo pudo averiguar que era joven, con apariencia de persona rica, y que estaba todo desfigurado por la sangre. Mientras hablaba, halló medio de romper y arrancar sin que el asesino lo advirtiera, un pedazo de faldón de la levita que vestía el hombre asesinado. Documento justificativo como comprenderéis. Se guardó en el bolsillo el testimonio, y abriendo la reja, dejó salir al presidiario con su pesada carga. Después cerró de nuevo, y se puso a salvo, importándole poco el desenlace de la aventura, y sobre todo no conviniéndole estar allí cuando el asesino arrojara el cadáver al río. Ahora veréis claro. El que llevaba el cadáver era Jean Valjean; el que tenía la llave os habla en este momento; y el pedazo de la levita...

Thenardier acabó la frase sacando del bolsillo y mostrándole a Marius un jirón de paño negro, todo lleno de manchas oscuras.

Marius se levantó, pálido, respirando apenas, con la vista fija en el pedazo de paño negro; y sin pronunciar una palabra, sin apartar los ojos de aquel jirón, retrocedió hacia la pared, buscando detrás de sí con la mano derecha, a tientas, una llave que estaba en la cerradura de una alacena, junto a la chimenea. Encontró la llave, abrió la alacena a introdujo el brazo sin separar la vista de Thenardier. Entretanto éste continuaba:

—Señor barón, me asisten grandes razones para creer que el joven asesinado era un opulento extranjero, atraído por Jean Valjean a una emboscada, y portador de una suma enorme.

—El joven era yo y aquí está la levita —gritó Marius, arrojando en el suelo una levita negra y vieja, manchada de sangre.

En seguida, arrancando el jirón de manos de Thenardier, lo ajustó en el faldón roto. Se adaptaba perfectamente.

Thenardier quedó petrificado, pensando: "Me he lucido hoy".

Marius, tembloroso, desesperado, radiante, metić la mano en el bolsillo y se dirigió fuera de sí hacia Thenardier con el puño, que apoyó casi en el rostro del bandido, lleno de billetes de quinientos y de mil francos.

—¡Sois un infame! ¡Sois un embustero! ¡Un calumniador! ¡Un malvado! ¡Veníais a acusar a ese hombre y le habéis justificado; queríais perderlo y habéis conseguido tan sólo glorificarlo! ¡Vos sois el ladrón! ¡Vos sois el asesino! Yo os he visto, Thenardier, Jondrette, en el desván del caserón Gorbeau. Sé de vos lo suficiente para enviaros a presidio y más lejos aún, si quisiera. Tomad estos mil francos, canalla.

Y arrojó un billete de mil francos a los pies de Thenardier.

—¡Ah, Jondrette—Thenardier, vil gusano! ¡Que os sirva esto de lección, mercader de secretos y misterios, escudriñador de las tinieblas, miserable! ¡Tomad, además, estos quinientos francos, y salid de aquí! Waterloo os protege.

—¡Waterloo! —murmuró Thenardier guardándose los quinientos francos al mismo tiempo que los mil.

—¡Sí, asesino! Habéis salvado en esa batalla la vida a un coronel...

—A un general —dijo Thenardier alzando la cabeza.

—¡A un coronel! —replicó Marius furioso—. ¡Y venís aquí a cometer infamias! Os digo que sobre vos pesan todos los crímenes. ¡Marchaos! ¡Desapareced! Sed dichoso, es cuanto os deseo. ¡Ah, monstruo! Tomad también esos tres mil francos. Mañana, mañana mismo, os iréis a América con vuestra hija, porque vuestra mujer ha muerto, abominable embustero. ¡Id a que os ahorquen en otra parte!

—Señor barón —respondió Thenardier inclinándose hasta el suelo—, gratitud eterna.

Y Thenardier salió sin comprender una palabra, atónito y contento de verse abrumado bajo sacos de oro, y herido en la cabeza por aquella granizada de billetes de banco.

Acabemos desde ahora con este personaje. Dos días después de los sucesos que estamos refiriendo, salió, merced a Marius, para

América en compañía de su hija Azelma. Allá, con el dinero de Marius, Thenardier se hizo negrero.

En cuanto se retiró Thenardier, Marius corrió al jardín donde Cosette estaba aún paseando.

—¡Cosette! ¡Cosette! —exclamó—. ¡Ven! ¡Ven pronto! Vamos. Vasco, un coche. Ven, Cosette. ¡Ah, Dios mío! ¡El es quién me salvó la vida! ¡No perdamos un minuto!

Cosette creyó que se había vuelto loco. Marius no respiraba y ponía la mano sobre su corazón para comprimir los latidos. Iba y venía a grandes pasos, y abrazaba a Cosette, diciendo:

—¡Ah! ¡Qué desgraciado soy!

Enloquecido, Marius empezaba a entrever en Jean Valjean una majestuosa y sombría personalidad. Una virtud inaudita aparecía ante él, suprema y dulce, humilde en su inmensidad. El presidiario se transfiguraba en Cristo. Marius estaba deslumbrado. El coche no tardó en llegar.

Marius hizo subir a Cosette, y se lanzó en seguida dentro.

—Cochero —dijo—, calle del Hombre Armado, número siete.

El coche partió.

—¡Ah, qué felicidad! —exclamó Cosette—. A la calle del Hombre Armado. No me atrevía a hablarte de eso. Vamos a ver al señor Jean.

—A tu padre, Cosette. A tu padre, pues lo es hoy más que nunca. Cosette, ahora comprendo. Tú no recibiste la carta que te mandé con Gavroche. Cayó sin duda en sus manos, y fue a la barricada para salvarme. Como su misión es ser un ángel, de paso salvó a otras personas, salvó a Javert. Me sacó de aquel abismo para entregarme a ti. Me llevó sobre sus hombros a través de la cloaca. ¡Ah! ¡Soy el peor de los ingratos! Cosette, después de haber sido tu providencia, fue la mía. Figúrate que había allí un espantoso cenagal donde ahogarse cien veces, y lo atravesó conmigo a cuestas. Yo estaba desmayado; no veía, no oía. Vamos a traerlo a casa y a tenerlo con nosotros quiera o no; no volverá a separarse de nuestro lado. Si es que lo encontramos, si es que no ha

partido. Pasaré lo que me resta de vida venerándolo. Gavroche seguramente le entregó a él la carta. Todo se explica. ¿Comprendes, Cosette?

Cosette no comprendía una palabra.

—Tienes razón —fue su respuesta.

Entretanto, el coche seguía rodando.

V
Noche que deja entrever el día

Oyendo llamar a la puerta, Jean Valjean dijo con voz débil:

—Entrad, está abierto.

Aparecieron Cosette y Marius. Cosette se precipitó en el cuarto.
Marius permaneció de pie en el umbral.

—¡Cosette! —dijo Jean Valjean y se levantó con los brazos abiertos y trémulos, lívido, siniestro, mostrando una alegría inmensa en los
ojos.

Cosette, ahogada por la emoción, cayó sobre su pecho,
exclamando:

—¡Padre!

Jean Valjean, fuera de sí, tartamudeaba:

—¡Cosette! ¡Es ella! ¡Sois vos, señora! ¡Eres tú! ¡Ah, Dios mío!

Y sintiéndose estrechar por los brazos de Cosette, añadió:

—¡Eres tú, sí! ¡Me perdonas, entonces!

Marius, bajando los párpados para detener sus lágrimas, dio un
paso, y murmuró:

—¡Padre!

—¡Y vos también me perdonáis! —dijo Jean Valjean.

Marius no encontraba palabras y el anciano añadió:

—Gracias.

Cosette se sentó en las rodillas del anciano, separó sus cabellos blancos con un gesto adorable, y le besó la frente. Jean Valjean extasiado, no se oponía, y balbuceaba:

—¡Qué tonto soy! Creía que no la volvería a ver. Figuraos, señor de Pontmercy, que en el mismo momento en que entrabais, me decía: "¡Todo se acabó! Ahí está su trajecito; soy un miserable, y no veré más a Cosette". Decía esto mientras subíais la escalera. ¿No es verdad que me había vuelto idiota? No se cuenta con la bondad infinita de Dios. Dios dijo: "¿Crees que te van a abandonar, tonto? No. No puede ser así. Este pobre viejo necesita a su ángel". ¡Y el ángel vino, y he vuelto a ver a mi Cosette, a mi querida Cosette! ¡Ah, cuánto he sufrido!

Estuvo un instante sin poder hablar; luego continuó:

—Tenía realmente necesidad de ver a Cosette un rato, de tiempo en tiempo. Sin embargo, sabía que estaba de sobra, y decía en mis adentros: "No lo necesitan, quédate en tu rincón, nadie tiene derecho a eternizarse". ¡Ah, Dios de mi alma! ¡La vuelvo a ver! ¿Sabes, Cosette, que tu marido es un joven apuesto? ¡Ah! Llevas un bonito cuello bordado, me gusta mucho. Señor de Pontmercy, permitidme que la tutee; será por poco tiempo.

—¡Qué maldad dejarnos de ese modo! —exclamó Cosette—. ¿Adónde habéis ido? ¿Por qué habéis estado ausente tanto tiempo? Antes vuestros viajes apenas duraban tres o cuatro días. He enviado a Nicolasa, y le respondían siempre que estabais fuera. ¿Cuándo regresasteis? ¿Por qué no nos avisasteis? Os veo con mal semblante: ¡Mal padre! ¡Enfermo y sin decírnoslo! Ten, Marius, toma su mano y verás qué fría está.

—Habéis venido, señor de Pontmercy; ¡conque me perdonáis! —repitió Jean Valjean.

A estas palabras los sentimientos que se agolpaban al corazón de Marius hallaron una salida, y el joven exclamó:

—Cosette, ¿no lo oyes? ¿No lo oyes que me pide perdón? ¿Sabes lo que me ha hecho, Cosette? Me ha salvado la vida. Más aún, te ha entregado a mí. Y después de salvarme y después de entregarte a mí, Cosette, ¿sabes lo que ha hecho de su persona? Se ha sacrificado. Eso ha hecho. ¡Y a mí, el ingrato, el olvidadizo, el cruel, el culpable, me dice gracias! Cosette, aunque pase toda la vida a los pies de este hombre siempre será poco. La barricada, la cloaca, el lodazal, todo lo átravesó por mí, por ti, Cosette, preservándome de mil muertes, que alejaba de mí y que aceptaba para él. En él está todo el valor, toda la virtud, todo el heroísmo. ¡Cosette, este hombre es un ángel!

—¡Silencio! ¡Silencio! —murmuró apenas Jean Valjean— ¿Para qué decir esas cosas?

—¡Pero vos! —exclamó Marius, con cierta cólera lléna de veneración—, ¿por qué no lo habéis dicho? Es culpa vuestra también. ¡Salváis la vida a las personas y se lo ocultáis! ¡Y bajo pretexto de quitaros la máscara, os calumniáis! Es horrible.

—Dije la verdad —respondió Jean Valjean.

—No —replicó Marius—; la verdad es toda la verdad, y no habéis dicho sino parte. Erais el señor Magdalena, ¿por qué callarlo? Habíais salvado a Javert, ¿por qué callarlo? Yo os debía la vida, ¿por qué callarlo?

—Porque sabía que vos teníais razón, que era preciso que me alejara. Si os hubiera referido lo de la cloaca, me habríais retenido a vuestro lado. Debía, pues, callarme. Hablando, todo se echaba a perder.

—¡Se echaba a perder! ¿Qué es lo que se echaba a perder? ¿Por ventura os figuráis que os vamos a dejar aquí? No. Os llevamos con nosotros, ¡Dios mío! ¡Dios mío! ¡Cuando pienso que por casualidad he sabido estas cosas! Os llevamos con nosotros. Formaréis parte de nosotros mismos. Sois su padre y el mío. No pasaréis un día más en esta horrible casa. Mañana ya no estaréis aquí.

—Mañana —dijo Jean Valjean—, no estaré aquí, ni tampoco en vuestra casa.

—¿Qué queréis decir? —dijo Marius—. Se acabarán los viajes. No os volveréis a separar de nosotros. Nos pertenecéis, y no os soltaremos.

—Esta vez —añadió Cosette—, emplearé la fuerza si es necesario.

Y riéndose, hizo ademán de coger al anciano en sus brazos.

—Vuestro cuarto está tal como estaba —continuó—. ¡Si supieseis qué bonito se ha puesto ahora el jardín! ¡Cuántas flores! Un petirrojo anidó en un agujero de la pared y un horrendo gato se lo comió. ¡Lloré tanto! Padre, vais a venir con nosotros. ¡Cómo va a alegrarse el abuelo! Tendréis vuestro lugar propio en el jardín y lo cultivaréis, veremos si vuestras fresas valen tanto como las mías. Una vez en casa, yo haré cuanto queráis, y vos me obedeceréis. ¿Verdad que sí?

Jean Valjean la escuchaba sin oírla. Percibía la música de su voz sin casi comprender el sentido de sus palabras y una de esas gruesas lágrimas, sombrías perlas del alma, se formaba lentamente en sus ojos.

—¡Dios es bueno! —murmuró.

—¡Padre querido! —dijo Cosette.

Jean Valjean prosiguió:

—No hay duda que sería delicioso vivir juntos. Tenéis árboles llenos de pájaros. Me pasearía las horas con Cosette. ¡Es grata la vida en compañía de las personas que uno quiere, darles los buenos días, oírse llamar en el jardín! Cada cual cultivaría un pequeño trozo. Ella me haría comer sus fresas, y yo le haría coger mis rosas. Sería delicioso pero...

Se detuvo, y luego dijo bajando más la voz:

—Es una pena.

La lágrima no cayó sino que entró de nuevo en la órbita y la reemplazó una sonrisa.

Cosette tomó las manos del anciano entre las suyas.

—¡Dios mío! —exclamó—. Vuestras manos me parecen más frías que antes, ¿os sentís mal?

—¿Yo? No —respondió Jean Valjean—, me siento bien. Sólo que...

Se detuvo.

—¿Sólo qué?

—Sólo que me estoy muriendo.

Cosette y Marius se estremecieron.

—¡Muriendo! —exclamó Marius.

—Sí —dijo Jean Valjean.

Respiró y sonriéndose repuso:

—Cosette, ¿no estabas hablando? Continúa, hablame más. ¿Conque el gato se comió a tu petirrojo? Habla, ¡déjame oír lo voz!

Marius petrificado, miraba al anciano. Cosette lanzó un grito desgarrador.

—¡Padre! ¡Padre mío! Viviréis, sí, viviréis. Yo quiero que viváis. ¿Oís?

Jean Valjean alzó los ojos y los fijó en ella con adoración.

—¡Oh, sí, prohíbeme que muera! ¿Quién sabe? Tal vez lo obedezca. Iba a morir cuando entrasteis, y la muerte detuvo su golpe. Me pareció que renacía.

—Estáis lleno de fuerza y de vida —dijo Marius—. ¿Acaso imagináis que se muere tan fácilmente? Habéis tenido disgustos y no volveréis a tenerlos. ¡Os pido perdón de rodillas! Vais a vivir, y con nosotros y por largo tiempo. Os hemos recobrado.

Jean Valjean continuaba sonriendo.

—Señor de Pontmercy, aunque me recobraseis ¿me impediría eso que sea lo que soy? No; Dios ya ha decidido, y él no cambia sus planes. Es mejor que parta. La muerte lo arregla todo. Dios sabe mejor que nosotros lo que nos conviene. Que seáis dichosos, que haya en torno vuestro, hijos míos, lilas y ruiseñores, que vuestra vida sea un hermoso prado iluminado por el sol, que todo el encanto del cielo inunde vuestra alma, y que ahora yo, que para nada sirvo, me muera. Seamos razonables; no hay remedio ya; sé que no hay remedio. ¡Qué bueno es tu marido, Cosette! Con él estás mejor que conmigo.

Se oyó un ruido en la puerta. Era el médico que entraba.

—Buenos días y adiós, doctor —dijo Jean Valjean—. Estos son mis pobres hijos.

Marius se acercó al médico y lo miró anhelante. El médico le respondió con una expresiva mirada. Jean Valjean se volvió hacia Cosette y se puso a contemplarla como si quisiera atesorar recuerdos para una eternidad. En la profunda sombra donde ya había descendido, aún le era posible el éxtasis mirando a Cosette. La luz de aquel dulce rostro iluminaba su pálida faz. El médico le tomó el pulso.

—¡Ah! ¡Os necesitaba tanto! —dijo el anciano dirigiéndose a Cosette y a Marius.

E inclinándose al oído del joven, añadió muy bajo:

—Pero ya es demasiado tarde.

Sin apartar casi los ojos de Cosette, miró al médico y a Marius con serenidad. Se oyó salir de su boca esta frase apenas articulada:

—Nada importa morir, pero no vivir es horrible.

De repente se levantó. Caminó con paso firme hacia la pared, rechazó a Marius y al médico que querían ayudarle, descolgó el crucifijo que había sobre su cama, volvió a sentarse como una persona sana, y dijo alzando la voz y colocando el crucifijo sobre la mesa:

—He ahí al Gran mártir.

Después sintió que su cabeza oscilaba, como si lo acometiera el vértigo en la tumba, y quedó con la vista fija. Cosette sostenía sus hombros y sollozaba, procurando hablarle.

—¡Padre! No nos abandonéis. ¿Es posible que no os hayamos encontrado sino para perderos?

Hay algo de titubeo en el acto de morir. Va, viene, se adelanta hacia el sepulcro y se retrocede hacia la vida. Jean Valjean después del síncope, se serenó, y recobró casi una completa lucidez. Tomó la mano de Cosette y la besó.

—¡Vuelve en sí, doctor, vuelve en sí! —gritó Marius.

—Sois muy buenos —dijo Jean Valjean—. Voy a explicaros lo que me ha causado viva pena. Señor de Pontmercy, me la ha causado que no hayáis querido tocar ese dinero. Ese dinero es de vuestra mujer. Esta es una de las razones, hijos míos, por la que me he alegrado tanto de veros. El azabache negro viene de Inglaterra y el azabache blanco de Noruega. En el papel que veis ahí consta todo esto. Para los brazaletes inventé sustituir los colgantes simplemente enlazados a los colgantes sóldados. Es más bonito, mejor y menos caro. Ya comprenderéis cuánto dinero puede ganarse. Por tanto, la fortuna de Cosette es suya, legítimamente suya. Os refiero estos pormenores para que os tranquilicéis.

Había entrado la portera y miraba desde el umbral. Dijo al moribundo:

—¿Queréis un sacerdote?

—Tengo uno —respondió Jean Valjean.

Es probable, en realidad, que el obispo lo estuviera asistiendo en su agonía.

Cosette, con mucha suavidad, le puso una almohada bajo los riñones. Jean Valjean continuó:

—Señor de Pontmercy, no temáis nada, os lo suplico. Los seiscientos mil francos son de Cosette. Si no disfrutaseis de ellos, resultaría perdido todo el trabajo de mi vida. Habíamos conseguido fabricar con singular perfección los abalorios, y rivalizábamos con los de Berlín.

Cuando va a morir una persona que nos es querida, las miradas se fijan en ella como para retenerla. Los dos jóvenes, mudos de angustia, no sabiendo qué decir a la muerte, desesperados y trémulos, estaban de pie delante del anciano.

Jean Valjean decaía rápidamente. Su respiración era ya intermitente e interrumpida por un estertor. Le costaba trabajo cambiar de posición el antebrazo y los pies habían perdido todo movimiento. Al mismo tiempo que la miseria de los miembros y la postración del cuerpo crecían, toda la majestad del alma brillaba, desplegándose sobre su frente. La luz del mundo desconocido era ya visible en sus pupilas. Su rostro empalidecía, pero continuaba sonriendo. Hizo señas a Cosette de que se aproximara, y luego a Marius. Era sin duda el último minuto de su última hora, y se puso a hablarles con voz tan queda que parecía venir de lejos, como si en ese momento hubiera ya una pared divisoria entre ellos y él.

—Acércate; acercaos los dos. Os quiero mucho. ¡Ah! ¡Qué bueno es morir así! Tú también me quieres, Cosette. Yo sabía que te quedaba siempre algún cariño para tu viejo. ¡Cuánto te agradezco, niña mía, esta almohada! Me llorarás ¿no es verdad? Pero que no sea demasiado. Quiero que seáis felices, amados hijos. Los seiscientos mil francos, señor de Pontmercy, es dinero ganado honradamente. Podéis ser ricos sin repugnancia alguna. Será preciso que compréis un carruaje, que vayáis de vez en cuando a los teatros. Cosette, para ti bonitos vestidos de baile, para vuestros amigos buenas comidas. Sed dichosos. Estaba hace poco escribiendo una carta a Cosette, ya la encontrará. Te lego, hija mía, los dos candelabros que están sobre la chimenea. Son de plata; mas para mí son de oro, de diamantes, y convierten las velas en cirios. No sé si el que me los dio está satisfecho de mí en el Cielo. He hecho lo que he podido. Hijos míos, no olvidéis que soy un pobre, y os encargo que me hagáis enterrar en el primer rincón de tierra que haya a mano, con sólo una piedra por lápida. Es mi voluntad. Sobre la piedra no grabéis ningún nombre. Si Cosette quiere ir allí alguna vez se lo agradeceré. Vos también, señor Pontmercy. Debo confesaros que no siempre os he tenido afecto; os pido perdón. Os estoy muy agradecido, pues veo que haréis feliz a Cosette. ¡Si supieseis, señor Pontmercy, cuánto ha sido mi cariño hacia ella! Sus hermosas mejillas sonrosadas eran mi alegría; en cuanto la veía un poco pálida, ya estaba triste. Hay en la cómoda un billete de quinientos francos. Es para los pobres.Cosette, ¿ves tu trajecito allí sobre la cama? ¿Te acuerdas? No hace más de diez años de eso. ¡Cómo pasa el tiempo! Fuimos muy dichosos. Hijos míos, no lloréis, que no me voy muy lejos; desde allá os veré. Con sólo que miréis en la noche, mi sonrisa se os aparecerá. Cosette, ¿te acuerdas de Montfermeil? Estabas en el bosque y tenías miedo. ¿Te acuerdas cuando yo cogí el asa del cubo lleno de agua? Fue la primera vez que toqué tu pobre manita. ¡Y qué fría estaba! Entonces vuestras manos, señorita, tiraban a rojas, hoy brillan por su blancura. ¿Y la muñeca, lo acuerdas? La llamaste Catalina. ¡Qué de veces me hiciste reír, ángel mío! ¡Eras tan traviesa! No hacías más que jugar. Te colgabas las guindas de las orejas. En fin, son cosas pasadas. Los bosques que uno ha atravesado con su amada niña, los árboles que les han resguardado del sol, los conventos que les han resguardado de los hombres, las inocentes risas de la infancia; todo no es más que sombra. Se me figuró que esas cosas me pertenecían, y ahí estuvo el mal. Los Thenardier fueron muy perversos; pero hay que perdonarlos. Cosette, ha llegado el momento de decirte el nombre de tu madre. Se llamaba Fantina. Recuerda este nombre, Fantina. Arrodíllate cada vez que lo pronuncies. Ella padeció mucho, y te quería con locura. Su desgracia fue tan grande, como grande es tu felicidad. Dios lo dispuso así. Dios nos ve desde el cielo a todos, y en medio de sus brillantes estrellas sabe bien lo que hace. Me voy ahora, mis queridos hijos. Amaos mucho, siempre. En el mundo casi no hay nada más importante que amar. Pensad alguna vez en el pobre viejo que ha muerto aquí. Cosette mía, no tengo la culpa de no haberte visto en tanto tiempo; el corazón se me desgarraba, estaba medio loco. Hijos míos, no veo claro. Aún tenía que deciros muchas cosas; pero no importa. Vosotros sois seres benditos. No sé lo que siento, pero me parece que veo una luz. Acercaos más. Muero dichoso. Venid, acercad vuestras cabezas tan amadas para poner encima mis manos.

Cosette y Marius cayeron de rodillas, inundando de lágrimas las manos de Jean Valjean; manos augustas, pero que ya no se movían. Estaba echado hacia atrás, de modo que la luz de los candelabros iluminaba su pálido rostro dirigido hacia el cielo. Cosette y Marius cubrían sus manos de besos. Estaba muerto.

Era una noche profundamente oscura; no había una estrella en el cielo. Sin duda, en la sombra un ángel inmenso, de pie y con las alas desplegadas, esperaba su alma.

VI

La hierba oculta y la lluvia borra

En el cementerio Padre Lachaise, cerca de la fosa común y lejos del barrio elegante de esa ciudad de sepulcros, lejos de todas esas tumbas a la moda, en un lugar solitario, al pie de un antiguo muro, bajo un gran tejo por el cual trepan las enredaderas de campanillas en medio del musgo, hay una piedra.

Esta piedra no se halla menos expuesta que las demás a la lepra del tiempo, a los efectos de la humedad, del líquen y de las inmundicias de los pájaros. El agua la pone verde y el aire la ennegrece. No está próxima a ninguna senda, y no es agradable ir a pasear por aquel lado a causa de la altura de la hierba. Cuando la bañan los rayos del Sol, se suben a ella los lagartos. A su alrededor se mecen los tallos de avena agitados por el viento, y en la primavera cantan en el árbol las currucas.

Esta piedra está desnuda. Al cortarla, se pensó únicamente en las necesidades de la tumba, esto es, que fuera lo bastante larga y lo bastante angosta para cubrir a un hombre.

Ningún nombre se lee en ella. Pero hace muchos años, una mano escribió allí con lápiz estos cuatro versos que se fueron volviendo poco a poco ilegibles a causa de la lluvia y del polvo, y que probablemente ya se habrán borrado:

Duerme. Aunque la suerte fue con él tan extraña,

él vivía. Murió cuando no tuvo más a su ángel.

La muerte simplemente llegó,

como la noche se hace cuando el día se va.

Índice

Segunda parte
Cosette

Tercera parte
Marius

Cuarta parte
Idilio en la calle Plumet

Quinta parte
Jean Valjean

TÍTULOS DE ESTA COLECCIÓN

Esta obra se terminó de imprimir en enero del 2005 en
Litográfica Ingramex, S.A. de C.V.
Centeno 162-1, Col. Granjas Esmeralda
México. D.F.

Certificado No. 02-2082